KB236851

환상과 리얼리티

환상과 리얼리티

환상과 리얼리티

소설 · 영화 · 동화 · 애니메이션에 나타난 환상서사

나 병 철 지음

문예출판사

책 머리에

우리 시대는 현실과 소설에서 환상 이미지들이 흘러넘치는 시대이다. 교환가치가 삶의 전영역을 점령해버린 이 시대에 환상이 부활하는 이유는 무엇일까. 진세계직 자본주의의 시대와 환싱은 어띤 관게가 있을까.

교환가치는 모든 질적인 가치들을 녹여버리는 숫자화된 상품형식이다. 소설은 그런 상품의 세계에서 모종의 질적인 가치들을 찾아내기 위해 태어났다. 소설이 민족주의와 더불어 근대 사회에서 사람들을 결집시키는 역할을 해온 것은 그 때문이다. 더욱이 소설은 민족주의 같은 이데올로기마저 해체하며 공동체의 가치들을 모색한다. 그 같은 소설은 실상 자본주의 및 그 교환가치의 드라마와 오랫동안 경쟁관계였던 셈이다. 그러나 오늘날은 자본주의가 자신의 경쟁자였던 소설 같은 예술마저 녹여버린 시대이다.

모든 것을 녹여버리는 그런 후기자본주의가 어떻게 결집을 소망하는 공동체의 사람들을 열광시킬 수 있을까. 그것은 후기자본주의 경제에는 뭔가 숭고한 것이 있기 때문이다. 자본주의의 숭고한 마법은 상품으로 가득 찬 세계를 신비스러운 동화의 공간으로 바꾸어놓는다. TV의 신데렐라 드라마나 지구영웅전설을 들려주는 아메리칸 히어로의 판타지가 바로 그것이다. 오늘날 환상이 현실로 흘러넘친 것은 그런 이데올로기적 판타지가 후기자본주의의 냉혹한 상품의 세계를 감싸고 있기 때문이다.

　그러나 그 같은 현상이 예술과 소설의 종언(고진)을 알리는 것은 아닐 것이다. 우리 시대에는 월드컵 응원문화에서 보듯이 사람들의 유대와 모임에도 뭔가 숭고한 것이 있다. 그것은 상품의 세계에 점령당해 유대가 불가능해진 시대에 새로운 유대를 보여주기 때문이다. 소설은 그런 유대와 결합의 소망을 환상의 형식으로 담아낸다. 이제 자본주의의 마법과 소설의 새로운 마법은 또 다른 경쟁상대가 되었다. 환상의 방식을 통한 이런 대결은 권력과 비판세력의 싸움이 무의식의 차원으로 이동한 점과 연관이 있다.

　그런 이유로 우리 시대는 이데올로기적 판타지와 소설의 판타지가 경쟁하는 시대이다. 한쪽에는 신데렐라와 슈퍼맨의 환상이 있으며, 다른 한쪽에는 박민규 소설에서처럼 오리배 연합과 너구리의 환상이 있다. 흥미로운 것은 이 환상들이 실제 현실에서도 비슷하게 연출되고 있다는 점이다. 즉 한쪽에서는 '세계화 이데올로기'와 '십자군 전쟁'(이라크전)으로, 다른 한쪽에서는 '다중들(네그리)의 연대'와 '소수자들의 모임'으로 나타나고 있다.

　이 사실은 이데올로기와 소설·영화·애니메이션이 만들어내는 환상이 비현실적인 것만은 아님을 알려준다. 실상 현실은 물리적 현실과 심리적 현실로 구성되며, 환상은 후자에 근거해 생성되는 이미지들이다. 심리적 현실이란 우리의 무의식과 객관 현실의 교섭으로서, 이른바 실재계(라캉) 차원에서 주객 상호작용의 과정이다. 실재계는 일상현실에서 잘 재현되지 않지만 인간과 사물의 기(氣)가 운동하는 핵심적 영역이다. 환상은 그런 기의 운동으로서 리얼리티의 핵심과 교섭하는 점에서 현실의 최종토대로서 작용한다고 할 수 있다.

　이 책은 그처럼 환상이 비현실적이기는커녕 오히려 현실의 토대로서 작용함을 드러내려 했다. 실제로 우리가 경험하는 현실은 이데올로기적 환상에 의해 재구성된 환상구성물에 더 가깝다. 실재계 차원에서 보면 현실(상징계)은 균열되고 파편화되어 있으며 구멍과 상처로 얼룩져 있다. 이데올로기적 환상이란 그런 균열과 구멍에 드리워진 스크린에 다름이 아니다. 이데올로기적 환상 역시 실재계와 교섭하지만 스크린과 우아한 이미지들을 통해 실재계 쪽으로 탈주하려는 욕망을 차단한다. 소설마저도 상품으로 녹여버린 후기자본주의가 안정을 유지하는 것은 그런 이데올로기-환상구성물을 통해 재구성된 현실을 통해서이다.

따라서 교환가치의 용광로(고진이 말한 자본주의 경제)가 소설을 대체한 후기자본주의 시대는 어느 때보다도 이데올로기적 환상을 필수물로 하는 시대이다. 완전해진 자본주의는 무의식을 집중 공략해 보다 완전해진 환영을 현실로 제공해야 하는 것이다. 흔히 말하는 스펙터클의 시대란 그런 이데올로기적 판타지의 시대에 다름이 아니다. 매혹적인 이미지들이 없다면 우리는 환멸 속에서 균열과 상처를 경험하게 될 것이다. 그처럼 예술·지식·사랑마저 가격으로 계산되는 시대에는 판타지를 통해서만 현실이 현실다워지는 것이다.

물론 환상에는 그런 이데올로기적 환상만이 있는 것은 아니다. 균열과 상처를 통해 실재계와 교섭함으로써 일상현실의 체계(상징계)가 변화되어야 함을 암시하는 또 다른 환상이 있다. 배수아·박민규·한강의 소설에서 보듯이, 간신히 살아남은 소설들은 그런 미학적 판타지를 통해 새로운 가치들과 세계를 예언한다.

이데올로기적 판타지가 가짜낙원을 연출한다면, 소설과 예술의 판타지는 진짜낙원을 향한 현실의 운동을 암시한다. 양자에서 모두 환상은 현실의 토대로서 작용하지만 우리가 소망하는 세계를 보여주는 것은 후자이다. 진짜현실의 토대로서의 환상은 우리의 사랑과 화해의 소망, 기의 에너지, 무의식 속의 욕망을 고양시킨다. 환상은 그렇게 우리의 무의식을 고양시킴으로써 존재의 핵심을 활성화한다.

이 책에서는 그런 미학적 환상이 소설·영화·동화·애니메이션·판타지물에서 어떻게 다르게 나타나는지 살펴보았다. 우리의 무의식을 고양시킴으로써, 미학적 환상은 그것을 억압하는 현실의 삶에 대해 질문하기도 하고, 억압을 넘어선 아름다운 삶에 대한 소망을 고조시키기도 한다. 가령 배수아·박민규 소설 같은 본격 환상소설이 삶의 의미에 대해 질문한다면, 《리버보이》〈마리 이야기〉〈오세암〉 같은 서정적인 소설·동화들은 아름다운 가치의 세계를 조망한다. 반면에 《피터 팬》《해리포터》 같은 모험적인 동화나 판타지물은 무의식을 활성화하는 놀이의 세계를 펼쳐놓는다. 따라서 우리는 그 세 종류의 환상서사들을 '의미의 세계', '가치의 세계', '놀이의 세계'로 부를 수 있을 것이다.

그런데 환상은 우리 시대에 현저해졌지만, 이미 초기의 리얼리즘 소설에서부터 나타나고 있었다. 실상 환상과 리얼리즘은 결코 배치되는 개념이 아니다. 리얼리즘은 아이러니를 문법으로 하는데, 아이러니란 상징계의 균열을 드러내며 실재계와 접촉하는 또 다른 방법에 다름이 아니다. 물론 상징계 내에서 해석될 수 있는 아이러니는 합리적 소통에서 이탈한 환상과 분명히 구분된다. 그러나 〈오발탄〉에서 철호가 어머니의 '가자!' 소리를 스스로 반복하며 환청을 듣는 데서 알 수 있듯이, 환상은 아이러니의 강한 표현이라고도 볼 수 있다. 환상과 아이러니는 둘 다 상징계의 소통의 회로가 끊어진 곳에서 나타난다. 다만 다른 방식으로 소통을 연장하는 아이러니와 달리 환상은 해석을 넘어선 차원에 있는 것이다. 그처럼 리얼리즘의 환상은 아이러니에서 실재계와의 접촉이 한층 강렬해진 경험으로 나타난다.

아이러니에서 환상 쪽으로 한발 다가선 또 다른 표현은 풍자와 해학이다. 풍자와 해학은 환상처럼 변형의 방식을 사용한다. 그러나 풍자·해학은 아이러니처럼 합리적 소통의 회로로 복귀하는 점에서 환상과 구분된다.

비슷하게 과격한 변형을 사용하면서도 풍자(해학)가 환상과 구별되는 이유는 무얼까. 그것은 환상이 무의식을 표현하는 중에 전의식이 끼어드는 것인 반면, 풍자는 전의식이 표면화되는 중에 무의식이 침입하는 경우이기 때문이다. 환상이 결국 무의식의 표현이라면, 풍자는 합리적 흐름인 전의식의 표현이 심하게 변형된 미학인 것이다. 이 책에서는 그런 풍자와 환상의 관계와 함께 풍자만화는 왜 소설보다 더 파격적인 변형을 보여줄 수 있는가를 살펴봤다.

풍자가 환상과 구분되는 반면 알레고리는 풍자와 환상 양쪽에 겹쳐진다. 그런 맥락에서 이 책은 알레고리의 다양한 방식들을 고찰했다. 알레고리는 동화와 지적인 풍자에서부터 무의식을 표현하는 모더니즘 환상에 이르기까지 여러 가지 미학적 방식들을 보여준다.

또한 이 책은 리얼리즘, 모더니즘, 포스트모더니즘(그리고 포스트모던 리얼리즘)에서 환상이 어떻게 다르게 표현되는지 살펴봤다. 모더니즘이 개인이 경험하는 모나드적 환상이라면 포스트모더니즘은 타자와 같이 하는 유대의 환상을 보여준다. 〈변신〉〈타인의 방〉〈난장이가 쏘아올린 작은 공〉에서 보듯이, 모나드적 환상은 낯선 두려움으로 귀결된다. 반면에 포스트모더니즘의 유대의 환상은 따뜻한 감정과 소망을 표현한다.

모더니즘에서처럼 혼자서 꿈을 꾸면 그 꿈은 이루어지지 않는다. 모더니즘은 부조화의 세상에서도 내면의 소망이 남아 있음을 간신히 알리는 미학이다. 그와 달리 같이 꾸는 꿈은 따뜻한 이미지로 사람들의 유대와 화해의 소망을 고양시킨다. 그런 유대의 소망을 가장 잘 알려주는 것은 〈아, 하세요 펠리컨〉〈고마워, 과연 너구리야〉 등의 포스트모던 리얼리즘이다.

박민규 소설의 오리배 연합 사람들처럼 꿈을 꾸면서, 벅찬 가슴으로 현실에서 실제로 손을 맞잡는 순간이 바로 변혁운동의 시점일 것이다. 그 순간은 사람들의 꿈이 가두와 광장으로 흘러넘쳐서 실재계와 직접 대면하는 순간이기도 하다. 그처럼 실재계와의 대면을 표현하는 점에서 변혁운동과 환상은 구분되지 않는다.

무의식을 직접 표현하는 것이 환상이라면, 변혁운동은 무의식적 소망을 실제 행동으로 옮기는 방식이다. 변혁운동에서 무의식을 행동으로 옮길 수 있는 것은 사람들의 유대와 모임을 통해서이다. 따라서 사랑과 유대의 소망을 표현하는 포스트모던 리얼리즘은, 자본주의적 산수가 점령해버린 세계를 바꾸려는 행동의 예고편인 셈이다. 모든 것을 숫자(교환가치)로 녹여 버리는 숭고한 후기자본주의의 유일한 경쟁상대는 이제 '포스트모던 리얼리즘'일 것이다. '소설의 종언'의 시대에 되돌아온 이 혼성적 소설을 통해, 우리는 환상과 무의식의 차원에서 다시 돌아오는 대서사의 귀환을 예감할 수 있을 것이다. 환상과 리얼리즘의 혼성을 통한 대서사의 귀환은, 사랑과 혁명이 위기에 처한 시대에도 아직 꿈이 남아 있음을 알려준다.

이렇게 해서 이 책은 가장 먼 듯한 두 세계 사이를 여행하게 된다. 즉 환상에서 리얼리즘으로, 비현실에서 현실로, 미시적 세계에서 거시적 세계로, 그리고 상품의 세계에서 사랑과 유대의 세계로이다. 우리가 여행한 그 사이의 틈새에서, 무서운 속도의 후기자본주의에 대적할 수 있는 새로운 경쟁자로서 따뜻한 소설과 영화, 동화가 나타났으면 한다.

이 책을 쓰는 동안 많은 도움을 준 교원대학교 학생들과 아내 유미경에게 고마움을 전한다. 또한 이 책을 펴내는 데 여러 가지로 애써주신 문예출판사 전병석 사장님과 편집부 여러분께 깊은 사의를 표한다.

2010년 10월

나 병 철

제 1 장

환상과 리얼리티

1. 환상과 심리적 현실

오늘날 문학과 현실에서 환상의 의미는 점점 더 흥미롭게 부각되고 있다. 환상은 동화나 만화는 물론 소설, 영화, 게임의 콘텐츠로 흘러넘치고 있다. 그리고 언젠가부터 우리를 둘러싼 현실 자체를 구성하는 중요한 요소가 되고 있다. 현대의 판타지는 허구의 경계를 넘어 현실 공간에서 이데올로기처럼 우리를 호명하고 유혹한다.[1]

그러나 이처럼 매혹적인 주제로 떠오르고 있는 환상은 이제까지 현실의 문제만큼 심각하게 조명되지 않았다. 판타지와 현실이 뒤섞이는 오늘날에도 환상은 그저 꿈결 같은 것으로 생각되고 있다. 그처럼 환상이 여전히 모호한 그늘 속에 남아 있는 이유는 무엇일까.

그것은 꿈이나 환상이 우리의 시야에서 단지 눈 녹듯 사라지는 경험이기 때문일 것이다. 꿈은 단순히 한바탕의 꿈이라는 이유로 덧없는 것으로 여겨진다. 마찬가지로 환상은 다만 손에 잡히지 않는 환각이므로 심각하게 생각되지 않는다.

그러나 그것은 우리가 의식적 차원의 눈에 의존했을 때일 뿐이다. 그와 달리 무의식의 눈으로 보면 환상은 어떤 현상보다 생생한 감각적인 경험이다. 더욱이 환상은 비단 현실과 대립되는 개념만은 아니다. 우리의 사유가 의식과 무의식의 이중성을 지니듯이, 현실 역시 '물리적 현실(실제적 현실)'과 '심리적 현실'[2]의 이중구조로 되어 있다. **심리적 현실**이란 무의식의 차

---

1 현대는 이데올로기 자체가 판타지로 작용하는 시대라고 할 수 있다. 지젝에 의하면, 현대의 이데올로기는 단지 실상을 은폐하는 데 그치지 않고 사회적 현실 자체를 구조화하는 환상으로서 작용한다. 지젝, 이수련 역, 《이데올로기라는 숭고한 대상》, 인간사랑, 2002, 68쪽.

2 프로이트는 '무의식'의 작용에 의한 꿈, 백일몽, 공상 등을 물질적 현실과 구분되는 '심리적

원에서 현실과 관계하는 은밀한 삶의 영역이다. 그것은 보이진 않지만 마치 무의식처럼 정신의 수면 밑에 잠겨 있는 아주 역동적인 심층이다. 흡사 고요한 백조가 물밑에서 끊임없이 움직이고 있듯이, 우리의 조용한 일상은 심리적 현실의 끝없는 동요에 의해 떠받쳐지고 있는 것이다.

그리고 물리적 현실이 의식에 의해 재현되듯이 심리적 현실은 무의식에 의해 꿈과 환상으로 생성된다. 꿈-환상이란 무의식적 욕망의 표현으로 객관현실을 대체하거나 변형시킨 이미지들이다. 그 같은 환상은 우리의 의식의 물밑에서 들끓고 있는 심리적 현실로부터 생생하게 떠오른다.[3]

여기서 중요한 것은 물리적-심리적 현실이 의식-무의식의 관계처럼 긴밀히 상호작용한다는 점이다. 즉 일상적 현실(물리적 현실)은 의식의 렌즈에 비쳐진 것이지만 거기에는 무의식과 심리적 현실의 은밀한 흔적이 남겨진다. 반대로 심리적 현실은 무의식(무의식적 욕망)이 활성화된 경험이지만 여전히 의식[4]과 현실 원리의 통제가 작용한다.

예컨대 〈운수 좋은 날〉에서 김첨지가 '이 원수엣 돈' 하고 돈을 내던지는 장면을 생각해보자. 이 김첨지의 돌발적 행동은 그가 은밀하게 경험하는 심리적 현실에서 시작된 반응이라고 할 수 있다. 남들 못지않게 행복해지고 싶은 김첨지에게 그것을 불가능하게 하는 돈은 원수처럼 미워 보이는 것이다. 돈에 지배되는 사회에 대한 김첨지의 증오심은 조용한 일상의 물밑에서 들끓고 있는 그의 심리적 현실에 다름이 아니다. 한순간 밖으로 표현된 그의 행동에는 그 같은 심리적 현실의 흔적이 아로새겨져 있다.[5]

현실'의 현상으로 설명한다. 프로이트,《꿈의 해석》, 김인순 역, 열린책들, 2008, 712쪽. '심리적 현실'은 매우 중요한 개념이므로 뒤에서 이론적으로 더 자세하게 언급할 것이다.

3 무의식이 우리의 주체적 측면이라면 심리적 현실은 무의식과 객관 현실의 상호작용이다. 또한 심리적 현실이 잠재적 상태라면 환상은 그것의 구체적 현상의 하나이다.

4 보다 정확히 말하면 '전의식'의 통제가 얼마간 작용한다. 전의식은 의식의 전단계이지만 합리적 사고의 흐름으로 되어 있다.

5 심리적 현실은 환상뿐만 아니라 아이러니, 말실수, 풍자, 해학 등으로도 나타난다.

반면에 〈변신〉의 벌레 이미지는 환상적 표현이지만 거기에는 폭력적 일상의 흔적이 각인되어 있다. 이 소설에서는 비인간적 권력에 굴하지 않고 살아남으려는 욕망이 표현되고 있으며, 그것이 주인공 그레고르의 심리적 현실일 것이다. 물론 그레고르의 경우 생존의 욕망은 인간적인 존엄성의 욕망을 핵심으로 한다. 그러나 인간의 존엄성을 빼앗아 벌레처럼 만드는 폭력 앞에서는 인간다움을 포기할 때만 비굴하게 살아남을 수 있다. 그렇지 않고 삶의 존엄성을 소망할 경우 비열한 권력에 짓밟혀 벌레처럼 살아가게 된다. 그레고르의 욕망의 핵심은 존엄한 생존이므로 그의 무의식적 욕망의 표현은 후자처럼 그것이 짓밟힌 벌레의 이미지로 나타난다. 따라서 벌레의 이미지는 전도된 방식으로 그레고르의 욕망을 숨기고 있으며, 이 전도된 이미지에는 그 욕망을 억누르는 비인간적인 폭력적 현실이 새겨져 있다.

이처럼 일상 현실의 행동에는 심리적 현실이 침투하고 있으며, 반대로 환상적 표현에도 일상 현실의 정황이 스며든다. 심리적 현실의 표현이 일상 현실을 더 현실답게 만들고 있을뿐더러, 비현실적인 듯한 환상 역시 현실의 핵심에 대한 심리적 현실의 강한 표현에 다름이 아니다. 어느 경우이든 일상적 현실과 심리적 현실의 이중구조가 리얼리티에 대한 긴장을 고조시키고 있다. 여기서 우리는 **리얼리티**에 관한 새로운 개념이 요구됨을 절감한다.

그에 따라 현실을 의식-무의식에 대응하는 물리적-심리적 현실의 이중구조로 본다면, 그리고 환상을 무의식과 심리적 현실의 활성화라고 한다면, 현실과 환상은 결코 상반되는 경험이 아닐 것이다. 환상이란 물리적-심리적 현실의 이중구조 중 후자의 강렬한 고양상태이기 때문이다. 반면에 일상 현실이란 물리적 현실의 재현이 우세한 경우일 것이다.

요컨대 환상은 의식보다는 무의식을 통해 객관세계의 현실과 상호작용하는 이미지들의 경험이다. 그 같은 '환상'은 '실제'와 대립되는 듯하지만 단순히 현실과 배치되지는 않는 리얼리티의 이중성의 한 측면이다. 이제까지 우리는 그 리얼리티의 또 다른 차원을 경계선 저편의 신기루로 간과해 온 것은 아닐까.[6]

리얼리티를 물리적 현실의 차원에 국한시킬 때 환상은 현실의 영토에서 잊히고 만다. 그러나 사유의 영역에 무의식을 복귀시켰듯이, 리얼리티에 심리적 현실을 귀환시킬 때, 환상은 자신의 영역으로 되돌아올 수 있을 것이다. 우리는 환상의 주제를 통해 지금부터 그 잊혀버린 영토를 밝혀보려고 한다.

2. 합리적 현실의 균열과 환상

분명히 근대 이전에는 환상이 지금보다 삶의 중요한 요소였다. 프로이트에 의하면 원시인들은 심리적 현실이 실제 현실에서 실현되도록 그것을 곧장 행동으로 옮겼다. 즉 그들에게는 실제 행동이 심리적 사고(무의식)의 대용물이었던 것이다.[7] 환상이 심리적 현실에서의 사고내용이라면 원시인의 경우 환상과 현실적 행동의 구분이 없었던 셈이다.

또한 고대인과 중세인의 경우 환상은 자기 자신의 세계관의 한 부분이었다. 그들은 순수한 무의식을 행동으로 옮기진 않았지만 신화적 세계관에 의해 구조화된 무의식(그리고 심리적 현실)에 따라 움직이고 있었다.[8] 즉 그

---

6 이외 비슷한 문제의식은 로즈메리 잭슨, 서강여성문학회 역, 《환상성》, 문학동네, 2001과 캐스린 흄, 한창엽 역, 《환상과 미메시스》, 푸른나무, 2000과 윤지관, 〈뫼비우스의 심층, 환상과 리얼리즘〉, 《창작과 비평》, 2004 봄 등에서도 나타나고 있다.

7 프로이트, 이윤기 역, 《종교의 기원》, 2003, 240쪽.

8 신화시대 이전의 주술 단계 사람들의 무의식에는 자연을 닮으려는 욕망(미메시스)이 포함되

들은 현대인에게 환상적으로 보이는 신화나 그것의 흔적을 자신의 인식론 속에 포함하고 있었던 것이다. 따라서 그들 역시 실제로는 환상을 단순한 환상으로만 생각하진 않았다고 할 수 있다.[9]

환상적 상상력이 퇴색하기 시작한 것은 근대의 합리적 사고가 부각되면서부터였다. 합리적 사고는 눈에 보이지 않는 것은 모두 현실의 영역에서 추방시킨다. 이제 의식의 눈이 깨어나면 사라지는 '환상'은 '현실'과 대립되는 개념이 되었다.

그러나 합리적 의식은 생각과는 달리 이른바 '실재계(the Real, 물 자체)'[10]를 모두 볼 수 있는 (메타적인) 능력을 갖출 수 없었다. 칸트가 말했듯이, 눈에 보이는 모든 것은 인간이 만든 표상에 상응하는 현상계이며, 물 자체는 결코 알 수 없었던 것이다. 데카르트나 로크가 메타적인 눈이라고 생각한 합리성은 결국 인간의 심적인 표상체계에 다름이 아니었다. 그러럼 합리적 사고는 자연과 세계를 자신의 체계에 완전히 담을 수 없었다.

뿐만 아니라 합리성이 중심적 사고로 된 이후 여러 가지 딜레마가 생겨났다. 인간중심적인 합리적 사고가 가장 문제가 된 것은 이성을 지니지 않은 자연과의 관계에서였다. 또한 강한 합리적 주체는 여리고 감성적인 타자를 자신의 체계에 예속시키는 자기중심성을 드러냈다. 근대 초기 사상가들의 생각과는 달리 인간의 삶에는 합리성만으로는 해결할 수 없는 문제가

있었다. 아도르노에 의하면 이미 신화시대부터 그런 미메시스가 사라지기 시작했다고 한다. 그러나 현대의 합리적 사고와 비교하면 신화적 무의식에는 여전히 자연과 화해하려는 욕망이 내재했다고 할 수 있다. 물론 동서양에 따라 그 점은 차이가 있을 것이다.

9 중세인들은 설화적인 초월적 현상들을 신이한 경험으로 여겼다. 그러나 그들은 현대인처럼 합리적 판단에 근거해서 그것을 환상이라고 생각하지는 않았다. 일반적으로 고대인이나 중세인은 환상적 경험이 톨킨이 말한 1차 세계 자체에서 가능한 것으로 여겼던 셈이다. 톨킨의 1차 세계와 2차 세계에 대해서는 7절에서 다시 논의할 것임.

10 라캉의 실재계를 말한다. 실재계는 상징화에 저항하며 상징계는 실재계의 표상화에 실패한다. 그런 실재계는 칸트의 '물 자체'(실체)에 상응하는 (상징계 외부의) 존재론적 영역이라고 할 수 있다.

너무나 많았던 것이다. 예컨대 인간의 죽음, 자연 환경의 피폐화, 성적 욕망의 비합리성, 물질적인 분배의 불균형 등이다.

합리성은 여전히 인간이 신뢰할 수 있는 가장 필요한 기반이지만 그에 전적으로 의존할 경우 균열과 구멍이 생겨난다. 그것은 합리성이 인간의 원래의 욕망을 모두 충족시켜줄 수는 없기 때문이다. 인간의 원래의 욕망이란 힘의 의지, 자연을 닮으려는 욕망(미메시스[11]), 기(氣) 같은 것을 말한다. 그런 욕망은 인위적으로 질서를 유지하려는 합리적 체계의 규범에 부딪혀 무의식 속으로 미끄러져 들어간다. 그리고 합리적 체계(그리고 현실)가 균열과 부조리를 드러내는 곳에서 규범을 위태롭게 하며 활성화된다.

바로 그 합리적 현실의 균열의 위치가 이성 대신 무의식적 욕망을 통해 세계와 교섭하는 심리적 현실의 영역이다. 심리적 현실은 일상세계에서는 수면 밑에 잠겨 있지만 일상의 규범이 **비일관성을 드러내는 틈새**에서는 전복적인 힘으로 활성화된다. 합리적 규범과는 다른 방향으로 (세계와) 작용하는 그런 심리적 현실에 근거해 일상 현실의 균열의 틈새를 메우는 이미지들이 바로 환상이다.

그처럼 근대 이후의 환상은 '합리적 현실의 균열'의 위치에서 나타난다. 그러나 일상적 상태에서는 그런 위치에서도 여전히 현실의 규범이 작용하며 균열의 상처를 무의식 속에 억누르고 있게 된다. 여기서 무의식의 동요가 증폭되어 상처와 균열을 간신히 억제하는 한계상황에 이른 것이 바로 신경증[12]이다. 그리고 그 같은 억압에 실패했을 때 터진 상처가 드러나는

---

11 미메시스는 아도르노가 사용한 용어로 '자연을 닮으려는 욕망' 혹은 '타자와의 비억압적 교감'의 의미를 지닌다. 자연 상태에서의 모든 존재의 소통방식은 미메시스적이며, 역사적으로 신화시대 이전의 주술 단계의 반응방식은 미메시스적이었다. 호르크하이머·아도르노, 김유동 외 역,《계몽의 변증법》, 문예출판사, 1995, 34쪽.

12 신경증은 이처럼 상처의 기억의 요인(어떤 기표)을 무의식 속에 가둬 억압하고 있는 상태이다.

데, 이처럼 다른 천 조각으로 덧댈 수밖에 없는 틈새가 분열증이다. 환상이란 그 분열의 틈새를 메우고 있는 (합리적 코드와는) 이질적인 이미지들의 작용이다.

또한 환상은 의식의 통제가 느슨해졌을 때 억압된 것이 회귀하는 꿈, 백일몽, 공상 등으로 나타난다. 그 밖에 일종의 권력과 힘(힘의 의지)의 작용으로서 현실에 은밀한 영향을 미치는 이데올로기적 환상과 미학적 환상이 있다. 이 두 가지 환상은 개인을 넘어서서 사회적 차원에서 현실의 균열에 작용한다.

그런 다양한 환상들의 공통점은 **합리적 현실의 균열**(틈새) 부분에서 출현한다는 점이다. 따라서 환상을 합리적 기준에서만 판단할 경우 신비로운 이미지 뒤에 남는 것은 무(無)로서의 어두운 구멍일 뿐이다. 그러나 그 균열과 구멍을 메우는 환상 이미지들은 거꾸로 경화된 현실에 대해 전복적인 힘을 발휘한다. 이제 아직 모호한 그늘 속에 있는 그런 환상의 전복성의 원리와 특징을 자세히 조명해보자.

3. 합리성과 환상의 변증법

합리성의 균열의 위치에서 나타나는 환상들은 결코 현실 자체와 혼동되지는 않는다. 그처럼 합리적 현실과 환상이 명백하게 구분되는 것이 근대 사회의 특징이다. 그것은 합리성이란 어떤 경우에도 근대인이 포기할 수 없는 최소한의 인식론적 조건이기 때문이다.

물론 오늘날은 유례없이 환상의 역할이 중요해진 시대이다. 노드롭 프라이가 말했듯이, 우리 시대에는 합리성의 극에 이르러 다시 처음의 환상으로 회귀하는 일들이 일어나고 있다. 그런 현상들은 문학과 현실 양자에서 모두 나타나고 있다.

그러나 그처럼 환상이 부각되는 경우에도 근대 이후에는 결코 '합리적 사고'가 사라지지 않는다. 오늘날의 사회에서 '현실 같은 환상'과 '현실의 균열에 대한 인식(합리적 사고)'이 동시에 경험되는 것은 그 때문이다. 환상이 신비스런 현실감을 지니는 때에도 합리성(합리적 사고)이 소멸되지 않는다는 점은 근대 이후의 환상이 그 이전의 것과 구별되는 중요한 특징이다.

뿐만 아니라 환상의 내용 자체에도 은연중에 합리적 흐름이 스며들게 된다. 원시인의 심리적 사고(무의식)나 고대인의 신화적 세계관과는 달리 근대 이후의 환상은 **합리적 규범과의 상호 연관** 속에서 나타난다. 그것은 비록 환상이 무의식적 욕망의 표현이긴 하지만 여전히 합리성이 '전의식'[13]을 매개로 관여하기 때문이다.[14] 이처럼 합리성의 계기를 완전히 배제할 수 없다는 것이 원초적 무의식이나 고대 신화와 구분되는 오늘날의 환상의 특징이다. 그 점은 꿈, 백일몽, 분열증, 그리고 이데올로기적 환상, 미학적 환상 등 어느 경우나 마찬가지이다.[15]

이처럼 우리 시대의 '환상'은 '합리적 사고'와 병존하고 교섭한다. 그리고 그렇듯 근대의 사고가 최소한의 합리성을 요구하는 점에서 합리성의 측면에 서면 환상은 늘상 현실감을 상실한다. 환상의 특별한 위치를 인정할 때조차도 그 위치를 해명하기 위해서는 환상을 가로지르는 최소의 합리적 사고를 필요로 하는 것이다.

---

13 의식의 전 단계인 전의식은 무의식과는 달리 합리적 흐름을 유지하고 있다.

14 이 복합적 과정은 꿈과 환상, 미학적 환상의 차이를 논의하면서 다시 살펴볼 것이다.

15 일반적인 예는 아니지만 가령 《표본실의 청개구리》의 김창억의 환상은 마치 계몽사상가와도 같은 논리적인 근거 위에서 펼쳐진다. 또한 그보다 더 탈합리적인 〈지구를 지켜라〉(장준환 감독)의 병구의 외계인 환상 역시 나름대로 치밀하게 과학적으로 짜여져 있다. 마찬가지로 SF 소설도 판타지이면서도 과학적인 근거 위에서 서사를 전개시킨다.

　그럼에도 불구하고 이런 합리성의 시대에 환상이 중요시되는 것은 합리성으로는 개념화할 수 없는 수면 밑의 (무의식적인) 진정한 욕망을 표현할 수 있기 때문이다. 이런 차원은 현실의 균열을 은폐하는 이데올로기적 환상보다는 미학적 환상에서 특징적으로 나타난다. 앞에서 우리는 그런 잠재적 차원을 합리적 현실(물리적 현실)과 구분되는(그리고 교섭하는) '심리적 현실'이라는 용어로 설명했다. 심리적 현실이란 무의식적 욕망과 세계의 상호작용을 말한다. 심리적 현실은 그런 상호작용을 통해 환상의 이미지들을 생성시킨다.

　이미 살폈듯이 합리성은 세계와 상호작용하며 '실재계(혹은 물 자체)'를 알 수 없는 것으로 남겨둔다. 합리성이 세계를 완전히 동일화(체계화)하지 못하고 균열을 드러낸다는 것은 그 균열 뒤로 내비치는 실재계에 대해 무능력하다는 뜻이다. 합리성은 결코 실재계를 표상화(상징화)할 수 없으며 표상체계(상징계)의 균열을 통해 드러나는 공백(무)으로 남겨둔다.

　반면에 심리적 현실은 무의식적 욕망과 세계의 상호작용을 통해 실재계에 접근한다. 실재계란 **물 자체**인 동시에 동양사상의 용어로 **기(氣)**에 해당된다. 기는 인간의 잠재적인 힘과 에너지이면서 사물의 물질성과 에너지이기도 하다. 그처럼 기의 관점에서 보면 인간과 사물은 구분되지 않는다. 기로서의 실재계 차원에서 볼 때 인간의 무의식적 욕망은 내부의 실재계이며 사물 자체는 외부의 실재계인 것이다.

　실재계는 합리적으로 보면 원초적인 물 자체 상태로 아직 표상화되지 않은 무(無)의 공백이다. 그러나 또한 이념(理)에 의해 미처 개념화되지 않은 사물 자체 기(氣)[16]인 점에서, 욕망, 힘의 의지, 미메시스(아도르노)의 장소[17]이기도 하다. 따라서 합리성의 개념화와 표상화는 실재계를 무로 남겨

16　기(氣)는 주체적인 에너지인 동시에 객체적인 사물 자체이기도 하다.
17　욕망과 힘의 의지의 전도된 형태인 죽음이나 파괴, 죽음의 충동 역시 일종의 실재계적 경험으

두지만, 무의식적 욕망에 의한 '심리적 현실-환상'은 **기의 측면인 실재계**에 접촉하는 경험을 만든다.

물론 합리성을 통해서도 실재계에 접근하는 것이 전혀 불가능한 것은 아니다. 예컨대 아이러니는 합리성을 포기하지 않으면서 일상적 상식과 논리를 전복시키는 일종의 상징계(표상체계)의 해체이다.[18] 아이러니는 그런 식의 상징계의 해체를 통해 합리성을 유지하면서도 실재계에 접촉한다. 또한 그 연장선상에서 풍자와 해학 역시 비슷한 방식으로 실재계에 접근한다. 환상과 더불어 아이러니·풍자·해학(그리고 알레고리)이 중요한 미학적 방식인 것은, 그처럼 상징계를 전복시키고 실재계에 접촉하는 경험을 제공하기 때문이다.

합리성을 견지하면서 실재계를 경험하게 하는 또 다른 방법은 바로 변혁운동이다. 변혁운동이란 실재계와의 상호작용인 심리적 현실을 환상의 방식이 아닌 행동을 통해 실제 현실로 만드는 것에 다름이 아니다. 그처럼 심리적 현실을 실제적 현실로 만들기 위해서는 사람들 간의 유대를 통해 새로운 사회의 단초를 만들어 나가야 한다. 변혁운동은 그런 유대와 행동을 통해 실재계가 눈앞의 현실에서 직접 드러나게 한다. 심리적 현실을 실제적 현실로 만들기 위해서 그 같은 유대와 합리적 판단이 필요하다는 점은 (심리적 사고를 곧장 행동으로 옮기는) 원시인과 구분되는 현대인의 특징이다. 만일 현대인이 그런 유대를 형성함이 없이 원시인처럼 심리적 사고를 직접 행동으로 옮긴다면 아마도 비합리적인 환상으로 여겨질 것이다. 그처

로 볼 수 있다. 긍정적이든 부정적이든 실재계는 합리적인 표상화가 불가능한 '말할 수 없는' 경험으로 접근된다.

18 아이러니와 함께 실재계에 접근하는 또 다른 방식은 대화(바흐친)이다. 아이러니가 현실의 동일성을 해체하고 타자성의 현실을 드러내듯이, 대화는 주체의 동일성을 해체하고 타자성의 주체를 생성시킨다. 타자성의 주체는 자신과 다른 관점을 지닌 주체와의 대화를 통해 실재계에 접근하는 '제2의 현실'을 보여준다. 아이러니와 대화의 관계에 대해서는 나병철, 《소설과 서사문화》, 소명출판, 2006, 414~435쪽 참조.

럼 변혁운동은 합리적 사고를 유지하면서 (합리적으로 접근하기 어려운) 실재계를 물리적 공간에 드러내는 가장 강력한 방법이다. 반면에 환상은 합리성으로부터 가장 멀어진 위치에서 무의식적 욕망을 통해 적극적으로 실재계에 접근한다. '실재계와의 만남'을 제공하는 최고의 전략들이지만 그처럼 **변혁운동**과 **환상**은 서로 대비되는 위치에서 나타난다.

그런 맥락에서 환상은 합리적 사고에 근거한 변혁운동이 어려워진 시대에 실재계에 접촉하는 경험을 제공하는 매우 유력한 방식이라고 할 수 있다. 1990년대 이후에 미학적 환상이 성행하는 현상도 같은 맥락에서 이해할 수 있다. 아이러니 역시 실재계에 접근하는 중요한 방식이지만 합리성을 넘어서서 감각적 지각을 통해 직접 충족을 경험하게 하는 것은 '환상'인 것이다. 상징계-법[19]의 표상체계를 전복시키고 직접 실재계와 교류하는 점에서, 환상은 행동 차원의 변혁운동과는 방식이 다른 이미지 차원의 또 다른 잠재적 전복의 욕망일 수 있다.[20]

물론 변혁운동을 대신해 실재계를 경험하게 하는 것은 다양한 환상 중에 미학적 환상에 국한된다. 미학적 환상은 상징계를 위협하는 실재계적 경험을 통해 '더 나은 삶'에 대한 소망을 암시한다. 그리고 그런 방식으로 단순한 꿈이나 백일몽을 넘어선다.

문화 영역에서 유례없이 그런 미학적 환상이 성행하는 오늘날, 한 가지 흥미로운 것은 변혁운동과 미학(문화)의 달라진 관계이다. 환상은 합리적 판단에 근거한 변혁운동이 힘들어진 시대에 부각되지만, 사회적 균열이 심화되면 무의식적 욕망의 표현인 환상 자체가 변혁적 요구로 전이되기도 한다. 그런 맥락에서 현대의 미학의 중요한 방식인 환상은 단지 미학에만 국

---

19 라캉에 의하면 상징계는 법에 상응하는데 이때의 법은 주로 지배체계를 유지시키려는 규범을 말한다.

20 미학적 환상을 '전복의 문학'으로 말하고 있는 로즈메리 잭슨도 같은 관점을 지닌 것으로 볼 수 있다. 로즈메리 잭슨, 앞의 책, 234쪽 참조.

한되지 않는다. 즉 오늘날 미학적 환상은 텍스트를 넘어서서 거리로 흘러 넘치고 있다. 그것이 가능해진 것은 환상이 개인의 차원을 넘어서서 소통과 유대의 욕망을 교류하는 방식을 취하고 있기 때문이다. 아마도 촛불시위가 그 대표적인 예일 것이다. 촛불시위는 소통과 유대를 소망하는 미학적 환상이 가두와 광장으로 흘러넘쳐 실제적 현실이 되는 과정을 보여준다.[21] 혼자서 꾸는 꿈은 환상에 불과하지만 모두가 함께 꾸는 꿈은 현실이 될 수 있는 것이다. 이 미학적 환상의 현실화는 새로운 변혁운동의 방향을 암시한다. 즉 예전에는 변혁운동이 미학적 텍스트로 전이되었지만 이제는 미학(문화)이 변혁운동으로 전이되고 있는 것이다. 후자의 경우 예전의 변혁운동과는 반대로 유대를 소망하는 미학적 이미지(그리고 환상)가 합리적 비판과 행동으로 이어진다.

그러나 미학적 환상이 성행하는 시대는 그것을 저지하는 또 다른 환상이 위력을 떨치는 시대이기도 하다. 똑같이 실재계에 접촉하는 경험이지만 이데올로기적 환상은 미학적 환상과는 반대되는 방향으로 움직인다. 앞으로 살펴보겠지만 이데올로기적 환상은 합리적 현실(상징계)의 균열을 봉합함으로써 비일관성이 사라진 현실의 환영을 제공한다.

그런데 그 작용은 단순히 균열 위에 이데올로기의 담론이나 이미지를 덮어씌우는 방식이 아니다. 이데올로기는 균열을 통해 드러난 실재계에 접촉하는 동시에 그 참을 수 없는 외상[22]을 감추는 환상 구성물로써 현실을 구조화한다. 흥미롭게도 여기서는 실재계에 접촉하는 환상이 현실을 구성

---

21 예컨대 박민규의 〈아, 하세요 펠리컨〉에서 오리배 시민연합의 환상은 근본적으로 촛불시위와 비슷한 상상력을 공유하고 있다고 할 수 있다. 오리배 시민연합이 다른 미학적 환상과 구분되는 것은 비록 환상의 방식이긴 하지만 사람들 간의 유대를 보여준다는 점이다.

22 균열을 통해 드러난 실재계와의 접촉은 상징적으로 질서화될 수 없는 경험이므로 말할 수 없는(상징화할 수 없는) 고통의 상처로 나타난다. 이데올로기적 환상은 그런 상처를 은폐하는 반면 미학적 환상은 그 상처를 매개로 실재계와 상호작용한다.

하는 최종 토대로서 작용한다.[23] 그러나 이데올로기적 환상에 의해 구성된 현실은 우리를 실재계와 그 상처로부터 달아나도록 하는 일종의 도피처로 제공되는 셈이다. 즉 우리는 균열된 현실로부터 이데올로기로 도피하는 것이 아니라 '실재계'로부터 이데올로기에 의해 구성된 '현실'로 달아나는 것이다.[24]

반면에 미학적 환상은 실재계에 접촉하면서 무의식적 욕망을 통해 그 말할 수 없는 상처와 교류한다. 즉 미학적 환상은 실재계적 외상을 감추는 것이 아니라 그것을 근거로 더 나은 삶을 향한 소망을 암시한다. 여기서도 실재계에 접촉하는 환상은 새로운 삶을 향해 움직이는 역동적 현실을 떠받치는 토대로서 작용한다. 그러나 이 미학적 환상에 근거한 현실은 실재계로부터의 도피처가 아니라 실재계와 교류함으로써 도피처로서의 현실을 전복시키는 방향으로 나아간다.

이처럼 이데올로기적 환상과 미학적 환상은 비슷하게 실재계에 접촉하지만 도피처로서의 현실과 그런 현실을 전복시키는 또 다른 현실이라는 두 가지 방향을 암시한다. 즉 두 개의 서로 다른 환상은 두 가지 상이한 현실과 연관되어 있는 것이다. 이제 그 두 종류의 현실의 토대가 되는 환상에 대해 보다 자세히 살펴보자.

---

23 합리성은 실재계와 만날 수 없지만 환상은 무의식적 욕망을 통해 실재계와 접촉한다. 그처럼 실재계에 접촉함으로써 환상은 합리적 현실을 넘어선 현실을 구성하는 토대로 작용한다. 지젝, 이수련 역, 《이데올로기라는 숭고한 대상》, 인간사랑, 2002, 89, 91~92쪽.

24 지젝, 위의 책, 89쪽.

4. 현실의 최종 토대로서의 환상[25]

이데올로기적 환상과 미학적 환상은 환상이 현실과 대립되기는커녕 오히려 그것의 토대가 된다는 역설을 보여준다. 그처럼 환상이 현실의 토대가 되는 것은 합리성으로는 결코 표상할 수 없는 실재계에 접근할 수 있기 때문이다. 실재계와의 만남을 얻을 수 있는 또 다른 방법은 아이러니와 변혁운동이다. 그러나 아이러니와 변혁운동은 여전히 합리적 현실에서 일어날 수 있는 사건들인 반면,[26] 환상은 합리성의 영토에서는 잊힐 수밖에 없는 덧없는 경험이다. 그 무의미한 이미지들이 합리성으로는 불가능한 실재계와의 만남을 가능하게 한다는 점, 그리고 자신을 잊히게 만드는 합리적 현실 자체를 떠받치고 있다는 사실은 흥미로운 일이다.

이제 무의식과 환상에 대한 지금까지의 논의들을 정리하면서 그 같은 역설이 나타나는 과정을 살펴보자. 먼저 이 책의 서두로 되돌아가서 의식과 무의식, 그리고 합리적 현실과 심리적 현실의 관계를 다시 검토해보자. 이 과정에서 우리는 합리적 현실이 상징계에 대응하듯이 무의식-심리적 현실이 근본적으로 실재계적 영역임을 밝히게 될 것이다.

프로이트가 말했듯이, '무의식' 은 결코 강한 '의식' 에 대비되는 약한 심리 상태가 아니다.[27] 무의식은 의식 못지않게 정신 속에서 그 기제가 작용하고 있다는 강력한 증거를 갖고 있다. 다만 작동의 메커니즘이 의식과 서

---

25 이 표현은 라캉과 지젝의 말에서 따온 것이다. 그러나 그들은 환상을 주로 실재계를 은폐하는 환상 구성물-현실의 토대로만 언급한다. 반면에 우리는 그런 환상과는 달리 실재계와 적극적으로 교류함으로써 이데올로기적 환상-현실을 전복시키는 미학적 환상에 대해서도 논의할 것이다.

26 이 점에서 아이러니와 변혁운동은 미학적으로 리얼리즘의 영토에 속한다.

27 프로이트, 윤희기 역, 《무의식에 관하여》(프로이트 전집 13), 열린책들, 1997, 33쪽.

로 다를 뿐이다.

예컨대 의식은 나의 바깥[28]에 어떤 것이 있을 때 정신 속에 떠오른다. 반면에 무의식은 내 안에 어떤 것이 들어왔을 때 역동적으로 작동된다.[29] 그처럼 의식의 대상은 주체의 경계선 밖에 있는 반면, 무의식의 대상은 경계선이 열린 상태에서 주체와 상호작용한다.

여기서 경계선이란 주체의 의식의 동일성을 만들면서 주체/대상 사이에 선을 그어 합리적으로 구분하는 작용을 말한다. 대상이 경계선 밖에 있다는 것은 주체의 의식의 동일성(혹은 합리성)을 통해 그 대상을 분명하게 표상화할 수 있다는 뜻이다. 이것이 무의식과 구분되는 합리적인 의식의 작용의 특징이다.

반면에 경계선이 열린 상태에서 주체와 타자(대상)가 상호작용한다는 것은 주체의 의식의 동일성이 연기되면서 대상의 표상화가 미결정적 상태에 있다는 뜻이다. 이 경우 대상은 주체에게 표상화되기보다는 상호작용(교섭)[30]의 상태 그 자체로서 경험된다. 이 같은 미결정적인 정신작용이 명료한 의식작용과 구분되는 무의식의 특징이다.

이런 명료한 의식과 불명확한 무의식의 차이는 무의식을 합리적 의식의 퇴행적 단계로 생각하게 할 수도 있다. 합리성의 기준에서 보면 분명히 무의식은 그런 모호한 요소를 갖고 있다. 그러나 합리적 의식의 명료성은 실상 대상을 자신의 표상체계(상징계)에 맞게끔 재단하고 인식한 결과이다. 그 때문에 합리적 의식은 명확한 표상을 얻는 대가로 대상 자체(물 자체)나 '실재계'를 알 수 없는 것으로 남겨둔다.

반면에 미결정적인 무의식은 명확한 표상화를 연기하는 대신 주체와 대

---

28 혹은 대상이 합리적으로 존재한다고 생각될 때 의식이 작용한다.
29 무의식을 타자성(데리다)이라고 부르는 이유는 이 때문이다.
30 교섭(negotiation)은 자아의 동일성을 해체하고 타자를 받아들여 상호작용하는 상태를 말한다.

상 간의 보다 풍성한 교섭을 유지할 수 있다. 그처럼 주체가 세계-대상과 비억압적이고 역동적인 상호작용을 지속하는 것이 의식의 동일성을 연기하는 무의식의 속성이다. 또한 그 때문에 무의식에 의한 대상과의 상호작용은 상징계에 의거한 표상화가 아닌 '대상 자체-실재계'와의 교섭을 가능하게 한다.

이런 양자의 차이는 타자와의 사랑의 관계의 예에서 분명히 나타난다. 예컨대 타자를 '나'의 바깥에 놓아두는 사랑은 그를 '내' 표상체계의 견지에서만 만날 수 있을 뿐이다. 반면에 타자가 '내' 안에 들어온 사랑은 '나'의 경계선을 열고 사고의 완전성을 연기하는 대가로 타자와 존재 그 자체(실재계)로서 교섭할 수 있다. 이런 맥락에서 진정한 사랑이란 근본적으로 타자성[31]을 지닌 무의식적인 교감의 관계라고 할 수 있다.

이처럼 타자성을 지닌 실재계 차원[32]의 교섭관계인 무의식은 다음과 같이 정의될 수 있다. 즉 무의식이란 힘의 의지(욕망) 혹은 기(氣)로서의 신경계—뇌를 가진 존재[33]가 실재계를 핵심으로 한 세계—우주(氣)와 상호작용하는 이미지들[34]의 장이다. 여기서 신경계-뇌를 말한 것은 베르그송이 이미지론[35]에서 뇌를 미결정성의 장소로 말한 것과 같은 이유에서이다. 만일 신경계가 없다면 어떤 존재와 세계의 상호작용은 기계적이 되므로 미결정적인 무의식의 공간은 생겨나지 않는다. 신경계와 뇌는 외부에 대한 반응을 결정하는 의식 작용이 나타나기 전까지 그 의식을 연기하는 미결정적 공

---

31 타자성이란 '나'의 경계를 열고 타자를 내 안에 받아들임으로써 '나'의 존재가 타자와의 관계 속에서 나타나는 상태를 말한다.

32 들뢰즈는 무의식이란 상상계도 상징계도 아닌 표상이 불가능한 실재계 자체인 동시에 그 생산이라고 말한다. 들뢰즈·가타리, 최명관 역, 《앙띠 오이디푸스》, 민음사, 1994, 86쪽.

33 들뢰즈는 이 존재를 '욕망하는 기계'라고 말한다.

34 혹은 랑그에 예속되기 전의 기표들이나 미시 의미소들의 장이라고 할 수 있다. 이는 무의식의 흐름에도 전의식(합리적 흐름)의 요소가 개입될 수 있기 때문이다.

35 베르그손, 박종원 역, 《물질과 기억》, 아카넷, 2005.

간, 즉 무의식의 장을 만든다. 또한 뇌의 회로는 기억을 형성하여 그런 미결정적인 무의식의 장을 보다 복잡하고 풍부하게 생성시킨다. 그러나 기억이 경직된 체계를 내면화[36]하여 우리의 반응이 사물처럼 기계적이 된다면 이때에도 무의식의 공간은 빈약해진다. 그와 달리 경직된 체계에서 벗어난 또 다른 기억(순수기억)과 욕망을 매개로 실재계−세계와 상호작용할 때 의식의 결정성(합리성)과 자아의 동일성을 끝없이 연기하는 무의식이 나타난다.

의식이란 그 미결정성을 결정성으로 제한하는 작용에 다름이 아니다. 즉 의식은 무의식−미결정성의 장으로부터 합리적 표상체계에 맞게끔 이미지들(기표들)을 선택·결합·개념화하는 이성적 작용이다. 우리의 일상생활은 대부분 그런 의식작용이 전개되는 합리적 현실에서 이루어진다. 그러나 합리적 의식은 실재계를 표상하지 못할 뿐만 아니라 실재계 차원의 무의식적 욕망과 흔히 화합되지 않는다. 그래서 일단 합리적 표상체계(상징계)가 내면화되면 그에 적합하지 않은 실재계적 욕망은 무의식 속에 억압된 채 남겨진다. 물론 의식의 수면 밑 무의식 속의 욕망은 늘상 표면으로 떠오르기 위해 움직인다. 실재계가 상징계에 저항하듯이 무의식적 욕망은 의식에 반발하기 때문이다.

그림 1에서 실재계의 차원에서 세계와 상호작용하는 무의식의 장은 제한된 합리적 의식보다 훨씬 거대한 공간이라고 할 수 있다. 그러나 일단 합리적 상징계가 내면화(습관기억)되면 실재계 차원의 욕망은 의식의 수면 밑으로 가라앉는다. 그런 일상적 상태에서 의식이 느슨해지는 순간 꿈·백일몽·몽상 등으로 무의식이 표면에 떠오른다. 또는 의식의 주체가 합리적 상징계에 적응하기 어려운 상태가 될 때 신경증이나 분열증을 경험하면서 무

---

36 베르그송은 규범적 체계를 내면화한 이 기억을 신체습관기억이라고 부른다. 신체습관기억은 문법화된(랑그화된) 기억으로서 일종의 아비투스와도 같은 것이다. 그런 습관화된 기억에서 벗어난 또 다른 기억이 무의식의 장을 만드는 순수기억이다.

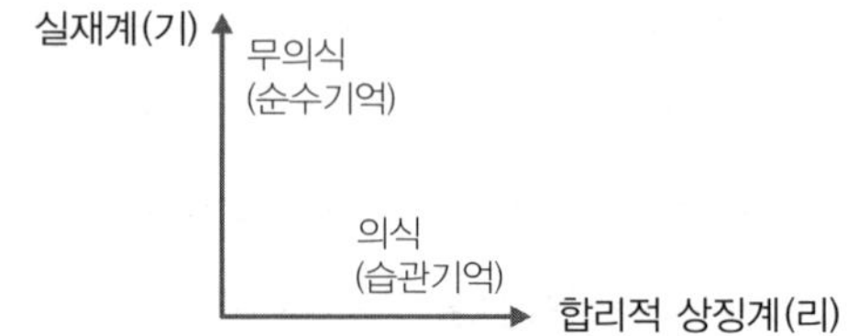

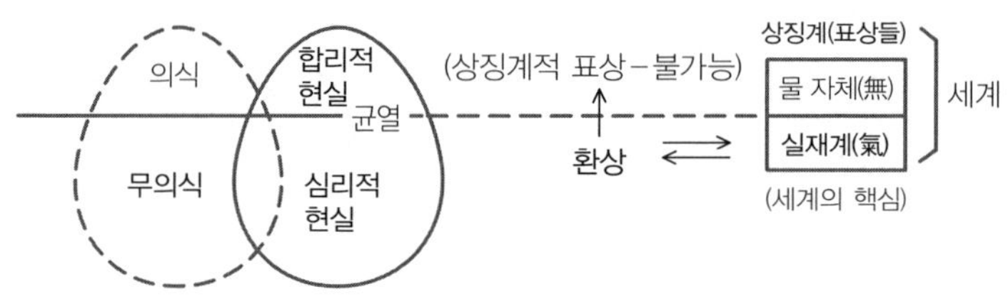

의식이 활성화된다. 그 밖에 죽음이나 사회적 모순 등으로 합리적 상징계-의식에 균열이 생길 때 무의식적 욕망은 실재계와 함께 밖으로 표출된다. 이 같은 길항작용 속에서 무의식적 욕망이 수면 밑으로 가라앉고 다시 표면 위로 떠오르는 상황은 그림 2와 같이 표시될 수 있다.

그림 2에서 의식에 의해 억압된 무의식적 욕망이 실재계-세계와 교섭하며 서성거리는 상태가 '심리적 현실'이다. 그런 심리적 현실이 상징계(합리적 현실)의 균열을 뚫고 표면으로 드러난 이미지들이 바로 '환상'이다. 환상은 합리성으로부터의 이탈이기도 하지만 합리적 상징계가 표상하지 못하는 실재계와의 교섭을 이미지화한 것이기도 하다.

물론 균열의 틈새로 실재계의 차원을 표면화하는 방식으로는 환상 이외
에 변혁운동이 있다. 그러나 변혁운동은 여전히 합리적 세계에서 그 모순
된 체계를 전복시키는 행동의 방식으로 실재계를 드러낸다. 반면에 환상은
합리성과는 이질적인 이미지들을 통해 실재계-상징계 사이(-)에서 합리적
표상체계의 해체를 암시한다.

여기서 중요한 것은, 그처럼 환상이 실재계적 차원에서 작용함으로써
의식 차원에서는 감당하기 어려운 '실재계를 핵심으로 한 현실'을 떠받치
는 역할을 한다는 점이다. 앞서 살폈듯이 합리적 상징계는 자신의 비일관
성과 모순으로 인해 필연적으로 균열을 드러낸다. 그런데 합리적 의식의
주체는 그런 균열을 통해 드러난 실재계와 대면할 때 무력함을 드러낼 뿐
이다. 이는 의식 차원의 주체는 결코 현실을 완전히 파악할 수 없으며, 끝
까지 남는 잔여물, 즉 현신의 중핵인 실제계기 (알 수 없는 것으로) 잔존한다
는 뜻이다.[37] 반면에 환상은 무의식적 차원에서 실재계와 교섭하면서 그것
을 토대로 잔여물이 남지 않게 재구성된 현실을 만들어낸다.

환상은 여전히 현실과 구분되는 환각이지만 그것을 매개로 다시 구성된
현실은 결코 환상이 아닌 현실 그 자체로 나타난다. 그런데 이 '잔여물이
남지 않은' '환상→현실'은 두 가지 서로 다른 방향으로 생성된다. 하나는
상징계의 균열을 환상으로 은폐함으로써 실재계적 상처[38]를 감추는 **이데올
로기적 환상-현실**이다. 다른 하나는 균열을 통해 드러난 실재계와 교섭함
으로써 상징계의 해체와 또 다른 현실을 암시하는 **미학적 환상-현실**이다.

이 두 가지 '환상을 토대로 한 현실'의 정치적 의미는 서로 정반대이다.
이데올로기적 환상 역시 실재계와 접촉하지만 그 외상으로부터 환상구성

---

37 지젝, 이수련 역, 《이데올로기라는 숭고한 대상》, 인간사랑, 2002, 92쪽.

38 실재계적 상처란 상징계의 균열을 통해 드러난 실재계에 대해 무력감을 느낌으로써 경험되는
정신적 외상을 말한다.

물-현실로 도피하게 함으로써 '잔여물(실재계)'을 없애는 방식을 취한다. 반면에 미학적 환상은 실재계적 상처를 환상으로 이미지화함으로써 그것이 치유된 새로운 현실을 예고하는 방식이다. 전자가 지배 '권력'의 작용이라면 후자는 상징계에서 타자화된 사람들의 '힘-욕망'의 작용이다. 똑같이 의식의 차원에서는 표상할 수 없는 잔여물에 대처하는 방식이지만 그것에 의해 생성되는 현실의 의미는 매우 상이하다. 하나는 실재계로부터의 도피처로서의 현실이며, 다른 하나는 실재계적 상처를 치유하는 예언자로서의 또 다른 현실이다.

5. 이데올로기적 환상과 미학적 환상

이제 구체적인 예를 들어보자. 이데올로기적 환상의 예로는 반유태주의, 식민주의, '악의 축과의 전쟁' 등을 들 수 있다. 반유태주의는 파시즘이 자신의 균열을 환상으로 봉합하면서 이데올로기적으로 구성된 현실을 만드는 방식이다. 파시즘은 합리성의 극단에서 나타난 비합리적 환상[39]에 토대를 둔 정치권력이다. 즉 파시즘은, 합리적 현실의 균열이나 자기 자신의 모순을 유대인을 혐오하는 환상을 통해 은폐함으로써, 잔여물이 남지 않은 아무 문제도 없는 현실을 구성해낸다. 여기서 유태인 혐오증은 비현실적인 환상이지만, 그것을 통해 사회적 균열과 상처를 감춤으로써, 전혀 비현실적이지 않을뿐더러 오히려 아무 문제가 없어진 현실이 나타난다.

---

39 아도르노는 이것을 계몽(합리성)의 신화화라고 불렀다. 호르크하이머 · 아도르노, 김유동 외 역, 《계몽의 변증법》, 문예출판사, 1995, 35~41쪽.

그 같은 환상-현실에서 벗어나기 위해서 유태인이 실제로는 그렇지 않음을 아무리 증명한다 해도 별 소용이 없다. 왜냐하면 유태인 혐오증은 (잔여물-실재계가 은폐됨으로써) 마치 홀린 듯이 고통이 사라진 현실을 떠받치는 토대로서 작용하기 때문이다. 즉 사람들은 사회적 균열과 상처를 잊게 해주는 대가로 기꺼이 환상에 빠져들어 유태인에 대한 진실을 마비시키는 것이다.

따라서 반유태주의의 이데올로기에서 빠져나오기 위해서는, '환상'을 '합리적'으로 반박하기보다는, 환상구성물 - '환상의 도피처'에서 되돌아오도록 '실재계'와 대면하게 해야 한다.[40] 예컨대 유태인 학살 장면을 폭로함으로써 그 환각과도 같은 현실을 통해 (합리적으로는) 말할 수 없는 실재의 파편들을 드러내는 방법이다. 그런 인류의 상처로서의 실재계와 대면하는 순간 사람들은 파시즘의 이데올로기적인 환상이 균열되는 것을 경험하게 된다. 이처럼 실재계와의 대면을 통해 이데올로기를 전복시키는 것이 바로 미학의 방법이다. 유태인 학살의 경우는 환상 같은 현실-실재계 차원이지만, 미학은 그 밖에도 현실화하기 어려운 실재계 차원을 빈번히 환상을 통해 표현한다. 즉 예술작품들은 차마 드러낼 수 없는 실재계를 흔히 환상을 통해 드러내는데, 그것이 바로 미학적 환상이다.

예컨대 카프카의 《변신》에서 벌레로 변한 그레고르는 (합리적으로) 표현할 수 없는 현실의 균열과 실재계적 상처를 환상을 통해 표현한 것으로 볼 수 있다. 실재계적 외상으로서의 벌레의 이미지는 파시즘의 이데올로기적 환상을 전복시키면서 그 상처가 치유된 또 다른 현실에 대한 열망을 암시한다. 여기서 벌레의 환상은 합리적으로 표상 불가능한 실재계와 접촉함으로써 '실재계를 핵심으로 한' (역동적 과정으로서) 또 다른 현실을 암시하는 토대가 되고 있다.

---

[40] 이와 관련해 지젝은 이데올로기적인 꿈의 위력을 깨뜨리는 유일한 방법은 욕망의 실재계와 대면하는 것이라고 말하고 있다. 지젝,《이데올로기라는 숭고한 대상》, 앞의 책, 93쪽.

마찬가지로 〈표본실의 청개구리〉의 김창억의 환상은 합리적 지식인 ('나')의 눈으로는 볼 수 없는 실재계와의 대면을 표현한 것으로 볼 수 있다. 이 소설의 리얼리티는 그런 실재계와의 대면, 즉 김창억의 환상을 핵심으로 생성되고 있다. 이 미학적 환상을 핵심으로 한 리얼리티는 식민주의의 환상(이데올로기)을 균열시키면서 새로운 현실에 대한 열망을 드러낸다.

그 밖에 〈핍박〉(현상윤)의 '나'의 환청, 〈오발탄〉(이범선)의 철호의 환상, 〈순이삼촌〉(현기영)의 순이삼촌의 환청, 그리고 〈프린세스 안나〉(배수아)의 핑크의 환상과 〈그렇습니까? 기린입니다〉의 기린의 환상, 〈아, 하세요 펠리컨〉의 오리배 세계 시민 연합의 환상 역시, **실재계를 핵심으로 한 현실**을 드러내는 토대로서 표현되고 있다. 이 소설들에서 만일 환상이 그려지지 않았다면 현실은 다만 표현할 수 없는 잔여물이 쌓여 있는 고통의 공간으로 나타났을 것이다. 미학적 환상은 바로 그 표현불가능한 잔여물(실재계)과 접촉함으로써 그것을 토대로 상처가 치유된 또 다른 현실로 나아가는 과정을 암시한다.

이처럼 미학은 합리적인 눈으로는 볼 수 없는 실재계와의 접촉을 드러내는 형상적 방식이라고 할 수 있다. 실재계와의 만남을 포착하는 방식에는 환상 이외에도 아이러니, 풍자, 해학, 그리고 변혁운동이 있다. 그중에서 환상은 무의식적 욕망과 실재계의 상호작용을 직접 이미지로 표현하는 미학이라고 할 수 있다.

물론 원시인과는 달리 현대인은 무의식적 욕망과 심리적 현실을 곧바로 드러낼 수 없는 세계에서 살고 있다. 그 때문에 환상은 다른 미학적 방법들과는 달리 합리적인 관점에서는 그대로 수용할 수 없는 비현실적인 이미지들로 남아 있다. 그러나 합리적 현실의 신뢰성이 적어지고 그 균열이 심각해졌을 때, 표현할 수 없는 많은 잔여물의 더미들로 고통스러워하며, 우리는 실재계 차원을 표현하는 환상을 그 비현실성에도 불구하고 기꺼이 받아들인다.

더욱이 환상은 〈아, 하세요 펠리컨〉에서처럼 새로운 소통과 유대의 꿈으로 표현될 때 비현실성을 넘어서서 앞으로 와야 할 또 다른 현실에 더욱 접근한다.[41] 그 같은 소통과 연대에 대한 환상은 미래에 와야 해 현실을 구성하려는 사람들과 상상력을 공유한다. 실제로 이 포스트모던 리얼리즘의 환상은 거리와 광장으로 흘러넘쳐 합리적 비판정신과 결합된 변혁운동[42]으로 이어지고 있다. 여기서 우리는 현실과 대립되는 듯한 환상이 미학과 변혁운동에서 오히려 '실재계를 핵심으로 한 현실'의 토대가 됨을 실감한다.

이제까지 우리는 이데올로기적 환상과 미학적 환상이 상이한 방식으로 현실을 구성하는 과정을 살펴봤다. 세계는 그 두 가지 현실과 두 개의 환상 사이에서 동요하고 있다고 할 수 있다. 한쪽에서는 파시즘·식민주의·악의 축과의 전쟁이라는 이데올로기적 환상이 현실을 구성하고 있다. 다른 한쪽에서는 모더니즘·탈식민주의·포스트모던 리얼리즘의 환상이 새로운 현실에 대한 일방을 표현한다. 전자는 상처를 봉합하는 내가로 진실을 바비시키는 환상이며 후자는 상처와 교감함으로써 그것이 치유된 세계로 나아가려는 환상이다. 이 두 가지 환상-현실은 그림 3과 같이 표시될 수 있다.

그림 3

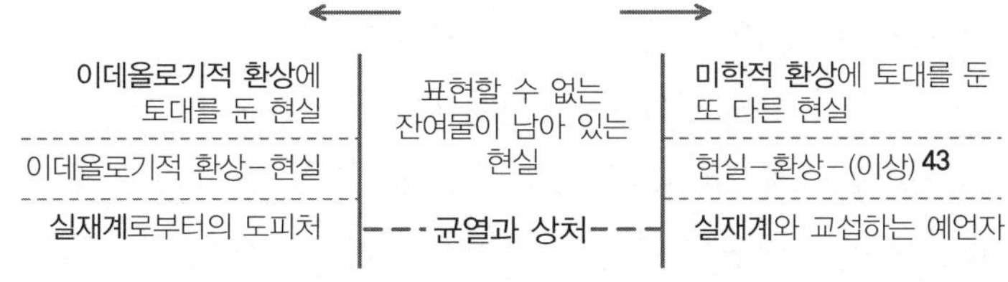

41 이 포스트모던 리얼리즘에 나타난 환상의 특징에 대해서는 뒤에서 리얼리즘 및 모더니즘의 환상과 구분하면서 다시 논의할 것이다.
42 촛불시위가 그런 경우라고 할 수 있다.

6. 복수 코드화된 현실과 환상

이제까지 살펴본 이데올로기적 환상과 미학적 환상은 합리적 현실이 균열되는 위치에서 나타난 것이었다. 그 점에서 그 두 가지 환상은 초월적인 신 대신 합리성에 삶의 기반을 두게 된 근대 초기부터 출현했다고 할 수 있다. 그런데 오늘날에는 과거와의 비교할 수 없을 만큼 훨씬 더 환상의 중요성이 커져가고 있다. 과학기술이 고도로 발전된 이 후기자본주의 시대에 그처럼 문학과 현실에서 환상이 부각되는 이유는 무엇일까.

그것은 사회적 균열을 은폐하려는 권력과 그에 대항하는 변혁운동이 보이지 않는 무의식의 차원으로 이동한 점과 연관이 있다. 물론 과거의 파시즘 역시 유태인 혐오증 등의 환상을 통해 무의식의 층위에서 균열을 감추려 했다. 그러나 그 권력의 환상은 유태인 학살이라는 미증유의 폭력을 수반한 것이었다. 반면에 후기자본주의 시대의 미시권력은 보다 은밀하고 교묘한 권력 장치를 사용한다. 예컨대 감시장치, 성적 욕망의 장치, 유혹적인 스펙터클적 권력 등이다. 이 권력 장치들은 표면적으로는 전혀 폭력적이지 않으면서 사람들의 무의식을 아주 비밀스럽게 예속화한다.

그중에서 스펙터클적 장치는 권력이 연출한 시뮬라크르(이미지)와 실제 현실을 구분 불가능하게 뒤섞는다. 가령 〈트루먼쇼〉에서 치밀하게 연출된 현실이 트루먼의 실제 삶이듯이, 스펙터클적 권력은 균열을 은폐한 가상공간을 사람들의 실제 현실로 연출하고 있다. 과거의 이데올로기적 환상은 진실을 마비시키는 방식으로 우리를 실재계에서 환상-현실로 도피하게 만들었다. 그러나 스펙터클적 권력(또 다른 이데올로기적 환상)은 실제 삶이기도

---

43 환상이 직접적으로 이상을 드러내는 것은 아니다. 환상은 '실재계를 뼈대로 한 현실'과 이상으로 나아가려는 '무의식적 욕망'의 상호작용이다.

한 유혹적인 가상현실을 제공하며 참혹한 실재계로부터 고개를 돌리게 한다.

예컨대 〈프린세스 안나〉(배수아)의 프린세스의 판타지나 TV드라마의 신데렐라의 환상은 허구가 아닌 실제 현실에서 연출되는 시뮬라크르들이다. 또한 '테러와의 전쟁'이라는 표제가 붙은 '아메리칸 히어로'[44]의 판타지 역시 스크린을 넘어 현실 자체에서 공연되고 있다. 이 매혹적인 환상-현실들은 사회적 균열에 눈 감게 함으로써 실재계와 교섭하려는 사람들의 무의식을 순화시킨다. 그것을 통해 스펙터클적 권력은 우리를 현실 그 자체이기도 한 환상 속에 자발적으로 빠져들게 만든다.

스펙터클적 권력에 의해 연출되는 이데올로기적 환상은 사회적 현실의 불가피한 균열을 봉합하기 위한 것이다. 그런데 그처럼 합리적 현실의 균열이 스펙터클적 환상-현실의 보충을 필요로 하는 것이라면, 그리고 그 매력적인 현실이 결국 실재계를 감추는 시뮬라크르에 불과한 것이라면, 그런 불충분한 합리적 코드 이외에 다른 방식의 코드와 시뮬라크르를 가정할 수도 있을 것이다. 이 경우 그런 또 다른 코드화와 시뮬라크르는 합리적 상징계의 균열부분에서 생성될 수 있을 것이다.

물론 그 새로운 코드화 역시 완전하지는 못하며 부득이 환상적 시뮬라크르를 필요로 한다. 아마도 '실재계를 핵심으로 한 현실'은 그런 두 개의 코드화가 중첩되는 부분, 즉 합리적 상징계의 균열 위에 또 다른 코드화가 겹쳐지는 위치에서 생성될 것이다. 그 균열의 틈새는 두 개의 환상이 충돌하는 부분이기도 하다.

그림 4에서 점선부분은 합리적 현실의 균열지점이며 그 위치에서 또 다른 코드화가 시작될 수 있다. 앞에서 논의했듯이 균열을 봉합(환상)해 합리적 현실이 완전하게 보이게 만든 것(현실)이 이데올로기적 환상-현실이다

---

44 슈퍼맨, 배트맨, 스파이더맨 등의 할리우드 영화의 주인공을 말한다. '테러와의 십자군 전쟁'이라는 미국의 시나리오는 실제로 그런 할리우드 영화와 상상력을 공유하고 있다.

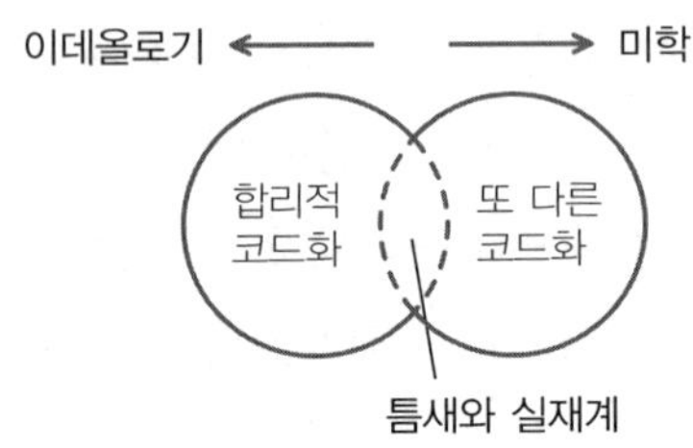

(←). 반면에 균열을 통해 드러난 실재계와 교섭(환상)하며 새로운 현실로 나아가려는 것이 미학적 환상 – 현실이다(→).

도표의 '또 다른 코드화'는 그런 미학적 환상이 확장되어 사람들의 삶의 공간으로 질서화된 곳이다. 이 세계(또 다른 코드화)가 단순한 환상과 구분되는 것은 사람들의 관계를 질서화하는 코드가 내재한다는 점이다. 그러나 이 또 다른 코드의 세계는 미학적 환상의 연장선상에 나타난 것으로 그 자체가 새로운 현실은 아니다. 즉 이 또 다른 세계는 미학적 환상처럼 합리적 세계의 균열 위에 겹쳐지면서 그곳에 드러난 실재계와 교섭할 뿐이다.

'실재계를 핵심으로 한 현실'은 두 개의 코드-세계가 중첩되는 영역에서 그런 실재계와의 교섭을 토대로 나타날 것이다. 그 점에서 도표의 '또 다른 코드화'의 세계는 미학적 환상과 비슷하게 기능한다.[45] 구체적으로 또 다른 코드의 세계란 〈은어낚시통신〉의 밀교적 공간, 〈천지간〉의 불교적 세계, 〈웰컴 투 동막골〉의 동막골과 같은 공간을 말한다.

---

45 이 또 다른 세계의 코드화 자체가 합리적 코드와 구별되는 방식으로서 일종의 환상을 매개로 기능하는 경우가 많다. 물론 환상을 포함하긴 하지만 서구적 합리성과 구분되는 다른 방식의 리얼리티를 갖고 있을 수도 있다.

이런 복수적 코드화의 작용에서 주목되는 것은 리얼리티가 결코 합리적 코드의 방식으로만 이해되지는 않는다는 점이다. 리얼리티는 **복수적으로 코드화된 세계들이 중첩되는 곳**에서 그 틈새의 **실재계**를 근거로 나타날 것이다. 또한 그 새로운 리얼리티는 결코 합리적 현실처럼 확정적일 수 없는 '미결정적인' 세계로 '생성' 될 것이다. 이처럼 복수적 코드화의 작용이 용인됨으로써 '리얼리티가 틈새의 공간으로부터 미결정적으로 출현'한다는 것[46]이 탈근대적 인식론의 특징이다.

요컨대 실재계의 영역은 합리적 현실의 균열로부터 나타나는 것이지만 또한 복수적으로 코드화된 세계들이 중첩되는 **틈새의 공간**으로부터 드러난다.[47] 그리고 그 균열과 틈새로부터 '실재계를 핵심으로 한 현실'이 미결정적으로 출현하는 것이다. 이처럼 리얼리티가 복수적 코드들이 겹쳐지는 영역에서 생성된다는 관점은 합리적 세계가 유일한 현실이 아니라는 생각을 더욱 분명하게 해준다. 합리적 세계의 균열 지점에 또 다른 코드의 세계가 겹쳐지면서, 그 틈새(그리고 실재계)의 위치에 환상을 포함한 여러 미학적 장치[48]들이 작용하며 '실재계를 핵심으로 한 현실'을 암시하기 때문이다.

---

46 이 복수적 코드화에 의한 틈새의 공간을 생각하지 않고 실재계의 환상을 상징계의 균열의 견지에서만 논의하는 것이 라캉과 지젝의 한계이다.

47 넓은 의미에서 보면 복수적 코드화의 관점은 각 민족국가들의 상징계의 경우에도 해당된다. 그런 맥락에서 어떤 언어를 다른 나라 언어로 번역할 때 흔히 느끼는 '번역 불가능성'은 일종의 '실재계와의 만남'의 경험이라고 할 수 있다.

48 환상은 아이러니, 풍자, 해학, 변혁적 리얼리즘 등과 함께 '실재계를 핵심으로 한 현실'을 암시하는 미학적 장치이다. 물론 복수 코드화의 방식으로 리얼리티를 암시할 때 흔히 환상이 많이 사용되는데 그것은 또 다른 코드화의 세계가 대개 미학적 환상의 연장선상에서 나타나기 때문이다.

7. 탈식민주의와 환상

　리얼리티의 다중성과 연관해 한 가지 흥미로운 것은, 복수적 코드들이 교차되는 리얼리티의 생성 작용이 탈식민주의와 연관이 있다는 점이다. 복수적 코드화와 새로운 미결정적 리얼리티의 개념은 실상 민족국가들이 경계를 넘어서는 (탈)식민주의로부터 나타났다고 할 수 있다. 제국주의와 식민주의는 특정한 민족국가가 경계를 넘어 다른 민족국가를 자신의 영토에 병합하는 것을 말한다. 이 과정에서는 필연적으로 제국과 식민지의 문화가 충돌하고 중첩되는 일이 발생한다. 그 이유는 영토는 병합할 수 있지만 이질적인 코드의 문화는 결코 완전하게 동일화될 수 없기 때문이다.

　그런데 다른 한편 제국의 본토인 서구의 문화를 수용하는 것은 근대화를 위해서는 불가피한 일이기도 했다. 식민지는 제국과 싸우기 위해 자신의 적수인 제국이 만든 근대의 장에 들어서야 했던 것이다. 그 때문에 식민지에서 벗어나는 탈식민을 위해서는 원래의 자기 자리로 돌아가는 것이 아니라 문화적 코드들이 중첩되는 곳에서 자주성을 회복하는 일이 필요했다. 그 겹쳐진 위치는 서구문화가 균열을 드러내며 실재계를 노출하는 곳이기도 했다. 그처럼 '복수 코드화의 틈새'에서 실재계와의 대면이 주어진 점에서, **탈식민의** 사유와 행동은 **탈근대적** 인식론의 단초였던 셈이다. 즉 서구문화의 균열지점에서 (실재계와 교섭하며) 자주적 문화를 생성시키는 탈식민주의는, 합리적 현실이 분열되는 곳에서 새로운 리얼리티를 출현시키려는 탈근대적 인식론과 원리를 같이한다. 실제로 합리적 현실이 분열되는 위치는 원래 제국주의로서 서구문화가 모순을 노정하는 곳에 상응한다.

　그림 5의 도표를 그림 4와 비교하면 합리적 현실의 균열지점과 식민주의의 분열의 위치의 상응성을 알 수 있다. 그런 이유로 서구문화나 제국의 문화의 균열은 자국 내에서도 나타나지만(합리적 현실의 균열) 문화적 코드

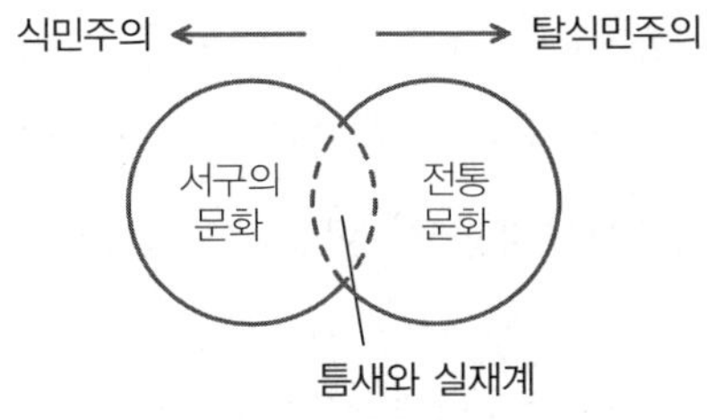

가 충돌하는 식민지에서 보다 분명하게 드러난다. 즉 서구문화에 의한 식민화는 피식민자의 고유문화에 부딪혀 필연적으로 균열되며, 그 균열의 틈새에서 해방된 자주적인 근대문화가 생성됐다고 할 수 있다.

그처럼 문화적 식민화나 자주적 근대문화의 생성은 두 개의 문화가 충돌하고 중첩되는 복수적 영역에서 이루어진다. 임화의 이식(문화적 식민화)과 창조(자주적 근대문화)의 변증법은 바로 그런 **복수적 문화혼화 과정**에 대한 논의에 다름이 아니다. 일종의 **탈식민**으로서의 문화창조 과정은 전통문화로의 회귀가 아니라 서구문화가 균열을 드러내는 틈새에서 진행된다. 그 복수적 틈새에서는 서구문화를 배제하기보다는 타자로서 자신 속에 포함하며 새로운 자주적 문화를 창조하는 과정이 나타난다. 이처럼 탈식민적 근대문화는 타자를 자신의 일부로 포함하는 혼성성으로서 전통문화와 연결된다. 여기서 혼성성이란 단순한 두 문화의 혼합이 아니라 '고유문화의 부인'이라는 식민화 과정을 역전시켜 주체성을 되찾는 일을 말한다. 예를 들어, 서구적인 백조파보다 전통을 창조적으로 계승한 김소월과 한용운이 완성된 근대시를 얻은 것은 그런 탈식민적인 혼성성에 의한 것이다.[49]

---

49 김소월과 한용운 이외에도 우리 근대문학을 완성한 작가들은 탈식민적 혼성성을 통해 주체적

문화적 혼성성은 문학에서뿐만 아니라 일상생활에서도 나타난다. 예컨대 서양사상과 동양사상, 양의학과 한의학, 양식과 한식 등, 우리는 자신도 모르게 복수적으로 코드화된 현실을 살고 있다. 그런 혼성성이 단순한 혼합이 아니라 주체적인 창조적 삶의 형식으로 생성되어야 함은 물론이다. 그 때문에 우리 문학에서는 서구적 현실의 균열을 무의식 속에 잠재된 동양사상을 통해 극복하려는 (탈근대적인) 소설들이 끊임없이 쓰여지고 있었다. 가령 김동리, 이청준, 윤대녕 등이 동양적인 전통세계를 다룬 것은 서구적인 합리적 세계가 균열을 보이는 지점에서 주변화된 동양적 세계가 중요한 의미를 되찾을 수 있다고 생각했기 때문이다. 김동리는 액자소설을 통해, 이청준은 메타픽션 형식을 통해, 그리고 윤대녕은 두 개의 코드가 중첩되는 리얼리티를 생성시키며 그 문제를 탐색하고 있다.

합리적 코드와 대비되는 동양적 코드의 세계는 전적으로 환상적이지는 않다. 그러나 합리적 세계의 균열 지점에 수묵화처럼 신비스럽게 스며드는 동양적 세계는 빈번히 환상적 색채를 띠게 된다. 예컨대 〈천지간〉(윤대녕)에는 (합리적인 세계에서는) 전혀 모르는 타인인 두 주인공이 서로 생명을 교감하며 '인연'을 맺는 사건이 그려진다. 이 소설에서 '나'와 그녀의 관계는 합리성보다는 불교적인 인연설로 더 잘 이해된다. 물론 두 사람의 사건이 눈앞의 현실로부터 환상적인 불교적인 세계로 도피함으로써 일어난 것은 아니다. 반대로 그들은 합리적 세계의 균열 지점에서 자살 충동이나 그 징후를 간파하면서 무의식 속에 잠재된 인연설을 생명에 대한 욕망으로 전환시키고 있다. 즉 이 소설에서 불교적 세계는 두 사람의 무의식에 숨겨진 또 다른 코드의 세계이지만, 그것의 발현은 합리적 세계와 중첩되는 틈새에서 생명에의 욕망을 통해 이루어진다.

문학을 생성한 것으로 볼 수 있다. 예컨대 염상섭, 현진건, 나도향의 소설이 이광수를 넘어선 것은 그런 방식으로 서구문학의 모방을 넘어섰기 때문이다.

인연설이란 모든 존재에는 타인과의 관계가 각인되어 있다는 뜻이다. 생명에 대한 욕망 역시 그 같은 타자성의 관계에서 나타날 수 있다. 〈천지간〉에서 그녀의 자살의 충동은 모든 인간관계의 끈을 놓쳐버린 듯한 절망감에 의한 것이다. 그런데 '나' 와의 만남을 통해 전혀 모르는 타인과의 관계에도 인연의 끈이 숨겨져 있음을 깨닫는 순간 그녀는 존재와 생명에 대한 욕망을 되찾을 수 있었던 것이다. 하지만 합리적 필연성에 얽매인 세계에서는 그런 인연설의 진리가 현실성이 없는 신비의 사유로 망각된다. 반면에 합리적 세계의 균열을 감지한 두 주인공은 자연스럽게 비현실적인 인연설을 존재에 대한 진리로 전환시킨다. 여기서 균열 속에 스며든 인연설은 은밀한 '환상' 으로 느껴지지만, 그것은 우리가 잊고 있었던 또 다른 리얼리티로서 '실재계와 교감하는 존재' 의 현실감에 다름이 아니다.

〈천지간〉의 환상을 통한 절망의 극복은 심층적인 차원에서 문화적 복수성과 탈식민의 문제와 연관이 있다. 물론 이질적 문화들 사이의 균열과 환상이 보다 더 탈식민의 문제와 직결되는 예들이 있다. 그것은 식민지나 신식민지적 분단상황처럼 외세에 관련된 모순들이 우리의 삶을 고통스럽게 억압할 때이다. 구체적인 예로 김사량의 〈천마〉[50]와 영화 〈웰컴 투 동막골〉에서는 문화적 이질성과 탈식민에 연관된 환상과 실재계적 리얼리티가 실감나게 드러난다. 이제 이 탈식민적 작품들에서 환상이 어떻게 실재계적 리얼리티의 토대가 되고 있는지 살펴보자.

식민화와 탈식민화의 과정에서 문화적 복수성의 문제가 환상을 수반한 것은 파시즘적인 강제적 일체화 상황에서였다. 이 시기에는 제국의 불가피한 균열을 봉합하며 강압적으로 식민지를 '일체화' 시키려 할 때 균열의 위치에서 환상이 작용할 수밖에 없었다. 그 같은 식민주의에서의 환상의 작용

---

50 〈천마〉에 대한 탈식민주의적 관점의 연구에는 남현정, 〈김사량 소설에 나타난 탈식민주의〉(교원대 석사논문, 2009)가 있다.

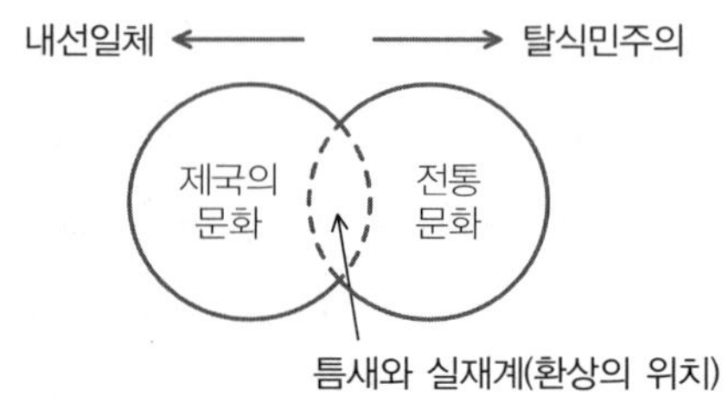

은 강제적 일체화가 영토의 차원[51]을 넘어 문화적 핵심에서 작용함으로써 나타난 것이었다. 구체적으로 그런 환상을 매개로 한 식민주의는 1940년대의 파시즘적인 '내선일체'를 통해 경험되었다. 내선일체는 '환상'을 토대로 동일화된 '현실'을 만들어내는 대표적인 파시즘적 이데올로기였다(그림 6).

내선일체가 초기의 식민주의와 다른 점은 실재계 차원에 작용하는 환상을 필수물로 한다는 점이다. 식민지에서 제국에 의해 부인된 민족문화는 억압된 것의 회귀를 통해 무의식으로부터 되돌아온다. 내선일체라는 파시즘은 바로 그 무의식 속에서 되돌아오는 실재계적 잔여물에 작용하는 것이 특징적이다. 즉 내선일체는 식민지에서의 균열의 고통을 심리적 잔여물로 남아 있는 민족적 흔적의 탓으로 돌리며, 그것을 버릴 때 식민지인의 분열이 사라지고 내지인처럼 될 수 있다고 말한다. 끊임없이 되돌아오는 열등한 조선적 흔적을 자발적으로 끊어낼 때, 식민지인(조선인)은 비로소 내지인과 일체가 된 국민이 된다. 이처럼 '국민'의 이름을 미끼로 조선적인 것(문화적 핵심)을 향한 무의식적 욕망을 내선일체 쪽으로 회유하는 방식이 바

---

51 이 영토의 차원에는 정치경제적 차원이 포함된다. 그러나 문화적 차원은 그것을 넘어서는 무의식적인 차원이라고 할 수 있다.

48

로 파시즘의 이데올로기이다.[52] 실제로 식민지 말엽의 지식인 중에는 내선일체를 차별과 자학적인 모멸감으로부터 탈출할 수 있는 특별입장권과도 같은 것으로 여기는 사람도 있었다.[53] 그처럼 파시즘은 폭력적 수단과 함께 환상(특별입장권)을 통해 보다 철저하게 식민주의를 현실로 만든다. 즉 이데올로기에 의해 실재계적 잔여물이 제거되고 무의식이 움직이는 단계에 이르면 내선일체의 환상은 현실이 되는 것이다.

물론 그에 이르는 과정이 물흐르듯 자연스럽게 이루어지는 것은 아니다. 문화적 위치에서의 민족성, 즉 무의식 차원의 민족적 잔여물이란, 내려놓아야 할 열등한 짐이 아니라 버릴 수 없는 실재계적인 존재의 핵심이라고 할 수 있다. 정치경제적 복권(국민)[54]의 유혹으로 실재계적 핵심(문화적 차원)을 포기할 것을 말하는 내선일체 앞에서 사람들은 분열과 혼돈에 직면하게 된다. 그 같은 혼돈 속에서 식민시 말엽의 대부분의 사람들은 분열의 장소인 실재계로부터 이데올로기(내선일체의 환상-현실) 속으로 도피했다고 할 수 있다.

내선일체가 환상을 근거로 한 파시즘적 이데올로기라는 점은 식민주의-탈식민주의의 양가성을 잘 포착한 김사량의 소설들에서 명백히 드러난다. 예컨대 〈천마〉(1940)에는 내선일체에 적극 앞장선 소설가 현룡이 광기와 환상을 통해 제국과 식민지 사이의 균열된 틈새를 경험하는 모습이 그려져 있다. 일제가 내선일체를 실행하기 위해 현룡 같은 광기어린 성격 파탄자가 필요했던 것은 일차적으로 사람들을 내지와 조선 사이의 균열의 위치로

---

52 나병철, 〈탈식민주의와 환상〉, 《현대문학이론연구》, 2009. 12, 190~191쪽. 내선일체와 대동아공영의 또 다른 논리는 민족적 경계에 집착하는 서구적 근대를 넘어 근대의 초극으로 나아간다는 것이었다. 그러나 이 역시 탈근대를 미끼로 실제로는 식민주의를 더욱 강화하는 책략에 불과했다.
53 소영현, 〈1940년 전후 동양담론 분석〉, 《1930년대 후반 문학의 근대성과 자기성찰》, 깊은샘, 1998, 173쪽.
54 이것은 하나의 미끼였지만 실제로 조선인에 대한 차별이 없어진 것은 아니었다.

몰아넣는 일이 요구되었기 때문이다. 교활하고 뻔뻔스러운 빈대처럼[55] 일제에 들러붙은 현룡은 친일 애국주의를 내세워 미치광이처럼 문인들을 매도했다. 결코 병합될 수 없는 '내지와 조선'을 '일체화' 시키기 위해서는 일단 그런 광기를 통해 사람들의 무의식을 혼란시킬 필요가 있었던 것이다. 그 같은 분열의 틈새에서 자신을 조선의 고통과 혼돈을 한 몸에 떠맡은 인물로 여긴 현룡은, 일제에 의해 버려지는 순간까지도 십자가를 멘 그리스도처럼 복숭아 가지를 타고 하늘로 오르려 한다.

내선일체란 그처럼 일체화될 수 없는 틈새를 환상으로 메우는 한편, 여전히 균열과 '실재계적 혼돈'에 남아 있는 조선인들을 그 고통으로부터 (균열이 봉합된) 식민주의 현실로 도피하게 만드는 이데올로기였다. 균열의 틈새로 드러난 실재계는 조선인에게 상처와 혼돈을 경험하게 하는데, 그것을 환상으로 은폐함으로써 내선일체 이데올로기는 실재계로부터의 도피처를 제공했던 것이다.

그런데 내선일체가 본궤도에 오르자 이 식민주의 이데올로기는 사람들에게 현룡의 광기와는 전혀 상관없는 현실로 경험되기 시작했다. 즉 견딜 수 없는 균열과 혼돈에서 벗어나 보다 안정된 이데올로기 공간에 들어서는 것이 어쩔 수 없는 '현실'이라고 생각하게 된 것이다. 그처럼 이데올로기적 환상의 완성단계는 그것이 더 이상 환상이 아닌 현실로 느껴지게 되는 때이다. 전에는 조선인 얼굴에 일본인 가면을 씌우기 위해 끝없이 미끄러지는 가면을 미친 듯이 들러붙게 만들어야 했다. 현룡 같은 미치광이 성격파탄자가 필요했던 것은 그 때문이다. 그러나 이제는 일본인 가면이 마치 이식한 피부처럼 제 살의 일부로 느껴지는 단계에 접어든 것이다. 물론 이 과정은 실상은 균열과 상처의 경험인 두려운 실재계로부터 보다 안정되어 보

---

55 현룡은 자기 자신이 교활하고 뻔뻔스러운 빈대 같다고 생각하여 땅바닥에 들러붙은 빈대를 좋아한다. 〈천마〉, 《식민주의와 비협력의 저항》, 역락, 2003, 248쪽.

이는 (균열을 은폐하는) 이데올로기 쪽으로 달아나는 양상이다. 즉 사람들은 광기어린 동화정책으로 인한 혼돈과 분열의 고통을 이기지 못해 내선일체 이데올로기로 도피하기 시작한 것이다.[56]

그처럼 '내선일체의 애국열'이 높아져가는 시기에는 현룡 같은 광적인 인물은 오히려 방해물로 여겨지게 된다. 아이러니하게도 내선일체를 위해 꼭 필요했던 인물이 이제는 가장 불필요한 인물로 전락한 것이다. 현룡의 문제점은 환상에서 벗어나 그것을 토대로 구성된 일상현실에 적응해야 할 단계에서 여전히 환상에 빠져 있다는 점이다.

현룡이 주변의 사람들과 다른 점은 분열증적인 성격 파탄자라는 점이다. 다른 사람은 강요된 내선일체 앞에서 봉합될 수 없는 균열로 인해 고통스러워하는 반면, 현룡에게는 그런 균열된 상황이 제 정체성에 맞는 의복과도 같았던 것이다. 그 때문에 그는 자기 세상을 만난 듯이 광기어린 행동으로 다른 사람들을 혼돈의 균열 속으로 몰아넣는 역할을 수행했다. 그러나 사람들이 고통을 못 이겨 내선일체 이데올로기로 도피한 반면, 성격 파탄자인 현룡은 그 순간에도 여전히 광기와 환각 속을 헤맬 수밖에 없었다. 내선일체의 앞잡이였던 그가 동일한 목적의 완결을 위해 버려질 수밖에 없었던 것은 그 때문이다.

하지만 현룡이 내선일체의 본질인 광기를 자신의 정체성으로 하는 인물인 점에서, 역설적으로 환각에 사로잡힌 현룡의 행동은 그 이데올로기적 환상의 실체를 누설한다. 즉 그의 광기는 자연스러워진 이데올로기적 현실을 원래대로 되돌려 부자연스러운 균열을 드러내게 된다. 현룡이 여전히 환각적인 행동을 하는 것은 그가 내지인임을 확언하면서도 내면적으로는 자신의 얼굴에서 일본인 가면이 자꾸 미끄러지는 것을 느끼기 때문이다.

---

56 여기서 중요한 것은 이런 내선일체로의 동화가 의도적으로 친일을 하는 행위와는 구별된다는 점이다.

그것이 바로 모든 사람들이 경험하는 내선일체의 본질일 것이다. 그런데 다른 사람들은 그런 분열이 고통스러워 무의식으로부터 눈앞의 현실(내선일체)로 도피한 반면, 현룡은 순진한 식민주의자답게 여전히 분열의 미로에서 헤매고 있는 것이다.

현룡은 일제에 의해 폐기되는 순간에도 순교자처럼 하늘로 날아오르려 하지만 그런 환상은 결코 이루어지지 않는다. 환각에서 헤어나오지 못하는 현룡은 결국 무의식 속에서 그처럼 환상이 현실이 될 수 없음을 줄곧 경험했던 셈이다. 그리고 고통 속에서 환상으로 도피하면서 일제와 조선 사이의 균열의 틈새를 헤메고 있었던 셈이다. 그 같은 그의 내면 속에서의 분열과 방황은 일제에게 외면당하는 순간 걷잡을 수 없이 커진다.

이 소설의 서두와 말미에 현룡이 미로 같은 골목을 헤매는 장면이 그려진 것은 바로 그런 분열된 내면의 미로를 상징한 것이다. 균열의 나락에서 도망치기 위해 출구가 없는 길을 달리는 현룡은, 겉으로 내지인을 외칠수록 내면에서는 일본인 가면이 벗겨짐을 느꼈을 것이다.

이처럼 환상이 현실이 될 수 없는 상황에서 현룡은 분열과 혼돈에 빠져 또 다른 환각을 경험한다. 미로의 어느 곳에선가 끝없이 그에게 '센징(조센징)!'이라고 외치는 환청은, 내선일체가 균열을 드러낸 틈새로 고통스러운 실재계와 대면하는 경험일 것이다. 이 실재계와의 대면 속에서의 환각은, 그가 필사적으로 붙잡고 있는 내지인 가면과 그 가면을 제 얼굴로 착각하는 환상(이데올로기적 환상)을 전복시킨다. 즉 그 순간의 참을 수 없는 환청은 이제까지 그의 머릿속의 도피처였던 내선일체의 환상을 파편화시키는 것이다.

〈천마〉는 내선일체 같은 파시즘이 환상을 필수적으로 수반함을 보여준다. 그런데 이 소설에는 엄밀히 말해 서로 다른 두 가지의 환상이 그려지고 있다. 하나는 강요된 식민주의로 인한 균열을 메우는 환상으로, 그것은 처음에 광기로 경험되지만 이데올로기의 완성 단계에서는 봉합된 현실 자체와 구분될 수 없는 것으로 작용한다. 따라서 분열보다 안정을 원하는 사람들은 고통스러운 실재계적 균열로부터 그것이 은폐된 이데올로기적 환상-현실로 도피하게 된다. 현룡을 앞세웠던 내선일체라는 파시즘적인 **이데올로기적 환상**이 여기에 속한다.

다른 하나는 그런 환상이 현실로 전이되지 못하는 좌절을 겪을 때 도망칠 수 없는 미로 속에서 경험하는 환상이다. 이는 일제로부터 버려진 현룡이 분열의 경험 속에서 실재계와 대면하는 순간의 환상이다. 현룡이 그런 상황에 처한 것은 물론 그가 다른 사람들과는 달리 분열적인 성격의 소유자이기 때문이다. 그러나 역설적으로 그의 그런 성격은 완성단계의 이데올로기를 파편화하고 실재계와 대면하게 되는 상황을 만든다. 이 후자의 경우 전자의 이데올로기적 환상에 균열을 내며 **실재계와 대면**하게 하는 점에서, 현룡의 의지와는 상관없이 식민주의를 비판하게 되는 **미학적 환상**의 기능을 한다. 여기서의 미학적 환상의 특징은 두 개의 상징계(소선-일본)가 충돌하는 **복수 코드화된 틈새의 공간**에서 나타난다는 점이다.

내선일체와 대동아공영은 실재계 차원의 근대의 초극을 내세워 탈근대와 유사한 논리를 보여준다. 그러나 실제로는 탈근대와는 달리 상징계의 균열을 은폐하고 되돌아오는 이데올로기에 다름이 아니다. 바로 그 과정에서 실재계와 교섭하는 환상이 필수물로 작용하는 것이다. 물론 여기서의 환상은 균열을 은폐하고 실재계와의 접촉을 차단하는 작용을 한다. 하지만 환상의 스크린에 가려진 실재계적 균열의 경험이 아주 사라진 것은 아니다. 〈천마〉의 마지막 장면은 일제에 의해 버려진 식민주의자가 실재계 공간으로 떠밀리며 분열을 경험하는 상황을 그리고 있다. 이처럼 실재계와 대면하는 분열의 경험이 이데올로기적 환상과 구분되는 미학적 환상이다.

〈천마〉에는 그런 미학적 환상이 식민주의(내선 일체)의 이데올로기적 환상을 파편화하는 부정의(negative) 방식으로만 나타난다.[57] 여기서 한발 더

---

[57] 이 점에서 〈천마〉는 비판적 리얼리즘의 방식을 사용한 탈식민주의 소설이라고 할 수 있다.

나아가 미학적 환상이 식민주의에 예속된 세계와 구분되는 또 다른 세계로 코드화되어 그려지는 경우도 있다. 신식민주의적 분단의 상황을 극복하려는 〈웰컴 투 동막골〉의 동막골의 판타지가 바로 그것이다.

해방 이후 우리는 내선일체 같은 극단적인 식민주의에서 벗어나지만 민족적 주체성을 완전히 회복하지 못한 채 신식민지적 자본주의에 예속된다. 신식민지란 영토는 되찾았으나 이데올로기적으로나 문화적으로 여전히 외세에 예속된 상황을 말한다. 해방 이후의 그 같은 신식민지화 과정은 남북 분단의 상황과 긴밀히 연관되어 있다. 식민지 시대에 탈식민적 운동이 정점에 이른 것은 신간회 같은 좌우 연합에 근거한 변혁 세력이 출현한 시기였다. 반면에 해방 이후의 좌우 대립과 남북 분단은 그런 변혁 세력이 소멸되면서 외세에 대항하는 힘이 무력화된 상황을 의미했다.[58] 즉 영토는 해방되었지만 민족적 주체성을 확립하려는 세력이 약화되면서 남한의 경우 신식민주의적으로 서구 자본주의 체제에 편입되고 만 것이다.

그 같은 신식민지화 과정에서 우리가 잃어버린 것은 과거 민중들의 소망이었던 화해된 공동체의 이상이었다. 신식민지적 남북 분단은 외세에 예속된 좌우 대립의 이데올로기를 통해 그 민중들의 '화해된 공동체'의 소망을 억압하고 있었다. 따라서 식민지 시대에는 제국과 식민지 간의 이질적인 복수적 코드의 충돌이 문제였지만, 지금은 예속적인 현실세계와 무의식 속에 억압된 세계, 즉 '대립의 현실'과 '억압된 공동체'의 갈등이 핵심이 된다.

그 같은 갈등은 같은 민족 간의 적대감이 극단화된 전쟁(6·25)의 상황에서 가장 고조된다. 그러나 '화해된 공동체'의 꿈은 우리가 버린 것이 아니라 강제로 억눌린 것이므로, 그 실현성이 가장 악화됐을 때 '억압된 것의 회귀'를 통해 꿈처럼 되돌아온다. 그런 무의식 속의 억눌린 것의 귀환을 그린 것이 바로 '동막골'의 판타지이다.

---

58 나병철, 《가족로맨스와 성장소설》, 문예출판사, 2007, 437~438쪽.

그런데 동막골의 판타지는 단지 개인적인 꿈이 아니라 민족의 무의식적 기억 속에 늘상 잔존하던 세계가 돌아온 것이다. 그 때문에 동막골은 한 순간의 꿈이 아닌 그 나름대로의 질서와 코드를 지닌 공간으로 나타난다. 그리고 '전쟁의 현실'과 '평화로운 동막골'은 분단 이데올로기의 세계와 화해된 민중적 공동체라는 복수적으로 코드화된 공간들로 그려지게 된다. 전자는 신식민주의적으로 예속된 세계이며 후자는 그런 상황에서 잃어버린 세계이다. 탈식민화된 새로운 현실은 그 두 개의 코드의 세계가 복수적으로 충돌하는 틈새로부터 생성될 것이다. 탈근대적인 미결정성의 인식론에서처럼, 탈식민주의는 새로운 리얼리티가 출현함을 암시한다.

그림 7에서처럼 동막골은 판타지인 동시에 과거에 민중들이 소망하던 잃어버린 세계이다. 그러나 분단 현실에서 벗어나는 길은 단순히 그 과거의 소망인 화해의 공동체로 되돌아가는 일이 아니다. 그보다는 그런 화해의 소망이 실현될 수 있도록 분단 현실을 변화시키면서 미래의 현실로 나아가야 할 것이다. 따라서 새로운 현실은 '분단 현실'과 '동막골'이 서로 교섭하면서, 그 두 개의 코드화된 세계의 틈새에서 실재계와의 대면을 통해 나타날 것이다.

그런 교섭의 과정은 동막골이 적진으로 오인되어 폭격지점으로 정해지고 연합군이 투입되면서 시작된다. 동막골의 화해의 공동체에 동화된 표현철(국군)과 리수화(인민군)는 이제 양자택일의 기로에 서게 된다. 즉 동막골과 함께 사라지느냐 다시 전쟁의 현실로 뛰어드느냐이다.[59] 그러나 그들은 동막골의 꿈을 포기하지 않으면서 그 꿈이 현실적으로 가능해지도록 행동하는 제3의 방법을 선택한다. 즉 표현철과 리수화는 동막골을 지키기 위해 전쟁의 현실로 뛰어들지만 다시 예전의 대립의 위치로는 돌아가지 않는다. 이미 동막골에 마음을 빼앗긴 그들은 이번에는 그곳의 화해의 힘을 전쟁의

---

59 나병철, 《영화와 소설의 시점과 이미지》, 소명출판, 2009, 471~475쪽.

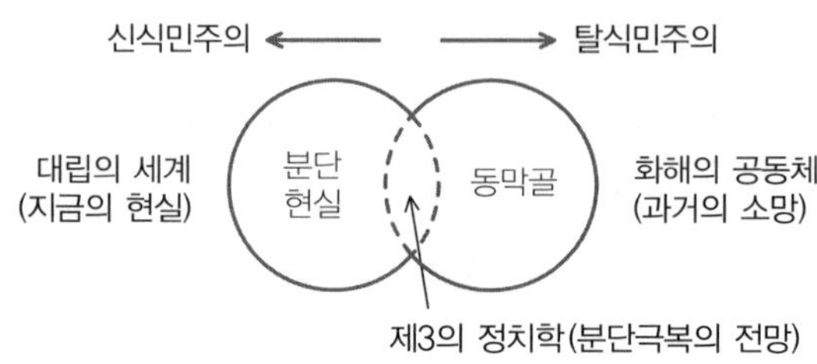

현실에서 발휘해 동막골을 구하려 시도한다.

이처럼 그들은 전쟁의 현실에 발을 딛고 있으면서도 그 대립의 논리(코드)로는 설명할 수 없는 동막골의 화해의 정신(또 다른 코드)을 발휘한다. 연합군의 폭격을 다른 지점으로 유도하려는 그들의 '작전'은, 동막골에서는 불가능한 전쟁의 행위인 동시에, 전쟁의 현실에서는 결코 용납될 수 없는 화해의 시도이기도 하다. 즉 '대립의 세계에 속한 연합군'과 구분되는 이 새로운 화해의 연합군은, 전쟁의 세계도 동막골도 아닌 양자 사이의 틈새에서 행동하고 있는 것이다. 그런 틈새의 공간에서 분단 세계의 '언어로는 설명할 수 없는' 작전을 수행하고 있는 점에서, 그들은 **실재계**와 교섭하며 새로운 '사건'을 생성시키고 있는 셈이다.

'새로운 연합군'이 보여준 사건은 실상 과거 죄우 연합에 근거한 탈식민적 변혁 세력들이 실천한 행동과도 같은 것이다. 그것은 (신)식민주의와 분단의 현실(상징계)이 억압하고 있는 무의식 속의 공동체적 소망을 실현하고 있는 점에서, 상징계의 언어로는 말할 수 없는 실재계 차원의 현실을 보여주고 있는 셈이다. 〈웰컴 투 동막골〉의 경우 그런 **실재계를 핵심으로 한 새로운 현실**[60]은 분단 세계의 언어로도 동막골의 언어로도 표현할 수 없는 위치로서, 그 두 개의 코드의 세계가 충돌하는 틈새의 공간에서 나타난 것이다. 그처럼 복수 코드화의 방식으로 리얼리티를 표현하고 있는 이 영화는 '포스트모던적인' 탈식민주의의 형식을 보여주고 있는 셈이다.

8. 포스트모더니즘과 포스트모던 리얼리즘

이제까지 탈식민주의 서사에서 복수 코드적 현실의 틈새로부터 새로운 리얼리티가 나타남을 살펴봤다. 탈식민적 복수코드화는 서구문화(제국의 문화)와 전통문화의 이중성에서 비롯된 것이다. 이 경우 전통문화는 현실의 균열을 넘어서는 실재계적 경험을 제공하기 위해 무의식으로로부터 귀환한 것이다. 그런데 그처럼 균열을 극복하려는 욕망은 비단 전통문화가 아니라도 진정한 만남이 가능한 또 다른 세계에 대한 소망으로 드러난다. 그런 무의식적 소망에 근거해 복수 코드적 세계를 그리는 것이 바로 포스트모더니즘이다.

예컨대 윤대녕의 〈은어낚시통신〉이나 김영하의 〈피뢰침〉 등은 그런 소설형식을 보여준다. 이 소설들에서는 은어를 코드로 한 밀교적 집단이나 탐리여행을 하는 '벼락 맞고 살아난 사람들의 모임'이 또 다른 세계로 그려진다. 물론 환상적인 은어낚시 모임이나 낙뢰 모임이 어떤 대안적 세계로 제시되는 것은 아니다. 다만 이 소설의 인물들은 또 다른 세계로 건너뛰는 순간 두 개의 코드가 중첩되는 틈새의 공간에서 '존재의 전이'[61]를 시도

---

60 과거 변혁세력의 실천에 의해 가능했던 '실재계적 현실'은 해방된 세계로 나아가는 '역사적 과정'으로 나타났다고 할 수 있다. 반면에 〈웰컴 투 동막골〉의 경우 '실재계를 핵심으로 한 현실'은 우리의 무의식적 소망에 근거한 탈근대적 탈식민주의 '미학'으로 표현되고 있다.

한다. 즉 허무와 무의미에 중독된 세계에서 벗어나서 은어처럼 존재의 시원으로 회귀하거나 섬광 속에 몸을 맡겨 존재의 전원을 켜려고 하는 것이다.

그러나 포스트모더니즘 환상소설에서 반드시 또 다른 코드의 세계가 그려지는 것은 아니다. 즉 일상의 세계에서 존재의 의미를 상실한 인물들은 다른 세계로 건너뛰는 대신 균열을 통해 드러난 실재계를 응시하면서 환상을 표현하기도 한다. 예컨대 〈갤러리 환타에서의 마지막 여름〉(배수아)에서 '나'는 남편에게 칼로 찔린 후 몽롱함 속에서 피냄새와 검은 파리가 잉잉거리는 이미지를 느낀다. 또한 〈엘리베이터〉(송경아)에서는 엘리베이터 줄이 끊어져 부서진 후 시체들이 기어 나와 계단을 올라간다. 그와 비슷하게 〈고압선〉(김영하)의 주인공은 일상의 세계에서 버려지면서 이미지가 지워진 존재로 살아간다.

이런 소설들은 환상을 통해 실재계와 대면하는 방식으로 현실의 균열을 드러내는 점에서 모더니즘의 환상과도 유사한 면을 보여준다. 그러나 이들 포스트모던 소설들은 모더니즘과는 달리 (이탈된 위치뿐만 아니라) 일상의 현실 자체가 이미지나 판타지의 세계임을 드러낸다. 즉 〈갤러리 환타에서의 마지막 여름〉에서 '나'의 여름은 여전히 아름다운 남자와의 사랑을 꿈꾸는 세계이다. 또한 〈엘리베이터〉의 인물들의 세계는 서로 소통될 수 없는 욕망을 꿈꾸는 엘리베이터와도 같은 공간이다. 마찬가지로 〈고압선〉의 세계는 사랑의 교감이 없는 욕망에 의해서 이미지로 연출되는 곳이다. 이 이미지와 환상의 세계는 이데올로기적 판타지의 공간인 동시에 또한 연출된 시뮬라크르로 된 현실이다. 이 같은 환상-현실이 예전의 이데올로기적 환상과 다른 점은 환상이 단지 오인의 구조일 뿐만 아니라 욕망을 자극하는 **현실 자체의 스펙터클**이라는 것이다.

그런 스펙터클적 환상-현실에서 벗어나 실재계와 대면하는 순간을 보여

61 　김영하, 〈피뢰침〉, 《엘리베이터에 낀 그 남자는 어떻게 되었나》, 문학과지성사, 1999, 141쪽.

주는 포스트모던적 소설들은 현실이 이데올로기인 동시에 연출된 시뮬라크르임을 폭로한다. 그처럼 현실이 실재계로부터 도피하게 하는 환상적인 시뮬라크르라면, 그와 달리 실재계와 접촉하는 또 다른 시뮬라크르의 세계도 가정될 수 있을 것이다. 전자가 도피처라면 후자는 탈주의 공간일 것이다. 그러나 양자 모두 원본 없는 시뮬라크르라는 점에서는 일치한다. 실재계가 그 자체로 드러날 수 없다는 점에서 모든 것은 시뮬라크르이며 연출과 현실이 구분되지 않는 것이다. 다만 실재계에서 도피하는 시뮬라크르와 실재계와 교섭하는 시뮬라크르가 있을 뿐이다. 시뮬라크르로서의 현실은 현실세계가 얼마든지 다른 방식으로 표현될 수 있다는 가변성을 암시한다. 이 같은 가변성과 미결정성을 지닌 **시뮬라크르[62]로서의 리얼리티** 개념은 **복수 코드화된 현실**이라는 불확정적인 포스트모던적 인식론에 상응한다.

〈천지간〉〈은어낚시통신〉〈피뢰침〉이 복수 코느화된 현실을 통해 리얼리티의 새로운 개념을 보여준다면, 〈갤러리 환타에서의 마지막 여름〉〈엘리베이터〉〈고압선〉은 이미지와 환상으로 된 시뮬라크르로서의 현실을 폭로한다. 전자는 존재의 전이를 통해 실재계와 교감하는 순간의 생명력을 전해주며, 후자는 이미지 세계에서 버려진 존재들이 실재계와 대면하는 순간을 제시한다. 두 유형의 소설의 공통점은, 존재의 의미를 잃어버린 현실(합리적 현실이나 이데올로기적 환상의 현실)을 그리면서, 그로부터 이탈하는 인물들을 통해 실재계에 근거한 새로운 리얼리티를 암시한다는 점이다.

이처럼 포스트모더니즘은 리얼리즘이나 모더니즘에 비해 실재계와 연관된 존재의 조건을 가장 분명하게 드러낸다. 실재계가 상징화가 불가능한 것이라면 포스트모더니즘은 표현할 수 없는 것을 표현하는 양식인 셈이다. 실재계적 차원은 존재의 의미를 잃어버린 세계에서 환멸을 경험하는 순간

---

62 시뮬라크르는 실재계와 상징계 사이에서 생성되는 이미지로서, '시뮬라크르로서의 리얼리티'는 복수 코드화된 현실처럼 '실재계를 핵심으로 한 현실'을 발생시킨다.

이나 그것을 넘어 다른 코드의 공간으로 건너뛸 때 표현된다.

그 같은 표현할 수 없는 것(실재계)의 표현이 가능해진 것은 실제와 이미지, 현실과 환상이 뒤섞이는 후기자본주의 사회의 특성과 연관이 있다. 사회현실을 고정된 상징계의 차원에서 보면 실재계는 부재요인일 뿐이지만 실재계와 상징계의 교섭의 측면에서 생각하면 실재계를 핵심으로 한 리얼리티 개념이 새롭게 부각된다. 그처럼 실재계와의 연관 속에서 생성되는 리얼리티는 일종의 연출인 시뮬라크르와 현실 자체의 구분을 불가능하게 한다. 다만 '실재계와 접촉하는 동시에 그로부터 멀어지는 시뮬라크르'와 '실재계와 끊임없이 교섭하는 또 다른 시뮬라크르'가 있을 뿐이다.[63] 후기자본주의 사회에서는 전자가 흔히 이데올로기적 환상과 뒤섞이며 후자는 미학적 환상과 교류한다. 라캉과 지젝이 말한 '현실의 최종 토대로서의 환상'이 실감나는 것은 그처럼 환상-시뮬라크르가 '실재계에 근거한 리얼리티'를 표현하기 때문이다. 이것이 바로 포스트모더니즘이 표현할 수 없는 것(실재계)을 표현하는 방식이다.

이 같은 새로운 리얼리티의 의미를 가장 실감나게 보여주는 것은 〈그렇습니까? 기린입니다〉〈아, 하세요 펠리컨〉 등 박민규의 소설들이다. 이 소설들에서는 현실에서는 표현이 불가능해진 '진정한 유대의 소망'이 환상을 통해 직접 표현되고 있다. 박민규의 소설이 이처럼 소통과 유대의 환상을 그릴 수 있는 것은, 같은 시대 다른 소설들과는 달리 존재의 의미의 상실이 진정한 유대를 불가능하게 한 사회모순에 의한 것임을 드러내기 때문이다. 즉 우리 시대의 인물들이 겪고 있는 우울과 환멸이 소통과 유대를 어렵게 하는 사회모순에서 기인되었음을 밝힘으로써, 그 어두운 균열을 극복하는 길은 환상으로라도 진정한 유대의 소망을 표현하는 것임을 보여준다.

여기서 환상이 현실감을 얻는 것은 존재의 의미를 상실한 현실이 진정

---

63 전자가 보드리야르의 시뮬라크르라면 후자는 들뢰즈의 시뮬라크르이다.

한 리얼리티를 잃는 것과 정반대의 이유에서이다. 즉 우리 시대의 현실이 가장 '현실적'[64]이면서도 유대의 상실과 함께 실재계와 이연되어 삶의 의미를 잃는 반면, 소통과 유대의 환상은 그 상실된 소망을 표현하면서 실재계와 교섭하는 리얼리티를 드러내는 것이다.[65] 이것이 **실재계를 핵심으로 한 리얼리티**의 진정한 의미를 보여주는 포스트모던 리얼리즘의 환상이다.

실재계와의 교섭을 보여주는 한 환상이 현실보다도 더 현실감을 얻을 수 있음을 박민규의 소설들은 알려준다. 또한 자본주의적 상징계에 폐쇄된 현실의 비극을 넘어서기 위해서는 인간적 연대[66]를 회복하는 길밖에 없음을 유대의 퍼포먼스를 통해 생생하게 보여준다. 이처럼 박민규의 소설은, 환상을 통해 실재계와 교섭하는 점에서 포스트모던적이면서도,[67] 또한 사회모순에 대응하는(모순을 넘어서려는) 리얼리티의 구체적 이미지를 제시하는 점에서 리얼리즘적이다. 변혁운동의 위축과 연관된 오늘날의 미학적 딜레마의 해결을 암시하는 이 포스트모던 리얼리즘에 대해서는 뒤에서 다시 살펴보기로 한다.

---

64 이 가장 현실적이 된 현실은 박민규의 표현대로 모든 것이 계산가능한 '산수화된 현실'이다.

65 물론 여기서도 유대의 소망을 표현하는 환상 자체가 새로운 리얼리티를 생성시키는 것은 아니다. 박민규의 소설에서도 리얼리티는 합리적 현실과 환상이 중첩되는 틈새의 공간으로부터 생성된다. 또한 그의 소설의 경우 흔히 복수적 코드화 방식 없이 유대의 환상이 표현되지만 환상의 부분이 더 지속적으로 제시되면 자연스럽게 복수 코드화의 방식으로 이행된다.

66 이 인간적인 연대는 후기자본주의 사회에서 밀려난 타자들에 의해 표현된다.

67 포스트모더니즘에서 환상의 표현이 자유스러운 것은 실재계와 교섭하는 한 환상이 현실보다도 더 현실적일 수 있음을 전제로 한다. 이는 '실재계를 핵심으로 한 리얼리티'라는 새로운 개념의 부각에 의한 것이다.

9. 동화와 판타지 소설

이제까지 우리는 근대 이후의 미학적 환상이 합리적 현실과 충돌하는 틈새의 공간에서 중요한 의미를 생성함을 살펴봤다. 환상이란 합리성을 넘어서는 형식이지만 그것의 미학적 의미는 합리성과 중첩되는 '사이에 긴 공간'에서 발생하는 것이다. 환상문학은 바로 그 합리성/환상의 틈새의 위치에서 '실재계를 핵심으로 한 리얼리티'를 암시한다.

그런데 그 같은 합리성과 환상의 상호관계는 이른바 본격문학의 미학적 환상에서 주로 나타난다. 반면에 동화나 판타지 소설[68]에서는 그런 환상의 **현실적 의미**보다는 판타지의 **상상력** 자체에 더 중요성이 두어진다. 그러면 그 같은 양자(본격문학과 동화·판타지)에서의 상이한 환상의 의미는 어떤 서사적 차이에서 생겨난 것일까.

본격문학의 미학적 환상은 다른 서사문학과 마찬가지로 더 나은 삶으로 나아가려는 소망을 원리로 한다. 그러나 환상 자체가 그런 소망을 단순하게 표현한 것으로 볼 수는 없다. 환상은 소망의 직접적인 표현이기보다는 우리의 삶을 더 나은 방향으로 움직이게 하는 '실재계와의 교섭'을 암시한다. 실재계는 상징화되지 않은 영역이지만 우리의 삶이 상징계의 한계와 균열을 넘어서서 움직이게 하는 요인이다. 그런 실재계와의 교섭을 표현하는 중요한 두 가지 방식은 환상과 변혁운동일 것이다. 변혁운동이 상징계의 법을 이탈해서 실재계를 역사의 순간으로 드러낸다면, 환상은 상징계의 원리를 넘어서서 이미지를 통해 실재계와의 교섭을 표현한다. 환상을 전복의 문학으로 부르거나 환상적 경험이 존재의 전이를 일으킨다고 하는 것은 그 때문이다.

---

[68] 여기서 판타지 소설은 본격문학의 환상적 소설과 구분되는 대중문학의 판타지 장르를 말한다.

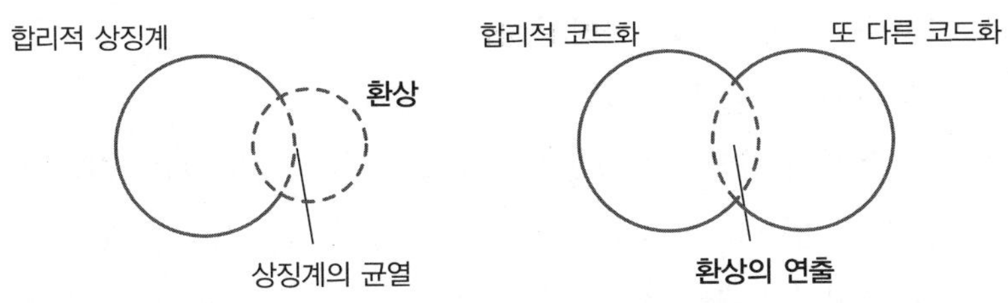

그림 8의 그림들은 앞에서 살펴본 환상의 위치를 보여준다. 미학적 환상은 상징계의 균열을 통해 드러난 실재계 위에서 공연되는 이미지이다. 환상은 그 같은 실재계와의 교섭을 통해 너 나은 삶으로 나아가려는 소망을 표현한다.

따라서 미학적 환상은 한편으로 현실(상징계)의 균열과 연관이 있으며, 다른 한편 실재계와의 교섭을 통한 소망의 표현과 관련된다. 실재계가 리얼리티의 중핵이라고 할 때, 두 측면 모두에서 환상은 리얼리티의 표현과 생성에 긴밀히 연관된다. 환상은 비현실적인 것 같지만 현실보다도 리얼리티를 지니며, 현실에 대한 관심이 커질수록 더 복잡하고 흥미로운 이미지로 연출된다.

그에 반해 동화와 판타지 소설은 일차적으로는 리얼리티의 표현과 직접 연관을 지니지 않는다. 미학적 환상이 비현실적인 동시에 리얼리티의 표현인 것은 실재계와의 교섭을 암시하기 때문이다. 반면에 동화와 판타지 소설은 (현실의 중핵인) 실재계와의 교섭보다는 무의식적 본성의 세계를 표현하는 데 더 관심을 갖는다. 미학적 환상이든 동화적 판타지든 환상은 결국 화해의 소망의 표현과 연관된다. 우리의 무의식적 본성이란 그런 화해의 암호로서 자연과 닮으려는 욕망에 다름이 아닐 것이다. 그런데 자연을 닮으려는 욕망은 인위적으로 조직화된 사회현실에서 빈번히 다양한 환상을 통해 표현된다. 그중에서 미학적 환상은 그것의 의미를 현실과의 연관 속에서 드러내는 반면, 동화-판타지 소설은 그런 환상의 욕망을 보다 풍성하게 연출하는 데 더 관심을 둔다.

따라서 동화와 판타지 소설은 현실과의 연관을 긴밀하게 드러내지 않는 대신, '자연을 닮으려는 욕망'을 인간과 외부세계의 관계 속에서 보다 적극적으로 표현한다. **자연을 닮으려는 욕망**이란 편협한 인간중심적인 세계에서 벗어나 자연과 자유롭게 소통하는 것을 뜻한다. 톨킨은 마법에 걸린 사람만이 판타지의 세계에 들어설 수 있다고 말했는데[69], 그가 말하는 마법(Enchantment)이란 관습화된 인간중심적 세계에서 이탈해 자연의 마력을 되찾은 상태를 뜻한다. 즉 마법에 걸린다는 것은 마술적인 힘(Magic)[70]에 예속되거나 그 힘을 행사하는 것이 아니라 합리적인 현실에서는 불가능한 자연과 직접 소통하는 힘을 얻게 된 상태를 말한다.

과거 주술시대에는 초자연적인 힘을 통해 그런 소통이 가능했다. 그 태초의 초자연적인 힘은 개개의 자연에 마술을 거는 것이기보다는 '뒤얽힌 전체로서의 자연'을 경험하는 능력을 뜻했다.[71] 주술시대 이후의 애니미즘적 사고[72] 역시 자연과 교섭하려는 시도로 볼 수 있지만, 문명화된 근대 이후에는 그런 능력이 일상의 영역에서 쇠퇴한다. 다만 어린이들의 상상력 속에 그 마법의 욕망이 남아 있을 뿐이다.

물론 주술적인 자연의(혹은 초자연적인) 마법은 합리성을 포기하는 것을

---

69 Tolkien, *The Tolkien Reader*, Ballantine Books, 1966, 38쪽, 73쪽.
70 마술은 판타지를 연출하는 마법과 달리 '현실세계(1차 세계)에서' 사물들을 실제와 다르게 만드는(보이게 하는) 기술이다. 위의 책, 73쪽.
71 호르크하이머·아도르노, 《계몽의 변증법》, 문예출판사, 1995, 40쪽.
72 애니미즘적 사고가 주술과 다른 점은 개개의 사물을 분화된 것으로 보는 합리적 사고가 나타나기 시작한다는 점이다.

대가로 한다. 그러나 동화와 판타지에서 그런 매력적인 힘을 되찾으려는 시도는 합리적인 현실을 전혀 무시하는 것을 뜻하지는 않는다. 본격문학의 경우와는 다르지만 동화와 판타지에서 역시 합리적 현실의 계기나 실재계적 영역과의 교섭이 중요하다.

본격문학의 경우 사회모순으로 인한 **현실의 균열**이 환상으로 들어서는 통로가 되며, 인물들은 환상을 경험하면서 리얼리티의 핵심인 실재계와 교섭하게 된다. 그와 비슷하게 동화와 판타지에서도 답답한 현실 속에서 삶의 흥미를 잃어버릴 때 판타지에 대한 충동이 생겨나게 된다. 그러나 이 경우 환상의 경험은 균열을 통해 드러난 실재계(리얼리티의 핵심)와의 교섭이기보다는 어떤 **미지의 공간** 위에서 전개된다. 즉 마법 같은 애니미즘적 세계나 신비로운 과학적 세계, 혹은 잘 알려지지 않은 내면의 무의식이나 외부의 우주의 공간 등이 환상의 무대가 된다. 그런 미지의 영역 역시 아직 충분히 상징화되지 않은 실재계적 공간이지만 그것이 반드시 본격문학이 관심을 가지는 리얼리티의 핵심은 아니다.

리얼리티의 핵심과 교섭하는 본격문학의 환상은 현실과 중첩되는 '틈새의 공간(실재계)'을 둘러싸고 나타난다. 그러나 동화와 판타지 소설의 환상은 그와 달리 닫혀진 현실에서 벗어나는 미지의 '열린 공간(또 다른 실재계)'에서 연출된다. 따라서 그 두 가지 환상의 차이는 다음과 같이 요약된다. 즉 본격문학의 환상은 리얼리티의 핵심인 실재계와의 교섭을 포함함으로써 일종의 '현실의 최종 토대'로서 경험된다. 반면에 판타지-동화의 환상은 갇혀 있는 근원적인 욕망을 해방시켜 자연의 생명과 교감하려는 열린 세계의 경험이다.

그림 9에서처럼 동화와 판타지 소설의 환상은 본격문학의 환상과는 달리 주로 '미지의 영역'으로서 실재계적 요인을 지닌 공간에서 나타난다. 그 세계는 닫혀 있는 합리적 현실(상징계)에서 벗어나 우리의 무의식적 욕망을 펼칠 수 있는 열린 공간이다. 그런 환상적 세계가 현실을 지배하는 합리성에

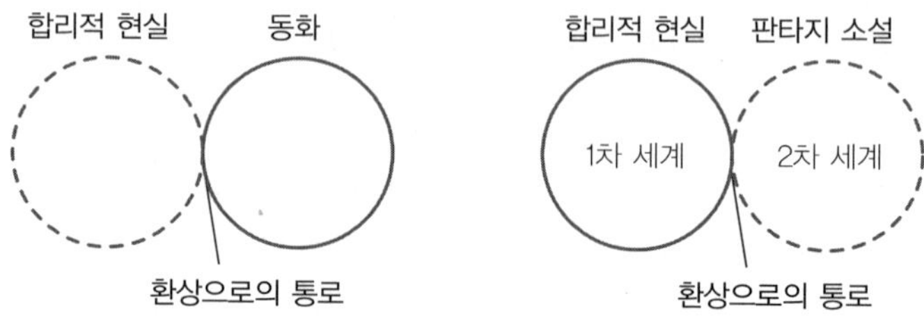

부합되지 않음에도 불구하고 우리에게 받아들여지는 이유는 다음과 같다.

먼저 자연과 소통하려는 우리의 근원적 욕망을 억누르는 (이성중심적) 현실세계와는 달리 억압된 것이 회귀하는 방식으로 무의식적 욕망을 마음껏 펼칠 수 있게 한다는 점이다. 또한 동화나 판타지 소설은 현실세계에서 합리성이 약화된 위치(꿈, 거울, 마법의 문, 신비스러운 사물, 미지의 장소 등)를 환상의 세계로 들어가는 통로로 설정함으로써 현실에서 환상으로의 이동을 자연스럽게 만든다.[73] 그와 함께 환상의 세계 자체가 전적으로 비합리적인 것만은 아니고 그곳에서도 나름대로 환상과 합리성의 변증법이 역동적으로 전개되는 점을 들 수 있다.

이 같은 세 가지 요소는 톨킨이 판타지의 '내적 리얼리티'[74]라고 부른 것에 상응할 것이다. 그런데 톨킨의 **내적 리얼리티**는 앞서 살펴본 미학적 환

---

73 환상으로의 통로와 연관해 동화나 판타지는 세 가지로 구분된다. 첫째는 현실세계와 환상세계를 왕래하는 유형이고, 둘째는 현실세계에서 환상이 나타나는 경우(이는 1차 세계 내에서 2차 세계의 요소가 나타나는 경우이다)이며, 셋째는 주로 환상세계만 제시되는 형식이다. 이에 대해서는 신헌재·권혁준·곽춘옥,《아동문학과 교육》, 박이정, 293~297쪽 참조.

74 톨킨, 앞의 책, 68~69쪽. 톨킨은 판타지도 '리얼리티의 내적 일관성'을 지녀야 한다고 말한다.

상의 근거인 **심리적 현실**과는 차이를 지닌다. 양자 모두에서 '환상의 현실성'은 무의식적 욕망과 실재계의 교섭을 통해 나타난다. 그러나 심리적 현실은 무의식적 욕망이 세계(합리적 현실)의 균열을 통해 드러난 실재계와 교섭하는 과정에서 얻어지는 현실성이다. 반면에 동화와 판타지 소설의 내적 리얼리티는 합리적 현실의 규범이 미치지 못하는 공간(또 다른 실재계)에서 무의식적 욕망과 외부세계의 교섭에 의해 나타나는 현실감이다. 전자의 경우 환상은 합리성으로는 다룰 수 없는 삶의 핵심영역(현실의 중핵)에서 현실의 가장 중요한 문제에 대해 심리적 현실성을 표현한다. 반면에 후자에서 환상은 닫혀 있는 합리적 현실에서 이탈해 억압된 무의식적 욕망을 해방시키면서 내적 리얼리티를 드러낸다.

본격문학의 환상은 합리성이 무능력을 드러내는 죽음, 폭력, 성적·인종적 차별, 부의 불편등 등에 대해 심리적인 질문과 대답[75]을 들려준다. 반면에 판타지-동화의 환상은 합리성이 미처 개척하지 못한 공간에서 모험과 탐험을 통해 내면의 무의식적 욕망을 실감나게 표현한다.

물론 후자의 환상에서도 동화와 판타지 소설은 서로 차이를 지닌다. 동화에서 환상이 내적 리얼리티를 얻는 것은 미처 합리성의 세계에 완전히 들어서지 않은 어린이의 세상을 그리기 때문이다. 어린이에게 합리적인 현실은 아직 익숙하지 않은 세계[76]이며 그의 순진한 눈에는 외부세계가 합리성의 규범에 지배되지 않은 상태로 남아 있다. 어린이가 자연의 생명과 교감하려는 근원적인 욕망을 자유롭게 펼칠 수 있는 특권을 지닌 것은 그 때문이다.

그러나 어린이 역시 성장함에 따라 차츰 합리적 세계를 받아들이게 되

---

75 이 심리적인 질문과 대답은 무의식적 욕망과 실재계의 교섭 속에서 진행된다.

76 어린이는 그런 세계에서 낯선 두려움을 느끼는데 이 불안한 감정은 동화의 환상과 긴밀한 연관이 있다. 이에 대해서는 뒤에서 모더니즘의 우화와 어린이의 동화에 대해 자세히 살펴보면서 다시 논의할 것이다.

고 그의 애니미즘적 상상력은 무의식 속에 갇히게 된다. 성인이 된다는 것은 그처럼 삶의 무대가 합리적 세계로 옮겨졌음을 뜻하며 이제 환상을 통해 외부세계와 교감하는 일은 마음속에서만 가능해진다. 하지만 합리성이 발달한다는 것이 반드시 환상적 상상력이 위축됨을 뜻하는 것은 아니다. 어른들은 환상적 상상력을 현실에서 직접 표현하지는 않지만 잠재적으로는 더욱 왕성하게 발전시킬 수도 있다. 그것은 현실세계가 우리의 근원적 욕망을 해소시켜주지 못하며 합리주의와 자본주의가 발달할수록 더 그렇기 때문이다. 그로 인해 성인이 된 후에도 우리는 잠재적으로는 환상의 세계를 꿈꾸게 되고 아직 합리적 법칙에 의해 정복되지 않은 영역(미지의 세계, 무의식, 우주 등)에서 그 꿈을 펼치게 된다.

더욱이 합리성의 발달은 환상적 상상력을 오히려 더 풍부하게 만드는 요인이 될 수도 있다. 톨킨은 우리가 개구리와 인간을 구분하지 못했다면 개구리 왕자라는 환상은 나타날 수 없었을 것이라고 말한다.[77] 이 말은 개구리 왕자라는 환상은 판단의 오류가 아니라 자연과 교감하려는 인간의 욕망이 합리성을 넘어서서 표현된 것이라는 뜻이다. 주술시대와는 달리 현대의 환상은 대부분 그런 탈합리성의 표현일 것이다. 즉 현대인은 주체와 대상을 합리적으로 구분하는 동시에 무의식 속에서는 그 둘이 자연스럽게 교감하는 환상을 갖게 되는 것이다. 따라서 합리성의 영토가 확장될수록 그것을 넘어서려는 환상의 영역 역시 보다 더 광대하고 심층적이 된다. 그 같은 환상의 공간이 바로 톨킨이 말한 제2의 창조로서의 **2차 세계**[78]일 것이다. 2차 세계는 환상적 상상력이 자유로운 어린이보다도 그것이 제약된 어른의 경우에 오히려 더 풍부하고 복합적이 된다. 예컨대 〈오세암〉이나 〈피터 팬〉보다는 〈해리포터〉가, 그리고 그보다는 〈반지의 제왕〉이 훨씬 더 복

---

77 톨킨, 앞의 책, 75쪽.
78 톨킨, 위의 책, 70쪽.

잡한 환상의 구조를 갖고 있다.

그러나 어른은 어린이와는 달리 2차 세계의 상상력을 자신의 삶 속에서 직접 드러내기 어렵다. 어린이의 경우 합리적 세계에 익숙하지 않은 대신 환상적 세계는 자신의 삶의 놀이터가 된다. 반면에 어른은 잠재적으로 어린이보다 더 풍부한 환상세계를 감추고 있으면서도 결코 삶의 무대인 합리적 세계를 이탈하지 못한다. 다만 꿈이나 무의식, 우주 등 아직 합리성의 영토에 편입되지 않은 공간으로 간신히 환상의 여행을 떠날 수 있을 뿐이다.

그 같은 환상의 여행은, 잃어버린 어린 시절의 놀이로의 복귀인 동시에, 어른의 합리성의 계기를 포함해 더욱 복합적이 된 상상적 놀이라고 할 수 있다. 이런 '놀이'로서의 판타지 문학은 현실세계에서 억압된 우리의 근원적인 무의식적 욕망을 해방시켜준다. 그러나 그 상상적 놀이는 현실의 핵심적 문제에 대한 응시라기보다는 편협한 현실에 얽매이지 않은 유희의 공간을 창조해내는 데 의미가 있다. 본격문학의 환상은 여전히 다른 문학처럼 현실의 핵심적 문제에 대한 질문과 대답이다. 반면에 놀이로서의 판타지 문학은 현실의 억압에 의해 우리의 근원적인 상상력이 위축되지 않도록 무의식의 공간을 활성화시켜준다.

후자의 판타지 소설이 포스트모던의 시대에 부각되는 것은 이 시대의 권력이 무의식의 영역을 지배하는 사회임을 반증한다. 우리 시대는 사람들의 무의식을 점령하려는 권력의 판타지(이데올로기적 환상)와 그에서 이탈하려는 또 다른 판타지가 대항하는 시대이다. 그 점에서 판타지 소설의 2차 세계는 포스트모더니즘에서의 복수 코드화된 또 다른 세계와도 유사하다.

그러나 2차 세계가 억압된 상상력을 복원하는 데 주력하는 반면, 또 다른 코드의 세계는 현실에서 잃어버린 삶의 의미를 되찾는 데 힘을 쏟는다. 전자의 경우 현실과의 접점은 대부분 환상세계를 드나드는 문턱(통로)이지만, 후자에서는 현실－환상이 겹쳐지는 틈새에서 실재계에 근거한 리얼리티가 생성된다. 판타지 소설이 근원적인 무의식에 활력을 주는 상상적인 놀이라면, 본격미학의 환상은 현실의 균열 지점에서 실재계와 교섭하는 리얼리티에 대한 질문인 것이다. 물론 그 두 가지 혼성되는 미학을 보여주는 작품들도 있다. 예컨대 〈지구를 지켜라〉의 외계인 세계, 〈웰컴 투 동막골〉의 동막골, 그리고 〈괴물〉에서의 괴물과의 조우 등이다. 이 장르영화의 문턱을 넘어선 포스트모던 리얼리즘적 환상들은, 우리의 무의식을 흥분시키는 스펙터클적인 놀이인 동시에, 균열된 현실을 향해 실재계와의 교섭 속에서 던지는 질문인 것이다.

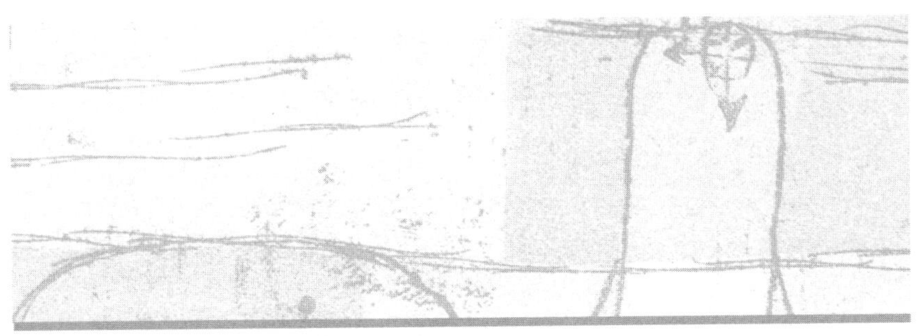

제 2 장

환상의 서사적 원리

1. 꿈·환상의 서사와 리얼리즘 서사

환상은 상징계가 균열되는 곳에서 나타나는 이미지이지만 균열의 시간
이 지속되면 이미지들이 결합되어 (상징계-실재계 사이에서) 서사화되기도
한다. 그처럼 환상은 현실의 균열 위에 덧대지는 **이미지**인 동시에 상징계
(합리적 현실)의 구멍과 그곳으로 드러난 실재계 사이에서 생성되는 **서사**이
기도 하다. 이 점은 현실이 중단된 수면 중의 꿈이 이미지이자 이야기인 것
과 비슷하다.[1] 물론 꿈과 환상의 서사는 일반적인 리얼리즘적 서사와는 매
우 다른 원리에 의해 작동된다.

이제 꿈-환상의 서사와 일반적인 서사의 차이를 살펴보자. 양자의 차이
는 환상이 나타나는 특수한 조건과 연관이 있다. 프로이트가 '꿈은 소원충
족'[2]이라고 말한 데서 알 수 있듯이 꿈과 환상은 무의식 속의 화해의 소망
의 표현이다. 물론 '화해의 소망'은 환상뿐만 아니라 모든 서사를 역동적으
로 움직이게 하는 추동력이다. 그러나 환상에서는 그 무의식적 소망이 보
다 더 적극적으로 표현된다. 그것은 리얼리즘 서사가 상징계의 재현에서
시작해서 그것의 균열로 끝나는 반면, 환상의 경우 바로 그 균열이 서사의
출발점이 되기 때문이다. 즉 리얼리즘은 아이러니적으로 현실의 균열을 통
해 진정한 화해의 소망을 암시한다. 반면에 환상에서는 현실의 균열과 상
처 위에 화해의 소망에 연관된 이미지들을 연출하는 방식으로 서사가 진행

---

1 환상은 꿈과 똑같은 메커니즘을 지니지는 않으며 꿈보다 훨씬 현실적인 기능을 갖는다. 그러
나 환상은 합리성을 넘어서는 과정과 그 생성원리에서는 현실보다는 꿈의 이미지-서사와 더
비슷한 면을 지닌다. 그 점에서 우선 꿈-환상의 서사와 리얼리즘 서사의 차이를 먼저 살펴보
기로 한다.
2 프로이트, 김인순 역, 《꿈의 해석》, 열린책들, 2003, 638~660쪽.

된다.

환상의 또 다른 특징은 알려지지 않은 영역에서 이미지와 서사가 연출된다는 점이다. 일상생활에서 우리가 환상을 느끼는 것은 도식적인 관습에서 벗어난 모호한 대상에 대해서이다. 꿈이나 미학적 환상에서 역시 관습적인 규범이 무화되는 '상징계의 균열'이나 '실재계의 영역'이 그 무대가 된다. 바로 그 때문에 꿈-환상의 이미지들은 리얼리즘 서사가 재현하는 표상들과는 다른 방식으로 나타난다. 상징계의 재현에서 시작하는 리얼리즘 서사의 경우 재현된 표상들은 일상생활의 이미지들에 대응된다. 반면에 꿈-환상은 상징계의 균열이나 실재계에서 연출되는 무의식의 표현이다. 그처럼 상징계를 벗어난 균열이나 실재계에서 무의식을 표현하는 꿈-환상에서는 표현된 이미지들이 우리가 익숙한 일상적 표상들에 대응되지 않는다. 즉 **표현할 수 없는 영역**을 **표현**해야 하는 꿈-환상은 일상적 표상들을 특수하게 가공한 이미지들을 사용할 수밖에 없는 것이다. 꿈-환상이 흔히 **전위, 압축, 중복결정**의 방식을 이용하는 것은 그와 연관이 있다.

프로이트는 꿈이 전위된 이미지로 나타나는 것은 심리적 방어인 검열에 의한 결과이라고 말한다.[3] 즉 수면 중에도 합리적인 전의식이 작용하기 때문에 무의식적 욕망의 표현인 꿈에서는 검열의 작용에 의해 이미지의 변형이 일어난다는 것이다. 물론 검열의 억압은 꿈이 아닌 일상의 현실에서는 보다 더 강도 높게 작용한다. 꿈이란 실상 그런 일상생활의 억압에 의해 의식의 표면에 나타날 수 없는 감정과 사고가 되돌아온 내용이다. 억압된 감정과 사고는 무의식적 욕망의 표현으로서 상징계에서 탈영토화된 것인데, 억압이 느슨해진 수면 중에 그 탈영토화된 감정-사고가 꿈으로 다시 회귀하는 것이다.

그처럼 꿈의 내용이 균열의 위치에서 형성된 '탈영토화의 감정-사고'라

---

3 프로이트, 위의 책, 369쪽.

면 그것을 표현하는 이미지들은 당연히 상징계의 표상들에 대응할 수 없을 것이다. 따라서 꿈·환상의 전위와 대체는 상징계의 검열을 피하기 위한 것이기도 하지만 또한 상징계의 표상체계의 무능력에 의한 때문이기도 하다. 꿈의 변형된 이미지들이 주로 심리적 방어와 **검열**의 영향이라면, 미학적 환상의 전위와 압축은 상징화할 수 없는 **탈영토화된 표현내용**과 연관될 것이다.

예컨대 꿈에서 넥타이가 남성 성기의 상징으로 나타나고 식탁이 침대를 대신하는 것[4]은 검열을 피하기 위한 전위의 방법이다. 반면에 〈그렇습니까? 기린입니다〉(박민규)에서 실직자 아버지가 잿빛 눈동자의 기린으로 그려진 것은 자본주의적 상징계에서는 표현할 수 없는 우울한 환멸과 화해의 소망을 중복결정으로 압축한 것이다.[5] 즉 후자는 억압된 감정의 회귀인 동시에 그 우울한 정서를 넘어서려는 탈영토화된 (상징계를 벗어난) 소망의 표현이다.

그런데 억압된 것의 회귀물을 대체하는 방식 중에 특히 압축은 꿈과 환상뿐만 아니라 풍자, 해학, 알레고리에서도 나타난다.[6] 이는 꿈과 환상처럼 풍자와 해학 역시 (억압된) 무의식적 소망의 표현을 포함함을 뜻한다. 즉 이 형식들에서는 표현하기 어려운 거대하고 복합적인 무의식적 사고 내용이 한정된 표상으로 압축되어 표현되고 있는 것이다. 그처럼 억압된 '무의식적 사고 내용'을 '의식-전의식 내의 표상'으로 드러내려 압축이 사용되는

---

4 프로이트, 위의 책, 422쪽

5 잿빛 눈동자는 자본주의적 산수의 세계에서 계산기의 꺼진 액정화면과도 같으며, 기린의 길어진 목은 화해된 삶에 대한 기다림을 상징한다.

6 프로이트는 꿈의 해석에서 압축과 중복결정을 중요하게 논의할 뿐만 아니라 농담과 무의식의 관계에서도 다시 다루고 있다. 프로이트가 농담의 형성을 꿈의 작업과 유사한 방식으로 설명하고 있는 것은 둘 다 무의식적 욕망을 표현하는 작용이기 때문이다. 프로이트, 임인주 역, 《농담과 무의식의 관계》, 열린책들, 1997, 214~215쪽. 여기서 프로이트가 논의한 농담의 미학적 대응물은 풍자와 해학이라고 할 수 있다.

점에서 풍자·해학은 꿈·환상과 비슷하다. 예컨대 〈그렇습니까? 기린입니다〉에서 실직자 아버지에 대한 유대의 소망이 기린의 환상으로 압축되듯이, 〈호질〉의 알레고리적 풍자에서는 인간의 부도덕을 질책하는 자연의 소망이 동물의 대표인 호랑이로 압축되고 있다. 이처럼 리얼리즘의 일종인 풍자·해학에서도 꿈·환상과 비슷한 방식이 사용되고 있다.

그러나 꿈·환상과 풍자·해학·알레고리에서 압축이 아주 똑같은 방식으로 사용되는 것은 아니다. 양자의 공통점은 억압된 무의식적 소망이 무의식-전의식 사이의 상호작용을 통해 표현된다는 점이다. 그러나 각각에서 억압된 것이 회귀하며 대체물(압축)로 표현되는 방식은 서로 다르다. 즉 꿈·환상에서는 무의식적 사고(억압된 것)의 표현이 핵심적이며 전의식[7]의 개입은 그 사고를 표상으로 바꾸는 작업일 뿐이다. 반면에 풍자·해학은 전의식 수준에서 억압이 유지되는 가운데 언어유희나 아이러니(혹은 순박함)에 의해 무의식(억압된 것)이 표현되며 억압이 무화되는 방식이다.[8] 전자가 '무의식적 흥분'을 전의식의 표상으로 대체하는 것이라면[9], 후자는 전의식에 끼어든 무의식에 의해 '전의식이 흥분'된 상태이다.[10] 하지만 '표현할 수 없는 무의식적 사고'가 '의식할 수 있는 표상'으로 압축·변형되는 점에서는 양자가 일치한다. 그 둘의 차이에 대해서는 뒤에서 다시 살펴보기로 하자.

꿈·환상은 '무의식의 흥분'이므로 당연히 풍자·해학보다 전위·압축·중복결정이 더 적극적으로 나타날 것이다. 그런데 그처럼 변형된 이미지들은 일상적 표상들과 일치되지 않으며 축자적으로는 현실성을 지니지 않는다. 예컨대 박민규의 소설에서 기린이나 너구리는 단순히 현실에서의 동물

---

7 전의식은 의식의 전단계로서 합리적 흐름에 속해 있는 조직이다.
8 합리적 의식의 억압이 유지되는 가운데 그것을 무화시키는 방식이 바로 아이러니이다.
9 프로이트, 《꿈의 해석》, 앞의 책, 668쪽.
10 프로이트, 위의 책, 696쪽.

들의 표상으로 볼 수 없다. 무의식의 표현인 꿈·환상에서는 그 같은 '표현된 이미지와 현실적 표상의 불일치'가 매우 특징적이다. 하지만 꿈이나 환상의 이미지들이 표현하는 무의식적 사고-감정은 어떤 면에서 일상적 현실보다 오히려 더 현실적이다. 꿈·환상이 드러내고 있는 무의식적 사고-감정은 현실에서 억제되고 있는 것이지만 실제로는 리얼리티의 핵심인 실재계와 교섭하는 내용이기 때문이다. 이처럼 상징계 차원의 현실보다 더 현실적인 무의식적 사고·감정이 바로 심리적 현실일 것이다.

따라서 꿈·환상에서는 비현실적인 이미지와 심리적 현실을 드러내는 감정·심리가 동시적으로 나타난다. 물론 여기서 환상에 의해 나타나는 심리적 현실로서의 감정은 일상적 표상이 환기하는 정서와는 매우 다른 것이다. 꿈·환상에서는 이미지가 일상의 정서 대신 무의식적 심층의 감정을 드러내기 때문이나. 그처럼 이미지와 일상적 정서의 불일치는 우리에게 낯선 비현실성을 느끼게 한다. 그러나 그 같은 비현실적인 낯선 이미지들이 현실보다도 더 현실성을 드러내는 것이 꿈·환상의 신비스러운 특징이다. 이제 그 같은 측면을 좀 더 자세히 살펴보자.

2. 서사의 두 가지 축

꿈과 환상에서 나타나는 **이미지**와 **감정**의 특수한 관계[11]는 매우 흥미롭다. 예컨대 일상적 현실이나 현실을 재현한 리얼리즘에서는 제시된 이미지

---

11 프로이트는 이에 대해 논의하고 있지만 그는 주로 꿈의 이미지의 변형의 측면에 설명하고 있다. 프로이트, 위의 책, 539~570쪽.

와 정서가 긴밀하게 연관되어 있다. 한 예로 인물시점 소설에서는 인물의 정서적·심리적 프리즘을 통해 현실의 이미지가 제시된다. 이 경우 현실의 이미지는 인물의 정서로 채색되어 있으며 정서와 이미지는 뗄 수 없는 관계에 있다. 이처럼 은연중에 시점의 주체의 정서로 물들여져 나타나는 것이 인간의 눈으로 바라 본 이미지의 특징이다.

그러나 꿈·환상에서는 그런 정서와 이미지의 긴밀한 연관이 나타나지 않는다. 예컨대 〈그렇습니까? 기린입니다〉에서 '나'는 지하철 역사에서 기린을 발견하지만 일상적 현실에서 기린을 보았을 때의 감정을 느끼지 않는다. '나'의 놀라움과 기이함은 그처럼 이미지가 일상적 정서와 불일치하는 상황과 연관이 있다. 이미지와 일상적 정서의 불일치는 '내'가 기린을 일상의 기린으로 느끼지 않고 있다는 뜻이다.

물론 '내'가 이상하게 느낀 것은 기린이 양복을 입고 지하철역에 나타났기 때문일 수도 있다. 그러나 그런 기이함은 이미 기린을 보고 느낀 이상한 감정을 수식하는 부수적인 장식물일 뿐이다. 즉 '나'는 양복을 입은 기린이 나타났기 때문에 특이한 감정을 느낀 것이 아니라 기린의 존재 자체에서 이미 감정의 동요를 경험했던 것이다. 그 점은 기린을 아버지로 생각하고 차츰 그에게 다가가면서 이상함 대신 친밀함과 연민을 느끼기 시작한 점에서 알 수 있다. 기린은 '일상의 정서에서 유리된 존재'로서 **이상함**을 느끼게 하지만, 그 이미지가 일상에서 억제된 '무의식적 심리(아버지에 대한 심리)의 등가물'로 드러나며 점점 현실적이고 **친밀한** 존재로 여겨지게 된 것이다. 즉 기린을 아버지에 대한 숨겨진 심리로 느끼는 순간 표상(이미지)과 감정의 불일치(기이함)가 해소된(친밀함)[12] 것이다. 이처럼 이미지가 비현

---

12 〈그렇습니까? 기린입니다〉에서는 아버지에 대한 유대의 소망이 나타나지만 다른 경우에는 그런 소망이 좌절된 불안한 감정이 드러나기도 한다. 환상에서 이미지와 감정의 다양한 예들에 대해서는 뒤에서 다시 살펴볼 것임.

실적이고 기이한 동시에 또한 (그것의 등가물인 무의식적 심리·정서로 인해) 더 없이 현실적이고 실감나는 것이 꿈·환상의 특징이다.

그 같은 양가성은 꿈·환상의 이미지가 일상의 정서에서 유리된 것이면서도 다른 한편 무의식적 심층의 (탈영토화된) 정서의 등가물이기 때문이다. 이 기이하면서도 현실적인 이미지는 결코 일상 속의 인간의 눈을 통해 보여진 것이 아니다. 인물시점 소설에서처럼 **인간의 눈**에 비쳐진 이미지의 특징은 이미지와 일상적 정서의 부합성이다. 즉 일상의 현실이나 리얼리즘 소설, 인물시점 소설에서는 일상적 정서를 지닌 인물의 눈에 비쳐진 이미지가 나타난다.

그러나 꿈·환상의 이미지는 일상의 정서와 유리된 상태에서 놀라움과 기이함을 주며 우리 앞에 나타난다. 여기서 놀라움과 기이함은 꿈·환상이 자연스러운 지각, 즉 '대상–눈–지각'의 방식에 의존한 이미지가 아님을 뜻한다. 그러면 이 인간의 눈을 통과한 것이 아닌 꿈·환상의 이미지는 어떻게 우리 눈앞에 출현한 것일까.

꿈·환상의 이미지는 감정과 이성을 지닌 인간의 눈의 프리즘이 아니라 우리의 뇌막, 즉 **뇌의 스크린**에 비쳐진 것이라고 할 수 있다. 전의식→의식이 인간의 눈을 통한 상징계의 표상을 보여준다면, 무의식과 전의식의 상호작용은 뇌막에 비쳐진 꿈·환상을 연출하는 것이다.[13] 프로이트는 전자를 **이차과정**으로, 후자를 **일차과정**으로 부르고 있다.[14] 이차과정은 표상들을 '결합'하여 의식의 동일성을 유지하는 반면, 일차과정은 무의식의 흥분을 방출하기 위해 (전의식과의 관계에서) 전위·압축 같은 환상적 이미지를 만든다.[15] 앞의 작용이 내면(감정, 이성)을 통해 외부의 풍경을 보는 것(눈의 작

---

13 이차과정의 중심은 전의식이며 일차과정의 중심은 무의식이다. 프로이트, 위의 책, 692쪽.
14 이 점에서 리얼리즘이 눈의 진실성을 지향한다면 환상은 뇌의 진실성을 지향한다.
15 이 점에서 두 과정은 환유(결합)와 은유(선택)의 관계의 변형이라고 할 수 있다.

용)이라면, 뒤의 작용은 뇌막에 비쳐진 이미지를 통해 무의식적 감정-사고의 분출을 경험하는 것(뇌의 회로의 작용)이다.

　이 같은 일차과정과 이차과정은 서로 길항적인 동시에 보충적인 관계에 있다. 이차과정이 주도적이 되면 일차과정이 억제되면서 리얼리즘적 서사가 만들어진다. 반면에 일차과정이 활성화되면 이차과정이 해체되면서 환상적인 이미지들이 출현한다. 물론 리얼리즘과 환상은 보충적으로 결합될 수도 있는데, 그것은 양자가 모두 '실재계와의 교섭'을 지향하기 때문이다. 리얼리즘은 실재계와 교섭하면서 흔히 환상으로 이행되며, 환상은 일상에서 받아들여지도록 리얼리티를 강화시키기도 한다.[16] 그래서 '환상적 리얼리즘'이나 '리얼리티가 보충된 환상'이 나타날 수 있는 것이다.

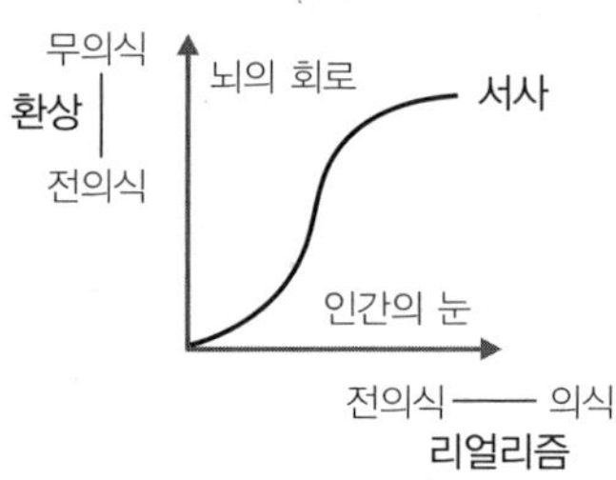

　'리얼리즘-**인간의 눈**'과 '환상-**뇌의 회로**'의 관계에서 한 가지 더 주목되는 것은 서사의 역사에서 전자로부터 후자로 이행하는 한 흐름이 발견된다는 점이다.[17] 예컨대 작가적 화자 소설이나 인물시점 소설 형식의 리얼리

16　프로이트는 꿈에서의 이런 작용을 이차가공이라고 부르고 있다.
17　이는 근대서사의 역사에서 나타나는 흐름이다. 서사 전체의 역사에서는 오히려 환상(신화)에서 리얼리즘으로 나아가는 전개가 나타난다.

즘이 모더니즘과 이미지 소설로 이행되면서 파편적인 환상이나 판타지 서사가 특징적으로 나타나는 양상을 볼 수 있다. 이 흐름은 이차과정(전의식-의식)이 주도적인 리얼리즘에서 그 일상적 인식과정이 해체된 모더니즘·이미지 소설로, 그리고 일차과정(무의식-전의식)이 주도적인 환상으로 나아가는 전개로 생각된다. 이는 이성과 감정을 지닌 **인간의 눈**(리얼리즘)에서 그 **눈의 해체**(모더니즘, 이미지 소설)로, 그리고 다시 **뇌의 회로**(환상)로 이행되는 흐름이기도 하다.

　작가적 화자나 인물시점 형식의 리얼리즘은 합리성과 특정한 감정을 지닌 인간의 눈을 시점의 매체로 이용한다. 반면에 모더니즘과 이미지 소설에서는 그 일상적인 인간의 눈이 해체된 시점이 사용된다. 이 인간의 눈의 해체는 사물의 이미지와 일상적 정서가 분리되는 과정으로 드러난다. 예컨대 리얼리즘에서는 현실의 풍경이 합리성과 일상적 정서를 지닌 인간의 눈의 프리즘을 통과한 모습으로 그려진다. 그러나 모더니즘과 이미지 소설에서는 인간과 사물의 모습이 익숙한 정서에서 유리된 이미지들로 나타난다. 이는 낯설게 하기(모더니즘)나 이미지 서사 기법[18](이미지 소설)에 의해

18　'이미지 서사' 기법이란 정서가 배제된 건조한 이미지들을 나열하는 방식으로 이 기법이 극단화되면 누보로망 같은 '카메라의 눈'이 나타난다.

일상적 정서를 지닌 인간의 눈이 해체된 결과로 볼 수 있다.

물론 모더니즘이나 이미지 소설은 아직 인간의 눈이 완전히 사라진 서사는 아니다. 다만 소외와 단절로 인해 현실의 삶에서 인간적 정서가 피폐화되었을 때, 그 메마른 풍경을 그리기 위해 특수한 지각 형식의 눈[19]이 시점의 매체로 사용되고 있는 것이다. 여기서 한발 더 나아가 이미지들이 일상적 정서에서 분리될 뿐 아니라 특이하게 변형되어 나타난 형식이 바로 환상이다. 환상적 이미지들은 일상적 정서와 부합하지 않는 대신 숨겨진 무의식적 심리·감정을 표현한다. 이 기이하면서도 심리적 현실성을 지닌 이미지들은 일상적인 눈이 아니라 뇌의 스크린에 비쳐진 형상들이다.

이처럼 모더니즘과 이미지 소설에서 환상으로 나아가는 과정은 조세희의 〈난장이가 쏘아올린 작은 공〉이나 배수아의 〈프린세스 안나〉〈바람인형〉 등에서 생생하게 나타난다. 예컨대 〈난장이가 쏘아올린 작은 공〉에서 난쟁이 아들 영호는, 집이 철거된 후 세계와 사람들이 익숙한 정서에서 분리되어 이상하게 느껴지면서, 동생 영희가 팬지꽃을 공장 폐수에 던져 넣는 환상을 보게 된다. 또한 〈프린세스 안나〉에서 안나는 사랑이 소멸된 일상의 모습을 무감정한 눈으로 바라보며, 핑크와 함께 전쟁이 일어날 파라다이스로 가는 환상에 사로잡힌다. 전자는 가난하고 소외된 사람들의 이야기이며 후자는 더 이상 사랑이 불가능해진 세계의 일상이다. 두 경우 모두 인간이 세계에 대해 열정과 행동으로써 대응하기 어려워진 상황을 배경으로 한다. 리얼리즘이 현실세계에 대한 행동적 대응(인물과 환경의 상호작용)을 그리는 양식이라면, 모더니즘, 이미지 소설, 환상소설은 그처럼 세계에 대한 행동적 무능력을 전제로 하고 있다. 이에 대해서는 뒤에서 다시 자세히 논의하기로 하자.

---

19 비동일성의 위치에서의 낯설게 하기의 지각이나 광학렌즈에 접근한 눈을 말한다.

3. 혼성성으로서의 꿈·환상의 서사

이제 마지막으로 꿈·환상의 핵심적 특징인 무의식의 '파생자'로서의 위치에 대해 살펴보자. 무의식의 파생자란 '무의식' 흐름에 속해 있으면서도 '의식'이 갖고 있는 조직을 이용하는 무의식과 의식(전의식)의 중간물을 말한다.[20] 우리는 이미 앞에서 무의식이 이미지화되는 과정에서 그런 파생자적 특성을 살펴본 바 있다. 즉 무의식적 사고·감정이 전위·압축·중복결정을 통해 표현되는 과정은 무의식이 파생자인 대체 형성물로 변형되는 양상으로 볼 수 있다. 또한 1장에서 살펴본 환상과 합리성의 변증법 역시 꿈·환상이 무의식의 파생자와 연관됨을 논의한 셈이었다. 그처럼 환상이 무의식과 (전)의식의 사이에 낀 파생적 존재라면 그것은 또한 실재계와 상징계 사이에서의 생성물이라고 할 수 있다. 무의식이란 실재계 차원에서 세계와 교섭하는 내부의 실재계이며 의식의 조직이란 상징계에 다름이 아니기 때문이다.

그런데 프로이트는 무의식의 파생자라는 표현으로 매우 흥미로운 비유를 하고 있다. 프로이트에 의하면, **파생자**는 혼혈아에 비유할 수 있으며 의식 조직이 백인이라면 '무의식'은 우리의 정신 속에 거주하는 원주민이다.[21] 이런 비유는 식민화에 의해 '원주민'의 문화가 '무의식' 속에 억압되고 그 무의식 속의 고유문화가 식민자(의식)의 지배 속에서 **혼성성**(파생자)으로 되돌아오는 과정에 상응한다. 여기서 중요한 것은 그런 혼성적 문화가 결코 제국의 문화에 포섭될 수 없는 피식민자의 고유문화에 뿌리를 둔

---

20 프로이트, 윤희기 역, 《무의식에 관하여》, 열린책들, 1997, 198쪽. 이 파생자들은 질적인 상태는 전의식 조직과 유사하지만 실제에 있어서는 무의식 조직에 속한 것이라고 할 수 있다.
21 프로이트, 위의 책, 198쪽.

다는 점이다. 그처럼 혼성성은 뒤범벅된 혼합물이 아니라 고유문화의 **창조
적 변형**이라는 의미를 지닌다. 이것이 바로 탈식민주의적인 혼성적 문화의
위치이다. 그런데 여기서 혼성적 문화, 제국의 문화, 고유문화를 파생자,
의식, 무의식으로 대체하면 탈식민주의는 프로이트의 무의식 이론에 겹쳐
진다. 물론 탈식민주의는 프로이트에서 한발 더 나아간다.

프로이트에 의하면, 의식에 합류할 수 없고 무의식의 기원을 버릴 수 없
는 파생자의 운명은 혼혈아가 백인의 특권을 누릴 수 없는 처지와 유사하
다. 그러나 우리는 그의 어조를 보다 긍정적으로 뒤바꿔 이렇게 말할 수 있
을 것이다. 즉 피식민자의 혼성성(혼혈아)은 결코 식민자의 문화에 예속될
수 없으며, 비록 혼합되었을지라도 무의식 속에 억압된 고유문화의 뿌리에
연결되어 있다. 그리고 그 무의식 속의 고유문화는 혼성성(파생자)을 통해
여러 방식으로 되돌아온다.

예컨대 〈웰컴 투 동막골〉에서 동막골의 풍경은 억압된 우리 자신의 공동
체가 무의식의 파생자를 통해 환상으로 되돌아온 것으로 볼 수 있다. 프로
이트는 파생자를 꿈과 증상[22]의 예비단계의 환상에 대해서만 말하지만, 문
화적 혼성성으로서의 무의식적 파생자는 그보다 더 나아갈 수 있을 것이
다. 가령 〈웰컴 투 동막골〉에서 동막골을 지키기 위한 '새로운 연합군'[23]은
혼성성-파생자가 환상을 넘어 현실 자체에서 심층의 소망(연대)을 드러낸
표현으로 볼 수 있다. 동막골이 환상을 통한 우리의 무의식적 공동체의 귀
환이라면 새로운 연합군은 현실 자체에서 실현하려는 무의식적 소망의 표
현인 것이다. 후자를 통해 무의식의 파생자, 그 문화적 **혼성성**은 **환상**을 넘
어 현실을 **변혁**하려는 힘으로 나타나고 있다.

---

22 증상이란 무의식적 욕망에 의해 현실의 부적응 현상이 나타나는 신경증이나 분열증 등의 징
    후를 말한다.
23 남북연합군을 말함.

이처럼 프로이트의 논의와는 달리 무의식의 파생자는 꿈·환상뿐만 아니라 변혁의 추동력으로까지 변형될 수 있다. 이 점은 1장에서 심리적 현실[24]이 외부에 표면화되는 방법으로 **환상**과 **변혁운동**이 있다고 말한 것에 상응한다.

그 둘 중 환상의 경우에도 무의식의 기원에서 이탈하지 않는 파생자의 특성은 비단 꿈과 증상의 예비단계에만 머물지는 않는다.[25] 무의식의 파생자는 변형과정을 거쳐 전위·압축 등의 대체물을 형성해 꿈·환상으로 나타난다. 프로이트는 이 과정을 꿈의 일차가공이라고 부르고 있다. 일차가공만 거친 꿈은 파편적인 이미지들의 병치로 나타나며 논리적인 연결 관계를 갖지 않는다. 그런데 꿈 중에는 그보다 더 논리적이고 정확하게 보이는 것들이 있다. 이는 깨어 있을 때의 사고와 유사한 심리 기능에 의해 가공된 꿈들로 프로이트는 이 형성과정을 이차가공으로 명명한다.[26] 이차가공을 거친 꿈은 우리가 잠에서 깨어나기 전에 꿈속에서 이미 스스로에 의해 해석이 한번 이루어진 경우라고 할 수 있다.[27]

이처럼 꿈 중에는 **파편적인 이미지들**로 된 꿈과 이차가공을 거친 보다 논리적이고 **서사적인** 꿈이 있다. 그 둘 중 후자의 경우에도 여전히 의식에 합류할 수 없고 무의식의 기원에 연관되는 점에서는 (무의식의) 파생자의 운명과 일치한다. 즉 꿈 중에서 논리적 연결과 서사적 결합이 가장 강화된 경우도 마치 혼혈아가 원주민으로 취급되듯이 여전히 무의식에 뿌리를 둔 것으로 생각되는 것이다.

---

24 심리적 현실이란 무의식적 차원에서 (실재계를 핵심으로 한) 현실과 교섭하는 잠재적 상태를 말한다.

25 프로이트는 파생자의 특징을 꿈과 증상의 예비단계에 대해서만 말하고 있지만, 프로이트 자신이 말한 이차과정을 거친 보다 논리적인 꿈 역시 파생자의 운명을 지닌다고 할 수 있다.

26 일차가공과 이차가공은 꿈 텍스트에서의 은유와 환유라고 할 수 있다.

27 프로이트, 《꿈의 해석》, 앞의 책, 573쪽.

다른 한편 꿈 중에는 **소원충족**을 표현한 꿈과 **불안**을 드러내는 꿈이 있다. 이 장의 서두에서 살폈듯이, 꿈·환상의 서사는 리얼리즘 서사(그리고 일상적 현실)에 비해 화해의 소망과 소원충족을 보다 적극적으로 표현한다. 그것은 꿈·환상이란 낮이나 합리적 현실에서 해결하지 못한 소원(소망)을 억압이 약화된 조건에서 다시 충족되게 시도하는 형식이기 때문이다. 그러나 어떤 꿈은 충족의 쾌감보다는 불안을 조성하는 심리적 과정을 연출하기도 한다. 소원충족의 형식과 그런 불안의 정서는 어떤 관계에 있는 것일까.

프로이트는 불안의 심리적 과정 역시 소원충족의 형식에 속한다고 논의한다.[28] 무의식적 충동은 원래 쾌감을 수반하지만 강화된 전의식의 억압에 의해 불안이나 불쾌의 정서로 전이될 수 있다. 이 경우 그런 불안감은 무의식의 충동이 커질수록 증대되므로 낮 동안에는 억제된 상태에 있게 된다. 그러다가 꿈속에서 해방된 무의식이 소원충족을 지향할 때 그 억제되었던 불안이 다시 나타나게 되는 것이다. 이처럼 전의식의 억압이 증대되어 무의식적 충동이 불안이나 불쾌의 정서를 방출하게 될 경우 불안꿈이 출현하게 된다. 그러나 그런 불안꿈 역시 소원충족을 시도하는 심리적 과정의 하나인 것이다. 따라서 소원충족 꿈뿐만 아니라 불안꿈 또한 의식과정에 동화될 수 없는 무의식의 흐름에 뿌리를 두고 있다.

이 같은 꿈의 다양한 특성들은 환상의 경우에도 비슷하게 나타난다. 일반적으로 미학적 환상 역시 꿈처럼 일차가공과 이차가공을 통해 나타나며 각각의 과정은 꿈·환상에서의 은유와 환유라고 할 수 있다. 또한 파편적인 꿈과 논리적인 꿈이 있듯이 미학적 환상에도 **모나드적인 환상**(모더니즘)과 **서사적인 환상**(포스트모더니즘)이 있다. 뿐만 아니라 소원충족 꿈과 불안꿈이 있듯이 미학적 환상에도 두 가지 종류가 있다. 즉 오리배가 날아오르는 **소망을 표현**하는 환상(《아, 하세요 펠리컨》)이 있는가 하면 벌레로 변해 고통

28　프로이트, 위의 책, 670~672쪽.

스러워하는 **불안**한 환상(《변신》)도 있는 것이다.

이 모든 꿈·환상들은 다양한 변주에도 불구하고 하나같이 무의식에 기원을 두고 있다는 공통점을 지닌다. 그러나 꿈과 미학적 환상 사이에는 간과할 수 없는 중요한 차이가 존재한다. 그것은 꿈이 억압이 느슨해진 밤 동안의 이미지 연출인 반면 미학적 환상은 억압이 지속되는 현실에서 그 균열과 상처 위에서 연출되는 것이기 때문이다. 그로 인해 미학적 환상은 보다 적극적으로 현실과 연관된 의미들을 내포하게 되며 그런 연출을 위해 일차-이차가공 이외에 또 한 번의 미학적 변형을 시도한다. 이 미학적 변형은 두 가지(일차-이차) 가공 과정에서 함께 진행되므로 삼차가공이라고도 부를 수 있을 것이다. 이제 그런 과정을 거친 현실 속에서의 꿈[29]-미학적 환상을 밤의 꿈과 비교해보자.

4. 꿈과 미학적 환상의 차이

꿈과 미학적 환상의 공통점은 무의식 속의 억압된 것이 전의식과 상호작용 속에서 표현된다는 점이다. 합리성을 넘어선 무의식과 합리적 흐름인 전의식 사이에는 간격이 있으며 꿈과 환상은 그 두 흐름 사이의 틈새의 공간에서 역동적으로 생성된다. 그 같은 무의식과 전의식 사이에서의 교섭과 표현은 일종의 이미지들의 창작과도 비슷하다.

물론 소설 속의 환상과는 달리 잠 속의 꿈은 아무도 모르게 저절로 연출되

---

29 이 현실 속에서의 꿈은 현실과 교섭하는 미학적 변형을 거친 점에서 단순한 백일몽과는 구분된다.

는 것으로 생각된다. 그러나 흥미로운 것은 꿈속에서도 우리가 마치 작가처럼 꿈의 내용을 조종할 수 있다는 사실이다. 프로이트에 의하면, 어떤 사람들은 꿈을 꾸면서 그 전개 방향에 불만을 느끼면 잠든 상태에서 꿈을 중단시키고 다른 방향으로 새로이 시작한다. '그것은 마치 대중작가가 관객의 요구에 맞춰 연극의 결말을 행복하게 끝맺는 것과 흡사하다.'[30] 이처럼 꿈은 예술이나 미학적 환상과 비슷하게 일종의 창작의 심리적 메커니즘을 갖고 있다.

그러나 꿈의 창작과 환상적 작품의 창작 사이에는 중요한 차이가 존재한다. 프로이트의 말처럼 우리는 작가가 글을 쓸 때 자신의 글을 의식하듯이 꿈속에서 그 내용을 의식할 수 있다. 이 말은 우리가 꿈을 꾸며 작가처럼 저도 모르게 자신이나 제3자의 시선을 의식한다는 뜻이다. 여기서 제3자의 시선이란 꿈이나 환상소설 자체에 포함된 일종의 내포독자를 뜻한다. 그런데 꿈의 내포독자는 아무리 일탈적이더라도 대개 전의식에 내면화된 상징계의 규범(일상의 문법)에 예속된 위치이다.

꿈 역시 무의식적 욕망의 표현이며 개인적으로는 상징계에서 억압된 욕망을 적극적으로 표현한다. 그러나 그런 개인적 일탈이 사회적 차원의 규범을 뒤흔드는 데까지는 나아가지 않는다. 꿈은 대중작가처럼 한편으로 매우 선정적이면서도 다른 한편 일상의 규범에 예속된 감상자의 요구에 따르는 것이다. 즉 꿈은 대중소설처럼 무의식과 전의식, 욕망과 사회규범의 '타협물'(프로이트)인 셈이다.

반면에 미학적 환상은 사회규범(상징계)에 대해 '전복적'이며 실재계 차원의 욕망이 상징계와 타협하는 것을 거부한다(로즈메리 잭슨).[31] 미학적 환상 역시 무의식과 전의식의 교섭의 산물이지만 마치 혼혈인(파생자)이 백인

---

30 프로이트, 《꿈의 해석》, 앞의 책, 660쪽. 프로이트는 특히 꿈을 조종하는 의식적인 능력을 지닌 사람들에게서 그런 현상이 나타난다고 말한다.

31 로즈메리 잭슨, 서강여성문학회 역, 《환상성》, 문학동네, 2001, 234쪽.

(전의식)의 문화에 대해 전복적이듯이 전의식을 뒤흔드는 잠재력을 내포하고 있다. 여기서 볼 수 있는 **타협물**과 **전복성**의 차이가 꿈과 미학적 환상의 차이일 것이다.

그런 꿈과 미학적 환상의 차이는 양자의 생성 조건 자체에서부터 나타난다. 꿈은 잠 속에서 일상(상징계)의 문법이 느슨해졌을 때 억압된 것이 회귀하는 방식이다. 이는 상징계의 균열과 모순에 대한 반응이기보다는 낮 동안에 처리하지 못한 억압된 잔여물을 수면 중에 해소하는 작용이다. 여기서 잔여물의 해소는 무의식과 전의식의 타협에 머무는 정도에 그친다. 그처럼 타협을 통해 어느 정도 해소가 가능하다는 것은 꿈이 상징계의 균열에 대한 차원에는 관여하지 않음을 암시한다. 그런 방식으로 꿈은 낮과 밤의 리듬, 즉 '억압을 통해 동일성을 유지하는 일상'과 '억압된 것을 해소하는 수면'이라는, 서로 순환하는 우리의 삶의 한 부분이 된다.

반면에 미학적 환상은 상징계(합리적 현실)의 균열로 인해 일상의 문법이 무력화된 틈새의 공간에서 생성된다. 미학적 환상 역시 억압된 것이 회귀하는 방식이지만 꿈과는 달리 되돌아온 잔여물을 통해 상징계의 균열에 대응한다. 되돌아온 잔여물이란 상징계가 억압하는 실재계 차원의 무의식적 욕망[32]이며 그것이 억압이 무의미해진 상징계의 균열부분에서 표면 위로 귀환한 것이다. 미학적 환상은 그 다시 돌아온 무의식적 욕망을 이미지화하는 방식으로 그것을 수용하지 못하는 균열된 상징계의 전복을 암시한다. 그처럼 미학적 환상은 상징계의 균열, 즉 현실 모순과의 관계 속에서 무의식(욕망)을 이미지로 연출하는 보다 '현실적인 꿈'이다.

이 같은 차이, 즉 일상의 리듬인 꿈과 현실의 균열에 대응하는 환상이라는 차이로 인해, 미학적 환상은 꿈보다 훨씬 현실적인 의미와 서사성을 갖게 된다. 꿈은 아무리 강렬한 것이라도 우리 내면의 문제를 조정하는 기제

---

32 실재계 차원의 현실과 상호작용하는 무의식적 욕망을 말한다.

일 뿐 현실 자체에 영향을 끼치지 않는다. 반면에 미학적 환상은 무의식이 고양된 심리적 기제인 동시에 그 무의식의 힘을 통해 현실의 균열을 넘어서려는 심리를 증폭시킨다. 라캉이 환상은 꿈보다 현실 쪽에 위치한다고 말한 것[33]도 같은 맥락에서 이해된다.

물론 환상이 현실모순과 상징계의 균열(비일관성)에 대응하는 방식은 (앞에서 살폈듯이) 두 가지이다. 하나는 상징계의 구멍을 메우고 균열을 은폐하는 이데올로기적 환상이며, 다른 하나는 균열을 통해 드러난 실재계와 교섭하는 미학적 환상이다.[34] 두 가지 모두 상징계의 균열과 실재계적 상처에 접촉하는 경험이지만, 전자는 균열을 봉합함으로써 상징계를 유지하려는 이미지-운동인 반면, 후자는 실재계와 교섭하며 균열을 드러낸 상징계의 해체를 암시하는 또 다른 이미지-운동이다.

이 두 가지 환상들과 비교할 때 꿈은 어느 쪽에 비해서도 현실적인 작용력이 매우 미약하다. 그 같은 환상과 꿈의 차이는 서사적 문법에서 다음의 두 가지 측면으로 드러난다. 하나는 꿈에 비해 환상이 훨씬 **서사적 결합관계**가 강화되어 있다는 점이며, 다른 하나는 꿈과는 달리 환상은 **실재계와의 대면**을 처리하는 방식을 갖고 있다는 점이다. 환상은 꿈보다 더 서사적일 뿐만 아니라 파편적인 환상일지라도 앞뒤의 서사적 맥락과 보다 잘 결합된다. 그것은 앞에서 살폈듯이 환상이 '서사적 맥락으로 된 현실'이 균열되는 위치에서 연출되는 이미지들이기 때문이다. 환상과 꿈의 또 다른 서사문법의 차이는, 꿈이 실재계와 대면하는 순간 깨어나는 반면 환상은 그 순간이 서사적 출발점이 된다는 점이다. 그로 인해 실재계 차원을 처리하

---

33 지젝, 이수련 역, 《이데올로기라는 숭고한 대상》, 인간사랑, 2002, 87쪽. 지젝은 주로 이데올로기적 환상을 염두에 두고 있지만 우리는 미학적 환상에 대해서도 똑같이 말할 수 있을 것이다. 전자는 현실의 균열(그리고 실재계)에 작용하여 그것을 은폐하는 반면 후자는 실재계와의 교섭을 통해 상징계에 전복의 위협을 준다.

34 앞의 1장 4절을 참고할 것. 라캉과 지젝은 전자를 보다 염두에 두고 있다.

지 못하는 꿈은 현실과 대립될 뿐이지만, 꿈과는 달리 실재계와의 접촉에서 출발하는 환상은, 현실과 대립되는 동시에 실재계를 핵심으로 한 현실의 토대가 된다. 이 두 번째 측면은 꿈과 환상을 구분하는 매우 중요한 요소라고 할 수 있다.

꿈 역시 되돌아온 무의식(실재계 차원) 속의 억압된 것을 처리하는 작용이며 실재계와 대면하는 방향으로 진행된다. 그러나 우리는 실재계와의 만남이 예고되는 지점에서 꿈을 깨게 되는데 그 순간이 바로 꿈의 서사의 한계지점이라고 할 수 있다. 라캉-지젝에 의하면, 우리는 욕망의 실재, 그 실재계와의 접촉을 피하기 위해 꿈에서 깨어나 (이데올로기로 된) 현실로 도피한다.[35] 그와 비슷하게 프로이트는 꿈의 중단을 이렇게 설명한다. 즉 꿈에서 소원충족의 시도가 전의식(상징계의 내면화)을 강렬하게 뒤흔들 정도가 되면 꿈은 속시 중지되고 우리는 각성상태에 이르게 된다.[36] 실재계와 대면한다는 것은 전의식 속에 내면화된 상징계가 전복되는 순간을 뜻한다.[37] 그 점에서 라캉-지젝이 실재계와의 대면의 순간 깨어난다고 말한 것은, 프로이트가 전의식이 뒤흔들릴 때 꿈이 중단된다고 설명한 것과 비슷하다.

소원충족이란 실재계 차원을 향하는 욕망의 흐름이며, 그것이 상징계를 내면화한 전의식과의 타협점에서 이미지화된 것이 바로 꿈이다. 그런데 어느 순간 소원충족의 시도가 상징계가 전복될 정도로 전의식을 동요시킬 때, 그리고 마침내 실재계와 대면하는 상황이 예고되는 순간, 꿈의 타협작용은 파기되고 우리는 현실 속으로 깨어나게 되는 것이다. 그처럼 우리는 꿈속에서 **실재계** 쪽으로 깨어나지 않도록 **현실** 쪽으로 깨어나는 셈이다.

이런 맥락에서 라캉-지젝은 현실이란 우리가 욕망의 실재(실재계와의 대

---

35 지젝, 《이데올로기라는 숭고한 대상》, 앞의 책, 88쪽.
36 프로이트, 《꿈의 해석》, 앞의 책, 669쪽.
37 그것은 실재계 차원의 무의식적 욕망, 즉 욕망의 실재가 드러나는 순간이기도 하다.

면)를 은폐할 수 있게 해주는 환상구성물이라고 말한다.[38] 지젝이 말하는 '환상구성물-현실'이란 실재계와 접촉하는 경험을 끊임없이 균열이 봉합된 상징계의 동일성 쪽으로 되돌리는 '이데올로기적 환상'을 뜻한다. 즉 그것은 '실재계와의 접촉 → 균열의 봉합'을 끊임없이 반복하는 이미지-운동이다. 이데올로기적 환상-현실은 현실의 균열에 대처하는 방식인 점에서 꿈보다 현실적이며, 또한 실재계와의 대면을 피하게 하는 기제인 점에서 그것을 단순히 외면하는 꿈보다 더 능동적이다. 꿈과 이데올로기적 환상은 똑같이 '실재계와의 대면'을 이미지화하지 못하는데, 꿈은 그 순간에 깨어나기 때문인 반면, 이데올로기적 환상은 그 자체가 실재계적 중핵을 회피하게 하는 기제인 것이다. 이데올로기가 지닌 그런 메커니즘이 부재한 꿈은 욕망의 실재가 예고되는 순간 이데올로기적 환상으로 된 현실 속으로 달아난다. 즉 우리는 욕망의 실재를 피해 꿈에서 현실로 도피하는 순간, 이데올로기적 환상의 기제를 통해 그 실재계(욕망의 실재)로부터 환상구성물-현실(균열이 봉합된 현실)로 달아날 수 있게 된다.

물론 이데올로기적 환상-현실로의 도피가 완전히 성공적인 것은 아니다. 만일 이데올로기가 완전한 은신처가 된다면 우리는 균열과 상처를 경험하지 않을 것이며 그 심리적 잔여물을 처리할 꿈을 꿀 필요도 없을 것이다. 그와 달리 우리는 이데올로기(환상-현실)로 도피하는 동시에 비록 순화되었지만 막연하게나마 균열과 상처를 감지하게 된다. 그리고 더 나아가 어느 순간 이데올로기적 환상에서 깨어나 환멸을 느끼기도 한다. 이데올로기적 회유가 끝없이 반복되어야 하는 것은 그 때문이다.

우리의 일상은 반복되는 이데올로기적 환상 속에 유인되는 동시에 모호하게 느껴지는[39] 분열과 상처를 무의식 속에 억누르는 상태이다. 그리고 억

---

38 지젝, 《이데올로기라는 숭고한 대상》, 앞의 책, 88쪽.
39 이처럼 이데올로기 속에서 분열과 상처가 모호하게 감지됨으로써 그것이 사회적 균열과 무관

압이 느슨해진 잠 속에서 꿈을 통해 그 심리적 잔여물을 처리하는 것이다. 따라서 우리의 일상의 낮과 밤은 '이데올로기적 현실-억압된 심리적 잔여물→억압된 것의 회귀를 처리하는 꿈→이데올로기적 현실'로 진행된다. 그처럼 **꿈**(밤)과 **이데올로기**(낮)는 순환적으로 심리적-실재계적 잔여물을 처리하는 과정을 반복한다.[40]

그런데 우리는 꿈에서 깨는 순간 항상 이데올로기적 환상으로 된 현실로 도피하는 것만은 아니다. 지젝의 생각과는 달리, 우리는 실재계를 외면하고 꿈에서 깨어날 때, 그 상징화할 수 없는 것(실재계)에 보다 적극적으로 대응하는 또 다른 환상-현실 쪽으로 탈주할 수도 있다. 즉 실재계와 적극적으로 교섭함으로써 그에 대한 무능력으로 균열상태에 있는 상징계의 전복을 암시하는 **미학적 환상**이 그것이다.

한 예로 박민규의 〈아, 하세요 펠리컨〉에서 '나'는 태풍이 불던 날 저수지의 오리배들을 묶으며 '꿈같은 밤'을 보낸다. 사업의 실패로 자살한 남자가 탔던 오리배가 '나'를 바라보고 있었고, '나'는 일상(상징계)에서 해소될 수 없는 복잡한 심리적 잔여물을 경험한다. 태풍에 떠내려가지 않게 오리배들을 묶는 일은, 그 죽음으로 떠내려간 남자가 남긴 심리적 부채와 대면하는 꿈같은 경험이었던 것이다. 바로 그날 밤 '나'는 잠에서 깬 후 오리배들이 연대를 이루어 장관을 연출하는 '오리배 시민연합'의 환상을 보게 된다.

'나'는 꿈에서 깬 것은 아니지만 죽은 남자의 오리배들로부터 '실재계와의 대면'이 예고되는 경험을 한 후 잠에서 일어나 환상을 보게 된 셈이다. 여기서 '실재계와의 대면'이란 태풍 같은 삶과 오리배들이 떠내려가지

한 개인적인 것이라고 느끼게 되는 결과를 낳을 수 있다. 그에 상응해서 개인적인 차원에서 심리적 잔여물을 해소하려 하는 것이 바로 꿈이다.

40 꿈과 이데올로기는 끝없이 계속되어야 하는데, 그것은 심리적-실재계적 잔여물이 완전히 해소되지 않고 계속 남게 되기 때문이다. 꿈이 처리하는 것이 개인적 잔여물이라면 이데올로기가 처리하는 것은 현실의 균열과 연관된 잔여물이다.

않게 하려는 '나'의 욕망의 대면을 말한다. 오리배란 물론 '나'와 죽은 남자와 외국인 노동자 같은 '저렴한 인생'을 상징한다.

'나'는 그 실재계와의 대면의 순간에 '평온한 유원지(이데올로기적 환상-현실)'의 일상으로 도피하는 대신에, 태풍 속에서 오리배를 묶을 때의 심정(무의식적 욕망)이 표현된 '오리배 시민연합'의 환상을 보게 된다. 이것이 바로 실재계와의 교섭을 통해 균열과 상처를 넘어서려는 미학적 환상의 경험이다. 이 환상은 유원지의 평온한 일상[41]보다 비현실적인 것 같지만, '태풍 같은 삶'과 '유대의 욕망'이 상호작용하는, 실재계를 핵심으로 한 또 다른 리얼리티의 토대이다.

이처럼 꿈(꿈같은 경험)이 예고하는 '실재계와의 대면'에 대응하는 방식은 두 가지이다. 하나는 그 감당하기 어려운 순간으로부터 평온한 일상이라는 이데올로기적 환상-현실로 도피하는 것이며, 다른 하나는 무의식적 욕망을 더욱 고양시켜 실재계와 교섭하는 또 다른 환상-현실로 탈주하는 것이다. 전자가 실재계로부터 이데올로기적 환상(현실)으로 달아나는 것이라면, 후자는 실재계와 교섭하며 이데올로기적 환상-현실로부터 또 다른 리얼리티로 탈출하는 것이다. 앞의 것이 딜레마에 부딪힌 꿈의 소원충족을 현실에 순응하는 방식으로 조정하는 작용인 반면, 뒤의 것은 중단된 꿈의 소원충족을 현실의 변화를 암시하면서까지 적극적으로 실현시키는 작용이다.

요컨대 꿈이 '무의식적 욕망'과 '상징계가 내면화된 전의식'의 타협물이라면, 이데올로기적 환상은 그 타협이 파기되고 실재계와 대면하는 위기의 순간을 균열이 봉합된 상징계 쪽으로 돌리는 방식이다. 반면에 미학적 환상은 타협이 파기된 순간 적극적으로 실재계와 교섭하며 균열된 상징계의 전복과 또 다른 리얼리티의 전망을 암시하는 이미지-서사이다.

---

41 평온한 일상 역시 실재계를 핵심으로 한 환상 구성물로서의 현실이며, 끊임없이 실재계적 핵심에서 도피하는 이데올로기적 환상으로 된 현실이다.

이 같은 꿈·이데올로기적 환상·미학적 환상의 차이는 다음과 같이 표시될 수 있다.

이데올로기적 환상 ←	꿈 →	미학적 환상
상징계에 예속된 현실	일상의 리듬	또 다른 현실 암시
실재계로부터의 도피처	실재계와 대면하는 순간 깨어남	실재계와 교섭하는 예언자
도피처−현실	무의식−전의식의 타협물	현실변혁의 미학적 암시

위의 도표에서 꿈이 중단되고 두 가지 환상 쪽으로 나아가는 양상은 1장 5질에서 실핀 균열과 상서의 경험이 두 방향으로 향하는 과성과 비슷하다. 우리는 낮 동안 균열의 경험을 두 가지 환상을 통해 해소하려 하지만 미처 해결하지 못한 심리적 잔여물을 안고 잠자리에 들게 된다. 꿈이란 그 가슴에 담긴 낮 동안의 심리적 앙금을 처리하는 과정에 다름이 아니다. 그러나 꿈은 실재계와 대면하는 자신의 한계지점에서 중단되고 다시 두 가지 환상에 나머지 정신적 부채를 맡기게 되는 것이다. 꿈과 환상이 이처럼 균열을 해소하는 비슷한 과정이면서도 서로에게 잔여물을 전가시키는 것은, 꿈이 개인적 상처를 처리하는 기제인 반면 환상은 사회적 균열에 연관된 메커니즘이기 때문이다.

따라서 꿈과 환상은 비슷하면서도 서로 다른 차원을 지닌 정신생활의 두 가지 보충적인 필수물이라고 할 수 있다. 그와 연관해 1장 5절의 그림 3이 낮 동안의 심리적 축이라면 위의 도표는 밤 동안의 심리적 흐름인 셈이다.

그러면 꿈과 환상의 서로 다른 차원이란 구체적으로 무엇인가. 프로이트에 의하면, 꿈은 소원을 성취된 것으로 보여주며 우리를 미래로 인도하지만 꿈의 내용 자체가 미래를 알려주는 가치를 지니고 있지는 않다.[42] 이 말에서 꿈이 우리를 미래로 이끈다는 것은 현실에서 이룰 수 없는 무의식적 욕망의 실현을 보여주는 측면을 뜻한다. 그러나 꿈은 그 과정에서 '실재계와의 대면'의 순간을 넘어서지 못하는데 이는 꿈이 실재계에 근거해 억압적 현실(상징계)을 해체시키는 차원을 지니지 못함을 의미한다. 꿈이 감당하지 못하는 그 작업, 즉 실재계와 교섭함으로써 상징계적 현실의 전복을 암시하는 일이 바로 미학적 환상의 기능이다.

꿈은 개인적인 미래의 소망을 예시하지만 사회현실의 미래에 대해서는 전혀 무능력한 예언자이다. 반면에 사회현실에 대해 적극적으로 대응하면서도 우리의 무의식을 조정해 미래가 아닌 현재의 사회에 순응시키는 것이 이데올로기적 환상이다. 다른 한편 이데올로기와는 달리 진정한 욕망의 충족을 지향하면서, 또한 꿈을 넘어서서 사회 현실의 균열에 적극적으로 대응하는 작용, 그 심미적 방식의 암시적인 예언자가 바로 미학적 환상이다. 이 같은 차이를 서사적 문법에 비유하면, 개인적 충족과 사회적 순응이라는 꿈-이데올로기가 대중서사(소설, 드라마, 영화)에 가까운 반면[43], 한 사람의 꿈과 모두의 꿈이 통합된 미학적 환상은 본격예술의 서사를 상징한다.

5. 소설에 나타난 꿈과 미학적 환상

이제 지금까지 논의한 꿈과 환상의 차이를 구체적인 예를 통해 살펴보자. 예컨대 조세희의 〈내 그물로 오는 가시고기〉에는 1인칭 주인공 '나'(경

---

42 프로이트, 《꿈의 해석》, 앞의 책, 713~714쪽.
43 2008년 말엽부터 유행하는 이른바 '막장 드라마'는 이런 특징이 극대화된 서사를 보여준다.

훈)의 꿈이 환상적으로 제시되고 있는데, 이 미학적으로 변형된 꿈은 실제 꿈과 미학적 환상의 차이를 암시한다. 먼저 이 소설의 마지막 장면인 다음의 예문을 보자.

(가) 화면 안 남자가 금발아이의 몸에 상처를 입혔다. 이제 너는 여자가 되었다고 남자가 말했다. "그만 내려가." 몸이 달아오른 여자아이에게 나는 말했다. "물을 빼 버리기 전에 수영을 해." 여자아이는 하얘진 얼굴로 나를 보았다. 그 아이가 눈물이 핑 돌아 내려가자 나는 침대에 누웠다. 침대에 누워 책을 읽었다. 아버지가 돌아올 때까지 나는 경제사를 읽을 참이었다. 한 경제학자가 장차 책임 범위는 넓어질 것이라고 쓴 것을 그 책의 저자는 인용했다. 나는 책을 읽다가 잠이 들었고, 깨기 직전에 꿈을 꾸었다. (나) 〈꿈 속에서 그물을 쳤다. 나는 물안경을 쓰고 물 속으로 들어가 내 그물로 오는 살찐 고기들이 그물코에 걸리는 것을 보려고 했다. 한 떼의 고기들이 내 그물을 향해 왔다. 그러나 그것은 살찐 고기들이 아니었다. 앙상한 뼈와 가시에 두 눈과 가슴 지느러미만 단 큰가시고기들이었다. 수백 수천 마리의 큰가시고기들이 뼈와 가시 소리를 내며 와 내 그물에 걸렸다. 나는 무서웠다. 밖으로 나와 그물을 걸어 올렸다. 큰가시고기들이 수없이 걸려 올라왔다. 그것들이 그물코에서 빠져 나와 수천 수만 줄기의 인광을 뿜어내며 나에게 뛰어올랐다. 가시가 몸에 닿을 때마다 나의 살갗은 찢어졌다. 그렇게 가리가리 찢기는 아픔 속에서 살려 달라고 외치다 깼다.〉 (다) 서쪽 우리창에 황적색 저녁놀이 와 닿았다. 그것이 아름답게 느껴져 창가로 가 내다보았다. 대기 속 물질의 아주 작은 알갱이들이 빛을 운반해 오는 것을 나는 볼 수 있었다. (라) 흰 벽이 저녁늘빛을 숲 쪽으로 받아 던졌다. 돌아간 할아버지의 늙은 개가 그 숲에서 기어 나왔다. 달아오른 몸으로 나를 받아들이려고 했던 여자아이가 늙은 개를 불렀다. 개 밥그릇을 개집 앞에 놓아 준 여자아이가 늙은 개의 목을 꼭 껴안았다. 난장이의 큰 아들이 끌려나갈 때 난장

이의 부인이 그런 몸짓을 했었다. 공원들은 밖으로 나가 울었다. 지섭은 올라올 수가 없었다. 사람들의 사랑이 나를 슬프게 했다. **(마)** 그때 수위가 철문을 밀어붙이는 것이 보였다. 이팝나무 숲을 끼고 돌아온 아버지의 승용차가 미끄러지듯 들어와 섰다. 내일 아무도 모르게 정신과 의사를 찾아가 보자고 나는 생각했다. 내가 약하다는 것을 알면 아버지는 제일 먼저 나를 제쳐 놓을 것이다. 사랑으로 얻을 것은 하나도 없었다. 나는 밝고 큰 목소리로 떠들 말들을 떠올리며 방문을 열고 나갔다.[44]

위에서 꿈꾸기 전인 (가)는 은강방직 사장 아들 '나'(경훈)의 일상이 제시된 것이다. 이어지는 꿈((나))은 그런 '나'의 자본가 이세의 일상에서 억압되었던 심리적 잔여물이 되돌아온 이미지들이다. 이 꿈은 일종의 '불안 꿈'으로서 '나'의 숨겨진 소망이 (전의식에) 내면화된 자본가 규율의 억압에 의해 불안의 정서로 (일상 속에) 잠재해 있었음을 암시한다. 꿈꾸기 전의 여자아이의 눈물에 대한 묘사나 꿈꾼 후의 (라)에서의 심리가 그 점을 내비친다. 이 두 부분에서 엿볼 수 있는 '나'의 숨겨진 소망이란 (라)에 묘사된 '사람들의 사랑'인 셈인데, 그 점에서 '나'는 자본가 집안의 인물들 중에 '예외적인 개인'[45]이라고 할 수 있다. 사랑의 소망을 무의식 속에 숨기고 있는 '나'는 자본가의 일상에서 그 소망을 불안감의 정서로 억제하고 있는 것이다. (나)는 그런 억제된 불안이 소원충족을 지향하는 꿈으로 되돌아온 내용이다.

물론 (나)의 꿈은 소설의 맥락에서 미학적으로 변형된 것으로 실제 꿈과는 차이를 지닌다. 예컨대 두 번째 문장 '그러나 그것은 살찐 고기들이 아

---

44 조세희, 〈내 그물로 오는 가시고기〉, 《난장이가 쏘아올린 작은 공》, 문학과지성사, 1986, 232~233쪽(〈 〉-인용자).
45 예외적인 개인이란 자본주의에 속해 있으면서도 그에서 벗어난 욕망을 지닌 인물을 말한다.

니었다'는 잠 속이 아닌 현실에서의 '서술자아의 해석'이다. 잠 속에서의 자기 꿈에 대한 해석이 이차가공(프로이트)[46]이라면 이 서술자아의 해석은 **삼차가공**인 셈이다.

이어지는 '앙상한 뼈와 가시에 두 눈과 가슴지느러미를 단 가시고기들'이라는 표현은 꿈의 압축 이미지인 '가시고기'에 대한 자세한 묘사이다. '가시고기'는 자본가의 그물에 걸린 노동자들의 압축적 표상인 동시에 '나'의 불안과 공포에 상응하는 이미지이다. 그런데 여기서는 일반적인 꿈에서와는 달리 그 이미지가 아주 세밀한 디테일을 갖고 있다. 실제 꿈의 모호한 압축 이미지가 일차가공(프로이트)의 산물이라면 매우 세심하게 묘사된 이 부분의 이미지는 현실의 '서술자아가 개입'한 **삼차가공**의 결과라고 할 수 있다.

이처럼 미학적으로 변형된 꿈의 이미지는 실제 꿈의 일차가공보다 훨씬 자세하고 실감나게 묘사된다. 또한 이차가공을 거친 실제의 '논리적인 꿈'보다 한층 더 논리적이고 서사적으로 제시된다. 이 같은 두 측면에서의 **실제 꿈**과 **소설 속의 꿈**의 차이는 일반적인 꿈과 미학적 환상의 차이를 암시한다. 즉 (나)는 소설 속의 인물의 꿈인 동시에 화자(서술자아)의 삼차가공을 거친 미학적 환상이기도 한 것이다

예문의 꿈의 또 다른 특징은 꿈을 깨게 만드는 '근원적 욕망과 실재계의 대면'의 순간이 매우 자세하게 묘사되어 있다는 점이다. '나'의 공포심의 원인인 가시고기의 뼈와 가시소리는 억압에서 돌아온 사랑의 소망이 부르주아의 죄의식으로 전이되어 표현된 것이다. 그 같은 공포의 이미지로 된 꿈은 가시고기들이 그물을 벗어나지 않는 한 잠을 깨지 않고 계속될 수 있다. 이것이 사랑의 소망이 전이된 죄의식과 가시고기를 잡는 부르주아의 삶의 규율[47], 즉 무의식과 전의식의 타협물이다. 그러나 무의식이 더욱 고양되

---

46 프로이트는 잠 속에서 꿈을 미리 해석하는 이차가공에 의해 보다 논리적인 꿈이 만들어진다고 말한다.

면서 타협이 파기되는 순간, 가시고기들이 '나'의 살갗을 찢는 무의식과 실재계의 대면의 순간이 연출된다. 가시들에 의해 몸이 찢겨지는 장면은 '나'의 무의식 속의 죄의식이 (상징계적) 억압에서 해방되어 적나라하게 드러난 실재계적 상황이다. 그러나 이때의 공포심은 꿈이 감당할 수 없을 만큼 증폭된 것이며 '나'는 불안하지만 훨씬 덜 끔찍한 현실 속으로 깨어나게 된다.

그런데 예문의 꿈의 특징은 그 꿈을 중단시키는 '실재계와의 대면'의 순간이 (실제 꿈보다) 자세하고 길게 제시되고 있다는 점이다. 실제 꿈에서는 실재계 차원이 예고되는 순간 현실 속으로 깨어남으로써 '실재계와의 대면'이 잘 의식되지 않는다. 반면에 위의 꿈에서는 그런 꿈의 한계지점을 넘어서서 참을 수 없는 실재계적 상황이 세밀하게 묘사되고 있다. 이는 타협물에 그치는 꿈과 구분되는 (상상계가 해체된) 실재계 차원의 미학적 환상의 특징을 보여주는 셈이다. 그 점에서 예문의 꿈은 꿈의 형식을 지니고 있지만 실제로는 그 한계를 넘어 미학적 환상으로 표현되고 있다고 할 수 있다.

물론 이 꿈의 형식을 빌린 미학적 환상은 공포의 상황을 한계 이상으로 견디고는 있으나 결국 현실 속으로 깨어난 점에서 악몽으로 된 꿈이기도 하다. 그러나 여느 악몽(불안꿈)과는 달리 이 꿈은 견딜 수 없는 실재계로부터 이데올로기적 환상—현실로 도피하지는 않는다. 그것은 미학적 환상으로 변용된 꿈에서 이미 실재계 쪽으로 깨어나버렸기 때문이다.

그 때문에 흔히 불안꿈 형식의 미학적 환상의 경우 〈변신〉의 알레고리나 〈난장이가 쏘아올린 작은 공〉의 영호의 꿈[48]처럼 일반적으로 현실 속으로 깨어나는 장면이 그려지지 않는다. 그 이유는 **실재계 쪽으로 깨어나게** 만드는 것이 미학의 목표인데 꿈—환상을 통해 그런 상황이 제시된 만큼 다시 이데올로기적 현실로 물러설 필요가 없기 때문이다. 우리는 다만 불안꿈에

47　이것은 전의식 속에 내면화되어 있다.
48　조세희, 〈난장이가 쏘아올린 작은 공〉, 《난장이가 쏘아올린 작은 공》, 앞의 책, 97쪽.

서 소원충족의 표현을 읽어내듯이 끔직한 실재계적 상황에서 내면으로 돌아와 화해의 소망을 감지하게 된다.[49]

하지만 그것은 〈변신〉이나 〈난장이가 쏘아올린 작은 공〉에서처럼 주인공이 악몽 같은 실재계적 상황의 희생자일 경우이다. 그와 달리 위의 꿈에서처럼 주인공(경호)이 가해자일 경우 악몽을 통해 사랑의 소망을 표현할수록 죄의식의 부채도 커져가게 된다. 위에서 '내'(경훈)가 꿈에서 깨어난 것은 그 감당할 수 없게 증폭된 죄의식의 부채로부터 벗어나기 위한 것이다.

그런데 이미 사랑의 소망이 꿈이 허용하는 이상으로 커진 상황에서 '나'는 이데올로기(환상-현실)로 도피하는 대신 죄의식마저 벗어던진 또 다른 환상을 갈망하게 된다. 예문의 (다)에서 노을의 빛을 운반하는 작은 알갱이들이란 사랑을 소망하는 '나'의 무의식적 심리의 흐름을 환상적으로 표현한 것이다. 이 분자적인 심리적 흐름의 환상은 아름다운 노을빛이 숲의 자연 속으로 반사되는 풍경 속에서 경험된다.

그런 노을과 자연 속에서의 아름다운 환상은, 그러나 사람들 사이의 풍경 속에서는 다시 내면의 소망으로 억제될 뿐이다. 즉 늙은 개를 끌어안는 여자아이나 끌려 나가는 아들을 껴안는 난쟁이 부인의 몸짓은 억압된 사랑의 소망을 암시한다. '사람들 사이의 사랑이 슬프게' 느껴진 것은 실제 현실에서는 그처럼 사랑이 억압될 수밖에 없기 때문이다. '사랑으로 얻을 것은 아무것도 없는' 현실에서 사랑의 소망이 고양된 '나'는 균열과 슬픔을 경험한다.

그처럼 균열과 상처를 경험하는 순간 '나'는 아버지(상징계의 기표)의 등장과 함께 자본가-아버지가 지배하는 이데올로기적 환상-현실로 도피한다. 그것은 '내'가 예외적인 인물이긴 하지만 윤호[50]와는 달리 자본가의 위치를 버릴 수 없는 양면적 인물이기 때문이다. 균열과 상처를 느끼게 한 '나'의

---

49 이 점은 아도르노가 말한 모더니즘 미학의 특성에 상응한다.
50 율사의 아들인 윤호는 자신이 속한 지배계급에서 이탈하려는 잠재적 욕망을 지니고 있다.

고양된 사랑의 소망은 이제 상처의 봉합을 위해 정신과 의사의 도움으로 억제되어야 한다. 사랑의 소망과 무의미한 사랑의 인식, 그 같은 양면성이 이 소설 전체 맥락에 부합하는 '나'(경훈)의 시점으로 된 현실감각인 것이다.

바로 그런 '나'의 양면성으로 인해 예문에서는 꿈과 미학적 환상-이데올로기적 환상의 관계가 다양하고 역동적으로 나타나고 있다. 지금까지 살펴본 그 꿈과 환상의 역동적 관계는 다음과 같이 요약될 수 있다. 꿈(사랑의 소망 + 죄의식) → 악몽-미학적 환상(사랑의 소망 + 죄의식 + 실재계) → 자연 속의 미학적 환상(사랑의 소망) → 현실 속의 균열과 상처 → 이데올로기적 환상-현실.

여기서 '나'의 양면성은 '꿈 → 미학적 환상'의 탈주과정과 '현실의 균열과 상처 → 이데올로기적 환상-현실'의 도피과정으로 나타나고 있다. '내'가 꿈에서 깬 후 이데올로기로 도피하지 않은 것이 고양된 사랑의 소망 때문이라면 현실의 균열을 경험하며 이데올로기(환상-현실) 속으로 달아난 것은 자본가의 현실감각에 의한 것이다.

이제 마지막으로 꿈과 미학적 환상의 서사문법의 차이를 요약해보자.

그림 4

꿈

이미지	전위·압축·중복결정(일차가공)
상황과 서사	꿈속에서의 '나'의 해석(이차가공)
무의식의 파생자의 기능	무의식과 전의식의 타협(상징계-전의식을 뒤흔들지 않음)

미학적 환상

이미지	전위·압축·중복결정-꿈+현실에서의 화자의 해석(삼차가공)
상황과 서사	이차가공+현실에서의 화자의 해석(삼차가공)
무의식의 파생자의 기능	타협을 넘어서서 실재계와 대면(상징계-전의식의 전복 암시)

6. 리얼리즘과 모더니즘 – 포스트모더니즘의 환상

우리는 앞에서 환상과 리얼리즘 서사의 차이를 비교한 바 있다. 리얼리즘은 일상의 표상체계(상징계)를 재현하는 이미지들을 보여주는 반면, 꿈-환상은 일상의 표상들과 일치되지 않는 이미지들을 연출한다. 그것은 꿈-환상이란 사실적 재현과는 달리 상징계의 균열 부분에서 억압되었던 감정-심리들이 되돌아오는 이미지이기 때문이다.

그러나 리얼리즘 역시 단순히 상징계(표상체계)의 재현에 그치지 않고 그 체계의 균열의 지점을 드러내는 데까지 나아간다. 그 때문에 리얼리즘에서도 빈번히 균열을 메우는 환상 이미지들이 표현되며 그것을 통해 억압된 것의 귀환을 드러낸다. 다만 리얼리즘에서는 그런 환상적 표현이 모더니즘에서와는 다른 방식으로 나타난다. 즉 모더니즘의 환상이 미학적 변형을 거친 예술적 표현이라면 리얼리즘의 환상은 일상에서 경험하는 환상에 보다 더 가깝다.

그 같은 환상적 표현의 차이는 리얼리즘과 모더니즘에서의 꿈의 제시 방식의 차이를 통해 암시된다. 리얼리즘의 꿈은 실제 꿈처럼 별도의 해석이 필요한 모호한 내용으로 제시된다. 예컨대 〈표본실의 청개구리〉에서 여자의 손에 목 졸려 죽는 꿈이나 《죄와 벌》에서 사람들이 여윈 말을 잔인하게 때려죽이는 꿈 같은 경우이다. 물론 후자의 꿈은 전자와 달리 매우 자세하게 재편집되어 제시되고 있다. 그러나 두 소설의 꿈은 모두 그 의미가 불명확하며 실제 꿈처럼 해석과 분석을 기다리고 있다.

반면에 모더니즘의 꿈은 마치 현실의 화자에 의해 재가공된 듯이 소설의 맥락과 긴밀한 연관을 갖는 미학적 환상으로 나타난다. 예컨대 〈난장이가 쏘아올린 작은 공〉에서 팬지꽃을 공장 폐수에 던져 넣는 꿈이나 〈내 그물로 오는 가시고기〉에서 가시고기들이 뛰어올라 살갗을 찢는 꿈 같은 것들이다. 이 꿈들은 리얼리즘의 꿈과는 달리 작품의 맥락과 밀접하게 연관되는 강한 암시를 내포하고 있다. 물론 이 꿈들 역시 현실적 사건들과는 달리 명확한 해석이 필요한 꿈-환상의 형식을 지니고 있다. 그러나 두 꿈의 경우 모호한 의미를 밝혀내는 '꿈의 해석'이 아니라 환상적 이미지들을 가로지르는 '미학적 해석'이 요구될 뿐이다.

그처럼 별도의 '꿈의 해석'이 필요 없이 '미학적 분석'만이 요구되는 점에서 모더니즘의 꿈은 미학적 환상과 크게 다르지 않다. 즉 모더니즘의 꿈은 꿈의 형식을 빌리지 않은 모더니즘적인 미학적 환상과 별다른 차이를 갖지 않는다. 예컨대 앞의 두 꿈은 〈변신〉의 벌레의 환상과 크게 구분되지 않는다. 반대로 말하면 〈변신〉의 벌레의 환상은 모더니즘적인 악몽의 형식과도 유사하다. 양자의 차이는 〈변신〉의 환상이 단지 깨어나는 순간을 갖지 않는다는 것이다.[51]

리얼리즘에서 꿈의 해석이 필요하다는 것은 상징계의 소통의 회로에서 이질적으로 암호화된 부분(꿈)을 소통가능하게 만들어야 한다는 뜻이다. 꿈은 상징계의 네트워크에서 이탈된 부분이지만 해석을 통해 다시 기표체계의 네트워크로 복귀한다. 즉 우리는 주인공이 왜 그런 꿈을 꾸었으며 그 내용이 어떤 심리적인 대응물인지 확인한다. 그렇게 함으로써 우리는 소통이 끊어진 부분을 해석을 통해 다시 연결하는 것이다. 다만 우리는 꿈을 통해 상징계의 질서를 넘어서는 (실재계에 접근한) 욕망의 존재를 확인하게 된다.

반면에 미학적으로 변형된 모더니즘의 꿈은 그런 식의 꿈의 해석을 필요로 하지 않는다. 이 말은 모더니즘의 꿈은 상징계의 소통의 회로로 복귀시킬 필요가 없으며 그보다는 꿈을 빌려 미학적으로 암시된 내용을 읽어내야 한다는 뜻이다. 꿈의 형식을 차용한 모더니즘의 환상은 현실의 균열의

---

51 모더니즘적인 환상은 꿈의 형식을 빌리더라도 깨어나는 순간이 제시되지 않는 경우가 많은데 이는 모더니즘 소설 속의 꿈이 근본적으로 미학적 환상과 유사하게 기능하기 때문이다.

위치에서 이질적인 이미지들을 연출하고 있으며 그것을 통해 상징계의 질서를 위협하는 욕망을 암시한다. 이런 모더니즘의 꿈-환상은 상징계와의 소통의 단절을 표현하는 모더니즘 미학의 연장선상에서 나타난 미적 장치이다.

요컨대 **리얼리즘의 꿈**은 해석을 통해 상징계의 네트워크로 복귀하는 동시에 그 질서를 넘어서는 욕망의 흐름을 시사한다. 그에 반해 **모더니즘의 꿈**은 상징계에 동화되지 않은 비동일성의 위치라는 모더니즘 미학의 연장선상에서 (이질적 방식으로) 보다 강력하게 탈주의 욕망을 내비친다. 모더니즘과 리얼리즘의 꿈은 비슷하게 일상으로부터의 이탈의 욕망을 암시한다. 그러나 리얼리즘의 꿈이 이질적 방식을 통한 상징계의 소통의 연장인 반면 모더니즘의 꿈은 상징계와의 소통의 단절이라는 모더니즘적인 미학적 표현(방해의 미학)[52]의 연장이다.

이 같은 리얼리즘과 모더니즘의 꿈의 차이는 두 양식에서의 환상적 표현의 차이를 암시한다. 리얼리즘에서의 환상은 꿈을 제시할 때처럼 그 이미지들이 나타나게 된 **합리적인 이유**와 함께 표현된다. 반면에 모더니즘의 환상은 (꿈의 표현처럼) 일상을 **낯설게 드러내는** 모더니즘적인 미학적 표현의 보다 강렬한 방식이다.

이런 리얼리즘/모더니즘의 꿈-환상의 차이는 라캉과 지젝이 말한 증상과 증환의 차이로 설명할 수 있다. **증상**이란 상징계가 배제한 것이지만 다른 방식을 통해 되돌아온 실재계적 요소를 말한다.[53] 그처럼 '억압된 것의 회귀'를 막을 수 없다는 점에서 증상은 상징계적 일상의 네트워크가 끊어진 균열 부분에서 출현한다. 그러나 증상은 균열을 합리화하는 해석을 통

---

52 모더니즘은 상징계와의 소통이 어려워진 현실에서의 미학이며, 그런 현실을 비동일성의 위치에서 '합리적으로 소통이 잘 안 되는 방식'(낯설게 하기, 꿈, 환상 등)으로 낯설게 드러낸다. 이것이 바로 감정이입을 차단하는 방해의 미학이며 낯설게 하기는 그중의 하나이다.

53 지젝, 《이데올로기라는 숭고한 대상》, 앞의 책, 131~132쪽.

해 이질성을 지닌 채 일상의 네트워크 속에 편입된다. 다만 실재계적 요소의 회귀라는 이질적인 얼룩은 지워지지 않고 남겨진다.

리얼리티를 '실재계를 핵심으로 한 현실'로 정의할 때 모든 미학적 리얼리즘은 (철학적 실재론과는 달리) 그런 되돌아온 '실재계적 요소-증상'을 포착하는 일에 집중한다. 가령 리얼리즘의 핵심적인 미학적 방식인 아이러니 역시 넓은 의미에서 증상에 포함될 수 있다. 한 예로 〈운수 좋은 날〉에서 김첨지가 그렇게도 필요한 돈을 '이 원수엣 돈!' 하고 내던지는 것은, 자본주의가 배제하는 실재계적 무의식이 증상으로 되돌아온 것으로 볼 수 있다. 김첨지의 이 무의식적인 한 마디는 자본주의적 일상에서 소통의 회로의 균열에 해당되지만, 그것은 '아이러니'라는 말로 해석됨으로써 다시 상징계의 네트워크로 복귀한다.

물론 그 같은 아이러니는 환상은 아니다. 환상에 보다 접근한 예로는 〈표본실의 청개구리〉의 김창억의 '삼층집 건축'을 들 수 있다. 김창억의 삼층집은 상징계적 일상에서는 소통될 수 없는 환상이지만 정신분열증이라는 해석을 통해 일상의 이질적인 한 부분으로 복귀한다. 그처럼 늘상 정황에 대한 해석과 함께 제시되는 리얼리즘의 환상은 증상의 보다 강렬한 표현으로 볼 수 있다. 리얼리즘은 그런 일상으로 복귀한 실재계적 증상들을 포착함으로써 '실재계를 핵심으로 한 리얼리티'를 암시한다.

반면에 모더니즘에 나타난 증상들은 흔히 합리적 해석이 불가능한 환상적인 요소들로 표현된다. 예컨대 〈우주여행〉[54]의 우주인 이미지나 〈변신〉의 벌레의 악몽 역시 실재계가 되돌아온 증상이지만, 그 이질적 이미지들은 좀처럼 상징계의 네트워크로 복귀하지 않는다. 이 실재계적 증상들은 오히려 일상의 균열을 확대해 보여주는 '합리화가 불가능한' 환상들이다. 이처럼 상징계의 네트워크의 비일관성과 균열을 드러내는 환상적인 증상

---

54 《난장이가 쏘아올린 작은 공》(조세희)의 연작소설의 하나임.

이 바로 **증환**이다.

　증환이란 억압된 것이 되돌아온 (실재계적) '증상'이면서도 (합리적인) 상징계의 회로로 복귀하지 않고 흘러넘치는 '환상' 이미지를 말한다. 리얼리즘의 증상은 실재계적 요소의 회귀로 인한 균열인 동시에 그 균열의 상처가 상징계의 네트워크에서 해석됨으로써 '이질적인 얼룩'으로 남게 된 것이다. 반면에 모더니즘의 증환은 합리적으로 해석될 수 없는 '균열의 상처'와 교섭하는 환상 이미지(혹은 기표) 그 자체이다.

　균열의 상처는 상징계와 실재계의 틈새의 공간에서 나타난다. 그런 맥락에서 지젝은 증환의 예로서, 카프카의 《시골의사》에서 아이의 엉덩이 근처의 벌레로 꿈틀거리는 붉게 꽃핀 상처를 말하고 있다.[55] 이 상징화할 수 없는 육체적 상처는 실재계의 파편인 동시에 상징계의 네트워크에서 이탈한 이질적 환상 이미지(혹은 기표)이기도 하다.

　그러나 증환을 폭넓게 해석하면 그런 육체적·정신적 상처뿐만 아니라 인간의 삶 자체에서의 상처와도 연관된 것이다. 예컨대 〈변신〉의 벌레는 인간다운 삶을 박탈당한 상처가 상징화의 수단을 잃어버린 채 일상으로 되돌아온 환상 이미지이다. 즉 벌레가 되어 살아가는 삶은 벌레로 가득한 아이의 엉덩이의 붉은 꽃과도 같이 인간의 삶의 상처를 환기시킨다. 두 경우 모두 생명(《시골의사》)과 삶(〈변신〉)의 소망이 그것을 거부하는 상징계의 회로에서 실재계적 균열의 상처로 이미지화된 것이다.

　그처럼 균열의 상처와 교섭하는 모더니즘의 환상은 증상을 넘어선 증환으로 설명될 수 있으며 그 점에서 증상과 연관된 리얼리즘의 환상과 구분된다. 물론 리얼리즘과 모더니즘의 환상이 라캉-지젝의 증상과 증환에 정확하게 대응하는 것은 아니다. 좀 더 엄밀히 말하면 (리얼리즘이든 모더니즘이든) 미학적 환상은 증상이나 증환의 보다 강렬한 표현이며 예술적으로 변

55　지젝, 《이데올로기라는 숭고한 대상》, 앞의 책, 137~138쪽.

형된 이미지들이다. 그러나 리얼리즘의 환상은 일상세계의 증상이 그렇듯이 합리적인 (상징계의) 소통의 회로로 복귀한다. 반면에 모더니즘의 환상은 상징계의 소통의 회로에서 이탈해 '넘쳐흐르는 탈주의 욕망'[56]을 암시한다.

그러면 객관세계의 일상을 넘어선 모더니즘의 환상은 객관현실을 형상화하는 서사양식의 문법에서 어떻게 이해될 수 있을까. 모더니즘의 환상은 모더니즘 미학이 그렇듯이 일상에 동화되지 않은 비동일성의 위치[57]에서 나타난 것으로 볼 수 있다. 비동일성의 위치에서는 일상에서와는 달리 억압된 것이 훨씬 더 생생한 이미지로 되돌아온다. 일상에서는 의식이 잠든 순간 억압된 것이 꿈을 통해 나타나지만, 모더니즘에서는 동화되지 않는 의식을 통해 비동일성의 환상이 흘러넘친다. 꿈은 억압된 것을 달래주기 위한 잠든 동안의 무의식과 전의식의 타협적인 연출이다. 반면에 모더니즘의 환상은 무의식이 약화된 전의식을 뚫고 일상으로 넘쳐흐른 것으로 볼 수 있다.[58] 일상으로 터져나온 모더니즘의 환상은 꿈보다 더 생생하며, 꿈을 넘어서서 실재계와의 교섭[59]을 적극적으로 드러낸다.

모더니즘이 그 같은 환상의 미학을 선호하는 것은 일상의 현실이 리얼리즘에서와는 달리 합리적으로 대응할 수 없는 폭력적인 세계이기 때문이다. 모더니즘은 그런 현실로부터 트라우마를 경험하면서, 일상과 교류하기보다는 비동일성의 위치에서 상처와 함께 드러난 실재계와 교섭한다. 그처럼 실재계와 교섭하는 경험의 강한 미학적 표현이 바로 환상이다.

---

56 라캉-지젝은 상징계를 넘어선 향락(희열)을 말하고 있다. 탈주의 욕망은 그런 향락의 충동의 보다 적극적인 표현이다.

57 비동일성의 위치란 동일성의 일상에 동화되지 않은 모더니즘 주인공의 위치를 말한다. 나병철, 《모더니즘과 포스트모더니즘을 넘어서》, 소명출판, 1999, 148, 343쪽 참조.

58 물론 이 경우에도 무의식과 전의식의 교섭이 있다.

59 미학적 환상에서 꿈과 달리 실재계와의 교섭이 있다는 것은 무의식의 분출이 전의식을 뒤흔드는 한도 이상으로 진전됨을 뜻한다.

모더니즘이 환상의 미학을 사용할 수 있는 것은 꿈에 준하는 비동일성의 위치로 인한 것이지만, 또한 폭력적 현실에서 거세공포(낯선 두려움)를 경험하며 어린 시절로 돌아가는 심리 때문이기도 하다. 어린 시절에 어른들의 거세공포로부터 동화의 세계로 달아났듯이 모더니즘 작가는 불길한 세계 속에서 동화적 환상으로 탈주하는 것이다. 모더니즘의 환상에서 꿈과 유사한 표현방식과 동화적 분위기가 함께 나타나는 것은 그래서이다. 예컨대 〈변신〉이나 〈난장이가 쏘아올린 작은 공〉 〈타인의 방〉의 환상은 한편의 악몽인 동시에 무서운 동화이기도 하다.

그러나 모더니즘의 환상은 두려운 **현실**에서 꾸는 꿈이며 **어른**이 되어버린 후의 동화이다. 그 때문에 환상을 꿈꾸면서도 환상을 용인하지 않는 현실과의 대면이 불가피한 상황에 놓인다. 그처럼 탈주를 소망하면서도 모순된 현실60에서 도망칠 수 없는 상황에서, 모더니즘의 환상은 꿈이나 동화에서처럼 타협이나 이완이 불가능하다. 즉 꿈에서처럼 정신적 잔여물을 풀어내지도 동화에서처럼 거세공포(낯선 두려움)를 해소하지도 못한다. 모더니즘의 환상에서 동화와는 달리 낯선 두려움이 느껴지는 것은 그 같은 '환상'과 '공포의 현실'의 파편적인 공존 때문이다.

모더니즘의 환상은 악몽(일종의 불안꿈)의 형식이든 동화적 이미지든 늘상 불길한 **낯선 두려움**으로 감싸여 있다. 가령 〈난장이가 쏘아올린 작은 공〉에서 난쟁이의 달나라행 같은 희망적인 이미지조차도 알 수 없는 불길함61에서 벗어나지 못한다. 그것은 모더니즘의 환상이란 '화해의 소망'인 동시에 그것을 불가능하게 하는 '현실의 균열(구멍)'과의 조우이기도 하기 때문이다. 예컨대 달나라로 떠난 난쟁이는 굴뚝에서 떨어져 죽으며, 사물

---

60 합리적이면서도 비합리적인 폭력을 행사하는 균열된 현실을 말한다.
61 낯선 두려움의 원어인 Unheimliche는 낯선 두려움(unhomely)과 불길함(uncanny)으로 번역된다.

들과 화해하려는 주인공(〈타인의 방〉)은 그 자신이 사물로 폐기되고 만다.

그처럼 낯선 두려움이 깃들어 있는 모더니즘의 환상에서 우리는 이미지 자체에서는 불길함을 떨쳐내지 못한다. 그 대신 우리는 환상을 횡단해 내면으로 돌아와 화해의 소망을 느끼는 한편, 실재계와 교섭하는 환상 이미지에서 현실세계(상징계)에 대한 전복적인 힘을 감지한다. 그리고 환상의 요인인 동시에 그에 포함된 화해의 소망(그리고 전복적인 힘)을 거부하는 균열된 현실에 대해 (불길함 속에서) 부정적 인식을 갖게 된다.

그처럼 모더니즘의 환상에 낯선 두려움이 스며 있는 것은 환상을 꿈꾸는 주인공이 '세계와 단절된' 비동일성의 위치에 있기 때문이다. 모더니즘의 주인공은 비동일성의 위치로 인해 환상을 꿈꿀 수 있지만 또한 바로 그 때문에 세계로부터 유폐된 공간이 놓이게 된다. 주인공은 환상에 탐닉하는 대가로 세계로부터 폐기되며 타인들로부터도 유리된다. 그 같은 창이 닫힌 공간에서 꿈꾸는 **모나드적인 환상**은 세계 속에서 타인들과 소통할 수 없는 경험이다.

그런데 그런 모나드적인 환상과는 달리 **타인과의 소통과 유대**가 가능한 또 다른 환상이 있다. 예컨대 〈은어낚시통신〉(윤대녕)에서 '나'와 희진의 은어의 환상, 〈몽고반점〉(한강)에서 형부가 발견한 영채의 식물적인 이미지, 〈그렇습니까? 기린입니다〉에서 '나'와 아버지의 기린의 환상, 그리고 〈아, 하세요 펠리컨〉에서 새벽의 어둠 속에 다가온 오리배 연합의 환상 등이다. 이 환상들에서 소통과 유대가 가능하다는 것은 환상을 암호로 수신하는 또 다른 세계의 맥락이 형성되고 있음을 뜻한다. 가령 존재의 근원으로 회유하는 은어의 밀교집단, 배타적인 세계에서 탈주한 식물적인 사랑의 공간, 산수(算數)의 세계에서 해방된 탈오이디푸스적 만남, 그리고 화해를 소망하는 마이너리티들의 사랑의 연대 같은 것이다.

이 같은 타자와 소통할 수 있는 환상이 나타난 것은 합리적인 상징계를 복수 코드화된 리얼리티로 해체한 포스트모던적 사유가 출현한 이후이다.[62] 리얼리티를 다중적 코드들의 중첩과 간섭으로 이해할 때, 합리성을 위반하는 환상 이미지를 또 다른 맥락으로 수신하는 이질적 공간이 나타날 수 있는 것이다. 그 같은 또 다른 세계의 공간에서는 합리적 현실에서는 불가능한 화해의 소망에 근거한 소통과 유대가 시도된다.

물론 그 화해와 사랑에 기초한 이질적 암호의 공간이 우리가 기다리는 새로운 세계는 아니다. 새로운 세계는 합리적 현실과 또 다른 세계의 틈새에서 실재계를 핵심으로 한 리얼리티로 생성될 것이다. 환상을 토대로 새 세상을 꿈꾸면서도 또한 합리성을 버리지 않고 미래를 전망하는 이 방식은 (1장에서 암시했던) **포스트모던 리얼리즘**으로 부를 수 있을 것이다.

이제 우리는 다음 장들에서 리얼리즘·모더니즘·포스트모더니즘, 그리고 포스트모던 리얼리즘의 환상에 대해 구체적으로 살펴볼 것이다. 그에 앞서 각각의 환상의 특징들을 간단히 요약하면 그림 5와 같다.

그림 5

	환상의 형식	상징계와의 관계
리얼리즘	일상의 꿈 · 백일몽 · 분열증과 유사	해석을 통해 상징계로 복귀(이질적 얼룩)
모더니즘	상징계와 단절된 미학적 모나드	모나드적 환상+낯선 두려움(현실의 균열)
포스트모더니즘	이질적 코드로 소통가능한 환상	복수 코드화의 중첩된 틈새
포스트모던 리얼리즘	이질적 코드로 소통가능한 환상	실재계를 핵심으로 한 새로운 리얼리티 암시

---

62 1장 5절 참조.

제3장

리얼리즘과 환상

1. 리얼리즘과 아이러니

　우리의 주제인 환상에 다가가기 위해 그로부터 가장 먼 듯한 리얼리즘에서부터 시작하기로 하자. 미학의 두 가지 양극인 리얼리즘과 환상은 각기 다른 방식으로 '리얼리티에 대한 질문'에 답변을 들려준다. 예컨대 현실과는 동떨어진 환상이 리얼리티의 최종토대가 되는 것은 합리적인 눈으로는 볼 수 없는 실재계와의 교섭을 이미지화하기 때문이다.

　물론 합리적인 감각에 의존하는 리얼리즘 역시 단순히 눈앞의 현실을 재현하기만 하는 것은 아니다. 합리적 상징계(표상체계)를 재현하는 리얼리즘 또한 합리적으로 상징화할 수 없는 실재계에 접근하는 네까지 나아산다. 그처럼 실재계적 요소가 상징계의 네트워크에 끼어드는 양상을 보여주는 리얼리즘의 핵심적 방법이 바로 **아이러니**이다. 그런 맥락에서 보면 아이러니는 환상만큼이나 **리얼리티의 최종토대**라고 할 수 있다. 이제 '실재계적 요소의 귀환'으로서 '환상과 아이러니'가 미학적으로 어떤 차이를 지니는지 살펴보기로 하자.

　아이러니는 모든 리얼리즘 예술의 가장 중요한 미학적 방법이다. 구체적으로 아이러니란 표면과 이면의 불일치의 공존이나 표면에서 제외된 것이 이면에서 다시 나타나는 현상을 말한다. 합리적인 형식논리를 무너뜨리는 그런 아이러니 앞에서 우리는 놀라움과 함께 믿을 수 없는 반전의 필연성을 수긍한다. 그처럼 불일치와 필연성을 같이 받아들이게 하는 마술 같은 아이러니의 비밀은 무엇일까.

　아이러니에서 불일치가 발견되는 것은 합리적 현실에서 인정할 수 없는 이질적 요소가 형식논리를 와해시키며 나타나기 때문이다. 그러면서도 그런 불일치 현상을 필연적이라고 느끼는 것은 다시 돌아온 이질적 요소가 합리적 현실보다 더 근본적인 실재계적 차원과 연관되기 때문이다. 그 같은 측면에서 아이러니란 합리적 상징계에서 배제된 실재계적 요소가 다시 귀환하는 현상의 하나이다. 개인적인 차원에서 보면 그런 현상은 정신분석학에서 말하는 '억압된 것의 회귀'의 일종으로 볼 수 있다. 예컨대 〈운수 좋은 날〉에서 김첨지가 떨어진 돈을 살피다가 치삼이 주워준 돈을 팔매질치는 것은 억압되었던 돈에 대한 증오심이 되돌아온 현상이다. 김첨지의 돈에 대한 애증의 감정에서 우리는 잠시 당혹감을 느끼지만 이내 그 불일치를 필연적인 것으로 수긍한다. 김첨지의 돌발적인 증오심은 자본주의 사회(상징계)가 상징화할 수 없는 돈의 비인간적 물신화라는 실재계적 요소[1]에서 기인된 것이기 때문이다. 즉 그것은 '사회적 맹점을 통해 내비치는 실재계 요소'와 '돈에서 해방된 삶을 살고 싶은 김첨지의 무의식(욕망)'과의 교섭에서 나온 감정이다. 이처럼 아이러니는 억압된 것(돈에 대한 증오심)이 되돌아온 경험인 동시에 상징계(자본주의 사회)가 배제한 것이 귀환하는 현상의 하나이다. 아이러니는 그처럼 실재계와의 교섭을 내포함으로써 환상처럼 '실재계를 핵심으로 한 리얼리티'를 암시한다.

그러나 김첨지가 돈을 내던진 일이 결코 환상적인 행동은 아니다. 우리는 돈으로부터 소외된 김첨지로서는 그럴 만도 하다고 수긍하게 되고 그 같은 인간적인 해석을 통해 아이러니의 이질성은 상징계의 네트워크로 복귀한다. 이처럼 아이러니는 상징계의 구멍을 메우는 환상과는 달리 이질성을 지닌 채 합리적인 소통의 회로로 되돌아온다. 즉 아이러니란 상징계의 규범을 위반하는 요소가 그 기표체계의 네트워크에 끼어들어 소통되는 상태를 말한다.[2]

그 점에서 아이러니는 이질적인 얼룩으로 은유되는 라캉-지젝의 증상과도 유사하다. 아이러니와 증상은 똑같이 원환 같은 동일성이 불가능해진

1　이 실재계적 요소는 사회적 모순과 균열을 통해 실재계와 접하는 지점이다.
2　환상과는 달리 아이러니가 여전히 재현예술에 속하는 것은 이 때문이다.

모순되고 균열된 상징계에서 출현한다. 그러나 증상은 병리적인 기표들의 형성물로 이해되는 반면 아이러니는 모순된 상징계(사회)에서 가장 '자유로워질' 수 있는 형식이다.

루카치가 아이러니를 신으로부터 버림받은 세계에서 얻을 수 있는 최고의 자유라고 말한 것은[3] 그 점에서 이해된다. 인간이 신의 품 안에 안겨 있던 시절에 세계는 원환 같은 화해된 삶(총체성)을 누릴 수 있는 공간이었다. 그러나 신이 인간의 무대를 떠난 후, 세계는 모순과 균열의 상태에서 벗어나기 어려웠다. 신의 부재를 대신하는 초월적 위치들, 가령 이성, 화폐, 민족 같은 기표들 중 어느 것도 인간의 삶을 화해시키며 세계를 동일화할 수 없었기 때문이다. 그처럼 세계가 동일화에 실패하는 곳, 즉 상징계가 균열을 드러내는 위치에서 출현하는 것이 바로 아이러니이다.

그처럼 아이러니는 신을 대신할 수 없는 기표들(이성·화폐·민족)이 실패하고 균열되는 곳에서 나타난다. 아이러니는 세계를 동일화하는 대신 동일화와 그것의 실패를 동시에 포착한다. 즉 아이러니의 양가적 시선은 이성적이면서 비이성적인 정신(마성적인 것[4]), 돈에 지배되는 동시에 해방되려는 심리(김첨지), 민족적이면서도 탈민족주의적인 위치(탈식민주의)를 드러낸다. 동일성의 기표들과는 달리 이 아이러니의 양가성은 세계의 운동을 총체적으로 포착할 수 있게 해준다. 즉 아이러니의 이중적인 시선은 신이 없는 세계에서 신을 대신해 총체성을 '창조'할 수 있는 위치를 허용한다. 다만 신에 의해 보장된 총체성 안에서는 인간이 수동적인 존재인 반면, 아이러니는 인간의 자유에 의해 총체성을 지향하는 형식(소설)을 창조한다.

예컨대 〈운수 좋은 날〉에서 김첨지는 돈에 의해 예속된 동시에 돈으로부터 벗어나려는 심리를 드러낸다. 우리는 그런 김첨지의 고통의 심리[5]를 표

---

3 루카치, 김경식 역, 《소설의 이론》, 문예출판사, 108쪽.
4 루카치는 이를 '마성적인 것'이라고 부르고 있다.

현한 아이러니를 통해 자본주의 내부(상징계)에서 외부(실재계)의 요소를 발견한다. 그처럼 상징계의 회로에 끼어든 이질적인 실재계적 요소를 포착하는 아이러니는 우리에게 진정으로 화해된 삶(총체성)을 지향하는 내면의 길을 열어준다. 즉 고통스러운 소설적 모험의 여행은 끝나고 '아이러니'를 통해 '자유로운' 내면의 길이 시작되는 것이다.[6]

아이러니가 서사의 궁극적 목적인 '화해된 삶'을 지향하는 내면의 길을 열어줄 수 있는 것은 경직된 동일성(이성중심주의나 자본주의) 대신 양가성의 시선을 제공하기 때문이다. 즉 아이러니는 〈운수 좋은 날〉에서처럼 '현실에 패배'하는 대가로 세계의 모순과 균열을 드러내며 '내면의 승리'를 보여준다. 가령 김첨지는 식민지 자본주의 사회에서 비극을 경험하지만 끝까지 행복한 삶의 소망을 훼손시키지 않음으로써 사회의 모순을 보여주고 모든 사람의 내면의 소망을 확인시킨다. 여기서 김첨지를 패배시키는 자본주의의 재영토화와 우리 내면의 탈영토화의 소망, 사회 내부로의 예속화와 외부로의 지향, 자본주의적 동일성과 이질적인 타자성, 상징계와 실재계, 그 **양가성의 운동**을 보여주는 것이 바로 아이러니이다. 아이러니가 불일치의 경험을 제시하면서도 그런 이중성에 필연성을 부여받는 것은 그 때문이다.

아이러니의 이중성은 서사적 필연성을 얻은 표현이기도 하지만 또한 세계에 대한 **객관적인 시선**이기도 하다. 아이러니는 경직된 세계에 예속(객관주의)되거나 주관적 이상을 과도하게 고양(주관주의)시키는 대신, 양자 사이를 양가적으로 운동하며 객관적인 시선을 획득한다. 그처럼 아이러니의 이중성이 객관성을 얻을 수 있는 것은 근대적인 삶의 상태 자체가 양가성을 지니기 때문이다. 즉 근대적 삶은 동일성과 타자성, 상징계와 실재계, 재영토화와 탈영토화 사이에 걸쳐져 있다. 아이러니는 그 양자 사이를 운동하

---

5 이 심리는 1장 1절에서 논의했듯이 심리적 현실의 작용으로 생겨난 것이라고 할 수 있다.
6 루카치, 《소설의 이론》, 앞의 책, 83쪽.

며 서사를 역동적으로 만들고 세계를 객관적으로 제시한다.

아이러니의 객관적 형식은 상징계를 재현하는 중에 실재계와 조우하는 방식이며, 그것을 통해 **실재계를 핵심으로 한 리얼리티**[7]를 암시한다. 리얼리즘은 상징계의 재현에 의존하는 방식이지만, 아이러니를 통해 상징계 차원을 넘어선 리얼리티를 포착하는 것이다. 즉 아이러니의 양가성은 합리적 상징계를 넘어선 리얼리티의 토대로서 작용한다.

구체적인 예를 들어보자. 가령 《삼대》에서 양심적인 지식인 조덕기는 사랑과 인륜을 실천해 점진적으로 세상을 변화시켜야 한다고 생각한다. 그러나 그는 식민지 자본주의의 타자들(여성과 민중)의 말을 통해 자신의 사랑의 실행이 부르주아의 선심에 불과할 수 있음을 깨닫게 된다. 실상 조덕기가 할 수 있는 최선의 실천은 돈을 통해 선행을 베푸는 일밖에 없는 것이다. 그런데 어느덧 그는 그런 자신의 정체성을 넘어선 '돈 없는 조덕기'를 소망하기에 이르게 된다. 《삼대》는 조덕기가 경험하는 그 같은 아이러니를 통해 식민지 자본주의를 뛰어넘는 차원에서 역사적 현실을 객관적으로 드러낸다. 여기서 조덕기가 부르주아를 넘어서려는 위치에서 만나게 되는 역사적 흐름이 바로 '실재계적 차원'의 리얼리티라고 할 수 있다.[8]

아이러니가 역사적 현실을 드러내는 토대가 된다는 점은 〈오발탄〉(이범선)에서도 발견된다. 이 소설에서 주인공 철호의 노모는 향수에 지쳐 정신병적으로 '가자!' 소리만을 외치며 미라처럼 누워 지낸다. 정신 이상이 생기기 전 철호는 고향으로 가자는 노모에게 '그래도 남한은 자유스럽지 않냐'며 달래곤 했다. 생활고에 시달리면서도 철호는 그처럼 '자유'라는 이념을 믿고 있었던 것이다. 그러나 그는 가족들이 저마다 불행한 일에 말려

---

7 이런 리얼리티 개념은 포스트모더니즘(혹은 포스트모던 리얼리즘)에서 분명히 나타나지만 이미 리얼리즘에서부터 암시되고 있었다고 할 수 있다.

8 이런 맥락에서 제임슨은 실재계란 역사 그 자체라고 말하고 있다.

들면서 집, 병원, 경찰서 어디로도 갈 수 없는 자신을 발견한다. '자유' 라는 단어로 노모를 달래주던 그가 이제는 스스로 노모처럼 절망적으로 '가자!' 를 외치게 된 것이다. 이 소설은 자유를 말하던 철호가 가장 자유롭지 않게 된 아이러니를 통해 자유주의 상징계(그리고 이데올로기) 외부에서 역사적 현실을 드러낸다.

상징계를 넘어선 실재계 차원에서 리얼리티를 제시하는 아이러니의 작용은 다른 소설들에서도 나타난다. 예컨대 〈아홉 켤레의 구두로 남은 사내〉(윤흥길)에서 권씨는 광주단지사건 당시 서울로 달아나려다 한순간 입주민들의 비참한 모습을 보고 격렬하게 시위에 가담한다. 권씨의 행동이 상징계-법을 넘어선 실재계 차원의 무의식(심리적 현실)의 표현이라고 할 때, 이 소설은 권씨의 아이러니한 행동을 통해 실재계를 핵심으로 한 리얼리티를 보여주고 있다.

위의 소설들에서와는 달리 주인공이 부정적 행동을 하는 순간 아이러니를 경험하는 경우도 있다. 가령 〈녹천에는 똥이 많다〉(이창동)에서 준식은 운동권 동생 민우를 신고하는 순간 오히려 자신의 내면에 숨어 있던 순수함에 대한 소망을 절감한다. 민우의 생을 압류당하게 만든 순간 준식은 자신 역시 순결을 압류당한 채 살아가고 있음을 깨닫게 된 것이다. 그 같은 아이러니를 통해 이 소설은 자본주의적 상징계에 예속된 (소시민적인) 오욕의 삶을 넘어선 차원에서 리얼리티를 제시한다.

소시민적 일상을 넘어선 리얼리티를 발견하는 과정은 〈인간에 대한 예의〉(공지영)에서도 나타난다. 이 소설에서 여성 잡지기자 '나' 는, 기사거리로 아무 매력도 없는 장기수 출신 권오규로부터 이상한 슬픔과 애정을 느끼며 '인간에 대한 예의' 라는 기사를 쓰게 된다. 이 같은 아이러니는 1990년대의 막막한 일상 속에 묻혀 있던 '나' 의 실재계 차원의 무의식적 욕망이 회귀하는 경험으로 볼 수 있다. 이 소설 역시 앞서 살핀 모든 리얼리즘 소설처럼 아이러니를 통해 일상적 현실을 넘어서서 실재계를 핵심으로 한 리얼리티를 드러내고 있다.

이처럼 아이러니는 실재계적 요소(그리고 무의식적 욕망)의 귀환을 포착하지만, 또한 여전히 그것을 일상현실의 객관적 재현의 방식으로 제시한다. 여기서 한발 더 나아가 일상현실의 모습을 과장과 희화화를 통해 얼마간 변형시키는 방식을 사용하는 것이 바로 풍자와 해학이다. **풍자와 해학**에서 희화화 방식을 사용하는 것은 경화된 현실(환경)과 인물의 부정성이 상식을 넘어선 차원에 이르렀기 때문이다. 아이러니는 동일성(재영토화)과 타자성(탈영토화)의 이중성을 드러내며, 그것을 포착하는 위치는 이른바 '보통사람'과 중도적 주인공의 입장이다. 반면에 풍자와 해학은 현실이 더욱 경직되어 그런 중간적 위치에서 양가성을 제시하기 어려워진 상황에서 사용된다. 이때 풍자와 해학은 중간적 위치 대신에 부정적 인물-환경을 희화화해 공격하거나(풍자), 터무니없는 사회환경을 희화화하며 그런 상황에 놓인 희생자를 동정한다(해학).

풍자와 해학의 '희화화'는 객관적인 아이러니와는 달리 현실을 얼마간 변형시키는 방식이다. 풍자와 해학에서 그런 희화화 방식이 사용되는 것은 아이러니보다 **무의식**과 **심리적 현실**[9]이 더욱 활성화되었음을 뜻한다. 아이러니처럼 객관적 시선을 통해 양가성(동일성-타자성)을 포착하기 어려워진 시점에서, 풍자와 해학은 경화된 현실에서 벗어나려는 무의식적 욕망을 더욱 고양시켜 터무니없이 굳어진 현실을 희화화하고 변형시킨다. 그처럼 변형의 요소가 나타나는 것은 풍자·해학이 고양된 무의식에 의거해 상식 이하로 악화된 현실의 규범을 의미 없는 것으로 무화시키고 있음을 뜻한다. 풍자·해학의 웃음과 쾌감은 바로 그 같은 **규범의 무화**에서 발생한다.

그러나 풍자·해학은 환상과는 달리 현실의 상징계의 네트워크에서 완전히 이탈한 방식은 아니다. 현실의 규범에서 이탈한 환상은 현실의 재현

9　심리적 현실은 무의식적 욕망과 객관현실이 상호작용하는 상태를 말한다.

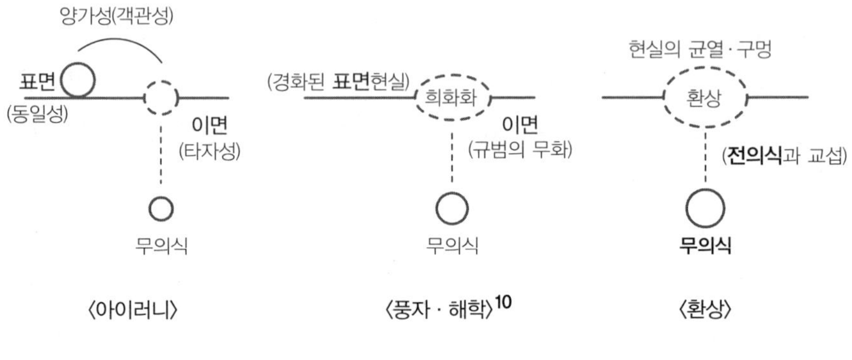

대신 상징계의 균열된 구멍을 이질적인 이미지들로 채워 넣는다. 반면에 풍자·해학은 현실의 규범을 무화시키는 방식이긴 하지만 겉으로는 여전히 인물과 상황을 상징계의 네트워크에 걸쳐 놓는다. 즉 풍자·해학의 규범의 전복은 표면적으로는 현실의 재현인 듯하면서도 이면적으로 슬며시 무너뜨리는 방식이다.

풍자·해학은 그런 표면/이면의 이중성을 통해 아이러니처럼 상징계의 회로에 걸쳐지는 한편, 또한 아이러니와는 달리 무의식을 더욱 고양시켜 이면적으로 억압적 규범을 무화시키는 데까지 나아간다. 풍자·해학의 쾌감(웃음)은 그 같은 표면/이면의 공존에서 경험되는 규범의 무화에서 유발된 것이며, 그 점에서 처음부터 규범으로부터 이연되어 신비스러운 이미지들을 연출하는 **환상**과 구분된다. 환상 역시 (전혀 동떨어진 이미지가 아니라)

---

10 풍자·해학에서 표면과 이면이란 '경화된 부정적 현실(표면)' 과 '규범을 무화시키는 무의식(이면)' 의 관계이며 그 둘의 직접적 대조를 통해 희화화된 이미지가 나타난다. 후자는 이상을 지향하는 무의식적 욕망이므로 표면과 이면의 관계는 현실과 이상의 직접적인 대조라고 할 수 있다. 이에 대해서는 나병철,《소설의 이해》, 283~287쪽, 294~295쪽 참조.

전의식과의 교섭을 통해 압축·변형된 이미지를 제시하지만 변형된 이미지의 연출 방식은 풍자·해학과 매우 상이하다.

아이러니, 풍자·해학, 환상은 모두 무의식적 욕망과 실재계적 요소가 귀환하는 형식이다. 그러나 상징계와의 관계나 그에 근거한 미학적 특징들은 서로 구별된다. 이제 그런 미학적 차이를 보다 자세히 살펴보기로 하자. 그에 앞서 각각의 이미지가 출현하는 위치를 표시하면 그림 1과 같다.

2. 아이러니/풍자·해학/환상

아이러니는 합리적 현실을 경험하는 중에 (합리적인) 일상적 상식과 형식논리를 전복시키는 자기모순이 일어나는 것을 말한다. 예컨대 소매치기가 다른 사람의 호주머니에 열중해 있는 사이에 자신의 호주머니를 소매치기 당한 사건은 아이러니한 일이다.[11] 소매치기란 원래 다른 사람의 돈을 훔치는 사람인데 그와는 정반대되는 일이 일어난 것이다. 또한 소매치기를 하기 위해서는 타인의 주머니에 열중해 자기 것에는 신경을 덜 쓰게 마련이므로 이 합리적이면서도 자기모순적인 사건은 더욱 아이러니하다.

그러나 예를 든 아이러니의 표면(소매치기)과 이면(소매치기 당함)의 이중성에는 필연성이 결여되어 있다. 즉 소매치기를 하는 동안 자신의 호주머니가 무방비 상태에 있다고 해서 반드시 소매치기를 당하라는 법은 없는 것이다. 이런 우연적인 아이러니는 가벼운 웃음거리일 뿐 우리에게 어떤 깊은 의미를 전해주지는 않는다. 말할 것도 없이 이 우연히 발생한 아이러

11　이 예에 대해서는 D. C. Muecke, 문상득 역, 《아이러니》, 서울대출판부, 1980, 48쪽 참조.

니에서는 (앞서 논의한) '실재계적 요소의 귀환'이나 '억압된 것의 회귀'는 찾아볼 수 없다.

그와 달리 리얼리즘이 미학적으로 사용하는 아이러니는 우리의 삶 속에서 필연적으로 일어나는 아이러니이다. 예컨대 〈운수 좋은 날〉에서 김첨지가 돈벌이가 잘 돼 신이 나면서도 불안해하는 심리나 〈B사감과 러브레터〉에서 엄격한 독신주의자 B사감이 학생들의 연애편지에 도취되는 상황, 그리고 〈만무방〉(김유정)에서 응오가 자기 논의 벼를 스스로 훔친 사연 등은 결코 우연히 빚어진 일이 아니다. 이 아이러니들은 우리에게 당혹감과 놀라움을 주면서도 또한 그럴 수밖에 없다고 여기게 하는 어떤 필연감을 제공한다. 그런 필연성은 인물들에게 일관성을 주지 못하고 (아이러니한) 상반된 상황에 처하게 하는 어떤 모순에서 비롯된 것이다. 예컨대 김첨지가 행운 앞에서 불안해하는 것은 자신 같은 소외된 노동자는 불행과 가난에서 벗어날 수 없게 하는 모순된 사회에서 생겨난 심리이다. 또한 B사감의 본능에의 탐닉은 도덕과 욕망이 합치될 수 없는 근대의 모순된 세계에서 발생한 일이다. 마찬가지로 응오의 도둑질은 농민들의 노동과 땀을 도둑질하는 부조리한 식민지 농촌사회에서 기인된 것이다.

이처럼 아이러니에 필연성과 정당성을 부여하는 어떤 '모순'이란 우리가 앞서 논의한 합리적 현실의 **균열**에 다름이 아니다. 김첨지의 불안감이나 B사감의 실성한 듯한 도취, 그리고 응오의 기이한 도둑질은 모두 세계가 부조리와 균열을 드러내는 곳에서 일어난 일들이다. 상징계적 세계가 균열을 보이는 곳에서는 다양한 방식으로 실재계적 요소가 되돌아온다. 즉 예를 든 아이러니들은 식민지 자본주의(상징계)가 배제한 실재계적 요소의 귀환이며, 그것은 또한 억압된 무의식적 욕망의 회귀이기도 하다. 예컨대 김첨지의 불안감은 노동자를 소외시키는 사회적 부조리의 드러남인 동시에 돈에서 해방돼 행복해지고 싶은 그의 무의식의 표현이기도 하다. 또한 B사감의 돌발행동이나 응오의 기행 역시 상징계적 세계의 부조리를 드러내면서 그들의 숨겨진 욕망을 밖으로 보여준다.

그처럼 현실의 모순에 기초한 필연적 아이러니는 어떤 식으로도 봉합될 수 없는 상징계의 균열을 암시하며, 그 때문에 단순한 웃음거리를 넘어서 깊은 현실적 통찰을 제공한다. 그리고 그런 통찰에 근거함으로써 단순한 희극이 아닌 '희비극적 상황'을 보여준다.

아이러니의 또 다른 특징은 그 같이 현실의 균열을 드러내는 양가적 시선이 단지 봉합된 표면을 보여주는 경우[12]보다 리얼리티를 한층 더 객관적으로 포착한다는 점이다. 아이러니의 객관성은 근대적 현실의 양가성(재영토화–탈영토화) 중에서 어느 한쪽에 치우치지 않는 이중성을 통해 드러난다.

이런 균형 잡힌 아이러니에서 현실의 재영토화가 경직되면서 그로부터 이탈하려는 무의식적 욕망이 보다 활성화될 때 **풍자·해학**이 나타난다. 풍자·해학은 무의식적 욕망과 심리적 현실이 한층 고양된 짐에서 객관성을 지닌 아이러니에서 현실을 변형시키는 환상 쪽으로 한발 더 나아간 경우이다. 프로이트가 원리상 풍자·해학과 비슷한 **농담**이 꿈과 유사한 특징을 갖는다고 말한 것은, 그처럼 무의식적 욕망이 현실을 변형시키고 가공하는 과정을 지니기 때문이다.

그러나 풍자·해학(농담)은 여전히 상징계의 네트워크에 걸쳐지는 방식이며 상징계의 구멍에서 연출되는 꿈·환상과 구별된다. 꿈·환상은 무의식이 표면으로 떠오르는 과정에서 전의식(합리적 흐름)과의 교섭을 통해 이미지들을 만들어낸다. 반면에 풍자·해학(농담)은 전의식이 표면화되는 과정에서 무의식이 고양되면서 전의식을 가공하는 과정이다.

꿈·환상이 일차적으로 무의식의 표면화인 것은 상징계의 억압에서 벗어난 위치(상징계의 구멍)에서 연출되기 때문이다. 그에 반해 풍자·해학(농담)이 전의식의 표면화인 것은 여전히 상징계의 회로에 걸쳐 있는 재현의

---

12 이는 현실이 이데올로기를 통해 보여지는 경우이다.

방식임을 뜻한다. 그러나 풍자·해학은 다른 한편 아이러니와는 달리 '객관적' 재현에서 이탈해 무의식에 의해 가공된 이미지들을 제시한다.

이처럼 재현과 재현의 이탈(변형)의 양면성을 지닌 풍자·해학(농담)의 핵심적 원리는 바로 프로이트가 말한 **넌센스**(무의미)[13]이다. 풍자·해학은 앞서 말했듯이 지나치게 경직된 현실 상황에서 출현한다. 과도하게 경직된 현실은 터무니없는 심리적 비용을 대가로 해야 하며 그런 상황은 우리에게 넌센스로 느껴진다. 이 넌센스의 느낌은 현실의 억압적 규범의 **무의미**에 다름이 아니거니와, 그것을 느끼는 순간 우리의 무의식과 심리적 현실이 고양되기 시작한다. 이것이 바로 전의식의 표면화(재현) 순간에 무의식(변형의 힘)이 끼어드는 과정이다. 그것은 또한 재현의 순간에 현실을 가공하는 변형이 일어나는 과정이기도 하다.

예를 들어보자. 《태평천하》(채만식)의 윤직원은 소작인들을 착취하면서도 오히려 자신이 적선을 베풀고 자선사업을 하고 있다는 터무니없는 생각을 갖고 있다. 이 소설은 그 같은 경직된 사고를 지닌 윤직원과 그를 비호해주는 식민지 자본주의 사회를 풍자하고 있다. 그런데 이 소설에서 식민지 자본주의(환경)와 윤직원(인물)을 풍자적으로 희화화하는 원리는 바로 윤직원의 그 터무니없이 경직된 사고와 행동 자체에서 비롯된다.

윤직원의 지나치게 경화된 태도는 그의 지위와 재산을 지키기 위해 위신을 잃은 행동을 할 수밖에 없는 것으로 드러나며, 그런 그의 모습은 '넌센스' 하고 우스꽝스럽게 느껴진다. 그 같은 터무니없는(넌센스한) 행동으로부터 그를 바라보는 민중들에게는 윤직원의 부르주아 규범이 '무의미' 하다고 여기는 무의식이 고양되기 시작한다. 그에 따라 재산을 지키기 위해 노심초사하는 윤직원의 모습은 어린 아이 '오줌을 먹고 보건체조를 하며' 일신의 영화를 위해 체통을 잃은 온갖 행동을 하는 것으로 희화화된다. 이

---

13 프로이트, 임인주 역, 《농담과 무의식의 관계》, 열린책들, 1997, 224쪽.

미 여기서 윤직원의 지주와 재력가로서의 위신은 찾아볼 수 없거니와, 급기야는 가장 아끼는 손자 종학이 사회주의에 가담해 그가 '울음소리에 가까운' 포효를 하게 만든다.

이 같은 풍자적 희화화는 한편으로 지나치게 경직된 윤직원 자신의 '터무니없는(넌센스한)' 태도로부터 나타난 것이며, 다른 한편 그로부터 윤직원의 부르주아적 위신과 규범을 '무의미한' 것으로 전복시키는 민중들의 무의식이 고양된 데 따른 것이다. 이처럼 풍자는 윤직원의 경직된 모습을 '재현'하는 과정에서, 그의 계급적 위신과 규범을 무의미하게 여기는 (민중들의) 무의식이 끼어들어 '희화화(변형)'하는 과정이다. 이는 부정적 환경과 인물(윤직원)을 민중들의 내면의 이상(계급적 규범의 무화)에 대조시켜 희화화하고 비판하는 과정이기도 하다.[14]

풍자가 부정적 인물과 환경에 대한 공격이라면 해학은 부정적 환경의 희생자에 대한 동정을 포함한다. 예컨대 《흥부전》의 한 대목을 보자. 《흥부전》에서는 흥부의 집이 너무 작아 방 안에 누으면 발은 마당으로 나가고, 머리는 뒤꼍으로, 엉덩이는 울타리 밖으로 나간다고 묘사하고 있다. 그래서 동네 사람이 드나들다가 엉덩이를 불러 들이라고 소리치기도 한다.[15] 이 흥부의 집에 대한 희화화는 흥부가 터무니없이 가난한 삶을 살고 있음을 말하고 있다. 그러나 여기서 희화화된 묘사는 흥부를 비웃게 하는 것이 아니라 오히려 동정하게 하고 있다. 그것은 흥부가 민중들이 가난하게 살 수밖에 없는 현실 상황의 희생자의 위치에 있기 때문이다. 이처럼 희생자 위치에 있는 인물이 처한 상황을 희화화해 그 인물을 동정하게 하는 것이 바로 해학이다.

---

14 이 점에서 풍자는 '현실과 이상의 직접적 대조'로 부를 수 있다. 희화화의 구체적인 방법은 모순과 결함을 과장하고 확대하는 것이다. 나병철, 《소설의 이해》, 앞의 책, 283~287쪽 참조.
15 전규태 편주, 《흥부전》(경판본), 삼중당, 1981, 46~47쪽.

그 점에서 해학은 부정적 인물을 공격하는 풍자와 대비되지만, 터무니 없는(넌센스한) 상황의 규범을 무의미(nonsense)하게 만들어 억압된 무의식을 해방시키고 웃음을 유발하는 방식은 비슷하다. 가령 흥부의 상식을 넘어선 가난은 사람이 사는 모습으로 볼 때 '넌센스'에 가까우며, 그처럼 가난한 사람을 방치하는 현실의 합리적 규범은 무의미하게 느껴진다. 이 순간 최소한의 인간적 삶을 욕망하는 민중의 무의식이 고양되며 그를 배반하는 흥부의 터무니없이 가난한 상황을 희화화시킨다. 이 과정에서 가난한 삶을 현실로 받아들여야 하는 절망감(합리성)에서 해방되어 '웃음'이 유발되는 한편, 그런 현실 상황의 대표적인 희생자인 흥부에 대한 '동정'이 생겨난다.

이 해학적 희화화에서는 합리적 규범에서 볼 때 받아들일 수 없는 변형이 만들어지고 있다. 그러나 그런 변형이 환상과 다른 것은 여전히 희극적 '넌센스(터무니없음)'의 형태로 합리적 상징계의 회로에 걸쳐 있기 때문이다. 즉 풍자·해학은 한편으로 '터무니 없는' 상황의 재현으로 상징계와 연결되면서, 다른 한편 규범의 '무의미' 속에서 고양된 무의식을 통한 변형이 일어난다.

반면에 환상은 상징계와 단절된 균열의 구멍에서 심층의 무의식이 고양되면서 이미지들을 생성시키는 양상이다. 그 같은 환상적 이미지들은 풍자·해학처럼 '의미 있는 무의미'[16]의 형식으로 상징계와 연결되지 않으며, 일차적으로 상징계의 맥락에서 해석될 수 없다. 물론 환상 역시 무의식적 욕망이 이미지화되는 과정에서 상징계가 내면화된 전의식과 교섭을 갖는다. 환상이 현실의 표상과 전혀 동떨어진 것이기보다는 압축·전이 등의

---

16 프로이트, 《농담과 무의식의 관계》, 앞의 책, 225쪽. 프로이트는 표면의 무의미와 이면의 의미라는 표리부동이 농담의 중요한 특성이라고 말하고 있다. 풍자·해학 역시 그런 농담과 유사한 특징을 갖고 있다.

'변형된 이미지'로 나타나는 것은 그 때문이다. 그러나 풍자적 변형이 터무니없는(넌센스한) **현실의 재현**과 무의미한 표상에 대한 **무의식의 가공**의 양면을 지니는 반면, 환상적 변형은 **무의식적 욕망**이 **전의식**과의 교섭을 통해 파생자가 되는 혼합 양상이다. 이 둘의 차이는 프로이트의 비유대로 백인 본토인(상징계의 의식)과 원주민(무의식)의 차이로 설명될 수 있다.[17] 즉 풍자·해학은 원주민(무의식)의 문화에 의해 가공되었어도 여전히 본토인(상징계의 회로)에 속하는 반면, 환상은 백인과 피를 섞은 혼혈인(파생자)이지만 결코 원주민(무의식)을 벗어날 수 없는 운명인 것이다.

풍자·해학이 여전히 상징계의 회로에 걸쳐지는 것은 앞서 살폈듯이 **의미** 있는 '**무의미**(nonsense)의 형식'을 지니기 때문이다. 반면에 환상은 결코 본토인의 될 수 없는 혼혈인처럼 상징계(본토)의 구멍에 위치하는 '비의미(non-sense)의 파생자(혼혈인)'라고 할 수 있다. 혼혈의 원주민이 본토 사회에 발을 들여놓을 수 없듯이, '**비의미**의 형식'을 지닌 환상은 직접적으로는 상징계의 차원에서 의미화될 수 없다. 환상은 상징계의 맥락에서 해석되기보다는 이미지들을 '가로질러' 거리를 두는 것이 요구된다. 그리고 그때 환상 이미지에 반영된 현실과 교섭하는 내면의 무의식적 욕망을 읽어내야 한다. 예컨대 〈변신〉의 벌레의 이미지에는 인간을 벌레처럼 만드는 폭력적인 현실의 모습과 그런 현실 속에서 인간다움을 소망하는 무의식적 욕망이 포함되어 있다. 폭력적인 현실과 타협한 사람은 비굴한 모습일지라도 인간으로 살아갈 수 있을 것이다. 그러나 끝까지 인간다움을 소망하는 사람은 현실의 폭력에 의해 벌레처럼 살아가게 된다. 따라서 '벌레'의 이미지에는 인간을 벌레로 만드는 현실에 대한 부정적 인식과 그런 현실(상징계)에서 벗어나려는 무의식적 욕망이 표현되어 있다.[18] 이것이 상징계에서

17　프로이트, 윤희기 역, 《무의식에 관하여》, 열린책들, 1997, 198쪽.
18　환상은 현실의 직접적인 반영이기보다는 무의식적 욕망의 표현이며, 무의식적 욕망이 현실과

이연된 '비의미적인' 환상을 가로질러 의미화하는 방식이다.

풍자·해학과 구별되는 환상의 또 다른 미학적 특징은 '웃음'의 형식이 아니라 '낯선 두려움'의 형식[19]이라는 점이다. 풍자·해학이 웃음의 형식을 지니는 것은 재현과 변형의 양면성을 통해 억압적 규범의 무화를 발생시키기 때문이다. 풍자·해학은 여전히 재현으로서 경직된 현실의 규범을 암시하는 한편, 과장·왜곡·희화화 등을 통해 그 억압적 규범을 허울만 남은 것으로 무화시킨다. 여기서 나타나는 억제와 억압의 제거와 무의식적 욕망이 방출되는 **쾌락**이 웃음의 원천이다.[20] 물론 풍자·해학의 희화화 역시 이성적 기준에서 보면 실제 현실이 아닌 변형된 양상이다. 그러나 풍자·해학의 희화화는 단순히 '무의미한(넌센스한)' 유희가 아니라, 경직된 현실에 대한 무의식(그리고 심리적 현실)의 정당한 반응이라는 '의미'를 지니며, 그것을 통해 합리적 기준에 맞서며 쾌감을 유지한다.[21] 즉 풍자·해학은 무의미의 의미를 통해 희화화에 의한 쾌락이 이성적 기준에서 사라지지 않도록 보호한다.

반면에 환상 역시 억압된 것이 되돌아온 변형적 이미지이지만 결코 풍자·해학처럼 웃음을 유발하지 않는다. 환상이 억압된 것의 회귀라는 점은 환상 또한 억제를 뚫고 쾌락을 얻는 형식임을 뜻한다. 그러나 환상에서 무

의 교섭에서 변형된 이미지로 표면화되는 것으로 볼 수 있다.

19 이는 특히 모더니즘의 환상의 경우이다. 모더니즘의 환상과는 달리 타자와 소통이 가능한 또 다른 환상(포스트모더니즘의 환상)에서는 낯선 두려움이나 불안감보다는 유대의 욕망이 나타난다. 이에 대해서는 뒤에서 다시 살펴볼 것임.

20 이 점에서 풍자·해학은 프로이트가 말한 경향성 농담 유형에 가깝다. 프로이트, 《농담과 무의식의 관계》, 앞의 책, 178~181쪽. 한편 풍자·해학이나 환상에서의 쾌감의 방출은 상징계 차원의 쾌락을 넘어서서 향락을 지향하는데, 이 향락은 인생에 대한 깊은 응시를 암시한다. 이에 대해서는 뒤에서 환상을 살피면서 다시 논의할 것임.

21 이처럼 쾌락을 유지하는 방식에 대해서는 프로이트, 위의 책, 174쪽 참조. 이런 측면에서 풍자·해학은 농담의 유희적 쾌락을 매개로 억제를 없애는 쾌락을 만드는 경향적 농담에 가깝다.

	아이러니	풍자 · 해학	환상
위치	상징계의 균열	상징계의 균열	상징계의 구멍
재현 · 변형	객관적 재현	재현 · 변형(희화화)	이질적 변형
소통형식	양가성	무의미의 의미	비의미(횡단)
미적 특성	희비극	웃음(희극)	낯선 이질성

의식적 욕망이 해방되는 곳은 상징계와 이연된 검은 구멍의 공간이다. 물론 환상이 이두운 구멍을 메우는 것은 그 곳이 모순된 상징세의 무능력을 드러낸 지점이므로 정당성을 지닌다. 하지만 환상을 통해 무의식이 해방되는 쾌락은 여전히 상징계의 일상에 남아 있는 누구와도 소통이 되지 않는다.[22] 이는 특히 모더니즘의 환상의 경우인데, 이때 환상은 쾌감과 함께 소통이 되지 않는다는 **불길함**을 동반한다.

이처럼 소통이 되지 않는 상징계의 구멍에서의 쾌감은 웃음을 유발하는 대신 낯선 두려움의 형식을 지니게 된다. 낯선 두려움(unhomely)[23]이란 합리적인 상징계를 떠날 수 없으면서도 그로부터 단절된 곳에 위치하게 될 때 겪게 되는 감정이다. 물론 그런 불길함을 수반하는 모더니즘적 환상과는 달리 상징계를 해체하는 포스트모더니즘의 환상에서는 타자와의 유대가 표현된다. 그러나 그처럼 친근한 유대가 표현되는 환상에서도 합리성

---

22 포스트모더니즘의 환상에서는 타자와의 소통이 이루어진다. 그러나 이 경우에도 상징계 외부에서의 소통이므로 환상의 쾌감이 웃음의 형식으로 이어지지는 않는다.

23 낯선 두려움에 대해서는 모더니즘의 환상을 논의하면서 다시 자세히 살펴보기로 한다.

(합리적 상징계)에서 이연된 낯선 이질감은 잔존하게 된다.

이제까지 우리는 아이러니/풍자·해학/환상의 미학적 특성과 차이를 살펴봤다. 우리는 희비극적인 아이러니와 희극의 형식인 풍자·해학 그리고 낯선 이질성을 지닌 환상의 상이한 특성을 확인할 수 있었다. 아이러니/풍자·해학/환상은 상징계의 균열이나 구멍에서 나타나며 억압되었던 실재계적 요소와 무의식적 욕망의 회귀와 연관된다. 그 세 종류의 미학이 실재계를 핵심으로 한 리얼리티의 토대인 것은 그 때문이다. 그러나 그들이 실재계와 연관된 리얼리티를 드러내는 방식은 제각기 상이하다. 세 가지 미학의 서로 다른 형식과 특성은 앞의 그림 2와 같이 요약될 수 있다.

3. 리얼리즘과 환상

리얼리즘 서사의 기본적인 문법은 아이러니이다. 아이러니는 객관적 재현의 방식이며 그에 의존하는 리얼리즘은 환상에서 가장 멀리 있는 듯이 보인다. 그러나 일상현실에서도 환상을 경험하는 것처럼, 현실의 재현인 리얼리즘에서도 환상이 표현될 수 있다. 이제 리얼리즘에서 환상은 어떤 방법으로 나타나는지, 그리고 '리얼리즘의 환상'과 '아이러니'는 어떤 연관이 있는지 살펴보자.

일반적으로 리얼리즘의 환상은 환상과 현실의 경계를 분명히 표시하는 방식으로 나타난다. 예컨대 주인공이 환상을 경험하며 스스로 그것이 환영임을 인식한다든지, 다른 사람이 환각에 빠져 있을 때 그를 정신이상이나 분열증자로 여기는 식이다. 한 예로 〈핍박〉(현상윤)의 '나'는 누군가가 자신을 질책하는 환청을 느끼며 스스로 무슨 병에라도 걸린 것 같다고 생각한다. 또한 〈표본실의 청개구리〉에서 삼층집의 환상에 빠져 있는 김창억은 모든 사람들에게 광인으로 인식된다.

이처럼 리얼리즘의 환상적 경험은 그것을 겪는 자신이나 (그를 보는) 타인들에 의해 현실에서 이탈한 특정 증세로 해석되며, 그런 해석을 매개로 다시 일상의 맥락 속에 편입된다. 가령 〈핍박〉에서처럼 환상적 경험을 자신의 내면에 고통스럽게 가둬두는 경우는 일종의 신경증으로 해석될 수 있다.[24] 반면에 환상과 현실을 혼동하는 〈표본실의 청개구리〉의 김창억은 분열증의 증세를 보이고 있다. 그처럼 리얼리즘의 환상은 대개 신경증, 강박증, 백일몽, 발작적 흥분, 분열증 등의 증세를 매개로 나타난다. 그리고 그렇게 어떤 증세로 진단됨으로써 비합리적인 환상은 합리적인 재현의 맥락 속에서 되돌아올 수 있게 된다.

그러나 리얼리즘의 환상이 단순히 그런 정신적 이탈이나 병직인 상태의 징후로만 제시되는 것은 아니다. 리얼리즘의 환상은 표면적으로는 합리성에서 이탈한 정신적 증세로서 묘사되지만, 실제적으로는 현상적 차원의 리얼리티(합리적 현실)를 넘어서는 중요한 핵심을 암시한다. 리얼리즘에서도 환상은 실재계적 요소나 무의식적 욕망이 회귀하는 이미지로 이해될 수 있다. 다만 합리적 감각을 존중하는 리얼리즘에서는 환상이 겉으로는 합리적 현실에서 벗어난 증세로 그려진다.

리얼리즘 역시 눈에 보이는 합리적 현실만을 그리는 것이 아니라 실재계를 핵심으로 한 리얼리티를 포착하는 것을 미학적 목표로 한다. 따라서 리얼리즘의 환상 또한 그런 리얼리티의 토대로서 중요한 경험으로 표현된다. 단지 환상적 경험이 표면적으로는 합리적 현실에서의 이탈로 해석되며,

---

[24] 이 경우는 환각이 병적인 환상임을 알고 있으므로 그것과 현실을 혼동하지 않는다. 〈표본실의 청개구리〉에서 텁석부리의 메스와 서랍 속의 면도의 환영에 시달리는 '나' 역시 그와 비슷한 신경증의 경우로 볼 수 있다.

그런 해석을 통해 상징계(합리적 현실)의 네트워크를 복구시키는 것이다.

그 점에서 리얼리즘의 환상은 정신분석학에서 말하는 **증상**을 매개로 한다고 할 수 있다. '증상'이란 신경증의 증세나 말실수처럼 억압된 것의 회귀를 보여주는 요소들을 말한다. 증상은 소통의 회로가 끊어진 부분에서 나타나지만 우리는 해석을 통해 상징계의 네트워크를 복구시킬 수 있다.

물론 정신분석학에서는 증상과 환상을 구분한다. 증상과 달리 환상은 네트워크의 구멍에서 나타나며 합리적으로 해석될 수 없는 이질성을 지닌다. 신경증의 환각은 본인이 환상과 현실을 구분하므로 상징계로 되돌아올 수 있는 증상에 속한다. 반면에 분열증적인 환상에서는 환상과 현실이 혼동되므로 단순한 증상으로 볼 수 없다.

그런데 리얼리즘의 환상은 신경증적인 증상으로 드러나거나, 분열증적인 경우에도 당사자가 아닌 **제3자의 눈**으로 제시된다. 따라서 후자의 경우에도 우리는 분열증이라는 명명을 통해 상징계의 네트워크를 복원시킨다. 그런 맥락에서 리얼리즘의 환상은 **넓은 의미에서 증상**을 매개로 표현되는 것으로 볼 수 있다. 그리고 그 점이 합리적인 단서가 없이 직접적으로 표현되는 모더니즘-포스트모더니즘의 환상과 다른 점이다. 물론 표면으로 합리적 회로를 복원시키는 리얼리즘에서도 환상이 실재계적 리얼리티의 토대가 되는 점에서는 다른 경우와 구분되지 않다.

구체적인 예를 들어보자. 예컨대 〈표본실의 청개구리〉의 '나'는 중학교 때 박물선생의 메스와 서랍에 넣어둔 면도의 환각에 시달린다. 물론 '나'는 그런 환각을 현실과 혼동하지는 않기 때문에 '내'가 느끼는 환영들은 내면 속에서만 맴도는 심리적인 경험일 수 있다. 그러나 '나'는 더 나아가 다음에서처럼 서랍이 열리는 생생한 환청에 소스라치기도 한다.

간반(間半)통밖에 안 되는 방에 높이 매단 전등불이 부시어서 꺼버리면 또 다신 환영에 괴롭지나 않을까 하는 염려가 없지 않았으나 심사가 나서 웃통을 벗은 채로 벌떡 일어나서 스위치를 비틀고 누웠다. 그러나 '째웅' 하는 소리가 문틈으로 스러져 나가자 또 머리를 엄습하여 오는 것은 수염 텁석부리의 메스, 서랍 속의 면도다. 메스… 면도, 면도, 메스… 잊으려면 잊으려 할수록 끈적끈적하게도 떨어지지 않고 어느 때까지 꼬리를 물고 머릿속에서 돌아다니었다. 금시로 손이 서랍으로 갈 듯 갈 듯하여 참을 수가 없었다. 괴이한 마력은 억제하려면 할수록 점점 더하여 왔다. 스스로 서랍이 열리는 소리가 나서 소스라쳐 눈을 뜨면 덧문 안 닫은 창이 부옇게 보일 뿐이요, 방 속은 여전히 암흑에 침적(沈寂)하였다. 비상한 공포가 전신에 압도하여 손끝 하나 까딱거릴 수 없으면서도 이상한 매력과 유혹은 절정에 달하였다.

　"내가 미쳤나? 아니, 미치려는 징조인가?"

　하며 제풀에 겁이 났다.[25]

이처럼 내가 더 생생한 환청을 경험하게 된 것은 억제할 수 없는 어떤 기이한 마력 때문이다. 즉 나는 억눌러야 하는 심리적인 환영과 유혹적인 환상 사이에 있는 것이다. 환각을 억제하는 것이 신경증이며 그 마력에 빠지는 것이 분열증이라고 할 때, 억제와 매혹의 틈새에 있는 '나'는 신경증과 분열증 사이에 있는 셈이다.

억제는 혼란을 피하려는 합리적인 흐름에서 나온 것이며 유혹은 합리성을 넘어서려는 욕망을 부추기는 힘이다. 그 점에서 '나'는 표면으로는 미치면 안 된다는 합리적인 생각을 하면서도 실제적으로는 '이상한 매력과 유혹'에 빠지고 있는 것이다. 물론 '나'의 뇌리 속의 환영은 일상의 합리적인 네트워크가 끊어진 곳에서 나타난 것이다. '나'는 그 환각을 억제함으로써 일상의 회로를 복구하려 하지만 내심으로는 끊어진 경험 속에서 무언

25　염상섭, 〈표본실의 청개구리〉,《삼대》외, 동아출판사, 1995, 674~675쪽.

가를 갈망하고 있는 셈이다.

후자의 내심의 환상의 유혹은 나의 합리적 현실에서의 이탈(탈주)의 욕망과 연관이 있다. '나'의 이탈의 욕망은 실재계적 요소 및 무의식적 욕망의 회귀에서 기인된 것이다. 그 때문에 환상의 마력은 실재계를 핵심으로 한 리얼리티에 토대가 되는 것이다. 그 점은 이후 김창억의 분열증적 환상을 통해 보다 분명해지거니와, 위에서의 '나'는 아직 모호한 상태에서 억제(합리성)와 환상(이탈)의 양가성을 보여주고 있다.

흥미로운 것은 '나'의 그런 양가적인 예민한 심리가 아이러니와 관련된다는 점이다. 아이러니란 합리적 흐름을 유지하는 가운데 합리성을 넘어서는 이율배반을 경험하는 것을 말한다. 아이러니하게도 '나'는 합리적 억제를 통해 미치지 않으려 애쓰는 중에 스스로 환상의 유혹에 이끌리고 있는 것이다. 이 같은 '나'의 아이러니한 심리는 여행 중에 김창억을 대하는 태도에서 더 분명하게 나타난다.

주지하듯이 '나'의 신경증은 이상과 현실의 괴리로 인해 일상에 적응할 수 없는 상태를 암시한다.[26] '나'는 그런 답답함에서 벗어나기 위해 여행길에 오르고 남포에서 광인 김창억을 만난다. '나'는 김창억을 보는 순간 텁석부리 박물선생을 만난 듯한 충격에 전율과 동요를 느낀다. '내'가 경악한 것은 뇌리에서만 맴돌던 환영이 눈앞의 현실로 나타났기 때문이다. 김창억은 '나'의 내면에서 떠돌던 환각과 유혹을 현실화하는 인물에 다름이 아니다. '내'가 광증이 두려워 환상의 유혹을 억제했던 반면 김창억은 아무 거리낌 없이 환상을 현실로 표현하고 있는 것이다. '내'가 두려움으로 억눌렀던 유혹이란 무의식 속의 탈주의 욕망이었을 터인데, 김창억은 그 욕망을 서슴없이 펼쳐 보이고 있는 셈이다.

그러나 '나'는 단지 낭만적으로 광인을 탈주자로 예찬하기만 하는 것은

---

26 나병철, 《소설과 서사문화》, 소명출판, 2006, 173~175쪽.

아니다. '내'가 탈주의 욕망을 억제했던 것은 그것이 합리성의 암흑인 분열적인 환상을 통해서만 표현되기 때문이다. 마찬가지로 김창억은 욕망을 표현하는 승리자이지만 또한 여전히 분열자의 위치에 있는 것이다. 그래서 '나'는 그를 미쳤다고 해야 할지 모든 것을 깨달은 대철인으로 여겨야 할지 모호함을 느끼게 된다. 김창억은 실신자인 동시에 자유민이며, 현대의 병적인 암흑인 동시에 우리의 욕망의 실현자인 것이다.[27]

이처럼 김창억은 합리적 현실의 파탄인 동시에 욕망의 구원자라는 아이러니 속에 위치하고 있다. 김창억의 환상은 실재계적 암흑을 통한 억압된 탈주의 욕망의 회귀라고 할 수 있다. 그러나 그 욕망이 귀환하는 실재계적 위치는 아이러니하게도 '병적'이며 분열적인 곳이기도 하다.

이상에서처럼 〈표본실의 청개구리〉는 '나'의 심리 속에서 맴돌던 환상이 김창익을 통해 현실에서 표현되는 충격을 그리고 있다. 환상이런 실재계적 요소의 귀환으로서 이 소설은 환상에 빠진 광인과 은밀히 소통함으로써 실재계를 핵심으로 한 리얼리티를 드러내고 있다. 그러나 다른 한편 광기와 환상은 여전히 일상의 소통의 회로와는 단절된 분열의 위치에서 나타난다. 이 같은 양가성, 즉 **환상**이 병적인 '소통의 단절'인 동시에 '리얼리티의 핵심 토대'라는 **아이러니**가 이 소설의 환상적 표현의 특징이다.

실상 환상이란 아이러니의 양가성(재영토화/탈영토화) 중에서 '탈영토화-실재계적 요소'의 귀환이 합리성을 무화시킬 정도로 강렬해진 경험이다. 그러나 위의 소설 같은 리얼리즘에서는 그런 환상이 표현되더라도 흔히 분열증, 광기, 백일몽 같은 합리적인 단서를 달고 나타난다. 따라서 아이러니를 넘어선 보다 강렬한 실재계적 표현인 **환상** 역시 합리성/탈합리성이라는 양가적인 **아이러니**의 감각에서 벗어나지 않는다. 즉 환상은 현대의 암흑인 동시에 우리의 욕망의 표현이며 상징계의 분열이자 실재계적 리얼리티의

---

27 염상섭, 〈표본실의 청개구리〉, 앞의 책, 701쪽.

토대인 것이다.

이처럼 환상이 전체적으로 아이러니적 양가성의 맥락 속에서 나타나는 점은 다른 리얼리즘 소설에서도 발견된다. 예컨대 〈B사감과 러브레터〉의 마지막 장면에서, B사감의 적나라한 욕망의 표현은 그녀의 심리적 **아이러니**이자 그것을 넘어서 거의 **환상**에 접근해 있다. B사감을 엿보던 기숙사 여학생이 그녀가 미쳤나 보다고 말한 것은 그 때문이다.

그와 연관해서 B사감을 보는 여학생들의 눈 역시 이중적이다. 거의 환상에 빠진 B사감은 기숙사 여학생들에게 '미친' 것처럼 보인다. 그러나 다른 한편 그녀의 기이한 본능 표현은 과도하게 억제된 감정의 반발인 점에서 여학생들 자신의 억압된 욕망의 회귀와도 연관된다. 즉 B사감은 여학생들과는 달리 지나친 억제에 대한 병적 반응의 경우이지만, 그것은 또한 모든 여학생들의 '억압된 욕망의 표현'의 확대된 예이기도 한 것이다. 한 여학생이 눈물을 흘리며 B사감을 불쌍하다고 동정한 것은 그 점을 암시한다.

이처럼 이 소설에서는 환상과 아이러니의 결합이 B사감 자신과 여학생들의 반응을 통해 나타나고 있다. 이 소설은 지나치게 도덕적이던 B사감이 본능에 굴복해 환각에 빠진 듯한 모습을 보이는 점에서 아이러니적이다. 그와 함께 미친 듯이 보이는 B사감의 병적인 욕망의 표현이 모든 여학생들의 억압된 욕망을 대신하는 점에서도 아이러니적이다.

아이러니의 맥락 속에서 환상이 나타나는 보다 분명한 예는 〈오발탄〉에서 찾을 수 있다. 이 소설의 서두에는 주인공 철호의 원시인의 환상이 그려지는데, 이는 일상 속에서 억압되었던 비정한 현실에 대한 울분이 되돌아온 것으로 볼 수 있다. 그런데 여기서 원시인의 피의 환상은 결말에서 철호가 아이러니 속에서 경험하는 환상과 긴밀하게 연관된다. 먼저 서두에 나타난 철호의 환상을 살펴보자.

피! 이건 분명히 피다!

철호는 엉뚱한 생각을 하고 있었다. 슬그머니 물속에서 손을 빼내었다. 그러자 이번엔 대야 밑바닥에서 한 사나이의 얼굴을 보았다. 철호의 눈을 마주 쳐다보는 그 사나이는 얼굴의 온 근육을 이상스레 히물히물 움직이며 입을 비죽거려 웃고 있었다.

이마에 길게 흐트러진 머리카락, 밑에 우묵하니 패인 두 눈, 깍아진 볼, 날카롭게 여윈 턱, 송장처럼 꺼멓고 윤기 없는 얼굴, 그것은 까마득한 원시인의 한 사나이였다.

…(중략)…

토끼? 토끼. 그래 고놈쯤은 꽤 때려잡음직하다. 그런데 그것마저 요즈음은 몫에 잘 들어오지 않는다. 사냥꾼이 너무 많다. 토끼보다도 더 많다. 그래도 무어든 들고 들어가야 하는 것이다.

사나이는 바위 잔등에 무릎을 끓고 앉아 냇물에 손을 씻는디. 피란 물속에 빨간 노을이 잠겼다. 끈적끈적하게 사나이의 손에 묻었던 피가 노을빛보다 더 진하게 우러난다.[28]

위에서 철호가 물에 손을 넣자 떠오른 피의 환상은, 수면 밑에 억압되었던 심리적 현실[29]이 되돌아온 이미지로 볼 수 있다. 철호의 일상 속의 생존 경쟁은 심리적으로 손에 피를 묻히는 비정한 싸움에 다름이 아니다. 이어지는 원시인의 환상은, 피의 이미지를 실마리로 심리적 현실이 연이어 귀환하는 일종의 백일몽이다. 1장에서 살폈듯이 원시인의 특징은 심리적 현실을 실제 현실에서 직접적으로 표현한다는 것이다. 예문에서 원시인이 된 철호는 자신의 심리적 현실을 적나라한 피의 이미지로 표현하고 있다.[30]

---

28 이범선, 〈오발탄〉, 《20세기 한국소설》 17, 창비, 2005, 114~115쪽.

29 심리적 현실은 의식의 수면 밑에서 무의식과 현실이 교섭하는 잠재적 상태를 말한다. 이에 대해서는 1장 1절 참조.

30 원시인과 철호의 차이는, 원시인은 원초적 자연의 생명력 속에서 행동하는 반면, 철호는 그런

심리적 현실이란 무의식적 욕망이 실재계의 차원에서 현실과 교섭하는 것을 말한다. 의식적 차원에서 철호는 서기로 일하며 사회적 질서에 따라 행동하는 일상인이다. 그러나 사회적 질서는 행복하고 정당한 삶을 살고 싶은 철호의 욕망을 충족시켜주지 못한다. 당연히 철호는 사회에 대해 비정함과 울분을 느끼지만 일상생활을 유지하기 위해서는 그 감정을 무의식 속에 억압해야 한다.

그런데 그런 억압된 감정과 무의식에 의거하면, 일상현실이란 정당한 제 몫이 돌아오지 않는 피의 사냥터에 불과하다. 이것이 바로 무의식적 욕망이 현실과 교섭하는 심리적 현실이며, 그 이미지에서는 현실이 차마 말할 수 없는 실재계적 차원[31]으로 암시된다. 예문에서 철호는 물밑에 손을 담그는 순간 수면 밑에 억압된 그런 심리적 현실이 잠시 되돌아오는 것을 경험하고 있다.

이 심리적 현실이 표현된 환상에는 비정한 현실의 숨겨진 모습뿐만 아니라 철호의 소망이 암시되고 있다. 물론 위에서 철호의 소망이 더 피를 묻히며 무슨 수를 써서도 큰 사냥감을 때려잡는 것은 아니다. 철호가 범법자가 된 영호(동생)와 다른 점은 질서를 유지하면서도 행복한 삶을 누리고 싶어 한다는 것이다. 그러나 철호의 그런 소망은 현실에서는 결코 실현될 수 없으며 모순된 사회의 상황이 암시될 뿐이다. 이 소설 전체의 사건의 진행은 철호가 그 같은 사회적 모순에서 비롯된 아이러니를 경험하는 것으로 나타난다.

이 소설에서 아이러니란 '그래도 남한은 자유가 있다'고 노모를 달래던 철호가 스스로 가장 자유롭지 않게 된 과정을 말한다. 철호는 정신이상에

걸려 고향으로 '가자!'고 외치는 노모에게 실향민이 되었지만 남한에서는 어디로든 갈 수 있다고 말하곤 했다. 그러나 철호는 생활고와 가족들의 불행을 겪으면서[32], 어디든 갈 수 있는 자유를 지닌 사회가 실제로는 아무데도 갈 수 없는 곳임을 발견한다. 그 같은 사회적 모순 속에서 철호는 노모가 외치던 '가자!'를 자신의 입으로 말하게 되는 아이러니를 경험한다.

이 소설에서 그런 **아이러니**에 이르는 과정은 서두에서 '피의 사냥'의 **환상**을 경험하는 상황과 긴밀한 연관을 지닌다. 서두의 환상은 철호가 일상생활에서 그런 환상을 억누르고 있는 신경증적인 상태에 있음을 암시한다. 그가 그처럼 울분과 환상의 회귀를 간신히 억제할 수 있는 것은 사회질서에 대한 믿음을 버리려 하지 않기 때문이다. 그러나 그는 결국 자신도 모르게 사회질서의 모순으로 인해 울분을 느끼지 않을 수 없게 된다.

철호의 아이러니석 경험은 그처럼 사유의 이념을 믿으려 한 그가 스스로 자유를 속박당하는 상황에 이르는 과정이다. 철호는 그런 아이러니 속에서 울분과 환상을 경험하는 데까지 나아간다. 흥미로운 것은 그 **아이러니**의 과정이 신경증적인 상태에서 억압된 울분이 **환상**으로 귀환하는 양상과 근본적으로 일치한다는 점이다. 즉 서두의 신경증에서 억제와 울분(그리고 욕망)의 회귀의 관계는, 소설 속의 아이러니에서 표면(사회질서)과 이면(이탈)에 상응하는 것이다. 실제로 철호는 사회모순으로 인해 아이러니를 경험하는 순간 서두에서처럼 예민한 신경증적인 상태에 있게 된다.

"가자."
철호는 여전히 눈을 감고 있었다.

---

[32] 이 소설은 철호의 가족들이 겪은 문제들(실향, 범법, 양공주 등)을 통해 사회의 본질적 모순을 드러내는 전형성을 얻고 있다. 이 점은 아이러니와 함께 이 리얼리즘 소설의 가장 중요한 요소이다.

"어디로 갑니까?"

"글쎄, 가!"

"하 참, 딱한 아저씨네."

"……."

"취했나?"

운전수가 힐끔 조수 애를 쳐다보았다.

"그런가 봐요."

"어쩌다 오발탄 같은 손님이 걸렸어. 자기 갈 곳도 모르게."

운전수는 기어를 넣으며 중얼거렸다. 철호는 까무룩이 잠이 들어가는 것 같은 속에서 운전수가 중얼거리는 소리를 멀리 듣고 있었다. 그리고 마음속으로 혼자 생각하는 것이다.

'아들 구실, 남편 구실, 애비 구실, 형 구실, 오빠 구실, 또 계리사 사무실 서기 구실. 해야 할 구실이 너무 많구나. 너무 많구나. 그래, 난 네 말대로 아마도 조물주의 오발탄인지도 모른다. 정말 갈 곳을 알 수가 없다. 그런데 지금 나는 어디건 가긴 가야 한다…….'

철호는 점점 더 졸려 왔다. 다리가 저린 것처럼 머리의 감각이 차츰 없어져 갔다.

"가자!"

철호는 또 한 번 귓가에 어머니의 소리를 들었다고 생각하며 푹 모로 쓰러지고 말았다. …(중략)…

철호가 탄 차도 목적지를 모르는 대로 행렬에 끼어서 움직이는 수밖에 없었다. 입에서 흘러내린 선지피가 홍건히 그의 와이셔츠 가슴을 적시고 있는 것을 아무도 모르는 채 교통 신호대의 초록불 밑으로 차는 네거리를 지나갔다.[33]

---

33 이범선, 〈오발탄〉, 앞의 책, 153~154쪽.

위에서 철호의 와이셔츠 가슴을 적시는 피는 서두에서 원시인 사내의 손에 묻었던 피와 비슷한 이미지이다. 제 몫이 돌아오지 않는 사냥에서 손에 피를 묻혀야 하는 사내처럼, 철호는 오발탄 같은 인생이지만 생존을 위해 피를 흘리며 어디로든 가야 한다. 예문과 서두의 공통점은 그처럼 피의 사냥터 같은 삶이라는 심리적 현실이 표면으로 떠오르고 있는 점이다. 이는 여기서의 철호의 심리가 서두에서와 같은 예민한 신경증적 상태에 있음을 암시한다. 철호의 그런 심리상태는 이미 치과에서 충치를 한꺼번에 두 개나 뽑아버릴 때부터 감지되고 있었다. 신경증의 특징은 무의식이 흥분됨으로써 합리적인 적절성을 조절하는 능력이 약화된다는 점이다. 사회모순(그리고 생활고)을 상징하는 충치를 송두리째 제거하려는 철호의 무의식적 욕망은 위에서처럼 과도한 출혈을 야기하고 만다. 그런 철호의 신경증적인 행동은 엄청난 생활고(사회모순)로 인해 더 이상 질서 있는 심리적 상태를 유지하기 어려워진 때문이다.

그 같은 신경증적 상태에서, 질서를 존중하던 철호가 오발탄 같은 부조리를 발견하는 아이러니가 나타난다. 이 아이러니는 심리적 현실의 표면화이거니와, 철호는 한발 더 나아가서 어머니의 '가자!' 라는 환청을 듣는 순간에까지 이른다. 여기서의 **환상**은 부인하던 어머니의 목소리를 스스로 반복하는 **아이러니**의 맥락 속에서 나타난 것이다. 아이러니와 환상의 차이는 전자가 심리적 현실을 재현의 맥락으로 복귀시키는 반면 후자는 환각과 현실의 경계를 경험한다는 점이다.[34] 예문에서 철호는 갈 수 없는 상황에서 '가자!' 를 외치는 아이러니한 택시 승객이면서, 한 걸음 더 나아가 현실(택시의 행선지)과 환상(막연한 '가자!')이 교차되는 경계에까지 이른다. 철호의 환상은 자신의 '가자!' (아이러니)라는 외침이 무의식적 욕망의 표현으로서

---

34 이점에서 환상은 양가적인 아이러니(표면/이면)에서 무의식이 회귀하는 이면이 극단화된 보다 강렬한 심리적 현실의 경험이다.

어머니의 '가자!'(환상)를 반복하는 것임을 깨닫는 순간 경험된다.

그처럼 무의식적 욕망이 표면화된 점에서, 예문의 철호의 환청은 서두의 원시인의 환상과 비슷한 심리적 상태에서 경험된 것이다. 다만 앞에서의 환상이 간신히 억누를 수 있는 뇌리 속의 환영인 반면 여기서의 환청은 실제로 현실과 환상을 혼동하는 상태를 암시한다. 피의 사냥은 이제 더 이상 억제할 수 있는 울분 속의 환영이 아니다. 즉 서두의 피가 머릿속을 스치는 환각이라면 예문의 선지피는 실제 현실에서 흘리는 피인 것이다. 그에 상응해서 '가자!'는 단순한 생존의 충동이 아니라 모순된 현실에서 해방되고 싶은 탈주의 욕망을 포함한다.

더 이상 어머니의 목소리를 억제할 수 없게 된 철호는, 그처럼 상징계의 균열을 경험하며 무의식적 욕망의 표현으로 스스로 '가자!'를 외치고 있다. 이 순간은 균열을 통해 실재계에 접촉하는 때이거니와 여기서 실재계를 핵심으로 한 리얼리티가 암시된다. 이 소설은 전체 플롯에서 철호가 경험하는 아이러니를 통해, 그리고 그 아이러니의 맥락에서 나타난 환상을 통해 실재계적 리얼리티를 드러내고 있다.

이상에서처럼 리얼리즘 소설에서 아이러니와 환상은 긴밀한 연관을 지닌 것으로 나타난다. 물론 리얼리즘의 기본적인 문법인 아이러니가 반드시 환상을 수반하는 것은 아니다. 그러나 빈번히 환상은 아이러니의 양가성(표면/이면) 중에서 '무의식-실재계적 요소'가 회귀하는 이면적 경험의 강렬한 표현으로 나타난다. 아이러니에서 실재계적 요소의 회귀는 재현의 맥락으로 복귀하지만, 환상의 경우에는 재현 맥락의 균열이라는 보다 강한 경험으로 표현된다. 그 같은 환상은 합리적 현실의 파탄(표면)인 동시에 현실의 핵심인 실재계(이면)를 드러내는 양면성을 지닌다. 즉 리얼리즘의 환상은, 표면적으로 합리적 현실의 균열이면서 이면적으로는 '실재계적 리얼리티'의 계기가 되는 아이러니를 보여준다. 이처럼 리얼리즘에서 환상과 아이러니는 긴밀한 연관을 지니며, 표면적 현실의 균열인 환상이 출현하는 경우에도 리얼리티를 담아내는 아이러니의 감각은 유지된다.

구체적으로 리얼리즘에서 환상은 신경증, 분열증, 강박증, 편집증, 백일몽, 꿈 등의 형식으로 출현한다. 예컨대 〈핍박〉〈슬픈모순〉〈기아와 살육〉〈표본실의 청개구리〉〈오발탄〉 등에서는, 주인공이 예민한 신경증적 상태에서 환상을 경험하는 것으로 나타난다. 이 경우 주인공이 경험하는 환상은 대부분 간신히 억제할 수 있는 환영으로 제시된다. 이런 신경증적 환상의 억제와 환각의 이중구조는 앞서 살폈듯이 아이러니의 표면(합리성)과 이면(이탈)의 양가성에 상응한다. 물론 〈기아와 살육〉에서는 환각 상태에서 발작적인 행동이 일어나는데, 이런 합리성과 아이러니에서 이탈한 환각적 행동은 내면의 붕괴, 즉 자연주의적인 파탄으로 이해된다.[35]

신경증적인 환상이 가까스로 억제할 수 있는 환영으로 표현된다면, 분열증적인 환상은 현실과 환상을 혼동하는 상태로 제시된다. 예컨대 〈표본실의 청개구리〉의 김창억, 〈패배자의 무덤〉(채만식, 1939)의 종택, 〈순이삼촌〉(현기영)의 순이삼촌 등은, 분열증이나 심한 신경증의 상태에서 환상을 현실처럼 경험한다. 이처럼 합리적 맥락에서 이탈한 환상적 경험은, 인물 자신의 시점보다는 흔히 **다른 인물이나 작가의 시점**으로 제시된다. 가령 김창억의 환상은 주인공 '나'에게 관찰되며, 종택의 환상은 작가에 의해 서술된다. 또한 순이삼촌의 환청 역시 '나'의 관찰자적인 시점에 의해 제시된다.[36] 이 같이 분열증적 환상이 다른 인물이나 작가의 시점으로 서술되는 것은 분열된 인물의 내면이 의식의 중심이 될 경우 리얼리즘과 아이러니의 문법에서 이탈하기 때문이다. 그처럼 리얼리즘의 시점의 주체(초점화

---

35 방민호, 《행인의 독법》, 예옥, 2005, 50쪽. 방민호는 이 점을 프롤레타리아 문학으로 나아가는 신경향파 소설의 과도적 속성으로 설명하고 있다.

36 물론 〈오발탄〉의 경우 결말부에서 '나'는 분열증 상태에 접근한 것으로 볼 수 있지만, 이 경우 '나'는 혼미한 상태에서 의식을 잃는 것으로 그려진다. 또한 여기서의 환청은 소설 전체의 아이러니의 맥락에 포함되는 것으로 리얼리즘의 문법에서 이탈하고 있지 않다.

자)나 의식의 중심은 최소한의 합리성을 요구한다. 그 점에서 합리적 시점의 매개가 필요한 리얼리즘의 분열증적 환상은 직접 분열증적 인물의 의식을 통해 환상을 표현할 수 있는 모더니즘의 경우와 구분된다. 예컨대 모더니즘 소설 〈저기 소리 없이 한 점 꽃잎이 지고〉(최윤, 1988)에서는 〈표본실의 청개구리〉〈패배자의 무덤〉〈순이삼촌〉과는 달리 **분열증적 소녀의 의식**을 통해 직접 환상적 표현을 드러내고 있다.

그런 이유로 모더니즘에서는 분열증의 경험이 리얼리즘보다 한층 더 서사의 중심적 요소가 될 수 있다. 그러나 리얼리즘의 분열증적 환상 역시 일상의 균열과 상처를 암시하는 점에서는 모더니즘의 경우와 비슷하다. 다만 리얼리즘에서는 분열적 표현을 통한 균열과 상처가 흔히 일상적 경험의 맥락과 함께 제시되며, 거기서 나타나는 양가성과 아이러니가 특징적이다. 예컨대 〈순이삼촌〉에서 심한 신경증을 보이는 순이삼촌은 '나'의 일상의 맥락에서 늘상 좋지 않은 기억으로 남아 있다. 그런데 아이러니한 것은 그 나쁜 기억으로서의 순이삼촌이 '나'에게 잊혀가는 고향의 존재를 상기시킨다는 점이다. 그것은 순이삼촌의 신경과민과 환청이 평온한 일상에 균열을 내는 상처이며, 그 상처는 실재계적 역사로서의 4·3사건과 연관되기 때문이다.[37] 그처럼 이 소설에서 순이삼촌의 분열증과 환청은 일상의 균열과 상처를 통해 실재계를 경험하게 하는 계기로서 그려지고 있다. 순이삼촌의 환청은 〈저기 소리 없이 한 점 꽃잎이 지고〉(소녀의 환상)에서와는 달리 일상과 탈일상이라는 양가적인 아이러니의 맥락 속에서 나타나지만, 균열과 상처를 통해 실재계를 핵심으로 한 리얼리티를 암시하는 점에서는 마찬가지이다.

이제까지 살펴본 것처럼 리얼리즘의 환상은 합리적 현실에서의 암점(이탈)인 동시에 리얼리티의 핵심인 실재계에 접촉하는 양면성을 지닌다. 이처럼 환상이 합리적 현실의 암점이나 얼룩으로 표현되는 것은 리얼리즘이

---

37 4·3사건은 상징화될 수 없는 상처인 점에서 실재계적 역사라고 할 수 있다.

환상을 용인하는 경우에도 합리적 소통의 회로를 벗어나지 않음을 뜻한다.

그러나 이제까지와는 달리 리얼리즘에서도 환상이 '회로의 이탈'로서보다는 '또 다른 리얼리티'로 표현되는 경우가 있다. 예컨대 윤홍길의 〈장마〉(1973)에서 외할머니가 구렁이와 대화하는 결말부의 장면이 바로 그것이다. 이 장면에서 외할머니는 구렁이를 죽은 삼촌으로 알고 친할머니를 대신해 저승으로 편히 가도록 달래준다. 어린 '나'의 눈으로 제시되고 있는 이 부분에서는 두 할머니의 환상적인 샤머니즘적 인식에 대해 어떤 이의도 제기되지 않는다. 물론 '나'와 구경꾼들은 놀라움과 탄성을 표현하지만 할머니들의 환상적 태도에 대해 아무런 거부감도 갖지 않는다. 즉 여기서 할머니들의 행동은 합리성으로부터의 정신적 이탈이기보다는 합리성과는 다른 코드로 세계의 사물들과 교섭하는 양상으로 비쳐지고 있다. 합리성을 벗어날 수 없는 근대의 세계에서 이처럼 이질적 코드가 부분적으로 용인되는 것은 특히 제3세계 문학에서 눈에 띄게 나타난다. 그것은 제3세계 역시 서구적 합리성에 의해 지배되고 있지만 내적으로는 '복수 코드화된 공간'이 잠재하기 때문이다. 이제 그처럼 이질적 코드를 용인함으로써 마술과도 같은 리얼리티를 연출하는 환상적 리얼리즘에 대해 살펴보자.

4. 환상적 리얼리즘

근대적 합리성의 세계에서 환상이 나타나는 것은 합리적으로 완전히 코드화될 수 없는 균열과 모순이 존재하기 때문이다. 그러나 리얼리즘에서는 앞서 살폈듯이 환상이 출현하는 경우에도 최소한의 합리적 회로를 유지한다. 반면에 환상적 리얼리즘은 부분적으로 합리적 소통의 회로에서 벗어나 환상적 장면들을 직접적으로 보여준다.

그 같은 환상적 리얼리즘의 직접적인 환상의 표현은 '개인의 합리적 감각'이라는 리얼리즘의 규약[38]의 위반이라고 할 수 있다. 그러면 그처럼 리얼리즘을 위반하는 소설이 어떻게 (환상적) 리얼리즘으로 불릴 수 있는 것일까. 환상적 리얼리즘에서 '리얼리즘'과 '환상'의 관계는 무엇인가.

먼저 우리는 '개인의 합리적 감각'이라는 리얼리즘의 요건이 다분히 서구적 근대성에 기초한 것임을 생각해야 한다. 서구 이외의 지역은 물론이고 서구에서도 '미학적' 리얼리즘에서는 그런 근대성의 조건(개인성, 합리성)이 절대적인 것은 아니다. 즉 리얼리즘 미학은 서구적 근대성에 기반하지만 또한 그것을 넘어서서 개인주의(그리고 합리주의)를 극복한 화해된 공동체를 지향한다. 그 때문에 리얼리즘이 개인의 합리성을 의사소통의 조건으로 할지라도 리얼리즘의 현실성은 결코 그런 합리성으로 환원되지 않는다. 앞서 살폈듯이 리얼리즘은 아이러니나 환상 등을 통해 '실재계를 핵심으로 한 리얼리티'를 드러낸다. 실재계란 합리적으로 코드화되지 않는 부분을 말하거니와, 리얼리즘은 합리성을 통해 합리성만으로는 파악할 수 없는 리얼리티를 암시하는 것이다.

서구적 리얼리즘이 그럴진대 제3세계 리얼리즘이 합리성을 넘어서려는 열망을 지님은 더 말할 것도 없다. 근대화의 시기에 식민지를 경험한 제3세계는, 표면적으로 서구적 개인성과 합리성에 기반하면서도 무의식적 내면에는 전통문화와 연관된 이질적인 사고가 잔존하기 때문이다. 리얼리즘은 합리적 소통을 전제로 하지만 (이언 와트가 말했듯이) 그 이전에 '개인의 감각'에 의존한다는 점[39]이 매우 중요하다. 그런데 무의식 속에 **이질적 사**

---

38 이 같은 인식의 감각은 데카르트와 로크의 철학에 근거하고 있다. 이언 와트, 강유나·고경하 역, 《소설의 발생》, 강, 2009, 17~24쪽 참조.

39 이언 와트, 위의 책, 17~30쪽.

고가 잔존하는 제3세계의 개인의 감각은 서구의 개인성과는 구별된다. 즉 표면적으로 개인주의적인 듯하면서도 내면에 공동체적 유대가 남아 있다는 점, 그리고 불교나 샤머니즘 같은 탈합리주의적 사유가 잔존한다는 점이 그렇다고 할 수 있다.

따라서 제3세계의 독립적인 '개인의 감각'이란 오히려 보편주의적 근대성에서 이탈해 이질적인 차이를 드러낸 것이 된다. 역설적으로 제3세계 리얼리즘의 개인의 감각은 서구적 리얼리즘의 개인성과는 다른 이질성이 표현되었을 때 얻어지는 것이다. 실제로 서구와 우리의 리얼리즘에서 나타나는 미세한 차이는 그런 이질성에 근거한 것이다. 예컨대 서구 소설들은 개인주의와 그에 근거한 오이디푸스적 욕망과 연관이 있지만, 우리의 경우 식민주의적 오이디푸스 구조 외부에서의 개인의 모색이 중요하다. 가령 발자크 주인공들의 출세주의와 1920년대 조반 우리 소설의 비오이디푸스적 욕망, 도스토옙스키 주인공들의 나폴레옹주의와 염상섭 인물들의 대화의 욕망, 그리고 독일 교양소설의 오이디푸스적 양가성과 우리 성장소설 주인공의 고아적 무의식 등이 그런 이질적인 (개인성의) 차이를 보여준다.[40]

더 나아가 우리 리얼리즘은 의사소통의 회로 자체에서 서구 소설과는 다른 이질성을 보이기도 한다. 즉 개인의 시점보다는 개인들의 유대의 감각에 의존해 서술을 진행시키는 구어체 소설이 바로 그것이다. 구어체 소설 역시 표면적으로는 개인적 화자와 독자 간의 의사소통이지만, 잠재적으로는 화자-인물-독자(내포청중) 사이에 잔존하는 공동체적 유대에 의거해 소통이 이루어진다.

다른 한편 우리 리얼리즘에서는 개인들 간의 합리적 감각에서 이탈한 **또 다른 코드**에 의해 소통이 진행되기도 한다. 예컨대 앞서 살펴본 〈장마〉의 결말부에서처럼 합리주의적으로 이해할 수 없는 무속적 상상력에 의거

---

40 나병철, 《가족 로망스와 성장소설》, 문예출판사, 2007, 8~9쪽 참조.

해 장면을 제시하는 경우이다. 물론 이 부분 역시 화자 '나'의 놀라움을 느끼는 개인의 감각에 의존해 장면이 전달된다. 그러나 아직 미성숙한 '나'의 눈은 합리적 감각을 거의 침묵시킨 채 그 '희한한' 장면을 제시한다. 따라서 그런 '침묵의 합리성'을 통과한 〈장마〉의 결말부는 합리적 감각을 지닌 독자들에게 환상적으로 느껴진다. 그러면서도 그 리얼리즘을 위반한 듯한 환상성이 우리에게 용인되는 것은 우리의 무의식 속에 탈합리적인 무속적 상상력이 잔존하기 때문이다. 이처럼 개인들의 무의식 속에 남아 있는 (합리성과는 다른) 또 다른 코드(그리고 상상력)에 의거해 사건과 장면을 제시하는 소설이 바로 환상적 리얼리즘이다.

구어체 소설이 '개인적' 의사소통에서의 이탈이라면 환상적 리얼리즘은 '합리적' 소통의 회로에서의 탈선이라고 할 수 있다. 물론 구어체 소설이 표면적으로는 '개인적' 독자-화자 간의 의사소통이듯이 환상적 리얼리즘에서도 '합리적인' 화자가 완전히 사라진 것은 아니다. 그러나 합리적 화자의 침묵과 함께 탈합리적인 코드에 의한 장면의 제시는 직접적으로 환상이 나타난 듯이 느껴지게 한다. 일반 리얼리즘에서는 환상이 출현하더라도 합리적 소통의 회로는 유지되기 때문에 환상은 흔히 특정한 증세(신경증, 분열증 등)의 표현으로 제시된다. 반면에 환상적 리얼리즘에서는 그런 특정한 증세나 증상의 단서가 부가되지 않는데, 그것은 환상이 합리성으로부터의 **정신적 이탈**이 아니라 무의식 속의 **또 다른 코드**의 작동에 의한 것이기 때문이다.

환상적 리얼리즘의 환상 역시 일반 리얼리즘에서처럼 합리적 현실의 균열부분에서 나타난다. 그러나 현실의 균열을 메우는 환상을 실제의 이미지로 받아들이는 일은 일반 리얼리즘의 경우 일상적 상징계에서 주체가 정신적으로 와해되는 것을 대가로 한다. 그와 달리 환상적 리얼리즘에서는 균열에 대처하는 데 무능한 합리성 대신 (환상을 용인하는) 또 다른 코드가 작동되는 과정이다.

　따라서 환상적 리얼리즘에서 환상이 리얼리티를 얻으려면, 무의식 속에 합리성과는 상이한 또 다른 코드(무속, 불교 등)가 잠재하는 인물이 등장해야 한다. 그런 인물의 '개인의 감각'이란 합리성을 지니면서도 그것의 균열 부분에서 또 다른 코드를 작동시키며 혼성성[41]을 연출하는 능력을 뜻한다. 실제로 환상적 리얼리즘에는 그처럼 혼성성의 감각과 복수 코드화된 내면을 지닌 인물들이 등장한다. 혹은 주요 인물들 간의 관계를 통해 합리성을 넘어서는 혼성성이 연출되는 상황이 그려진다.

　예컨대 〈장마〉에서 두 할머니는 합리적인 근대의 세계를 살아가면서도 무의식적인 내면 속에 샤머니즘적인 코드를 지니고 있는 인물들이다. 이 소설에서 샤머니즘에 근거한 환상을 실제의 일로 받아들이는 것은 무속적 코드로 세계와 교섭하는 두 할머니들이다. 할머니들은 합리적 대응이 불가능한 현실의 균열 부분에서 환상적인 무속적 상상력을 발동시키고 있다.

　허황된 일에 불과한 두 할머니들의 무속적 환상이 의미를 지니는 것은, 그처럼 현실의 균열에 대처하는 데 무능력한 합리성을 대신해서 발현되고 있기 때문이다. 그러나 그런 비현실적인 환상이 리얼리티를 얻는 것은 할머니들의 내면에 잔존하는 무속적 코드를 그대로 용인하기 때문은 아니다. 우리는 무속적 상상력에 포함된 화해의 힘을 수용하지만 여전히 합리성의 세계를 떠날 수 없는 것이다. 따라서 무속적 환상이 리얼리티를 얻으려면 합리성의 영역과 무속적 세계가 중첩되는 혼성성의 틈새를 생성시켜야 한다. 〈장마〉에서도 할머니들의 샤머니즘적 환상은, 비록 침묵하지만 합리성의 세계에 발을 딛고 있는 어린 '나'의 눈에 비쳐짐으로써, 근대적 합리성의 세계와 화해를 소망하는 샤머니즘의 세계가 혼성되는 중에 리얼리티를 얻게 된다.

41　혼성성(hybridity)이란 이질적인 복수적 코드의 틈새에서 교섭을 통해 주체성을 되찾은 상태를 뜻한다.

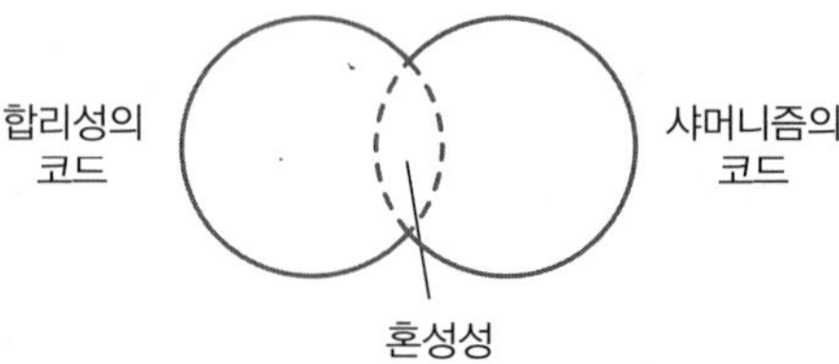

그림 3에서 일시적으로(결말부에서) 샤머니즘의 코드에 따라 행동하는 것은 두 할머니들이다. 할머니들과는 달리 '나'는 반대편의 합리성의 세계에 속해 있다. 그러나 백지 같은 순진함을 지닌 어린 '나'는, 할머니들이 연출하는 샤머니즘적 상황에 압도되면서 탄성 속에서 그 장면을 그대로 전달한다. 그렇다고 그 순간 '내'가 넋을 잃고 할머니들의 샤머니즘적 세계에 빨려 들어가고 있는 것은 아니다. '나'는 여전히 합리성의 세계 쪽에 서 있으면서 한순간 샤머니즘에 포함된 마술 같은 화해의 힘에 이끌리고 있는 것이다. 그처럼 '나'는 샤머니즘의 화해의 마력에 압도되어 두 할머니의 기이한 행동을 지켜보는 한편(경험자아), 또한 합리성의 세계에서 한순간 분단모순의 균열을 넘어 화해를 나누는 그들의 모습을 제시한다(서술자아). 따라서 화해의 장면은 실제 현실에서의 균열의 해소가 아니라 무속적 코드로 포장된 무의식 속의 화해의 소망의 강렬한 표현이다.

합리성의 세계는 경험자아가 발 딛고 있는 공간인 동시에 서술자아가 위치한 세계이다. 또한 샤머니즘의 세계는 경험자아가 접촉하고 있는 두 할머니의 무의식에 잠재하는 세계이다. 〈장마〉의 마지막 장면은 경험자아와 서술자아가 뒤섞이는 가운데, 그 두 개의 세계, 즉 합리성의 세계와 샤머니즘의 세계가 **혼성되는** 시간이다. 바로 이때 양자의 틈새에서 무의식적 소망과 **실재계적 리얼리티**가 암시된다.

이처럼 '혼성성'이란 근대적 합리성의 세계와 전통적 상상력의 세계가 충돌하는 지점에서 창조적 사유를 통해 '실재계적 리얼리티'를 드러내는 과정을 뜻한다. 이는 합리성을 견지하면서 그것의 모순을 전통적 사유의 창조적 회생을 통해 넘어서려는 시도이다. 〈장마〉의 경우 근대적 합리성 세계의 모순이란 대립의 이데올로기와 분단 모순을 말한다. 근대적 세계의 균열 부분에서 나타나는 이 모순은 합리적 세계 자체에서는 결코 해결될 수 없다. 아들이 국군으로 전사한 외할머니와 빨치산 아들을 둔 친할머니가 일상의 (합리적) 세계에서 화해할 수 없는 것은 그 때문이다. 그런데 그 같은 일상세계에서의 두 할머니들의 적대적인 원한은 실상 일상 현실이 대립의 이데올로기에 예속되어 있음을 뜻한다. 대립의 이데올로기란 타자를 배제하는 방식으로 자신의 균열 부분(도표의 점선부분)을 봉합하는 작용이다.[42] 좌익이든 우익이든 그 같은 대립의 이데올로기에 예속되어 있는 한 서로 간의 적대적인 원한은 결코 해소될 수 없다.

그러나 다른 한편 두 할머니들의 무의식적 내면에는 이분법적 대립을 넘어서서 원한을 풀어내는 사유의 방식이 잠재해 있다. 자아와 타자, 삶과 죽음을 넘나드는 무속적 상상력의 사유가 바로 그것이다. 하지만 무속적 상상력 자체는 전근대적인 것으로 근대적 합리성의 세계에서는 그 비합리성으로 인해 표면화되지 못한다. 그런 무속적 상상력이 일상의 표면으로 떠오르는 것은, 〈장마〉에서처럼 합리적 세계의 균열이 이데올로기로도 봉합될 수 없는 상처로 남은 경우이다.

물론 할머니들이 구렁이를 상대하는 무속적 상상력의 장면이 상처의 치유를 위해 우리가 샤머니즘의 세계로 되돌아갔음을 뜻하는 것은 아니다.

---

[42] 균열과 모순을 드러내는 합리성의 세계와 균열을 봉합하는 이데올로기는 서로 공존하며 일상을 지배한다.

표면적으로는 샤머니즘의 코드에 의해 표상되고 있지만 실상 이 장면은 할머니들의 무의식으로부터 진정한 화해의 욕망이 고양되고 있는 순간이다. 비합리적인 무속적 상상력이 순간적으로 용인되는 것은 그런 화해의 욕망이 환상의 방식으로 표면화되고 있기 때문이다. 무속적 세계는 그 화해의 욕망을 환상적 이미지로 표현하기 위해 두 할머니의 내면으로부터 빌려온 코드일 뿐이다. 따라서 우리는 그런 환상(그리고 무속적 상상력)을 가로질러 합리적 세계와 환상적 세계(무속적 세계)의 틈새에서 나타나는 할머니들의 상처와 그것을 치유하는 화해의 욕망을 읽어내야 한다.

〈장마〉에서 합리적 세계와 무속적 세계가 혼성되며 (그 틈새에서) 드러나는 실재계적 차원이란, 그 같은 '이데올로기로 봉합할 수 없는 상처'와 그것을 치유하려는 '화해의 욕망(무의식)'을 말한다. 분단으로 인한 상처와 진정한 화해의 욕망은 합리적 세계나 무속적 세계 어느 한쪽의 코드만으로는 결코 제대로 표현될 수 없다. 그 상징계 너머의 표현할 수 없는 것(실재계 차원)은 두 세계의 **혼성적 교섭**으로 열리는 **틈새의 공간**에서만 가까스로 표현될 수 있다. 환상적 리얼리즘은 그처럼 표현할 수 없는 것을 혼성적 방식으로 표현함으로써 **실재계적 리얼리티**를 암시한다.

〈장마〉에서 할머니들과 '나'와의 관계에서 혼성성이 연출된다면 《손님》(황석영, 2001)에서는 주인공 류요섭의 내면 속에서 혼성적 공간이 열린다. 《손님》의 류요섭은 기독교적 신념을 가진 목사이지만 무의식적 내면에는 전통적인 공동체적 사유를 지니고 있다. 류요섭과는 달리 형 류요한은 기독교와 공산주의의 대립에 의한 '신천 양민학살 사건'의 당사자이다. 그러나 류요한 역시 류요섭처럼 기독교인이면서 내면에 샤머니즘적 사고를 갖고 있다. 류요섭이 여행의 과정에서 이승과 저승을 넘나들며 신천 사건에 연류된 사람들과 대화를 나눌 수 있는 것은 그처럼 무의식 속에 무속적 사유를 공유하기 때문이다.

두 사람은 오늘날까지 서로 고향에 대한 애기는 길게 하지 않았다. 다른 무엇보다도 아우가 그 무렵의 형을 쉽사리 용서하지 못한다는 걸 그도 눈치로 알고 있을 것이다.

"너 구신을 어떻게 생각하니?"

밑도 끝도 없이 요한이 물었다. 목사에게 장로가 귀신에 대하여 묻고 있다니. 물론 형이 묻는 것이 마귀가 아니라 뜬 것에 대한 것임을 요섭은 알고 있었다.

"성경에도 여러번 나오지요. 귀신 들린 자들에 대해서 말이죠."

"난 구신을 수없이 봤다."[43]

위에서처럼 류요한은 동생으로부터 쉽게 용서받을 수 없는 학살사건의 당사자이다. 그러나 '귀신'을 믿는 류요한은 류요섭의 내면에 잠들어 있는 무속적 사유를 자극하여 그의 여행길을 진오귀 굿의 12과정으로 만든다. 그런 환상적 여행의 과정은 류요한의 갑작스러운 죽음 후 류요섭이 비행기 안에서 그의 '헛것'을 만나는 장면에서 시작된다.

요섭이 문을 향하여 돌아서는데 갑자기 자신이 타인인 듯한 느낌이 들었다. 고개를 돌려 거울을 힐끗 본다. 형이 거기에 떠올라 있었다. 그는 쫓기듯이 문을 밀치고 나온다. 그리고 커튼을 젖히고 통로로 나오는 데 저어기, 자신의 자리에 요한 형이 앉아 있었다. 류요섭 목사는 잠깐 멈칫했다가 형을 향하여 눈길을 똑바로 맞추고 형이 앉아 있는 좌석으로 걸어나갔다. 가까이 다가서니 빈 좌석이다. 앉으려고 몸을 돌리는데 뒷전에 형의 얼굴이 보인다. 그는 그대로 눌러앉는다. 요한 형의 환영을 등으로 깔아뭉개면서 요섭은 등받이에 푹 기대앉았다. 요섭아, 요섭아. 그는 깜짝 놀라서 궁둥이

---

43 황석영, 《손님》, 창작과비평사, 2001, 132쪽.

를 얼른 들었다가 다시 앉았다. 요섭은 입속으로 중얼거렸다. 허튼 짓 하지 말라우요. 한번 갔으문 그만이지 왜 자꾸 나타나구 기래요? 난두 너하구 고향 가볼라구. 비행기가 갑자기 툭 떨어지는 것 같더니 몇 번 흔들렸다. 요섭은 얼른 좌석벨트를 매고 고쳐앉는다. 와인을 너무 많이 마셨나. 형이 그와 한 몸이 된 것만 같다. 요섭의 의식이 까무룩하게 흐려지고 형의 웅얼거리는 말소리만 들린다.

우리 옛적 찬샘골엘 가보자우. 저거 좀 보라, 팽나무가 잘 보이네? 우리 팔로는 안을 수두 없었다. 우리가 태어나기 훨씬 전부터 있댔으니끼니 수백 살이 됐갔다.[44]

앞의 예문에서 '귀신'을 애기하던 류요한은 이제 스스로가 귀신이 되어 동생을 찾아온다. 이는 고향에 대한 갈망으로 인해 동생의 여행길에 동행하고 싶은 그의 바람이 환상적으로 표현된 것이다. 그러나 현실적으로 보면 이 환상적 장면은 시점의 주체인 류요섭과 그의 고향사람들의 '한'에 의해 무의식적 욕망이 동요하고 있는 양상이다. '한'은 일상의 시간에 구멍이 난 곳에서 생기거니와, 그 구멍을 통해 무의식적 욕망이 환상으로 떠오르고 있는 것이다.

한이란 그처럼 일종의 트라우마(상처의 구멍)이지만 그것은 단순한 개인적인 원한이나 그에 복수하려는 욕망의 원인이 아니다. 한은 상처인 동시에 풀이와 화해의 욕망을 포함하며, 그 같은 '풀이'를 위한 욕망의 동요는 개인과 타자 간의 경계를 넘어서는 심리적 움직임을 만들어낸다. 위에서처럼 류요섭의 환상은 자아와 타자, 삶과 죽음의 경계를 넘나드는 심리적 동요 속에서 생성되고 있다. 기독교인인 류요섭은 한순간 류요한의 '헛것'을 부정하려 하지만, 고향을 갈망하는 형의 목소리가 들리는 순간 이미 자신

---

44 황석영, 위의 책, 37~38쪽.

의 무의식적 욕망에 스스로 압도되고 만다. 류요섭의 무의식적 욕망이란 화해의 소망을 말하는데, 그것은 죽은 형과의 관계에서 헛것을 보는 한의 심리로 표상되고 있다.

그 같은 한의 심리적 움직임에 의해, 상처를 치유하려는 화해의 소망을 지닌 류요섭의 여행길은 무속적 코드로 된 살풀이의 과정이 된다. 그리고 류요한의 죽음에서 시작된 그의 환상적 경험은 자신도 모르게 진오귀 굿의 12과정으로 펼쳐진다.

그러나 목사인 류요섭이 단순히 무속적 상상력으로 된 환상 속에 빠져들기만 하는 것은 아니다. 그가 헛것의 출현을 용인하는 것은 그것에 의해 죽은 자와 산 자, 기독교인과 공산주의자가 서로 교섭하는 대화의 장이 생성되기 때문이다. 즉 류요섭은 죽은 자들과의 대화를 통해 신천사건을 권력과 결부된 공식직인 역사의 기록에서 분리시켜[45] 살아 있는 담론들의 교섭의 장으로 만들고 있는 것이다.

이 대화의 과정은 단순히 과거의 현장으로 되돌아가는 것과도 구분되는데, 왜냐하면 헛것들의 목소리는 한이라는 상징계의 균열 부분에서 들려오는 것이기 때문이다. 즉 과거에 대립과 독백적 담론에 사로잡혀 있던 사람들도 지금은 죽음 뒤의 한으로 인해 저승으로 가지 못하고 상징계와 실재계 사이[46]를 떠돌고 있는 것이다. 물론 헛것들의 말들은 아직 자신의 일방적인 입장과 상대에 대한 미움에서 벗어나지 못한다. 그러나 그 미움의 목소리들은 타자성[47]을 지닌 류요섭[48] 내면의 담론의 장에서 울리는 가운데 헛것들 자신도 모르는 숨겨진 화해의 소망을 암시하게 된다.

---

[45] 이에 대해서는 강미자, 〈황석영의 《손님》에 대한 탈식민주의적 연구〉(교원대 석사논문, 2006) 33~34쪽 참조.

[46] 이는 이승과 저승 사이의 틈새라고도 할 수 있다.

[47] 자신과 다른 '타자'를 내면에 받아들임으로써 자아와 타자의 경계를 넘어서는 것을 말함.

[48] 류요섭 이외에 타자성을 지닌 인물로는 안성만(류요섭의 외삼촌)이 있다.

예컨대 류요한 같은 가해자의 경우에도 고향으로 가고 싶은 마음을 드러내는데, 그런 고향의 그리움이란 화해된 공동체에 대한 소망에 다름이 아니다. 또한 공산주의자 순남의 헛것이 서로 대립하던 류요한(기독교인)을 데리러 와서 그가 '난 데'로 가자고 말하고 있거니와, '난 데'란 고향 같은 '원래'의 화해의 공간일 것이다. 가해자들은 다만 '손님'인 기독교와 공산주의에 의해 그 무의식 속의 화해의 소망이 교란되고 왜곡되었을 뿐이다. 따라서 '화해하기 전에 따져봐야 할 일'[49]이란 헛것들을 '난 데'로 돌아가지 못하게 하는 '손님'으로서의 이데올로기의 굴레일 것이다. 헛것들이 느끼는 고통은 무의식 속의 화해의 소망이 그 같은 굴레에 의해 균열과 상처 속에서 왜곡된 데 따른 것이다. 류요섭이 서로 다른 입장을 지닌 헛것들의 말들을 받아들이는 것은 바로 그 교란당한 고통의 정서에 교감하기 때문이다. 류요섭은 그처럼 헛것들의 고통의 정서에 교감함으로써 이질적인 말들이 어우러지는 대화의 장을 펼쳐놓는 한편[50] 그들의 무의식 속에 숨겨진 화해의 소망을 확인하게 된다.

이 소설에서 죽은 자와 산 자의 대화의 과정이 굿의 형식을 지니게 된 것은 바로 그 때문이다. 굿의 형식을 통해 한을 풀어버린다는 것은 모든 사람의 내면에 간직된 화해의 소망을 소생시키는 일에 다름이 아니다. 모두의 무의식 속에 있는 화해의 소망이 쉽게 표현될 수 없는 것은 이데올로기적 대립에 의해 왜곡되고 상처를 입기 때문이다. 굿은 그 화해의 소망이 교란당한 고통의 정서에 교감함으로써, 죽은 자와의 정서적 교감 속에서 질식당한 화해의 소망을 소생시키는 형식이다. 그렇게 한을 달램으로써 죽은

---

49 황석영, 앞의 책, 114쪽. 5장의 소제목임.

50 이처럼 정서적 교감을 통해 이질적인 담론들을 교섭시키고 숨겨진 화해의 소망을 발견하는 방식은 굿의 형식을 빌린 이 소설의 '대화'의 특성이다. 한을 풀어내어 타자들을 교섭시키는 이 대화적 담론은 자의식을 매개로 타자와 교류하는 바흐친의 대화와 조금 다른 방식의 또 다른 대화이다.

자의 헛것을 '난 데'로 편히 가게 만드는 것이다.

그런데 죽은 자가 저승으로 가지 못하는 것은, 실제로는 내 안의 타자였던 사람의 죽음으로 인한 산 자의 상처가 치유되지 못한 때문이기도 하다. 대화와 정서적 교감을 통해 상처를 치유하고 죽은 자에게 갈 길을 열어주는 것은, 억압의 고통을 위무하며 죽은 자와 산 자 모두의 억눌린 화해의 소망을 살려냄을 뜻한다. 즉 그것은 죽은 자의 한을 풀어주는 동시에 살아남은 자의 상처를 극복하는 과정이기도 한 것이다.

이처럼 류요섭이 헛것들과 대화하는 전개는, 상징계와 실재계의 **틈새의 공간**에서 무의식을 고양시켜 환상을 통해 **화해의 소망**을 표현하는 과정이다. 이 굿의 형식을 빌린 대화의 전개는 아직 경직되어 있는 분단현실에 대해 전복적인 잠재력을 지니며, 또한 류단열 같은 새로운 세대에게 신세계의 땅을 물려주려는 소망을 담고 있다.

요한이 아우에게 말했다.

이제야 고향땅에 와서 원 풀고 한 풀고 동무들두 만나고 낯설고 어두운 데 떠돌지 않게 되었다. 간다, 잘들 있으라.

그들은 모두 사라졌다. 사방이 고요했다. 어둠은 차츰 물러가고 동이 터오는지 창밖의 하늘에는 산자락의 뚜렷해진 그림자 뒤로 부옇게 하늘이 보였다. 이층 마루방에는 외삼촌과 류요섭 두 사람만 남았다. 외삼촌이 말했다.

"갈 사람덜언 가구 이제 산 사람덜언 새루 살아야디. 저이 태 묻언 땅얼 깨끗하게 정화해야디 안카서?"[51]

위에서 '태 묻은 땅을 깨끗이 정화'한다는 말은 한이 서린 균열된 세상을 화해와 사랑으로 채우려는 소망을 뜻한다. 상처를 딛고 그 같은 소망의 표현

---

51 황석영, 앞의 책, 250~251쪽.

이 가능했던 것은, 류요섭과 외삼촌(안성만) 같은 혼성성(그리고 타자성)을 지닌 유연한 인물들의 내면을 통해, 삶과 죽음을 넘나드는 대화의 장을 열 수 있었기 때문이다. 류요섭은 그 대화의 형식인 굿의 환상적 표현을 위해 자신의 내면을 제공하는 인물이지만, 의식적으로는 끝까지 기독교인의 위치를 벗어나지 않는다. 그러나 목사이면서 무속적 형식을 허용하는 그의 혼성적 내면에서 하나님의 사랑은 더 이상 단순한 기독교인의 단어가 아니다.

류요섭은 사람들의 고통에 교감하는 순간마다 기도를 하거나 성경을 외운다. 그러나 그의 기도가 기독교인만의 의례가 아님은 물론이다. 고통의 정서에 교감하는 것은 굿의 형식의 일부이거니와, 류요섭은 기도를 하는 순간마다 또한 자신도 모르게 굿을 올리고 있는 것이다. 그가 하나님의 사랑을 말하는 매순간은 죽은 자를 '난 데'로 보내고 산 자를 화해시키려는 순간이다.

이처럼 류요섭은 기독교인과 공산주의자를 화해시킬 뿐만 아니라 서구의 종교(기독교)와 우리의 무속을 교섭시키고 있다. 이는 그가 신천 사건의 사람들과는 달리 '손님'으로서의 기독교를 넘어서고 있음을 뜻한다. 그처럼 '손님'으로서의 이데올로기를 넘어선다는 것은 식민화된 현실을 극복한 '주체적' 위치에서 대립과 분단(기독교와 공산주의)을 해소하는 **탈식민주의**를 실천함을 의미한다.

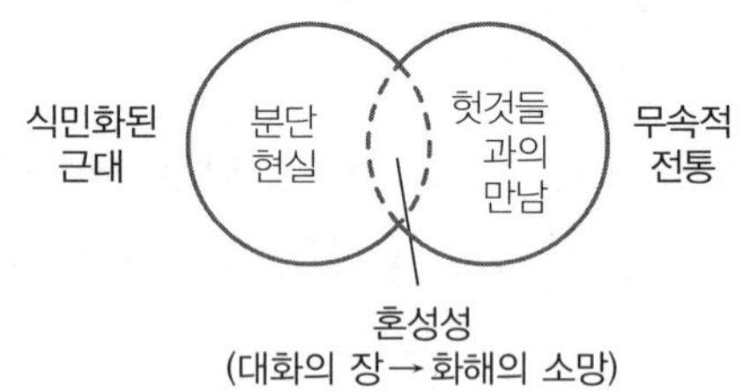

손님으로서의 이데올로기가 우리의 영토를 지배하는 것이 식민주의이며, 그 과정에서는 고유의 전통이 부인되거나 폄하된다. 반면에 탈식민주의는 부인된 전통을 되살려서 외래문화와 교섭시키는 가운데 손님을 넘어선 **주체적 위치**(그림 4의 혼성성)를 찾게 된다. 이과정은 두 가지 손님으로서의 이데올로기들(기독교와 공산주의)을 넘어서는 진행이기도 하다.

식민지화된 근대란 기독교와 공산주의가 손님으로서 이데올로기적 대립을 조장하는 세계이다. 바로 그런 대립으로부터 분단현실과 신천사건의 비극이 발생한 것이다. 류요섭의 여행의 과정은 손님을 넘어선 주체적 위치에서 그 대립의 세계와 신천의 비극을 치유하는 여로이다. 즉 그는 기독교인이면서도 헛것들과의 만남(환상의 형식)을 용인하고, 기도의 형식과 (부인되었던) 굿의 형식을 혼성시키는 가운데, 죽은 자와 산 자의 대화의 장을 열어순다. 여기서 손님의 굴레에서 벗어나 주체적 위치를 되찾은 탈식민주의적인 기독교인의 모습이 나타난다. 헛것들은 아직 대립의 세계에서 벗어나지 못하고 있지만, 류요섭은 그들의 고통에 교감하는 중에 모든 사람이 고향(난 데)을 그리워하고 있음을, 즉 공동체적 화해를 소망하고 있음을 발견한다. 대화를 통해 화해의 소망을 발견하는 이 과정은, 손님으로서의 근대와 과거의 전통의 세계, 기독교적 구원과 무속적 풀이의 실천, 그리고 기독교인과 공산주의자를 혼성시키는 **탈식민적 공간**(점선부분)에서 발생한다. 손님의 족쇄에서 벗어나 주체성을 회복한 이 탈식민주의적 실천은, 서구적 근대나 과거의 전통 어느 쪽으로도 코드화될 수 없는 **실재계를 핵심으로 한 리얼리티**를 드러낸다.

환상적 리얼리즘은 이처럼 환상을 용인하는 과거의 사유(무속들)와 '손님'으로 다가왔던 근대를 혼성시키는 가운데 생성된다. 이 혼성성의 과정은 손님의 굴레에서 벗어나 주체성을 회복하는 전개이거니와, 그 점에서 환상적 리얼리즘의 환상과 리얼리티의 혼성은 탈식민주의와 연관된다. 그런데 그런 탈식민주의적 혼성은 서구적 근대와 전통의 세계를 (주체적 위치에서) 중첩시키는 복수적 코드화의 과정인 점에서 포스트모더니즘과도 관련이 있다. 그처럼 환상적 리얼리즘과 탈식민주의적 요소를 포함한 포스트모더니즘 소설이 바로 《백년동안의 고독》(마르케스, 1967)이다.

5. 환상적 리얼리즘·탈식민주의·포스트모던 리얼리즘

《백년동안의 고독》이 〈장마〉나 《손님》과 다른 점은 메타픽션의 형식을 취함으로써 복수 코드화라는 포스트모더니즘의 다중적 인식론을 표면화하고 있는 점이다. 합리적 코드와 환상적 코드를 혼성시키는 환상적 리얼리즘은 포스트모더니즘의 복수 코드화 방식이 자기의식적이 될수록 훨씬 더 자연스러워진다. 포스트모더니즘이란 메타픽션처럼 현실을 다중적으로 코드화할 수 있음을 자기의식적으로 드러내는 형식을 말한다. 〈장마〉는 물론 《손님》까지도 복수 코드화의 방식이 자기의식적으로 표방되지는 않으므로 두 소설을 포스트모더니즘으로 부르는 것은 어색하다. 두 소설이 환상적 리얼리즘의 방식을 취하게 된 것은 다중적 인식론보다는 잠재적으로 무속적 세계관을 지닌 인물이 등장하기 때문이다. 또한 그 둘 중에서도 자기의식적 복수 코드화(다중적 인식론)에서 가장 멀리 떨어져 있는 〈장마〉의 환상적 리얼리즘이 상대적으로 더 부자연스럽게 느껴진다.

《백년동안의 고독》에서 역시 환상적 사유를 지닌 인물들이 등장하지만 메타픽션이라는 복수적 코드화 방식을 사용하므로 이 소설의 환상적 리얼리즘의 방식은 가장 자연스럽다. 또한 이 소설은 〈장마〉나 《손님》과는 달리 당연히 포스트모더니즘 소설이라고 불려질 수 있다. 세 소설은 그런 차이를 지니지만 《백년동안의 고독》과 〈장마〉《손님》은 똑같이 탈합리적 사유나 무속적 세계관을 지닌 인물들에 의해 환상적 표현이 나타나는 소설들이다. 그처럼 주요 인물들의 세계관에 근거해 환상적 표현을 용인하는 소설이 바로 **환상적 리얼리즘**이다.

그런데 주인공이 탈합리적 세계관을 갖고 있지 않음에도 불구하고 아무 거리낌 없이 환상의 방식으로 현실에 대응하는 또 다른 리얼리즘이 있다. 예컨대 〈내 사랑 나의 귀신〉(최인석, 1999)의 1인칭 주인공은 환상적 세계관을 갖고 있지 않지만 당골네의 샤머니즘을 차용해 환상적 방식으로 사회적 모순에 대항한다. 물론 '내'가 그처럼 당골네의 샤머니즘을 빌려올 수 있는 것은 그녀를 사랑하기 때문이며, 그 같이 인물들과의 관계에서 환상과 리얼리즘의 혼성이 나타나는 것은 〈장마〉와 비슷한 점이다. 그러나 〈장마〉의 경우 '나'는 할머니들의 무속적 사유에 대해 관찰자에 그치는 반면, 〈내 사랑 나의 귀신〉의 '나'는 스스로 환상적 사유로 전이되는 과정을 보여준다.

일종의 성장소설인 〈내 사랑 나의 귀신〉에서 '나'의 **성장**이란 당골네의 샤머니즘을 빌려[52] 합리적 세계관과 전통적 세계관의 **혼성**을 습득해가는 과정이다. 그것은 또한 현실의 모순에 환상적 방식으로 대응하는 '리얼리즘과 환상의 혼성성'을 체득하는 과정이기도 하다. 그처럼 '나'의 성장과정에 혼성성을 개입시키는 점에서 이 소설의 작가는 복수 코드화를 자기 인식하는 포스트모던적 세계관을 갖고 있다. 그런데 다른 한편 '나'의 성장은 과거의 리얼리즘에서처럼 현실의 사회적 모순을 인식해가는 과정이기도 하다. 그 두 가지가 자연스럽게 결합되고 있는 점에서 이 소설은 **포스트모던 리얼리즘**이라고 부를 수 있을 것이다.

물론 '포스트모던 리얼리즘' 중에는 당골네 같은 탈합리적 세계관을 지닌 인물이 등장하지 않는 소설도 있다. 예컨대 박민규의 〈그렇습니까? 기린입니다〉와 〈아, 하세요 펠리컨〉에서는 무속이나 불교 같은 탈합리적 인

---

52 '나'는 당골네를 사랑함으로써 '내' 안에 들어온 그녀의 샤머니즘을 이용할 수 있게 된다.

식론을 갖지 않은 평범한 인물들이 서로 환상적 방식으로 소통과 유대를 보여준다. 이 같은 박민규의 소설들에서는 이제까지의 모든 환상적 리얼리즘에서처럼 합리적 현실과 전통적 사유의 세계가 중첩되는 대신, 합리적 세계로부터 이탈한 인물들의 유대에 의해 '리얼리즘과 환상의 혼성'이 나타난다. 가령 〈그렇습니까? 기린입니다〉에서는 '산수의 세계'라는 합리적 현실의 균열지점에 그 세계에서 이탈한 아버지가 '기린으로서 아들과 소통하는' 또 다른 공간이 겹쳐진다. 또한 〈아, 하세요 펠리컨〉에서는 '저렴한 인생'들의 우울한 세계와 '오리배 세계시민연합'이라는 환상적 세계가 혼성되고 있다. 이 소설들에 그려진 두 개의 세계 중에 전자는 균열을 드러낸 합리적 현실이며 후자는 그 균열에 걸쳐지는 환상적 세계이다. 앞의 세계에서는 보통의 리얼리즘에서처럼 사회적 모순이 그려지는 반면 뒤의 세계에서는 인물들 간의 진정한 유대가 가능해진다. 박민규의 소설에서는 전통적 세계관에 근거한 환상이 나타나지 않지만 사회적 모순을 드러낸 현실세계와 진정한 소통을 지향하는 환상세계가 중첩되는 점에서는 앞의 환상적 리얼리즘들과 다르지 않다. 또한 그런 두 개의 세계가 혼성되는 공간에서 실재계적 리얼리티가 암시되는 점 역시 마찬가지이다.

박민규의 〈그렇습니까? 기린입니다〉에는 전통적 사유의 세계가 그려지지 않으므로 이 소설을 탈식민주의적 소설로 볼 수는 없다. 그러나 《지구영

그림 5

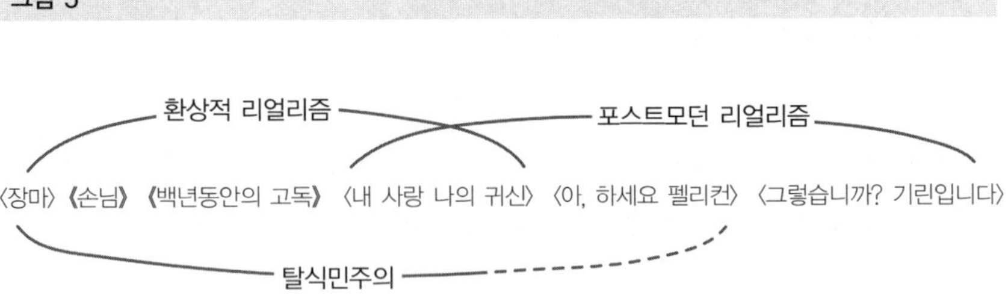

웅전설》〈아, 하세요 펠리컨〉 등은 제국주의적 세계화에 대한 비판이나 진정한 또 다른 세계화의 가능성을 암시하는 점에서 탈식민주의적 요소를 포함한다고 할 수 있다. 어느 쪽이든 박민규의 포스트모던 리얼리즘은 합리적 세계와 환상적 세계를 혼성시키는 점에서 환상적 리얼리즘과 유사하며, 환상적 소통을 용인하는 포스트모던 소설이면서도 사회모순을 비판하는 리얼리즘인 점에서 같은 시대 다른 소설들과 구분된다.

이제 지금까지 살펴본 소설들을 중심으로 환상적 리얼리즘, 탈식민주의, 포스트모더니즘의 관계를 표시하면 그림 5와 같다.[53]

---

[53] 표에는 표시되지 않았지만 《지구영웅전설》은 포스트모던적 요소를 지니면서도 《손님》《백년동안의 고독》 못지않은 탈식민주의 리얼리즘 소설이라고 할 수 있다.

제 4 장

풍자·해학·알레고리와 환상

1. 풍자·해학·알레고리와 환상의 차이

풍자와 해학, 알레고리, 그리고 환상은 미학적 범주로서 분명히 구분된다. 풍자와 해학은 일반 리얼리즘과는 달리 희화화라는 변형의 방법을 사용하지만 여전히 리얼리즘적 재현의 양식에 속한다. 그에 반해 알레고리는 상징의 창고에 보관된 이미지들을 조작적으로 사용하는 변형의 양식이다. 또한 풍자와 해학은 흔히 삽화적인 반면 알레고리는 (파편적일 수도 있으나) 지속적으로 서사화되는 경향이 있다.

알레고리와 환상은 풍자·해학과는 달리 재현보다는 변형의 양식에 속한다. 재현과 변형의 양식적 차이는 형상(이미지)과 내용의 관계에서 생겨난다. 즉 **재현**이 형상(그려지는 것)과 내용(말하려는 것)이 조화된 경우인 반면 **변형**은 내용이 형상으로 감당할 수 없을 만큼 클 때 나타난다. 예컨대 리얼리즘 같은 재현 예술은 작품의 내용이 일상적으로 지각되는 형상을 통해 그려질 수 있는 양식이다. 풍자·해학에서부터 표현할 내용과 일상적 이미지(형상) 사이에 괴리가 생기기 시작하지만 두 양식은 약간의 변형(회화화)을 매개로 재현예술로 돌아온다. 반면에 알레고리와 환상은 표현하려는 내용이 일상적 이미지로는 좀처럼 그려질 수 없을 때 변형의 방식을 사용하는 경우이다.

알레고리와 환상의 차이는 알레고리가 상황과 구조를 매개로 해석되는[1] 반면 환상은 일상적인 해석이 어렵다는 점이다. 환상은 해석보다는 가로지르기(횡단)가 필요하며 그것을 통해 숨겨진 무의식적 욕망을 찾아내야 한다. 결과적으로 환상은 비교적 해석이 용이한 리얼리즘적 재현으로부터 가

---

1   김누리, 《알레고리와 역사》, 민음사, 2003, 59~61쪽.

(합리적 의식) 재현　아이러니 ---- 풍자·해학 ---- 알레고리 ---- 환상　변형(무의식적 욕망)
일상성　　　　　　　　　　　　　　　　　　　　　　　　　　　　　탈일상성

장 멀리 떨어진 곳에 위치한다(그림 1).

일상현실은 우리의 의식을 통해 지각되고 인식될 수 있다. 반면에 무의식적 욕망은 의식으로 지각되는 일상현실에 표면화되지 않을뿐더러 의식보다도 더 복잡하고 큰 빙산의 덩어리도 남아 있다. 그 둘의 차이, 즉 예술의 내용이 일상현실처럼 쉽게 그릴 수 있는 것이냐, 혹은 무의식적 욕망처럼 드러내기 어려운 것이냐에 따라 재현과 변형의 양식적 차이가 생겨난다.

우리의 의식을 통해 일상현실을 그리는 리얼리즘에서는 형상(일상현실)과 내용(의식주체, 객관현실)이 조화되며 이것이 바로 재현예술의 특징이다. 그에 반해 무의식적 욕망을 드러내는 예술에서는 표현할 내용(무의식적 욕망)이 의식으로 지각되는 일상현실의 이미지로는 포착될 수 없는 복잡하고 방대한 것으로 남겨진다. 그처럼 내용이 형상으로 드러나는 것보다 더 큰 것일 때 환상과 알레고리 같은 변형예술이 나타난다.

그림 1에서 보듯이, 예술이 일상현실을 그리는 데 중점을 둘 때 내용과 형상이 조응하며 재현양식 쪽에 가까워진다. 반대로 예술이 무의식적 욕망을 드러내는 데 관심을 가질수록 표현할 내용과 형상은 불일치되고 변형양식 쪽에 접근한다. 양자 사이에는 리얼리즘(아이러니), 풍자·해학, 알레고리, 환상이 놓여 있다.

여기서 유의할 것은 재현 예술인 리얼리즘 역시 일상을 그대로 복제하는 방식이 아니라는 점이다. 표현법의 차원에서 리얼리즘은 우리에게 익숙한 일상을 낯설게 만드는 방식으로 재현한다. 그 이유는 익숙해진 탓에 우

리가 잘 보지 못하는 일상을 우리 눈으로 생생하게 보고 있는 것으로 만들어야 하기 때문이다.[2] 리얼리즘은 자동화되고 동일화된 진부한 일상의 풍경을 낯설게 하기 방식으로 실감나게 재현한다.

표현법의 차원에서 일상현실을 자동화·동일화(익숙해짐)에서 탈피해 생생하게 그리는 방식이 낯설게 하기라면, 삶의 재현의 차원에서 현실을 동일성(익숙함)의 상태에서 벗어나게 하는 것이 바로 **아이러니**이다.[3] 리얼리즘은 인물과 환경의 상호작용을 통해 현실의 삶을 재현한다. 아이러니는 인물이 환경(상황)과 교섭하는 중에 모순되고 이율배반적인 경험을 하는 것을 보여준다. 그 같은 아이러니의 모순된 이중적 경험은 현실의 삶을 동일성의 상태에서 탈피해 생생한 양가적인 과정으로 보게 만든다. 즉 표면과 이면이 상반된 아이러니의 이중적 경험은 동일성과 타자성, 재영토화와 탈영토화라는 근대적 삶의 양가성에 상응한다. 아이러니를 통해 드러나는 그 같은 양가성이 바로 우리의 총체적 삶의 리얼리티이다.

아이러니가 양가성을 통해 현실을 객관적으로 그린다면 **풍자·해학**은 경직된 현실의 동일성을 희화화의 방식으로 해체한다. 풍자·해학은 아이러니적 양가성을 통해 삶을 객관적으로 그리기 어려울 정도로 현실이 경직되었을 때 나타난다. 현실이 경직되었다는 것은 사회적 균열을 은폐하려는 동일성의 권력이 균열의 지점에서 나타나는 실재계적 요소와 무의식적 욕망을 억압함을 뜻한다. 풍자·해학은 그처럼 균열을 은폐하는 권력을 해체하고 리얼리티를 얻기 위해 억압된 무의식적 욕망을 더욱 활성화시킨다.

---

2 가라타니 고진, 박유하 역, 《일본 근대문학의 기원》, 민음사, 1997, 41쪽. 자동화된 일상은 당연한 것으로 여겨져 우리는 실제로 생생하게 보지 못한다. 그런 동일성의 상태(자동화)에서 이탈해 대상의 실상을 실감나게 보게 만드는 기법이 쉬클로프스키가 말한 낯설게 하기이다.

3 삶을 드러내는 차원에서도 낯설게 하기를 사용하는 것이 바로 모더니즘이다. 플롯(인물과 환경의 상호작용)을 통해 아이러니를 보여주는 리얼리즘과는 달리, 플롯이 와해된 모더니즘에서는 삶을 그리는 차원에서도 낯설게 하기를 시도한다.

양가성을 통해 객관성을 견지하는 아이러니에 비해 풍자·해학에서 '변형'
의 요소가 많이 나타나는 것은, 그같이 경직된 현실을 해체하기 위해서 무
의식적 욕망이 고양되기 때문이다.

그러나 풍자·해학의 변형의 요소는 지나치게 경화된 현실을 회화화하
는 정도에 그친다. 회화화를 통해 현실을 변형시키는 풍자·해학에서 역시
여전히 재현의 요소가 우세하며 그 점이 알레고리나 환상과 다른 점이다.
풍자·해학은 '일상현실'을 재현하는 중에 '무의식'이 끼어들어 변형을 유
발하는 경우이다. 그에 반해 환상은 '무의식적 욕망을 표현'하는 가운데
'일상현실'이 내면화된 전의식과 교섭하는 과정을 거친다.

한편 **알레고리**는 풍자·해학에 비해 '변형'이 우세한 양식이지만, 환상
과는 달리 반드시 무의식을 표현하는 양식만은 아니다. 예컨대 〈토끼와 거
북이〉 같은 동화나 다양한 교훈적 우화는, 대표적인 알레고리의 예이면서
도 무의식을 표현하는 문학은 아니다. 그러나 동화, 교훈적 우화를 포함해
모더니즘 소설, 장용학·최인훈·이청준 소설 등의 모든 알레고리는 표현할
내용이 형상보다 더 큰 경우이다. 알레고리의 비유체적인 파편성은 그처럼
내용의 방대함을 표현형식인 형상이 감당하지 못할 때 생겨난다.

그 같은 알레고리의 다양한 예들 중에 특히 주목되는 것은 무의식적 내
용이 일상현실의 이미지(형상)로 표현되며 파편화되는 경우이다. 모더니즘
소설이나 장용학·최인훈·이청준 소설의 알레고리가 여기에 해당될 것이
다. 그중 모더니즘의 알레고리는 일종의 **환상**의 형식이며 장용학·최인훈
의 소설은 환상과 우화의 뒤섞임으로 볼 수 있다. 반면에 이청준 소설의 알
레고리는 환상이기보다는 무의식 차원에서의 권력관계[4]를 폭로하는 거대
한 우화이다.

무의식적 내용의 표현으로서의 알레고리는 모더니즘이나 장용학·최인

---

4 권력의 미시물리학을 말한다.

훈 소설에서 보듯이 흔히 환상의 형식과 연관을 갖는다. 반면에 이청준의 알레고리는 무의식적 차원의 표현이면서도 환상과는 다른데, 그것은 알레고리적 이미지가 현실의 균열(구멍)에서만 나타나는 것은 아니기 때문이다. 이청준의 알레고리의 공간적 무대는 무의식 차원의 권력, 즉 미시권력이 작용하는 사회의 전영역이다. 반면에 환상은 일차적으로 현실의 균열을 통해 드러난 실재계의 영역에서 출현한다.

그 때문에 이청준의 알레고리는 상황과 구조를 매개로 (상당부분) 해석이 가능하며, 좀처럼 합리적 해석이 불가능한 환상과 구분된다. 이청준의 알레고리는, 합리성으로 포착할 수 없는 미시권력의 세계를 일상세계의 표상들로 표현하려 할 때, 그 내용(무의식 차원의 권력관계)과 표현형식(일상적 세계)의 부조화로 인해 나타난다. 그러나 그의 알레고리적 이미지들(전짓불, 가면, 횃불 등)은 서사적 구조와 상황을 통해 어렵게나마 현실적 의미로 해석될 수 있다. 반면에 합리적 해석이 매우 힘든 환상은 (합리적) 현실의 구멍을 메우는 환상 이미지를 횡단하는 것이 필요하며, 그런 가로지르기를 통해 숨겨진 무의식적 욕망을 읽어내야 한다.

환상과 달리 상황에 의존하는 알레고리는 파편적이면서도 서사화되는 경향이 있다. 그러나 균열과 구멍에서 나타나는 **환상** 역시 서사화될 수 있는데, 그것은 상징계(상황과 구조)의 균열을 메우거나 이질적인 방식으로 코드화될 수 있기 때문이다. 예컨대 모더니즘의 환상이 모나드적인 파편적 환상이라면 이데올로기적 환상이나 포스트모더니즘과 동화의 환상은 어느 정도 코드화되어 있다. 이데올로기적 환상은 현실의 균열을 봉합하며 '완전한 코드화가 불가능한 합리적 상징계'를 보충하는 기능을 한다. 반면에 포스트모더니즘의 환상은 합리적 상징계와는 이질적인 세계를 코드화하면서 현실의 균열부분에 걸쳐진다. 또한 동화의 환상은 성인의 합리적 일상이 유보된 상태[5]에서 자연과 교류하려는 어린이의 애니미즘적 상상력에 의해 코드화된다.

이제까지 우리는 풍자·해학·알레고리와 환상의 차이를 논의했지만 이 미학적 범주들은 흔히 뒤섞여서 나타나기도 한다. 예컨대 풍자와 해학은 늘상 조금씩 혼재하며, 풍자·해학과 알레고리는 매우 쉽게 혼합된다. 또한 환상과 다른 양식들은 약간 이질적이지만 양자가 뒤섞여서 나타나는 경우도 있다. 가령 이미 살펴봤듯이 모더니즘의 모나드적인 환상은 알레고리의 파편적인 형식을 지닌 환상 이미지이다. 즉 〈변신〉이나 〈난장이가 쏘아올린 작은 공〉 〈타인의 방〉 등의 모더니즘 소설에는 알레고리적인 파편화된 환상이 나타난다.

환상과 알레고리가 비교적 쉽게 혼합되는 반면 환상/풍자·해학의 관계는 보다 더 이질적이다. 그러나 그 양자가 혼성적으로 뒤섞인 상태를 보여주는 작품들도 있다. 예컨대 포스트모던 리얼리즘인 《지구영웅전설》은 일종의 이데올로기적 환상인 '아메리칸 히어로 판타지'(〈슈퍼맨〉 〈배트맨〉 〈스파이더맨〉 등)의 패러디인데, 이처럼 판타지를 패러디하면 풍자적 요소가 나타난다. 환상동화 〈백설공주〉를 패러디한 〈흑설공주〉(바바라 G. 워커) 역시 왕자를 내세운 원작에서 더 남성중심적 권력에 대한 풍자와 비판을 함축하고 있다. 〈신데렐라〉의 패러디나 신데렐라 드라마의 패러디 또한 다양한 풍자와 해학의 요소를 담고 있다.

환상과 풍자·해학의 결합은 패러디 이외에도 박민규의 '혼성적인' 환상소설들에서 흔히 발견된다. 예컨대 〈고마워, 과연 너구리야〉에는 후기자본주의 사회에서 낙오된 타자들이 너구리의 환상을 매개로 소통과 유대감을 얻는 장면이 그려진다. 이 장면은 현실에서 잃어버린 인간적 유대를 너구리의 환상적 세계에서 되찾는 포스트모던적 환상소설의 특징을 잘 보여준다. 그런데 너구리가 되어버린 손팀장과는 달리 아직 현실세계와 너구리세계의 경계선에 있는 '나'의 위치에서는, 너구리란 모순된 사회의 희생자들

---

5   이 상태에서 어린이는 낯선 두려움을 경험한다.

을 위로해주는 인간적인 '정'의 해학적 표현일 수도 있다. 즉 너구리는 후기자본주의 바깥의 또 다른 세계에 속한 사람들의 환상적 이미지인 동시에, 모순된 세계의 경계선에 있는 타자들에게 위로와 유대감을 주는 해학적 이미지이기도 하다. 이처럼 포스트모던 환상소설과 해학적인 리얼리즘의 결합을 보여주는 점에서 박민규의 혼성적인 소설들은 포스트모던 리얼리즘으로 불릴 수 있을 것이다. 환상과 풍자·해학의 결합, 그리고 포스트모더니즘과 리얼리즘의 혼성에 대해서는 2·3절과 뒤의 포스트모던 리얼리즘 부분에서 다시 살펴보기로 하자.

2. 풍자·해학·카니발적 문학·만화와 환상

풍자·해학과 환상의 관계에 대해서는 이미 앞에서 살폈지만 카니발적 문학 및 알레고리와 연관된 논의를 위해 다시 한번 정리해보기로 하자. 아울러 미학적 범주로서 분명히 구분되는 풍자·해학과 환상이 어떻게 서로 혼성될 수 있는지 살펴보자.

앞에서 논의했듯이, 풍자·해학은 아이러니의 양가성을 통해 세계를 객관적으로 재현할 수 없을 만큼 현실이 경직되었을 때 나타난다. 즉 아이러니가 세계를 재영토화(동일성)와 탈영토화(타자성)의 양가성으로 드러낸다면, 풍자·해학은 세계가 재영토화와 동일성 쪽으로 경화된 상황에서 출현한다. 풍자·해학이 경직된 세계와 연관된다는 점은 웃음과 희극에 대한 베르그송의 논의에서도 발견된다. **베르그송**은 희극적인 것이란 대상이 유연성을 잃어버리고 경직되었을 때 생겨난다고 말한다. 즉 '생명적인 것'이란 긴장과 유연성의 양면성을 지니는데, 유연성을 잃어버리고 '기계처럼' 경직되었을 때 우리는 그 대상에 대해 웃음을 터뜨리게 된다.[6] 생명적인 유동적인 것에 덧붙여진 어설픈 기계적 경직성이 웃음의 대상이며, 웃음이란 그런 '경직성에 대한 징벌'인 셈이다.[7]

베르그송은 웃음의 대상으로 형태, 움직임, 상황, 말 등을 예로 들지만, 우리는 미학적인 차원에서 그 모든 것을 포괄하는 '사회' 자체를 희극의 대상으로 말할 수 있을 것이다. 또한 베르그송이 말한 긴장과 유연성에 재영토화와 탈영토화를 대응시킬 수 있을 것이다. 이상적인 사회는 생명적인 것처럼 유동성을 지녀야 하는데 사회현실이 유연성(탈영토화)을 잃어버리고 기계처럼 경직되었을 때 그 상황은 미학적으로 희극의 대상이 된다. 기계처럼 경직된 현실이란 자동화된 동일성의 세계에 다름이 아니다. 베르그송의 말대로 그처럼 경직된 현실상황에 대한 징벌이 웃음인 셈인데, 미학은 그 같은 징벌을 보다 적극적으로 수행하기 위한 특별한 장치를 사용한다. 즉 경직된 현실은 일상적으로도 웃음거리이지만, 미학은 그런 웃음의 징벌을 보다 효과적으로 사용하기 위해 희화화의 방식으로 경화된 현실을 더욱 일그러뜨린다.

미학이란 이상(생명체 같은 사회)과의 연관 속에서 현실을 전망하는 방식이거니와, 굳어 있는 현실은 이상과의 대조 속에서 한층 더 우스꽝스럽게 희화화되는 것이다. 그처럼 회화화의 방식으로 미학의 대상인 경직된 현실에 대해 (일종의 징벌로서) 증폭된 웃음을 만들어내는 것이 바로 풍자와 해학이다. 일반적인 리얼리즘이 이상을 지향하는 인물과 부정적 환경과의 상호작용을 통해 리얼리티를 얻는다면, 풍자·해학은 이상의 지향이 소멸된 경직된 현실[8]에서 **이상**(작가-화자의 내면의 이상)**과 현실의 직접적인 대조**라는

---

6 베르그송, 정연복 역, 《웃음》, 세계사, 1992, 24~39쪽.
7 베르그송, 위의 책, 39쪽.
8 경직된 현실은 '부정적인 환경에서의 부정적 인물'(풍자)이나 '부정적 환경에 놓인 무기력한 인물'(해학)로 나타난다.

176

희화화의 방식을 사용하는 것이다.[9]

그런데 웃음은 굳어 있는 대상에 대한 징벌이지만 그것을 보는 사람들에게는 억압에서의 해방이기도 하다. 더욱이 경직된 대상이 권력을 지닌 사회체일 때 그것에 대한 웃음의 징벌로서의 희화화는 사람들에게 억압에서 해방되려는 욕망의 표현이 된다. 그 점에서 풍자·해학의 희화화는 경직된 현실을 재현하는 중에 그 억압에서 벗어나려는 무의식적 욕망을 표현하는 방식이다. 희화화라는 풍자·해학의 미학적 방법은 그처럼 경직된 현실을 재현하는 방식과 무의식적 욕망의 표현에 의한 변형의 방식이 결합된 것으로 볼 수 있다.

이렇게 보면, 풍자·해학은 외부 권력이나 그것의 내면화된 억압에 저항하며 무의식을 표현하는 점에서 프로이트가 말한 경향적 농담과 유사하나.[10] 베르그송이 '웃음의 징벌'이라고 말한 것은, 무의식적 욕망이 해방되는 쾌락에 근거한 억압에 대한 저항에 다름이 아니다. 물론 그런 '웃음의 징벌'과 억압에 대항하는 '무의식의 고양'은, 풍자·해학의 재현−표현의 양면성의 한 측면인 경직된 대상의 재현 과정에서부터 나타난다. '생명적인 것'(이상)이 되어야 할 사회(현실)가 터무니없이 경직된 상황에서는, 그 사회의 권력이나 (그것이) 내면화된 억압은 생명적인 것을 지향하는 무의식적 욕망의 고양을 막기 어려워진다(재현의 차원). 그 순간 억압을 부분적으로 무화시키며 무의식적 욕망이 분출되는 쾌감이 바로 경직된 사회에 대한 웃음의 징벌이다. 미학적인 풍자·해학은 여기서 한발 더 나아가 무의식적 표현을 더 활성화시켜 경직된 대상을 변형시킨다. 그 이유는 미학이란 이상(생명적인 것)과의 연관 속에서 현실(경직된 사회)을 그리는 것이기 때문이다. 풍자·해학은 경직된 사회의 터무니없는(넌센스한) 상황을 더욱 과장·왜곡

---

9 여기에 대해서는 나병철, 《소설의 이해》, 문예출판사, 1998, 283~287쪽 참조.
10 프로이트, 임인주 역, 《농담과 무의식의 관계》, 열린책들, 1997, 140쪽, 178쪽.

하여 표현하는데, 그 같은 회화화는 재현의 과정에 끼어든 무의식적 욕망에 의한 변형의 힘에 근거한다.

물론 희회화에 의한 터무니없는 상황의 과장은 합리적인 눈으로 보면 현실성을 잃어버릴 염려가 있다. 그러나 그런 터무니없는(넌센스한) 것의 과장은 '생명적인 것'(이상)[11]을 지향하는 무의식의 분출에 의한 것으로, 이미 경직된 사회를 재현하는 과정에서 시작된 웃음의 징벌을 더욱 상승시킨 것일 뿐이다. 따라서 '터무니 없이(넌센하게)' 희화화된 상황은 오히려 우리의 삶의 욕망을 한층 고양시킨다는 '의미'를 지닌다. 그 같은 **무의미(넌센스)의 의미**에 의해 풍자·해학은 합리적인 눈에 맞서서[12] 현실성[13]을 더욱 강화한다.

그처럼 웃음의 징벌을 무기로 사용하는 풍자·해학의 경우, 웃음이란 유희(희화화의 기법)의 차원에서뿐만 아니라 궁극적으로 사회적 금지의 규범(혹은 내면화된 억압)을 넘어설 때의 쾌감에서 생겨난다. 이렇듯 억압을 해체하는 무의식의 분출에 근거하는 점에서, 풍자·해학의 웃음은 상징계 내에서 소통되는 쾌락을 넘어서서 향락[14]의 차원에까지 연관된다. 풍자·해학은 환상과는 달리 사회적으로 소통되는 쾌감을 생산하지만 또한 그 이상의 표현할 수 없는 한계적인 향락에까지 이른다.

그처럼 풍자·해학에서 규범의 해체와 함께 흘러넘치는 향락의 요소가 보다 적극적으로 표현된 것이 바로 **카니발적 문학**이다. 카니발적 문학은 풍자·해학에서 한발 더 나아가 규범이 전복된 상황에서 뒤집어진 세상과

---

11 베르그송이 말한 '생명적인 것'이란 우리의 이상으로서 화해의 욕망과도 같은 것으로 볼 수 있다.
12 프로이트, 앞의 책, 181쪽. 프로이트에 의하면, 농담은 억제와 투쟁하려는 목적을 지지하며, 이성과 비판적 판단, 억제의 힘에 맞서 싸운다.
13 이 미학적 현실성(reality)은 '이상과의 연관 속에서 표현된 현실'의 모습이다.
14 쾌락이 상징계 내에서 의식되고 소통될 수 있는 것인 반면, 향락은 상징계를 넘어서는 차원의 무의식적 쾌감인 점에서 표현할 수 없는 한계성을 지닌다.

축제적인 향락을 드러낸다. 바흐친이 '그로테스크 리얼리즘'[15]이라고 부른 이 카니발적 문학에서는 리얼리즘적인 풍자·해학과 환상적인 이미지들이 혼성되는 양상이 펼쳐진다.

카니발적 문학이 보여주는 것은 미학적인 웃음의 형식이 프로이트가 말한 농담의 쾌락을 넘어서서 향락에까지 이른다는 점이다. 농담(프로이트)이 사회적 상징계에서 소통되는 쾌락을 생산한다면, 풍자·해학은 그런 쾌락과 함께 향락의 차원까지 제공한다. 반면에 카니발적 문학(바흐친)은 풍자·해학을 넘어서서 축제적인 향락과 광장언어를 통한 웃음을 연출한다. 따라서 미학적 웃음의 형식을 쾌락-향락, 재현-변형, 리얼리즘-환상의 스펙트럼으로 배열하면, 농담-풍자·해학(골계)-카니발적 문학의 띠가 만들어질 것이다.

그림 2

쾌락		향락
재현	농담 ---- 풍자·해학 ---- 카니발적 문학 ---- 환상	변형
리얼리즘		환상

농담이란 프로이트가 말했듯이 사회적으로 소통되는 웃음이며 반드시 경직된 사회의 회화화를 포함하는 것은 아니다. 그에 비해 풍자·해학은 경직된 현실을 회화화함으로써 그 사회상황을 재현하는 동시에 규범의 억압을 무화시켜 무의식을 분출시키는 방식이다. 풍자가 경직된 사회상황과 인물을 재현하면서 (억압에 저항하며) 분출된 무의식적 욕망을 통해 변형(희화

---

15 바흐친, 이덕형·최건영 역, 《프랑수아 라블레의 작품과 중세 및 르네상스의 민중문화》, 아카넷, 2001, 47쪽, 64쪽.

화)시키는 방식이라면, 해학은 경화된 사회상황을 (무의식적 욕망을 통해) 희화화시키면서 그 상황의 희생자인 인물을 동정하는 형식이다. 풍자가 부정적 상황(환경)과 인물을 비판(희화화)하는 공격적 웃음인 반면, 해학은 부정적 상황을 희화화(비판)하며 그로 인해 고통받는 인물에 공감하는 동정적 웃음인 것이다. 부정적 인물과 환경만이 그려지는《태평천하》가 풍자의 전형이라면, 부정적 환경에서 촌극을 벌이는 농민을 동정하게 되는 김유정 소설은 해학의 대표작들이다.[16]

이처럼 풍자·해학이 경직된 사회현실을 희화화시키는 반면 카니발적 문학은 희화화의 두 계기인 재현-변형 중에 변형을 더욱 활성화한다. 희화화에서 변형의 요소를 항진시킨다는 것은 억압에 저항하며 솟아오르는 무의식적 욕망을 한층 고양시킨다는 뜻이다. 즉 카니발적 문학은 여전히 재현적인 풍자·해학에서 한 단계 더 나아가, 고양된 무의식에 의해 지배적 권위와 저항적 욕망이 역전된 상황을 보여준다. 그처럼 **뒤집어진 세상**이 연출되는 점에서《춘향전》의 어사출도 장면은 카니발적 문학의 좋은 예가 된다.

좌우 수령의 거동보소. 겁낸 거동이 가소롭다. 언어수작을 **뒤집어** 한다. "갓 내어라, 신고 가자. 목화 신발을 내어라, 쓰고 가자. 나귀를 내어라. 입고 가자. 창의를 잡아라. 타고 가자. 물이 마르니 목을 다고."

임실 현감이 갓모자를 **뒤집어** 쓰고 말한다.

"이놈들, 허무한 놈, 갓 구멍을 막았구나."

칼집 쥐고 오줌 누니, 오줌 맞은 하인들이 겁결에 말한다.

"요사이는 하늘에서 더운 비를 주나 보다."

---

16 풍자와 해학의 특징과 차이에 대해서는 나병철,《소설의 이해》, 앞의 책, 300~304쪽 참조. 풍자와 해학은 흔히 뒤섞여서 나타나는 경우가 많다.

쥐구멍에 상투를 박고, 구례 현감이 말을 **거꾸로** 타고 하인더러 묻는다.

"이 말은 본래 목이 없나?"

여산 부사가 오줌을 싸고 말한다.

"문 들어온다. 바람 닫아라."

말이 빠져 이가 헛날린다. 굴뚝 뒤에 숨었다가 줄행랑이 개가죽이라. 개구멍으로 달아난다.[17]

위에서는 위기에 처해서도 여전히 허황된 위신을 앞세우는 양반들이 풍자되고 있다. 또한 하인들이 오줌을 맞으며 '더운 비' 운운하는 장면은, 희생자의 위치에서 신분사회를 희화화하는 점에서 더없이 해학적이다. 여기서 언어유희와 풍자·해학을 통해 양반들이 희화화되고 있는 것은 그들이 경직된 부정적 사회상황의 주역들이기 때문이다.

예문의 희화화는 경직된 양반들을 '재현'하는 동시에 그들이 무너지는 '변형'된 이미지를 보여주는 것인데, 여기서 변형된 이미지는 민중들의 무의식적 욕망이 경직된 지배규범을 무화시키며 분출된 결과이다. 그런데 위에서는 그런 희화화에서 한발 더 나아가 양반들의 갓, 칼집, 상투의 권위가 신, 오줌, 개구멍에 의해 **뒤집어진 상황**을 보여준다. 양반들이 스스로 가장 싫어하는 쥐구멍과 개구멍으로 달아나는 모습은 그 같은 역전된 상황의 백미이다. 끝없이 이어지는 주어와 목적어가 도치되는 언어유희는 세상의 주어(주체)의 위치를 상실한 양반의 몰락에 상응하는 언어적 반란인 셈이다.

이처럼 말과 세상이 역전된 상황은 무의미해진 양반의 규범에 도전하는 민중들의 무의식이 한도 이상으로 고양된 데 기인된 것이다. 여기서는 풍자·해학의 웃음보다 한층 더 **상승된** 분위기 속에서, 주어/대상, 주인/하인의 위계가 무너진 축제적인 희열(향락)이 느껴진다. 이처럼 민중들의 무의

₁₇ 《남원고사》, 이윤석·최기숙 편, 서해문집, 2008, 373~374쪽(강조-인용자).

식적 욕망이 한 단계 고취되면서 풍자·해학의 웃음에서 더 나아가 경계가 무너진 향락에까지 이르는 것이 카니발적 문학의 특징이다.

예문에서는 단순한 희화화보다 변형이 더 급진화되고 있지만 아직까지 환상이라고 보기는 어렵다. 그에 비해 라블레의 소설은 **풍자·해학**과 **환상**이 혼성되는 그로테스크 리얼리즘(혹은 환상적 리얼리즘)이라는 카니발적 문학을 보여준다. 라블레의 소설에서는 '과장'과 '희화화'가 환상의 차원에까지 이르는데 그것은 결코 초자연적인 세계를 그리기 위한 것이 아니다.[18] 그와 반대로 라블레의 소설은 초자연적인 중세의 위계적 질서(상징계)를 무너뜨리기 위해 그 경직된 상징계 외부에서 민속적인 환상을 사용한다.[19] 즉 라블레 소설의 환상적 상상력은 중세의 위계적 세계를 전복시키면서 물질적인 일상세계의 새로운 모형을 드러내기 위한 것이다. 그처럼 민중들의 물질적 일상성을 암시하는 라블레의 소설은 리얼리즘적인데, 그 물질적 삶이 환상적으로 나타난 것은 경직된 중세적 질서가 전복된 뒤집어진 세계로 그려지기 때문이다. 이 전도된 세계를 보여주는 카니발적 문학에서는 풍자·해학의 과장과 민속적 환상이 결합된 그로테스크 리얼리즘이 나타난다.

같은 날 팡타그뤼엘은 토위와 보위 두 섬을 지나갔는데 그곳에서는 기름에 튀기는 데 쓸 물건을 찾을 수 없었다. 거대한 거인인 브랭그나리유가 평소에 먹던 풍차가 떨어지자 그 나라의 크고 작은 프라이팬, 냄비, 솥, 기름받이통, 큰 솥 등을 모두 삼켜버렸던 것이다. 그 결과 그가 음식물을 소화시키는 시간인 날이 밝기 조금 전 무렵에 천성적으로 풍차를 통째로 그대로

---

18 근대 이후의 환상은 '초자연적'이기보다는 '자연친화적'이라고 할 수 있는데 그것은 경직된 세계를 전복시키고 자연과 조화된 삶을 지향하는 상상력이 작용한다는 점에서이다. 라블레 소설의 환상 역시 마찬가지이다.

19 바흐친, 전승희·서경희·박유미 역, 《장편소설과 민중언어》, 창작과비평사, 1988, 362~370 쪽.

소화시키는 데 적합한 그의 소화 능력으로는 프라이팬과 솥들을 완벽하게 분해할 수 없었기 때문에 (의사들이 말하듯이) 일종의 소화불량으로 인하여 심한 병에 걸리고 말았다. 그가 이날 아침 두번 누었던 네 통의 오줌 속의 침전물과 부유물을 검사했던 의사들이 주장한 바에 따르면 냄비와 큰 솥은 소화가 꽤 잘 되었다고 한다.

…(중략)…

선량한 브랭그나리유는 (슬프도다!) 의사들의 처방에 따라 신선한 버터 한 조각을 바른 뜨거운 화덕 아궁이를 먹다가 목구멍이 막혀서 죽고 말았던 것이다.[20]

예문은 라블레의 《팡타그뤼엘》(제4서)의 한 부분인데, 거인 브랭그나리 유의 폭식장면을 통해 풍자·해학의 과장된 표현과 민속적인 환상적 상상 력이 결합되고 있다. 여기서 브랭그나리유의 기괴한 폭식의 묘사는 풍차를 먹어치우는 거인에 대한 풍자를 얼마간 포함하지만, 그에 앞서 자연스러운 인간의 식욕을 규제하는 중세적 규범에 대한 과장된 해학적 대응이기도 하 다. 즉 라블레는 빈번히 폭식을 수반하는 음식시리즈를 통해 인간과 일상 세계가 교류하는 새로운 물질적 삶을 보여준다. 위의 브랭그나리유의 취식 과정에서도, '솥, 기름접시, 가마솥의 민중적 일상'과 '인간의 몸'의 경계 선이 사라진 새로운 물질적 세계가 나타난다.

흥미로운 것은 그런 개방적인 인간의 몸을 통한 세계와 인간의 교류가 풍자·해학을 넘어서서 환상적으로 그리지고 있다는 점이다. 그같이 풍자· 해학의 **리얼리티**가 **환상**과 혼성되고 있는 것은, 중세와 근대의 경계지점 (르네상스)에서 새로운 물질적 모형을 표현하려는 욕망과 연관이 있다. 경 계지점에서의 새로운 삶의 모형은, 초월적이고 금욕적인 옛 질서가 뒤집어

---

20 라블레, 유석호 역, 《팡타그리엘》 제4서, 한길사, 2006, 123~126쪽.

진 상태에서 환상을 통해 보여질 수 있는 것이다. 풍자·해학에서 한발 더 나아간 환상의 특징은, 그처럼 상징계의 구멍이나 뒤집어진 부분에서 나타난다는 것이며, 그 위치에서 새 삶의 모형을 암시한다는 점이다.[21]

따라서 일상을 그리는 리얼리즘이 환상과 결합하는 것은 새로운 세계를 상징계(구질서)의 경계를 넘어서는 상상력을 통해 적극적으로 보여주기 위한 것으로 볼 수 있다. 그것은 2장에서 살펴본 환상적 리얼리즘이나 포스트모던 리얼리즘의 경우에도 마찬가지일 것이다. 환상은 세계를 변혁하는 실천적인 방법은 아니지만 변혁적 실천이 어려워졌을 때 그 난궁을 상상력을 통해 넘어서는 적극적인 방식인 셈이다.

풍자·해학의 재현-변형의 요소 중 변형의 계기가 급진화된 문학(카니발적 문학, 환상)이 중세와 근대 사이의 전환기에 눈에 띄게 성행하는 것도 그때문이다. 그처럼 카니발적 문학이나 환상은 옛 질서나 기존의 규범이 무너진 공간에서 도드라지게 나타난다. 역설적으로 세계의 경직성이 느껴질수록 우리의 상상력은 급진적이 되는 것이다.

풍자·해학에서 변형의 요소가 강화되는 또 다른 예는 **만화**에서 찾아볼 수 있다. 한 칸으로 된 신문만화는 모두 풍자나 해학 양식인데, 이 희극적 만화들은 소설에 비해 훨씬 과감한 변형을 사용한다. 그것은 만화란 장르적 특성상 일상적 이미지의 **창조적 변형**을 핵심으로 하는 양식이기 때문이다. 예컨대 미키마우스, 둘리, 케로로 등의 만화 캐릭터의 매력은 실제 대상을 창조적으로 가공한 데서 생겨난다. 풍자·해학 만화 역시 대담한 창조적 변형을 통해 경직된 현실을 희화화하고 통쾌하게 비판한다.

그림 3의 만화는 1988년 한겨레 신문 만화[22]인데, 변형의 상상력의 수준

---

21 앞의 《춘향전》에서 '뒤집어진 세상' 이 환상적으로까지 나타나지는 않은 것은, 이 장면은 어사출도에 의해 순간적으로 전복된 위계가 보여진 것이기 때문이다. 반면에 라블레의 소설은 중세의 질서가 돌이킬 수 없게 뒤집어지는 시대에 환상의 형식을 빌려 물질적 삶을 표현하고 있다.

22 박재동, 《환상의 콤비》, 친구, 1989, 164쪽.

에서 볼 때 풍자·해학과 환상이 혼성된 라블레의 카니발적 문학에 버금간
다. 앞에서 브랭그나리유가 주방용품을 먹어치우듯 문인들을 집어삼킨 위
의 장면은, 과장된 희화화의 정도에서 라블레와 비슷한 수준을 보여준다.
그 점에서 만일 이 만화를 그대로 소설로 옮긴다면 환상과 풍자가 결합한
양식으로 전이될 수도 있다. 그러나 위의 만화는 환상도 카니발적 양식도
아니며 다만 신랄하고 통쾌한 풍자일 뿐이다. 이 점은 만화 양식의 특성상
풍자·해학의 희화화에서 소설보다 훨씬 **과감한 변형**이 사용됨을 암시한
다. 소설이라면 환상으로 보여졌을 위의 만화가 환상이 아닌 이유는, 현실
의 구멍을 메우는 이미지가 아니라 여전히 사회적 상징계의 네트워크에서
소통되는 이미지이기 때문이다. 다만 만화의 장르적 기본인 변형의 맥락에
서 소설보다 훨씬 자유롭게 풍자적 변형이 이루어졌을 뿐이다.

따라서 환상이란 변형의 정도와도 연관이 있지만, 그에 앞서 경직된 세
계의 어두운 구멍에서 나타난다는 점이 중요하다. 즉 여전히 사회적 맥락

에서 소통되는 풍자·해학과는 달리 환상은 상징계의 네트워크와 단절된 곳에서 출현한다. 카니발적 문학 역시 급진적인 변형의 결과일 수도 있지만, 그보다 핵심적인 것은 세계가 뒤집어진 장면에서 나타난다는 점이다. 반면에 그림 3의 만화의 환상에 준하는 변형은 균열(구멍)을 메우는 환상이미지 보다는 알레고리적 풍자의 이미지로 볼 수 있다. 그처럼 자유로운 변형이 용인되는 풍자·해학 만화에서는 흔히 알레고리적 이미지가 많이 사용된다. 풍자적 알레고리는 재현을 넘어선 변형의 방식이지만 환상과는 달리 과정과 희화화의 수단으로 이용된다. 풍자와 해학이 혼합된 그림 4의 만화 역시 마찬가지이다.

그림 4의 만화[23]에서 희화화되고 있는 것은 인간의 환경파괴에 의해 자연의 질서가 훼손된 '상황'이다. 돼지, 소, 닭 등의 동물들은 그런 환경파

---

23 장봉군, 〈한겨레 그림판〉, 《한겨레 신문》, 2009. 4. 27.

괴의 '희생자'들로서 그들 자신은 아무 죄도 없는 순진한 해학적 주인공들이다. 이 만화가 풍자하고 있는 것은 동물들을 병들게 하고 스스로를 곤궁에 처하게 한 인간들 자신인 셈이다.

이 만화는 천지에 동물들이 널려 있고 인간은 산꼭대기에 내몰린 점에서 뒤집어진 세상을 연출하고 있는 듯이 보인다. 그러나 그림 4의 만화는 결코 카니발적 상황이 아닌데, 그것은 병든 동물들이 새로운 질서의 주인공이 될 수 없기 때문이다. 마찬가지로 여기서 인간이 병든 동물들로 포위된 상황은, 전복된 현실의 구멍을 메우는 환상이기보다는, 오염된 동물들로 둘러싸인 실제상황의 과장된 표현이다. 즉 이 만화는 동물들이 각종 질병에 오염됨으로써 인간 자신이 고립된 현실을 알레고리적으로 과장되게 희화화한다.

이처럼 알레고리는 변형의 방식이시만 실세 상황을 매우 과상되게 재현하는 수단으로 사용된다. 물론 알레고리는 다양한 용도를 지니고 있으며 〈변신〉에서처럼 환상 이미지로 나타날 수도 있다. 알레고리가 풍자·해학으로 사용되었느냐 환상으로 출현했느냐는, 실제 상황의 대담한 과장[24]인가, 혹은 현실의 균열된 틈새에서의 연출[25]인가의 차이이다. 전자의 경우 상징계의 네트워크에서 합리적 해석이 가능하지만, 후자에서는 환상 이미지(알레고리)를 가로지르며 숨겨진 무의식적 표현(욕망)을 읽어내야 한다. 알레고리의 다양한 쓰임새에 대해서는 4절에서 자세히 살펴보자.

---

24 이 대담한 과장은 흔히 압축이나 중복결정의 방식으로 나타난다.
25 환상의 연출은 전위, 압축, 중복결정 등의 방식을 사용한다. 그러나 그런 이미지가 연출되는 원리는 알레고리적 풍자·해학과는 근본적으로 다르다.

3. 풍자·해학과 환상의 차이와 혼성

지금까지 풍자·해학·카니발적 문학·만화를 논의하는 과정에서 우리는 골계(풍자·해학)적 양식과 환상의 관계에 대해 살펴봤다. 이제 앞에서의 논의를 토대로 양자의 차이와 혼성을 요약해보자.

풍자·해학과 환상의 공통점은 미학적 변형의 요소가 나타난다는 점이다. 풍자·해학은 과장·왜곡 등을 통한 희화화, 그리고 알레고리를 이용한 전위·압축·중복결정 등을 사용한다. 환상은 재현·변형이 혼합된 희화화의 방식은 사용하지 않는 대신 꿈의 기법인 전위·압축·중복결정 등을 보다 폭넓게 이용한다.[26]

풍자·해학이나 환상에서 이런 변형이 일어나는 것은 무의식적 욕망이 고양되면서 합리적 현실에 어떤 힘을 행사하기 때문이다.[27] 이는 현실의 재현을 유지하는 합리성(합리적 규범)의 억제에 무의식이 대항하는 상태를 뜻한다. 그러나 무의식이 합리적 규범이나 억제에 대항하는 방식은 풍자·해학과 환상에서 근본적인 차이를 지닌다.

풍자·해학은 (합리적 규범이 내면화된) **전의식**이 표면으로 떠오르는 순간 **무의식**이 끼어들어 변형을 유발하는 방식이다. 그 때문에 풍자·해학에서는 재현과 변형이 동시적으로 이루어진다. 또한 알레고리 등에 의해 과감한 변형이 일어나더라도 여전히 사회적 소통의 네트워크가 유지된다. 풍자·해학의 웃음은 억제를 뚫고 무의식이 해방되는 쾌감에 의한 것이지만

---

26 환상은 풍자·해학에 비해 특히 전위를 많이 사용한다. 풍자·해학이 전위를 잘 사용하지 않는 것은 전위란 무의식과 전의식의 교섭과정에서 생겨나는 것이기 때문이다. 프로이트는 농담과 꿈의 차이에 대해 이와 비슷하게 논의한다. 프로이트, 《농담과 무의식의 관계》, 앞의 책, 224쪽 참조.

27 이는 합리적 현실과 심리적 현실이 교섭하는 과정이다.

그 웃음은 사회적 소통을 전제로 한다.

　반면에 환상은 합리적 소통이 불가능한 상징계의 구멍에 **무의식**이 고양되면서 이미지로 떠오르는 양상이다. 물론 환상의 경우에도 무의식은 억제에 대항하는 순간 **전의식**(합리적 흐름)과 교섭하게 되며, 환상 이미지는 순수한 욕망의 표현이기보다는 일종의 혼성물(파생자)로 나타난다. 그러나 변형의 요소를 지니면서도 여전히 재현 형식을 잃지 않는 풍자·해학과는 달리, 환상은 혼성물이지만 결코(합리적 해석이 가능한) 재현물이 아닌 무의식의 표현에 속한다. 프로이트가 말한 대로, 이는 혼혈인(환상)이 결코 백인세계에 속할 수 없는 원주민(무의식)인 점과 비슷하다.[28]

　따라서 풍자·해학은 환상에 가까운 변형이 일어난 경우에도 사회적 네트워크에서 해석이 가능하지만, 환상은 합리적 해석 대신 이미지를 가로질러 숨겨진 무의식적 욕망을 찾아내야 한다. 예긴대 〈변신〉의 벌레 이미지는 결코 합리적 네트워크에서 해석될 수 없다. 이 경우 비록 '벌레'의 이미지로 표현되었지만, 그 이미지를 가로지르면 '화해된 삶'이라는 숨겨진 무의식적 욕망이 드러난다. 즉 여기서는 표현불가능한 '화해'의 소망이, 폭력적 세계의 규범이 내면화된 전의식과의 교섭에서 '벌레' 이미지로 '전위'되어 표현되고 있는 것이다.

　이처럼 풍자·해학과 환상은 차이를 지니지만 간혹 혼성되어 나타날 수도 있다. 앞서 살폈듯이 이질적인 풍자·해학(리얼리즘)과 환상이 혼성되는 것은, 상징계의 경계선이 와해되거나 다른 세계와 중첩되는 위치에서 미학적 형상화가 시도되는 경우이다. 예컨대 라블레의 소설처럼 중세의 규범이 와해된 상태에서 아직 새로운 규범이 확립되지 않은 경우, 경직된 세계를 희화화하는 풍자·해학은 뒤집어진 세상의 무중력 상태(규범의 무화)에서 환상적 표현과 혼성된다. 즉 중세의 초월적 규범을 비판하는 풍자·해학의 과

28　프로이트는 이 점을 꿈에 대해 논의하면서 강조하고 있다.

장은 무의식적 욕망에 의한 것인데, 그 변형의 힘은 **규범의 무화상태**에서 **새로운 삶의 모형**을 무의식적 욕망으로 표현하는 환상과 자연스럽게 결합한다. 뒤집어진 세상의 공간에서, 새로운 세계의 생성은 한편으로 무너진 규범에 대한 풍자·해학의 희화화를 통해, 다른 한편 규범이 와해된 공간에서 환상의 무의식적 욕망의 표현으로 나타나고 있는 것이다.

풍자·해학과 환상이 혼성되는 또 다른 예는 박민규 소설 같은 포스트모던 리얼리즘에서 찾을 수 있다. 포스모던 환상소설의 특징은 합리적 세계와 또 다른 코드의 세계가 중첩되는 공간이 나타난다는 점이다. 그중에서도 박민규의 소설이 눈에 띄는 것은 합리적 세계 쪽에서 현실의 규범을 비판하며 또 다른 코드의 환상세계로 접근하는 인물들이 나타난다는 점이다. 이들은 아직 합리적 세계에 발을 딛고 서 있기 때문에 그들의 환상세계로의 접근은 현실의 과장된 변형과 중첩되며 풍자·해학의 웃음을 제공한다. 그러나 그들의 손을 잡아주는 사람들은 또 다른 세계라는 환상의 공간에 속해 있으며, 양자의 경계선에서의 만남은 풍자·해학과 환상의 혼성을 연출한다. 예컨대 〈고마워, 과연 너구리야〉에서, 남색가인 인사부장에게 유린당한 '나에게' (목욕탕에서) 너구리가 다가와 치욕을 당한 등을 밀어주는 장면 같은 경우이다.[29] 박민규의 소설에서도 이 같은 풍자·해학과 환상의 혼성은 부조리한 현실의 규범이 무너진 새로운 삶에 대한 열망을 따뜻하게 표현한다.

마지막으로 동화나 판타지의 **패러디**를 통해서도 풍자·해학과 환상의 혼성이 나타난다. 예컨대 〈백설공주〉의 패러디 〈흑설공주〉는, 원작동화(〈백설공주〉)가 공주와 왕비에 의해 난쟁이들의 감옥에 갇힌 헌터경(남성중심적 인물)의 복수심에 의해 쓰여진 것으로 풍자한다.[30] 〈흑설공주〉는 여전히 환

---

29 여기에 대해서는 뒤에서 포스트모던 리얼리즘을 살피면서 다시 논의하겠음.
30 바바라 G. 워커, 박혜란 역, 〈흑설공주〉, 《흑설공주 이야기》, 뜨인돌, 2002, 21쪽.

상동화이지만 원작과는 달리 남성중심적 세계관을 풍자하는 현실비판적
요소를 지니고 있다.

또한 〈슈퍼맨〉 등의 아메리칸 히어로의 판타지를 패러디한 《지구영웅전
설》은, 원작에 포함된 제국주의의 이데올로기적 환상을 탈식민적으로 비틀
면서 풍자하고 있다. 제국주의의 이데올로기적 환상이란, 힘(권력)의 논리
에 근거한 아메리칸 히어로의 판타지를 통해 신식민지적인 제3세계의 분
열된 현실을 봉합하는 것을 말한다. 《지구영웅전설》은 식민주의적 이상에
근거해 연출되는 그 같은 판타지를 현실주의의 맥락으로 옮겨 놓음으로써,
〈슈퍼맨〉의 판타지로 봉합될 수 없는 균열된 틈새를 드러낸다. 패러디란
그처럼 원작의 관념적 이상과 실제 현실을 대조시키는 방법으로서, 원작의
허황된 이상주의가 은폐하고 있는 억압의 기제를 풍자하는 방식이다.

판타지가 은폐하고 있는 '힘의 논리에 의한 억압의 기제'를 풍자하는 또
다른 작품은 영화 〈괴물〉이다. 〈괴물〉은 할리우드 괴수영화의 판타지를 제
3세계의 현실의 맥락 속에 옮겨 놓은 패러디 영화이다. 할리우드 괴수 영
화는 대부분 다음의 두 유형 중 하나로 볼 수 있다. 즉 악의 화신인 괴물에
대항하는 정의로운 세력들의 판타지(《에일리언》[31])이거나, 원시 생명의 상징
괴물과 현대인 사이의 비극을 휴머니즘으로 해소하는 판타지(〈킹콩〉)이다.
〈괴물〉은 첫 번째 유형의 판타지의 패러디이다. 이 영화는 괴물을 무찌르
는 듯이 보이는 정의의 세력들이 실제로는 억압의 메커니즘을 숨기기 위해
악역을 맡은 괴물과 공모하고 있음을 풍자한다.[32] 괴물과 공모한다는 것은

---

[31] 에일리언에서 괴생물체는 단순한 악의 화신이기보다는 모성적인 실재계적 잔여물의 부정적
인 표상이다. 이 실재계적 잔여물은 사회적 모순에 의해 드러난 것이기보다는 인간에게 잔재
하는 근원적 결함과 연관이 있다. 그런 실재계적 잔여물에 의해 인간이 끝없이 위기에 처하는
점에서, 에일리언은 단순하게 제거될 수 없는 우리 내부의 부정적 요소의 환상적인 표상이다.
그러나 이처럼 실재계적 잔여물의 부정적 측면(공동의 적)에 의해 그에 맞서는 사람들을 단합
시키는 서사에서는, 표면상의 정의와 휴머니즘이 사회적 모순을 은폐하는 이데올로기로 작동
될 수 있다.

괴물이 있어야 그에 대항하는 판타지를 통해 억압의 메커니즘을 은폐할 수 있다는 뜻이다. 〈괴물〉에서 가장 희극적인 대목은 박강두가 병원에서 도망치는 장면인데, 이 부분은 괴물퇴치의 임무를 맡은 세력이 실상은 시민들을 억압·통제하는 규율권력임을 풍자한다.[33] 따라서 실제로 괴물과 맞서는 사람들을 등장시킬 수 있는 것은 판타지가 아니라 판타지의 패러디이다. 모든 사람의 트라우마를 상징하는 괴물과의 사투, 그 진정한 해방을 위한 싸움을 보여주는 일은 장르영화를 비트는 방법으로만 가능한 것이다. 이것이 단순한 판타지 서사에서는 결코 불가능한 환상과 리얼리즘(풍자·해학)의 혼성물로서 패러디의 미학적 힘이다.

4. 알레고리의 다양한 양식

　알레고리는 다양한 방식으로 사용되지만 모든 알레고리들은 형상(이미지)보다 표현할 내용(의미)이 더 많은 경우이다. 알레고리의 비유기체적이고 파편적인 미학은 그와 연관이 있다. 상징 역시 형상보다 더 많은 것을 표현한다고 볼 수 있으나 상징은 축자적인 문맥에서는 형상과 의미가 조화되어 있다. 반면에 알레고리는 축자적인 문맥에서 형상과 내용의 작위적이고 자의적인 관계를 보여준다. 상징이 유기체적인 양식인 데 비해 알레고리가 비유기체적인 양식인 것은 그 때문이다. 알레고리는 형상과 내용의

32　고미숙, 《이 영화를 보라》, 그린비, 2008, 34쪽과 박유희, 《서사의 숲에서 한국영화를 바라보다》, 다빈치, 2008, 94~95쪽에서도 비슷하게 논의되고 있다.

33　〈괴물〉에 대한 자세한 논의는 나병철, 《영화와 소설의 시점과 이미지》, 476~483쪽 참조.

불일치로 인해 흔히 파편적이거나 모자이크적인 형식을 드러낸다. 그처럼 파편적이고 때로는 작위적인 알레고리를 우리가 받아들이는 것은 형상을 통해 일상세계의 이미지로는 표현할 수 없는 **더 중요하고 많은 것**을 전달하기 때문이다.

　형상과 내용이 불일치하는 알레고리는 형상 자체로서보다는 상황과 맥락, 구조에 의존해 의미가 나타난다.[34] 상징이 시의 핵심적인 기법인 반면 알레고리는 서사물에서 많이 사용되는 것은 그 때문이다. 또한 앞서 살폈듯이 알레고리는 풍자와 자주 결합하지만 삽화적인 풍자와는 달리 지속적으로 서사화되는 경향이 있다. 예컨대 풍자에 사용된 알레고리는 한 칸 신문만화에 나타날 수 있으나 《걸리버 여행기》[35]나 《동물농장》 같은 본격적인 알레고리적 서사는 (풍자를 포함하지만) 더 많은 플롯을 필요로 한다. 이런 차이는 풍자가 변형과 재현의 양면성을 지닌 반면 알레고리는 재현의 요소가 약화된 양식인 점과 연관이 있다. 즉 풍자는 변형(희화화나 알레고리)의 방식을 사용했더라도 이미지 스스로 재현으로 복귀하지만, 재현의 요소가 희박해진 알레고리에서는 **서사적 맥락과 구조에 의존해야** 의미가 생성되는 것이다.

　유사한 양식 중에 풍자·알레고리·상징은 다음과 같이 구분될 수 있다. **풍자**는 흔히 **현상과 본질의 직접적인 대조**[36]라고 설명된다. 현상이란 재현될 수 있는 경험적 요소이며 본질은 그것을 규정하거나 변화시키는 핵심적인 원리·사유이다. 풍자에서 경직된 현상은 변화를 요구하는 무의식적 사유에 의해 희화화된다. 그처럼 풍자적 희화화는 본질(무의식적 사유)과의 직접적 대조에 의한 변형이지만, 그것은 여전히 경직된 현실(현상)을 비판적

34　김누리, 《알레고리와 역사》, 앞의 책, 20쪽, 57~60쪽.

35　《걸리버 여행기》는 환상, 알레고리, 풍자(리얼리즘)가 결합된 양식으로 볼 수 있다.

36　루카치, 김혜원 편역, 〈풍자의 문제〉, 《루카치 문학이론》, 세계, 1990, 48~61쪽 참조.

으로 재현하는 리얼리즘에 속한다.

그에 반해 **알레고리**는 현상 이면의 **본질**을 드러내는 양식이다. 즉 알레고리는 현상 자체는 역동성이 부족한 반면 본질을 드러내려는 욕망이 커질 때 나타난다. 이 경우 현상의 재현은 적어지고 본질의 표현이 많아짐으로써 자연히 '예시적인' 성격을 갖게 된다.[37] 예시적 양식의 대표인 알레고리의 또 다른 특징은, 풍자적 재현(그리고 리얼리즘 일반)이 사회적·심리적 본질을 암시하는 데 비해, 알레고리적 예시는 흔히 윤리적·형이상학적 본질을 표현한다는 점이다.[38]

풍자·알레고리와 달리 **상징**은 현상 자체가 역동적일 때 사용된다. 그 때문에 상징은 **현상과 본질의 변증법**이라는 본격 리얼리즘의 역동성에 상응한다. 즉 상징은 본격 리얼리즘처럼 (축자적인 문맥에서) 형상과 의미, 그리려는 것과 말하려는 것이 조화될 때 나타난다.[39] 비유기체적 형식인 알레고리[40]와는 달리, 상징은 본질이 내포된 현상이라는 유기체적인 형식을 갖는다.

한편, 상징과 달리 형상 자체로는 재현 요소가 희박한 점에서, 알레고리는 환상과도 유사하다. 알레고리와 환상은 **형상만으로는 해석되기 어려운** 변형의 양식들이다. 그러나 알레고리는 힘들게나마 지적·합리적 해석이 가능하므로 그렇지 않은 환상과 구분된다. 즉 알레고리는, 예시적인 경험적 이미지든 비유적·상징적 이미지든[41], 지적 성찰을 통해 상황과 구조를

---

37 로버트 숄즈·로버트 켈로그, 임병권 역, 《서사의 본질》, 예림기획, 2001, 120쪽.
38 현상과 본질의 관계에서 사회학적인 본질을 추출해내는 것이 사회과학이다. 그러나 알레고리의 경우 예시되는 본질은 사회과학적인 것에 국한되지 않는다. 또한 비록 본질의 표현이 중요하지만 현상으로 표현할 수 없는 비가시적 본질을 드러낼 때 매우 특수한 양식이 된다.
39 리얼리즘과 상징의 차이는 리얼리즘이 사회적·심리적 본질과 연관된 반면 상징을 흔히 형이상학적 본질을 표현한다는 점이다.
40 알레고리는 그리려는 것보다 말하려는 것이 더 많을 때 사용된다.
41 장용학 소설의 알레고리는 예시적인 경험과 이미지이며 동화의 알레고리는 비유적·상징적 이미지라고 할 수 있다.

단서로 숨어 있는 사유를 찾아내는 양식이다. 반면에 환상에서는, 지적(합리적) 해석보다는 억압된 것의 회귀인 이미지를 단서로 무의식적 욕망을 읽어내야 한다.

알레고리는 재현적이기보다 예시적이지만 여전히 '현실에 대한 사유'를 드러내는 우화이다. 그에 반해 환상은 재현도 예시도 아닌 현실의 균열(구멍)에 나타난 이미지이며, 비사유의 사유인 '무의식의 표현'이다. 알레고리가 감춰진 사유를 찾아낼 수 있는 주석이나 열쇠를 필요로 하는[42] 게임이라면, 환상은 숨어 있는 무의식을 확인하기 위해 현실에서 배제되고 억압된 것을 찾아내는 유희이다.

물론 알레고리와 환상은 결합할 수 있는데, 알레고리가 환상이 되었다는 것은 지적인 사유의 게임이 무의식의 표현으로 전이되었다는 뜻이다. 반대로 환상이 알레고리적으로 표현되는 것은 모너니즘(카프카 소설, 《난장이가 쏘아올린 작은 공》 연작)에서처럼 파편적이고 모나드적인 환상인 경우이다. 그렇지 않으면, 환상동화(《마당을 나온 암탉》)에서처럼 무의식의 표현인 이미지가 지속적으로 상황과 구조의 견지에서 해석되며 우화가 될 때이다.

이처럼 환상이나 풍자·해학과 쉽게 혼합되고 동화에서도 중요한 알레고리는 매우 다양한 양식으로 나타난다. 그러나 동화·우화·교훈적 이야기·소설 등 폭넓은 스펙트럼을 지닌 알레고리의 공통점은, 형상보다 더 많은 내용이 전달되며 경험적 요소를 넘어서는 의미들이 생성된다는 점이다. 예컨대 동화에서 알레고리가 많이 사용되는 것은 현실경험이 적은 어린이에게 제한된 경험을 넘어서는 더 많은 삶의 내용을 전달하기 위한 것이다. 즉 알레고리적 동화는, 어린이의 경험적 이미지들을[43] 일상적 맥락을 넘어서는

---

42 김누리, 《알레고리와 역사》, 앞의 책, 58쪽.
43 어린이가 직접 경험한 것이 아니라도 쉽고 친근하게 이해할 수 있는 이미지들(동물 등)을 말한다.

차원에서 결합시켜 중요한 삶의 의미들이 생성되도록 서사화한 것이다.

알레고리적 동화는 쉽게 환상과 혼합되는데, 그것은 이미지들이 일상의 맥락을 뛰어넘는 차원에서 결합되기 때문이다. 그러나 어떤 동화가 알레고리냐 환상이냐의 문제는, 단순히 교훈을 전달하는가, 혹은 보다 근원적인 애니미즘적 상상력을 포함하는가에 달려 있다. 환상동화의 근원적 원리라고 할 수 있는 애니미즘적 상상력은 단지 초자연적인 힘이 등장함을 뜻하는 것은 아니다. 환상동화의 근원적 상상력은 그 이상의 어떤 것, 즉 자연과 조화되려는 소망을 포함하며, 그것을 억압하는 힘에서 해방되려는 무의식을 내포한다.

예컨대 〈토끼와 거북이〉는 단순한 알레고리인 데 반해 《마당을 나온 암탉》은 알레고리와 환상이 결합된 동화라고 할 수 있다. 〈토끼와 거북이〉가 환상동화가 아닌 이유는 교훈적인 내용을 전달할 뿐 자연과 조화되려는 상상력이 표현되지 않기 때문이다. 반면에 《마당을 나온 암탉》에는 알레고리적인 교훈과 함께 자연을 억압하는 세계에서 해방되려는 상상력이 동물을 통해 표현되고 있다. 이 환상동화에서 동물들이나 동물과 사람의 관계는 어떤 메세지를 전달하려는 알레고리적 설정으로 볼 수 있다. 그러나 이 동화는 더 나아가 인위적인 억압에서 벗어나 '자연과 조화되려는 소망'을 표현하기 위해 동물세계에 애니미즘적 상상력을 부여하고 있다.

《마당을 나온 암탉》이 알레고리와 환상의 혼합이라면 〈오세암〉은 보다 더 환상 쪽에 가깝다.[44] 그것은 〈오세암〉이 경험적 현실에서 미지의 영역인 죽음의 세계를 표현하고 있기 때문이다. 죽음이나 우주, 미래의 세계를 그리는 동화(그리고 만화)는 매우 환상적인데, 그것은 우리의 삶에서 상징화할 수 없는 미지의 영역[45]에서 애미니즘적 상상력을 작동시키는 점과 연관이

---

44 〈오세암〉의 결말부가 그렇다고 할 수 있다.
45 일종의 상징계 외부의 실재계라고 할 수 있다. 알레고리는 약화된 '경험적·상징적 이미지'에

있다.

환상이 무의식의 표현이며 알레고리가 사유의 표현이라고 할 때, 알레고리의 본령은 교훈적인 우화들인 것 같다. 그러나 알레고리의 미학적 용법은 생각처럼 그렇게 단순하지 않다. 환상과는 다르지만 알레고리 역시 무의식이나 그와 연관된 복잡한 사유체제를 표현한다. 가령 알레고리는 풍자와 쉽게 혼합되는데, 이미 우리는 풍자가 단지 지적 비판이 아니라 '무의식의 표현'과 '지적 재현'의 결합임을 살펴본 바 있다.

더욱이 **모더니즘 이후의 알레고리**는 단순한 관념의 예시가 아닌 우리의 삶 자체의 존재 양상을 표현한다. 전통적인 알레고리에서는 흔히 이미지(현상)가 관념을 예시하기 위한 잠정적인 표상으로 생각되었다. 즉 수수께끼를 풀듯이 본의(관념)를 알고 나면 이미지는 빈 껍데기처럼 관심이 없어지는 것이다. 그러나 현대의 알레고리에서는 이미지가 파편화된 삶이나 비의미적인 현실의 균열(구멍)을 형상 그 자체로서 표현한다.[46] 이 경우 우리의 삶이 리얼리즘적 재현 대신 알레고리로 표현된다는 것은 삶 자체가 통제 불가능하게 파편화되었음을 암시한다.

예컨대 《율리시즈》가 현대의 우화로 읽힌다는 것은 우리의 삶이 소통 불가능한 상태로 균열되었음을 뜻한다. 그처럼 현대의 알레고리는 삶 자체가 질서 있게 동일화될 수 없도록 파편화되었음을 시사한다. 물론 그런 알레고리적 파편화는 상징계에 동화되지 않은 비동일성의 위치라는 모더니즘의 미학적 특성에서 기인된 것이기도 하다. 그러나 모더니즘에서 리얼리즘적 재현 대신 비동일성의 위치를 사용하는 것은 우리의 삶 자체가 비일관성을 지닌 파편들이 되었음을 의미한다.[47]

더 많은 '의미'를 할당하는 예시적 방식이다. 반면에 환상은 표상화할 수 없는 실재계 위에서 연출되는 이미지이다. 〈오세암〉의 경우는 상징계와 실재계의 관계를 동양사상을 통해 환상적으로 표현한다.

46 박정수, 《현대소설과 환상》, 새미, 2002, 28쪽.

현대의 알레고리는 모더니즘의 비동일성의 위치처럼, 한편으로 사회적 상징계에 발을 걸친 상태에서 다른 한편 그에 동화되지 않은 바깥에 놓인 삶을 표상화한다. 그 같은 현대적 알레고리를 통해 파편화된 삶과 현실의 균열(구멍)을 형상화하는 대표적인 예가 바로 장용학과 최인훈의 소설이다. 장용학과 최인훈의 소설에서 알레고리와 환상은, 부분적으로 상징계에 걸쳐 있지만 대부분은 리얼리즘적 표상화가 불가능한 삶의 양상, 즉 **상징계와 실재계 사이**에 놓인 삶을 표상화한다. 이 '사이의 공간'의 삶은, 희박해진 상징계적 표상을 통해 표현될 때는 알레고리로, 상징화가 어려운 실재계 위에서 연출될 때는 환상으로 드러난다.

장용학의 경우 리얼리즘적 재현이 불가능한 것은 한국전쟁이나 신화화된 합리적 제도에 의한 삶의 황폐화 때문이다. 장용학의 〈요한시집〉〈비인탄생〉《원형의 전설》 등은, 균열되고 신화화된 현대의 불모의 삶을 초월하는 비인(非人)의 탄생과 모험을 보여준다. 이 균열된 삶과 비인의 탄생은 상징계와 실재계 사이의 공간에서 표상화되며 알레고리와 환상을 통해 그려진다.

반면에 **최인훈**의 소설에서 상징계의 표상을 사용하는 리얼리즘이 나타나지 않는 것은 이데올로기들(풍문들) 사이에서 갈등하는 풍문인(風聞人)이 등장하기 때문이다.[48] 이데올로기란 상징계의 균열을 봉합하는 '환상'인 동시에 상징계에 동화된 '현실'이다. 그런 이데올로기에 동화되지 않은 풍문인은 상징계의 균열을 경험하며 알레고리와 환상으로 표현된 공간을 배회한다. 상징계의 균열은 일상 현실의 일부와 그 바깥의 공간을 경험하게 하는데, 상징계의 일부로 지각될 때는 알레고리로, 그 외부로 경험될 때는

---

47 상징계의 재현에 의존하는 리얼리즘도 아이러니를 통해 상징계의 비일관성을 드러낸다. 그러나 모더니즘은 미학적 형상화 자체가 비일관성과 파편화를 드러내는 방식을 사용한다.

48 이 점을 주목해 박정수는 장용학의 소설이 비인의 탄생을 향해 진행되며 최인훈의 소설은 풍문인의 욕망과 방황을 그리고 있다고 논의한다. 박정수, 《현대소설과 환상》, 앞의 책, 14쪽.

환상으로 나타나는 것이다. 따라서 《구운몽》에서 독고민이 배회하는 친숙한 듯하면서도(상징계 일부) 낯선(실재계) 도시의 거리는, 알레고리와 환상으로 표현된 '상징계와 실재계 사이'의 공간이라고 할 수 있다.

이처럼 장용학과 최인훈 소설의 알레고리는 단순한 관념의 예시가 아닌 삶 자체의 존재 양상을 표현한다. 그러나 그들 소설에서의 삶의 양상은 주체의 이상(비인)과 현실(황폐화된 삶)의 괴리[49]로 인해 여전히 추상적이고 관념적으로 나타난다. 그에 반해 알레고리적 방식을 사용하면서도 주체의 욕망과 사회현실의 긴박한 상호작용을 통해 구체적인 현실적 삶을 그리는 것이 **이청준**의 소설이다. 물론 이청준의 소설은 리얼리즘처럼 현상적 차원에서 생생한 일상현실의 세부들을 보여주지는 않는다. 그러나 그의 소설이 외견상 일상적 현실성을 드러내지 않는 것은, 가시적 현실을 그리는 리얼리즘과는 달리 비가시적 무의식의 차원에서 개인과 사회의 교섭을 그리기 때문이다.

이청준의 소설이 표면상 비현실적으로 보이는 알레고리적 표상들을 사용하는 것 역시 같은 이유에서이다. 무의식의 차원에서의 개인과 사회의 상호관계는 사회적 권력과 개인의 욕망의 은밀한 미시물리학으로 진행된다. 이 미시적 영역은, 얼굴을 숨긴 채 겉으로 드러난 일상세계를 움직이고 있는[50], 가시적 현실보다 훨씬 더 큰 보이지 않는 또 다른 현실에 다름이 아니다. 그 미시적이면서도 거대한 세계를 그리기 위해 이청준은 리얼리즘적 재현 대신 알레고리적 표상들을 사용한다.

사회적 상징계는 단지 금지의 규범으로서 억압의 기제를 무의식에 내면

---

49 이상과 현실의 괴리는 환멸소설이나 모더니즘의 특징이다. 이는 장용학 소설에서는 비인과 황폐화된 삶의 괴리로, 최인훈 소설에서는 이데올로기를 넘어선 삶과 그에 지배되는 현실의 괴리로 나타난다.

50 〈병신과 머저리〉에서 '나'(동생)의 '얼굴 없는 환부'는 바로 이 보이지 않는 미시권력의 작용에 의한 것으로 볼 수 있다.

화시키지만은 않는다. 사회적 권력은 보다 은밀한 방식으로 무의식을 직접 지배하는데, 그것이 바로 학교·병원·감옥 등 규율기관과 감시장치를 통한 권력행사이다. 이 금지가 아니라 삶을 매개로[51] 무의식을 통제하는 권력이 바로 미시권력이다. 또 다른 미시권력의 영역은 그런 권력장치들에 의해 생산되어 규율화된 세계를 떠도는 담론들이다. 이청준의 〈소문의 벽〉(병원) 〈잔인한 도시〉(감옥) 〈언어사회학 서설〉 연작(담론) 등 주요작품들은, 모두 그 같은 미시권력의 세계와 거기서 탈주하려는 인물들의 상호작용을 그리고 있다. 그처럼 이청준 소설의 무대는 무의식을 지배하려는 미시권력의 기제와 그와 상호반응하는 무의식의 공간 그 자체이다.

억압적 권력과는 달리 삶의 형식으로 비밀스럽게 작동되는 그 미시권력[52]의 세계를 보여주기 위해 이청준은 비현실적으로 보이는 알레고리적 표상들을 아주 현실적으로 사용하고 있다. 따라서 그의 소설들은 관념조작의 메커니즘을 통해 나타난 공허한 사유들을 보여주기 위한 것이 결코 아니다. 이청준의 알레고리는 가시적인 일상세계보다 훨씬 더 큰 숨겨진 현실을 드러내려는 기제이며, 그 보이지 않는 거대한 미시적 영역을 보이게 만들기 위한 미학적 장치인 것이다.

장용학과 최인훈의 알레고리가 모더니즘 미학과 연관된다면 이청준의 경우는 미시권력이라는 포스트모던적 차원과 관련된다. 그러나 이청준의 탈근대적 미학은 근대적 합리성을 비판하면서도 여전히 의사소통적 합리성에 의존하고 있다. 즉 그의 소설은 1990년대 이후 성행한 복수코드화나 환상, 몸 담론[53]의 방식보다는 지적이고 합리적인 서술방식에 의존한다. 이

---

51 감옥장치는 금지의 방식인 것 같지만 파놉티콘 이후의 현대의 감옥은 예전의 지하감옥과는 달리 빛의 자유를 허용하는 삶의 형식과 감시장치에 의존한다.
52 미시권력의 규율화는 삶의 수면 밑에 숨겨져 있어 잘 보이지 않는다. 따라서 우리는 외견상 '억압'이 아닌 '삶'의 형식을 통해 미시권력을 경험하게 된다.
53 미시권력이 작용하는 것은 무의식의 영역이지만 또한 우리의 신체이기도 하다. 무의식의 심

처럼 합리적 비판정신과 합리성을 넘어선 (미시권력을 탐구하는) 탈근대적 미학이 결합된 산물이 바로 이청준의 알레고리이다. 모더니즘적 환상과 연관된 알레고리에 대해 논의하기 전에, 이제 그 독특한 현대적 알레고리의 제3의 방식을 살펴보자.

5. 알레고리와 무의식 영역의 현실

이청준의 알레고리적 소설의 가장 중요한 특징은 눈에 보이지 않는 '권력의 미시물리학'을 드러낸다는 점이다. 권력의 미시물리학은 리얼리즘적 재현의 방식으로는 명확하게 포착되지 않는다. 그러면 그 같은 비가시적인 미시권력이 작용하는 공간은 어디이며 그곳은 어떻게 그려질 수 있을까.

미시권력은 강제적 권력과는 달리 외견상 '욕망을 증진'시키는 방식으로 삶 자체 속에서 작용한다. 우리는 삶의 규율[54]에 순응함으로써 순화된 욕망을 누리는 동안 진정한 욕망을 잃고 권력에 예속된다. 그 같은 예속적인 욕망이란 권력의 그물망 속에서 누리는 자유나 상품화된 성적 욕망 같은 것이다. 따라서 미시권력이 작용하는 곳은 억압을 잊게 하고 가짜욕망에 종속되게 하는 삶의 전영역이다.

그처럼 사람들을 순화된 욕망에 예속시키기 위해 미시권력은 권력을 행사하는 쪽의 얼굴을 보여주지 않는다.[55] 우리는 권력의 정체를 보지 못함으

리는 욕망이나 감정과 연관되어 있는데, 그것은 우리의 뇌와 연결된 신체로 느껴진다. 푸코가 미시권력을 신체통제 권력이라고 부르는 것은 그 때문이다.

54 이 근대적 삶의 규율은 이성중심주의와 연관되어 있다.

55 이청준의 〈병신의 머저리〉에서 '나'의 '얼굴 없는 환부'는 이런 미시권력이 편재하는 사회에

로써, 아무런 강압도 없는 듯이 단지 삶을 살아가며 그에 순응하는 것이다. 그러나 그런 없는 듯한 비가시적인 미시권력은, 실상 어느 한 곳이 아닌 사회의 모든 곳에 편재하는 셈이다.

물론 구체적으로 미시권력은 학교·병원·공장·군대·감옥 등 규율기관을 통해, 그리고 전 사회에 퍼져 있는 담론·지식을 통해 행사된다. 하지만 그런 규율기관과 담론이란 사회 전체의 삶의 형식에 다름이 아니다. 즉 전 사회가 일종의 공장이자 감옥이며[56] 담론으로 가득 차 있는 것이다.

'강압'이 아닌 '삶의 형식'을 통해 행사되는 미시권력의 또 다른 특징은 우리의 무의식에 작용한다는 점이다. 강압적인 권력은 권력을 행사하는 쪽과 예속되는 사람들 사이에 가시적인 경계선을 만든다. 예컨대 독재정권과 민중, 부르주아와 빈민들 사이에는 눈에 보이는 경계선이 존재한다. 반면에 권력이 편재하는 삶 속에 스스로 뛰어들게 하는 미시권력은 그런 가시적인 경계선을 만들지 않는다. 그 대신 미시권력은 순응적인 욕망을 자극하여 우리 스스로 예속되도록 무의식을 통제한다.

그러나 권력장치에 의해 제공된 욕망은 우리의 진정한 욕망을 거세시키므로, 무의식은 예속의 공간인 동시에 진정한 욕망을 위한 저항의 거점이기도 하다. 따라서 권력의 예속화와 저항의 욕망은 무의식의 공간에서 대치하고 있는 셈이다. 그처럼 미시권력은 사회적 공간에 보이는 경계선 대신 무의식의 공간에 **보이지 않는 경계선**을 만드는 것이다. 그 점에서 미시권력이 사회적 공간에 작용한다는 것은 우리의 무의식 속에서 사회적 힘들의 상호작용이 진행됨을 뜻한다.

이청준 소설은 그런 보이지 않는 미시권력의 작용과 그에 대한 저항을

서 겪는 아픔으로 볼 수 있다. 이에 대해서는 나병철, 《한국문학의 근대성과 탈근대성》, 문예출판사, 1996, 375~377쪽, 382~383쪽 참조.
56 이런 특징은 특히 후기자본주의 사회에서 눈에 띄게 나타난다.

그리기 위해 알레고리적 방식을 사용한다. 알레고리란 보이는 이미지를 통해 **보이지 않는 더 많은 것**을 드러내는 방식이다. 그런 알레고리의 미학적 힘에 의존해, 이청준은 '특정한 사회적 공간(병원, 감옥)과 매체(담론)'를 통해 **사회의 전영역**을 암시하며, '사회공간에서의 행위와 표현'을 통해 보이지 않는 **무의식 속의 사회적 힘들의 관계**를 드러낸다.

예컨대 〈소문의 벽〉은 정신병원과 담론매체의 이성중심주의와 감시장치(전짓불)를 통해 미시권력의 작용을 보여준다. 그런데 이 소설에서 숨겨진 미시권력을 추적하고 있는 것은 단지 정신과 의사와 잡지사 편집자를 비판하기 위한 것이 아니다. 이 소설의 알레고리적 형식은 주인공 박준을 괴롭히는 소문(담론)과 전짓불(감시장치)이 실상 사회의 전영역에 편재함을 암시한다. 알레고리적 형식은 또한 박준이 경험하는 정신병과 분열증적 탈주의 경계지점이 우리의 무의식 속에서 상호작용하는 사회적 힘들의 관계임을 환기시킨다.

이 같은 알레고리의 미학적 장치는 〈잔인한 도시〉에서도 발견된다. 〈잔인한 도시〉는 감옥의 형식으로 된 규율권력이 외견상 자유 이데올로기를 내세워 실제로는 사람들을 권력의 그물망에 포획하고 있음을 보여준다. 그런데 그것을 드러내는 과정에서, 이 소설은 감옥과 새장수가 교도소 공간에만 있는 것이 아니며, 실상은 도시 전체가 감시장치가 편재하는 우리의 삶의 전영역임을 (알레고리로써) 암시한다. 또한 새장수로 상징되는 규율권력을 통해 진정한 욕망(날개)을 거세시켜 무의식을 예속시키는 미시적 메커니즘을 시사하고 있다.

〈소문의 벽〉과 〈잔인한 도시〉가 '감시장치'를 다루고 있다면 〈황홀한 실종〉은 '보이지 않는 경계선'의 문제를 드러낸다. 〈황홀한 실종〉은 삶의 규율에 부적응한 사람이 사회적 경계선 밖으로 밀려날 수밖에 없는 비정한 세계를 그리고 있다. 여기서도 알레고리적 형식은 주인공 윤일섭만 보고 있는 '보이지 않는 쇠창살'[57]을 통해, 사회적 공간에 장치된 암시적인 분할

선과 무의식 속의 비가시적 칸막이를 시사한다. 쇠창살 안에 갇히려는 윤일섭의 도착증적 행위는 실상 무의식 속의 사회적 경계선으로부터의 도피인 것이다.

이처럼 이청준의 알레고리적 소설들은 특정한 사회적 공간과 인물의 행위를 통해 실제로는 삶의 전 영역에서 작용하는 미시권력의 문제를 보여준다. 만일 그의 소설이 정신분열자나 출감한 죄수, 은행원만을 그린 것이라면 그의 소설의 영역은 한없이 축소되고 말 것이다. 이청준이 실제로 드러내려는 것은 사회의 모든 곳에 편재하는 보이지 않는 권력의 메커니즘이며 우리 무의식속의 사회적 힘들의 관계이다. 그 '보이지 않는' 거대한 미시적 기제들을 특정한 공간과 인물을 통해 '보여주기' 위해, 이청준은 단편적인 이미지들로 숨겨진 심층을 드러내는 **알레고리**를 사용하고 있다.

현대의 알레고리는 지적·합리적 예시의 방식인 동시에 상징화할 수 없는 거대한 심층을 단편적인 이미지로 표현하는 양식이다. 알레고리의 파편성은 '합리적으로 제시되는 한정된 세계의 표면'과 '상징화가 불가능한 거대한 이면의 내용'의 이질적 결합에 의한 것이다. 이청준 소설 역시 합리적 서술[58]을 통해 표면에 드러나는 미시권력의 흔적(전짓불, 소문)들을 추적하는 한편, 알레고리를 통해 그 이면에서의 탈합리적인 권력장치(감시장치, 담론)와 미시적 힘들의 관계를 암시한다.

이청준이 그런 독특한 미시적 작업을 위해 즐겨 사용하는 알레고리적 상징은, '소문', '전짓불', 그리고 그에서 탈주하는 '정신분열자'이다. 그 점에서 〈소문의 벽〉은 이청준의 알레고리의 중요한 특징들을 망라하고 있는 문제작이다. 이 소설은 주인공 박준이 내 앞에 불쑥 나타나 도움을 요청

---

57 이청준, 〈황홀한 실종〉, 《소문의 벽》(이청준 문학전집 7), 열림원, 1998, 188쪽.

58 이청준 소설은 도구적 합리적이나 이성중심주의를 비판하는 내용을 갖고 있지만 서술방식은 의사소통적인 합리성에 의존하고 있다. 이청준의 알레고리는 (도구적 합리성을 넘어서는) 그런 합리적 서술(표면)과 탈합리적인 내용(이면)의 결합에 의해 나타난다.

하는 장면에서 시작된다. 박준은 누군가에게 쫓기고 있다고 말하다가 스스로 미쳤다고 고백하기도 한다. 박준의 이 같은 양면적 태도, 즉 탈주자와 정신병자의 이중성은 그가 놓여 있는 위치를 잘 말해준다. 박준은 정신과 의사 김박사의 입장에서 보면 신경증이나 정신병을 앓고 있는 환자이다. 박준 자신 역시 그 점을 얼마간 인정하고 있지만, 그러나 그는 누군가에게 쫓기는 탈주자라는 것 또한 사실이라고 말한다.

그러면 박준은 '누구'에게 쫓기고 있는 것일까. 이 소설은 '내'가 박준을 탈주자로 만든 근본적인 요인을 추적하는 내용으로 진행된다. '나'는 박준이 '도망 나온' 정신병원의 김박사와 박준의 소설을 '배제한' 안형(잡지사 편집자)을 만나는 한편, 그(박준)가 두려워하는 것이 '전짓불'이라는 사실을 알아낸다. 이후 이 소설은 김박사와 안형이 박준에게 일종의 '전짓불'로 작용했으며, 그것이 그를 탈주자로 만든 '감시장치'임을 밝히고 있다.

김박사와 안형, 그리고 전짓불은 과연 어떤 연관이 있는 것일까. 김박사와 안형은 정반대의 세계관을 갖고 있지만 이성중심주의를 지닌 점에서는 서로 일치한다. 이성중심주의란 자신이 신봉하는 이성의 기준을 내세워 그에서 벗어난 것은 가차없이 배제하는 태도를 말한다. 예컨대 김박사가 의존하는 이성의 기준이란 박준을 환자로 진단하는 정신분석학의 지식이다. 박준이 일상에서의 일탈자라는 점에서 그를 치료해 다시 생활로 복귀시키려는 김박사의 정신분석학은 이성적인 진리일 것이다. 그러나 박준이 일탈자가 된 것이 그의 내부의 문제이기에 '앞서' 일상현실의 부당함 때문이라면 사정은 달라진다. 이 경우 환자의 심리적 문제를 치료해 일상으로 복귀시킨다는 것은, 현실을 거부한 심리기제를 무력화시켜 다시 부당한 현실로 돌려보내는 것이기 때문이다.

정신분석학은 심리적 기제를 치료하기 위해 (김박사처럼) 최초의 외상을 중시한다. 그러나 최초의 외상은 결코 일차적 원인이 아니며 그에 선행하는 잘못된 현실이 변하지 않는 한 심리적인 부적응은 계속될 것이다.[59] 그럴 경우 심리적 부적응이란 오히려 잘못된 현실을 진단할 수 있는 유일한 근거인 동시에 그 현실로부터의 탈주의 계기가 될 수 있다. 정신분열자인 박준이 정신병자인 동시에 분열증적 탈주자인 것은 바로 그 때문이다. 박준은 이성적 근거를 신봉하는 김박사에게는 신경증이나 정신병에 걸린 환자일 뿐이다. 그러나 박준은 (잘못된) 현실의 '누군가'로부터 달아나려는 탈주자이기도 하며, 그런 (탈주자의) 위치에서 보면 그를 일상으로 돌려보내려는 김박사는 오히려 모순된 현실과 공모하는 편협한 이성중심주의자일 뿐이다.

소설이 진행됨에 따라 박준을 괴롭히는(달아나게 하는) 부당한 현실이란 김박사 같은 이성중심주의자로 가득찬 세계임이 밝혀진다. 이성중심주의는 이성에 근거해 규율화된 세계에서 자유로운 삶을 보장하는 듯하지만, 실제는 다양하고 이질적인 물질적 욕망을 획일적인 기준으로 억압한다. 그리고 그런 편협하고 획일적인 기준에 적응하지 못한 타자들(분열자, 범법자, 나환자 등)을 비정상으로 규정해 배제한다. 그러나 그 이성적 권력의 타자들이야말로, 진정한 욕망을 버리지 못함으로써 규율화된 세계로부터 달아나려는 자들로서, 거꾸로 이성중심주의적 현실을 비판하는 위치에 있다. 정신분열자인 박준이 탈주자의 위치에서 도리어 김박사의 문제점을 드러내고 있는 것이 그 좋은 예이다. 여기서 정상과 비정상, 정당함과 부당함의 관계가 뒤집어진다.

그런데 박준을 탈주자로 만든 것은 비단 김박사와 안형만은 아니다. 박준에게 상처를 준 것은 그 두 사람이지만 그가 달아나려는 것은 그들 같은 이성중심주의자가 편재하는 세계로부터이다. 박준이 일상 속에서 공포('전짓불'의 공포)를 느끼며 명확하게 말할 수 없는 '누군가'로부터 쫓기고 있는

---

59 이와 연관된 정신분석학에 대한 비판은 들뢰즈·가타리, 최명관 역, 《앙띠 오이디푸스》, 민음사, 1994, 189~200쪽 참조.

것은 그 점을 말해준다.

그처럼 얼굴을 숨긴 채 편재하는 점에서 이성중심적 권력은 단지 개인의 문제가 아니다. 즉 작품에서 구체적으로 등장하는 것은 김박사와 안형이지만, 이 소설이 드러내려 한 것은 그들 같은 이성중심주의가 얼굴을 숨긴 채 편재하는 현실이다. 그것을 위해 이 소설은 알레고리적 형식을 사용하고 있거니와, 알레고리는 어떤 익명의 거대한 것('누군가')을 암시하는 효과적인 양식인 것이다. 바로 그 편재하는 익명의 미시권력(이성중심주의)을 시사하는 알레고리적 상징(이미지)이 '전짓불'과 '소문'이다.

이 소설에서 박준에게 공포의 요소인 전짓불은 불빛을 통해 정체를 숨기고 있는 권력의 기제를 암시한다. 그 점에서 이청준이 즐겨 사용하는 전짓불의 상징은 푸코가 말한 파놉티콘의 감시장치와 매우 유사하다. 원형감옥인 파놉티콘은 죄수들을 '빛 속'에 가두고 간수가 자신의 모습은 보이지 않으면서 감방 안을 감시하는 장치를 말한다. 대상을 어둠 대신 빛(삶) 속에 두고 보이지 않는 시선으로 관찰하는 이 감시장치는, 감옥구조뿐만 아니라 공장, 학교, 병영, 병원에서도 발견된다. 이들 규율기관에서의 보이지 않은 감시장치는, 이성적 방식으로 삶 속에 빛을 부여하는 동안 실상은 획일적인 규율을 통해 사람들의 다양한 물질적 욕망을 통제한다. 그 같은 감시장치는 이성적 규율에 근거한 19세기 이래의 (서구의) 규율중심적 인문과학 전반에도 은밀히 숨겨져 있다. 이처럼 빛을 통해 권력의 시선을 감추고 있는 감시장치는 규율기관과 지식-담론을 통해 사회 곳곳에 편재한다.

박준이 말하는 전짓불 역시 사람들에게 빛을 비춤으로써 감시하는 권력의 시선을 보지 못하게 하는 장치로 되어 있다. 정체를 감춘 권력이 공포를 느끼게 하는 것은 우리의 무의식을 감시하기 때문이다. 얼굴을 드러낸 권력 앞에서는 욕망을 무의식 속에 감추고 권력에 순응하는 척 행동할 수 있다. 그러나 보이지 않는 권력의 시선은 무의식중에 드러내는 행동조차도 감시하는 것이다. 그처럼 비가시적 기제를 통해 무의식을 감시한다는 점이 전짓불과 감시장치의 중요한 공통점이다. 박준은 그런 전짓불이 일상 속에 숨겨진 채 공포를 느끼게 한다고 고백하는데, 이 점 역시 사회 전영역에 편재하는 감시장치와 동일하다. 더욱이 전짓불이 '정체를 감추기 위해 소문의 옷을 입고' 있다는 그의 주장은 **감시의 권력**과 **담론**(소문)의 연계를 말하고 있는 셈이다.

— 마지막으로 한 가지만 더 묻고 싶다. 당신은 아까부터 자꾸 전짓불의 공포라는 말을 써왔는데, 그리고 당신은 지금도 그 전짓불의 간섭을 받고 있다고 말했는데, 당신의 소설 작업과 관련하여 지금 당신은 어떤 곳에서 그것을 느끼고 있는지 그것을 좀 더 구체적으로 말해줄 수 없는가.
— 말해줄 수 있다. 그것은 소문 속에 있다.
— 소문 속에라면, 실제로는 존재하고 있지 않다는 말인가.
— 실제로도 존재하고 있을 것이다. 정체를 밝히지 않기 위해 소문의 옷을 입고 있는 것뿐일 것이다. 그래야 그것은 우리들을 더욱 효과적으로 복수할 수 있을 것이 아닌가. 게다가 사람들은 원래 그런 소문을 좋아하기 때문에 그를 위해선 늘 두꺼운 소문의 벽을 쌓아주고 있는 것이다.[60]

박준이 말하고 있듯이, '전짓불'(감시장치)은 '소문'(담론)의 옷을 입고 사람들을 만족시켜주면서 실제로는 은밀히 권력의 그물망('간섭')에 가두고 있는 것이다. 그것이 바로 전짓불이라는 감시의 권력의 비밀스러운 '복수'이다. 이 소설은 파편화된 알레고리적 형식을 통해 그처럼 전짓불이 정체를 숨긴 감시장치임을 알리고 있다. 즉 '나'와 김박사의 대화, 박준의 소설과 인터뷰 등이 파편적으로 제시되는 동안, 전짓불의 의미는 알레고리적으로 확산된다.

---

60 이청준, 〈소문의 벽〉, 앞의 책, 143쪽.

박준에게 외상을 남긴 최초의 전짓불과 마지막에 김박사 자신이 손에
든 전짓불, 그리고 정신병리학적 김박사의 전짓불의 위치[61]와 박준이 공포
를 호소하는 일상의 전짓불까지, 이 알레고리적 이미지들은 서두에서 '누
군가'로 제기된 익명의 미시권력의 의미망을 증식시킨다. 또한 그처럼 의
미망이 확산되는 동안, 박준과 우리 자신의 무의식을 지배하려는 미시권력
과 우리의 진정한 욕망과의 상호관계가 암시된다. 이처럼 단편적인 '보이
는 것'을 통해 '보이지 않는' **익명의 거대한 것**[62]을 알려주는 작용이 알레
고리의 미학적 힘이다.

익명의 미시권력이 잘 보이지 않는 것은 (박준이 말했듯이) 권력장치들이
담론과 다양한 기제들을 통해 겉으로는 우리를 만족시켜주기 때문이다. 그
런 일상인과는 달리 미시권력을 감지할 수 있는 사람은 박준 같은 탈주자,
즉 분열자, 죄수, 나환자들이다. 그 때문에 이청준의 소설에는 미시권력이
작용하는 일상에 동화될 수 없는 타자들이 등장한다. 〈소문의 벽〉과 〈황홀
한 실종〉에 정신분열자가 등장한다면 〈잔인한 도시〉에서는 출감한 죄수인
주인공 '사내'가 그런 위치에 있는 인물이다.

물론 사회에서 배제된 타자들은 리얼리즘에도 등장할 수 있다. 그러나
이청준은 그들의 삶에서 가시적 권력관계를 드러내는 리얼리즘과는 달리
알레고리를 통해 비가시적 미시권력을 추적한다. 비가시적 미시권력의 작
용영역은 우리의 무의식이며, 알레고리적 서사는 보이는 표상들을 통해 그
보이지 않는 영역을 뒤쫓는다. 그리고 의미의 증식을 통해 동일한 권력관
계가 전사회에 편재함을 암시한다.[63] 그처럼 알레고리를 매개로 미시권력

---

61 김박사의 경우는 '나'에 의해 감시장치의 정체가 밝혀지고 있으나 그 역시 의사의 외관을 통
해 자신의 권력의 기제를 감추고 있는 점에서 얼굴을 숨긴 감시장치라고 할 수 있다. 한편 최
초의 외상을 남긴 6·25때의 전짓불은 한곳에 집중되어 있는 점에서 이후의 미시권력과는 조
금 다르지만 권력의 정체를 감춘 채 작용하는 점에서는 감시장치와 메커니즘이 동일하다.
62 미시권력은 미세한 기제를 지니지만 사회 전영역에 작용하는 점에서 거대한 것이기도 하다.

의 관계망에 대한 의미의 확장이 가장 잘 드러난 것은 〈잔인한 도시〉이다.

〈잔인한 도시〉의 주인공 사내는 리얼리즘 소설의 죄수와는 달리 미시권력을 드러내기 위한 알레고리 장치의 하나로 설정되어 있다. 그것은 이 소설에서 감옥(교도소)과 방생의 집, 공원으로 구성된 도시가 현실의 어느 공간에 대한 단순한 재현이 아닌 것과 마찬가지이다. 이 소설의 도시의 구성물들은 거대한 미시권력의 기제를 암시하기 위해 알레고리적으로 재조립된 모형들이며, 출감한 사내, 새장수, 새들 역시 그런 장치들에 속한다.

그처럼 도시와 인물들이 파편적으로 재조립된 모형들임에도 불구하고 우리는 그것들을 중요한 의미로 받아들인다. 그 이유는 그런 알레고리적 모형들에 의해 리얼리즘적 재현으로는 드러낼 수 없는 미시권력의 기제가 강력하게 암시되기 때문이다. 즉 알레고리적으로 설정된 도시와 인물들이 서사화되는 동안, 우리는 현실의 특징한 재현이 아닌 사회 전영역에서 작동하는 권력의 기제를 감지하게 되며, 또한 그 권력의 기제와 그에 대한 대응이 바로 우리의 무의식 속에서 작용하는 힘들의 관계임을 느끼게 된다. 이처럼 미시권력의 기제를 폭로하는 이청준의 알레고리는, 우리의 무의식의 영역이 전사회적 공간의 권력관계에 상응하는 '현실'임을 암시한다.[64]

이 소설이 드러내고 있는 규율기관으로서 감옥의 미시권력의 작용은 비교적 명확하다. 즉 사내가 말하고 있듯이, 감옥은 사람들을 교화시키기보다는 다시 되돌아오게 만드는[65] 보이지 않는 권력장치이다. 이 소설의 알레고리 복합성은 그런 권력의 기제가 단지 감옥에 한정되는 것이 아니라 전사회의 영역에 편재함을 암시하는 데 있다. 이 소설은 그 같은 거대한 알레

---

63 억압받는 계층의 문제가 사회 전체의 문제로 환기되는 것은 리얼리즘도 비슷하다. 그러나 리얼리즘이 축자적인 맥락이 중요시되는 상징적 방식과 유사하다면, 이청준 소설은 축자적 맥락보다 훨씬 많은 것을 암시하며 사회 전체로 의미가 확산되는 알레고리의 방식을 보여준다.
64 그것은 리얼리즘과는 달리 '무의식'을 지배하려는 미시전략에 초점을 맞추고 있기 때문이다.
65 이청준, 〈잔인한 도시〉, 《이청준 문학상 수상 작품집》, 훈민정음, 1994, 200~201쪽.

고리적 암시를 위해 세 가지 서사적 맥락을 결합시키고 있다. 하나는 출감한 사내가 새장수와 도시를 경험하는 전체 서사이며, 다른 하나는 새장수에게 새를 사는 손님에 관한 방생의 이야기이다. 그리고 방생을 위해 제공되는 새들이 전짓불로 포획당하는 또 다른 이야기가 있다.

이 세 가지 맥락은 알레고리에 의해 평행적으로 병치되며 미시권력에 연관된 의미들을 생성한다. 사내가 저도 모르게 감옥으로 되돌아오는 일과 사람들이 아편처럼 덧없는 방생의 쾌감에 길들여지는 일, 그리고 새들이 방생을 위해 새장수에게로 되돌아오는 이야기는 실상 구조적으로 유사하다. 그런 구조적인 유사성에 의해, '감옥-사내'와 '도시-일반인', '자연 속의 새'의 이미지가 병치되고 중층적인 알레고리적 의미들이 생성된다.

예컨대 교도소 옆에서의 방생이란 감옥의 삶에서 벗어나려는 자유의 욕망을 의미힌다. 그런데 감옥을 나온 사내는 이미 거세된 채로 일상을 떠돌다가 다시 감옥으로 돌아간다. 그가 쉽게 감옥으로 되돌아가는 것은 감옥을 나와도 거세된 삶을 강요하는 또 다른 감금이 있기 때문이다. 그처럼 사내에게는 일상 자체가 보이지 않는 또 다른 감옥이었던 셈이다.

문제는 그런 '일상의 감옥화'가 비단 사내만의 문제가 아니라는 점이다. 이 소설은 미시권력에 둘러싸인 삶에서는 감옥 같은 일상이 출감한 죄수뿐만 아니라 일상인들도 마찬가지임을 말하고 있다. 그런 전사회의 감옥화는 방생의 이야기 자체에서 은밀히 암시된다. 즉 새를 사는 손님이 죄수에서 일반인으로 바뀌었다는 것은, 죄수들이 느끼던 자유의 욕망(방생)과 미시권력의 관계가 일반인에게로 확산되었음을 뜻한다.[66]

그에 따라 방생이 표상하는 자유의 욕망의 의미도 변질된다. 자유의 욕

---

[66] 이 소설은 교도소에서 석방되는 죄수가 줄어든 대신 방생은 죄수들보다는 일반인들이 하게 되었다고 서술한다. 이 말은 사내 같은 양심적인 죄수가 거의 없어진 반면, 도시 전체가 방생의 형식으로만 자유를 맛볼 수 있는 교도소 같은 곳이 되었음을 암시한다.

망이란 원래 새들의 자연의 욕망과 같은 것이지만, 새들이 새장수에게 되돌아오듯이 죄수들은 미시권력의 그물망에 포착된다. 또한 죄수들이 다시 감옥으로 돌아오듯이 자유를 욕망하는 사람들은 끝없는 권력의 관계망에 포획된다. 자연 속의 욕망을 상징하는 새들이 새장수에게 포획되는 서사는, 그처럼 변질된 자유의 욕망인 방생이란 거세된 새들의 날개에 상응하는 것일 뿐임을 암시한다.

이처럼 미시권력의 정체를 드러내는 과정에서, 서로 상응하는 세 서사를 연결하는 핵심 이미지는 '방생'과 '전짓불'이다. 이 두 가지 표상은 미시권력의 핵심적 기제이기도 하다. 먼저 **방생**의 의미를 다시 살펴보자. 새장수에게 '날개를 사는' 방생이란 교환가치화된 자유의 욕망을 상징한다. 죄수든 일반손님이든 그런 상품화된 자유는 권력의 그물망 안에서 누리는 자유에 불과할 것이다. 더욱이 사람들이 자유의 욕망을 투사하는 새들은 속깃이 잘린 거세된 날개를 지녔음이 밝혀진다. 거세된 날개를 지닌 새들이 공원으로 되돌아오듯이 죄수와 일반인들은 교도소와 교도소 같은 도시를 떠나지 못하는 것이다. 따라서 방생이 상징하는 자유의 욕망은 아편 같은 예속된 욕망에 불과하다.

방생이 사람들을 삶 속에서 길들이는 자유 이데올로기라면, 그런 욕망의 장치와 함께 거세된 새와 사람들을 포획하는 권력장치는 **전짓불**이다. 빛은 원래 삶의 공간을 밝히는 기제이지만, 새장수의 전짓불은 달아나려는 새와 사람들을 찾아내 포획하는 장치이다. 사내가 새를 잡는 새장수의 비밀을 목격한 후 전짓불에 쫓기는 꿈을 꾼 것은 그런 권력장치의 기제를 암시한다.

사내는 이날 밤도 그 공원 숲 잠자리에서 밤새도록 불빛에 쫓기고 있었다. 칠흑 같은 어둠 속을 장대처럼 빛줄기가 곧게 뻗히고, 그 빛줄기를 얻어맞은 새들이 나뭇가지들 위에서 낙엽처럼 우수수 땅 위로 떨어졌다. 그리고 그 빛줄기는 사내의 잠자리를 찾아 밤새도록 이리저리 숲속을 헤매었다.

사내는 안타깝고 초조했다. 그리고 두렵고 조급했다. 빛줄기는 때로 그의 야전잠바 옷자락 위로 사정없이 그를 찌르고 드는가 하면 때로는 또 엉뚱스럽게 그를 놓치고 부근 숲속을 미친 듯이 헤쳐 다니곤 하였다.

그는 쫓기다가 붙잡히고 붙잡혔다간 다시 쫓기고 하는 악몽 속에서 날을 훤히 밝히고 말았다.

사내는 그러니까 실제로 그 전짓불의 불빛을 본 건 아니었다. 그는 그 빛줄기의 꿈을 꾼 것이었다.[67]

사내가 전짓불의 악몽을 꾼 것은 새장수가 새를 잡는 장면을 목격한 이후이다. 실제로 빛줄기가 뒤쫓는 것은 새이지만 꿈에서는 사내가 쫓기고 있다. 이는 새장수의 전짓불이 진정한 자유를 찾아 달아나는 사람들을 포획하는 기제를 상징함을 뜻한다. 삶을 밝히는 빛줄기가 오히려 포획의 장치라는 사실은 미시권력의 특성을 극명하게 보여준다.

흥미로운 것은 그 보이지 않는 권력의 기제가 꿈을 통해 선명하게 드러나고 있다는 점이다. 사내의 악몽이란 그의 무의식이 이미지들로 눈앞에 나타난 것이다. 그런데 여기서 사내의 전짓불의 꿈은 실제 현실에서의 권력의 기제를 암시하고 있다. 즉 무의식을 지배하는 보이지 않는 미시권력이 무의식의 이미지화(꿈)를 통해 보이는 이미지도 출현한 것이다. 이처럼 '이청준의 알레고리'에서 '꿈'의 이미지는 '리얼리즘이나 모더니즘의 꿈'과는 달리 현실의 보이지 않는 권력기제를 보이게 만드는 장치로 나타난다. 여기서는 꿈이 환상이 아니라 현실보다도 더 **현실적인 이미지**인 것이다.[68] 그것은 무의식의 작용인 꿈이 무의식 차원에서의 비가시적 미시권력

---

67 이청준, 〈잔인한 도시〉, 《이청준 문학상 수상 작품집》, 훈민정음, 1994, 222~223쪽.
68 리얼리즘과 모더니즘의 꿈·환상 역시 리얼리티의 최종토대로서 실재계 영역을 드러내지만,

을 눈에 보이게 드러내주기 때문이다.

이청준의 알레고리에서 꿈이 더 현실적인 것은 무의식의 영역이 의식의 차원보다 현실의 미시권력을 잘 보여주는 것에 상응한다. 실제 현실에서 사내는 전짓불 같은 미시권력의 기제를 잘 보지 못한다. 그러나 사내의 무의식은 그것을 감지하고 있고 꿈을 통해 생생한 이미지로 보고 있는 것이다.

사내는 새장수의 전짓불을 목격한 후에도 아편 같은 '새를 사는' 일을 중단하지 않는다. 그러나 이제는 새를 사더라도 전처럼 즐겁거나 신이 나지 않는다. 그런 사내가 다시 새를 사는 일에 흥미를 되찾은 것은, 공원 숲에서 자신이 방생했던 새로부터 새와 자신 사이의 '정분'을 확인한 후였다.

사내는 다시 새를 사는 데 관심을 갖지만, 이번에는 새장수가 주는 새를 사는 것이 아니라 자신과 정분을 맺은 새를 찾는다. 즉 사내는 교환가치화 된 '날개'(자유) 대신 **정**이 든 날개를 원하는 것이다. 그리고 그 가족 같은 새를 품에 안고 도시의 그 물망에서 벗어나 따듯한 남쪽 동네로 향한다. 이처럼 진정한 자유('날개')는 존재들 간의 **유대**('정')와 함께 찾아질 수 있는 것이다[69]. 다시 찾는 자유는 '날개짓이 치유된 새'로 상징되는 자연의 욕망이기도 할 것이다. 그런 자연의 욕망으로서의 진정한 자유의 쟁취는 권력의 그물망에 갇힌 존재들의 유대로부터 시작될 수 있다. 이 소설 후반부의 사내의 변화과정은 미시권력에서의 탈주가 진정한 유대를 통해서만 가능한 것임을 암시한다.

이 경우 꿈·환상은 그 자체로는 합리적 해석이 불가능하며, 이미지를 횡단하는 것이 필요하다. 반면에 이청준 알레고리 소설의 꿈·환상은 이미지 자체로서 현실에서는 보이지 않는 권력의 미시적 기제를 드러내 보여준다. 이청준의 알레고리가 충격적인 것은 그처럼 꿈·환상이나 타자의 시선을 통해 미시적 기제를 생생하게 드러내기 때문이다.

69 유대에 대한 욕망은 사내가 감옥 동료들을 위해 새를 사는 데서도 나타나고 있다. 그러나 속 깃털이 잘린 새의 방생이 제한된 자유를 의미하는 만큼, 그로 인해 사내의 유대의 표현에도 한계를 지닐 수밖에 없었다. 반면에 결말부터의 새와 함께하는 탈주는 진정한 유대의 욕망을 암시한다.

6. 알레고리와 분열증적 환상

〈잔인한 도시〉가 '방생'과 '전짓빛'을 통해 미시권력의 기제를 암시한다면 〈황홀한 실종〉은 '보이지 않는 경계선'의 문제를 제기하고 있다. 보이지 않는 경계선은 비가시적 미시권력이 우리의 무의식 속에 설치해놓은 칸막이이다. 〈황홀한 실종〉은 분열증적인 인물의 환상을 통해 그런 눈에 보이지 않는 경계선을 보이게 만들고 있다. 그리고 그 경계선을 설치한 권력의 심리적 기제, 즉 스스로 그 안에 갇혀야만 안정을 누릴 수 있게 만드는 숨겨진 기제를 폭로하고 있다.

미시권력에 대항하는 타자로서 분열증적 인물은 〈소문의 벽〉에서도 등장한 바 있나. 그러나 〈소분의 벽〉의 박준은 탈주자와 분열증의 경계에 있는 인물로서, 자신을 정신병자로 규정하는 미시권력의 '감시장치'의 기제를 드러내는 위치에 있었다. 반면에 〈황홀한 실종〉의 윤일섭은 이미 정신분열증이 진행된 인물이며, 자신이 빠져든 환상을 통해 미시권력이 설치한 '보이지 않는 경계선'을 폭로한다.

이 소설에서 윤일섭이 도착적인 환상 속에서 집착하는 '쇠창살'이란, 일상인은 볼 수 없는 미시권력이 설치한 비가시적 경계선을 상징한다. 윤일섭은 아무도 볼 수 없는 미시권력의 장치(쇠창살)를 분열증적인(그리고 도착증적인) 환상을 통해 보고 있는 것이다. 그 점에서 윤일섭이 환상을 통해 쇠창살을 보는 것은 〈잔인한 도시〉의 주인공(사내)의 꿈을 통해 권력의 기제(전짓불)를 보고 있는 것과 비슷하다. 오늘날의 뇌 과학에 의하면 꿈이란 일시적으로 정신분열 상태에 빠지는 것과도 유사하다.[70] 합리적 억압이 해체되고 무의식의 내용이 직접 드러나는 점에서 꿈과 분열증적 환상은 비슷한

---

70 박문호, 《뇌 생각의 출현》, 휴머니스트, 2008, 367쪽.

기제를 갖고 있는 것이다.

흥미로운 것은 이청준의 알레고리에서 무의식의 표현인 꿈과 환상이 무의식을 지배하는 권력의 장치를 생생하게 보여준다는 점이다. 무의식을 통제하는 권력에 대한 대응 및 상호작용이 현실이라면, 보이지 않는 경계선(쇠창살)과 감시장치(전짓불)를 실감나게 드러내는 점에서, 이청준 알레고리에서의 꿈과 환상은 현실보다도 현실을 더 잘 보여준다.

그런 측면에서 이청준의 알레고리적 꿈·환상은 리얼리즘과 모더니즘의 꿈·환상[71]과 다를뿐더러 장용학과 최인훈의 알레고리-환상과도 구분된다. 다른 소설의 경우와는 달리 이청준의 알레고리적 서사는 어디까지나 현실의 미시적 권력장치를 드러내려는 시도이다. 그래서 항상 일상의 장면에서는 합리적 추리의 형식으로 보이지 않는 권력기제들을 보여주려는 집요한 추적이 진행된다. 그러나 합리적 시선으로는 늘 미시권력의 외면적 흔적을 (알레고리적으로) 예시하는 데 그치게 마련인데, 무의식을 표현하는 꿈·환상이 알레고리적 서사망에 들어오는 순간, 무의식 차원의 미시권력의 기제들을 아주 생생하게 드러내 보여주게 된다. 여기서 현실과 환상, 정상인과 분열자의 관계가, 진실의 '보이지 않음'과 '보여줌'으로 뒤집어진다. 이청준의 알레고리에서 그처럼 **진실**이 오히려 **분열자**의 환상이나 사고를 통해 드러나는 반전은 매우 충격적이다.

물론 〈황홀한 실종〉에서 윤일섭은 자신이 보는 '쇠창살'의 환영이 권력의 기제임을 정확히 알지 못할 뿐 아니라, 그에 대응하는 자신의 무의식에 감춰진 전복적 욕망(탈주의 욕망)[72]도 감지하지 못한다. 윤일섭의 '환상'에 대해 손박사의 '합리적' 설명이 필요한 것은 그 때문이다. 손박사는 윤일

---

71 리얼리즘의 환상은 일종의 증상으로 제시되며, 모더니즘의 환상은 모나드라는 주체의 내면의 표현과 현실의 음화로 나타난다. 반면에 이청준의 알레고리적 환상은 현실의 '보이지 않는' 권력의 기제를 '보이게' 드러낸다.
72 이 탈주의 욕망은 이 소설에서 '실종'의 욕망으로 나타난다.

섭이 학생시절 시위를 할 때 교문의 '쇠창살' 밖으로 나가려는 욕망을 지녔었는데 그것이 사회에 진출한 후 그(쇠창살) 안에 안주하려는 욕망으로 전도되었다고 말한다. 이런 손박사의 설명은 윤일섭이 자신도 모르게 밖으로 드러낸 무의식 속의 권력의 기제를 합리적으로 설명하는 듯 보인다.

그러나 손박사의 문제점은 모든 것을 학생 때 실제로 있었던 교문의 쇠창살이라는 '최초의 원인'으로만 환원시킨다는 점이다. 손박사는 윤일섭이 지금도 보고 있는 '쇠창살'을 인정하지 않으며, 그 보이지 않는 권력의 경계선을 단지 윤일섭의 도착에 의한 환상으로만 간주한다. 〈소문의 벽〉의 김박사처럼, 손박사 역시 최초의 요인 쇠창살을 윤일섭의 무의식에서 '제거'하면 분열증이 치료된다고 믿는다.

그러나 윤일섭은 엄연히 존재하는 쇠창살을 지울 수 없었으며 손박사 역시 몰래 자신의 쇠창살을 간직하고 있다고 생각한다.[73] 이런 생각은 물론 윤일섭의 분열증이 재발했기 때문으로 볼 수 있다. 하지만 바로 그 분열증에 의해 정상인은 볼 수 없는 권력의 기제가 보여지고 있거니와, 여기서 **정상**과 **비정상**의 관계가 아니러니하게 전복된다.

결국 손박사는 여태까지 윤일섭 자기를 속이고 있었던 게 분명했다. 마음속의 쇠창살을 부숴 없애는 게 치료법의 첩경이라던 손박사의 처방은 전혀 엉터리없는 거짓이었다. 손박사가 뭐라고 궤변을 늘어놓고 있었든 세상에는 현실적으로 곳곳에 쇠울타리들이 마련되어 있었다. 그리고 그것은 물론 그 쇠울타리 안의 쾌적한 공간을 혼자 독차지하고 즐기려는 자들을 위한 영리한 고안이었다. 선택을 받은 자들은 그 안전한 쇠울타리 보호 속에서 기분 좋게 바깥세상 구경이나 하면서 살아가고, 선택받지 못한 자들을 바깥

---

73 쇠창살을 부인하는 손박사의 이런 아이러니적 모순은, 〈소문의 벽〉의 김박사가 박준의 전짓불의 상처를 지우려 하지만 실제로는 자신이 전짓불의 위치에 있는 점과 비슷하다.

으로 쫓겨난 채 선택받은 자들의 모욕적인 눈길 속에 우왕좌왕 방황을 계속하고 있는 게 현실이었다. 그것은 참으로 윤일섭으로선 커다란 각성이었다. 하물며 그 울타리의 안락한 보호가 사자 따위 들짐승에게까지 이르러 있음에랴.

손박사도 실상은 그 선택받은 자들과 한 무리임이 분명했다. 손박사에게도 자신의 쇠창살이 몰래 간직되어 오고 있었을 건 두말할 나위가 없었다. 손박사에게 그것이 없다면 정상이 아닌 것은 윤일섭 자기가 아니라 오히려 그 손박사 쪽이었다. 손박사는 이를테면 자신의 쇠창살을 교묘하게 숨기면서 윤일섭 그에게만 그것을 부수라 꾀어댄 셈이었다.[74]

윤일섭의 생각에 손박사 같은 권력을 지닌 사람이 쇠창살을 감추는 것은, 자신들의 안락을 독차지하려는 것이며, 그들의 곁에서 다른 사람을 쫓아내려는 음모이다. 이런 윤일섭의 판단은 어렴풋이나마 미시권력의 기제와 작용방식을 암시한다. 그러나 다른 한편 그의 쇠창살에 대한 강박은 너무나 지나칠뿐더러, 동물원 쇠창살까지 인간과 동물의 전도된 관계로 확대시키는 것은 분명히 정상적이지 않다. 윤일섭은 보이지 않는 권력의 기제를 보는 대가로 나머지 일상현실을 잃어버린 것이며, 다른 사람들은 일상현실에 안주하는 대신 미시권력이 작용하는 보이지 않는 현실을 잃어버린 셈이다. 이 같은 딜레마는 우리가 사는 이성중심적 근대의 모순과 양가성을 시사한다.

해결할 수 없는 양가성은 윤일섭의 분열증에 대한 손박사와 윤일섭 친구의 논쟁에서도 드러난다. 과학(정신분석학)적 사실을 중시하는 손박사는 최초의 원인에 집착하여 모든 것이 그 '과거'에 생긴 쇠창살을 탈출하려는 욕망에서 비롯되었다고 말한다. 반면에 윤일섭의 동료는 '현재의 현실'에

---

74 이청준, 〈황홀한 실종〉, 《소문의 벽》, 앞의 책, 200~201쪽.

서 윤일섭이 갖고 있는 쇠창살(칸막이, 문) 안에 안주하려는 욕망[75]을 인정해야 한다고 반박한다.

손박사의 합리적 진단, 즉 윤일섭에게 '실종의 욕망'(탈주의 충동)이 있으며 지금 쇠창살에 갇히려는 것은 그것이 전도된 것뿐이라는 말은 매우 중요하다. 그러나 손박사는, 실종의 욕망과 그로 인한 쇠창살이 환상일 따름이며 그것을 제거해야 윤일섭의 분열증이 치료될 수 있다고 생각한다. 이런 손박사의 견해는, 실상 현실의 '보이지 않는 경계선'('쇠창살')과 그에 연관된 미시권력의 기제를 부인하는 셈이다.

반면에 윤일섭의 동료는 현실에 엄연하게 칸막이(문)가 존재하며 모든 사람은 그 안에 안주하려는 욕망을 갖고 있다는 타당한 관점을 보인다. 그러나 그는, 예외적으로 윤일섭만은 여전히 탈주(실종)의 욕망을 갖고 있고, 나만 그 무의식이 표현되는 과정에서 현실의 흐름(안주의 욕망)에 의해 전도된 것임을 생각하지 못한다. 즉 그는 윤일섭이 보고 있는 쇠창살(칸막이, 문)을 현실로 말하는 점에서는 옳지만, 윤일섭이 숨기고 있는 탈주의 욕망을 보지 못하는 점에서는 손박사보다 못한 셈이다.

이처럼 탈주의 욕망을 보는 사람은 쇠창살의 존재를 보지 못하고 쇠창살의 권력을 보는 사람은 탈주의 욕망을 보지 못한다. 그들과 달리 실제의 윤일섭은, 탈주의 욕망을 갖고 있으면서도 쇠창살의 권력에 압도되어 그 안에 갇히려는 태도를 표현하고 있는 셈이다. 탈주의 욕망이 심층의 무의식이라면 쇠창살의 권력은 전의식에 내면화된 것이라고 할 수 있다. 윤일섭은 탈주의 무의식을 드러내는 과정에서 전의식 속의 권력의 규범에 억눌려 전도된 환상을 표현하고 있는 것이다.

이처럼 환상이란 무의식이 전의식과 교섭하며 표현된 것으로 볼 수 있다. 그리고 그런 환상은 앞서 살폈듯이 **실재계를 핵심으로 한 현실의 토대**

---

[75] 윤일섭의 동료는 이 욕망은 모든 사람이 갖고 있는 것이라고 말한다.

가 된다. 윤일섭의 분열증적인 환상 역시 비록 전도된 형식이지만 '보이지 않는 쇠창살'이라는 현실의 핵심적인 권력의 기제를 보여주고 있다. 이 경우에는 한발 더 나아가 일상에서는 보이지 않는 권력장치의 상징을 환상을 통해 보여주는 셈이다.

윤일섭이 동물원 우리에 갇히는 마지막 사건 역시 그런 환상의 작용을 상징한다고 할 수 있다. 윤일섭이 스스로 우리에 갇힌 것은 인간의 세계에서 실종되어 동물의 차원으로 되돌아간 탈주의 욕망에 의한 것이다. 그러나 그가 사자를 내쫓고 그 안에 들어간 것은 동물세계의 쇠창살 안쪽을 차지하려는 권력의 기제에 압도된 행동을 보인 셈이다. 이 장면은 희극적인 전도를 통해 쇠창살을 탈주하려는 욕망과 그 안에 갇히려는 태도의 중첩된 이중성을 암시한다.

이 소설은 그 무의식과 전의식의 양면적 상호작용을 통해, 그리고 정신분석학자(손박사)와 일상인(윤일섭 친구)의 논쟁 및 의사와 환자(윤일섭)의 대립을 통해, '보이지 않는 쇠창살'의 의미가 알레고리적으로 무한히 확장되어가는 구조를 보여준다. 여기서 환상은 알레고리를 매개로 보이지 않는 핵심(권력의 기제)을 점점 더 거대한 현실로 보이게 만든다. 그에 따라 우리 역시 소설의 단편적인 공간에서 삶 전체의 곳곳으로, 그리고 심연 속의 무의식 공간으로 의미의 증식과 확대를 경험을 하게 된다.

7. 알레고리와 환상의 혼성

이청준과 장용학·최인훈의 알레고리는 전통적인 우화와는 달리 '표현할 수 없는 어떤 것'을 예시하는 은밀한 서사적 장치라고 할 수 있다. 비의

적 알레고리에 의해 암시되는 '표현할 수 없는 것'이란 한마디로 **상징계와
실재계 사이의 공간**이다. 리얼리즘적 재현이 상징계적 표상에 근거한 표현
방식이라면[76], 세 작가의 알레고리는 그 외부(실재계)로 열려 있는 '사이'의
공간을 예시하는 방식을 사용한다. '표현할 수 없는 것'이란 그처럼 실재
계적 차원으로 열려 있는 영역을 말한다.

상징계가 규범이나 문법에 의거해 표현가능한 표상체계인 반면, 실재계
혹은 상징계-실재계 사이는 표상(유)을 넘어선 무를 향한 공간이다. 그 표
현불가능한 거대한 무를 제한된 표상으로 드러내려는 노력이 현대적 알레
고리의 서사라고 할 수 있다. 이청준과 장용학·최인훈의 알레고리 역시 그
처럼 상징계를 넘어선 영역(표현불가능한 공간)을 표현하려는 필사적인 노력
인 셈이다. 그것은 가시적인 상징계를 넘어선 비가시적 공간을 드러내는
시도이기도 하다.

그런데 비가시적 영역을 표현하려는 알레고리의 용법과 의미는 이청준
과 장용학·최인훈에서 각기 다르게 나타난다. 이청준의 경우 비가시적 공
간이란 미시권력과 탈주의 욕망이 교섭하는 주객 상호작용의 영역이다. 미
시권력이란 삶 자체에 편재하는 그물망이기도 하지만 상징계 외부(실재계)
로 이탈하려는 무의식적 욕망을 감시하는 장치이기도 하다. 그 점에서 이
청준의 알레고리는 단편적인 표상을 통해 사회 전체의 곳곳을 암시하는 동
시에, 상징계와 실재계 사이, 그 '보이지 않는 경계'에서 작용하는 권력과
욕망의 상호작용을 예시한다.

이청준의 알레고리가 비가시적 영역을 은밀히 비추는 장치이면서도 아
주 '현실적인' 의미들을 생산하는 것은 그처럼 주객 상호작용을 포착하기

---

76 리얼리즘도 아이러니에 의해 외부(실재계)로의 이탈을 암시하지만 서사적 과정은 주로 상징
계 차원의 재현에 의해 진행된다. 반면에 세 작가의 알레고리는 상징계와 실재계 사이의 공간
을 예시하는 방식으로 전개된다.

때문이다. 반면에 장용학과 최인훈의 알레고리는 상징계와 실재계 사이의 공간에서 '주체의 이상과 현실이 괴리' 된 부조화와 균열을 드러낸다. 그처럼 두 사람의 알레고리가 주객분열을 예시하는 것은, 그들이 그리는 현실 (상징계-실재계 사이의 공간)이 주체의 이상을 결코 실현할 수 없는 황폐함(장용학)과 경직성(최인훈)의 공간이기 때문이다.

이청준 소설에서 현실이 (리얼리즘과 달리) 상징계와 실계계 사이의 공간으로 예시되는 것은, 미시권력과 그에 대한 주체의 반응이 그런 비가시적 영역에서 작용하기 때문이다. 반면에 장용학과 최인훈 소설에서 현실이 상징계-실재계 사이로 암시되는 것은, 전쟁과 '제도의 신화화' 로 인해 상징계가 와해되었거나(장용학), 거대한 이데올로기들이 균열된 상징계를 포위하고 있기 때문(최인훈)이다. 그 점에서 이청준의 알레고리가 예시하는 상징계-실재계 사이의 공간은 비록 비가시적이지만 현실보다 더 **현실적인 주객관계**의 영역이다. 그에 반해 장용학과 최인훈의 알레고리가 드러내는 상징계-실재계의 틈새는 주체가 반응하기 어려운 상징계의 와해나 균열의 영역으로서 **주객 부조화**의 공간이다.

이청준의 알레고리는 숨겨진 미시권력(그리고 무의식적 욕망)이 작용하는 거대한 비가시적 영역을 열어 보인다. 반면에 장용학과 최인훈의 알레고리는, 상징계의 와해와 균열로 인해 드러난 표현할 수 없는 영역(실재계)을 예시하면서, 그곳에서의 주객분열의 경험을 보여준다. 전자가 현실보다 더 큰 숨겨진 미시적 현실을 드러내는 비의적 장치라면, 후자는 주객 부조화의 분열적 경험을 형상(알레고리) 자체의 파편화를 통해 암시한다. 이청준의 경우 미시권력의 정체가 드러나는 **바로 그곳에서** 우리는 탈주의 욕망을 감지한다. 그러나 장용학과 최인훈에서는 주체와 현실의 부조화와 분열[77]

---

[77] 현실의 균열을 경험하는 부분에서는 주체의 이상이 내면에서만 감지되며 주체의 이상을 드러내는 곳에서는 현실로부터 괴리된다.

을 경험한 후에 **내면으로 돌아와** 비인과 풍문인의 욕망을 감지한다.

이 같은 양자의 차이는 상이한 미학적 형식의 특성에 상응한다. 즉 미시적 차원에서 주객 상호작용을 그리는 이청준 소설은 알레고리를 사용하면서도 **형식적인 조화와 균형**을 유지한다. 반면에 장용학과 최인훈의 알레고리는 주객분열이라는 부조화의 형식에 조응하며 그로부터 현실과 괴리된 주체의 이상과 욕망이 암시된다. 그 때문에 후자의 경우 헤겔의 낭만적 예술 모델[78]이나 모더니즘의 **부조화의 미학**에 접근한다.

이처럼 비가시적인 주객관계를 드러내는 이청준과는 달리 장용학과 최인훈은 주객단절이라는 모더니즘 미학에 포괄된다. 장용학과 최인훈의 모더니즘적 알레고리의 특징은 상징계와 실재계의 사이를 드러낸다는 점이다. 즉 그들의 알레고리적 표상들은 균열을 통해 드러난 '표현할 수 없는 것'(실재계)이니 '상징계─실재계 사이에시의 주객분열'을 암시한다. 이 경우 알레고리의 비재현적이고 파편적인 형상은 추상적이고 표현불가능한 내용 자체에 상응한다. 따라서 장용학과 최인훈의 알레고리적 표상은 고전적 알레고리(표상)의 빈껍데기와는 달리 독특한 존재성을 획득한다.

이제 두 작가의 알레고리의 특징을 구체적으로 살펴보자. 그리고 그들의 소설에서 알레고리와 환상이 어떻게 혼성되지는 고찰해보자.

장용학 소설에서 알레고리가 나타나는 것은 전쟁이나 '합리적 제도의 신화화'로 인해 현실의 상징적 질서(상징계)가 와해된 데 따른 것이다. 〈요한시집〉〈현대의 야〉 등에서 보듯이 전쟁과 가난, 죽음으로 둘러싸인 현실의 삶은 최소한의 존재의 조건도 마련해주지 않는다. 또한 〈비인탄생〉에서 학교, 군대, 직장(은행)의 규율화된 제도들은 현대의 질병[79]의 원인이 되며,

---

[78] 헤겔의 낭만적 예술 모델은 예술의 형상이 표현할 내용을 감당하지 못해 형상적으로 부조화를 보이는 경우를 말한다. 나병철, 《모더니즘과 포스트모더니즘을 넘어서》, 소명출판, 1999, 195쪽 참조.

회색의 도시는 자연계의 공동묘지와도 같다. 현대의 문명과 도시가 질병의 원인이나 묘지가 된 것은 합리적 제도들이 원래의 이성적 질서를 상실하고 비합리적으로 신화화되었기 때문이다.[80]

따라서 전쟁과 현대의 제도들은 비슷하게 상징계의 균열과 죽음의 요소를 만들어낸다. 그런 상황에서 장용학의 주인공들은 황폐화된 현실(상징계) 외부로 탈출하려는 욕망을 갖는데 그것이 바로 '자유'이다. 그러나 자유를 찾아 상징계 바깥으로 이탈하는 순간은 〈요한시집〉의 누혜처럼 죽음과 직면하는 순간이기도 하다. 그렇지 않으면 동호(〈요한시집〉)처럼 현실의 모든 제도와 이념을 넘어선 일종의 무(無)로서의 실존의 장을 경험하게 된다. 장용학의 소설들은 모두 후자의 동호의 위치에서 진정한 **자유**를 향한 **비인**(非人)의 실존적인 모험을 그리고 있는 것으로 볼 수 있다.[81]

그런데 비인이란 상징적 질서(상징계) 외부의 실재계를 향한 존재이지만 모든 존재에 표상을 부여하는 상징계를 이탈하는 순간 스스로 비존재가 되고 만다. 따라서 자유의 욕망을 지닌 장용학의 인물들은 현실이나 현실 외부의 공간 어디서도 실상은 자유를 실감하지 못한다.[82] 즉 현실에서 질서와 제도를 넘어서려 하면 균열을 경험하며, 현실 외부의 탈합리적 세계(불교나 도교적 공간)에서는 구체적 존재감을 상실한 추상성에 빠져든다. 이 서사적 과정에서 균열과 추상성을 드러내는 것이 **알레고리**라면, 균열의 틈새(실재계)나 현실 외부의 무의 공간에서 무의식적 욕망을 표현한 것이 **환상**이다.

---

79 '아홉시병', '배탈', '쥐와 연관된 페스트'가 그런 표상으로 나타난다.

80 이런 생각은 호르크하이머와 아도르노의 《계몽의 변증법》에서의 '계몽의 신화화'와 유사하다.

81 이 관점은 박민호의 논의와 비슷하다. 박민호, 〈역사철학적 알레고리로서의 장용학 소설〉, 《장용학 문학전집》 7, 국학자료원, 2002, 250쪽 참조.

82 '자유'는 내면에서만 감지되는 욕망이다.

이 같은 분열의 경험과 그것의 형식적 대응물인 알레고리와 환상은 주체의 욕망(자유)과 현실의 괴리에 따른 것이다. 자유란 '다음 순간의 가능성 앞에 떨고 있는 전율'[83]인데 황폐한 현실은 그런 자유의 욕망을 가진 사람에게 균열을 경험하게 할 뿐이다. 균열이란 와해된 상징계(황폐한 현실)에서의 실재계와의 대면이며 자유의 욕망을 지닌 존재에게 상처와 아픔을 주는 경험이다. 예컨대 아홉시 병[84], 배탈, 페스트, 실직, 자살(누혜) 등이 그것인데, 이 경험들은 개인적인 부적응과 실패일 뿐 아니라 세계의 분열성을 드러내는 상징이기도 하다.

아홉시 병과 배탈(〈비인탄생〉)은 세계에 대한 인식이기에 앞서 존재의 거부감을 나타낸다. 즉 현실의 모순에 대한 세세한 인식 이전에 이미 존재의 조건에 균열이 생겼음을 암시한다. 물론 주인공(지호)은 사회에 편입된 후 더 이상 아홉시 병과 배탈을 앓지 않는다. 그러나 상징적인 질병인 페스트가 창궐하고 있는 도시[85]에서 주인공 지호는 정신적인 아홉시 병과 배탈을 앓게 된다. 그가 얻은 새로운 아홉시 병이란 균열된 현실에서 실재계와 대면하는 실존적인 경험과 환상이다. 실존적인 경험이든 환상이든 실재계와의 대면은 세계의 분열 속에서 아픔을 경험하는 순간이다. 현재의 신화화와 질병에 대한 사변적인 비판은 그런 분열 속에서의 아픔의 비명일 것이다. 그 같은 사변적인 토로와 함께 그에서 벗어나는 자유를 욕망하는 주인공들은 균열을 통해 내비치는 실재계와 접촉하는 순간을 겪게 된다. 그리고 그런 표현할 수 없는 실존적 경험들(실재계와의 대면)은 리얼리즘적 재현보다는 알레고리를 통해 표현된다.

따라서 장용학 소설의 파편적인 알레고리는 모더니즘의 부조화의 미학

---

83 장용학, 〈요한시집〉, 《장용학 문학전집》 1, 국학자료원, 2002, 231쪽.

84 아홉시 병이란 학교 갈 시간인 아홉시가 가까워지면 배탈이 나는 병을 말한다.

85 장용학, 〈비인탄생〉, 앞의 책, 332쪽.

(주체와 현실의 괴리)인 동시에 상징적 질서의 극단적인 황폐화와 연관이 있다. 균열된 현실은 주체의 욕망을 거부하는 공간일 뿐만 아니라 욕망(자유)을 버리지 못하는 사람에게 실재계와 대면하는 실존적 경험을 하게 만드는 것이다.

이런 상황에서 현실(상징계)과의 미약한 연관마저 놓치는 순간 주인공은 환상을 경험하게 되며, 그렇지 않으면 상징계 외부로 탈출하려는 '비인'의 욕망을 갖게 된다. 예컨대 〈요한시집〉에서 동호는 삶 속에서 맴도는 죽음의 요소(누혜 어머니의 발악 등)를 경험하면서 환상 속에 빠져든다.

도살장을 부수고 쏟아져 나온 돼지의 대군이 하늘아래를 까맣게 덮었다. 꿀꿀, 꿀꿀, 거리로 덮어든다. 뒤진다. 썩은 것을 훑는다. 기둥뿌리를 훑어낸다. 건물이 쓰러진다. 서 있는 모든 것이 다 넘어진다. 백만 인구를 자랑하던 공민사회(公民社會)는 삽시간에 허허벌판이 되었다. 까맣던 문명(文明)이 허연 배를 드러내고 여기저기에 뒹군다. 서 있는 것이라곤 아무것도 없다. 죽었다. 도시는 죽었다.

무의미를 의미로 돌려보내고 돼지의 대집단은 썰물처럼 지평선을 넘어 퇴폐를 향하여 꿀꿀 꿀꿀, 울고 간다. 페스트가 지나간 이 터전을 향하여 소리 없는 행진이 나타났다. 나무의 행렬. 나무들이 진주해 온다. 대추나무·희나무·잣나무·느릅나무·이깔나무·소나무·느티나무·보리수·계수나무…… 사전(辭典)에서 해방된 모든 나무들이 천천히 걸어 들어온다. 캐피털 레터의 순서를 벗어던지고 자기의 원하는 곳에 가서 툭툭 선다. 서서는 그늘을 짓는다. 고요하다. 아주 고요하다. 낙원이다. 낙원이 고요하다. 언젠가 이런 슬픔이 있었다. 백정이 감찰(鑑札)을 잃어버린 메리의 모가지를 갈구리로 걸어서 질질 끌고 간 것이 슬퍼서였겠다. 아홉 살 때였을 것이다. 실컷 울고 난 오후, 지상에는 매미 우는 소리 이외 아무 움직이는 것도 없던 대낮의 아카시아나무 그늘이 이러하였겠다. 고요하다. 깊다. 고향은 깊다.

더 깊은지도 모른다.[86]

이런 환상은 현실에서 죽음의 그림자가 짙어지는 순간 나타나는데, 그것은 상징계의 균열의 틈새가 벌어지며 무의식 속의 자유의 욕망이 솟아오른 결과일 것이다. 흥미로운 것은 동호의 자유의 욕망이 위에서처럼 죽은 도시(세계)에 대한 자연계의 반란으로 나타난 점이다. 이처럼 장용학 소설에서 진정한 자유의 욕망은 자연과 조화되려는 소망과 연관이 있다.

그러나 이런 무의식적 욕망이 표현된 환상은 진정한 자유의 욕망이 내면에서만 가능함을 암시한다. 즉 예문 같은 희망이 표현된 환상마저도 현실의 누구에게도 소통될 수 없는 것이다. 또한 환상(비현실)은 죽음(현실)과 맞닿아 있는데, 그 점은 동호가 자살한 누혜의 이름(누혜 어머니의 외침)을 들으며 환상에서 깨어난 데서 알 수 있다. 환상은 균열된 삶에서 벗어나려는 자유라는 무의식적 욕망의 표현이지만, 그것은 현실에서는 '죽음'에 한 발 다가서는 존재의 위기를 드러낼 뿐이다. 무의식적 욕망이 고양되는 순간 환상이 나타나는데, 그것은 현실적으로는 죽음에 접근하는 순간으로, 동호는 불현듯 다시 현실로 되돌아온다. 따라서 장용학 소설에서 환상은 균열된 '삶'을 그리는 알레고리적 서사 속에 파편적으로 삽입된다.

물론 삶을 표현하는 알레고리 역시 황폐한 현실에서 벗어나려는 자유의 욕망으로 인해 외부의 실재계와 대면하는 순간들을 드러낸다. 앞서 언급했듯이, 그 순간들은 유기적인 삶의 모습이 아닌 파편적인 서사로 제시된다. 자유를 욕망하면 실재계와 대면하는 위기의 순간[87]을 맞게 되며, 거기서 한 발 물러서면 황폐한 현실[88]이 눈에 보일 뿐이기 때문이다. 그런 상황을 드

---

86 장용학, 〈요한시집〉, 앞의 책, 216쪽.
87 이 위기의 순간에 사변적인 토로가 나타난다. 사변적인 토로는 알레고리적인 비유들로 가득 차 있다.

러내는 서사의 파편성은 주체의 욕망과 현실이 상호작용하는 유기적 공간
의 부재를 알리는 것으로서, 여기서의 서사의 균열은 삶의 조건의 분열이
라는 존재의 위기에 다름이 아니다. 존재의 위기를 드러내는 파편성을 지
닌 점에서 알레고리와 환상은 구분되지 않으며, 다만 환상이 죽음에 다가
선 더 심각한 균열의 표현일 뿐이다.

이런 **환상과 알레고리의 혼성**은 모더니즘 소설에서 일반적으로 발견된
다.[89] 장용학 소설의 특징은, 상징계 외부로 이탈하려는 주체의 욕망(비인)
으로 인해 환상적인 모험의 과정이 위기의 극복과정으로도 표현된다는 점
이다. 즉 환상은 상징계의 균열이라는 위기의 순간에 나타나기도 하지만
상징계를 이탈해 그 균열된 세계를 넘어서려는 시도로도 표현된다.

물론 상징계를 이탈하는 모든 '인간'은 죽음이나 무, 비존재를 경험할
수밖에 없다. 그러나 가령 〈비인탄생〉의 지호는 특별한 통과의례를 거친
후 '비인'으로서의 존재의 전이를 시도한다. 그 같은 '비존재의 존재'로의
전이는 지호가 삼수로서 불교적(혹은 도교적) 선계의 공간으로 이동하는 과
정에 상응한다. 이처럼 상징계 외부의 실재계(무)에 불교처럼 '무'를 의미
화하는 이질적 코드가 부여됨으로써, 비존재로서의 지호는 삼수로서 새로
운 존재의 의미를 얻게 된다. 〈역성서설〉에 펼쳐진 이 새로운 공간은 무(실
재계)와 불교적 선계 사이를 넘나들며 상대적으로 쉽게 환상이 나타날 수
있게 한다. 삼수는 그런 환상적 공간에서 비인이 되려는 모험을 통해 균열
된 합리적 상징계를 넘어서려 한다.

〈역성서설〉에 나타난 이 또 다른 환상은 〈요한시집〉이나 〈비인탄생〉의
환상과는 달리 주인공의 성장과정과 연관되어 있다. 가령 앞의 예문에서의

---

88 그의 집을 대신하는 토굴이나 쥐를 먹는 누혜 어머니의 모습 같은 것을 말한다. 이런 모습 역
   시 실재계와의 경계를 경험하는 순간을 제공한다.

89 이에 대해서는 모더니즘의 환상을 논의하는 부분에서 자세히 살펴볼 것임.

환상은 무의식적 욕망(자유)의 표현이기도 하지만 또한 합리성의 망실이나 '퇴행'과도 관련된다. 다른 모더니즘 소설에서처럼 이런 환상에는 설령 소망의 표현일지라도 거세공포(낯선 두려움)[90]나 죽음의 심리가 숨겨져 있다. 반면에 〈역성서설〉의 환상은 '퇴행'이 아닌 합리성을 넘어서려는 탈합리적 성장과정을 암시한다.

그 같은 성장과정의 단초는 합리적 상징계에서 어머니의 죽음을 맞는 순간부터 시작된다. 균열된 세계에서 어머니는 모성의 포용성을 지닌 존재는 아니지만 와해된 상징계에서 이탈하지 않게 해주는 유일한 끈으로 작용했다. 그런 어머니의 죽음은 합리적 상징계를 넘어서려는 비인으로의 성장과정에서 첫 번째 통과의례를 제공한다.

어머니의 죽음이 합리적 세계에서 이탈하려는 계기를 제공한다면 그 세계를 넘어서는 성장과정의 또 다른 계기는 (불교적 공간에서의) 언희와의 만남이다. 연희는 일종의 해탈의 상징으로서 아직 미자각 상태에 있는 삼수에게는 환상적인 존재이다. 물론 연희나 불교적 공간에서 경험하는 환상은, 단순한 초자연성이 아닌 합리성을 넘어서려는 자유의 욕망의 표현이며, 궁극적으로는 자연과의 조화의 소망이다.[91]

여기는 세계에서 단절된 괄호(括弧)였다. 폭포를 굽어보면 물건너에 병풍처럼 솟아 섰다가 저리로 오는 절벽의 창연(蒼然)한 음영(陰影). 비취(翡翠)의 신운(神韻)이 절로 나부끼는 선경(仙境) 그 속으로 하늘에서 떨어져서 여름날의 구름처럼 뭉게뭉게 이는 새하얀 탄생(誕生)……. 그 물거품 속에 그 여인은 피어 있는 것이었다. 피어 있는 것이 아니라 맺혀 있는 봉우리였다. 봉우리 위에서 피는 날을 기다리는 화예(花蕊, 꽃술)이었다.[92]

---

90 환상이 낯선 두려움(unhomely)과 함께 나타나는 것은 모더니즘적 환상의 일반적인 특징이다.
91 앞서 언급했듯이 장용학의 진정한 '자유'의 욕망은 '자연과의 조화'와 연관되어 있다.

삼수의 눈에 어른거리는 연희의 존재는 그녀가 단지 초월적 세계의 존재가 아니라 삼수 내면의 각성과정과 연관되어 있음을 암시한다. 연희의 꽃봉우리가 피어나는 순간이 그녀와 만나는 날이며 삼수가 비인으로서 탄생하는 때인 것이다.

연희와 함께 삼수의 비인의 모험에 영향을 준 또 다른 인물은 녹두대사이다. 녹두대사는 삼수의 편력과정에서 스승이나 극복의 대상으로 존재한다. 녹두대사는 의식보다 무의식을 강조하고 필연 대신 우연을, 지동설 대신 천동설을 주장한다. 지동설이 인간중심주의라면 천동설은 자연(하늘)과 조화된 세계를 암시한다. 이 같은 녹두대사의 설법은 탈근대적 사상과 유사하거니와, 그 점은 합리적 상징계 외부에 불교적 선계를 설정한 복수코드화 방식에 상응한다. 녹두대사는 서구적 합리성의 세계를 넘어서기 위해 전통적 선계의 환상공간을 매개로 탈근대적 사유를 펼치고 있는 것이다.

그러나 엄밀히 말해 녹두대사의 탈근대적 사유는 사변적인 한계를 지니는데, 그것은 그가 합리적 세계와 중첩된 영역이 없는 분리된 선계에 위치한 점과 연관이 있다. 이 경우 현실에서 유리된 사변들은 그 자신의 충만한 공간을 통제하는 권위를 내포한다. 그 같은 탈합리적 사변들은 부조리한 세계에서 이탈하는 향락[93]의 제공을 빌미로 상징계의 균열을 봉합하는 이데올로기로 이용될 수 있다. 실제로 녹두대사는 그처럼 상징계의 권력(규범)과 공모하는 인공적 존재(로봇)임이 밝혀진다. 삼수의 스승인 동시에 무너뜨려야 할 대상인 녹두대사의 양면성은 합리적 현실과 혼성되지 못한 공허한 전통사상 및 탈계몽적(탈합리적) 사유의 한계를 암시한다.

삼수가 녹두대사와 다른 점은 합리적 세계에서부터 통과제의를 거쳐 선계의 공간에서 차츰 탈근대적 사유에 이르고 있는 점이다. 그러나 삼수가

---

92 장용학, 〈역성서설〉, 앞의 책, 381쪽.
93 향락이란 상징계(합리적 현실)를 넘어서는 차원에서 느껴지는 쾌감을 말한다.

얻은 '자유'와 '천동'(자연과의 조화)의 사유 역시 여전히 현실 외부에서의 편력을 통해 도달한 것일 뿐이다. 삼수의 수련 장소인 강원도 선계는 합리적 현실로부터 분리되어 있는 점에서 그 세계로부터 단절된 삼수의 내면공간에 상응한다. 이 점에서 삼수는 외견상 **탈근대적 공간**을 횡단하는 듯 보이지만 실상은 **모더니즘**의 주인공처럼 자신의 내면공간에 갇혀 있다.

삼수는 더 이상 퇴행적이고 유아론적이진 않으나 각성된 그의 상징인 비인 역시 세계로부터 단절된 접혀진 존재[94]일 뿐이다. 진리는 추상적이며 해탈의 상징인 연희가 그렇듯이 그의 품 안에 안을 수밖에 없는 접혀진 관념이다. 삼수는 진리를 얻어 각성되었지만 여전히 세계로 펼쳐지지 않은 '영도의 무존재'(비존재)에 불과하다. 다만 여인을 얻은 것처럼 자신이 통제할 수 있는 진리를 지닌 거인이 되었을 뿐이다. 그처럼 연희를 안듯이 추상적 진리를 품에 안은 거인으로 탄생함으로써 삼수는 그가 부성하려 한 세계의 (남성중심적) 권력을 음화[95]로서 반복한다.[96] 그의 진리는 부조리한 세계를 부정하고 있으나 진리와 그의 관계는 세계의 규범과 권력주체의 관계와 동일한 것이다.

〈역성서설〉과는 달리 〈현대의 야〉와 《원형의 전설》에서는 비인의 모험이 세계 속에서 펼쳐지지만 이번에는 퇴행과 광기에서 벗어나지 못한다. 비인은 탕아와 광인이거나 그렇지 않으면 부정적 세계의 음화로서의 진리(거인)인 것이다. 물론 정신분열증적 주체나 세계의 음화 속에는 '균열된

---

94 라이프니츠의 모나드는 다른 존재와 만나는 울림의 순간 펼쳐지는데 모더니즘의 모나드적 존재는 그런 순간을 갖지 못한다.

95 이처럼 세계를 음화로서 반복하는 것은 모더니즘 미학의 특징이다. 모더니즘의 주인공은 모순된 세계를 부정하고 화해를 소망하지만 소외된 주인공의 내면 공간에서 일어난 일들은 결과적으로 세계를 음화로 반복한다.

96 박정수는 이 점을 삼수가 부성적 초자아(녹수대사)의 욕망을 반복하는 것으로 설명한다. 부성적 초자아는 계몽적인 아버지(상징계의 아버지)가 배제한 욕망을 체현하지만 역설적으로 초자아는 상징계의 아버지와 공모관계에 있게 된다. 박정수, 《현대소설과 환상》, 새미, 2002, 105~110쪽.

현실에 대한 부정성'과 '내면의 진리(자유, 자연과의 조화)의 소망'이 숨겨져 있다. 그처럼 분열(《현대의 야》, 《원형의 전설》)과 추상성(《역성서설》)을 통해 현실에 대한 부정적 인식과 내면의 소망을 암시하는 것은 모더니즘의 미학적 특징이다. 장용학의 알레고리와 환상의 미학은 탈근대적 탈주로 주체(비인)를 탄생시켜려 시도했지만 파편적이고 추상적인 모더니즘으로 되돌아온다. 이는 합리적 세계를 넘어서려 하면서도 그 세계의 바깥으로 나아가는 문을 **안**(《현대의 야》《원형의 전설》)과 **밖**(《역성서설》) 어디에서도 발견하지 못한 그의 **부조화와 추상성의 미학**[97]에 상응한다.

8. 이데올로기와 알레고리적 환상

　장용학의 알레고리적 소설에서 모더니즘적인 부조화의 미학은 주인공의 욕망(자유)을 한 치도 허용하지 않는 전후의 균열된 세계와 연관된다. 반면에 최인훈의 경우는, 이데올로기로 둘러싸인 세계에서 그 '오인의 구조'에 현혹되지 않는 주인공이 균열된 세계와 대면함으로써 (모더니즘적) 부조화의 미학이 나타난다. 장용학 소설에서 알레고리가 환상으로 나아가는 것은 주인공(비인)의 무의식적 욕망이 균열된 세계의 한계를 넘어서기 때문이다. 그에 반해 최인훈의 알레고리적 환상은 이데올로기라는 환상구성물에 빠져들지 않고 그 공간과 담론을 이질적으로 경험하는 과정에서 출현한다.

　모더니즘은 흔히 이데올로기를 파편화함으로써 그 이면에 숨겨진 균열

232

된 세계를 부조화의 미학으로 형상화한다. 최인훈의 경우도 크게 보면 그런 모더니즘 미학에서 벗어나지 않는다. 그런데 최인훈은 단순히 이데올로기를 파편화하고 전복시키는 데 그치지 않는다. 즉 그의 주인공은 이데올로기를 거부하면서도 그것을 동화될 수 없는 이질적인 환상으로 경험함으로써 그 환상구성물 자체를 알레고리적으로 드러낸다. 그처럼 이데올로기(풍문)에 동화되지 않고 그에 대해 거리를 두고 풍문 듣듯 경험하는 인물을 최인훈은 '풍문인'이라고 말한다. 장용학의 알레고리가 비인의 모험을 그리고 있다면 최인훈의 알레고리적 환상은 그 같은 풍문인의 방황을 형상화한다.[98]

비인의 욕망이 '자유'라면 풍문인의 욕망은 '사랑'이다. 장용학의 비인은 자유의 욕망으로 인해 존재와 비존재, 상징계와 실재계 사이에서 모험을 벌인다. 반면에 최인훈의 풍문인은 사랑의 욕망 때문에 자신이 거부하는 이데올로기로 포위된 삶의 공간에 들어선다. 예컨대 《구운몽》에서 세계와 단절된 '관' 속에 누워 있던 독고민이 삶의 공간으로 돌아온 것은 사랑하는 숙의 목소리에 이끌려서이다.

그러나 사랑은 소외된 주인공을 유혹해 불러내면서도 실제로 삶 속에서 이루어지기는 어려운 욕망의 구성물이다. 그처럼 유인의 목소리(호명)를 지니면서도 실상은 성취가 불가능한 상상적 구조물인 점에서 **사랑**은 **이데올로기**와 매우 비슷하다. 사랑과 이데올로기는 주인공을 삶 속으로 끌어들이는 동시에 좌절을 경험하게 만든다. 즉 최인훈 스스로가 밝히고 있듯이, 그의 소설의 주인공은 삶의 바다로 내려가 '이데올로기와 사랑이라는 심해의 숨은 바위'에 걸려 좌초되곤 한다.[99]

---

98 박정수는 이와 비슷한 관점을 보이고 있다.

99 최인훈, 〈1973년판 서문:이명준의 진혼을 위하여〉, 《광장/구운몽》, 문학과지성사, 2000, 15쪽과 박정수, 《현대소설과 환상》, 앞의 책, 209쪽 참조.

　그런데 그 유혹과 좌절의 과정에서 중요한 것은 사랑과 이데올로기가 단순히 환상에 빠지게 하는 상상적 작용만은 아니라는 점이다. '심해의 숨은 바위'라는 표현이 암시하듯이, 사랑과 이데올로기는 우리의 의식에 작용하는 것이 아니라 상징계의 틈새(균열)에 위치한 (분열된) 주체의 무의식에 침투한다. 사랑이나 이데올로기가 그토록 매혹적인 것은 분열된 주체의 정신적 잔여물(실재계적 잔여물)을 해소시켜줄 것이라는 향락의 기대감[100]을 갖게 하기 때문이다. 의식의 차원의 주체는 항상 상징계에서 해결할 수 없는 실재계적 잔여물을 경험하는데, 사랑과 이데올로기는 그로 인해 분열된 주체의 무의식을 유혹하는 것이다.

　그런 맥락에서 지젝은 이데올로기적 호명이란 '상상적 과정'[101] 이전에 무의식 속에서 실재계와 대면하는 균열(상징계의 균열)의 경험을 계기로 갖는다고 말한다.[102] 사랑도 그와 비슷한 실재계적 요인을 갖고 있다. 사랑은 상징계 내의 대상에 집착하는 남성적 욕망과는 다르며, 상징화할 수 없는 실재계적 요소을 지닌 여성[103]으로부터의 유혹이다.[104] 사랑과 이데올로기는 그처럼 상징계 내에서는 불가능한 실재계적 잔여물과 교섭하는 기제로써 우리를 유혹한다. 상징계의 권력이 불가피한 균열을 봉합하기 위해 틈새와 실재계에 작용하는 이데올로기와 공모하는 것은 그 때문이다.

　사랑과 이데올로기의 차이점은 이데올로기가 상상적 구조물로 회귀하

100　분열된 주체는 상징계에서 늘상 갖게 되는 실재계적 잔여물에 의해 상징계 차원을 넘어서는 쾌감인 향락의 충동을 갖게 된다.

101　상상적으로 상징계 내에서 정체성을 얻는 과정을 말한다.

102　지젝, 이만우 역,《향락의 전이》, 인간사랑, 2002, 125~127쪽.

103　반대로 그런 위치에 있는 여성적 사랑이 실재계적 요소를 지님은 더 말한 것도 없다.

104　라캉은 여성은 남성의 증상이라고 말한다. 증상이란 상징계에서 배제된 것이 되돌아온 것을 뜻한다. 이처럼 여성은 상징화될 수 없는 실재계적 요소를 지니며, 그 때문에 라캉은 진정한 '성관계는 없다'고 말하는 것이다. 우리는 그런 라캉의 논의를 보충해 진정한 성관계와 사랑은 끝없이 지연된다고 말할 수 있을 것이다.

는 반면 진정한 사랑은 실재계적 요인(원인)과 교섭하는 끝없는 과정이라는 점이다. **이데올로기**는 틈새로 드러난 실재계와 작용하는 향락의 기대감을 갖게 하면서도 균열을 봉합하는 환상구성물로 되돌아온다. 반면에 진정한 **사랑**은 상상적 환상구성물을 넘어서서 여성적인 실재계적 원인[105]과의 교섭을 끝없이 연장시킨다.

상상적 구조물인 이데올로기는 올바른 이념(변혁의 이념)을 지닌 경우에도 오인의 구조에서 벗어나지 못한다. 그에 반해 진정한 사랑은 상징계에서는 불가능한 여성과의 결합을 위해 닫힌 경계를 열어젖히는 열정을 멈추지 않는다. 따라서 최인훈의 소설은 '이데올로기와 사랑이라는 심해의 숨은 바위'에 의한 좌초인 동시에, 그 실패를 넘어서려는 사랑의 열정에 대한 암시이기도 하다. 《광장》에서 갈매기를 통한 상징이나 《구운몽》 결말부에서 연인들의 사랑이 그 예일 것이다. 최인훈의 소설들은, 사랑의 유혹이 이데올로기적 호명처럼 상징계 내에서는 상상으로만 가능함을 보여주지만, 그와 함께 그런 좌절을 넘어서려는 사랑의 열정이 계속될 것임을 암시한다.

최인훈의 환상적 소설이 다른 모더니즘과 구분되는 것은 그 같은 **사랑**의 경험이 중요하게 부각된다는 점이다. 예컨대 《구운몽》(1962)의 첫 장면에서 관 속에 누워 있는 독고민은 여느 모더니즘의 주인공처럼 세계와 단절된 상태에 있다. 그러나 그는 따뜻하고 부드러운 첫사랑 숙의 목소리에 이끌려 삶의 공간으로 발을 들여놓게 된다.

균열된 세계(상징계)의 틈새에 죽음처럼 누워 있던 독고민이 그처럼 사랑의 목소리에 이끌린 것은 단지 따뜻한 공간이 그리워서만은 아니다. 관 속에 누워 있는 독고민은 자아의 욕망과 세계의 괴리로 인해 현실의 어느 곳에서도 삶의 의욕을 느낄 수 없는 (주체적) 분열과 죽음을 상징한다. 분열

---

105 남성중심적 상징계에서 여성은 완전히 상징화될 수 없는 실재계적 요인을 갖고 있다. 진정한 사랑은 그런 여성적인 실재계적 원인과 교섭함으로써 폐쇄적인 상징계를 열어젖힌다.

된 주체란 상징계의 균열의 틈새에서 실재계와 대면하고 있는 무의식적 주체를 말한다. 실재계와의 대면이란 세계의 균열로 인한 고통스러운 외상의 경험에 다름이 아니다. '사랑의 목소리'는 그런 분열된 주체의 무의식에 작용해 주체를 괴롭히는 실재계적 얼룩을 해결해줄 것이라는 (향락의) 기대감을 갖게 한다. 그처럼 사랑의 '목소리'는, 이데올로기적 '호명'처럼 상징계적 법의 '문자'와는 달리 분열된 주체의 무의식에 작용한다.[106]

그러나 삶의 공간에 발을 들여놓는 독고민은 아직 숙을 만난 것이 아니므로 계속 분열된 무의식적 주체의 상태에 있게 된다. 즉 독고민은 관 속을 나와 상징계에 들어서고 있지만 그가 경험하는 집, 거리, 광장은 일상 현실이기보다는 여전히 **상징계와 실재계 사이**의 공간이라고 할 수 있다. 그런 틈새의 공간에서 독고민은 의식과 무의식, 현실과 꿈(환상) 사이의 경험을 하고 있다.

독고민이 거리와 광장에서 수시로 '기시감'을 느끼는 것도 그 같은 그의 틈새의 위치를 말해준다. **기시감**은 대상의 인식을 가능하게 하는 상징계의 문법이 이완된 상태에서 나타난다. 베르그송에 의하면, 우리가 어떤 대상을 인식한다는 것은 습관기억[107]에 의해 (일종의 아비투스로서) 조직된 상징계의 문법에 의거해 대상을 분별하는 것을 말한다. 그 같은 인식의 순간에 매번 우리의 기억(순수기억) 속에서는 유사한 이미지들이 내려와 내포적 의미를 형성한다. 그런데 주체의 의식작용이 약화되고 무의식이 강화되는 순간, 대상의 분별을 가능하게 하는 상징계의 문법이 이완되면서 (대상의) 지각내용에 혼합되었던 내포적 이미지가 특별하게 감지되는 순간이 나타난다. 그처럼 대상의 분별이 흐릿해진 대신 분별의 한 요소였던 내포적 이미

---

106 지젝, 《향락의 전이》, 앞의 책, 119쪽.
107 기억에는 습관기억과 순수기억이 있다. 순수기억이 내포적 의미의 형성이나 꿈·환상, 몽환적 사유를 만드는 무의식의 작용과 연관이 있다면, 습관기억은 운동과 행동, 언어 등을 가능하게 하는 신체나 사회체계와 관련된다.

지가 특이하게 어른거리는 것이 바로 기시감이다.

독고민은 분명히 낯익은 거리(유사한 내포적 이미지)인데 어딘지 잘 알 수 없는(분별할 수 없는) 미로와도 같은 거리를 헤맨다. 그 같은 기시감은 독고민이 의식과 무의식의 중간상태에서 상징계와 실재계 사이의 공간을 헤매고 있음을 암시한다. 이런 상징계의 문법의 이완이 더 심화되면, 무의식이 더 활성화되고 기억[108] 속 이미지들의 (실재계적) 대상에 대한 (내포적 이미지를 넘어선) 전위, 압축, 중복결정의 작용이 왕성해지면서, 기시감은 **환상**으로 이행된다. 이는 독고민이 상징계에서 실재계 쪽으로 한발 더 다가선 경우이다. 예컨대 숙의 이미지를 닮은 여덟 여자들의 출현은 단순한 기시감에서 점차 환상적인 중복결정에 의한 다중적 정체성이 생성되는 과정을 보여준다.

다중적 정체성은 한 인물의 인격이 복수적일 뿐만 아니라 다른 인물의 정체성과 뒤섞일 수 있음을 시사한다.《구운몽》전체에서 기시감과 환상에 의해 암시되는 이 다중적 정체성은, 소설의 두 번째 서사에서 제시된 김용길 박사의 연구내용과 연관이 있다. 김용길 박사의 연구는, 개인이 인류의 미궁 같은 기억의 바다에 빠져 동일성을 잃을 때의 개체성의 의미에 관한 것이다. 이런 연구는 독고민이 미로 같은 거리와 광장을 방황하며 숙과 자신의 다중적 정체성을 경험하는 과정에 상응한다. 폐쇄된 상징계가 개인의 단일한 동일성을 요구한다면, 독고민이 기시감과 환상을 경험하는 '상징계와 실재계' 사이의 공간은 정체성의 복수화를 용인하고 있는 것이다.

따라서《구운몽》에서 독고민의 서사(첫 번째 서사)는 김용길 박사 연구(두 번째 서사)의 자료인 셈으로, 숙을 암시하는 아홉 여자[109]와 독고민을 호명하는 다양한 이데올로기적 목소리들을 통해 다중적 정체성이 암시된다. 그러

---

108 이 경우 와해된 습관기억과 무의식적인 순수기억이 둘 다 작용한다.
109 숙의 목소리와 숙의 표식을 지닌 여덟 여자를 말한다.

면 독고민의 서사의 핵심내용인 숙과 독고민의 열려진 정체성이 의미하는
것은 무엇일까.

　먼저 독고민이 숙의 흔적을 지닌 아홉 여자와 접촉하는 과정은 사랑의
‘불가능성과 가능성’을 암시하는 것으로 볼 수 있다. 독고민은 숙의 목소
리에 이끌려 삶의 공간에 들어서는데, 그것은 이미 살폈듯이 숙과의 만남
이 분열 상태를 벗어날 수 있게 해준다는 기대감에 의해서였다. 그러나 독
고민은 숙의 ‘두 번째 호명’이 담긴 편지를 받지만, 약속시간을 넘긴 배달
(우표소인으로 확인됨)로 인해 그녀를 만날 공간을 잃어버린다. 이 같은 착오
와 불일치는 ‘사랑의 목소리’와 상징계의 ‘문자 체계’의 차이를 암시한다.
사랑의 목소리가 상징계와 실재계 사이의 벽을 넘어서는 흐름이라면, 우표
소인으로 표상되는 상징계의 문자 체계는 경계 내부의 폐쇄된 영역을 지정
한다. 그처럼 상징계는 경계를 닫아걸어 숙[110]의 목소리에서 흘러넘친 여성
적 향락[111]의 영역(실재계)을 배제한다. 숙의 목소리와 기억 속의 이미지(여
덟 여자)는 매번 독고민을 유혹하지만, 상징계의 내부에는 어디에도 그녀를
만날 공간이 없는 것이다.

　물론 독고민의 방황은 ‘상징계와 실재계’ 사이에서 이루어지며 숙을 만
날 것이라는 기대감은 끝없이 계속된다. 그러나 독고민이 숙의 분신인 여
자를 단일한 정체성으로 대면하는 순간 그 여자는 더 이상 숙이 아니며 독
고민을 알아보지 못한다. 그처럼 닫힌 상징계 내에서 단일한 정체성의 숙
을 원할 때마다 사랑(혹은 숙과의 만남)은 수포로 돌아간다(**사랑의 불가능성**).
하지만 그런 상황에서도 숙을 암시하는 여자가 계속 나타나는 한 독고민의
사랑에 대한 열망은 끝나지 않는다(**사랑의 가능성**).

110　숙은 실재계적 존재인 점에서 라캉이 말한 대상 a에 해당된다고 할 수 있다.
111　여성적 향락은 잉여향락이나 이데올로기적 향락과는 달리 허여성(선물)이나 타자성 같은 상
　　징화할 수 없는 요인과 연관이 있다.

238

따라서 독고민이 숙의 이미지가 중첩된 여덟 여자와 만나는 과정은, 다중적 정체성과의 대면에서의 기대감과 동일성의 상징계에 닫히는 순간의 좌절, 즉 사랑의 가능성과 불가능성을 암시하는 것으로 볼 수 있다. 만일 독고민이 상징계 내부에 갇힌 채 살아가는 인물이라면, 숙은 부재하며 사랑은 불가능하거나 상상적으로만 현실화된다. 그러나 상징계를 넘어선 틈새에서 방황하는 독고민은, 숙의 부재를 확인하면서도 열린 정체성(숙의 분신)과의 대면 속에서 그녀와의 만남을 포기하지 않으며, 사랑의 열망을 계속 지속시킨다. 사랑이란 어쩌면 그런 끝없는 과정 자체에서 희망을 얻은 것일지도 모른다. 사랑은 현재의 존재에서 경험하는 현존하지 않는 것(실재계)과의 관계이며, 앞으로 와야 할 것과의 놀이, 미래의 사건이기 때문이다.[112]

그처럼 사랑은 아직 존재로 떠오르지 않은 실재계적 요소와의 관계이지만, 그 경험은 또한 모든 것이 현존하는 삶 속에서만 의미를 지닌다. 사랑은 아마도 삶 속에서 존재하는 유일한 실재계적 요소일 것이다.[113] 그 점에서 아홉 명의 복수적 숙의 의미는 사랑의 갈망과 함께 독고민을 삶의 공간으로 이끌고 있다는 데에 있다.

삶의 공간은 실재계와 접촉하고 있지만 이데올로기에 의해 접촉을 차단당하고 있기도 하다. 독고민은 숙의 사랑의 유혹에 이끌려 삶 속으로 들어서는 순간 사랑의 열정과 함께 이데올로기를 경험하게 된다. 앞서 살폈듯이 이데올로기는 사랑과도 유사한 유혹의 구조를 갖고 있다. 사랑과 이데

---

112 이 말은 현재의 존재를 충만한 현존으로 경험하지 않고 실재계와 연관된 것으로 만난다는 뜻이다. 다중적 정체성의 숙은 그처럼 상징계와 실재계 사이에 걸쳐 있는 존재이다. 사랑에 대한 이런 표현은 레비나스, 강영안 역, 《시간과 타자》, 문예출판사, 1996, 108~110쪽 참조.

113 또 다른 예는 혁명일 것이다. 물론 혁명은 파괴를 동반하는 경우가 많지만, 진정한 혁명은 끝없이 계속되는 열정 속에서 새로운 창조에 접근하는 일일 것이다. 그 점에서 우리에게 필요한 것은 사랑 같은 혁명과 삶 속에서의 혁명일지도 모른다.

올로기는 실재계에 접촉하는 경험을 통해 무의식을 유혹하며 독고민의 욕망을 동요시킨다. 독고민은 열려진 삶의 공간에서 사랑과 이데올로기를 통해 상징계에 폐쇄되지 않는 복수적 욕망을 경험한다. 그로 인해 독고민은 그곳에서 사랑을 통해서는 숙의 다중적 정체성을 경험하면서, 이데올로기와의 대면 속에서는 자신의 복수성을 경험한다. 물론 이데올로기는 사랑과는 달리 상상적인 오인의 구조이므로, 독고민은 결코 그에 현혹되지 않고 상징계의 틈새와 이데올로기 사이에서 서성거린다. 이데올로기가 독고민을 실재계에 접촉하게 하면서 다시 상징계 쪽으로 끌어들인다면, 진정한 사랑의 욕망은 그가 실재계로 열린 틈새의 위치에 머물게 한다.

그렇다고 독고민이 이데올로기와 전혀 무관한 위치에 있는 것은 아니다. 독고민이 거부하는 이데올로기가 환상구조물로 나타난 점이나, 그것에 현혹된 사람들이 독고민을 그들의 수장(선생님, 사장님, 수령 등)으로 호명하는 점에서, 환상으로 되돌아온 이데올로기는 그의 억압된 (복수적) 욕망의 귀환일 수도 있다. 그런 측면에서 복수적 이데올로기는 독고민을 다중적 정체성으로 재구성한다.

그러나 이데올로기의 환상적 귀환으로 암시된 욕망은, 여전히 그것(이데올로기)의 외피를 쓰고 있는 점에서 독고민의 진정한 욕망인 사랑과 배치된다.[114] 사랑은 독고민을 '미래의 사건'으로 이끄는 반면, 이데올로기는 그가 경험하는 현실의 균열을 봉합하는 형식으로 작용하기 때문이다. 이데올로기는 독고민의 숨겨진 욕망(시인, 사장, 혁명가)을 얼마간 보여주면서도 현실의 균열을 은폐하는 형식으로 인해 거부의 대상이 된다. 그로 인해 독고민이 자신이 부인했던 이데올로기와 대면하면서, 거리를 두고 그것의 환상적

---

[114] 독고민의 욕망은 사랑의 욕망과 부합할 때만 이데올로기 외피를 벗을 수 있다. 예컨대 사랑과 부합되기 어려운 자본(사장)의 욕망은 이데올로기의 형식에서 벗어나기 어렵다. 반면에 사랑과 결합할 가능성을 가장 많이 지닌 것은 혁명의 욕망이다.

오인의 구조를 드러내는 방식은 매우 흥미롭다.

만일 독고민이 다른 모더니즘 주인공처럼 이데올로기를 거부하기만 한다면 균열된 현실만 그려질 뿐 이데올로기는 나타나지 않는다. 반대로 그가 자신을 호명하는 사람들처럼 이데올로기에 현혹되었다면 이데올로기는 그 자체가 현실로 그려지며 환상구조물은 드러나지 않는다. 그 둘과는 달리, 독고민은 이데올로기로 포위된 상징계 내부(현실)와 외부(균열) 어느 지점에서 자기 자신을 숨기는 이데올로기의 정체를 선명하게 보게 된다. 독고민을 호명하는 무엇에 홀린 듯한 사람들, 끝없이 무언가를 오인하며 신념에 가득 차 외치는 사람들, 이 환상구조물 자체가 현실보다 더 현실적인 이데올로기의 정체인 것이다.

따라서 독고민이 목격하는 환상 속의 사람들은 그의 억압된 욕망의 귀환이기보다는 이데올로기 그 자체의 모습이다.[115] 일상의 사람들은 실새계와 대면하는 균열의 순간이 고통스러워 환상구조물로 된 현실 속으로 도피하게 된다. 그러나 독고민은 그들처럼 환상-현실 속에 빠져들지 않고 시종 거리를 둠으로써 이데올로기를 이데올로기(환상과 오인의 구조물)로서 보게 된다.

만일 그가 환각같이 나타난 사람들 속에 휩쓸렸다면 더 이상 환상은 경험되지 않으며 이데올로기의 공간은 자연스러운 현실로 느껴졌을 것이다. 그와 달리 독고민은 환상에 빠지지 않으면서 환상을 경험하는 방식을 통해 이데올로기의 정체를 드러낸다. 그처럼 이 소설은 이데올로기와 조우하는 동시에 거리를 두는 양가적인 방식을 통해, 일종의 낯설게 하기 기법으로 이데올로기를 환상구조물로 된 파편(대상)으로 드러낸다. 그리고 현실을 유기적

---

115 이 점에서 이 소설의 이데올로기로 된 현실의 환상적인 표현은 다른 모더니즘 소설의 환상과는 구분된다. 다른 모더니즘 소설의 환상은 주인공이 그 속에 빠져들거나 주인공 자신이 환상물로 표현된다. 《구운몽》은 모더니즘적인 알레고리적 환상을 표현하면서도 이데올로기적 환상공간을 거리를 두고 대상화하는 독특한 방식을 보여준다.

인 삶의 공간이 아닌 그런 낯설고 환상적인 파편들의 구성물로 보여준다.

현실은 두 가지 알레고리적 환상의 파편들로 구성되어 있다. 하나는 인식론적 오인의 구조 속에 빠지게 하는 이데올로기적 환상의 파편들이며, 다른 하나는 상징계 내에 고착된 위치로 인한 오인된 사랑의 경험들[116]이다. 독고민은 이데올로기적 환상을 거부하는 반면 오인의 관계로부터 벗어나려는 끝없는 사랑의 열정을 드러낸다. 그것은 이데올로기란 상징계의 경계선 안쪽으로 균열을 봉합하는 방식이지만 진정한 사랑은 밖으로 문을 여는 형식이기 때문이다.

물론 독고민이 모든 이데올로기적 환상을 오인의 구조로 거부하는 것은 아니다. 독고민은 혁명의 이데올로기의 공간에 들어선 이후 자신도 모르게 그 환상 속에 빠져들 것 같은 순간을 경험한다. 그것은 그 공간에서 독고민의 욕망을 충족시켜주는 일들이 일어나고 있었기 때문이다. 즉 혁명의 이데올로기에 동화된 사람들은 독고민처럼 사랑의 욕망을 지닌 사람들이며 시인들이기도 했다. 실제로 **혁명**이란 **사랑**처럼 상징계 밖으로 문을 열어 실재계와 직접 교섭하려는 집단적인 사건에 다름이 아니다. 즉 혁명의 순간은 고착된 상징계–법을 해체하면서 실재계가 역사 그 자체로서 눈앞에 드러나는 순간이다.

그러나 독고민은 혁명의 이데올로기로부터도 거리를 두려고 애쓴다. 그것은 혁명이란 사랑과 같은 방향을 지닌 탈주의 운동이지만 그 운동이 이데올로기화했을 경우 오히려 사랑을 얻지 못할 수도 있기 때문이다. 독고민은 다음에서처럼 '숙과의 만남'을 걱정하며 혁명을 시도하는 사람들로부터 거리를 두고 있다.

---

116 또 하나의 숙일 수도 있는 여자들은 상징계 내에 고착된 자신의 위치로 인해 독고민이 원하는 숙이 되지 못한다. 또한 독고민 역시 다중적 정체성의 숙을 단일한 개인으로 환원시켜 다른 여자들을 또 다른 숙으로 만나지 못한다.

그녀는 밖으로 머리를 내밀고,

"여러분, 피닉스는 또다시 날까요?"

보내는 사람들의 외침.

"사랑이 있는 한 날 것입니다. 수령."

소리도 없이 발동을 걸고 차는 스르르 미끄러져간다. 민은 아까부터 골
똘히 생각하고 있었다. 그는 야릇한 헛갈림에 빠져들고 있다. 나는 정말 이
사람들의 수령이 아닐까. 아니다. 이 사람들에게 홀리면 안 된다. 그러면 다
시는 숙을 못 만난다.[117]

위에서 '그녀'는 죽은 독고민을 사랑의 힘으로 살려냈던 변신한 '늙은
댄서'이다. 숙의 흔적을 지닌 늙은 댄서는, 독고민의 시체 앞에서 사랑의
눈물을 흘리는 순간 스스로 반란군의 일원인 젊은 여자로 변신할 수 있었
다. 그녀가 입에 올린 혁명의 암호 역시 사랑과 혁명의 관계를 암시한다.

하지만 독고민은 혁명군마저 환상으로 생각하며 숙과의 진정한 사랑을
위해 그들에게 현혹되지 않으려 한다. 이데올로기적인 환상구조에서 벗어
나지 못한 혁명군의 문제점은 민중들의 사랑을 얻지 못한 데 있었다. 즉 그
들의 한계는, '미래에 와야 할 것'을 알고 있는 사람들이, 상징계의 틈새를
열어젖힐 민중들의 힘을 얻지 못한 상태에서 조직의 힘으로 새로운 세상을
열려는 데 있었다. 그들은 사랑을 소망하고 있지만 아직 사랑(그리고 민중)의
힘으로 새로운 세계를 열 수 있는 현실은 갖지 못한 것이다. 소망으로 현실
을 대신하려는 오인의 구조로 인해 혁명군의 사랑의 이념은 이데올로기적
환상으로 허구화된다. 독고민이 사랑(숙과의 만남)을 잃을 것을 걱정하며[118]
그들의 이데올로기로부터 거리를 두는 것은 그 때문이다. 그러나 환상에서

---

117 최인훈, 《구운몽》, 《광장/구운몽》, 문학과지성사, 2000, 293~294쪽.
118 이런 맥락에서 '숙과의 사랑'과 '민중들과의 사랑'은 서로 상응한다.

벗어나 균열된 현실에 남아 있으려는 독고민은 매번 숙의 부재를 경험한다. 그처럼 소망을 좇으려 하면 현실성을 상실하며, 현실에 홀로 남겨지면 외로운 좌절을 맛보는 것이다.

물론 독고민과 혁명군 사이에 전혀 교감이 없는 것은 아니다. 즉 독고민이 기다리는 '사랑'은 혁명군이 생각하는 끝없이 계속되어야 할 '미래의 사건'과 같은 맥락을 지니고 있다. 그처럼 '미래의 사건'을 생각하는 한 독고민과 혁명군은 똑같이 이데올로기로부터 벗어나 있다. 그러나 결국 반란은 실패하고 '환상' 속의 독고민은 외국으로 망명한다. 또한 '현실'에서 숙을 기다리던 독고민은 벤치에서 혼자 얼어 죽는다(김용길 박사의 서사). 그렇게 혁명과 사랑은 모두 실패한 것이다. 이 같은 좌절은 《구운몽》의 사랑과 변혁의 서사가 모더니즘적인 부조화의 미학임을 암시한다.

모더니즘적인 부조화의 미학은 인물과 환경의 상호작용을 그리는 리얼리즘의 (조화의) 미학과 구분된다. 이상과 현실의 괴리, 인물과 환경의 부조화를 드러내는 이 미학은, 주체의 역량이 환경에 대응하는 데 충분히 이르지 못한 '아직 아닌' 시기[119]의 미학이다. 사랑과 화해의 소망은 내면에 넘치지만 그것을 주체의 힘으로 세계에서 실행하기에는 현실이 너무 열악한 상황에 있는 것이다. 《구운몽》의 경우 혁명군이 민중들의 사랑을 얻지 못한 점이 그런 상황을 암시한다. 독고민과 혁명군처럼 내면에서 사랑의 소망이 솟아나지만 현실에서는 그것을 실현할 대상을 찾기 어려울 때, 소망과 현실의 괴리로 인해 형상적인 파편화를 드러내는 미학이 나타난다.

물론 부조화의 미학은 형상적으로는 파편화와 파탄을 보여주지만 또한 그 부조화를 통해 내면의 사랑(그리고 화해)의 소망을 암시한다.[120] 《구운몽》

---

119 서구에서 모더니즘은 '더 이상 아닌' 시기에 나타나지만 우리 소설에서는 '아직 아닌' 시기에도 출현한다. 1960년대는 4·19에 의해 변혁의 욕망이 고양되었지만 그 소망을 실제 현실에서 충분히 실현하기에는 주체의 역량이 미흡한 '아직 아닌 시기'였다고 할 수 있다.
120 부조화의 미학의 형상적인 균열은 역설적으로 그런 내면의 소망이 현실의 상황(환경)에 비해

은 그런 숨겨진 사랑의 소망을 더욱 부각시키기 위해 두 개의 서사를 덧붙인다. 이를테면 두 번째 서사(김용길 박사의 서사)에서, 인류의 기억을 매개로 한 다중적 정체성이라는 김용길 박사의 연구는, 끝없이 계속될 미래의 사랑의 가능성을 시사한다. '인류의 기억'은 우리가 실패와 좌절을 딛고 다시 일어서게 만드는 무의식으로서의 기억의 바다[121]이다. 그러나 우리가 삶 속에서 다시 일어서려는 소망을 갖지 않는다면 우리의 정체성은 해체되거나 다중적으로 분열된 상태에 머물 것이다. 기억 속의 사건과 인물을 끝없이 다시 삶의 공간에 나타나게 만드는 것은 **사랑의 소망**[122]이다.[123] 즉 그것이 참을 수 없는 4월(4·19)이 다시 오듯이 또 다른 독고민과 숙이 끊임없이 출현할 수 있게 하는 것이다. 사랑의 소망이 **삶 속에** 흘러넘치는 시간에, 변혁운동은 공통의 기억을 기반으로 재출현한 4·19로 불붙을 것이며, 결말부(고고학 영화를 본 연인들)에서처럼 연인들은 다시 나타난 독고민과 숙으로 부활할 것이다.

그들이 본 영화의 내용, 즉 세 번째 서사는 '신의 사생아들의 화석'을 파내는 고고학[124]으로 설명된다. 이 사생아들의 흔적이야말로 사랑과 혁명에 대한 소망과 좌절의 기록으로서 우리의 공통의 기억에 다름이 아니다.[125]그

매우 강렬한 데서 기인된 것이다.

121 이는 들뢰즈가 말한 '시간-이미지'들의 바다라고 할 수 있다.

122 사랑의 소망은 대상 a에 대한 열망이라고 할 수 있는데. 이는 인류의 기억 속에서 만나는 사람들이 갖고 있었던 소망이기도 하다. 사랑의 소망이 새로운 주체 구성의 동인이 됨을 논의한 논문에는 김미란, 〈환상을 통해 나타나는 주체의 곤경과 주체 구성의 의지〉(한국어교육학회 학술대회, 2008, 5)가 있음.

123 물론 독고민이 경험한 난파의 계절에는 정체성이 분열되지 않도록 하는 일이 중요하다. 이것이 실상 김용길 박사의 일차적 연구과제이다. 그러나 그의 연구는 난파당한 사람들에 대한 기억을 매개로 (사랑의 소망에 의해) 끝없이 새로운 정체성(주체성)이 출현함을 암시한다.

124 최인훈, 《구운몽》, 앞의 책, 307쪽.

125 이는 사랑과 혁명의 소망과 좌절을 그린 독고민의 서사를 암시한다. 영화의 내용이 '빙하기'였다는 설명은 독고민이 매우 추운 시대를 살았음을 의미한다.

것을 토대로 실현될 미래 어느 날[126]의 사랑과 새 세상은, 당연히 (《구운몽》에서처럼) 실패를 무릅쓰고 현실에서 끝없이 시도될 때 가능해질 것이다. 혁명과 사랑은 똑같이 '현존하는 것들 속에서의 현존하지 않는 것과의 관계'[127]이며, 현재에서 경험하는 미래의 사건이기 때문이다.

9. '담론'으로서의 이데올로기와 '이미지'로서의 이데올로기

《구운몽》에서 독고민을 움직이게 하는 욕망은 사랑이며 이 소설은 혁명과 사랑의 결합문제를 중요하게 다루고 있다. 그러나 《구운몽》에서 그에 못지않은 핵심적 요소는 다름 아닌 이데올로기에 관한 것이다. 이 소설의 알레고리적 서사는 주로 다양한 이데올로기적 환상들의 파편적인 접합으로 구성되어 있다. 그것이 의미하는 바는 그 시대의 삶이 이데올로기(풍문)들로 둘러싸여 있었으며, 사람들은 그 속에서 각자의 인생을 살았다는 것이다. 그 점에서 '예외적인 인물' 독고민의 죄는 '인생을 살지 않았다'는 것, 혹은 '살았으되 마치 풍문 듣듯 살았다'는 것이다.[128]

그런데 풍문이라는 말이 암시하듯이 그 시대의 이데올로기는 주로 '담론'으로 구성되어 있었다. 즉 독고민을 호명한 것은 고함, 스피커 방송, 연설이었으며 그 시끄러운 목소리들이 사람들을 사로잡고 있었던 것이다. 독

---

126 마지막 장면은 이 미래의 어느 날을 암시한다.
127 레비나스, 앞의 책, 108쪽.
128 최인훈, 《구운몽》, 앞의 책, 264쪽.

246

고민처럼 (이데올로기) 밖으로 달아나는 사람이 생기지 않도록 숨 가쁜 부르 짖음이 계속되었던 그 시대는, 우리로 하여금 당시를 이데올로기의 시대로 기억하게 하고 있다.

그러나 흥미로운 것은 그 같은 이데올로기적 담론들이 실상 이데올로기 적 작용을 아주 효과적으로 수행하지는 못했다는 점이다. 이데올로기의 목 소리는 단순한 계몽적인 담론과는 달리 우리의 무의식을 사로잡는다. 그 같은 이데올로기적 호명과 담론은 한 번으로 성공할 수 없고 끊임없이 계 속되어야 한다.[129] 그런데 역설적인 것은 그처럼 '담론으로서의 이데올로 기'가 표나게 드러날수록 그것이 삶 자체와는 다를 수도 있다는 생각이 생 겨나기 쉬웠다는 점이다. 다만 이데올로기에 지배되는 시대에는 그것에서 벗어나는 순간 균열된 삶에 직면하게 된다.[130]

균열된 삶과의 대면은 고통과 상처의 경험이기도 하지만 이데올로기에 동화될 수 없는 주체의 무의식적 항변을 암시하기도 하다. 낯설게 하기를 통해 그처럼 이데올로기에 동화되지 않고 균열된 삶 자체와 대면하게 하는 것이 바로 모더니즘이다. 그런 맥락에서 최인훈의 알레고리적 소설들은 넓 은 의미의 모더니즘에 포함될 수 있다.[131]

역설적인 것은 이데올로기의 시대에 그처럼 이데올로기를 적극적으로 거부하는 모더니즘이 더 성행했다는 점이다. 이같이 이데올로기에 대항하 는 미학이 성행한 것은 그 시대의 이데올로기가 균열을 은폐하는 데 완전 히 성공적이지는 못했음을 반증한다. 이데올로기는 시끄러운 목소리를 내 야만 우리를 사로잡을 수 있지만 그럴수록 자기 자신이 이데올로기임을 더

---

[129] 이 점은 후기자본주의 시대의 '이미지로서의 이데올로기'의 경우 역시 마찬가지이다.

[130] 사람들은 균열의 고통이 두려워 이데올로기 속으로 도피하는 것이라고도 할 수 있다.

[131] 한 가지 특이한 것은 《구운몽》에서 보듯이 최인훈은 이데올로기 자체를 알레고리적 환상들의 파편으로 드러내고 있다는 점이다. 그것은 《구운몽》의 독고민처럼 이데올로기와 조우하는 동 시에 그로부터 거리를 두는 '풍문인'의 위치에서 가능해지고 있다.

드러내게 된다.

물론 이것이 이데올로기 자신의 한계를 보여주는 것은 아니다. 흥미로운 것은 20세기 말엽 이후 그런 소란스런 이데올로기의 목소리가 침묵하기 시작했다는 것이다. 하지만 흔히 말하는 **이데올로기의 종언**은 수명을 다한 이데올로기가 마침내 사라졌음을 의미하지는 않는다. 소멸된 것은 시끄럽고 비효율적인 **'담론**으로서의 이데올로기'이며, 새로운 방식의 **'이미지로서의 이데올로기'**가 조용히 그것을 대신했을 뿐이다.

이미지로서의 이데올로기는 삶 자체와 구분되지 않으며 그로 인해 이데올로기가 사라진 듯이 느껴질 따름이다. 이미지-이데올로기는 소리 없이 효과적으로 균열을 은폐하며 우리가 그 이미지에서 달아나기 어렵게 만든다. 이데올로기는 《구운몽》에서처럼 파편적이고 광적인 환각이 아니라 한 편의 영화와도 같은 매혹적인 환상이 되었다. 그처럼 우리 시대의 이데올로기적 환상은 자신이 이데올로기임을 드러내지 않은 채 스스로의 임무를 보다 완전하게 수행한다. 이제 호명의 목소리는 《구운몽》의 '고함소리'에서 〈프린세스 안나〉의 '스노 화이트의 달콤한 음성'으로 바뀐 것이다.

주목할 것은 그에 따라 이데올로기에 대응하는 방식 역시 달라졌다는 점이다. 즉 이데올로기를 비판하는 예술의 방식은, 알레고리 등을 통해 균열을 드러내는 미학에서 복수 코드화의 형식으로 또 다른 삶을 암시하는 미학으로 전환되었다. 복수 코드화의 방식은 합리적 상징계와 공모하는 이데올로기적 환상을 보다 효과적으로 해체한다. 고함, 스피커, 연설의 시대가 이미지, 시뮬라크르, 영화의 시대로 전환됨에 따라, 그에 대응하는 미학 역시 (이데올로기에) 동화되지 않는 **비동일성의 예술**에서 새로운 삶의 생성을 암시하는 **해체와 탈주의 예술**로 바뀐 것이다. 이 이미지로서의 이데올로기와 그에 대항하는 해체의 미학은 우리의 환상의 주제에 연관된 가장 핵심적인 부분의 하나이다. 이에 대해서는 뒤에서 포스트모더니즘을 살피면서 다시 논의하기로 한다.

제 5 장

서정적 소설·동화·애니메이션과 환상

1. 서정소설과 신화적 환상

모더니즘의 알레고리적 환상이 균열된 삶을 드러내는 '아름답지 않은 미학'[1]이라면, 자연과 조화된 환상을 통해 화해의 소망을 표현하는 서정적 환상은 가장 '아름다운 미학'이다. 모더니즘과 서정소설은 주인공의 사회에 대응하는 (서사적) 행동이 약화된 대신 내면적 반응이 고양되는 점에서 비슷한 특징을 지닌다. 그러나 환상과 이미지의 미학적 형상화 방식에서는 그처럼 서로 구분된다. 아름다운 예술과 아름답지 않은 예술이라는 양자의 차이는 어디에서 기인된 것일까. 이제 모더니즘의 파편적 환상을 살펴보기 전에 서정적 소설·동화·만화에 나타나는 아름나운 환상을 고찰해보자.

서정소설이 아름다운 이미지를 보여주는 것은 인물들이 자연과 교섭하는 순간을 포착하기 때문이다. 인물과 자연환경의 교섭은 화해의 경험으로 나타나며 서정적 이미지들로 제시된다. 예컨대 〈메밀꽃 필 무렵〉에서 허생원이 달빛 젖은 메밀밭을 지날 때의 장면이 바로 그것이다. 그와 달리 허생원이 장돌뱅이의 삶을 살아가는 낮 동안에는 외롭고 고달픈 생애가 그려진다. 이 허생원의 고통스러운 삶은 그와 사회환경의 상호작용 속에서 나타나는 주객갈등의 서사적 경험이다. 서정소설의 아름다운 서정적 이미지는, 그런 주객갈등의 서사적 맥락 속에서 불현듯 경험하는 자연과의 화해의 순간에 나타난다.

여기서 중요한 것은 서정적 화해의 경험이란 대부분 내면 속에서 겪는 **순간적인 경험**이라는 점이다. 그것은 근대 이후의 인간의 삶은 사회환경

---

1 아도르노는 모더니즘 미학이 주객단절의 상황에서 조화된 아름다운 가상을 포기하는 방식을 사용한다고 말한다. 아도르노, 방대원 역, 《신음악의 철학》, 까치, 1986, 124쪽.

속에서 살아가도록 조건지워져 있기 때문이다. 자연과의 화해의 경험은 잠시 그 사회 맥락에서 벗어나는 무시간적인 것으로만 가능하다. 그리고 그 순간적인 내면의 경험은 사회 속에서의 서사적 맥락과 연관되었을 때 삶에 대한 의미를 얻게 된다. 따라서 서정적 아름다움이란 고통스러운 (주객갈등의) 서사적 삶 속에서 한순간 경험하는 자연과의 화해의 황홀함이다.

물론 자연과의 교섭은 〈메밀꽃 필 무렵〉에서처럼 상당한 시간 동안 계속 진행되기도 한다. 그러나 메밀꽃밭에 파묻힌 허생원은 마치 시간이 멎은 듯한 내면적 경험을 하는데, 그것이 바로 서정적 화해의 순간적 경험이다. 당연히 허생원은 이때에도 메밀밭을 지나 다른 장터로 가는 중이며, 여전히 장돌뱅이의 삶이라는 서사적 맥락 속에서 놓여 있다. 하지만 그는 또한 자연과의 내면적 화합 속에서 고달픈 장돌뱅이의 삶(서사적 맥락)을 넘어서는 경험(서정적 순간)을 하는 것이다.

이처럼 서정적 경험은 서사적 갈등의 삶을 넘어서려는 소망의 표현으로 제시된다. 우리는 사회환경 속에서의 (서사적) 갈등이 자연과 교섭할 때처럼 해소되었으면 하고 소망하게 되는데, 그 화해의 소망이 바로 서정적 전망이다. 이 '전망'으로서의 서정적 경험은 갈등을 포함한 **서사적 맥락**과 연관되었을 때만 **아름답게** 느껴진다.

흥미로운 것은 그런 서정적 순간에 빈번히 **신화적 환상**이 출현한다는 점이다. 물론 〈메밀꽃 필 무렵〉에는 신화적 판타지가 직접 나타나지는 않는다. 그러나 서정적 분위기에 도취된 허생원이 매번 꺼내는 성처녀의 이야기는, 개인적인 기억으로 보면 아득하면서도 의미로 가득찬 신화적 이미지에 가깝다. 성처녀와의 인연은 단순한 과거가 아니라 허생원의 내면성(무의식) 속에 담긴 무시간적 이미지이며, 그 신비스러운 기억이 고달픈 그에게 힘을 주는 것이다.

신화적 환상이 서정적 순간을 신비스럽게 장식하는 예는 윤후명의 소설들에서 보다 뚜렷이 나타난다. 그의 소설에서 신화적 환상이 출현하는 것은 주인공이 서정적 순간에 잠시 무의식 속의 신화적 상상력으로 회귀하기 때문이다. 신화적 상상력이란 자연과 교감하며 개인이 공동체의 삶 속에 어우러지던 시대의 사유방식이다. 그런 신화적 사유와 화합력은 근대 이후에는 무의식 속의 소망으로만 남아 있다. 그래서 그 시대와는 달리 사회와 갈등하는 근대소설의 주인공은, 자연과 교감하는 순간 불현듯 그런 신화적 기억으로 되돌아가게 된다. 그 순간에 주인공은 사회적 갈등이 자연과 화합된 신화시대처럼 해소되기를 소망하게 되는 것이다. 따라서 신화적 환상은 자연과 교감하는 서정적 이미지처럼 화해된 삶의 소망의 표현에 다름이 아니다.

밤하늘에 별이 떠 있었다. 나는 까닭 모르게 한숨이 나왔다. 뭇별들이 삶처럼 떠 있었다. 그러자 폐마의 모습이 어디에선가 나타나더니 천구(天球)의 저쪽으로 달려가고 있는 것이 얼핏 보였다. 하지만 그것은 폐마가 아니었다. 날개가 달린 천마(天馬) 페가수스였다.

나는 말을 잡아 죽여 하늘에 바침으로써 인간의 기원(祈願)을 천신(天神)에게 전달케 한다는 고대 설화가 떠올랐다. 폐마는 그렇게 나의, 우리집 사람들의 기원을 천신에게 전달하기 위해 천마로서 사라져간 것이었다.

나는 나도 모르게 눈물이 그렁그렁해졌다. 천신에게 어떤 기원이 전해짐과 함께, 나는 하나의 별이었다. 아버지도, 어머니도, 큰아버지도, 동생들도, 떠돌이 청년도 제가끔 하나의 별이었다. 절집 딸도 하나의 별이었다. 모든 사람들은 하나의 별이었다. 우리는 영원히 서로 만날 수 없어서 어둠 속에 눈빛을 반짝이며 알 수 없는 소리로 노래하고 있는 것이었다. 개도, 닭도, 토끼도, 돼지도 모두들 하나의 별이었다. 모든 생명은 하나의 별이었다. 그리고 그 모든 별들은 견딜 수 없는 절대 고독에 시달려 노래하고 있는 것이었다.[2]

예문처럼 서정적 이미지와 신화적 환상의 아름다움은 어두운 서사적 삶과의 연관 속에서 스며 나온다. 이는 아름다운 별빛이 어둠 속에서만 빛나는 것과 비슷한 이치이다.

그와 연관해서, 예문의 '천마의 설화'나 '별들의 음악소리'는 단지 신비스러운 이미지와 초자연적인 현상의 표현이 아니다. 그것은 우리 내면(무의식)에 잔존하는 자연과 화해되었던 시대에 대한 기억이며 그에 근거한 화합된 삶에 대한 소망이다. 신화적 환상은 '나'의 가족의 절망의 상징인 폐마를 화해의 소망을 전하는 천마로 뒤바꿔놓는다. 그리고 고통스러운 삶을 별빛으로, 존재의 고독을 화합된 음악소리로 전환시킨다. 이는 신화적 환상과 서정적 이미지가 어두운 삶을 버텨나가는 내면적 힘과 화해된 삶의 소망을 표현하는 방식임을 암시한다.

완전히 옷을 벗은 나는 알몸으로 주위를 걸어 다녔다. 어둠 속에서는 옷을 입은 것보다 벗은 게 더 안 보인다지. 나는 투명인간이라도 된 양 자유롭게 걸어 다녔다. 모든 속박으로부터 벗어나서 한 사람의 진정한 자유인이 된 느낌이었다. 나는 아무도 없는 바닷가를 지금 막 물고기에서 진화된 무슨 짐승처럼 어슬렁거리며 돌아다녔다.

갑자기 파도 소리가 높아지며 하늘 가득히 새들이 날았다. 소라고둥이 변한 새들이었다. 새들은 별처럼 까마득히 눈을 반짝이며 날았다. 천 년을 묵어 탈바꿈을 한 소라들. 태풍으로 뒤집힌 바다 밑에서 곤두박질치며 하늘로 솟아 새가 된 소라들. 몇 억년을 묵은 소라들. 껍데기를 벗어던지고 대신 날개를 단 자유.

그 뒤 얼마 지나지 않아 그녀는 어떤 남자와 결혼했다. 얼마 지나지 않아

2　윤후명, 〈모든 별들은 음악소리를 낸다〉, 《모든 별들은 음악소리를 낸다》, 민음사, 2005, 262~263쪽.

서의 그 얼마를 구태여 따진다면 두 달 열흘이었다. 그렇다면 내가 그렇게 꿈꾸어왔듯이 그녀 또한 헤어짐을 꿈꾸어왔다는 말이 된다.[3]

예문에서는 사랑의 파탄이 서정적 환상의 뒤에 제시됨으로써 앞의 소설과는 달리 비극적인 서정성이 느껴진다. 그러나 여기서도 서정적 환상의 아름다움은 영원한 사랑(화해)이 불가능한 현실의 삶과의 연관 속에서 비쳐나온다. 위에서 '내'가 옷을 벗은 것은 바닷가의 자연과 화합되려는 소망에서였을 것이다. 그 순간 '나'는 자연과 화해된 삶이 가능했던 신화시대로 되돌아가 소라새가 하늘 가득 나는 환상에 빠져든다. 천년 후에 자유의 날개를 단 소라새가 화해된 삶의 상징이라면, 그녀와의 폐허 같은 사랑은 시간이 갈수록 퇴색할 수밖에 없는 현실 속 존재의 운명이다. 우리의 소망은 친년을 기다려서라도 화해와 사랑을 이루는 섯인데, 현실의 삶에서는 금방 이뤄질 듯한 사랑도 시간이 지나면 폐허가 된다.

물론 자연과 교섭하고 신화적 환상을 꿈꾼다고 우리가 그런 폐허에서 벗어날 수 있는 것은 아니다. 그러나 서정적 이미지와 신화적 환상은 현실의 파탄과 좌절에도 불구하고 우리의 무의식 속에는 여전히 화해의 소망이 남아 있음을 알려준다. 서정소설의 **아름다움**은 그 **어둠 속에서의 소망**을 자연과 신화적 이미지를 통해 생생하게 보여주는 데서 빛을 발한다.

서정적 환상이 모더니즘이나 다른 서사적 환상과는 달리 아름답게 느껴지는 것은 그처럼 화해의 소망을 **직접** 이미지(자연, 신화)를 통해 보여주기 때문이다. 서사적 환상 역시 화해의 소망을 표현하지만 그 무의식이 표면화되는 과정에서 **전의식과의 교섭**을 거치게 된다. 전의식이란 현실의 합리적 흐름이 내면화된 잠재적 심리이다. 그런 전의식과의 교섭으로 인해, 서사적 환상은 화해의 소망을 표현하는 경우에도 서정적 환상처럼 유토피아

---

3   윤후명, 〈로울란의 사랑〉, 《둔황의 사랑》, 문학과지성사, 2005, 157~158쪽.

적 이미지로 나타나지는 않는다. 즉 화해를 이미지화하는 경우에도 늘상 현실의 어둠이 깃들여지는데, 그 불길함이 가장 심화되어 나타나는 것이 바로 모더니즘이다.

반면에 서정적 환상은 자연과의 교섭이나 신화적 기억을 통해 화해의 소망을 유토피아적 이미지로 채색한다. 다만 그 아름다운 이미지는 서사적 시간이 잠시 정지되는 서정적 순간에만 표현된다. 그 점이 서사적 삶의 균열을 메우는 것이면서도 여전히 그 삶의 한 부분을 이루는 서사적 환상과 다른 점이다. 예컨대 〈변신〉의 벌레의 환상은 **현실의 삶의 한부분**이지만, 〈로울란의 사랑〉의 소라새의 환상은 시간(현실)이 멎은 듯한 **서정적 순간**에 느끼는 환상인 것이다.

물론 서정적 소설이나 애니메이션 중에는 서정적 이미지가 무시간적 경험을 넘어서서 서사적 시간이 흐르는 공간 속에서 나타나는 경우도 있다. 이런 서정적 서사에서는 서정성이 얼마간 서사적 경험을 통해 그려지기도 한다. 이는 동화나 청소년 소설, 애니메이션 등에서 볼 수 있는 '통과제의로서의 서정적 경험'의 경우이다.

여기서 서정성이 서사적 이야기를 통해 드러나는 것은 아직 주인공이 어른의 사회적 세계에 들어서지 않은 점과 연관이 있다. 사회적 세계에 진입하지 않은 주인공은, 주객갈등의 서사적 공간 대신 자연과 교감하는 서정성이 깃든 이야기 공간에서 활동할 수 있는 것이다. 그들은 특히 화해하기 어려운 사회적 세계로 나아가기 전에 통과제의로서의 서정적 이야기 세계를 경험한다. 이제 서정소설과 조금 상이한 이 또 다른 서정적 서사들을 살펴보자.

2. 청소년 소설·애니메이션·동화에서의 성장서사와 서정적 환상

'서정적'이라는 말은 갈등이 내포된 인간의 삶을 자연과 교감하는 차원에서 조망한다는 뜻이다. 근대 이후의 우리의 삶은 사회적 차원에서는 완전한 화해가 불가능한 세계가 되었다. 그것은 신을 대신해 세계를 동일화하는 원리가 된 자본주의와 합리주의가 필연적으로 모순과 균열을 발생시키기 때문이다.

그런 세계의 균열의 틈새에서 사회적 삶을 잠시 정지시키고 자연과 화해하려는 내면의 시간으로 돌아가는 것이 바로 서정소설이다. 서정소설은 내면에서 화해의 순간을 경험함으로써 삶의 균열을 버텨나가는 힘을 얻거나 불화의 삶을 비극적으로 조망한다. 그 같은 서정적인 내면의 힘이나 비극적 조망은 자연과 화해된 경험을 근거로 그렇지 못한 사회적 세계에 대응하는 방식이다.

그런데 서정소설에서 자연과의 화해는 내면에서의 순간적인 경험으로만 나타난다. 그것은 서정소설에는 사회적 세계가 우리의 삶의 무대임을 인지하는 성인 주인공이 등장하기 때문이다. 즉 주인공은 자연과 괴리된 사회적 세계가 우리의 삶의 무대이며 자연과의 교감은 그 무대를 잠시 떠날 때만 가능함을 이미 알고 있다. 그 점은 서정소설에서 청년 주인공의 성장서사가 전개되는 경우에도 마찬가지이다. 청년 주인공은 경직된 어른과는 달리 자연과 교감하는 시간을 가짐으로써 고통스러운 사회적 세계가 절대적인 삶의 공간이 아님을 드러낸다.[4] 그러나 다른 한편 그는 유년기와는

---

4 주인공이 성인인 경우에도 〈메밀꽃 필 무렵〉의 허생원이나 〈옛 우물〉의 '나'처럼 향토적인 인물이나 여성의 경우에는 자연과 교감하는 경험을 하게 된다.

달리 자연과의 교감이 내면의 시간이 되었음을 이미 알고 있는 것이다.

반면에 아직 합리적 세계에 완전히 들어서지 않은 어린이나 청소년의 경우에는 보다 확장된 차원에서 자연과의 교감을 경험한다. 예컨대 서정소설에서 별들의 음악소리나 소라새의 비상은 **내면**의 귀와 눈으로만 감지할 수 있는 자연이다. 그에 반해 동화나 청소년 소설의 주인공은 **객체화된 자연의 대상**(요정이나 정령)을 만나는 가운데 자연과 화합하는 아름다운 경험을 한다. 이는 성인에 비해 어린이나 청소년이 보다 자연에 가까운 존재임을 암시한다. 그 대신 그들은 작고 미성숙한 내면을 갖고 있으며 보다 더 넓히는 것이 필요하다. 서정소설과 서정적 동화(청소년 소설)의 차이는 이 두 가지 측면에서 생겨난다. 즉 서정소설 주인공의 자연과의 교감은 잠들어 있던 성인의 무의식 속의 화해의 욕망이 깨어나는 내면의 시간이다. 반면에 서정적 동화·청소년 소설에서 자연과의 화합은 현실과 구분되는 또 다른 세계에서의 경험이며, 그곳에서 미성숙한 내면이 확장되는 과정을 겪는 머뭇거림과 경이의 시간이다. 그처럼 자연의 정령과의 만남을 통해 내면이 성장하는 '사건'이 바로 (서정적) 통과제의[5]이다. 이 **통과제의의 시간**은 현실세계의 누구로부터도 발견할 수 없었던 아름다운 가치들(사랑, 화해)을 자연의 대상으로부터 경험하는 과정이다.

서정적 동화·청소년 소설의 주인공이 그처럼 (내면의 순간 대신) 또 다른 세계를 경험하는 과정은 환상동화의 경우와도 비슷하다. 두 경우 모두 어린이나 청소년은 아직 성인의 세계의 주인공이 되지 못하는 대신 또 다른 세계를 중요한 삶의 경험으로 여기는 것이다. 또한 답답한 일상에서 벗어난 낯선 미지의 장소에서 환상이 나타난다는 점도 유사하다.

그러나 일반적인 환상동화·청소년 소설에서는 주인공이 환상공간에서

---

[5] 이 통과제의의 과정은 어린이나 청소년 주인공이 어른들의 세속적 세계마저 넘어서는 가치들을 발견하는 경험으로 나타난다.

모험을 경험하는 반면 서정적 환상문학에서는 자연의 정령과 만나는 아름다운 시간이 나타난다. 이는 양자의 환상공간이 상이한 특징을 지니고 있음을 뜻한다. 모험적 환상동화(청소년 소설) 역시 궁극적으로는 서정적 동화(청소년 소설)처럼 자연의 생명과 교감하려는 욕망의 표현으로 볼 수 있다. 그러나 모험적 환상동화에서는 그런 욕망이 주인공과 외부세계와의 모험적인 상호교섭으로 나타난다. 이 경우 환상적으로 재구성된 외부세계란 우리의 '순수기억'[6] 속에 저장된 이미지들이 애니미즘적 상상력을 통해 변형된 모습으로 볼 수 있다. 여기서는 현실의 존재들이 투사된 자연의 사물·인물들이 환상적으로 변형되어 나타나며, 흔히 주인공과 괴물이나 악의 세계와의 대결이 환상서사의 주축을 이룬다. 《이상한 나라의 앨리스》《피노키오》《피터 팬》《해리포터》 등의 모험적 환상동화·청소년 소설들은 모두 그 같은 2차 세게[7]를 무대로 하고 있다.

반면에 서정적 환상동화·청소년 소설에서는 현실보다 한층 아름다운 가치를 지닌 자연의 대상을 만나는 경험이 그려진다. 이 경우 환상공간은 서정소설의 주인공이 내면의 눈으로 보던 이미지들(별, 소라새 등)이 서사적 공간에 투영되어 나타난 것으로 볼 수 있다. 이 공간은 실상 유토피아적 이미지에 가까운 것으로서 모험적 환상동화에서와 같은 대립과 갈등은 나타나지 않는다. 그 대신 여기서의 서사적 긴장감은 자연의 정령과의 만남과 이별의 과정에서 겪는 머뭇거림과 경이감, 슬픔 등을 통해 표현된다.

이 서정적 환상서사는 주인공이 대면하는 객체적인 환상공간의 경험이지만, 타인의 눈으로 보면 '개인의 내면'의 시간이 흐른 것으로 볼 수 있다. 즉 일상에 묻힌 사람의 시선에서는 결코 서사적 경험이 아니며 삶의 이

---

6 순수기억이란 베르그송의 용어로 언어나 행동의 습관을 형성하는 습관기억에 예속되지 않은 기억-이미지들의 잠재태를 말한다. 이 이미지들의 잠재태는 무의식의 심연을 형성한다.

7 Tolkien, *The Tolkien Reader*, Ballantine Books, 1966, 70쪽.

야기라고도 볼 수 없다. 그 점이 바로 서정적 환상서사가 과거의 신화적 환상이나 모험적인 환상동화와 다른 점이다.

주술·신화 시대의 환상이나 모험적인 환상서사에서는 설령 자연물이 변형된 인물들일지라도 현실에서처럼 타인들과의 관계 속에서 모험이 진행된다. 반면에 서정적 환상동화의 주인공은 현실에서는 볼 수 없는 아름다운 대상(자연의 정령)과의 만남에서 신비스런 가치들을 경험하며 **어른들(세인들)은 모르는 비밀**을 갖게 된다. 그처럼 현실에서는 불가능한 아름다운 가치들(사랑, 화해)을 경험하는 점에서 서정적 환상동화는 서정소설과 맥락을 같이한다. 다만 (앞서 언급했듯이) 후자의 환상이 성인의 내면의 소망을 표현하는 순간적인 것인 반면 전자의 경우는 소년·청소년의 소중한 삶의 한 부분이 된다. 그리고 그 어른에게는 말할 수 없는 비밀스런 경험은 흔히 미성숙한 그들의 내면을 변화시키는 은밀한 과정으로 나타난다. 즉 서정적인 환상동화(청소년 소설)의 주인공은 자연의 대상과 교섭하는 서사적 과정에서 아름다운 가치들을 알게 되며, 그런 서정적 내면의 획득을 통해 현실의 삶을 넘어서려는 대응을 보인다. 따라서 여기서는 유년기나 청소년기의 주인공이 아름다운 서정적 내면을 얻게 되는 통과제의의 과정이 핵심적이다.《리버보이》(팀 보울러) 〈마리 이야기〉(이성강) 〈오세암〉(정채봉) 등이 그런 서정적 환상서사에 속한다.

예컨대 청소년 소설 《리버보이》에서는 주인공 제스가 리버보이라는 '강의 정령'을 만나 서정적 내면을 얻는 통과제의의 과정이 그려진다. 성인의 본격 환상소설에서는 현실의 균열지점에서 실재계와 교섭하는 환상이 나타나며 리얼리티의 핵심이 암시된다. 또한 모험적인 환상동화의 경우 아직 상징화되지 않은 미지의 공간(일종의 실재계)에서 애니미즘적 상상력(무의식적 욕망)을 마음껏 펼칠 수 있는 환상이 나타난다. 반면에 서정적 동화·청소년 소설에서는 성인 환상소설과는 달리 사회적 문제(균열)를 잘 모르는 미성숙한 인물이 등장하는 한편, 모험적 환상동화와도 다르게 성장과정에서의 일상의 문제들이 환상과 미묘하게 교차된다. 《리버보이》의 경우에는 할아버지의 죽음이 바로 그런 일상의 중요한 경험이다. 이 소설은 할아버지의 죽음으로 현실에서는 잃어버린 사랑과 화해의 소망을 강(자연)과의 교감 속에서 되찾는 과정을 그리고 있다. 그처럼 사랑과 화해가 불가능해진 현실의 고통을 자연과의 교감을 통해 극복하는 것이 바로 서정적 통과제의의 과정이다.[8]

따라서 서정적 동화·청소년 소설에서는 환상이 나타나는 계기가 두 가지 측면을 지닌다. 먼저 미성숙한 주인공이 등장하기 때문에 환상은 현실의 균열지점보다는 (환상동화에서처럼) 낯선 미지의 장소에서 나타난다. 그러나 환상동화와는 다르게 주인공의 성장과정에서 일상의 문제들이 어긋나기 시작하면서 '그와 연관된' 환상이 출현한다.

《리버보이》에서도 제스(15세)는 강이 있는 할아버지의 고향을 낯설면서도 어떤 비밀을 간직한 곳으로 느끼게 된다. 생소하면서도 끌리는 강의 음악을 들으며 제스는 강물소리에서 은밀한 비밀 이야기를 감지한다. 그 수상한 자연의 속삭임은 어렸을 때 할아버지가 들려준 강의 이야기와도 비슷했던 것이다.

이곳은 왠지 수상하다. 이유 없이 마음을 불안하게 만든다. 그렇다고 무서운 것은 아니다. 뭐랄까, 마치 이곳 전체에 영혼이 깃든 것 같았다. 기분 나쁜 유령이나 소름끼치는 어둠의 느낌이 아니라 강의 정령, 풀잎과 나무와 언덕의 정령, 밤이 부리는 마법 같은 게 이곳의 모든 부분을 관통하며 흐르고 있는 것 같았다.[9]

---

8 서정소설 역시 현실에서는 불가능한 사랑과 화해의 소망을 자연과 교감하는 서정적 순간에 확인하는 과정을 드러낸다. 그러나 서정적 동화·청소년 소설에서는 그런 서정적 순간이 미성숙한 주인공의 통과제의라는 서사적 과정으로 그려진다.
9 팀 보울러, 정해영 역, 《리버보이》, 다산책방, 2007, 37쪽.

이처럼 제스는 자연의 정령을 느끼며 신비스러운 환상을 예감한다. 그러나 그녀가 정작 리버보이이라는 환상을 보게 된 것은 할아버지의 죽음이 임박해서였다. 할아버지의 죽음과 리버보이의 환상은 어떤 연관이 있는 것일까.

제스가 일상에서 할아버지와 비밀스럽게 소통할 수 있었던 것은 그가 그림을 그리는 화가였기 때문이다. 말하자면 할아버지의 그림이란 제스의 강물과도 같은 것이었다. 예술이란 자연과 닮으려는 시도로 볼 수 있으며, 화가인 할아버지는 자연의 음악을 듣는 제스와 비밀의 통로를 지녔던 것이다.

그 점에서 할아버지의 죽음은 일상에서 자연의 비밀의 상실을 암시한다. 즉 그의 죽음은 가족의 아픔을 넘어서서 어른들은 모르는 비밀을 빼앗긴 고통을 의미한다. 제스의 환상은 자신의 내면에 자연을 받아들임으로써 그 일상의 고통을 극복하는 과정으로 볼 수 있다. 할아버지의 마지막 그림 '리버보이' 와 제스가 강에서 만난 리버보이의 교차는 바로 그런 극복의 과정을 암시한다.

제스는 자연과 교감하는 능력을 지녔지만 그것은 일상의 삶과는 무관한 것이었다. 타인과의 관계와 무관한 그런 자연의 교감은 일종의 상상계적 차원이다. 그러나 일상에서 비밀의 통로인 할아버지를 잃게 된 그녀는, 삶의 고통을 극복하는 힘을 얻기 위해 자연을 느끼는 자아를 확장시킬 필요가 생기게 된다. 리버보이와의 만남은 자연의 정령과의 조우인 동시에 그것을 통해 현실의 고통(사랑의 상실)을 넘어서도록 자아를 넓히는 과정이다. 이제 제스의 강의 음악소리는 자연의 공간에서만 들려오는 속삭임이 아니다. 자아의 확장과 함께 강의 음악은 제스의 내면에 담겨졌으며 그 서정적 내면을 통해 사랑하는 사람(할아버지)의 죽음을 넘어서는 것이다.

그 같이 자아가 성장하는 과정에서 리버보이의 환상은 매우 중요한 역할을 한다. 할아버지의 소년기를 연상시키는 리버보이는 합리적으로 보면 할아버지의 죽음으로 인한 마음의 균열을 메우는 이미지이다. 그러나 그런 소년의 영혼이 자연의 정령으로 나타난 것은 할아버지의 죽음을 자연과의 교감 속에서 극복하는 과정으로 볼 수 있다. 제스가 강 한가운데 우뚝 선 리버보이와 대면하는 순간은 (할아버지의) 소년의 영혼이 강의 정령(리버보이)과 뒤섞이며 일상의 삶이 자연의 품 안에서 혼화되는 시간으로 볼 수 있다. 리버보이가 출현할 때의 현실과 환상을 오가는 신비스러운 긴박감은 그처럼 제스가 자연의 품 안에 상처 입은 삶(일상)을 끌어들이는 과정이다. 이윽고 존재가 의심스러웠던 리버보이가 제스와 대화를 나누게 된 때에는 더 이상 삶과 강물은 구분되지 않는다.

그녀는 눈을 바다에서 떼지 못한 채 소년 옆에 앉았다.
"저렇게 멀리까지 보일 줄은 몰랐는데. 이건 마치… 마치….”
그녀는 마치 싱스러운 장소에 있는 사람처럼 소리 죽여 속삭이고 있었다.
"사람의 일생을 보는 것 같지?"
"일생이라고?"
그녀는 그의 말이 무슨 뜻인지 알면서도, 고개를 돌려 다시 소년을 바라보았다.
"강의 일생일 수도 있고."
그의 눈은 수평선에 고정되어 있었다.[10]

이처럼 인생과 강을 일치시키는 것은 인간의 삶을 자연과 교감하는 차원에서 바라봄을 뜻한다. 리버보이의 말처럼 강이 그렇듯이 삶은 항상 아름다운 것만은 아니다. 그러나 강이 굴곡을 거쳐 바다에 닿듯이 인생은 결국 아름답게 기억되는 것이다.[11]

---

10 팀 보울러, 위의 책, 192쪽.

이처럼 리버보이와의 만남은 자연과의 교감을 통해 삶의 고통을 넘어서는 서정적 내면을 획득하는 과정이다. 흥미로운 것은, 그런 성장과정이란 눈앞의 자연이 내면에 담겨지는 진행인 동시에, **자연의 비밀을 공유하는 타자**(할아버지-소년)가 마음에 들어오는 과정이라는 점이다. 할아버지의 죽음과 함께 이제 더 이상 리버보이는 강에서 볼 수 없게 되었다. 그러나 눈앞에서 리버보이와 할아버지가 모두 사라졌지만, 그 대신 그들은 제스가 내면으로 느낄 수 있는 존재가 되었다. 리버보이의 출현으로 확장된 제스의 내면 속에 자연의 정령과 소년(할아버지)의 영혼이 들어왔기 때문이다. 그렇듯 리버보이와의 만남과 이별은 제스의 내면이 확대되는 전과정을 의미한다. 그리고 그처럼 서정적 통과제의는 자연과의 교감 속에서 타자가 내면에 들어옴으로써 자아가 확장되는 과정으로 나타난다.

이와 비슷한 전개는 동화에 가까운 애니메이션 〈마리 이야기〉[12]에서도 발견된다. 이 작품은 폐허가 된 등대와 신비스러운 구슬이 환상세계로의 통로가 되는 점에서 모험적인 환상동화와 유사한 특징을 지닌다. 그러나 그와 다르게 주인공이 성장과정에서 겪는 일상의 문제들이 환상경험과 교차되는데, 이는 《리버보이》의 서정적 통과제의의 서사와 비슷한 전개이다.

〈마리 이야기〉의 주인공 남우(12세)는 아버지가 죽은 후 쓸쓸해하던 중 어머니에게 관심을 보이는 남자(경민)가 나타나자 더욱 우울해진다. 게다가 절친한 친구 준호가 서울로 전학가게 되어 심란한 마음을 달래지 못한다. 《리버보이》의 경우 할아버지의 죽음이 핵심적이라면, 〈마리 이야기〉에서는 그처럼 친밀한 사람들과의 이별이 환상을 꿈꾸는 계기가 된다. 어느 날 남우는 폐허가 된 등대에서 물고기새를 만나고, 구슬이 놓인 깨진 등에서 빛

---

11 팀 보울러, 위의 책, 192~193쪽.

12 〈마리 이야기〉는 소설로도 출간되었다. 이 작품의 애니메이션과 소설의 비교에 대해서는 최인호, 〈애니메이션 〈마리 이야기〉와 소설 〈마리 이야기〉의 비교 연구〉(교원대 석사논문, 2010) 참조.

이 나와 새(물고기새)를 타고 환상의 세계로 들어간다. 이 환상세계는《리버
보이》보다 훨씬 더 신비롭고 다양한데, 그것은 이 작품이 애니메이션으로
된 동화[13]이기 때문일 것이다. 그러나 가득한 산호와 꽃, 구름, 몽(큰 개)을
타고 다니는 요정 마리 등은, 이 환상공간이《리버보이》의 강처럼 자연과
의 교감의 표현임을 암시한다.

그런 신비스런 세계에 들어선 후, 환상과 현실의 틈새에서 나락으로 떨
어질 뻔한 남우는 마리의 도움을 받아 위기를 면한다. 이 첫 번째 환상이나
그 후의 마리와의 만남과 헤어짐은, 자연의 정령이 남우의 내면에 서서히
들어오는 과정이라고 할 수 있다. 그리고 마지막에 마리와의 이별과 환상
세계의 상실은, 이제 자연의 정령이 남우가 얻은 서정적 내면으로 느낄 수
있는 존재가 되었음을 암시한다.

물론《리버보이》의 경우에는 자연의 정령이 제스의 마음에 들어오면서
소년(할아버지)의 영혼도 함께 담겨졌었다. 그와 달리 〈마리 이야기〉의 마리
는 자연의 요정일 뿐 현실의 어떤 사람의 영혼은 아니다. 하지만 〈마리 이
야기〉에서도 남우가 마음에 담은 자연의 환상은 단지 혼자만의 세계는 아
니다. 남우는 준호에게 마리 이야기를 하며 등대로 가서 함께 마리의 환상
세계로 들어간다. 환상 속에서 준호가 구름 같은 몽의 털에 묻혀 있는 동안
남우는 마리와 얼굴을 마주하며 말을 건넨다. 전과 달리 준호의 곁에서 남
우가 마리와 교감할 수 있게 된 것은 남우의 환상이 준호와 함께 꾸는 꿈임
을 암시한다. 첫 번째 환상에서 불안감을 느끼며 현실의 나락으로 떨어졌
던 것은 아마도 준호를 두고 왔기 때문일 것이다.

남우는 얼굴을 마주한 마리에게 '넌 왜 다른 걸까?' 하고 묻는다. 이 말
은 일상세계와 자연세계의 틈새에 대한 질문이다. 또한 남우는 '모두들 너

---

13 애니메이션은 이미지를 창조적으로 표현할 수 있는 장르이며 동화는 어린이의 열린 상상력을
    통해 환상을 자유롭게 드러낸다.

무 빨리 내 곁을 떠나' 라고 말한다. 이는 아버지와 함께 준호를 염두에 둔 말이다. 이어서 둘(남우와 마리)은 서로 얼굴에 손을 댄 채 마리가 무중력 상태처럼 위로 솟아 남우와 일직선을 만든다. 이 장면은 상이한 세계에 속한 남우와 마리가 교감하는 순간으로서, 현실과 환상, 일상과 자연이 하나가 되는 시간이다. 공중에서 둘이 서로 손을 잡고 원처럼 돌아가는 다음 장면 역시 마찬가지이다.

이 같은 자연과 일상의 교감은 고통과 상처가 불가피한 일상의 삶을 자연의 화해의 힘으로 감싸 안으려는 소망과 연관이 있다. 그 점은 자연의 요정인 마리가 폭풍우로 불안감에 휩싸인 남우의 마을을 '가슴의 빛'으로 비추는 마지막 환상에서 분명해진다. 준호 아버지가 바다로 나간 후 갑자기 폭풍우가 부는데, 이때 남우는 한밤중에 등대로 가 다시 마리를 만난다. 문득 공중에 떠 있던 마리의 가슴에서 빛이 나오자 등대불이 켜지며 바다를 포함한 마을 전체가 환상의 세계로 변한다. 이 같은 장면은 남우의 환상이 단지 혼자서 자연의 요정을 만나는 꿈이 아니라 상처 입은 일상의 삶을 자연의 생명력으로 감싸려는 소망의 표현임을 뜻한다.[14]

다음 날 마을은 평온을 되찾고 남우는 마리와 이별을 한다. 이 자연의 요정과의 이별은 《리버보이》에서 리버보이와의 작별과 비슷한 의미를 지닌다. 리버보이와의 이별이 제스의 내면에 그의 정령이 담겨졌음을 뜻하듯이, 마리와의 헤어짐은 그녀와의 교감으로 커진 남우의 내면에 자연의 정령이 채워졌음을 의미한다. 또한 리버보이와의 이별이 할아버지와의 작별인 것처럼, 마리와의 이별은 같은 꿈을 꾼 준호와의 작별이기도 하다. 제스의 눈앞에서 리버보이와 할아버지가 사라진 대신, 제스는 그 둘을 내면에서 만나게 된다. 그와 비슷하게 남우는 마리와 준호를 볼 수 없게 되었지

---

14 폭풍우도 자연현상의 하나이지만 인간의 삶과 대립된 요소인 반면 마리의 자연의 세계는 그 것마저 감싸 안는 화해의 소망의 표현으로 볼 수 있다.

만, 그들은 남우의 확장된 내면 속에서 느껴지는 존재가 되었다. 이처럼 두 소설에서 주인공들이 서정적 내면을 얻는 과정은 그들과 **환상의 비밀을 공유했던 타자**를 내면에 담는 과정이기도 하다.

서울로 떠나는 준호가 기차 뒷칸 난간에서 내다보며, '우리 계속 같이 있는 거잖아… 우리 헤어진 거 아니잖아' 라고 한 말도 그런 의미로 이해된다. 남우나 준호의 우정은 이제 내면으로 느껴지는 자아의 한 부분이 된 것이다. 그 또 다른 자아는 마리의 환상이 신비한 구슬처럼 빛나는 곳이기도 하다.

앞뒤로 덧붙인 성인의 삽화는, 준호와의 우정은 변함없으나 어느덧 어른의 일상적 삶이 남우의 꿈이 담겼던 서정적 자아를 위축시켰음을 암시한다. 구슬을 볼 때마다 자연의 정령과 교감하던 시간들이 되살아나지만 이제 고향에 찾아가도 그 흔적은 찾기 어렵다. 그 때문에 지금은 남우의 내면 한 곳에서만 만날 수 있는 마리의 세계에 대한 그리움이 더욱 간절해지는 것이다. 이제 아름다운 서정적 환상은 내면으로만 느낄 수 있는 '순간적인 것' 이 되었다. 이런 남우의 위치는 성인의 사회적 세계와 교섭하는 '서정 소설의 청년 주인공' 의 심리와 일치한다.

3. 서정적 환상동화(소설)와 동양사상적인 환상동화 (소설)의 가치론적 미학

1장에서 우리는 본격 환상서사가 리얼리티의 핵심을 암시하는 반면 환상동화나 판타지 서사(소설, 영화)는 근원적인 무의식을 활성화시킴을 설명했다. 전자는 현실의 균열지점에서 실재계와 교섭하는 '리얼리티에 대한 질문'을 들려준다. 그에 반해 후자는 낯선 미지의 영역에서 무의식적 욕망에 근거한 우리의 상상력을 고양시킨다. 그 점에서 본격 환상서사가 '삶의 의미에 대한 탐구'라면 모험적인 환상동화·판타지 서사는 무의식을 활성화하는 '상상적인 놀이'라고 할 수 있다.

이와 비교할 때 앞서 살핀 서정적인 환상서사는 자연과 교감하는 경험에 연관해서 우리의 삶을 조망하는 또 다른 미학이다. 이 서정적 미학은 우리가 소망하는 화해의 이미지들(자연이나 요정의 환상)이 불화의 현실을 감싸며 직접 보여지는 점에서 아름다운 '가치의 세계'의 형상화라고 할 수 있다. 그런 맥락에서 우리는 세 가지 환상서사를 **의미의 세계, 놀이의 세계, 가치의 세계**로 요약할 수 있다. 이제 그 세 가지 환상서사들의 특징을 또 다른 가치론 미학인 동양사상적인 환상서사를 살피면서 정리해보자.

서정적 환상서사에서의 일상을 넘어선 아름다운 세계의 발견은 동양사상적인 환상서사에서도 비슷하게 나타난다. 그 두 가지 환상서사들은 우리의 심층에 잠재하는 화해의 소망을 자연과 환상의 이미지로서 표현하며, 그런 이미지들과 소망을 통해 상처 입은 삶을 새롭게 조망한다. 또한 그 같은 일상을 넘어선 차원의 발견이 흔히 어린이나 청소년의 눈을 통해 나타나는 것도 양자의 공통점이다.

어린이와 청소년은 아직 성인의 세속적 세계에 진입하지 않음으로써 합리적 일상(상징계)의 규범에서 벗어나 자연과 교감하는 잠재력을 지닌다. 그 둘 중에서도 어머니와의 상상계적 관계[15]에서 이탈하고 미처 아버지의 합리적 규범을 받아들이지 않은 자아의 상태[16]가 자연과 교감할 가능성이 커진다. 성인의 일상에 관심을 가질 수 없는 그런 심리상태에서는 흔히 일

---

15 아직 타인과의 관계를 알지 못하는 유아론적인 상태에서 어머니와 상상적 동일시의 심리상태에 있는 것을 말한다.
16 낯선 두려움(unhomely)의 상태임. 이에 대해서는 뒤에서 모더니즘과 동화를 논의하면서 다시 살펴보기로 한다.

상의 그늘에 자연의 비밀스러운 빛이 비쳐들기 때문이다. 〈마리 이야기〉
〈화엄경〉〈오세암〉의 어린이와 소년들은 모두 그 같은 심리 상태(낯선 두려
움)[17]를 보여준다.

　어린이·청소년들은 외로운 심리 상태에서 자연의 세계에 문을 여는 순
간 자아가 확장되는 통과제의나 성장을 경험한다. 이는 그들의 자연의 경
험이 일상을 포기한 대가가 아니라 삶의 확장으로 일상을 감싸는 일임을
뜻한다. 흥미로운 것은 그런 자아의 확장이나 삶의 확대가 성인의 세속적
인 세계를 넘어서는 아름다운 가치들을 알려준다는 점이다. 아이러니하게
도 어른의 세계를 모르는 어린이·청소년이 오히려 그런 순진성으로 인해
어른들을 넘어서는 삶의 가치들을 발견하는 것이다.

　《리버보이》와 〈마리 이야기〉는 어린이·청소년들이 어른들도 모르는 가
치의 세계를 일게 되며 그것이 일상의 삶의 상처들을 치유힘을 보여준다.
그와 비슷하게 〈화엄경〉과 〈오세암〉의 소년 주인공은 세속적인 삶의 고통
을 극복하는 가치의 차원을 발견한다.[18] 양자의 차이는 서정적 환상동화가
일상의 세계를 아름다운 서정성으로 감싸는 반면, 동양사상적 환상동화는
세속적 동일성의 세계를 해체함으로써 삶의 고통을 넘어선다는 점이다. 양
자 모두에서 비슷하게 자연과의 교감이 궁극적인 경지로 나타난다. 그러나
특히 후자의 경우, 그런 아름다운 세계는 소유욕과 집착이라는 동일성의
욕망에서 풀려나는 존재론적 전이를 통해 열리게 된다. 그 같은 존재론적
전이에는 기쁨과 함께 고통이 수반된다. 따라서 서정적 환상서사가 **아름다
움의 미학**의 정점이라면, 동양사상적 환상서사는 기쁨(쾌락)과 고통이 뒤
섞인 **숭고의 미학**에 가깝다.[19]

17　어린이의 낯선 두려움의 심리 상태는 동화나 환상의 세계에 빠져드는 요인이 된다.
18　이 경우 실제로는 어린이나 소년이 불교적 깨달음을 얻는 것은 쉽지 않다. 그러나 어린이의
　　순진한 눈은 깨달음을 위한 중요한 위치라는 점에서 소년 주인공이 등장하는 것이다.
19　숭고와 미의 차이에 대해서는 나병철, 《소설과 서사문학》, 소명출판, 2006, 483~488쪽 참조.

〈화엄경〉과 〈오세암〉 역시 그 같은 고통을 수반한 기쁨이라는 숭고의 미학을 보여준다. 〈화엄경〉은 어머니를 찾는 소년 선재의 여로인데[20], 여기서 어머니는 상상계적 모성이 아닌 궁극적인 진리를 암시한다.[21] 선재는 마지막에 꿈속에서 어머니를 만나지만, 그의 어머니는 모든 중생의 관세음보살이기도 하다. 어머니이기도 한 이 관세음보살은 서정적 환상동화에서 자연의 요정과 비슷한 위치를 지닌다. 자연의 요정이 모든 사물에 깃들여 있듯이, 어머니-관세음보살은 만물에 내재해 있다. 선재는 그처럼 어머니가 모든 사물에 내재해 있음을 자각하고 고통스러운 일상에서 벗어나 깨달음을 얻는다. 이는 자연의 정령을 내면에 받아들임으로써 일상의 세계를 서정성으로 조망하는 서정적 환상서사와 비슷한 결말이다. 그러나 후자의 경우 일상의 삶 자체는 여전히 변함이 없는 반면, 전자에서는 눈앞의 대상에 집착하는 동일성의 사유에서 벗어나 일상을 보는 다른 시각을 갖게 된다.[22] 즉 선재가 찾는 어머니는 눈에 보이는 대상이 아니라 서로 연관되어 있는 모든 사물에 내재하는 포용성인 것이다. 그런 깨달음은 기쁨을 주지만 알에서 깨어나듯이 일상의 외피에서 탈각하는 고통을 수반한다. 이런 고통을 포함한 해탈의 기쁨을 그리는 것이 바로 숭고의 미학이다.

〈오세암〉에서도 자연과 교감하는 아름다운 경지는 그 같은 숭고의 미학을 통해 표현된다. 이 동화의 주인공 길손이는 부모를 잃고 장님 누나(감이)와 함께 떠돌아다니는 소년(5세)이다.[23] 길손이는 비록 나이는 어리지만 〈마리 이야기〉의 남우나 〈화엄경〉의 선재처럼 일상의 쓸쓸함(낯선 두려움)에

---

20 영화 〈화엄경〉의 경우임.

21 궁극적 진리가 어머니로 표상된 것은 모든 세속적인 고통을 끌어안는 포용력을 지니기 때문이다.

22 서정적인 서사는 자연과 교감하는 아름다운 세계와 그렇지 못한 일상의 세계가 병치되는 상태에서 진행된다. 반면에 동양사상적인 서사는 깨달음을 통해 일상을 해탈된 새로운 시각으로 보게 되는 진행이 나타난다.

23 애니메이션에서는 엄마를 찾아다니는 것으로 되어 있다.

시달리는 처지이다. 그러나 길손이는 남우나 선재와는 달리 밝고 장난기 많은 성격인데, 그것은 그가 자연과 쉽게 소통하는 능력을 지녔기 때문이다.[24]

> 길손이는 한사코 작은 물초롱을 들고 나섰다.
> "거기에도 좋은 샘이 있다니까 그러는구나."
> "스님 바보야. 내가 물 가져가는 것 같아?"
> "그럼 물이 아니고 무엇이냐?"
> "흰 구름을 넣어가지고 가는 거야. 요 앞날 개울에서 건져 왔거든."[25]

이처럼 길손이는 흰 구름 같은 자연을 마음에 담을 줄 아는 소년이었다. 뿐만 아니라 노루나 도끼와 어울리려 하고 자연의 색채나 모습과도 장난을 치며 놀았다.[26]

그러나 그런 길손이도 가끔 쓸쓸해질 때가 있었는데 그것은 엄마가 보고 싶어서였다. 그때 길손이는, '엄만 바람 같애. 내 마음만 흔들고 보이지는 않아'라고 말한다.[27] 마침내 길손이는 '마음의 눈'으로 '바람도 보고 엄마도 보기' 위해 스님과 관음암으로 마음공부를 떠난다.

〈화엄경〉에서처럼 길손이가 보고 싶은 엄마는 단순한 상상계적 모성이 아니다. 엄마는 바람 같은 자연의 품이며 만물의 긍극적인 모태이다. 길손이가 문둥병 스님이 죽은 방에서 관세음보살상을 보고 엄마라고 부른 것은

---

24 어린이는 어른에 비해 쉽게 자연과 소통할 수 있는 능력을 지녔다고 볼 수 있는데 길손이는 어린이 중에서도 특히 그런 능력을 더 많이 지닌 소년이다.

25 정채봉, 《오세암》, 창비, 2007, 176쪽.

26 이런 능력을 지닌 길손이는 관음암으로 온 후에도 혼자서 누나와 대화를 한다. 이 점은 자연과 교감하는 능력이 타인과 대화하는 일과 연관되어 있음을 암시한다.

27 이 부분은 애니메이션의 대사임.

그 점을 암시한다. 자연에 깃든 엄마는 〈화엄경〉에서처럼 모든 사람을 구원해주는 관세음보살이기도 했던 것이다.

길손이의 자연과 교감하는 능력이 더욱 확대된 것은 관음암에 고립되었을 때였다. 스님이 물건을 구하러 저잣거리로 떠난 후 폭설로 인해 길손이는 암자에 갇히고 만다. 혼자 남은 길손이는 관세음보살에게 엄마라고 부르며 꽃과 동물과 바람의 이야기를 들려준다. 관세음보살은 만물에 내재해 있는 것인데 이제는 길손이가 자연의 만물과 대화하며 관세음보살(엄마)에게 그 이야기를 전해주는 것이다. 마침내 길손이는 관세음보살처럼 만물과 소통하며 바람 같은 엄마까지 볼 수 있는 마음의 눈을 갖게 된 셈이다.

여인은 길손이를 가만히 품에 안으며 말하였다.

"이 어린아이는 곧 하늘의 모습이다. 티끌 하나만큼도 더 얹히지 않았고 덜하지도 않았다. 오직 변하지 않는 그대로 나를 불렀으며 나뉘지 않은 마음으로 나를 찾았다. 나를 위로하기 위하여 개미 한 마리가 기어가는 것까지도 얘기해 주었고, 나를 기쁘게 하기 위하여 노래를 부르고 춤을 추었다. 꽃이 피면 꽃아이가 되어 바람과 숨을 나누었다. 과연 이 어린아이보다 진실한 사람이 어디에 있겠느냐. 이 아이는 이제 부처님이 되었다.

…(중략)…

길손이는 엄마의 그윽한 품안에 아주 편안히 누운 것 같았다. 뺨에 손바닥을 괴고 모로 누운 모습이 재미있는 놀이라도 구경하고 있는 듯하였다.

이 시간에 설악산에는 꽃비가 내렸다.

솜다리, 금냥화, 금강초롱, 철쭉꽃이 온통 산을 덮었다.

그리고 다람쥐, 오소리, 토끼, 사슴 들이 꽃구름이 뭉게뭉게 솟아오르는 관음암을 향하여 달려왔다.[28]

---

28 정채봉, 앞의 책, 196~197쪽.

272

눈이 녹은 후 스님이 감이와 함께 암자를 찾았을 때 길손이는 깨달음에 이른 상태가 되어 있었다. 비록 길손이는 죽음을 맞았지만 환상 속에서 해탈한 상태로 관세음보살(예문의 여인)에게 부처로 불려진다. 이제 길손이는 관세음보살을 대신해 사람들에게 마음의 눈을 열어주는 존재가 되었다. 마음의 눈이 열리면 고통스러운 삶이 자연과 교감하는 기쁨의 순간으로 바뀐다. 그 순간 설악산에 꽃비가 내리고 온갖 꽃들이 산을 덮으며 노루·사슴들이 달려온 것은 그 때문이다.

물론 길손이는 환상에서와는 달리 현실에서는 목숨을 잃은 상태이다. 그래서 해탈의 아름다운 시간은 목숨을 잃은 길손이에 대한 슬픔을 넘어서는 순간과 함께 찾아온다. 환상은 자연의 민물과 교감하는 눈으로 보는 것이며 현실은 그에 이르지 못한 합리성의 세계이다. 해탈은 그 두 개의 세계의 경계 지점에서 현실을 넘어서는 고통과 힘께 일어진다. 결말부의 환상과 현실의 넘나듦은 그처럼 고통과 함께 얻어지는 해탈의 기쁨을 숭고미로 보여준다.

물론 〈마리 이야기〉에서도 자연의 요정의 빛으로 마을 전체가 환상의 공간으로 뒤바뀌는 순간이 나타났었다. 그러나 마을은 이내 일상으로 되돌아가고 자연의 정령은 남우의 내면으로만 느낄 수 있는 빛이 된다. 그처럼 자연의 빛이 내면에 담겨지는 과정이 바로 서정적 자아를 얻는 통과제의이다.

반면에 〈오세암〉에서 꽃비가 내리는 자연의 공간은 만물을 보는 마음의 눈을 얻은 후에 나타난다. 자연의 요정을 내면에 담는 서정적 통과제의와는 달리, 불교의 해탈은 스스로가 마음의 눈을 얻어 자연의 상태가 되었음을 의미한다. 그처럼 자연을 내면에 담는 대신 자기 자신이 자연이 되는 대가로, 해탈은 세속적 존재를 탈각해야 하는 고통을 수반한다. 이 점은 아름다운 내면을 지닌 채 변함없는 일상을 살아가는 서정적 환상서사의 주인공과 구별되는 점이다. 서정적 내면으로 일상을 감싸는 후자가 아름다움의 미학이라면, 일상에서 해방되기 위해 고통을 수반한 존재론적 탈각[29]을 시도하는 후자는 숭고의 미학일 것이다.

4. 환상의 세 가지 세계─의미·놀이·가치

미와 숭고라는 차이가 있지만 서정적 서사와 동양사상적 서사는 일상적 삶의 상처를 치유하기 위해 자연과 교감하는 방식인 점에서는 일치한다. 즉 그 둘은 일상의 문제에 대해 의미를 탐구하기 보다는 그것을 넘어서기 위한 아름다운 가치들을 조명한다. 아름다운 가치들은 일상의 눈으로는 볼 수 없는 것들이므로 빈번히 환상적인 이미지로 제시된다.

반면에 일상현실의 문제를 탐구하는 서사는 균열(문제영역)을 통해 드러난 실재계적 영역을 환상으로 암시한다. 이 경우 일상의 세계와 환상의 세계가 교차되는 영역에서 리얼리티의 핵심인 실재계가 드러난다. 그 같은 교차 영역에서 삶의 문제와 의미를 탐구하는 것이 리얼리즘·모더니즘·포스트모더니즘의 환상서사이다.

다른 한편 궁극적으로 사물들과 화해하려는 욕망의 표현이지만 일상현실의 문제와는 연관이 없이 자유롭게 해방된 상상력을 펼치는 것이 모험적인 환상동화나 판타지 소설(영화)이다. 이들 환상서사에서는 균열을 통해 드러난 실재계와 교섭하거나 성장과정에서 나타난 현실의 상처를 극복하는 것이 일차적인 목표가 아니다. 그보다는 답답한 일상현실에서 해방되어 미지의 낯선 공간(일종의 실재계)에서 무의식적 욕망에 근거한 상상력을 마

---

29 이 존재론적 전이는 동일성의 존재에서 만물과 연관된 차연의 존재로의 전환을 말한다. 그런 차연으로의 전이를 통해 존재는 자연과 교감하는 상태가 된다.

음껏 전개하는 것이 서사적 목표이다.

이 판타지물에서도 외부세계와 무의식적 욕망의 모험적인 상호작용이 나타나며 그 점에서 아름다운 유토피아적 환상세계와 교섭하는 서정적 환상서사와 구분된다. 그러나 여기서의 외부세계는 본격 환상서사처럼 균열된 현실에 연관된 것으로 볼 수는 없다. 모험적인 판타지물의 외부세계는 일상현실이 애니미즘적 상상력을 통해 재구성된 것으로 무의식적 욕망을 펼치기 위한 탐험의 공간으로 제공된다.

이 같은 차이는 '심리적 현실'과 '2차 세계'의 차이로 설명된다. 1장에서 살펴본 '무의식적 욕망'과 (현실의) 균열을 통해 드러난 '실재계'의 교섭이 흔히 말하는 본격 환상문학에서의 **심리적 현실**이다. 반면에 모험적인 판타지물에서는 무의식적 욕망을 자유롭게 전개시키기 위해 현실에서 얻은 이미지들을 '환상적으로 변형'시기는데, 이것이 바로 내석 리얼리티를 지닌 **2차 세계**이다.

톨킨이 말한 2차 세계는 무의식적 욕망을 발산시키기 위한 일종의 환상적인 놀이터이다. 이 놀이터 역시 내적 리얼리티를 지녀야만 우리의 무의식과 상상력이 박진감 있게 활성화될 수 있다. 그러나 그 '놀이'의 공간은 일상현실의 균열의 '의미'를 탐구하거나(본격 환상서사) 그곳의 상처를 보다 높은 '가치'의 세계에서 어루만지기 위한(서정적·동양사상적 환상서사) 환상의 영역과는 구분된다.

그런 맥락에서 우리는 그들 세 가지 환상서사를 놀이의 세계, 의미의 세계, 가치의 세계로 구분한 바 있다. **의미의 세계**는 이 책에서 중요하게 다루고 있는 리얼리즘·알레고리·모더니즘·포스트모더니즘·포스트모던 리얼리즘에 나타나는 환상의 영역이다. 또한 **놀이의 세계**는 모험적인 환상동화와 판타지 소설·영화의 환상세계로서, 《이상한 나라의 앨리스》《피노키오》《피터 팬》《해리포터》《반지의 제왕》《드래곤 라자》 등이 여기에 속한다. 다른 한편 **가치의 세계**는 서정적·동양사상적 환상서사의 세계인데, 이

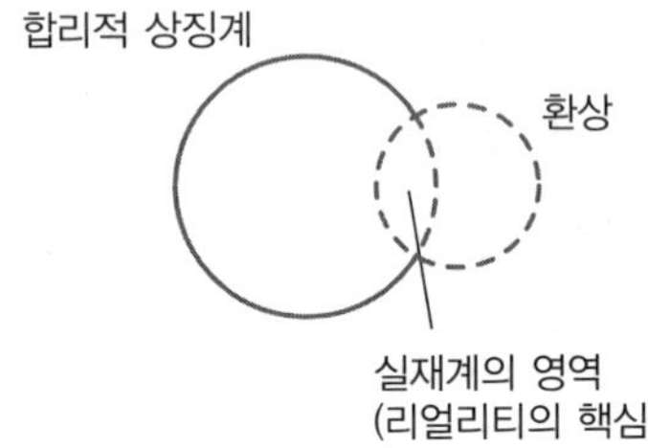

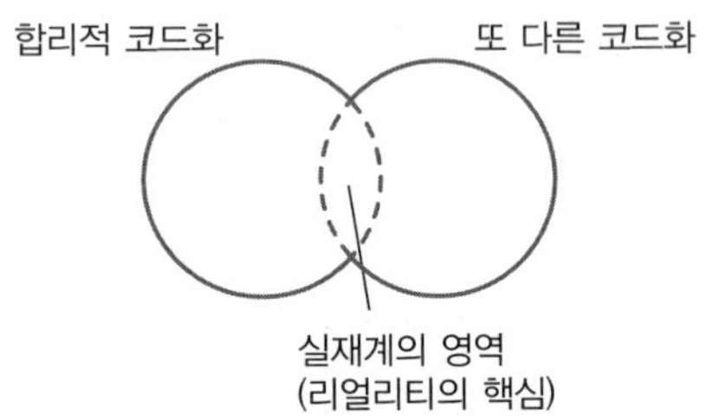

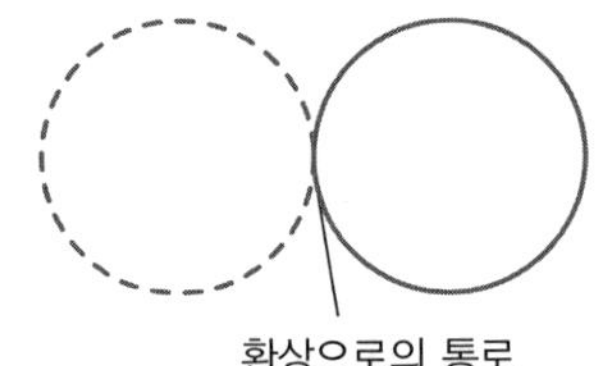

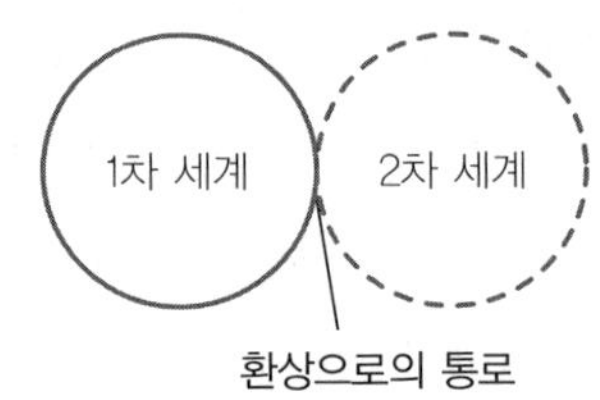

장에서 살펴본 〈마리 이야기〉《리버보이》〈오세암〉〈화엄경〉 등이 대표작이다.

이제 이 세 가지 환상서사의 특징을 도표로 정리하면 그림 1 · 2 · 3과 같다.

그림 1에서처럼 본격 환상서사는 현실(합리적 상징계)의 균열지점이나 복수 코드적 세계의 교차영역에서 (리얼리티의 핵심으로서) 실재계를 암시하며

근대 이전의 신화적 환상
(초월적 세계)

서정적·동양사상적 환상서사
(가치의 세계)

삶의 의미를 드러낸다.

본격 환상서사에서 현실의 균열로 드러난 실재계와 교섭하는 '심리적 현실'이 중요하다면, 모험적인 환상동화·판타지물(그림 2)에서는 현실(1차 세계)에서 해방되어 무의식적 욕망이 마음껏 펼쳐지는 2차 세계가 핵심적이다. 동화와 판타지물의 차이는, 전자의 경우 아직 1차 세계가 완전히 형성되지 않아서 환상적인 놀이공간이 어린이의 삶의 한 부분인 반면, 후자의 환상공간(2차 세계)은 현실(1차 세계)에서 위축된 무의식적 욕망과 상상력을 활성화시키는 일을 한다는 점이다.

서정적·동양사상적 환상서사(그림 3)는 본격 환상서사처럼 (균열로 드러난) 실재계와 교섭하거나 모험적인 판타지물처럼 (무의식이 해방된) 2차 세계를 그리지 않는다. 그 대신 세속적 현실의 모순과 고통을 넘어설 수 있는 가치의 세계(자연과의 교감, 화해)를 이미지화함으로써 일상적 현실의 상처를 감싸준다. 이 환상서사가 근대 이전의 신화적 환상과 다른 점은, 후자가 신과 관련된 초월적 힘에 근거해 공동체를 포용하는 반면, 전자는 무의식적 소망에 연관된 자연과의 화해·해탈·사랑 등을 통해 상처 입은 우리의 삶을 어루만져준다는 점이다.

제 6 장

모더니즘과 환상

1. 계몽의 신화화와 모더니즘의 환상

서정적 환상서사가 가장 아름다운 환상을 보여준다면 모더니즘은 아름답지 않는 환상 이미지를 표현한다. 서정적 서사의 환상은 일종의 유토피아의 이미지라고 할 수 있다. 반면에 모더니즘의 환상은 유토피아가 불가능하다는 불길함(unhomely)[1]의 표현이다.

유토피아란 자연과의 교감·화해·해탈·사랑이 이루어진 상태를 말한다.[2] 서정적 환상서사는 그런 유토피아의 이미지를 내면의 순간이나 어렸을 때의 환상경험을 통해 표현한다. 반면에 모더니즘은 유토피아를 꿈꾸는 시징직 내면이나 어린 시질의 기억, 그리고 그것을 현실에서 실현하려는 청년의 꿈을 모두 잃어버린 문학[3]이다.

그처럼 유토피아의 꿈을 잃은 현실에서 미학적 형상화을 통해 불가능한 화해를 시도하는 것이 모더니즘이다. 아도르노는 이를 **미메시스**[4]라는 용어로 설명했다. 미메시스는 자연을 닮는 것, 화해, 혹은 타자와의 비억압적 소통이라고 할 수 있다. 모더니즘은 작품을 통해 미메시스를 시도하지만 실제로는 그런 시도가 성공하기 어려워졌음을 드러내는 미학이다.

자연과 교감하던 태곳적 주술시대의 소통방식은 미메시스였다. 그리고 근대 이후 미메시스가 어려워졌을 때 그 대신 미적 환상을 통해 아름다운

---

1 unhomely는 독일어 Unheimliche의 영어 번역어로서 낯선 두려움, 불길함(uncanny) 등으로 해석된다.

2 이는 주객화해의 상태이다.

3 이런 맥락에서 모더니즘은 청년의 미학인 성장소설의 종말과 함께 나타난다. Franco Moretti, *The Way of the World*, Verso, 2000, 229~239쪽.

4 미메시스는 타자와의 비억압적인 교감의 상태를 말하는데, 아도르노는 주술시대의 소통방식이 미메시스였다고 말한다.

화해의 이미지들을 보여주는 것이 서정적 서사이다. 반면에 모더니즘은 현실에서의 화합이 힘들어졌을 뿐 아니라 미적 환상을 통한 화해의 표현 역시 불길함을 수반함을 드러낸다.

모더니즘의 이런 불길함(unhomely)의 표현은 현실이 미메시스에서 가장 멀어진 상태임을 암시한다. 그 같은 비극은 '합리적 계몽이 신화화된' 현실과 연관이 있다. 계몽이란 과학과 이성에 근거해 풍요롭고 해방된 유토피아를 이루려는 근대의 서사적 기획을 말한다(계몽서사). 이런 계몽서사는 합리적 정신에 의해 만장일치가 가능하다는 구성원들 간의 합의를 전제로 한다[5]. 근대인들은 실현이 어려워진 미메시스 대신에 합리성에 근거한 유토피아를 꿈꾸었던 것이다. 그런 소망을 근거로 합리성의 공간에 들어선 것이 근대인의 운명이다.

물론 그 같은 계몽서사는 근대의 역사적 현실에서 실제로 성취되지는 못했다. 그러나 비록 모든 사람이 화합하는 원환 같은 세계를 이루진 못했어도, 최소한의 합리성이 유지되는 한 현실의 모순을 수정하거나 변혁하려는 서사들이 나타날 수 있었다. 계몽을 넘어서려는 교양소설(수정)이나 리얼리즘(변혁)이 바로 그것이다.

하지만 20세기 이후 계몽의 근거인 이성과 합리성이 도구적 이성으로 변질되면서 인간관계가 비합리적으로 물신화되는 현상이 심화되기에 이른다. 도구적 이성이란 계산과 도구적 목적성에 따라 이성을 행사함으로써 타자를 사물화하는 것을 말한다. 이성적 주체를 앞세운 계몽서사는 원래 인간적인 유토피아의 건설을 목적으로 했는데, 이제는 인간을 비이성적으로 사물화하는 신화로 퇴행한 것이다. 이것이 바로 흔히 말하는 **계몽의 신화화**이다. 이 지점이야말로 **미메시스에서 가장 멀어진** 불길한 위치라고 할 수 있다.

5　리오타르, 유정완 외 역, 《포스트모던의 조건》, 민음사, 1992, 33~34쪽.

파시즘과 전쟁에서 정점을 이루는 이 야만적인 계몽의 신화화는 당연히 미메시스를 꿈꾸던 '공동체의 서사' 고대 신화와는 구분된다. 즉 과거의 신화가 '죽은 것을 산 것과 동일시'했다면, '계몽'이라는 현대의 신화는 '산 것을 죽은 것과 동일시'하는 것이다.[6] 20세기 전반에 성행한 그 같은 야만적 신화와 광기는 합리성에 대한 신뢰의 상실과 함께 사람들을 **낯선 두려움**(unheimliche)[7]의 상태에 있게 했다. 이제 미메시스가 불가능할 뿐만 아니라 합리성에 근거한 소망도 파산을 맞은 것이다.

어머니의 품 같은 미메시스도 아버지의 규범 같은 합리성도 파탄된 낯선 두려움은, 원래 어린 시절 경험했던 심리였다. 즉 낯선 두려움은 어린 시절 어머니와의 상상적 관계가 억압된 상태에서 미처 아버지와는 동일시가 이루어지기 전에 겪었던 심리였다.[8] 어린이는 그런 낯선 두려움을 아직 잔존하는 애니미즘적 상상력에 의한 환상을 통해 해소한다.[9] 그 때문에 어린이의 환상은 어른과는 달리 일상의 한 부분인 것이다. 성인이 된다는 것을 아버지와 동일시가 이루어지고 합리적 상징계를 받아들임에 따라 그런 환상에서 벗어나는 것을 뜻한다. 환상을 통해 달랠 수 있었던 낯선 두려움은 이제 합리적 코드의 세계에 진입함으로써 사라진다.

그러나 합리성이 비합리적인 신화와 광기로 변질됨에 따라 사람들은 어린 시절 경험했던 낯선 두려움의 상태로 되돌아간다. 합리성은 더 이상 불

---

6   호르크하이머·아도르노, 《계몽의 변증법》, 문예출판사, 1995, 41쪽.
7   프로이트에 의하면 '낯선 두려움'은 현실과 환상의 경계가 사라질 때 경험된다. 프로이트, 정장진 역, 〈두려운 낯설음〉, 《창조적인 작가와 몽상》, 열린책들, 1996, 137쪽. 20세기 전반의 경우 합리적 '현실'에서 비합리적인 폭력적 현상들이 만연함으로써 '낯선 두려움'을 경험하게 된다. 반대로 어린 시절의 낯선 두려움은 애니미즘적 사유가 잔존하는 어린이가 아직 충분히 내면화되지 않는 합리적 현실에 노출됨으로써 겪게 된 것이다. 양자의 차이와 낯선 두려움의 개념에 대해서는 3절에서 다시 자세히 논의하기도 한다.
8   이 낯선 두려움은 거세공포이기도 하다.
9   이는 환상세계를 통한 미메시스의 시도라고 할 수 있다.

길한 공포를 방어해주는 상징계의 코드가 되지 못하기 때문이다. 그러나 어른의 세계, 그 합리적 규범이 내면화된 세계에 속해 있는 성인은, 어린이와는 달리 애니미즘적 상상력을 통해 불길함을 해소하지 못한다. 어린 시절로 회귀해 그때처럼 환상을 통해 미메시스를 시도하지만, 그 시절과는 달리 여전히 불길함에서 벗어나지는 못하는 것이다. 이것이 바로 불길함을 수반하는 모더니즘의 미학적 환상의 특징이다.

모더니즘의 그런 미메시스의 시도와 좌절은, 이제 어떤 식으로도 유토피아에 이르는 길이 폐쇄되었다는 불안감을 상징한다. 즉 미메시스를 통해서도 합리성을 통해서도 유토피아에 이를 수 없게 된 비극을 암시한다. 그러나 환상(혹은 미적 가상)을 통해서라도 미메시스를 시도하고 화해의 소망을 표현함으로써, 모더니즘은 그것을 받아들이지 않는 '계몽이 신화화된 현실'의 부정성을 드러내게 된다. 그리고 현실과 단절된 내면에는 아직 화해의 소망이 남아 있음을 알리게 된다. 이 같은 현실에 대한 부정적 인식과 내면의 화해의 소망의 표현이 모더니즘 미학의 특징이다.

2. 낯선 두려움과 모더니즘 미학

'낯선 두려움'이란 세계를 특정한 '코드로 상징화할 수 없을 때' 경험하는 생소하고 불길한 공포에 다름이 아니다. 어린 시절은 아직 합리적 코드가 완전히 내면화되지 않았기 때문에 낯선 두려움을 경험하게 된다. 그 대신 어린이는 그런 불길한 공포를 '환상적으로 코드화된' 세계(동화나 놀이)를 통해 해소한다. 당연히 어른은 환상 대신 합리적 코드를 내면화하지만, 파시즘 같은 야만적인 세계에서는 (합리적) 상징계의 균열과 계몽의 신화화를 경험하며 낯선 두려움으로 회귀하게 된다. 이처럼 **어른의 낯선 두려움**은 계몽이 신화화된 세계에 상응하는 감정이다. 다만 폭력적인 광기와 신화에 도취된 사람만이 그에서 벗어날 것인데[10], 파시즘이 광기어린 '정치의 미학화(예술화)[11]'를 추구하는 것은 그 때문이다.

이처럼 계몽의 신화화는 그 신화에 도취된 사람 이외에는 합리성의 균열과 구멍을 경험하게 한다. 미학이란 그런 균열과 구멍에서 벗어나려는 소망의 표현일 것이다. 폭력적인 파시즘이 전쟁의 미학을 동원하는 것은 그 때문이다. 파시즘은 전쟁과 폭력을 통해 구멍 뚫린 상징계를 열어젖힘으로써 균열에서 탈출하려는 사람들을 열광시킨다. 이것이 바로 '스스로의 파괴를 최고의 미적 쾌락으로 만드는' 파시즘의 **정치의 미학화**이다. 그러나 이 미적 쾌락은 진정한 해방이기는커녕 더 넓혀진 폭력의 세계에 기반한 '내중의 깅간'[12]에 다름이 아니다.

반면에 진정한 화해를 소망하는 미학은 그런 파시즘의 미혹의 영토에서 벗어나 균열을 직시하게 한다.[13] 균열을 은폐하는 이데올로기를 파편화함으로써 세계의 모순과 폭력(낯선 두려움의 상태)을 드러내는 모더니즘 미학이 바로 그것이다. 모더니즘은 그처럼 진정한 화해의 소망을 표현하기 위해 파시즘적 광기와 이데올로기에서 벗어나 균열된 삶을 직시하게 만든다.

구체적으로 모더니즘은 균열된 삶을 드러내기 위해 비합리적으로 신화화된 세계에 동화되지 않는 비동일성의 위치를 이용한다. 물론 모더니즘 역시 (다른 예술처럼) 균열을 드러내면서 화해의 소망을 표현하는데, 그런 비동일성의 위치에서의 화해의 시도는 리얼리즘에서와는 달리 미학적일

---

10 이들도 자기소외와 공포에서 완전히 벗어나지 못하며 그 때문에 더욱 잔인해지거나 '정치의 미학화'를 시도하는 것이다.

11 벤야민, 이태동 역, 〈기계복제 시대의 예술작품〉, 《문예비평과 이론》, 문예출판사, 1987, 291쪽.

12 벤야민, 위의 책, 291쪽.

13 균열을 직시해야만 진정한 화해의 소망이 가능하기 때문이다.

수밖에 없다.[14] 그도 그럴 것이 계몽이 신화화된 세계에서의 화해의 시도는 리얼리즘처럼 현실의 행동으로 드러나기 어려운 것이다.

모더니즘의 '미학적' 화해의 표현의 중요한 방식 중의 하나는 바로 환상이다. 모더니즘은 현실의 균열을 통해 드러난 실재계와 교섭하는 환상의 방식으로 화해의 소망을 표현한다. 그러나 환상이란 화해를 소망하는 무의식의 표현이지만 또한 현실의 흐름을 내포한 전의식과의 교섭을 통해 생성된다.[15] 물론 환상은 현실의 규범에 따르는 전의식을 뒤흔들며 실재계와의 교섭을 표현한다. 그러나 현실의 억압이 엄청나게 폭력적일 경우 그런 실재계와의 교섭은 불안감 속에서 진행될 수밖에 없다.

이런 환상의 메커니즘에서 파시즘적인 폭력적 현실에서는 화해의 소망 자체가 불안감으로 표현된다. 따라서 극단적인 강압적 상황에서는 '불안꿈'과도 같은 악몽의 환상이 나타나거나 소망이 표현되는 경우에도 그것이 불가능하다는 불길함을 수반한다. 전자의 경우가 〈변신〉의 벌레의 환상이라면 후자는 〈난장이가 쏘아올린 작은 공〉의 난쟁이의 달나라행이다. 극에 달한 현실의 억압으로 인해, 모더니즘의 환상은 화해의 소망의 표현이지만 또한 현실에서는 화해가 불가능하다는 불길함의 표현이기도 한 것이다.

이 점에서 화해의 소망의 표현인 모더니즘의 환상은 결국 낯선 두려움을 주는 폭력적인 현실의 **불길한 음화**를 연출하게 된다. 불안을 해소하려는 꿈이 '불안꿈'으로 되돌아오듯이 낯선 두려움에서 벗어나려는 모더니즘의 환상은 불길함으로 회귀하는 것이다. 아직 어른의 세계를 모르는 서정적

---

14 이 미학적인 화해의 시도가 가상(미학적 형상)을 통한 미메시스의 시도라고 할 수 있다.

15 환상은 무의식과 전의식의 교섭을 통해 생성되는데, 그 과정에서 의식적으로는 포착할 수 없는 실재계적 잔여물을 암시한다. 환상을 무의식과 실재계의 교섭이라고 말하는 것은 그 때문이다. 즉 미학적 환상에서 무의식과 전의식의 교섭은 현실의 합리적 흐름이 와해될 정도까지 진행됨으로써 실재계와의 교섭이 일어나는 것이다. 수면 중의 꿈은 실재계와의 대면의 순간 깨어나는 점에서 실재계를 암시하는 미학적 환상과 구분된다.

동화(《마리 이야기》)에서의 환상이 순수한 아름다움이라면, 계몽이 신화화된 시대의 모더니즘의 환상은 그것이 불가능하다는 불길함을 수반한다. 이것이 아름다운 **어린이의 서정적 동화**와 모더니즘의 **어른의 동화**의 차이이다.

3. 리얼리즘 미학과 모더니즘 미학—아이러니와 환상

위에서 우리는 파시즘의 미학과 모더니즘의 미학을 비교했다. 물론 그 두 미학의 방향은 정반대이다. 그런데 현실의 균열에서 벗어나려는 소망이 미학이라면, 리얼리즘 역시 **균열**의 인식과 **탈주**의 소망을 표현할 것이나. 그렇다면 모더니즘의 미학은 리얼리즘의 미학과 어떤 차이가 있는 것일까. 모더니즘에서 리얼리즘보다 환상이 더욱 부각되는 이유는 무엇일까, 이제 그 점을 리얼리즘 미학의 중요한 방식인 '아이러니'와 연관해서 살펴보자.

리얼리즘은 아직 합리성에 대한 신뢰를 완전히 잃지 않은 단계의 미학이다. 그처럼 구성원들 간의 합리적 소통이 가능한 단계에서 세계의 균열을 드러내는 방식이 바로 아이러니이다. 아이러니란 합리적 상징계가 안정(동일성)을 유지하기 위해 배제하고 억압한 것[16]이 되돌아오는 현상을 말한다.[17] 예컨대 〈운수 좋은 날〉에서 김첨지가 돈벌이에 신이 나다가 불현듯 돈

---

16 합리적 상징계가 배제하고 억압하는 것은 상징화할 수 없는 실패계적 요소나 무의식적 욕망이다.

17 실재계적 요소와 무의식적 욕망이 되돌아온다. 상징계에서 배제된 실재계적 요소가 되돌아오는 이 현상은 라캉-지젝이 말한 증상과로 유사하다. 그러나 증상이 병리적인 기표들의 형성물인 반면 아이러니는 동일성의 상징계에 대한 전복과 해체의 위협이다. 예컨대 〈운수 좋은 날〉의 김첨지의 '이 원수엣 돈!' 하는 말은 말실수로 보면 증상이지만 소외된 계층의 무의식적 욕망이 되돌아온 것으로 보면 아이러니이다.

에 대한 증오심을 표현하는 장면은 아이러니하다. 여기서 김첨지의 심리가 아이러니한 것은 교환가치(돈)에 의해 동일화된 사회에서 그 기본적 가치를 부정하는 마음(돈에 대한 증오)이 생겨났기 때문이다. 김첨지의 돈에 대한 증오심은 교환가치에 의한 동일화 과정에서 억압된 심리가 되돌아온 것으로서 그 사회의 동일성을 해체한다.

이처럼 아이러니는 동일성 세계의 해체를 암시한다. 그러나 아이러니가 해체와 다른 점은 여전히 건재한 동일성의 세계 내의 어떤 한계지점에서 나타난다는 점이다.[18] 예컨대 김첨지가 한순간 돈에 대한 증오심을 드러냈다 해도 그가 가졌던 '돈 벌 욕심'은 사라지지 않을 것이다. 다만 아이러니는 반대감정 병존상태를 통해 동일성 세계의 모순과 해체를 암시할 뿐이다. 그 점에서 아이러니란 동일성 세계의 자기모순을 암시하는 '합리적 코드에서의 예외성'의 출현이라고 할 수 있다.

따라서 아이러니가 미학적인 전복의 효과를 지닌 것은 역설적으로 합리적 세계의 흐름이 여전히 유지되는 공간에서이다.[19] 리얼리즘은 그 같은 세계에서 아이러니를 기본적인 문법으로 하는 미학이다. 반면에 모더니즘은 파시즘처럼 합리성에 대한 신뢰가 사라진 세계에서 나타난 또 다른 미학이다. 그 때문에 모더니즘에서는 아이러니가 사용되더라도 전복의 미학으로 보다는 '불길한' 퇴행과 유희 속에서 드러난다. 예컨대 〈날개〉에서 '내'가 돈을 화장실에 갖다 버린 것은 앞의 김첨지처럼 '돈에 대한 반감'을 표현한 셈이다. 그러나 여기서의 '돈에 대한 모독'은 전복적이기보다는 유희적이고 풍자적이다. 그것은 돈을 쓸 줄 모르는 '나'의 퇴행이나 합리적 세계

---

18 아이러니가 리얼리즘의 문법이라면 해체는 포스트모더니즘의 문법이다. 포스트모더니즘은 합리적 동일성의 세계를 특정한 코드에 의해 동일화된 하나의 세계로 상대화시킨다.

19 리얼리즘에서 아이러니를 경험하는 주인공은 세계의 주변부에 위치하지만, 그는 합리적이고 자본주의적인 현실의 한가운데서 아이러니를 경험한다. 즉 아이러니는 세계의 한계영역을 경험하는 주인공의 삶의 한복판에서 나타난다.

를 신뢰하지 않는 유희정신 속에서 나타난 것이기 때문이다.

　리얼리즘의 아이러니가 합리성(재영토화)과 탈합리성(탈영토화)의 양가성을 지닌다는 것은 '탈영토화–실재계적 요소'의 출현이 합리적 세계의 한가운데서 나타났다는 뜻이다. 아이러니가 균형 잡힌 (객관적인) 이중성의 시선인 동시에 미학적인 전복성을 내포하는 것은 그 때문이다. 반면에 퇴행과 유희 속에서 나타난 모더니즘의 아이러니는 합리적 세계에 동화되지 않는 비동일성의 위치에서 '모독'을 감행하는 것이다. 비동일성의 위치란 균열로 가득한 합리성의 세계에 대해 신뢰를 잃어버린 소외와 단절의 공간을 뜻한다. 그 때문에 리얼리즘과는 달리 모더니즘의 아이러니·풍자·기행은 소외와 단절의 표현이기도 하다.

　그 같은 소외의 공간인 모더니즘의 **비동일성의 위치**는, 세계를 특정한 코드로 상징화할 수 없는 불안 상태, 즉 '낯선 누려움'의 상태로 바라보는 곳이라고 할 수 있다. 그것은 비동일성의 위치가 타인과의 소통과 유대, 그리고 그에 근거한 코드화가 단절된 모나드적 공간인 점과 연관이 있다. 즉 비동일성의 위치는 합리적 세계를 불신할 뿐만 아니라, 어린이처럼 동화적 코드를 지닐 수도, 포스트모더니즘처럼 이질적 코드를 형성할 수도 없는 공간이다. 모더니즘에서 아이러니·풍자·환상이 모두 세계의 코드화가 불가능한 낯선 두려움 속에서 나타나는 것은 그 때문이다. 예컨대 〈날개〉에서 '나'는, '질풍신뢰의 속력으로 광대무변의 공간을 달리는 지구'에서 내려버리고 싶은 현기증을 느끼며 은화를 화장실에 갖다 버린다. '나'에게 세계란 알 수 없는 공포를 주는 가속도의 공간으로 느껴졌던 것이다.

　모더니즘의 비동일성의 위치는 그처럼 '낯선 두려움'을 주는 세계로부터 불안과 소외를 느끼는 곳이다. 그런데 그런 불안한 위치는 안정된 공간에서 억압되었던 무의식적 욕망이 보다 잘 표현될 수 있는 공간이기도 하다. 모더니즘에서 리얼리즘보다 훨씬 환상이 자연스럽게 나타나는 것은 그와 연관이 있다. 리얼리즘의 합리적 공간에서 환상은 매우 특별한 경험이다. 반면에 모더니즘의 비동일성의 위치에서는 환상이 현실만큼이나 거부할 수 없는 절실한 경험으로 나타난다.[20]

리얼리즘의 환상은 합리적 세계에서 이탈된 어떤 증세(혹은 증상)라는 단서를 달고 나타난다. 예컨대 〈표본실의 청개구리〉에서 김창억의 분열증, 〈오발탄〉에서 철호의 백일몽, 〈순이삼촌〉에서 순이삼촌의 노이로제 등이다. 반면에 모더니즘의 환상은 비동일성의 위치에 있는 인물들의 무의식적 욕망의 표현으로 직접 나타난다. 가령 〈날개〉에서 '사람들이 닭처럼 푸드덕거리는' 세계나 〈타인의 방〉에서의 사물들과의 교감, 〈난장이가 쏘아올린 작은 공〉에서의 달나라 여행 같은 환상이다.

합리적인 꼬리표로 제한된 리얼리즘의 환상[21]은 삶의 한복판에서 나타나는 아이러니보다 미학적 전복성이 강렬하지 않다고 할 수 있다. 그러나 모더니즘의 경우에는 그와 정반대이다. 즉 아이러니가 소외의 표현으로 나타나는 반면 환상은 현실과 병존하는 이미지로 직접 표현된다. 모더니즘의 환상이 리얼리즘에서보다 더 미학적 전복성을 지니는 것은 그 때문이다. 즉 모더니즘의 환상은 광기와 폭력의 세계(계몽의 신화화)에 동화되지 않으려는 화해의 욕망의 표현인 것이다.

그 점에서 모더니즘의 환상은 세계에 대한 일종의 미메시스의 시도라고 할 수 있다. 물론 환상을 통한 화해의 시도는 신화화된 세계에 동화되지 않은 균열된 파편들과 관계하는 것이다. 그런 파편적 세계와의 미메시스는 결코 성공할 수 없지만 환상은 균열의 틈새로 드러난 실재계와 교섭하게 된다. 그처럼 리얼리티의 핵심인 실재계와 교섭함으로써 모더니즘의 환상은 균열된 상징계에 대해 전복성을 지닌다.

---

20 비동일성의 위치는 합리적 현실과 무의식적 환상 사이에서 리얼리즘보다 환상 쪽으로 한걸음 더 다가간 위치라고 할 수 있다.
21 환상적 리얼리즘의 경우에는 환상이 직접 나타난다. 여기에 대해서는 앞의 제3장 4절 참조.

	리얼리즘	모더니즘
아이러니	합리적 세계 내부	비동일성의 위치
	전복 · 해체 암시	유희적
환상	합리적 단서(증세)	현실 · 환상 병치
	전복성 약화	전복성 강화

그러나 모더니즘의 환상이 전복성을 지닌다는 것은 '불길한' 세계를 대신할 또 다른 세계를 발견했다는 뜻은 아니다. 모더니즘의 환상이란 트라우마가 된 균열된 세계의 구멍을 메우는 이미지이다. 그 환상 이미지에는 화해의 소망과 전복의 힘이 포함되어 있지만, 그 자체로는 **균열된 합리적 세계와 공존하는 파편적인 환상**일 뿐이다.

비동일성의 위치에서의 모더니즘의 환상은, 아직 (합리적) 현실을 내면화하지 않은 어린이의 동화와 달리 자유스럽지 못하며, 억압된 이질적 코드를 부활시키는 포스트모더니즘과 달리 현실을 해체할 수도 없다. **자유로운** 모더니즘의 환상은 여전히 합리적 현실(균열된 세계)로부터 완전히 **자유롭지 못한** 것이다.

그 때문에 모더니즘의 환상은 낯선 두려움에서 벗어나려는 동화와 비슷하면서도 그와 달리 불길한 세계에서 해방된 환상공간을 만들지 못한다. 예컨대 달나라로 가려던 〈난장이가 쏘아올린 작은 공〉의 '난쟁이'는 죽음을 맞으며, 사물들과 화해하려던 〈타인의 방〉의 '그'는 스스로가 사물이 된다. 이처럼 모더니즘의 환상은 동화와는 달리 자신의 안정된 코드를 지니지 못할뿐더러, 그 탈코드화와 탈영토화의 흐름은 세계와 단절된 소외상태를 넘어서지 못한다.[22]

이 모더니즘의 동화적이면서도 불길한 파편적인 환상은 훼손된 코드로
된 균열된 **현실의 음화**인 셈이다. 낯선 두려움의 세계에서 벗어나려던 환상
은 그 불길한 세계의 음화로서 되돌아온다. 그처럼 모더니즘에서는 현실이
낯선 두려움의 세계일 뿐만 아니라 환상조차로 낯선 두려움 속에서 나타난
다. 이 같은 불길함은 합리적 세계를 불신하면서도 또 다른 세계를 찾지 못
한 모더니즘의 모나드적인 미학의 특징이다. 화해를 소망하지만 그 소망을
부인당한 폭력적인 세계에서, 모더니즘의 낯선 두려움의 미학은 현실의 어
디서도 희망을 발견할 수 없는 시대의 '구조요청 쪽지'[23]에 비유될 수 있다.

4. 어린이의 낯선 두려움과 어른의 낯선 두려움 ─
동화·잔혹동화·모더니즘

이제까지 우리는 모더니즘의 환상이 낯선 두려움과 함께 나타남을 설명
했다. 우리의 논의에서 핵심적인 논점은 다음과 같은 것들이다. 왜 모더니
즘의 환상이 동화와 비슷하면서도 낯선 두려움을 넘어서지 못하는가. 동화
로 달랠 수 있었던 어린 시절의 낯선 두려움과 모더니즘-환상으로 극복할
수 없는 어른의 낯선 두려움은 어떤 차이가 있는가. 모더니즘 미학과 환상
에서 '낯선 두려움'의 의미는 무엇인가.

먼저 우리는 프로이트가 논의한 '낯선 두려움'의 개념을 좀 더 명료화할

---

22 이 점은 환상을 통해 유대를 포함함으로써 탈주의 욕망을 보다 적극적으로 형상화하는 포스
트모더니즘의 환상과 구분되는 점이다. 그 대신 모더니즘은 현실의 불길하게 파편화된 상태
를 보다 적극적으로 드러내는 부조화의 미학이다.

23 아도르노, 《신음악의 철학》, 까치, 1986, 124쪽.

필요가 있다. 프로이트는 호프만의 소설 〈모래인간〉에서 주인공(나타니엘)이 낯선 두려움을 경험하는 두 번의 예를 들고 있다.[24] 어린 시절의 첫 번째 낯선 두려움은 어머니와의 동일시 관계(상상계)에서 벗어난 단계에 나타난다. 그 점은 어머니가 나타니엘을 밤에 침실로 가게 하기 위해 '모래인간이 온다'고 겁을 주곤 하는 사실에서 알 수 있다.[25] 하녀의 말에 의하면 모래인간은 자러 가지 않는 아이의 눈에 모래를 던져 피투성이로 만들어버린다. 모래인간 이야기는 어린 나타니엘의 마음에 공포감을 깊게 드리웠다. 나타니엘은 모래인간의 존재를 확인하기 위해 아버지의 서재에 숨어서 기다린다. 마침내 그는 모래인간인 아버지의 방문객에게 발견되고 눈을 잃을 위기에 처한다. 이때 아버지가 모래인간에게 용서를 빎으로써 나타니엘은 위험에서 벗어난다.[26]

이 이야기에서 어린 주인공이 느낀 눈을 잃을지도 모른다는 두려움은 **거세공포**에 다름이 아니다. 거세공포는 눈이나 성기를 상실할 수도 있다는 두려움을 말한다. 서구에서 눈과 성기(남근)는 인간주체의 가장 근원적인 요인으로서[27], 거세공포는 그것을 빼앗김으로써 자아의 근거를 상실할 위험을 뜻한다. 거세공포는 권력을 지닌 아버지 같은 위치에 있는 존재로 인해 생겨난다. 어린 나타니엘의 눈을 빼앗으려 한 모래인간은 그런 '금지'의 권력을 지닌 나쁜 아버지의 상징이라고 할 수 있다. 반면에 나타니엘의 눈을 구한 아버지는 그와 반대되는 '동일시'의 대상으로서 좋은 아버지의 상징이다. 이 아버지의 두 가지 측면(금지와 동일시)은 오이디푸스적 심리의

---

24 프로이트, 정장진 역, 〈두려운 낯설음〉, 《창조적인 작가와 몽상》, 열린책들, 1996, 109~138쪽.
25 호프만, 김선형 역, 〈모래요정〉, 《호프만의 환상문학》, 경남대출판부, 2000, 9쪽.
26 이 이야기는 나타니엘의 환상인지 실제로 일어난 일인지 모호하게 제시되고 있다.
27 임철규, 《눈의 역사 눈의 미학》, 한길사, 2004, 69~75쪽과 나병철, 《가족로망스와 성장소설》, 문예출판사, 2007, 189쪽 참조.

양가성에 상응한다.

이런 프로이트의 예에 따르면 어린 시절의 **낯선 두려움**은 일종의 **거세공포**로서 어린이의 '욕망'을 금지하는 아버지(성인의 세계)로부터 생겨난 것이다. 물론 아버지는 동일시의 대상이기도 하며 그런 측면은 거세공포로부터 벗어나게 해준다. 이 같은 두 가지 측면에서 볼 때, 어린이의 낯선 두려움과 거세공포는 아직 아버지-성인의 세계에 동일시되기 이전에 어머니와의 관계가 억압(금지)된 상태에서 경험된다.

낯선 두려움을 주는 거세공포의 핵심인 눈과 성기는 성인의 주체의 근거로서 이성과 남근을 의미한다. 따라서 어린이의 눈(이성)을 빼앗는 위협은 성인세계인 합리적 현실에서 자아를 상실할 듯한 두려움을 주는 것이다. 물론 그런 성인의 현실에서의 자아의 근거가 어린이의 존재의 전부는 아니다.

먼저 어린이의 존재를 구성하는 무의식은 금지당한 어머니와의 상상계적·나르시시즘적 욕망의 잔재일 수도 있다. 프로이트의 오이디프스론에 의하면, 그런 어린이의 무의식적 욕망을 금지하는 것이 거세공포이며, 그 금지(나쁜 아버지)에 따랐을 때 눈-이성을 구하고 아버지의 이성의 세계(좋은 아버지)에 동일시하게 된다. 그처럼 금지의 권력을 내면화할 때 어린이는 거세공포-낯선 두려움에서 벗어나 성인의 합리적(이성적) 세계에 들어서게 되는 것이다.

그런데 어린이의 욕망은 단순한 상상계적 무의식[28]만은 아니며 **애니미즘적 사유**와 연관된 또 다른 측면이 있다. 프로이트는 애니미즘적 사유를 관념의 전능성[29]과 연관시켜 논의한다. 하지만 그와 달리 애니미즘은 주술

---

28 어머니와의 동일시가 금지당한 후 상상계적 충족은 무의식 속의 욕망으로 남게 된다.

29 주체가 대상을 마음껏 움직일 수 있는 텔레파시와도 같은 능력을 말한다. 이런 프로이트의 사고에는 인간중심주의적 요소가 포함되어 있다. 인간이 자신을 대상들에 투사하여 세상이 인

시대부터 있었던 자연을 닮으려는 욕망의 잔재이며 미메시스(아도르노)의 요소를 지니고 있다. 즉 주술, 애니미즘, 그리고 서정적인 신화적 환상의 근원적 욕망은 자연과의 화해일 것이다.

따라서 어린이의 거세공포-낯선 두려움은 자연과 조화되려는 욕망을 억압당하고 이성의 눈으로 된 낯선 성인세계와 대면할 때 생기는 것으로 볼 수 있다. 이 시기에 이성의 규범에서 벗어나 자연의 욕망으로 눈길을 돌릴 때,[30] 어린이는 눈을 빼앗길 듯한 두려움(거세공포)에 직면하는 것이다. 어린 시절의 애니미즘적 사고는 일반적인 것이므로, 이질적인 성인의 세계에 접촉해야 하는 어린이는 일상적으로 낯선 두려움을 경험한다. 다만 금지를 강요하기보다는 친절하게 이성의 세계로 이끄는 좋은 아버지에 의해서 그런 낯선 두려움이 감소될 수 있다.

또한 어린이는 아직 낯이 선 어른의 세계에서 벗어나 환상의 세세에 빠질 때 해방감을 느끼게 된다. 물론 이 경우에도 성인세계의 문고리를 잡고 있는 어린이는 환상이 금지되어 있다는 두려움에서 벗어날 수는 없다.[31] 오직 허구세계로 코드화되어 환상을 자유롭게 허용하는 동화의 공간에 들어설 때만 어린이는 낯선 두려움에서 완전히 벗어난다.

여기서 우리는 낯선 두려움에서 벗어나는 두 가지 조건을 발견할 수 있다. 먼저 어린이는 어른의 세계에서 벗어나 동화적 환상의 세계에 몰두할 수 있을 때 낯선 두려움에서 해방될 수 있다. 물론 환상이 무조건 어린이의 공포를 달래주는 것은 아니다. 가령 모래인간 이야기는 환상임에도 불구하

간의 형상을 지닌 영혼들로 이루어 있다고 보는 것을 말한다. 프로이트, 〈두려운 낯설음〉, 《창조적인 작가와 몽상》, 앞의 책, 131쪽.

30 밤은 자연의 욕망이 깨어나게 하는 시간이므로 〈모래인간〉에서 이성의 규범이 그것을 금지하는 것으로 볼 수 있다.

31 모래인간 이야기는 환상적인 내용이지만 역설적으로 그렇기 때문에 이 환상(밤)을 금지하는 환상이야기는 더 나타니엘의 마음에 낯선 두려움을 드리우게 된다.

고 오히려 낯선 두려움을 불러일으키는데, 그것은 그 환상이 자연의 욕망을 금지하는 어른의 환상이기 때문이다. 이 경우 환상의 원리는 이성중심적 금지의 규범에 '초월적 권력'이 부여됨으로써 생겨난 것이다.[32] 그와 달리 자연과 조화되려는 환상(《오세암》〈마리 이야기〉)은 어른의 세계에서 경험하는 낯선 두려움에서 벗어나게 해준다. 또한 현실과 분리되어 허구세계로 코드화되어 있는 다양한 환상들(《피터 팬》《피노키오》《해리포터》)[33] 역시, 〈모래인간〉처럼 현실-환상의 경계가 없는 환상과는 달리 낯선 두려움에서 해방시켜준다.

반면에 낯선 두려움이 생겨나는 것은 그와 정반대의 상황이다. 즉 자연과 조화되려는 욕망을 억압하는 이성중심적 성인의 세계에 부딪혔을 경우이다. 또한 자아의 **존재의 근거에 의해 코드화된 세계**가 눈앞에서 와해될 때이다. 후자에서 어린이의 존재의 근거란 **애미니즘적 사고**이며 일상세계의 어른의 경우는 **합리적인 사고**이다. 어린이는 애니미즘적 사고에 의해 완전히 코드화되지 못하고 어른의 세계에 직면할 때 낯선 두려움을 느낀다. 또한 어른은 합리적 사고가 와해되고 균열이 생길 때 과거의 낯선 두려움에 다시 사로잡힌다.

낯선 두려움에서 벗어나게 하는 것이 **동화**라면 그 반대의 경우는 **잔혹동화**에서 발견된다. 예컨대 〈헨젤과 그레텔〉(임필성 감독)이라는 영화에서 어른이 당하는 수모와 위협을 생각해보자. 이 영화는 그림동화 〈헨젤과 그레텔〉을 패러디한 잔혹동화이다. 그림동화에서는 숲속에 버려진 아이들이 마녀를 무찌르고 집으로 돌아간다. 그러나 이 영화에서는 버려진 아이들이 어른의 세계로 돌아가지 않고 숲속에 아이들의 천국을 만든다. 또한 그림

---

[32] 환상에는 초월적 권력에 근거한 환상과 자연과 조화되려는 환상의 두 가지가 있다고 할 수 있다.

[33] 이 환상동화들 역시 근본적으로는 성인의 이성중심적 세계를 넘어서 자연과 조화되려는 욕망에 근거하고 있다.

동화에서는 아이들이 길에 뿌린 빵가루를 따라 집을 찾아가지만, 이 영화에서는 길 잃은 어른들을 납치해 숲속의 천국의 부모로 만들려 한다.

이 영화의 핵심은 애니미즘적 상상력의 공간인 숲속의 집이 아이들에게는 천국이지만 어른에게는 악몽일 수 있다는 점이다. 현실에서 버려진 아이들은 환상의 공간에서 천국을 경험하는 반면 현실의 주인인 어른들은 숲속의 환상에서 잔혹한 공포를 느낀다. 아이들이 현실에서 두려움을 느끼는 것은 어른들이 아이들의 자연 상태의 소망을 짓밟기 때문이다. 반대로 어른들이 환상의 공간에서 공포를 경험하는 것은 그들의 합리적 현실감각을 와해시키는 환상이 눈앞에서 일어나고 있기 때문이다.

현실에서 낯선 두려움을 느끼는 아이들이 숲속에서 행복을 찾는 것은, 그 환상공간이 자연과 조화되려는 애니미즘적 상상력을 충족시키는 코드로 되어 있어서이다. 특히 어른의 세계에서 낯선 두려움을 경험하는 어린이일수록 숲속의 행복은 매혹적일 것이다. 반면에 어른들은 자신에게 내면화된 합리적 코드를 무너뜨리는 환상에 직면할 때 낯선 두려움을 느낀다. 특히 현실의 규범에 집착하는 어른일수록 그 공포는 더 커질 것이다. 이처럼 아이들의 행복이 완전한 '애니미즘적 코드화' 에 있다면, 어른들의 공포는 합리적 코드가 와해되며 '현실과 환상의 경계가 사라지는' 데[34]에서 기인된다. 그 같은 어린이의 환상, 천국과 어른의 낯선 두려움은 다음 페이지의 그림 2로 표시될 수 있다.

이 영화는 어린이의 천국인 동화가 현실에 집착하는 어른에게 악몽이 될 수 있음을 보여줌으로써 아이들의 소망을 짓밟는 어른의 세계를 비판한다. 아이들의 소망이란 어른의 편견과 폭력에서 벗어난 자연 상태의 삶을 누리는 것이다. 애니미즘적 동화는 그런 소망의 표현에 다름이 아니다. 물론 아이들의 **진정한 소망**[35]은 자연 상태의 삶이 '갇혀진 환상공간' 이 아닌

---

34 프로이트, 〈두려운 낯설음〉, 앞의 책, 137쪽.

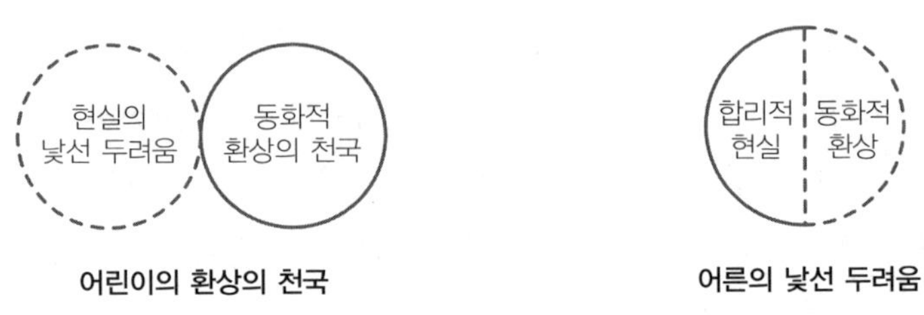

'현실'에서도 이루어지는 것일 터이다. 그러나 합리적 현실의 주인인 어른은 그런 소망을 유린하고 아이에게 낯선 두려움을 갖게 한다. 동화적 천국에서 어른이 경험하는 공포(낯선 두려움)는 그 같은 폭력적 어른에게 주어지는 응징일 것이다.

그러나 이 영화에서는 아이들에게 우호적인 운수(천정명 분)에게까지 그런 환상의 징벌이 계속된다. 그것은 여기서 아이들의 무기인 애니미즘적 상상력이 프로이트식으로 관념의 전능성으로만 행사되기 때문일 것이다. 그와 달리 애니미즘적 사고에 포함된 근원적 욕망은 '자연과 화해된 삶'이며, 그런 측면에서 아이들과 운수의 대화가 이루어질 수도 있을 것이다. 즉 양자의 대화를 통해 숲속의 집과 현실의 집의 경계를 해체하고 현실에서 숲속의 천국을 모색하는 방향이 암시될 수도 있다. 이 영화의 한계는 그런 자연의 욕망 대신 아이들이 텔레파시와도 같은 관념의 전능성을 무기로 끝없이 어른들을 징벌한다는 점이다. 그처럼 숲속에 폐쇄된 천국을 고집하는 한 진정한 유토피아를 위한 **아이와 어른의 대화**[36]는 이루어질 수 없을 것이다.

---

35 이 소망은 실상 우리 모두의 소망이기도 하다.
36 이 대화는 애니미즘에 포함된 **미메시스**와 성인세계의 **합리성**의 대화이기도 할 것이다.

하지만 이 영화는 현실에서 낯선 두려움을 느끼는 어린이가 왜 동화에서 행복을 맛보는지, 그리고 현실의 주인인 어른이 직접 동화적 환상에 노출될 때 어떤 낯선 두려움을 느끼는지 잘 보여준다. 어린이와 어른의 낯선 두려움의 공통점은 양자 모두 현실과 환상의 경계가 없어질 때 경험된다는 점이다. 환상의 사고를 지닌 어린이는 강압적인 어른의 현실에 노출될 때, 반대로 합리적 사고를 하는 어른은 비합리적 환상에 직접 부딪힐 때 낯선 두려움을 느낀다. 두 경우 모두 환상이나 합리성 어느 쪽으로도 안정된 코드화를 이루지 못하고 병치되는 상황이다.

따라서 우리는 낯선 두려움(Unheimliche)을 주는 억압(Un)의 상황을 다음과 같이 설명할 수 있다. 프로이트는 낯선 두려움이란 우리가 한번 머물렀던 친밀한 곳(Heimliche)이 억압된(Un) 감정이라고 말한다. 친밀한 곳이란 옛 고향(Heimat), 어머니의 품, 여자의 성기 등을 뜻한다. 이런 설명은 프로이트적 의미의 '거세공포'를 실감나게 해준다. 예컨대 어머니의 품은 거세공포의 위협에 의해 금지되었으므로 **Heimliche의 욕망**은 **Unheimliche의 경험**이기도 한 것이다.

여기서 친밀한 곳(Heimliche)은 **진정한 화해의 욕망**, 즉 미메시스의 요소를 포함한 공간이다. 그러나 자연을 지배하는 인간에 의해 '친밀한 곳'은 확대될 수 있다. 즉 그곳은 자기 집(Heimische, home)으로, 그리고 자신이 자라온 공동체(사회)의 품으로 확장될 수 있다. 공동체(사회)는 처음에는 낯선 곳이었지만 성장함에 따라 친밀한 곳이 된 제2의 home이라고 할 수 있다. 반면에 어린이의 경우에는 원래의 미메시스적 요소에 의해 코드화된 동화의 환상공간이 오히려 또 다른 친밀한 곳일 것이다.

이런 확장된 의미의 친밀한 곳은 모두 안정되게 코드화된 공간이라고 할 수 있다. 우리는 안정되게 코드화된 공간에 있을 때는 낯선 두려움을 느끼지 않는다. 즉 자기 집에 있을 때, 공동체 의식을 느낄 때, 환상동화에 빠져 있을 때 등이다. 낯선 두려움을 느끼는 것은 그와 반대의 경우, 즉 **안정**

된 코드화가 **와해**되었을 때이다. 위에서 살펴본 어린이와 어른의 낯선 두려움은 모두 이 경우이다. 환상적 사고를 하는 어린이는 미처 코드화되지 않는 합리적 현실에 노출되었을 때, 그리고 어른은 합리적 현실의 코드가 와해되며 환상과 현실의 경계가 사라질 때 낯선 두려움을 느낀다.

그런데 근대 이후의 코드화는 어떤 것도 안정된 공간을 제공하지 못한다. 근대사회는 합리성에 의해 코드화되었지만 합리적 현실은 진정으로 화해된 공간이 아니다. 근대사회가 (재)코드화와 탈코드화의 양가성 속에 놓여 있는 것은 그 때문이다. 그럼에도 우리가 사회적 공동체를 제2의 home으로 느끼고 있는 것은 이탈의 흐름을 억압(Un)하고 있기 때문이다. 근대적 공동체로서 제2의 home은 실상 억압를 포함하고 있으며 그것을 은폐하고 있을 뿐이다. 사회적 분열이 악화될수록 그 같은 억압과 은폐는 점점 심화된다. 회유와 억압 속에서 사람들은 불안을 잊고 아무 일도 없는 듯 그럭저럭 살아갈 뿐이다. 단지 진정한 화해(미메시스, 진정한 home)를 소망하는 사람만이 그런 위장된 home에서 억압(un)과 unhomely(낯선 두려움)를 생생히 느낄 것이다. 근대의 분열된 사회에서는 제2의 home에서 unhomely가 경험되며 **진정한 화해(진정한 home)의 욕망**은 **낯선 두려움 (unhomely)**의 감정을 수반하는 것이다.

이처럼 낯선 두려움에 대한 프로이트와 우리의 설명에서, 모두 '친밀한 것(home)-진정한 화해의 소망'이 현실에서는 'unhomely'로 경험됨을 알 수 있다. 여기서 진정한 화해를 미메시스-자연과의 조화라고 한다면 자연을 닮은 화해에서 벗어난 근대의 공동체는 실상 낯선 두려움을 숨기고 있는 공간이다. 그처럼 unhomely가 숨겨져야만 근대사회는 작동될 수 있는 것이다. 오직 모더니즘의 주인공처럼 미메시스를 소망하는 사람만이 그 '숨겨야 하는 것'을 드러낸다.

5. 진정한 화해(home)의 소망과 낯선 두려움 (unhomely)

이제 위에서 살핀 낯선 두려움에 대한 설명을 염두에 두면서 모더니즘에 연관된 **어른의 낯선 두려움**에 대해 다시 생각해보자. 호프만의 〈모래인간〉에서 나타니엘은 아버지가 죽고 대학생이 된 후 모래인간을 다시 만난다. 그는 어린 시절의 거세공포를 떠올리는 모래인간의 분신(안경상인)으로부터 망원경(일종의 눈)을 샀고, 그것으로 맞은편 집의 올림피아라는 여자를 볼 수 있었다. 그런데 올림피아는 그 집의 팔란짜니 교수가 만든 자동인형이었으며, 인형의 눈을 박아 넣은 사람은 안경상인-모래인간이었다. 그런데 한순간 교수와 안경상인이 싸우다가 올림피아의 눈이 빠져 피벅벅이 되어 나뒹굴게 된다. 이 장면에서 나타니엘은 다시 낯선 두려움(두 번째 낯선 두려움)을 느끼며 발작을 일으킨다. 이후에도 그는 자동인형을 보며 비슷한 경험을 하게 된다.

프로이트는 나타니엘의 두 번째 낯선 두려움이 어린 시절로 퇴행하는 경험과 연관이 있다고 설명한다.[37] 합리적으로 보면 눈이 빠진 자동인형이 공포의 대상이 될 이유는 없다. 그러나 아버지(좋은 아버지)가 죽은 후 모래인간(나쁜 아버지)과 재회한 나타니엘은, 안구를 잃은 자동인형을 보며 눈과 연관된 어린 시절의 거세공포로 회귀했던 것이다. 모래인간의 재출현은 성인의 합리적 세계도 거세공포에서 안전한 공간이 아님을 암시한다.[38] 여기서 문제는 모래인간(나쁜 아버지)과 자동인형의 출현이 성인이 된 나타니엘

---

[37] 프로이트, 〈두려운 낯설음〉, 《창조적인 작가와 몽상》, 앞의 책, 121~125쪽.
[38] 성인이 경험하는 낯선 두려움은 좋은 아버지(교양이념)의 죽음 및 나쁜 아버지(모래인간)의 출현과 연관이 있다.

의 합리적 코드를 와해시킨 데에 있다. 자동인형을 보는 순간 나타니엘은 무의식 속에 숨어 있던 애니미즘적 사고가 되살아났을 것이다. 그런데 이 같은 퇴행은 단지 어린 시절로 되돌아간 것이 아니라 그것이 허용되지 않는 조건(합리적 현실)에서 합리성이 무력화된 것일 뿐이다. 자동인형을 마음껏 즐길 수 있었던 어린 시절과는 달리 지금은 애니미즘으로 퇴행한 상태에서 합리적 현실에 나타난 인형과 대면하고 있는 것이다.[39] 그 순간 환상의 사고를 지닌 어린이가 현실에 부딪히며 낯선 두려움을 느꼈던 상황이 반복된다. 어린 시절로 되돌아가게 하는 자동인형은 합리적 현실에서 그때의 거세공포가 다시 재연되고 있음을 상징적으로 알려준다. 합리성으로 극복할 수 있었던 낯선 두려움이 합리성의 코드가 와해되는 퇴행의 순간 되돌아오고 있는 것이다.

이 같은 상황은 **어른들이 경험하는 낯선 두려움**의 순간에 비슷하게 적용된다. 프로이트에 의하면, 귀신들린 집이나 죽은 사람의 소생, 의도적이지 않은 우연한 반복 등이 어른들의 세계에서 현실로 나타날 때 낯선 두려움이 환기된다.[40] 합리성을 무력화시키는 이런 상황들에 대면할 때, 어른들은 순간적으로 합리적 사고가 불충분했던 어린 시절로 퇴행한다. 그러나 '현실'에서 눈앞에 나타난 갖가지 비합리적 현상들은, 동화에서처럼 정령들이 살아 움직이는 자연스러운 애니미즘적 현상들로 받아들여지지 않는다. 동화의 세계는 현실과 분리된 애니미적 코드의 공간이지만, 지금 보고 있는 것은 합리적 코드가 와해된 공간에서의 비합리적 현상들이기 때문이다. 단지 잔존하는 애니미즘적 무의식이 움직이기 시작하면서 정령적 사고

---

39 여기서 자동인형은 나타니엘을 어린 시절로 퇴행하게 하는 동시에 그때의 거세공포를 떠올리게 한다. 어린 시절에는 실제로 눈을 빼앗길 위협을 느꼈지만 지금은 인형의 눈을 빼는 것으로 상징되는 막연한 공포가 느껴진다. 그것이 '어린 시절의 거세공포'와 퇴행을 통해 경험되는 '어른의 거세공포'의 차이이다.

40 프로이트, 〈두려운 낯설음〉, 앞의 책, 126~129쪽.

를 지녔던 그때의 불안한 상황이 재연된다. 즉 애니미즘으로도 합리성으로도 대처할 수 없는 **합리성/비합리성의 병존상태**에서 낯선 두려움을 느끼게 되는 것이다.

프로이트는 개인적이고 우연적인 상황을 예로 들고 있지만 사회 전체가 그런 낯선 두려움의 조건이 되는 경우도 있다. 합리주의적 계몽이 비합리의 신화로 퇴행하는 시대(모더니즘의 시대)의 사회현실이 그렇다고 할 수 있다. 즉 산 것을 죽은 것과 동일시하는 비합리적 상황에서 우리는 불안한 무력감을 느끼며 어린 시절로 퇴행한다. 그리고 합리성과 비합리성, 현실성과 애니미즘의 병존 속에서 낯선 두려움을 경험한다. 합리적 현실에서 비합리적 균열이 나타나는 것은 물론 리얼리즘 시대에서도 있었던 일이다. 그러나 그런 균열이 전면화되지 않은 리얼리즘 시대에는 합리적 현실에서 행동으로 화해를 추구할 수 있었으며 아이러니를 통해 사회적 모순을 암시할 수 있었다. 반면에 계몽에 대한 신뢰가 사라진 시대의 모더니즘은 **안정된 세계(home)**로 위장된 현실(제2의 home)이 실상은 **낯선 두려움(unhomely)**의 상황임을 드러내게 된다. 그 점에서 '낯선 두려움' 은 '모더니즘 미학' 의 핵심적인 요소라고 할 수 있다.

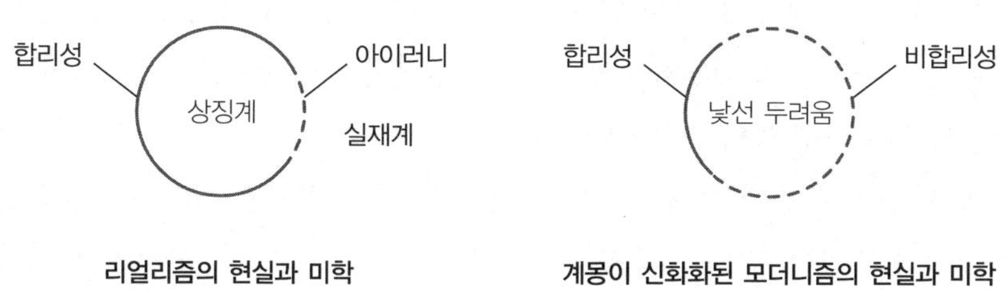
그림 3

리얼리즘의 현실과 미학　　　　계몽이 신화화된 모더니즘의 현실과 미학

그렇다고 모더니즘 시대에 모든 사람이 낯선 두려움을 느끼는 것은 아

니다. 낯선 두려움에 이르는 과정, 즉 어린 시절로 퇴행하는 심리는, 단지 변질된 계몽과 합리성에 대한 무력감 때문만은 아니다. 〈날개〉의 '나'의 유아론적인 행동에서 보듯이, 퇴행의 심리에는 어린 시절의 환상적 사고의 근원인 '화해의 욕망'이 깃들여 있다. 어른이 합리성이 와해될 때 과거로 퇴행하는 것은 무의식적 심리 반응이지만, 그 순간 합리성의 믿음을 잃는 대신 어린이처럼 화해(진정한 home)의 소망이 억압(un)되었다고 느끼는 상태가 된다. 그런 상황에 대면해서 짐짓 어린이와 다름없어진 상태로 돌아가는 것, 즉 유아론적 행동은 진정으로 화해를 소망한다는 암시이다. 낯선 두려움을 단순한 공포로 느끼지 않고 억압으로 경험하는 것은 그처럼 화해를 소망하는 경우이다. 즉 진정으로 화해를 소망하는 사람만이 그것(진정한 화해)이 억압된 상황의 낯선 두려움을 감지하는 것이다. 모더니즘은 합리성으로 코드화된 세계(제2의 home)가 실상은 낯선 두려움(unhomely)의 세계임을 드러낼 뿐 아니라, 그런 **불길한 심리**가 내면의 **화해의 소망의 표현**임을 암시한다.

모더니즘의 환상은 그런 화해의 소망의 **강력한 미학적 표현**이라고 할 수 있다. 합리적 현실에서 행동으로 화해를 시도(리얼리즘)할 수 없을 때, 모더니즘은 신화화된 계몽에 동화되는 않는 비동일성의 위치에서 무의식 속 화해의 소망을 드러낸다. 즉 퇴행의 심리 속에서 애니미즘적 상상력이 부활하는 순간 환상을 통해 화해의 소망이 강렬하게 표출되는 것이다. 예컨대 〈타인의 방〉의 사물들과의 대화나 〈난장이가 쏘아올린 작은 공〉의 난쟁이의 달나라행 등이 그것이다.

물론 환상을 통한 화해의 소망은 산 것을 죽인 것처럼 여기는 사물화된 세계에서 받아들여지지 않는다. 모더니즘의 환상은 그 '사물화된 세계의 죽은 것'을 산 것으로 되돌리는 시도이다. 그러나 그런 미메시스적 시도는 신화나 동화에서와 비슷하면서도 그와는 달리 성공하지는 못한다.

정령이 깃든 동화의 공간은 현실과는 달리 화해의 소망이 받아들여질

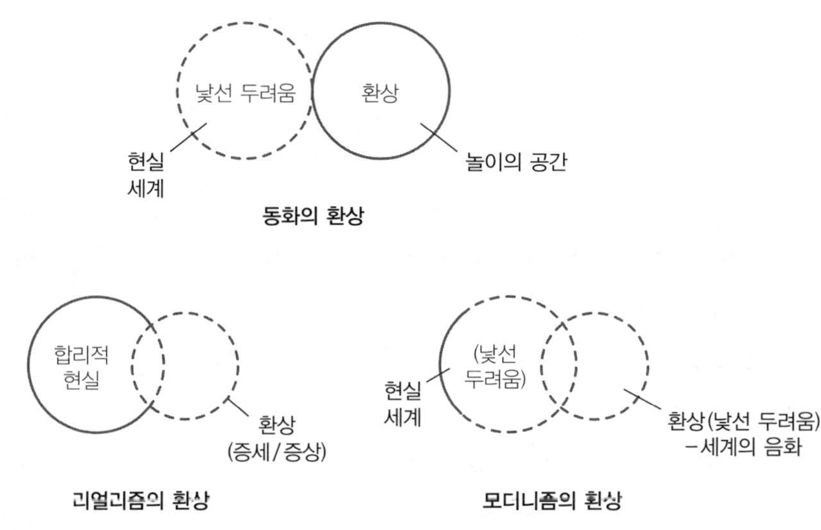

수 있는 세계[41]이다. 반면에 물신이 스며든 현실세계[42]에서는 동화와 달리 화해를 소망하는 사람은 물건(〈타인의 방〉)이나 죽음(〈난장이가 쏘아올린 작은 공〉)으로 폐기된다. 이 같은 '불길함'은 현실과 환상의 경계가 사라진 불안한 탈코드화의 조건에서 기인된 것이다. 그 대신 모더니즘의 환상은 화해된 삶(진정한 home)에 대한 강렬한 표현을 통해 그것을 억압(un)하는 낯선 두려움(unhome)의 세계를 비판한다.

---

41 이 세계는 애니미즘적 사고로 코드화된 공간이다.
42 이 현실세계는 합리적 코드가 와해된 공간이다.

6. 낯선 두려움의 세계와 '세계의 음화'로서의 환상

모더니즘은 근대의 삶의 터전인 사회적 공동체(제2의 home)가 낯선 두려움(unhomely)의 공간이 되었음을 드러내는 미학이다. 우리는 화해된 삶(진정한 home, 공동체)을 소망할수록 세계로부터 이상한 두려움을 느끼게 된다. 그런데 이미 살폈듯이 낯선 두려움을 느끼는 것은 세계에 대해서만이 아니라 그에서 벗어나려는 환상의 경우에도 마찬가지이다.

모더니즘의 환상은 세계의 균열을 애니미즘적 상상력을 통해 메우는 화해(미메시스)의 시도이지만, 정령이 깃든 공간에서와는 달리 물신이 지배하는 계몽(합리성)의 세계는 그 같은 소망을 받아들이지 않는다. 환상을 통한 화해의 시도는 현실과 환상의 불길한 공존 속에서 다시 낯선 두려움으로 회귀한다. 모더니즘의 미메시스의 시도는 그처럼 '낯선 두려움의 세계'의 **음화**로 되돌아오고 만다. 다만 '세계'와 '세계의 음화'의 차이는 후자의 경우 **화해의 소망**이 강렬하게 암시되고 있다는 점이다.

이 같은 모더니즘 미학과 환상의 특징은 〈난장이가 쏘아올린 작은 공〉에 잘 나타나 있다. 다음의 예문에서 보듯이 모더니즘에서는 폭력적인 세계는 물론 환상을 꿈꾸는 사람으로부터도 낯선 두려움이 환기된다.

> 나는 부서진 대문 한 짝을 끌어내 그 위에 엎드렸다. 햇살을 등에 느끼며 나는 서서히 잠에 빠져들었다. 우리 식구와 지섭을 제외하고 세계는 모두 이상했다. 아니다. 아버지와 지섭이마저 좀 이상했다. 나는 햇살 속에서 꿈을 꾸었다. 영희가 팬지꽃 두 송이를 공장 폐수 속에 던져 넣고 있었다.[43]

---

43 조세희, 〈난장이가 쏘아올린 작은 공〉, 《난장이가 쏘아올린 작은 공》, 문학과지성사, 1986, 99쪽.

위에서 철거반원에 의해 부서진 대문은 상징계의 구멍이자 '나'(영호)의 트라우마이다. '내'가 대문에 엎드린 것은 화해의 소망의 표현이며, 그 순간 '나'는 햇살 속에서 낯선 두려움을 느낀다. 여기서 '나'의 이상한 두려움은 집(home)이 파괴된(un) 공포에 국한된 것이 아니다. 집이 철거된 순간 '나'의 내면에 구멍이 뚫리며 폭력적인 세계의 부조리와 균열이 드러난 것이다. 균열과 모순으로 가득 찬 세계는 '나'에게 이상하고 낯설게(unhomely) 느껴진다. 그것은 은밀히 숨겨져야 할 것(균열과 비일관성)이 충격 속에서 드러났기 때문이다.[44]

그런데 이상하게 느껴진 것은 세계만이 아니라 세계의 균열을 환상으로 메우려는 '아버지와 지섭까지도'이다. 균열을 환상으로 채운다는 것은 화해의 시도인 셈인데, 그런 시도가 낯선 두려움으로 회귀하는 이유는 '나'의 꿈을 통해 나타난다. 꿈속에서 '공상폐수'는 사회 전체가 공장화된 세계의 균열을 뜻한다. 또한 영희의 '팬지꽃'은 화해의 꿈의 표현이다. 공장폐수에 던져진 팬지꽃처럼 아버지와 지섭의 꿈 역시 이상한 두려움을 느끼게 할 뿐이다. 공장폐수 같은 세계는 물신화된 퇴행적인 세계이며 그것은 우리를 어린 시절 낯선 두려움의 경험으로 돌아가게 만든다. 그 순간 어린 시절처럼 팬지꽃으로 세계(공장폐수)와 화해하려 하지만 그 시절 동화에서와는 달리 세계는 그것을 받아들이지 않는다. 아버지와 지섭의 동화적 환상이 이상하게(불길하게) 느껴지는 것도 그런 상황과 연관이 있을 것이다.

이처럼 〈난장이가 쏘아올린 작은 공〉에서는 현실과 환상, 세계와 세계의 음화가 경계가 소멸된 채 모두 낯선 두려움을 환기시키고 있다. 낯선 두려움이란 '숨겨져야 할 것', 즉 세계의 균열과 구멍이 드러난 상태를 말한다. 〈난장이가 쏘아올린 작은 공〉은 모더니즘과 리얼리즘이 결합된 소설로서

---

44 프로이트는 숨겨져야 할 것이 드러난 순간 낯선 두려움이 느껴진다고 논의한다. 프로이트, 〈두려운 낯설음〉, 앞의 책, 132~136쪽.

모나드적 미학(모더니즘)을 넘어서서 현실인식과 계층적 유대를 담고 있다. 그러나 세계의 폭력으로 인해 균열과 구멍이 숨길 수 없게 드러남으로써, 형상적으로는 모더니즘적인 알레고리적 파편성이 도드라지고 있다. 그런 폭력적인 세계에서는 이상을 현실화하기 어렵거니와, 이 소설에서 이상을 꿈꾸는 사람들이 환상에 사로잡히는 것 역시 그 때문이다. 더욱이 그 환상은 현실에서 실현되기 어려운 동화적 환상들이다. 〈일만년 후의 세계〉라는 지섭의 책, 그리고 도도새, 우주인, 달나라의 천문대 등 지섭과 난쟁이(아버지)의 꿈은, 결코 실현되기 힘든 어른의 동화이다. 즉 그것들은 더없이 진정하면서도 이상하게 불길한 꿈인 것이다.

물론 세계의 이상함과 지섭-아버지의 이상함, 즉 현실의 불길함과 동화적 환상의 불길함 사이에는 중요한 차이가 있다. 앞서 살폈듯이 모더니즘의 동화적 환상은 퇴행의 심리를 매개로 한 애니미즘적 상상력의 표현이다. 그 같은 유아적 상상력은 분명히 합리적 성숙으로부터 후퇴하는 요소를 포함한다. 그러나 성숙한 합리적 계몽이 야만적 신화로 퇴행하는 것과 반대로, 모더니즘의 유아적 퇴행은 진정한 화해의 소망을 표현하는 성숙을 드러낸다. 이 점이 바로 세계와 세계의 음화의 차이점이다. 즉 모더니즘의 환상은 세계의 음화로서 낯선 두려움을 수반하지만, 폭력적으로 퇴행적인 세계와는 달리 강렬한 화해의 소망을 암시한다.

7. 동화적 환상·모나드적 환상·악몽의 알레고리

모더니즘의 환상은 동화와 달리 합리성의 세계 속에서 화해를 꿈꾼다.[45] 바로 그 점 때문에 모더니즘의 환상은 동화와 비슷하면서도 그와 달리 화해가 불가능하다는 낯선 두려움을 수반한다. 〈난장이가 쏘아올린 작은 공〉은 그처럼 동화와 **유사하면서도 다른** 모더니즘적 환상의 특징을 잘 보여준다. 이제 그 점을 더 자세히 살펴보자.

《난장이가 쏘아올린 작은 공》 연작은 다른 모더니즘 소설보다 동화적 환상이 더 두드러지는 소설이다. 일반적으로 모더니즘의 환상은 파편적이고 모나드적인데 이 소설에서는 그런 파편적인 환상의 모티프가 얼마간 알레고리적으로 지속된다. 이 연작 소설에서 동화적 분위기가 두드러지는 것은 그 때문이다. 그 같은 환상의 알레고리적 지속은 이 소설이 모나드적 인물의 서사이면서도 인물들 간에 다소간 유대를 맺을 수 있는 요소를 지닌 데서 기인된 것이다.[46]

모더니즘의 환상이란 부정적 현실에 동화되지 않으려는 비동일성의 위치에서 애니미즘적 상상력을 통해 미메시스를 시도하는 것이다. 비동일성의 위치는 모나드적 인물이 현실 속에서 펼쳐지지 않은 채 창문을 닫고 있는 상태를 암시한다. 현실에서 소외된 모나드적 인물이 자신을 접고 있는 것[47]은 부정적 현실에 동화되지 않기 위해서이다. 그러나 다른 한편 그는 현실에 대한 진정한 화해의 소망을 품고 있는데, 환상은 그런 미메시스적 소망의 표현 중의 하나이다.

〈우주여행〉〈난장이가 쏘아올린 작은 공〉의 지섭과 난쟁이 역시 모나드적 인물의 특징을 보여준다. 물론 그들은 다른 모더니즘의 인물과는 달리

---

45 모더니즘의 환상은 비동일성의 위치에 있는 인물이 꿈꾸는 것이지만, 동화와는 달리 합리적 현실에서 벗어난 공간에서 나타나지는 않는다.

46 이 점은 이 소설이 지닌 리얼리즘적 요소라고 할 수 있다.

47 모더니즘의 모나드는 자신을 펼쳐야 할 현실의 공간에서 여전히 접혀 있는 소외된 인물에 상응한다. 라이프니츠의 개념인 모나드는 접혀진 상태에서 창문을 닫고 있는데 세계 속에 펼쳐지는 순간 울림을 통해 다른 모나드들(개체들)과 소통한다. 그러나 소통이 불가능한 폭력적인 현실에서는 모나드는 세계 속에서도 접힌 상태로 있게 된다. 이것이 바로 모더니즘 인물의 소외된 상태이다.

자신의 이상을 매우 적극적으로 표현하는 사람들이다. 그러나 그들 역시 그런 이상을 생각하고 표현할 뿐 폭압적인 현실에서 행동으로 옮기지 못한다. '사랑을 잃은 사람을 벌해야 한다'는 그들의 이상[48]과는 달리, 현실은 '신까지도 잘못이 있다'고 말할 정도로 모순된 상황이기 때문이다.[49]

그처럼 이상을 현실에서 펼칠 수 없는 단절된 (모나드적) 상황에서 지섭과 난쟁이의 꿈은 단편적인 환상들로만 표현된다. 그러나 두 사람의 **유대관계**는 파편적인 환상들을 알레고리적으로 연결시켜 얼마간 **동화적 분위기**를 연출한다. 예컨대 지섭의 우주여행의 생각이 난쟁이에게 전해지고 난쟁이는 달에 가 천문대 일을 볼 결심을 하게 된다.

지섭의 책에 아버지의 손때가 까맣게 묻었다. 아버지와 지섭은 우리에게 대기권 밖을 날아다니는 사람들로 보였다. 두 사람은 하루에도 몇 번씩 달을 왕복했다.[50]

위에서 보듯이 지섭의 환상은 동화에서처럼 난쟁이의 환상으로 이어진다. 두 사람의 달나라행의 환상은 지구에서는 더 이상 희망이 없으므로 우주적인 차원에서 화해된 삶을 계획하겠다는 생각이다. 집이 철거된 후 난쟁이의 달나라 행이 실행된 것은, 철거로 인해 생긴 상징계의 구멍을 환상으로 메워 우주 공간에서 주체로 부활하려 한 시도이다. 이런 동화적 환상은 죽음 같은 세계를 화해된 삶으로 바꾸려는 소망의 표현이다. 그러나 잠든 백설공주가 깨어나는 동화와는 달리 난쟁이는 달나라에 가지도 주체로 부활하지도 못한다.

---

48 영수의 회고를 통해 표현되고 있다. 조세희, 〈잘못은 신에게도 있다〉, 앞의 책, 180쪽.
49 은강시로 옮겨온 후 난쟁이의 아들 영수도 아버지가 꿈꾼 세상을 생각하며 은강에서는 신까지도 잘못을 저지르고 있다고 생각한다. 조세희, 〈잘못은 신에게도 있다〉, 위의 책, 180쪽.
50 조세희, 〈난장이가 쏘아올린 작은 공〉, 위의 책, 92쪽.

그것은 어린이의 동화와는 달리 모더니즘의 어른의 동화는 합리적 현실을 벗어나서 전개될 수 없기 때문이다. 난쟁이는 화해가 불가능한 세계에서 환상을 통해 화해를 시도한 대가로 현실에서 버려지기에 이른다. 난쟁이의 꿈은 '그가 굴뚝 위에서 쇠공을 쏘아 올리는' 영희의 환상으로 이어지지만, 이 환상 역시 아버지의 죽음이라는 현실과 병치된다. 이 소설의 환상이 동화와는 달리 '낯선 두려움'을 환기시키는 것은 그처럼 환상과 현실이 경계가 없이 병치되기 때문이다.

〈난장이가 쏘아올린 작은 공〉에서는 그 같이 유대감을 지난 인물들의 환상이 연결됨으로써 알레고리적 환상동화의 분위기가 나타난다. 그러나 그런 환상의 연결은 단편적이며 결국 **현실에서 받아들여질 수 없는 것**으로 비쳐진다. 예컨대 지섭과 난쟁이의 우주적 환상 → 난쟁이의 달나라행 → 영희의 환상 등은 동화와도 같은 서사로 나타난다. 그러나 그와 함께 지섭과 난쟁이의 환상은 영호의 시선에 의해 비현실적인 것으로 비쳐지며, 영희의 쇠공의 환상 역시 피 흘리는 아버지에 대한 그녀 자신의 상상과 병치된다. 그 같은 환상과 현실의 병치로 인해 이 소설의 동화적 따뜻함에는 낯선 두려움이 깃들게 된다.

따라서 한편으로 단편적인 환상들이 **동화**처럼 연결되지만, 다른 한편 그것은 여전히 현실 공간에 있는 인물들에게 소통될 수 없는 **모나드적 환상**으로 연출된다. 모나드적 환상이란 현실에 발 딛고 있는 사람에게는 받아들여질 수 없는 불길한 꿈이다. 이 소설의 특징적인 동화적 환상은 **사람들 간의 유대와 꿈**을 암시하지만, 그 꿈 역시 현실에서 받아들여질 수 없다는 **낯선 두려움**을 수반한다.

〈난장이가 쏘아올린 작은 공〉은 실현 불가능한 '어른의 불길한 동화'이다. 반면에 동화적 분위기보다 **모나드적 환상**이 지배적인 모더니즘은 최인호의 〈타인의 방〉이다. 그것은 이 소설이 **아무도 없는** 고독한 방 안에서 주인공이 혼자 겪은 일을 그리고 있기 때문이다. 이 소설은 '거리'에서 '집'

으로 돌아온 주인공이 자신의 방에서 경험한 환상에 대한 이야기이다. 도시의 거리는 다른 모더니즘에서처럼 주인공을 고독과 낯선 두려움에 시달리게 하는 곳이다. 그곳에서 벗어나 다시 돌아온 집은 아내로부터 위로받을 수 있는 친밀한 공간(home)이다. 근대의 세계에서 집과 가족은 그처럼 소외감을 주는 사회로부터 분리된 아늑한 소우주와도 같은 곳이다.

그러나 아내의 부재와 배신을 확인한 주인공('그')에게 그의 **집**(home)과 방은 **낯선 두려움**(unhomely)의 공간으로 변해버린다. '은밀하게 숨겨져야 할 것(가족의 분열)[51]이 드러남으로써' 이제 집은 사회의 축소판인 불길한 소우주가 된 것이다.[52] 그의 집과 방은 사회로부터 창문을 닫은 공간이지만 이 독립된 장소는 **불길한 세계**를 내적으로 반복하는 **소우주**이기도 하다. 더욱이 텅 빈 집의 고독한 방은 세계의 모든 것이 깃들여 있으면서도 아무와도 소통할 수 없는 일종의 (접혀진) 모나드가 된다.

그는 아내의 체취가 남아 있는 건포도알 같은 껌 조각으로부터 위안을 받으려 했지만 아내의 거짓말을 안 뒤에는 모든 노력이 수포로 돌아간다. 이제 아내의 흔적이 지워진 방 안의 사물들은 사물들 그 자체로서만 존재하게 된다. 이때 그가 텅 빈 방 안에서 사물들로 둘러싸인 채 느낀 고독과 비애는 낯선 두려움의 감정에 다름이 아니다. 그는 소외감을 주는 거리로부터 자신의 방으로 피신했지만 지금은 그 방 자체가 사물화를 반복하며 이상한 두려움을 주는 것이다. 낯선 두려움은 사물화된 세계에서 합리적 주체의 위치를 잃고 퇴행하는 심리적 과정에서 환기된다. 이 과정은 사물들로 된 대상에 대한 무능력의 경험인 동시에, 환상을 통해서라도 대상과 화해하기 위해 아직 합리성이 확립되지 않은 자아로 회귀하는 심리이다.

그런 퇴행적 심리 속에서 그는 방 안의 물건들이 살아 움직이는 사물들

---

51 이 균열은 자본주의적 물신이나 도구적 이성의 권력 같은 숨겨진 힘에 의한 것이다.
52 이처럼 근대의 세계에서 사회와 집(가족)은 서로 분리된 채 포개져 있다.

의 반란을 경험한다. 이는 실상 상처 입는 그의 내면의 균열부분에 사물들의 이미지가 몰려드는 환상이다. 하지만 그는 그처럼 상처를 환상으로 메우는 대신 자신이 이성적 세계에서 거세당하는 대가를 치러야 한다. 그것을 잘 아는 그는 불을 켜고 눈을 부릅뜨지만 이번에는 움직이지 않는 죽은 사물들의 냉혹함에서 고독과 비애가 느껴지는 것이다.

이처럼 이성적 주체의 위치를 지키려 하면 굳어 있는 사물들로부터 불길함이 환기되고[53], 그런 심리 흐름에서 어둠 속의 퇴행에 몸을 맡기면 사물들의 반란에 의해 (이성적 세계에서 퇴출될) 거세공포를 느끼게 된다. 이런 반복되는 심리적 과정은 텅 빈 방 안에서 일어난 일이지만 실상은 그의 내면에서 발생한 환상적 경험이기도 하다. 사물들로 불길하게 둘러싸여 있는 것은 사실은 그의 고독한 내면이며, 쿠데타를 모의하는 물건들의 속삭임은 그 내면 속에서의 이미지들의 움직임이다. 아내의 존재감을 잃은 방이 단지 사물들로 둘러싸여 있듯이, 그의 고립된 내면도 사물화된 대상들이 점령하고 있는 것이다. 타인의 방이 소외된 세계의 **소우주**인 것처럼, 그의 내면은 사물화된 방의 **음화**로서 모나드이다. 또한 지금 눈앞에서 전개되는 움직임들 역시 방과 내면이 상응하는 그런 모나드적 공간에서 벌어진 일들인 것이다. 방의 불을 켜는 것은 실상 이성적 자아를 밝히는 것이며, 어둠 속에서 사물들의 요동을 보는 것은 퇴행 속에서 환상으로 회귀하는 순간이다.

이처럼 모나드적 내면에서 고독과 환상이 반복되는 중에, 어느덧 그는 거세의 위협을 무릅쓰고 유희적인 기분으로 환상의 반란에 끼어든다. 그가 두려움을 넘어서서 사물들의 쿠데타에 공범자가 된 것은 환상을 통해서라도 방 안의 대상들과 화해하고 싶어서였다. 그것은 죽은 방을 되살리려는 시도인 동시에 방의 주체로 부활하려는 소망이기도 하다.

---

53 이는 'homely'한 물건이 되어야 할 사물들이 'unhomely'한 대상이 되었기 때문이다.

성냥갑 속에서 성냥개비가 중얼거린다. 꽃병에 꽂힌 마른 꽃송이가 다리를 번쩍번쩍 들어올리면서 춤을 춘다. 내의가 들여다 보인다. 벽이 서서히 다가와서 눈을 두어 번 꿈쩍거리다가는 천천히 물러서곤 하였다. 트랜지스터가 안테나를 세우고 도립하기 시작한다. 그러자 재떨이가 박수를 치기 시작한다. 소켓 부분에선 노래가 흘러나온다. 낙숫물이 신기해서 신을 받쳐들던 어릴 때의 기억처럼 그는 자그마한 우산을 펴고 화환처럼 황홀한 그의 우주 속으로 뛰어든 셈이었다. 그는 공범자가 되고 싶은 욕망을 느낀다.

그때였다. 그는 서서히 다리 부분이 경직해 오는 것을 느꼈다. 그것은 우연히 느낀 것이었다. 처음에 그는 이 방에서 도망가리라 생각했기 때문에, 될 수 있는 한 소리를 내지 않고 살금살금 움직이리라고 마음먹고 천천히 몸을 움직이려 했을 때였다. 그러나 그는 다리를 움직일 수가 없었다. 이상한 일이었다.[54]

사물들의 반란은 그를 일상에서 퇴출시키는 일이기도 하지만, 또한 이면적으로는 그의 애니미즘적 사고[55]에 의한 화해의 소망의 표현이기도 하다. 〈난장이가 쏘아올린 작은 공〉에서 난쟁이가 우주공간에서 화해를 추구한 것처럼, 이 소설의 그는 사물들의 소우주 속에서 미메시스를 시도하고 있는 것이다. 그러나 어린 시절에 '황홀한 우주 속으로 뛰어든' 환상과는 달리, 그는 반란에 성공하지도 주체로 부활하지도 못한다. 그때는 낙숫물에 신기해하며 세상(낯선 두려움)을 잊을 수 있었지만, 지금은 사물화라는 폭력적 신화와 대면하는 합리적 현실을 벗어날 수 없기 때문이다.

---

54 최인호, 〈타인의 방〉, 《타인의 방》, 민음사, 1996, 80~81쪽.

55 이 애니미즘적 사고는 모더니즘에서 흔히 어린 시절로의 퇴행과 함께 나타난다. 그러나 〈개미의 탑〉(최인호)에서처럼 주술시대로의 퇴행을 통해 드러나기도 한다. 〈개미의 탑〉에서는 개미들로 상징되는 사물화된 세계와 '화해' 하기 위해 주술적인 제의적 환상에 빠지는 주인공이 등장한다. 나병철, 《모더니즘과 포스트모더니즘을 넘어서》, 소명출판, 1999, 363~364쪽 참조.

아이들의 유희와는 달리 현실을 대신하는 어른의 환상의 유희는 합리적 세계로부터 버려짐을 의미할 뿐이다. 그는 사물들의 소우주 속에서 화해를 시도하며 (주체로의) 부활을 꿈꾼 대가로 스스로 사물이 되어 일상에서 폐기되기에 이른다. 사물화된 세계에서 화해를 시도하는 환상은 이처럼 그 세계의 불길한 음화로 되돌아오고 만다.

〈난장이가 쏘아올린 작은 공〉에서처럼 이 소설의 환상 역시 현실의 누구에게도 받아들여질 수 없는 모나드적인 것임이 암시되고 있는 것이다. 모더니즘의 모나드적 환상은 화해의 표현인 동시에 그것이 현실에서는 불가능하다는 불길함의 신호이기도 하다. 〈난장이가 쏘아올린 작은 공〉에서처럼 이 소설에서도 현실과 환상, 세계와 세계의 음화가 불길하게 공존할 뿐이다.

이 소설이 〈난장이가 쏘아올린 작은 공〉과 나른 점은 주인공이 일상의 무대에서 사라진 후에도 그의 이미지('물건')가 환상적으로 계속 나타난다는 점이다. 즉 그는 돌아온 아내의 눈앞에 '물건'으로서 모습을 드러낸다. 그러나 이 파편적이고 알레고리적인 환상은 이전의 유희적인 환상과는 달리 일종의 악몽의 형식을 보여준다. 사물들과 교감하는 앞의 환상에서는 거세공포 속에서도 화해의 소망이 암시되지만, 여기서는 이미 거세되어버린 존재의 이미지가 악몽처럼 드러날 뿐이다.

이 같은 **악몽의 형식의 환상**이 주도적으로 나타나는 소설이 바로 카프카의 〈변신〉이다. 〈타인의 방〉이 사물화된 세계와 화해하려던 사람이 스스로 사물이 된 사건이라면, 〈변신〉은 벌레 같은 세상에서 화해를 소망하던 주인공이 불현듯 벌레로 변한 이야기이다. 그런데 〈변신〉은 〈타인의 방〉과는 달리, 주인공이 화해를 시도하는 앞부분은 생략한 채 이미 벌레라는 거세된 존재가 되어버린 곳에서부터 시작된다.

하지만 〈변신〉에서 역시 주인공이 벌레로 변한 것은 화해가 불가능한 세계에서 화해를 소망한 대가라고 할 수 있다. 벌레와도 같은 사물화된 세계에서는 그 세계에 예속된 사람들만이 그럭저럭 일상을 살아가게 된다. 그와 달리 진정으로 화해를 소망하는 사람은 세계로부터 폐기되어 벌레 같은 삶을 살 수밖에 없다. 왜냐하면 화해를 꿈꾸는 사람의 눈에는 그 세계의 사회와 가정(home)이 억압(un)적인 거세공포(unhomely)의 공간으로 느껴지며, 진정으로 화해를 소망할수록 점점 더 거세된 삶으로 전락하기 때문이다.

벌레의 악몽이 화해의 소망의 결과라는 역설은, **불안꿈**의 심리적 과정 역시 소원성취라는 사실[56]과 연관이 있다. 꿈은 (앞서 살폈듯이) 소망이 담긴 '무의식'과 합리적 흐름에 속한 '전의식'의 교섭을 통해 이미지화된다. 이 과정에서 전의식의 억압이 강화되어 무의식의 리비도 집중이 중지되면 꿈은 불쾌감과 불안의 이미지로 방출된다.[57] 이 점에서 불안꿈은 전의식에 영향을 주는 현실의 경험이 강압적인 것일 때 나타난다. 물론 그런 열악한 현실에서는 일상에서도 불안의 정서를 갖게 되지만, 낮 동안에는 억압되어 있다가 무의식이 활성화되는 밤에 불안꿈으로 나타나는 것이다.

불안꿈이 소원성취 심리의 결과인 것과 마찬가지로 미학적인 악몽의 형식 역시 화해의 소망의 산물이다[58]. 즉 그것은 화해의 소망의 표현이 전의식의 억압에 방해를 받아 악몽의 환상으로 이미지화된 것이다. 그처럼 벌레 같은 악몽의 환상의 출현은 전의식에 영향을 주는 현실의 강압성과 연관이 있다.

그 같은 폭압적 현실에서는 일상에서도 불안과 거세공포(낯선 두려움)가 느껴질 터이나, 일상의 권력에 예속된 사람들은 억압을 통해 불안을 표면화하지 않는다. 아마도 그들은 억압이 약화되는 밤 동안의 꿈에서 벌레의

---

56 프로이트, 김인순 역, 《꿈의 해석》, 열린책들, 2003, 670쪽.
57 프로이트, 위의 책, 672쪽.
58 불안꿈과 미학적인 악몽의 차이는 전자의 경우 실재계와의 대면의 순간 두려움 속에서 깨어나는 반면 후자에서는 낯선 두려움을 통해 실재계적 차원을 드러낸다는 점이다. 낯선 두려움은 은폐된 균열이 드러날 때 환기된다는 점에서 실재계적 차원을 경험하는 심리이다.

환상을 보게 될 것이다.[59] 반면에 억압을 거부하고 화해를 소망하는 사람은 한낮에도 악몽 속에서 거세공포를 느끼게 된다.

〈타인의 방〉과 〈변신〉은 모두 그처럼 화해를 꿈꾸는 사람이 일상에서 악몽의 환상을 경험하는 이야기이다. 두 소설의 공통점은 인물시점서술(내적 초점화)을 통해 그런 환상의 경험을 기록하고 있는 점이다.[60] 양자의 차이는, 〈타인의 방〉이 물건이 되기 전의 '그'의 눈을 통해 사물들과 교감하는 환상에 초점을 맞춘 반면, 〈변신〉은 이미 벌레로 변한 그레고르의 시점으로 그를 보는 사람들의 모습을 그리는 점이다. 〈변신〉에서 화해의 시도가 형상화되지 않은 점은, 악몽의 환상을 통해서만 소망을 표현할 수 있는 보다 더 물화된 현실을 암시한다.

두 소설의 또 다른 공통점은 집과 가족이 불길한 세계의 **소우주**로서 그려지고 있는 점이다. 여기시 시사의 핵심은 '숨겨져야 할 것들이 드러남으로써' **가정**(home)이 **불길한**(unhomely) 공간으로 변해버린다는 것이다. 〈변신〉에서는 그레고르의 벌레의 모습을 보는 가족들의 반응을 통해 그것이 드러난다.

변신 사건 이후 무기력하던 아버지는 엄격한 태도로 돌변하여 '슈슈' 하는 벌레 쫓는 소리로 그레고르를 몰아댄다. 그레고르가 가장 두려움(거세공포)을 느낀 것은 그 같은 아버지였을 것이다. 반면에 예전부터 친했던 여동생은 벌레로 변한 그레고르를 돕기 위해 여러 가지로 애를 쓴다. 그러나 여동생의 배려심에도 한계가 있어 상황이 안 좋아지자 그녀는 그레고르를 포기하자고 말한다.

가족 중에서 그레고르를 가장 사랑하는 사람은 충격과 불안에서 헤어

---

59 이 경우 벌레의 꿈을 꾸는 순간 잠에서 깨게 된다. 그것은 그 순간 전의식에 위협을 주는 실재계와의 대면이 이루어지기 때문이다.

60 이런 기법을 통해 낯설게 하기와 감정이입의 양면성이 드러나고 있는 점도 비슷한 점이다.

나오지 못하는 어머니였다. 친밀성을 억압당했을 때 낯선 두려움이 생기는 것처럼 어머니의 불안과 두려움은 그만큼 그레고르를 사랑한다는 반증이었다. 그녀는 그레고르가 다시 회복했을 때를 위해 방 안의 가구들을 그대로 놓아두자고 말한다. 그러나 그레고르의 모습에 놀라 실신한 어머니는 사랑의 힘으로 그를 회복시키기에는 너무나 나약한 인물이었다. 동화에서 마법에 걸린 사람을 소생시키기 위해 사랑이 필요한 것처럼 벌레로 변한 그레고르를 구하기 위해서 요구되는 것 역시 사랑이었다. 하지만 그를 사랑하는 현실의 어머니는 동화에서와는 달리 낯선 두려움에서 벗어나지 못한다.

그레고르 자신이나 어머니가 느낀 그런 불안과 두려움은 벌레의 혐오스런 모습보다는 가족 간의 **친밀성을 강탈당한** 상황에서 발생한 것으로 볼 수 있다. 이처럼 낯선 두려움은 단지 기괴하거나 불가피한 대상에서보다는 사랑과 화해의 소망이 억압당했을 때 생겨난다. 그 같은 악압은 사물화된 세계로부터 비롯된 것이며 그레고르의 흉물스런 모습 뒤에는 물신이 숨어 있다고 할 수 있다. 그런 물신에 지배되는 비인간적인 세계에서 해방되기 위해 필요한 것은 사랑하는 사람들 간의 교감일 것이다. 그러나 산사람을 벌레로 만드는 물신의 마법에서 풀려나는 일은, 동물(개구리)로 변한 동화 속 왕자를 구할 때처럼 사랑만으로 가능하지 않았다. 동화와는 달리, 사랑이 타인에게 전해질 수 없는 모더니즘의 현실에서는, 오히려 사랑을 소망하는 사람이 벌레처럼 살아가야 하기 때문이다.

모더니즘은 그처럼 사랑으로 인간적 유대를 맺을 수 없는 파편화된 모나드적 현실을 배경으로 한다. 인간관계가 단절된 그런 상황에서 그레고르의 사랑의 꿈은 현실의 폭력에 억눌린 모나드적 악몽으로 나타난다. 소통될 수 없는 그 같은 **모나드적 악몽(환상)**은 물신화된 세계의 **소우주로서** 파편화된 **가족의 현실(또 다른 소우주)**과 병치된다. 이 소설의 알레고리적 서사는 그런 악몽의 환상과 물신화된 현실의 파편적 접합으로 구성되고 있다.

우리는 '벌레'(모나드적 악몽)의 이미지에서 '물신의 폭력'(세계)을 읽게 되는데 그 폭력적 힘은 '가족의 현실'을 통해 구체적으로 그려진다. 그처럼 현실과 환상이 알레고리적으로(파편적으로) 접합되는 〈변신〉에서는 사랑의 소망이 악몽에 짓눌린 낯선 두려움으로 표현될 뿐이다.

그러나 〈변신〉의 벌레의 악몽이 불안꿈과 다른 점은 낯선 두려움을 통해 **실재계적 차원**을 드러낸다는 점이다. 실재계란 현실(상징계)의 균열을 통해 나타난 상징화가 불가능한 영역이다. 모더니즘이 환기하는 낯선 두려움은 그런 실재계와의 대면의 순간에 경험된다. 불안꿈에서는 실재계와 대면하는 순간 두려움 속에서 '그것이 은밀히 숨겨진' 현실 속으로 깨어난다. 반면에 〈변신〉의 악몽은 바로 그 '숨겨져야 할 것'을 드러내며 실재계에 접촉한 현실이 보여지게 하고 있다. 벌레가 된 그레고르에 대한 가족의 태도들, 즉 결코 '둘도 없는 아버지'가 아닌 아버지의 모습[61], 공포에 질린 어머니의 낯선 두려움, 오빠의 이름을 부인하며 그를 괴물이라고 말하는 여동생의 목소리[62]가 그것이다. 이 같은 가족의 모습들은 사물화된 세계에서 '감춰야 할 것이 드러나버린' 현실보다 더 적나라한 현실적 장면들이다.

이런 환상과 현실, 우화와 리얼리티의 병치 속에서 부정적 세계의 숨겨진 이면이 '낯설고 두렵게' 드러난다. 그리고 역설적이지만, 그런 이상하게 두려운 장면들에서는 그것을 경험하는 사람의 사랑과 화해의 소망이 억압된 형태로 암시된다. 그처럼 형상적으로 부조화(낯선 두려움)를 경험하면서, 사회에 대한 부정적 인식 속에서 내면으로 돌아와 화해의 소망을 확인하는 것이 모더니즘 미학의 특징이다.

---

61 카프카, 〈변신〉, 《변신 시골의사》, 민음사, 1998, 32쪽. 아버지는 사과를 던져 그레고르를 결국 죽음에 이르게 한다.

62 카프카, 위의 책, 73쪽.

　이제 지금까지 살펴본 세 소설에 나타난 '모더니즘의 환상'의 특징을 비교하면 다음과 같다.

	《난장이가 쏘아올린 작은 공》 연작	〈타인의 방〉	〈변신〉
환상의 종류	동화적 환상 +모나드적 환상	모나드적 환상	모나드적 환상 +악몽의 알레고리
정서와 심리	동화적 꿈과 낯선 두려움	퇴행의 유희와 낯선 두려움	현실의 폭력성과 낯선 두려움
미학과 상황	모더니즘 +리얼리즘	리얼리즘이 가능한 시대의 모더니즘	리얼리즘이 불가능한 시대의 모더니즘

　그림 5에서처럼 모더니즘의 환상이 불안과 공포의 심리 속에서 나타나는 것은 현실의 누구에게도 소통될 수 없는 모나드적 환상이기 때문이다. 이와 달리 어떤 인물이 경험하는 환상이 현실공간에 있는 사람에게 받아들여지고 그와 유대를 맺게 할 때 그 환상은 따듯한 정서와 함께 드러난다. 이에 대해서는 다음 장에서 다시 살펴보기로 한다.

8. 알레고리적 환상과 부조화의 미학

　이제까지 우리는 모더니즘의 모나드적 환상이 낯선 두려움의 심리와 함께 나타남을 논의했다. 모나드적 환상에서 낯선 두려움이 생기는 것은 환상과 현실이 경계 없이 병치되는 상황과 연관이 있다. 그처럼 환상과 현실이 불길하게 병치됨으로써 모더니즘의 환상은 흔히 알레고리적으로 형상화된다.

모더니즘에서는 환상뿐만 아니라 현실도 알레고리적으로 그려지는 경우가 많다.[63] 그 이유는 모더니즘이 제한된 표상들을 통해 표상할 수 없는 더 많은 것을 드러내기 때문이다. 모더니즘 주인공의 비동일성의 위치는 그들을 통한 상징계의 재현이 협소화될 수밖에 없음을 암시한다. 모더니즘에서 흔히 방이나 거리 등 소외된 현실의 한정된 공간이 그려지는 것은 그 때문이다. 그러나 모더니즘은 '감춰져야 할 것'을 드러냄으로써 상징계의 균열과 실재계, 즉 상징계와 실재계 사이의 공간을 암시한다.[64] 상징계와 실재계 사이의 공간은 표상(재현)하기 어려운 영역으로서, 모더니즘은 **제한된 상징계적 표상들**을 통해 **표상(재현)하기 힘든 것**을 그리려 함으로써 흔히 알레고리적이 된다.

알레고리의 파편화는 그처럼 형상(표상)과 내용(상징계-실재계)의 부조화에서 생기거니와, 이 경우 파편들 사이의 균열은 상징계의 균열을 형상 그 자체로서 드러낸다.[65] 그 같은 알레고리적 미학은 환상의 경우에도 마찬가지이다. 모더니즘의 환상은 합리적으로 표상할 수 없는 무의식적 욕망이 (합리적) 현실의 균열부분에서 드러난 것으로서, 형상과 내용의 부조화, 그리고 환상과 현실의 파편적 병치에 의해 알레고리적이 된다.

미학적 환상의 '내용'이란 아도르노가 미메시스라고 말한 화해의 소망에 다름이 아니다. 물론 '무의식' 속에 억압되어 있던 화해의 소망은, 합리적 현실의 균열을 통해 드러나는 과정에서 현실의 흐름에 속해 있는 '전의

---

63 물론 모든 모더니즘 소설이 알레고리를 사용하는 것은 아니다. 그러나 모더니즘에서는 알레고리가 매우 자연스럽게 사용된다.

64 낯선 두려움 역시 상징계와 실재계 사이의 공간에서 경험되는 심리로 볼 수 있다.

65 이로써 모더니즘의 알레고리적 형상은 고전적인 알레고리에서의 빈껍데기와는 달리 존재감을 얻게 된다.

식'과 교섭을 갖는다. 그러나 미학적 환상은 전의식(상징계의 내면화) 조직을 뒤흔들 정도로 강렬한 것으로서 실재계와의 대면을 암시한다. 이 같은 환상의 내용은, 상징계적 표상의 전위·압축·중복결정의 형상을 넘어서는 것으로서, 꿈보다도 더 심화된 알레고리적 표현방식을 함축한다.

예컨대 우주인(〈난장이가 쏘아올린 작은 공〉), 물건(〈타인의 방〉), 벌레(〈변신〉) 등의 형상은 상징계적 표상(재현)을 넘어서는 '화해의 소망과 실재계와의 대면'을 내용으로 한다. '우주인'처럼 화해의 소망이 많이 표현되었건, '벌레'처럼 두려운 실재계[66]에 압도당했건, 이 환상의 이미지들은 형상과 내용이 부조화된 알레고리적 형식을 드러낸다.[67]

모더니즘의 모나드적 환상처럼 **현실과 환상이 병치**되는 경우에는 알레고리의 파편적인 형식이 한층 도드라진다.[68] 이 경우 파편적인 형식을 통해 드러난 균열은 상징계적 현실의 균열에 다름이 아니다. 환상과 현실의 파편적인 병치는 **감춰야 할 것**(균열, 실재계)이 나타남으로써 환기되는 **낯선 두려움**의 상황을 더욱 심화시킨다.

파편적인 알레고리적 환상은 앞서 살폈던 장용학과 최인훈의 소설에서도 특징적으로 나타났었다. 물론 〈난장이가 쏘아올린 작은 공〉과 〈타인의 방〉의 환상은 〈요한시집〉 〈역성서설〉이나 《구운몽》의 경우와 약간 차이를 지닌다. 〈난장이가 쏘아올린 작은 공〉과 〈타인의 방〉에서 낯선 두려움의 현실은 친밀한 것이 억압당함으로써 나타난 심리적 상황을 암시한다. 그런 상황에서 주인공은 진정한 친밀성에 대한 욕망, 즉 화해의 소망을 갖게 된

---

66 실재계는 상징화할 수 없는 영역으로서 표현할 수 없는 두려운 것이나 표상으로 드러낼 수 없는 욕망, 사랑 등이 존재하는 곳이다.

67 이 같은 형상과 내용의 불일치는 객관현실과 주체의 소망의 균열에 상응한다. 모더니즘의 부조화의 미학은 객관현실에서 어떻게도 표상될 수 없는 소망을 내면에 담고 있는 상황을 암시한다.

68 포스트모더니즘의 환상처럼 환상의 이미지들이 코드화될 경우에는 알레고리적 특징이 약화된다.

다. 〈난장이가 쏘아올린 작은 공〉과 〈타인의 방〉에서처럼, 화해가 불가능한 불길한 현실에서 그 같은 화해의 소망을 실현하려 할 때, 그 미메시스의 시도는 흔히 우주여행이나 사물들의 반란 같은 모나드적 환상으로 나타난다.

반면에 장용학 소설의 경우 전후의 황폐한 현실에서 '존재의 위기'로부터 벗어나려는 '자유'의 욕망이 실존의식과 환상으로 드러난다. 또한 최인훈 소설에서는 '이데올로기로 포위된 세계'에서 그에 동화되지 않는 고독한 주인공의 '사랑'의 욕망이 환상적으로 표현된다. 주인공들은 비슷하게 '상징계와 실재계 사이'의 공간에 놓여 있지만, 〈난장이가 쏘아올린 작은 공〉 〈타인의 방〉이 **낯선 두려움**의 심리를 경험한다면, 〈요한시집〉 〈비인탄생〉은 **실존적 위기감**을, 그리고 《구운몽》은 **풍문인의 방황**을 겪게 된다.

그 같은 균열된 현실(상징계-실재계) 경험의 차이에 의해 세 부류의 소설들에서 주인공의 소망 역시 달라진다. 즉 〈난상이가 쏘아올린 삭은 공〉 〈타인의 방〉의 주인공들(난쟁이, 그)이 화해(미메시스)의 소망을 표현한다면, 〈요한시집〉 〈비인탄생〉의 동호, 지호는 자유의 욕망을, 《구운몽》의 독고민은 사랑의 욕망을 갖게 된다. 물론 환상을 통해 펼쳐지는 그 같은 주인공들의 욕망이 좌절과 실패로 귀결되는 점은 모두 비슷하다.

장용학과 최인훈 소설의 또 다른 특징은, 일종의 퇴행의 심리가 나타나는 〈난장이가 쏘아올린 작은 공〉 〈타인의 방〉과는 달리, 미래를 향한 각성(성장)의 계기가 드러난다는 점이다. 즉 장용학 소설에서는 자유의 욕망이 '비인'의 모험으로 발전하며, 최인훈의 소설에서는 사랑의 욕망이 혁명의 열정과 결합된다. 장용학의 비인(非人)은 무(無)라는 실존적 개념을 포함하는 동시에 '비존재의 존재'라는 동양사상적(불교, 도교적) 사유를 암시한다. 그 때문에 비인의 모험은 동양사상으로 코드화된 탈합리적 세계에서 자유로운 환상으로 전개된다. 또한 '타자성'의 계기를 포함한 최인훈의 사랑의 욕망은 이데올로기에 동화되지 않는 채 끝없이 상징계를 열어젖히는 전복의 힘을 내포한다. 독고민이 숙과의 만남에 매번 실패하면서도 기시감과 환상 속에서 또 다른 숙이 계속 나타나는 것은 그 점을 암시한다.

장용학의 〈비인탄생〉 등은 탈합리적 세계에서의 모험을 그리는 점에서 모더니즘을 넘어서는 탈근대적 요소를 포함한다. 또한 최인훈의 《구운몽》은 끝없는 사랑과 혁명을 가능하게 하는 다중적 정체성을 형상화하는 점에서 포스트모던적 계기를 내포한다. 그러나 장용학의 비인이 탈근대적 사유를 얻은 강원도의 선계는, 복수적 코드로 된 세계의 또 다른 공간이기보다는 합리적 현실로부터 분리된 장소이다. 이 공간은 합리적 현실에서 단절된 삼수의 내면공간에 상응하며, 각성된 삼수 역시 모더니즘의 주인공처럼 주객단절의 상태에서 벗어나지 못한다.

그처럼 균열된 세계로부터 분리되어 있는 것은 《구운몽》의 독고민도 마찬가지이다. 독고민은 다중적 정체성을 경험하며 폐쇄된 상징계를 열어젖힐 수 있는 사랑과 혁명의 가능성을 예감한다. 그러나 복수적인 숙은 독고민을 끝없이 유인하면서도 매번 숙의 부재를 확인시킬 뿐이고, 이데올로기적 환상에 빠진 혁명은 민중의 사랑을 얻지 못한다. 그처럼 사랑은 아직 현실에서 이루어지기 어려우며 혁명도 마찬가지이다. 독고민의 사랑과 혁명의 소망은 삼수의 역성혁명처럼 아직 내면의 꿈으로 남아 있는 것이다.

이처럼 장용학과 최인훈의 소설은 탈근대적 모험을 꿈꾸면서도 아직 해체되지 않은 합리적 현실에서 균열을 경험하는 부조화의 미학으로 돌아온다. 모더니즘의 부조화의 미학은, 현실에서 소망을 실현하려하면 균열과 좌절을 경험하고, 소망하는 이상에 탐닉하면 소외를 경험하는 상황을 암시한다.[69] 이상(화해, 자유, 사랑)을 향한 열정은 강렬하지만 사물화된 비인간적 현실은 그것을 허용하지 않는 완강한 벽으로 둘러싸여 있는 것이다. 단절

---

[69] 부조화의 미학에는 모더니즘과 환멸소설이 있다. 환멸소설(내면 고백체)이 모더니즘과 다른 점은 아직 계몽에 대한 신뢰를 완전히 버리지 않고 있다는 점이다. 환멸소설이 이상과 괴리된 현실에 울분을 느끼며 등을 돌린다면, 모더니즘은 현실의 균열(낯선 두려움)을 드러내는 방식으로 사물화된 현실이 화해의 소망을 거부하고 있음을 보여준다.

된 현실의 벽은 변혁의 열망으로 열어젖힐 수도(리얼리즘) 복수 코드화의 방식으로 해체할 수도(포스모더니즘) 없다. 그런 주객단절의 상황에서, 그 관계를 미학적으로 드러내는 형상을 통해 균열과 부조화를 경험하고, 낯선 불안감 속에서 내면 속의 화해·자유·사랑의 소망을 확인하는 것이 바로 모더니즘이다.[70] 이제 세 부류의 모더니즘적 소설들에 나타난 특징들을 비교하면 그림 6과 같다.

그림 6

	《난장이가 쏘아올린 작은 공》	〈요한시집〉〈역성서설〉	《구운몽》
균열·부조화	낯선 두려움	실존적 위기감	풍문인의 고독
내면의 소망	화해	자유	사랑
서사의 과정	화해의 불가능성과 현실의 음화	비인의 욕망과 좌절	사랑과 혁명의 좌절과 연기

---

[70] 이런 모더니즘의 미학은 형상적으로 균열을 드러낸다는 점에서 부조화의 미학일 뿐만 아니라 '형상'과 화해의 소망의 '내용'의 불일치로 인해서도 부조화를 보여준다. 나병철, 《모더니즘과 포스트모더니즘을 넘어서》, 앞의 책, 192~206쪽 참조.

제 7 장

포스트모더니즘과 환상

1. 파시즘·후기자본주의·탈근대—향락에서 탈주로

모더니즘의 낯선 두려움에는 세계에 대한 '부정적 인식'과 소외된 주체의 '화해의 소망'이 깃들여 있다. 그처럼 모더니즘의 환상과 낯선 두려움에서는 '계몽이 신화화된 세계'를 비판하고 전복시키려는 욕망이 암시된다. 물론 모더니즘의 시대에는 그런 미학적 환상의 욕망(화해의 소망)과는 반대되는 욕망에 근거한 환상도 나타나고 있었다. 즉 실재계의 침범에 대응해 억압적·모순적 세계의 균열을 봉합하려는 환상인데, '정치의 미학화'라는 파시즘의 이데올로기적 환상이 바로 그것이다.

포스트모더니즘의 배경인 후기자본주의의 이데올로기적 환상은 그런 파시즘의 환상과 연관이 있다. 그 점은 파시즘의 시대에 이미 '근대의 초극' 이념이 나타난 점으로도 알 수 있다. 서구적 근대를 넘어서려는 점에서 파시즘과 후기자본주의, 포스트모던 미학은 서로 연관을 지닌다.

이제 포스트모더니즘의 사회적 조건인 후기자본주의를 이해하기 위해 먼저 후기자본주의와 파시즘의 관계를 살펴보자. **파시즘-후기자본주의-포스트모던 미학**은 어떤 공통점과 차이를 지니는가. 외견상 비슷해 보이는 **근대의 초극**와 **탈근대**는 어떤 상이성이 있는가. 또한 모더니즘과 파시즘, 후기자본주의와 포스트모더니즘의 대응으로 나타나는, **미학**과 **이데올로기** 사이에는 어떤 차이가 있는가.

먼저 파시즘에 저항한 **모더니즘**의 환상 미학과 **파시즘**의 이데올로기적 환상은 어떤 관계에 있는지 살펴보자. 모더니즘의 미학적 환상과 파시즘의 환상의 공통점은 실재계적 요소와 교섭한다는 점이다. 해결이 불가능한 상징계 차원을 넘어서서 실재계와 교섭할 때 우리는 향락(jouissance)을 경험하게 된다. 향락의 경험을 매개로 한다는 점에서 미학적 환상과 파시즘의 환상은 비슷한 점을 지닌다. 그러나 미학적 환상은 실재계와의 교섭을 통해 세계(상징계)의 전복을 암시하는(미학의 정치화) 반면, 파시즘의 환상은 실재계적 요소를 제거하는 방식으로 억압적 세계를 더욱 완전하게 만든다(정치의 미학화). 전자에서는 향락(실재계와 교섭)의 경험이 세계로부터의 '탈주의 욕망'이지만, 후자의 경우 향락은 더 넓혀진 (억압적 세계의) 영토 안에 '자발적으로' 예속되게 만드는 유혹의 미끼이다.

한 예로 식민지 시대 말엽 우리의 파시즘의 경험을 생각해보자. 식민지의 상징계는 피식민자에게 근대적 주체나 국민의 지위를 허용하지 않는 분열의 공간이라고 할 수 있다. 그런 식민지에서 우리는 늘상 상징계 차원에서는 해결할 수 없는 실재계적 잔여물을 심리적으로 경험하고 있었다. 식민지 말엽의 파시즘은 바로 그 **실재계적 잔여물**에 작용한 유혹의 이데올로기였다. 즉 정신적 부채와도 같은 실재계적 잔여물을 제거해 상징계를 넘쳐 흐르는 향락 속에서 국민(주체)의 지위를 보장한다는 유혹을 담고 있었다. 가령 내선일체와 대동아 공영은 서구적 근대의 상징적 질서의 단위인 민족을 넘어서서 실재계와 교섭하는 방식으로 우리에게 주체의 부활을 약속한 것이다.

이 같은 과정에서 내선일체를 방해하고 실재계 차원에서 향락을 훔치고 있는 것은 바로 조선인이라는 민족의식이다. 식민지 하에서 모멸감의 근원인 그 심리적 잔여물(실재계적 잔여물)과 민족적 짐을 내려놓을 때 향락 속에서 주체(국민)의 지위가 얻어질 것이다. 이처럼 민족이라는 근대의 경계를 넘어서는 **초극**과 **향락**의 과정은 동양사상의 개념 **해탈**과도 유사하다.

물론 내선일체와 대동아공영의 향락(해탈)은 미끼에 불과한 것으로, 실제로는 실재계적 잔여물(민족의식의 핵심)을 제거하는 방식으로 **더 넓혀진 식민주의**를 형성하는 과정이었다. 그처럼 파시즘의 이데올로기는 근대의 초극과 향락, 해탈을 내세워 실상은 실재계와 접촉하지 못하도록 하는 식민지적 상징계로 되돌아온다.

이 같은 파시즘의 구조는 반유태주의를 앞세운 독일 나치의 경우에도 마찬가지였다. 여기서는 향락을 훔쳐간 것으로 가정되어 제거의 대상이 되는 것은 유태인이다.[1] 유태인을 공격하는 것은 균열을 일으키는 실재계적 잔여물을 제거하는 것이며, 그처럼 실재계와 교섭하는 과정에서 분열된 근대를 넘어선 새로운 세계가 형성될 것이다.

내선일체와 나치 같은 파시즘의 공통점은 상징계(식민지, 서구적 근대)의 모순과 균열을 은폐하는 환상을 매개로 한다는 것이다. 환상은 무의식적 욕망이 실재계와 교섭할 때 나타난다. 파시즘은 무의식 속 심리적 잔여물을 해소하는 방식으로 (상징계를 넘어서서) 실재계와 교섭하는 동시에 더 넓어진 상징계의 영토로 되돌아온다. 이처럼 향락과 실재계적 경험을 미끼로 더 확대된 영토로 유인하는 과정에서는 상징계의 균열이 감춰지는 환상이 작용한다.

물론 이 **이데올로기적 환상**의 과정은 상징계의 균열을 드러내고 실재계와 대면하는 **미학적 환상**과 정반대의 운동이다. 전자가 균열을 은폐하는 환상(스크린)을 통해 억압적 상징계를 공고히 한다면, 후자는 실재계와 대면하는 방식으로 상징계에 전복의 위협을 알린다.

파시즘은 그 이전에도 있었던 폭력적인 이데올로기의 강화된 형태로 보일 수 있다. 그러나 파시즘은 향락과 실재계적 경험을 내세우는 점에서 단순한 근대적인 전체주의를 넘어선다. 파시즘의 새로운 창안은 근대적 상징계를 초극한 실재계 차원에서 향락을 미끼로 무의식을 지배하는 방식이라는 점이다.

하지만 파시즘의 한계는 그 같은 **근대의 초극**을 연출하는 선전도구가 주로 담론의 방식이라는 점이다. 가령 강연과 구호, 논설, 그리고 파시즘 시기의 동양론 등은, 담론의 차원의 이데올로기적 선전도구였다. 이데올로

---

1   숀 호머, 김서영 역, 《라캉읽기》, 은행나무, 2006, 171쪽.

기적 담론은 조선인을 열등하게 정형화하면서 황국신민을 감격어린 언어로 찬양했다. 또한 동양론은 니시다 기타로의 '무의 논리'를 통해 유의 논리(서구적 근대의 상징계)를 넘어서는 해탈의 지혜를 논의했다. 그처럼 근대를 초극하려는 향락-해탈의 유혹은 사람들을 파시즘의 영토로 자발적으로 움직이게 만들 것이다.

그런데 해탈이란 담론을 통한 사유보다는 수행에 의한 직관의 지혜로서 이데올로기적 담론은 그에 충분한 도구는 아니었다. 무의 논리란 상징계(유)를 넘어서는 실재계적 차원에 다름이 아니다. 실재계적 경험과 고통 속의 쾌락인 해탈은 상징계를 넘어서려는 사람들을 유인하는 논리로 제공되었다. 그러나 파시즘의 현실에서 실제로 얻기 어려운 그것을 대신한 것은 바로 이데올로기적 환상이었다. 이데올로기적 환상이란 향락(해탈)과 실재계적 경험의 실제적인 불가능성을 대신 해소시켜주는 권력의 장치이다.[2] 그런데 강연과 구호 등의 이데올로기적 담론은 해탈은 물론 환상을 불러일으키는 데도 충분한 도구가 될 수 없었다.

불충분한 환상은 광기와 비합리적인 폭력을 수반한다. 폭력이 수반된 파시즘의 광기와 환상은 내선일체와 나치 독일에서 비슷하게 나타났다. 광기와 혼란 속에서 반쯤 세뇌된 사람들은 눈앞에서 현실화되고 있는 환상인 이데올로기 속으로 도피할 수밖에 없었다. 그러나 그들이 진정으로 파시즘에 설득된 것은 아니었을 것이다. 파시즘에 대응하는 모더니즘 미학에서 악몽의 환상이 나타난 것은 그 점을 암시한다. 앞서 살폈듯이 모더니즘의 악몽의 환상은 파시즘의 현실에서 분열과 공포를 경험하는 사람들의 모습을 음화로서 보여준다.

파시즘이 고안해낸 **향락을 앞세운 이데올로기적 환상**은 후기자본주의 시대에도 계속 사용된다. 그러나 후기자본주의가 전시대와 결정적으로 다

---

2 숀 호머, 위의 책, 170쪽.

른 점은 담론보다 이미지와 시뮬라크르에 의존한다는 것이다. 시뮬라크르란 **연출**된 것인 동시에 **실제 삶**의 일부를 이루는 이미지를 말한다. 이데올로기가 삶 자체의 이미지로 작용한다는 것은 놀라운 일이 아닐 수 없다. 전시대처럼 여전히 파시즘 같은 이데올로기가 작용하고 있지만 보이지도 들리지도 않는 이데올로기[3]는 마치 사라진 것처럼 느껴지는 것이다.[4]

　연출인 동시에 현실인 **시뮬라크르**는 후기자본주의의 독특한 발명품이다. 〈투르먼 쇼〉에서 시뮬라크르(연출-현실)는 투르먼만이 경험하는 현실이지만 지금 우리는 어디에서도 그것을 경험한다. TV프로에서 리얼리티쇼[5]가 인기를 얻고 있는 것은 지금이 시뮬라크르 시대임을 암시하는 한 예일 뿐이다. 리얼리티쇼는 게임이자 실제 상황이며, 그것을 보여주는 TV화면은 이미지인 동시에 출연자들의 삶 자체이다. 허구도 넌픽션도 아닌 리얼리티쇼에 매료되는 것은 그 시뮬라크르적인 구성이 지금의 삶 자체와 닮았기 때문이다. 우리는 리얼리티쇼를 보며 실제로는 아무도 말하지 않는 우리 자신의 시뮬라크르화된 삶을 보고 있는 것이다.

　그처럼 게임과 이미지가 실제 삶을 구성하는 것은 단순히 폭증하는 이미지들이 현실 속에서 흘러넘쳤기 때문만은 아니다. 삶의 방식으로 작용하는[6] 후기자본주의의 권력은 우리의 향락의 욕구를 해소시키는 이데올로기적 기제를 통해 삶의 이미지들을 연출한다. 향락의 욕구란 실재계와 교섭하려는 열정인데 후기자본주의 이데올로기는 파시즘처럼 그 열정을 더 넓혀진 자본주의적 공간[7]에 방출시킨다.

3　구호도 연설도 없는 이데올로기는 삶 자체의 경험과 구별되지 않기 때문이다.

4　우리 시대가 '탈이데올로기의 시대'로 여겨지는 것은 이 때문이다.

5　몰래 카메라가 실제 상황을 보여준다면 TV드라마는 연출된 허구의 이미지이다. 그 둘과는 달리 리얼리티쇼는 연출된 것이면서도 허구가 아닌 실제 상황을 보여준다. 리얼리티쇼는 카메라가 앞에 있다는 것을 알면서도 실제 상황을 드러낸다는 점에서 몰래 카메라와 구별된다.

6　자본주의 권력은 억압을 통해 행사되기보다는 푸코가 말한 삶의 방식의 권력으로 작용한다.

7　'세계화'나 '후기자본주의 경제의 숭고' 등이 기존의 상징계를 넘어선 더 확장된 자본주의의

이 과정에서 향락의 방해물 역할은 유태인 대신 악의 세력(테러리스트)·사회주의자·급진적 이슬람교도 등이 떠맡는다. 이데올로기는 그들을 제거함으로써 사회적 균열이 사라지는 환상을 만들며 자본주의적 현실을 재구성하는 것이다. 후기자본주의가 파시즘과 다른 점은 그 같은 연출이 현실에서 공연되는 이미지이자 삶이라는 점이다. 투르먼이 경험한 것처럼 연출은 떨쳐버릴 수 없는 현실이기도 한 것이다. 강연과 구호 없이 조용히 눈앞에서 펼쳐지는 이 시뮬라크르화된 현실은 광기어린 파시즘의 실패를 보완한다.

후기자본주의가 파시즘과 구별되는 또 다른 점은 희생양을 공격하는 만큼 악의 세력과 싸우는 쪽을 영웅화하고 미화시킨다는 점[8]이다. 부드러운 이미지, 진짜로 일어나는 연출된 삶, 달콤하게 미화된 승리의 서사 — 이 모든 것들은 모더니즘 시대의 균열과 악몽을 미리 예상해 후기자본주의가 향락의 열망을 지닌 사람들에게 (악몽을 잊도록) 선물하는 환상적인 기획물이다. 모든 것을 잊게 하는 크리스마스 선물과도 같은 이 후기자본주의 이데올로기는, 슈퍼맨, 신데렐라, 스노 화이트 같은 **영화**나 **동화**의 환상이 **현실 자체**에서 공연되는 일에 다름이 아니다.

실제로 영화나 동화가 허구의 경계를 넘어 현실에서 공연되는 예는 9·11테러에서 생생하게 목격된 바 있다. 9·11테러의 놀라움은 영화의 한 장면이 스크린을 뛰쳐나와 현실에서 공연되는 느낌을 준 점이다. 연출된 이미지인 동시에 실제 상황인 점에서 9·11은 시뮬라크르이자 리얼리티쇼였다고 할 수 있다.

물론 WTC 빌딩의 폭파장면은 영화의 해피엔딩이 아닌 중간부분의 재난장면이었다고 할 수 있다. 만일 이 부분이 연출되었다면 그것은 세계화

영토(또 다른 상징계)의 은유일 것이다. 그 같은 은유가 파시즘 시대의 '근대의 초극'을 대신하는 것이다.

8 슈퍼맨 등의 아메리칸 히어로의 서사가 그런 후기자본주의 이데올로기에 상응하는 대중문화라고 할 수 있다.

이데올로기를 폭파하려는 이슬람의 실재계에 대한 열망이 표현이었을 것이다.[9] 그러나 현실을 스크린으로 한 연출은 '테러와의 전쟁' 시나리오를 통해 아프칸전으로 이어진다.

이 시나리오는 이슬람을 향락의 방해물인 '악의 축'으로 규정함으로써 그들을 제거하는 아프칸전을 통한 해피엔딩을 기획하고 있다. 이로써 9·11은 할리우드 재난영화의 중간부분으로 전이되고, 그것을 포함한 전체의 서사에서 미국이 십자군 전쟁이라는 영화의 연출자가 된다. 실제로 우리가 9·11을 영화처럼 느꼈던 것은 이슬람의 실재계에 대한 열망보다 앞으로 전개될 미국의 재난영화의 중간부분을 엿본 때문일 것이다.[10]

만일 그렇다면, 지젝이 말하고 있듯이 사실상 할리우드는 미국의 이데올로기적 국가 기구로 기능하고 있는 셈이다.[11] 9·11에서 아프칸전으로 이어지는 서사적 기획에서 무엇보다 놀라운 것은 그 일련의 영화 같은 이미지와 사건들이 '실제 상황'으로 벌어지고 있다는 점이다. 이 같은 **연출가의 승리**야말로 후기자본주의 이데올로기의 위대한 창안일 것이다. 우리 시대의 이데올로기는 판타지 영화와도 같지만 꿈보다는 현실에 더 가까운 '실제 상황'이기도 한 것이다.[12]

물론 이데올로기적 환상이 완벽하게 공연되어 균열을 감춘다고 해도 사

---

9 이 실재계에 대한 열망은 지하드라는 이슬람의 판타지의 한 요소이지만, 그 판타지가 작동되면 오히려 실재계적 영역은 이데올로기적 환상(지하드)에 의해 은폐된다.

10 9·11은 이 두 가지 측면을 함께 포함하고 있다.

11 지젝, 김종주, 《실재계 사막으로의 환대》, 인간사랑, 2003, 48쪽. 지젝이 밝히고 있듯이 실제로 펜타곤은 할리우드의 도움을 요청하기도 했다. 2001년 10월 초에 할리우드 재난 영화 시나리오 작가와 감독들은 테러공격의 대처방법에 대한 시나리오를 상상해낼 목적으로 펜타곤에 모였었다.

12 후기자본주의의 가속도는 자본주의적 경계의 숭고를 통해 그런 이데올로기적 환상의 현실화와 조우한다. 즉 자본주의 마법이 판타지를 매개로 현실화되면서 현실과 환상의 경계가 사라지는 것이다. 나병철, 〈환상소설의 전개와 성장소설의 새로운 양상〉, 《현대소설연구》 31, 2006. 9, 291쪽 참조.

람들이 부조리한 현실에서 해방되는 것은 아니다.《지구영웅전설》(박민규)이 보여주듯이 우리는 슈퍼맨과 함께 살아가지만 '바나나 맨'이 겪는 모욕적인 현실을 벗어날 수 없는 것이다. 또한 〈프린세스 안나〉(배수아)에서처럼 사람들은 스노 화이트가 공연되는 현실에서 '환상과 환멸의 동거'[13]를 경험하며 살아간다. 미국의 재난영화의 완결편인 아프칸전에서 역시 광기와 악몽이 되풀이 될 뿐이다.[14] 스크린 위의 영화와는 달리 현실에서 공연되는 아메리칸 히어로 판타지는 해피엔딩이 아닌 것이다.

영화를 본뜬 현실이 영화와 다르게 경험되는 상황에서 슈퍼맨으로 해소되지 못한 향락의 열망(그리고 실재계에 대한 열정)은 리얼리티쇼를 탄생시키게 된다. 리얼리티쇼는 신데렐라의 판타지(그리고 드라마)와는 달리 실재계적 잔여물(추태, 폭력)을 암시하는 점에서 영화보다 실제 현실에 보다 더 가까운 셈이다. 그러나 아무 일도 일어나지 않고 모든 것이 잊혀지는 세상에서, 실재계적 잔여물을 해소시키기 위해 영화 같은 시나리오로 되돌아가는 이데올로기가 반복된다.[15] 그 같은 실재계적 경험(리얼리티쇼)과 이데올로기적 판타지의 반복이 우리 시대의 우울한 풍경일 것이다.

하지만 자본주의적 코드의 완결판인 후기자본주의에서도 출구가 없는 것은 아니다. 〈투르먼쇼〉의 투르먼(진짜사람)처럼 가짜세계를 눈치 챈 사람은 향락의 열망을 이데올로기로 해소하는 대신 탈주의 욕망으로 전이시킬 수도 있다. 그러면 현실 그 자체이기도 한 연출된 세트의 바깥에는 무엇이 있을 것인가. 변혁운동이 정체된 현실에서는 그 실재계적 공간은 또 다른 시뮬라크르와 판타지로 채워질 것이다. 그러나 이 시뮬라크르-환상은 (균열과 실재계를 감추는) 이데올로기적 환상과는 달리 실재계와의 교섭을 드러

---

13 신수정,《푸줏간에 걸린 고기》, 문학동네, 2003, 162쪽 참조.
14 파시즘이 일상에서 광기와 악몽을 경험하게 한다면 후기자본주의는 전쟁에서 그것을 경험케 한다.
15 리얼리티쇼 자체도 살아남은 자의 행운을 통해 그런 이데올로기를 반복한다.

내며 상징계의 전복을 암시한다. 우리가 경험한 촛불시위가 바로 그 같은 환상과 변혁운동의 결합[16]으로서 또 다른 시뮬라크르(연출-현실)일 것이다.

전복적인 힘을 지닌 이 시뮬라크르는 현실에서 연출되기 전에 포스트모던적 미학을 통해 나타난 바 있다. 즉 우리의 1990년대 이후의 포스트모던적 환상은 모더니즘의 환상과는 달리 두려움 없는 따뜻한 풍경을 연출한다. 모더니즘의 모나드적 환상이 낯선 두려움과 연관된다면, 유대와 소통을 암시하는 포스트모던 환상은 새로운 가치와 질서에 대한 소망을 담고 있다. 이데올로기를 통해 자본주의적 코드화가 완결될수록, 그에 맞서는 미학적 환상 역시 유대와 코드화(또 다른 코드화)를 통해 전복의 힘을 증대시키고 있는 것이다.

그림 1

	파시즘	후기자본주의	포스트모던
근대와의 관계	근대의 초극 [17] → 국가독점자본주의	자본주의경제의 숭고 ㅡ상상력 · 무의식 지배	근대 내에서 탈주의 욕망
실재계와의 관계	실재계와 교섭 → 은폐	실재계와 교섭 → 은폐	실재계와 교섭
상징계와의 관계	균열의 은폐 → 더 넓혀진 영토	균열의 은폐 → 세계화	전복적 대응
담론-이미지	담론의 차원	이미지 · 시뮬라크르	이미지(시뮬라크르)
환상의 기능	이데올로기	이데올로기	전복의 미학

16 이 점에서 촛불시위는 월드컵 응원문화와 연관이 있다. 월드컵 응원문화가 환상 쪽에 가깝다면 촛불시위는 변혁운동 쪽에 더 접근해 있다.

17 히로마쓰는 2차 세계대전 당시의 근대의 초극이 금융독점자본주의를 국가독점자본주의라는 새로운 체제로 재편성하게 한 이데올로기였다고 말한다. 가라타니 고진, 김향 역, 〈근대의 초극에 대하여〉, 히로마쓰 와타루, 《근대초극론》, 민음사. 2003. 245~246쪽.

그처럼 전복적인 힘을 포함하는 점에서 우리와 같은 **제3세계 포스트모더니즘**은 (근대비판은 물론) 서구와는 달리 탈식민주의나 리얼리즘[18]과 연관된다고 할 수 있다. 다음에서 우리는 모더니즘의 모나드적 환상과 구분되는 이 포스트모던적 환상에 대해 살펴볼 것이다. 그에 앞서 이 절에서 논의한 파시즘·후기자본주의·포스트모던 미학의 차이를 요약하면 그림 1과 같다.

2. 모나드적 환상·나르시시즘적 자아·환상을 통한 유대

이제까지 파시즘과 후기자본주의, 포스트모던 미학의 차이를 살펴봤다. 모더니즘이 파시즘에 저항하듯이 포스트모더니즘은 후기자본주의에 대항한다. 그러면 모더니즘의 환상과 포스트모더니즘의 환상은 어떤 차이가 있는가.

모더니즘의 모나드적 환상은 화해의 소망이 타인과의 유대 속에서 드러나지 못하는 소외된 상황을 암시한다. 모더니즘은 타인과의 진정한 유대가 불가능함을 알리는 미학이며, 환상은 그런 고독한 상황 속에서도 화해를 소망함을 표현하는 방식이다. 흔히 말하는 모더니즘의 미학적 모나드란, 모나드적 개체(라이프니츠)[19]가 물질적 현실 속에서 타인과의 울림(convenir)을 통해 펼쳐지지 못하고 고독하게 접혀 있는 상태를 뜻한다.[20] 모나드적

---

18 또한 페미니즘, 생태주의 등과도 연관된다.

19 라이프니츠의 모나드는 타인(다른 모나드)과의 울림을 통해 세계 속에서 펼쳐진다.

20 이는 〈날개〉의 주인공이 타인과의 관계 속에서 날개를 펴고 날지 못하고 박제가 된 상태에 있는 것과 유사하다.

환상이란 그처럼 접혀진 상태에서 화해의 소망을 통해 타인과의 균열의 틈새를 채우는 이미지이다.[21]

진정한 유대의 불가능성을 암시하는 모더니즘 미학은 고독한 모나드적 개체들이 살아가는 시대적 풍경의 음화이다. 후기자본주의는 바로 그 모나드적 개체들이 다시 모일 수 있는 공간을 창안해낸 새로운 사회이다. 후기자본주의 사회에서 고독한 모나드들이 다시 만날 수 있게 된 것은 인터넷, 시뮬라크르, 자본주의적 가속도의 공간 등에서이다. 이 세 가지 요건은 모더니즘의 모나드적 특성과 구분되는 포스트모더니즘의 새로운 특징과 중요한 연관을 지니고 있다. 이제 그런 측면에서 포스트모더니즘의 미학과 환상을 살펴보자.

먼저 인터넷은 책 속에 갇혀 있던 문자들에게 쌍방적으로 교류할 수 있는 가상공간을 제공함으로써 분리된 개체들의 소통을 가능하게 한다. 책은 각 개인들이 자신을 펼칠 수 있는 가장 열려 있는 근대의 공간이지만 그것을 허용하는 대가로 타인과의 즉각적인 소통은 불가능해진다. 책의 문자는 각 개체들의 사유를 기록해주는 대신 그들 자신의 부재를 전제로 하기 때문이다. 더욱이 모더니즘 시대의 책(소설)은 그런 불구적인 문자를 통해서도 자신을 표현할 수 없게 된 소외된 개인들의 모습을 담고 있다.

반면에 인터넷은 자신의 내면을 펼칠 수 있는 문자들을 매개로 각 개인들이 서로 소통하는 것을 가능하게 한다. 모나드적 개인들은 분리된 공간

---

21 물론 모더니즘 소설 중에서도 타인과의 진정한 관계와 사랑을 모색하는 작품이 없는 것은 아니다. 모더니즘 중에서 타인과의 사랑의 관계를 표현하는 경우로는 김승옥의 소설을 들 수 있다. 예컨대 〈무진기행〉에서 윤희중은 고향 무진에서 하인숙으로부터 진정한 사랑을 느낀다. 그러나 무진은 사랑을 느낄 수는 있지만 그 사랑을 현실화시키는 것은 불가능한 공간이다. 이 같은 양면성은 무진이 현실의 공간인 동시에 서울과는 달리 실재계와 관계된 환상공간의 측면을 지닌 점과 연관된다. 무진을 실재계적 요소를 지닌 환상공간으로 본 논의에는 윤애경, 〈김승옥의 〈무진기행〉에 나타난 환상연구〉(《어문논집》, 민족어문학회, 2009. 10, 353~375쪽)가 있다.

에서 사유를 할 수 있지만 타인과의 소통은 불가능하며, 책의 문자를 이용하는 경우에도 직접적 교류는 허용되지 않는다. 그와 달리 인터넷은 독립된 공간에서 문자로 사유하는 동시에 타인들과 즉각적으로 소통하는 것을 가능하게 한다.

물론 인터넷이 늘상 진정한 소통을 성공하게 하는 것은 아니다. 인터넷에 접속하는 익명의 개인들은 얼마든지 자신을 연출하며 진정한 자아를 숨길 수 있는 것이다. 그러나 다른 한편 바로 그 익명성 때문에 가상공간에서는 현실에서 불가능한 진정성의 표현이 가능해진다. 다만 인터넷 공간이 권력에 장악될 경우 이 가상공간은 현실을 지배하는 이데올로기를 더욱 강화하는 기능을 하게 될 것이다.

모나드적 개체들이 다시 모일 수 있게 한 또 다른 가상공간은 시뮬라크르이다. 앞서 살폈듯이 시뮬라크르는 이미지로 된 가상공간인 동시에 현실 그 자체이기도 하다. 시뮬라크르는 후기자본주의 권력의 가장 강력한 이데올로기적 도구이다. 후기자본주의는 모더니즘적인 균열과 악몽을 미리 예견해 고독한 개인들을 (상징계를 넘어서는) 향락의 미끼로 영화 같은 시뮬라크르의 공간으로 끌어들인다. 이 후기자본주의의 이데올로기로서의 시뮬라크르는 스노 화이트, 신데렐라, 슈퍼맨 등이 책과 스크린을 넘어서서 현실 자체에서 공연되게 만든 것에 다름이 아니다.

그러나 인터넷이 '진정한 소통'과 '권력의 조작'의 이중성을 지니듯이, 시뮬라크르 역시 '이데올로기'와 '그에 저항하는 문화'의 양가성을 지닌다. 예컨대 '악의 축'과의 전쟁이 제국주의적 이데올로기의 연출이라면, 촛불시위는 그런 이데올로기에 대항하는 창조적인 시뮬라크르이다.[22] '향락'의 유혹을 이용하는 이데올로기가 균열과 실재계를 은폐하는 반면, '탈주'의 욕망을 표현하는 촛불시위는 실재계와 접촉하는 전복적인 시뮬라크

---

22 전자가 보드리야르적인 시뮬라크르라면 후자는 들뢰즈적인 시뮬라크르이다.

르를 생성시킨다. 전자가 왜곡된 소통을 연출한다면, 후자는(인터넷과의 연계에서 암시되듯이) 진정한 소통을 부활시킨다.

인터넷과 시뮬라크르의 출현은 컴퓨터와 멀티미디어라는 테크놀로지의 발전과 연관되어 있다. 구비문화와 문자문화(책)에 이은 이 제3의 매체 혁명은, 가상공간과 실제공간, 이미지와 현실, 그리고 환상과 실제의 경계를 허문 것이 특징적이다. 그런데 이 우리시대의 모든 변화들은 **후기자본주의**라는 자본주의 경제 자체의 혁신으로 수렴된다. 즉 환상과 현실의 뒤섞임은 **자본주의 경제의 숭고**[23]라는 현실 자체의 운동 속에서 미학적으로 연출되고 있다. 자본주의가 생산하는 잉여가치와 향락은 후기자본주의에 이르러 '현실'과 '환상'을 구분할 수 없을 정도로 가속도를 내고 있다. 그처럼 주문을 외는 듯한 '자본주의의 마법'[24](마르크스)이 '현실화'되는 가장 '순수한' 난세가 바로 후기자본주의인 것이나. 우리는 너 이상 사본주의가 쏟아내는 **잉여향락**[25](이전의 쾌락을 넘어서는 쾌락)을 거부할 수 없으며 그런 **환상적인** 분위기 속에서 동화 같은 이데올로기(시뮬라크르) 속에 현혹된다.

이처럼 환상이 현실화되며 책을 넘어서는 시대는 책의 대표주자인 소설(문학)의 위기의 시대이기도 하다. 현실에서 환상적인 자본주의의 동화와

---

23 자본주의 경제는 잉여가치와 잉여향락을 생산함으로써 자기 자신을 갱신하는 것이 특징이다. 그런데 후기자본주의의 가속도는 합리적 사고가 개입할 여지를 주지 않음으로써 일종의 '숭고'를 연출한다. 숭고는 지성적 사고가 감당할 수 없을 만한 엄청난 대상에서 느껴지는 경험이다. 자본주의 경제의 숭고에 대해서는 리오타르, 유정완 외 역, 《포스트모던의 조건》, 민음사, 1999, 226쪽.

24 마르크스는 '견고한 모든 것을 녹아버리게' 하는 자본주의의 영구적 불안정성의 운동을 마법과도 같은 것으로 논의한다. 그러나 자본주의의 마법은 자신이 주문을 외워 불러들인 지하세계의 저항적 힘을 제어하지 못한다. 후기자본주의 역시 자본주의 마법이 현실화된 세계이지만 (뒤에서 논의할 것처럼) 지하세계의 힘을 막지는 못한다. 자본주의의 운동과 마법에 대해서는 마르크스·엥겔스, 이진우 역, 《공산당 선언》, 책세상, 2002, 19~23쪽 참조.

25 자본주의는 이전의 쾌락을 넘어서는 쾌락을 생산하는 점에서 매번 향락을 창조한다고 할 수 있다. 잉여향락에 대해서는 지젝, 이수련 역, 《이데올로기라는 숭고한 대상》, 인간사랑, 2002, 96~102쪽 참조.

영화에 매혹된 사람은 이제 더 이상 소설을 읽지 않는다. 그 동안 소설은 진정한 공동체를 이루지 못하는 근대사회에서 사람들의 문제의식을 결집시키고 끌어모으는 가장 중요한 매체였다. 그러나 이제 우리는 《광장》《난장이가 쏘아올린 작은 공》《태백산맥》에 대해 말하는 대신 경제성장, 증권, 미래의 국민소득에 대해 이야기한다. 그처럼 후기자본주의 시대에는 **경제**가 **소설**을 대신한 것이다. 자본주의를 비판하는 소설보다는 자본주의의 가속도가 일으키는 **환상**이 더 신나는 이야기라고 여기고 있는 셈이다. 자본주의의 끊임없는 혁신, 거기에는 뭔가 '숭고'한 것이 있기 때문이다.[26]

그러나 이 우리 시대의 풍경이 '근대문학의 종언'[27]일 수는 없다. 서구의 경우 이미 모더니즘의 출현이 근대소설의 한계지점을 알려준 시점이었을 것이다. 모더니즘이 음화로 암시한 모나드적 개체들의 위기를 위해 마련된 것이 바로 후기자본주의의 환상과 동화적 이데올로기인 것이다. 그 같은 후기자본주의의 숭고와 환상적 이데올로기에는, 위기에 처한 소설적인 비판적 사고를 마비시키는 마법이 깃들어 있다.

하지만 서구와 달리 우리 사회에는 아직 시대적 문제의식을 **결집시키는** 소설의 주제가 잠재해 있다. 소설의 비판적 주제의 힘은 결국 고독한 개인들(모나드들)을 끌어모으는 **유대의식**과 연관이 있을 것이다. 그런데 서구(그리고 일본)와는 달리 우리에게는 여전히 그 '지하세계의 힘'이 남아 있는 것이다. 예컨대 월드컵 응원문화와 촛불시위에서 분출된 유대에 대한 열망, 거기에는 분명히 어떤 **숭고**한 면이 있다. 후기자본주의 시대에 연출된 비슷한 스펙터클이지만, 자본주의의 숭고와 촛불시위의 숭고는 욕망의 방향이 정반대이다. 촛불시위의 숭고를 연출하는 욕망은 틀림없이 사람들을 집결시키는 소설의 힘, 그 잠재적인 (지하세계의) 유대의 욕망과 같은 방향일

---

26 리오타르, 《포스트모던의 조건》, 앞의 책, 225~226쪽.
27 가라타니 고진, 조영일 역, 《근대문학의 종언》, 도서출판 b, 2006, 43~86쪽.

것이다.

비슷한 이유로 후기자본주의에 대응하는 미학인 포스트모더니즘 역시 **서구와는 다른** 특징을 갖고 있다. 우리의 경우 포스트모더니즘이 출현한 1990년대 이후는, 화려하게 상품화된 공간에 사람들이 모여드는 시대인 동시에 진정한 만남은 더 불가능해진 시대였다. 이 시기에 와서 금욕주의적인 전 시대와는 달리 곳곳에 욕망이 넘치는 사회가 되었지만, 내면적으로는 오히려 모두가 쓸쓸한 환멸을 경험해야 했던 것이다. 이 같은 우울한 시대에, **사랑과 유대의 소망**을 포기하지 않는 **청년의 형식**을 지닌 성장소설이 끊임없이 나타난 것[28]이 우리문학의 특징이다.

우리 성장소설에서는 아버지의 부재와 함께 부권적인 상징계 외부에서 청년들이 사랑과 연대를 모색하는 것이 중요한 문법이다. 물론 전사회가 시뮬라크르화되고 상품화된 욕망으로 가득한 시대에, 그처럼 진정한 사랑과 연대를 이루는 것은 지난한 일이 되었다. 그에 따라 1990년대 이후의 성장소설에서도 전과는 달리 자유로운 자아의 탐색이 사랑과 유대의 소망으로 잘 이어지지 못한다. 전 시대의 성장소설에서 자아의 성숙이 '진정한 유대의 소망'과 연관이 있었다면, 1990년대 이후의 소설에서는 마치 성장이 중단된 듯한 **나르시시즘적 자아**가 나타나고 있는 것이다.

나르시시즘적 인격이란 외부세계에서 애정의 대상을 찾는 것이 불가능해졌을 때 리비도가 자기 자신에게로 향하는 심리적 성향을 말한다. 일반적으로 소비문화가 팽만한 이미지 사회에서는 열정의 대상을 상실한 나르시시즘적 퍼스낼리티가 만연된다.[29] 그런 사회에서는 비판적 사고가 무력화되고 정치마저 스펙터클화되어 모두들 진정성의 표현보다 이미지 만들기에 몰두하게 된다. 그 결과로 타인에 대한 열정이 식고 세상을 연극처럼

---

28 류보선, 《경이로운 차이들》, 문학동네, 2002, 19쪽.
29 크리스토퍼 라쉬, 《나르시시즘의 문화》, 문학과 지성사, 1989 참조.

사는 대신 자아에 과도하게 집착하는 나르시시즘이 나타나는 것이다.

그런 나르시시즘은 1990년대 이후 우리 소설에서도 쉽게 발견된다.[30] 예컨대 《아담이 눈뜰 때》에서, 사적 가치에만 몰입된 은선은 물론 섹스를 고독의 형식으로 삼는 현재는 나르시시스트라고 할 수 있다. 뿐만 아니라 '가짜 낙원'에서 그들과 관계를 맺는 아담('나') 역시 그와 별반 차이를 지니지 않는다.

또한 배수아 소설에서 일상의 우울로부터 벗어나려고 애인을 만들거나 섹스를 하는 '아이 같은' 청년들도 사랑의 열정을 잃어버린 나르시시즘적 인격을 보여준다.[31] 마찬가지로 《새의 선물》(은희경)에서 냉담한 세상으로부터 상처받지 않기 위해 진짜 '나'(바라보는 '나')를 숨기고 연출된 '나'(보여지는 '나')로 삶을 사는 진희('나') 또한 성장을 거부하는 나르시시스트이다.

그러나 우리 소설의 인물들은 서구 소비문화에 만연된 불성실하고 병적인 나르시시스트와는 분명히 구분되는 특성을 보여준다. 그것은 우리의 경우 이미지로 연출된 '가짜 낙원'에서 섹스마저 순수 고독으로 경험하지만, 인물들의 무의식 속에는 **진정한 사랑과 유대**에 대한 향수가 잔존하기 때문이다. 1990년대 이후의 이미지 사회에서도 청년의 형식인 성장소설이 성행한 것은 그 때문이다.

예컨대 《아담이 눈뜰 때》의 아담이 제도권에 편입되는 대학입학을 포기하고 소설을 쓰는 것이나, 〈프린세스 안나〉의 안나가 핑크와 연대하며 스노 화이트를 패러디하는 것, 그리고 《새의 선물》의 진희가 (서술자아의) 회상을 통해 상처받은 과거에 대해 진짜 '나'의 열정을 얼핏 보이는 순간 등은, 나르시시스트를 넘어서는 청년의 정신을 은밀히 암시한다. 물론 아담

---

30 황종연, 《비루한 것의 카니발》, 문학동네, 2001, 53~58쪽, 285~286쪽.
31 배수아 소설의 '아이 같은' 청년들에 대한 논의는 정과리, 〈어른이 없는, 어른 된, 어른이 아닌〉, 배수아, 《푸른 사과가 있는 국도》, 고려원, 1995, 265~283쪽 참조.

의 글쓰기는 메타픽션의 미로를 맴돌며 안나와 핑크의 연대는 우울한 현실의 음화에 그친다. 또한 진희의 상처의 고백은 '농담 같은' 세상 속에 묻혀버린다. 하지만 그들은 분명히 유대의 소망을 내면 속에 조용히 감추고 있다. 마치 모더니즘의 주인공이 단지 병적인 **유아론**에 그치지 않고 **화해의 소망**을 간직하고 있듯이, 포스트모더니즘의 인물들은 **나르시시즘적 심리** 속에 **유대에 대한 욕망**을 숨기고 있는 것이다.

성장소설 이외에 가짜 욕망과 이미지 사회를 **환상의 형식**으로 비판한 소설이 나타난 것도 진정한 유대의 소망이 잔존한다는 반증일 것이다. 예컨대 〈엘리베이터〉(송경아)에서는 모두가 자신의 욕망에 눈이 멀어 아무도 보지 못하는 사람들의 모습이 그려진다. 한데 모여 있지만 서로 소통하지 못하는 그런 풍경은, 엘리베이터로 은유되는 후기자본주의의 가속도가 연출하는 환상이자 현실이다. 또한 〈고압선〉(김영하)에서는 섹스 파트너에게 사랑이라는 단어를 들려준 순간 자신의 모습이 희미해져버린 주인공이 등장한다. 그는 이미지 사회에서 연출될 수 없는 진정한 사랑을 욕망한 대가로 보이지 않는 존재로 세상을 떠돌게 된다.

〈엘리베이터〉와 〈고압선〉은 나르시시즘적 욕망과 이미지 사회를 비판하면서 진정한 사랑과 소통에 대한 소망을 암시한다. 여기서 한발 더 나아가, 무의식 속에 잔존하는 사랑과 화해의 소망이 환상으로 연출되며 현실 속 인물과의 **진정한 유대**가 표현되는 소설도 있다. 이런 환상은 나르시시즘적 환상이나 이데올로기적 환상과는 달리 실재계와의 접촉 속에서 진정한 유대를 암시한다. 또한 모더니즘의 유아론적 환상과는 달리 현실의 타인에게 소통됨으로써 진정한 소통이 불가능한 현실(상징계)에 대한 전복적 힘을 직접 드러낸다.[32] 모더니즘의 환상은 모나드적 현실의 음화로 귀결되지만, 이 포스트모던적 환상은 나르시시즘을 넘어서는 상호주체적 공간을 암시한다.

---

32 모더니즘에서는 상징계에 대한 전복성이 부정적인 방식으로 암시된다.

이처럼 환상을 통해서도 진정한 유대와 또 다른 소통의 공간을 암시할 수 있게 된 것은 (모더니즘을 넘어서서) 합리적 현실을 해체하는 포스트모던적 존재론(타자성)과 복수 코드화에 근거한 것이다. 타자성의 주체란 무의식 속에서 타인과 관계하는 주체이며, 그런 타자성의 존재론은 무의식의 표현인 환상을 통해 타인과의 진정한 유대를 암시할 수 있게 한다. 또한 복수 코드화는 합리적 코드로 된 현실의 균열지점에 (환상을 포함한) 또 다른 코드의 세계가 겹쳐지며 나타날 수 있게 한다.

예컨대 〈도마뱀〉〈몽고반점〉〈그렇습니까? 기린입니다〉〈아, 하세요 펠리컨〉〈누가 해변에서 함부로 불꽃놀이를 하는가〉, 그리고 〈은어낚시통신〉〈웰컴 투 동막골〉〈미소녀 대통령〉 등은, 환상을 통해 진정한 유대의 가능성을 암시하는 작품들이다. 전자가 무의식의 표현을 통해 사랑과 유대의 공간을 제시한다면, 후자는 복수 코드화의 방식으로 진정한 유대를 모색하는 과정을 보여준다. 이제 다음에서 우리는 이 다양한 포스트모던적 작품들을 자세히 고찰할 것이다.

이 절에서 살폈듯이, 모더니즘에서 포스트모더니즘에 이르는 환상적 작품들은 크게 세 가지로 나눠볼 수 있다. 첫째는 모더니즘의 **모나드적 환상**

그림 2

모더니즘의 모나드적 환상	나르시시즘적 환상과 이미지 사회 비판	환상을 통한 유대 암시
〈변신〉	〈프린세스 안나〉	〈은어낚시통신〉
(〈무진기행〉)	《지구영웅전설》	〈내 여자의 열매〉
〈타인의 방〉	〈엘리베이터〉	〈그렇습니까? 기린입니다〉
〈우주여행〉	〈고압선〉	〈아, 하세요 펠리컨〉
〈난장이가 쏘아올린 작은 공〉	〈깃발〉	〈웰컴 투 동막골〉

으로 이 환상은 소망을 표현하는 경우에도 낯선 두려움과 함께 나타난다. 둘째는 후기자본주의의 **나르시시즘적 환상**이나 **이데올로기적 환상**을 비판적으로 그리는 작품으로 이런 유형에서는 실재계와의 접촉 속에서 존재의 분열이나 상실이 그려지기도 한다. 마지막으로는 실재계와 접촉하는 타자의 위치에서 환상을 통해 **진정한 유대의 가능성**을 암시하는 작품들이다. 이 세 유형에 속하는 작품들의 예를 들면 그림 2와 같다.

3. 후기자본주의의 마법과 이데올로기적 환상

후기자본주의는 자본주의의 예외적 영역까지 포섭하여 보다 완전해진 자본의 운동을 숭고하게 연출하는 사회이다. 오늘날의 소설의 상품화와 무력화는 그런 후기자본주의의 주요 징후의 하나일 뿐이다. 자본주의 경제의 숭고에 매료된 사람들은 더 이상 소설을 읽지 않는다. 소설의 미덕인 성찰적 사고와 창조적 상상력은 후기자본주의의 마법이 불러일으키는 환상 작용 속에 녹아버렸기 때문이다.

후기자본주의의 마법이란 상부구조 영역(문화, 지식, 욕망)마저 용해시키는 무서운 속도의 자본의 운동에 의한 환상을 말한다. 자본주의의 가속도는 실재계적 영역을 자본주의의 상징계로 전이시키는 끝없는 운동의 과정이다. 반면에 소설과 진보적 사유, 탈주의 욕망 등은 자본주의의 균열지점에서 실재계와 대면하는 반대의 운동과정이다. 그런데 후기자본주의의 엄청난 가속도는 그런 소설과 비판적 담론의 성찰적 사고 및 창조적 상상력이 틈입할 공간(그리고 시간)을 주지 않는다. 그 대신 자본의 급격한 가속도에 의한 실재계의 과도한 침범에 대처하는 것은 상상적 과잉 표상들을 앞세운 환상이다.[32] 즉 실재계를 자본주의 상징계로 전이시키는 과정에서 성찰적 사고를 마비시키는 현란한 지각 매체와 시뮬라크르, 상품 이미지 등이 환상을 연출하는 것이다. 이제 현실은 자본의 운동을 잠깐 멎게 하는 소설[33]이 아니라, 그런 성찰의 매체 소설마저 용해시키는(상품화하는) 자본주의적 마법(환상)에 의해 직접 접근된다.[34]

이 같은 자본주의의 환상(이데올로기적 환상)의 작용은 자본의 운동이 낳은 **잉여향락**을 통해 실감된다. 잉여향락이란 자본주의가 미지의 영역으로부터 향락이 방사되도록 한 것을 말한다. 자본주의는 미지의 영역(실재계)을 향락의 제공처로 만듦으로써 마법처럼 우리를 사로잡는다. 예컨대 엄청난 속도의 디지털 매체의 진화는 그 신상품이 열어주는 미지의 세계를 환상적으로 받아들이게 한다. 우리는 휴대전화로 '쇼를 하고' 멀티미디어로 모든 것을 '생각대로' 하면서 새로운 세상에서 행복하게 살게 되었다고 느낀다.

그러나 그런 잉여향락이 제공된다고 해서 인간관계에서마저 자본주의적 상징계를 해체하는 향락이 얻어지는 것은 아니다. 역설적인 것은 자본주의가 낳는 잉여향락은 오히려 교환가치화된 자본의 상징계를 확대하면서 제공된다는 점이다. 잉여향락은 분명히 자본주의의 위대한 창안이다. 하지만 잉여향락을 제공하는 자본주의 체계와 그 비일관성에 대한 성찰(소설적 성찰)이 없는 한, 일방적인 자본의 운동은 우리를 교환가치화된 비인간적 체계 안에 갇히게 할 뿐이다.

자본주의 자신의 존재조건을 영구히 혁명화하는 잉여향락의 폭발적인 방출, 그리고 자기 자신의 한계를 끝없이 열어주는 자본주의의 마법은, 후

---

32 지젝, 이만우 역, 《향락의 전이》, 인간사랑, 2002, 154~155쪽.
33 소설을 읽는 동안 우리는 자본의 운동을 반성적으로 고찰하게 된다.
34 그런 환상과 함께 계산가능하지 않은 것은 모두 배제하는 경제 자체가 현실이 된다.

기자본주의 시대의 사람들을 끌어모으는 이데올로기적 환상의 핵심 벡터이다. 그러나 잉여향락에 의해 열린 자본주의 체계는 그 운동의 결과로 매번 끝없이 닫히며, 그 순간의 체계의 모순은 이데올로기적 환상에 의해 은폐된다. 이것이 변혁운동의 욕망(소설의 욕망)과 반대되는 방향의 자본주의의 영구적 혁명이다.

따라서 자본주의 영토의 증대, 그 교환가치 체계의 확장에 의한 비합리적 신화화로 인해, 잉여향락이 폭증하는 후기자본주의 시대에도 (모더니즘 시대의) 사람들의 낯선 두려움은 사라지지 않는다. 다만 환상적인 시뮬라크르들에 둘러싸여 그것이 감춰지고 비판적 사고가 마비될 뿐이다. 교환가치 체계의 광적인 확장으로 인해 진정한 소통은 더욱 불가능해지지만 성찰적 사고가 실종된 사람들은 이데올로기적 환상 속에서 거짓 화해를 연출한다.

우리의 경우 그런 후기자본주의가 시연될 수 있었던 것은 교환가치 체계의 비인간성을 해체하려는 민중(그리고 청년)의 운동이 1980년대까지 계속되었기 때문이다. 그러나 자본의 잉여향락 장치에 의해 민중들의 '가난이 도둑맞으면서'[35] 1990년대 이후 전사회의 자본주의화와 함께 민중들과 청년들의 유대는 해체된다. 즉 잉여향락의 욕구가 사람들의 유대의 욕망을 거세시킨 것이다.

자본주의적 욕망의 시대가 되었다고 민중들의 경제적 결핍이 해소된 것은 아니다. 더욱이 잉여향락과 욕망의 시대는 사람들의 유대의 열정을 '거세'시켜 더욱 '낯선 두려움'에 빠지게 만든다. 바로 이런 딜레마에 대응하기 위해 자본주의의 마법은 동화적 마법과 결합한다.

후기자본주의의 동화는 실제로 욕망을 누리지 못하는 사람들의 울분이 향락을 훔쳐간 사람들에게 쏠리도록 전개된다. 〈백설공주〉의 왕비(계모)와도 같이 향락을 훔치고 있는 후기자본주의 마녀는 사회주의자·불법 시위

---

[35] 박완서의 〈도둑맞은 가난〉은 1990년대 이후 전사회의 자본주의화의 예고편이다.

자·악플네티즌 등이다. 자본주의의 마법은 그런 마녀들은 제거하고 끝없이 잉여향락을 방출하여 왕궁과도 같은 사회를 만들 것이다. 이 후기자본주의 동화의 전지구적 판본은 '악의 축'과 싸우는 아메리칸 히어로(슈퍼맨, 배트맨, 아쿠아맨)의 '지구영웅전설'이다. 거세공포에 시달리는 아이들이 동화를 읽듯이, 이제 어른들은 낯선 두려움을 잊기 위해 '소설' 대신 '현실에서 공연되는 동화'에 빠져든다. 이것이 책과 스크린을 넘어서 현실 공간에서 상연되는 후기자본주의의 이데올로기적 환상이다.

아이들의 '동화**책**'과 달리 (후기자본주의) 어른들의 '**현실**의 동화'는 놀이 공간이 아닌 삶 자체의 영역에서 연출된다. '아이들의 동화'는 현실의 낯선 두려움을 잊기 위한 환상적인 놀이터이다. 반면에 '어른들의 동화'는 환상인 동시에 현실이기도 하다. 즉 그것은 〈변신〉의 벌레와 같은 낯선 두려움의 환상-현실에서 벗어나기 위한 모더니즘 우화의 후속편이다. 예컨대 후기자본주의의 마법은 낯선 두려움으로 벌레처럼 거세된 우리 자신을 죽은 백설공주가 눈을 뜨듯이 변신시켜줄 것이다.

후기자본주의 동화가 아이들의 동화와 구분되는 또 다른 점은 끊임없는 반복이 필요하다는 점이다. 아이들의 동화를 읽는 것은 애니미즘적 코드로 된 환상세계에 들어서는 것이다. 반면에 자본주의적 마법의 서사는 끝없는 자기갱신이 필요한 자본주의 현실에서 전개되며, 애니미즘과 유사한 마법이 발휘된다 해도 (초)코드화와 탈코드화의 반복이 전제조건이다. 즉 자본주의 마법에 의한 환상적 코드의 서사는 잉여향락을 낳는 탈코드화 운동의 결과로서 끝없는 서사적 자기갱신[36]이 없다면 향락의 유혹이 없는 (자본주의적) 현실은 더 이상 환상적 서사로 연출될 수 없다. 그 경우 마법 같은 서사에 의해 코드화된 현실은 모순을 은폐하는 동일성의 세계일 뿐이며, 즉

---

[36] 미래를 약속하는 새로운 신상품이 출현함에 따라 끊임없이 새로운 환상적 이야기가 연출되어야 하는 것이다.

시에 그에서 벗어나려는 탈코드화와 탈영토화의 운동에 직면할 것이다. 따라서 자본주의 이데올로기(서사)가 동화 같은 마법을 발휘하려면 자본의 운동처럼 매번 향락을 낳는 끊임없는 반복이 필요하다. 현실에서 공연되는 후기자본주의의 동화와 아메리칸 히어로의 영웅담은 할리우드 영화처럼 끝없이 새롭게 반복되어야 하는 것이다.

더욱이 〈백설공주〉나 〈신데렐라〉와 달리 근대사회에서 전개되는 후기자본주의의 동화는 사람들의 성찰적 사고를 완전히 마비시키지는 못한다. 사람들은 자신이 왕자나 공주가 될 수 없다는 것, 그리고 자본주의가 환상적으로 발전한다 해도 여전히 가난이 계속된다는 사실을 알고 있다. 다만 환상적 시뮬라크르가 끝없이 연출되는 이미지 사회에서 그들은 환상과 환멸의 동거를 경험하며 살아가는 것이다. 그리고 그처럼 현실 그 자체인 시뮬라크르[37]로 포위된 삶에서 이따금 실새계와 접촉하려는 열망을 느낄 뿐이나.

성찰적 사고를 소멸시키는 이미지 사회에서 자본주의를 비판하는 대서사와 연관된 소설(리얼리즘)은 더 이상 쓰여지기 어려워졌다. 그 대신 사람들이 환상과 환멸의 동거 속에서 살아가는 모습, 그리고 가끔씩 실재계에 대한 열망에 사로잡히는 심리가 그려진다. 그것이 바로 우리 시대에 겨우 살아남은 서사미학 포스트모던 소설이다. '아무 일도 일어나지 않는' 일상에서 생겨난 그 같은 소설의 이야기에는, 사람들의 진정으로 화해된 삶에 대한 소망이 숨겨져 있다.

그처럼 **소설이 불가능한 시대**에 쓰여진 포스트모던 소설이 바로 배수아의 작품들이다. 예컨대 배수아의 〈프린세스 안나〉에서는 디즈니의 스노 화이트가 허구적 동화가 아닌 현실 자체의 풍경으로 그려진다. 이 꿈 같은 현실의 풍경은 후기자본주의가 연출한 시뮬라크르에 다름이 아니다.

37　자본주의적 이데올로기로 작용하는 시뮬라크르는 향락을 미끼로 하면서도 실제로는 균열을 통해 드러낸 실재계를 은폐하는 기능을 한다.

아직 사람들이 커피 아이스크림으로 만든 어린아이용 생일 케이크나 초록빛 나는 청바지 회사의 향수에 익숙해지기 전의 일이다. 구두를 사기 위해서 쇼윈도를 지나가던 하얀 원피스를 입은 여자들이 컬이 들어간 내 머리칼과 속눈썹을 만지면서 지나간다. 호두가 든 새것인 아이스크림을 내미는 남자도 있었다. 푸른 배추를 배달해주는 사람은 엄마에게 말한다. 이 아기가 자라면 정말로 모든 사람들에게서 사랑을 받겠어요. 이 귀여운 눈동자를 좀 보세요.

어쩐지 디즈니의 스노 화이트를 보고 있는 것 같아.[38]

위에서 기억 속의 한 장면을 '스노 화이트 같다'고 말하는 것은 1990년대에 위치한 서술자아이다. '나'는 마치 TV의 애니메이션을 보듯이 현실에서 화사하게 연출되는 스노 화이트를 보고 있는 것이다. 백화점 쇼윈도 이외에 어린 '나'를 판타지 속으로 초대하는 것은 딸들을 '프린세스'로 호명하는 아버지이다. 아버지는 주문을 걸듯이 어린 딸들을 프린세스가 왕자와 결혼하는 판타지 속으로 끌어들인다.

이 같은 상황은 스노 화이트가 더 이상 동화나 TV화면의 판타지가 아니라 현실에서 공연되는 시뮬라크르가 되었음을 암시한다.[39] 이미지들의 연쇄를 통해 제시되는 이 동화적 분위기는 경험자아인 '나'(안나)가 너무 어리기 때문만은 아니다. 안나의 언니는 성인이 된 후에도 잘생기고 따뜻한 새 남자에게서 '자유와 향기'의 신비를 느낀다. 그녀는 아직도 동화 같은 환상 속에서 살아가고 있는 것이다. 물론 '안나'는 언니와 달리 성장의 모퉁이를 돌아서면서 어릴 때는 모르던 우울과 슬픔을 알게 된다. 어머니는

---

38 배수아, 〈프린세스 안나〉, 《바람인형》, 103쪽.

39 기억 속의 장면은 '나'의 어린 시절이지만 1990년대에 위치한 서술자아의 회상 속에서 그 장면은 판타지로 떠오른다.

집을 나가고 이모와 재혼했던 아버지는 미국으로 떠나버렸다. 야간 상업학교를 졸업한 언니는 무능한 형부 대신 새 남자에 들뜨지만 임신과 형부의 죽음으로 그림자가 드리워진다. 집안에는 우울이 가득하며 어디서도 프린세스가 왕자와 결혼하는 판타지는 이루어지지 않는 것이다.

성장한다는 것은 그처럼 판타지에 초대되는 동시에 실제로는 불행 속에서 결코 프린세스가 될 수 없다는 환멸에 이르는 과정이다. 후기자본주의의 삶은 그렇게 반복되는 판타지와 환멸의 동거 상태에 다름이 아니다. 그러면서도 〈프린세스 안나〉의 여자들은 매번 환멸로 귀결되는 판타지에서 벗어나지 못하는데, 그것은 현실의 삶이 후기자본주의의 환상적 시뮬라크르들로 에워싸여 있기 때문일 것이다. 즉 대서사가 사라진 1990년대 이후의 빈 공간을 동화·만화·할리우드 모험물 등으로 꾸며진 가상공간과 판타지가 점령해버린 것이다. 그 같은 환상적 시뮬라크르들은 창조적 상상력과 성찰적 사고를 거세시키고 사람들을 환상과 환멸의 반복회로에 빠뜨린다. 이것이 바로 소설을 대신한 후기자본주의의 이데올로기적 환상의 작용이다.

이데올로기는 환상이지만 그처럼 일상적 경험 양태를 결정함으로써 우리는 그것을 현실의 삶으로 받아들이게 된다.[40] 소설적 사유를 실종시키는 그런 (후기자본주의의) 이데올로기적 현실에 대한 대응물이 아마 우리 시대의 이미지 소설일 것이다. 이미지 소설은 화려한 이미지 사회의 외관과 그 속에서 살아가는 사람들의 우울한 삶을 그리는데, 여기에서는 쓸쓸한 환멸의 경험마저 이미지로 표현되는 것이 특징이다. 환멸의 정서마저 이미지로 표현되는 것은 이미지 사회에서는 성찰적 사고와 열정적 파토스가 거세됨으로써 사유와 감정이 배제된 메마른 이미지들만이 반사되기 때문이다. 이 경우 메마르고 피폐한 이미지들 자체가 우울과 환멸의 정서를 표상한다.[41]

---

40 지젝, 〈이데올로기라는 숭고한 대상〉, 앞의 책, 95쪽.

그처럼 정서와 사고마저 이미지화함으로써 소설은 보다 영화적이 되지만, 그런 경험형식은 화자(서술자아)와 인물(경험자아)의 유폐된 나르시시즘적 심리의 표현에 다름이 아니다.[42]

〈프린세스 안나〉에서도 전통적인 1인칭 주인공 소설과는 달리 경험자아가 서술자아에 접근할 때의 격정적인 심리상태가 나타나지 않는다. 1인칭 주인공 소설에서 그런 격정의 순간은 주인공이 균열과 상처를 경험하며 실재계에 접촉할 때 드러난다. 그러나 〈프린세스 안나〉 같은 이미지 소설에서는 그 같은 격렬한 정서 표현이 없으며, 격정 속에서 자아의 전체험을 성찰하는 중대한 순간[43]이 나타나지 않는다. 그것은 일상적 경험을 지배하는 후기자본주의의 이데올로기가 실재계와의 접촉을 봉쇄하고 있기 때문이다. 동화 같은 (후기자본주의의) 이데올로기적 서사는 실재계 차원의 향락을 제공하는 듯하면서도 실상은 그런 환상을 현실로 수용하는 순간 상징계의 균열과 실재계를 은폐한다. 그처럼 이데올로기는 잉여향락으로 유혹하며 균열을 뚫고 들어온 실재계에 대응하는 척하면서, 실제로는 그곳을 감추는 스크린 기능을 한다. 〈프린세스 안나〉에서처럼 이미지 사회(후기자본주의)의 사람들이 상처와 환멸을 경험하면서도 아무 일도 없는 듯이 답답하고 우울한 일상을 살아가는 것은 그 때문이다.

그럼에도 불구하고 이미지 소설이 여전히 소설일 수 있는 것은, 최소한의 성찰을 통해 그런 우울한 삶을 반성하고 그 순간에 실재계와 접촉하려는 열망을 드러내기 때문이다. 〈프린세스 안나〉에서도 경험자아(어린 '나')가 서술자아(화자)에 접근할수록 우울한 일상에 대한 반성과 실재계에 대한

---

41 배수아와 하성란의 이미지 소설이 대표적인 예들이다. 이들의 이미지 소설에 대해서는 이선영, 〈배수아의 이미지 소설연구〉(교원대 석사논문, 2010)와 문상미, 〈하성란의 이미지 소설연구〉(교원대 석사논문, 2010) 참조.
42 나병철, 《영화와 소설의 시점과 이미지》, 소명출판, 2009, 262~264쪽, 267~269쪽 참조.
43 전통적인 1인칭 주인공 소설에서는 이 순간이 경험자아가 서술자아로 전이되는 때이다.

열망이 표현된다. 성장의 모퉁이를 돌아선 안나('나')에게 세상의 낮은 환멸이고 권태이며[44], 그런 일상은 '이대로 전쟁이 나버렸으면'[45] 하는 충동에 사로잡히게 한다. 안나의 전쟁에 대한 그리움은 아무 일도 일어나지 않는 답답한 일상에서의 실재계에 대한 열망에 다름이 아니다.

주목할 것은 그 같은 안나의 실재계에 대한 열망이 비단 전쟁 같은 파국과 죽음에 관한 충동만은 아니라는 점이다. 이데올로기(판타지)로 포위된 현실이 사랑과 소통을 불가능하게 하는 점에서 그 환상의 벽에서 탈주하려는 충동에는 어떤 **진정한 관계에 대한 열정**이 포함되어 있다. 이처럼 '진짜' 사랑이 불가능한 현실에서는 이미지화되거나 상징화될 수 없는 사랑과 유대의 열망이 실재계로 밀려나 있는 것이다.

그 점에서 거리를 서성이는 안나와 핑크, 노아의 연대는 **실재계 공간**에 접촉하려는 열망 속에서 형성된 것으로 볼 수 있나. 그것은 안나가 핑크와 함께 빗속을 질주하며 '이 순간 전쟁이 나버렸으면' 하고 생각하는 점에서도 알 수 있다. 물론 안나와 핑크의 연대는 전쟁 같은 파괴의 형식과는 구분된다. 안나는 핑크는 물론 허약한 노아마저도 버리지 않고 언제까지 함께하려 한다. 그처럼 안나-핑크-노아의 관계는 이데올로기적 환상 속에 에워싸인 사람들에게서는 볼 수 없는 청년들의 연대를 보여준다. 집(상징계) 밖으로 탈주하는 이 실재계적 위치에서의 유대는 우리 성장소설에서 지속되고 있는 청년들의 사랑과 연대와 다르지 않다.

다만 안나와 핑크는 이데올로기로 포위된 현실에서 그와 유사한 판타지를 반복하며 탈주하고 있다. 즉 그들의 연대는 스노 화이트를 반복하며 이데올로기로 된 프린세스의 판타지에서 달아나고 있는 것이다. 여전히 안나는 공주이고 핑크는 왕자같이 강렬하다. 그러나 그들이 질주해가는 파라다

---

44 배수아, 〈프린세스 안나〉, 《바람인형》, 133쪽.
45 배수아, 위의 책, 130쪽.

이스는 왕궁에서 탈주한 검은 터널이다.

이처럼 새로운 청년들의 연대가 판타지 형식을 반복하는 점, 그리고 그들의 탈주가 어둠의 세계로 향하는 점은, 그만큼 환상적 시뮬라크르와 이데올로기의 외부를 발견하기 어려움을 암시한다. 당연히 스노 화이트를 반복하며 탈주하는 안나의 연대는 예전의 성장소설에서의 진정한 유대를 보여주지 못한다. 안나와 핑크의 파라다이스, 즉 그들의 검은 지하터널은 죽음과도 통해 있는 실재계의 어둠에 다름이 아니다.

그들은 아무 일도 일어나지 않는 우울한 이미지의 왕궁에서 탈출해 과거 성장소설의 청년들처럼 사랑과 유대를 나누려 한다. 하지만 안나와 핑크의 연대는 안나의 형부를 죽음에 이르게 한 검은 터널을 횡단할 뿐이다. 안나와 핑크는 우울한 세계에서 벗어나지만 그 같은 검은 해방은 진정한 탈주가 아니며, 청년들의 사랑도 이루어지지 않는다. 단지 그들의 연대는 '부정의 방식'으로 후기자본주의의 이데올로기에 구멍을 내고 있을 뿐이다. 즉 안나와 핑크가 보여주는 것은, 후기자본주의가 동화적 판타지를 만들수록 사람들은 환멸에 빠지며, 그런 우울한 삶에서 진정한 사랑을 꿈꾸는 사람은 죽음에 직면한다는 것이다.

그처럼 사람들을 우울에서 해방시키는 대가로 죽음의 함정에 빠지는 안나의 판타지는, 프린세스의 삶을 소망한 대가로 쓸쓸한 환멸을 겪는 **스노 화이트의 음화**인 셈이다. 어느 쪽에서도 진정한 사랑과 연대는 나타나지 않는다. 안나의 판타지는 후기자본주의의 판타지가 은폐했던 상징계의 구멍과 트라우마, 실재계의 파편들을 다시 노출시킬 뿐이다. 즉 우리는 모더니즘적 악몽의 후속편인 후기자본주의의 환상으로부터 다시 상처와 균열을 드러내는 전편으로 회귀할 따름이다.

다만 안나의 판타지는 모더니즘의 악몽과는 달리 '유대의 형식' 속에 사랑의 소망을 감추고 있다.[46] 향수 어린 청년들의 연대를 모방한 안나의 연대가 그 사랑을 밖으로 드러내지 못하는 것은, 현실의 내부와 외부 사이,

즉 상징계와 실재계의 틈새에서 진정한 유대의 공간을 발견하지 못하기 때문이다. 안나와 핑크는 실재계적 틈새를 균열된 현실 바깥의 어둠으로 경험하며, 그 음산한 지하세계에서 유대를 시도할 뿐이다.

그와 달리 진정한 유대의 공간의 탐색은 **현실의 균열에 대한 성찰**로부터 시작될 수 있을 것이다. 후기자본주의의 균열의 위치란 새로운 삶이 시작될 수 있는 해체의 위치이기도 하기 때문이다. 바로 그 해체와 생성의 지점에서 유대와 소통이 이루어질 때, 검은 세계를 서성이는 청년들의 연대는 어둠에서 벗어나 따뜻한 상호주체적 공간을 형성할 수 있을 것이다. 잃어버린 사랑과 연대의 열정은 그런 균열을 성찰하는 새로운 유대의 형식을 통해서만 다시 부활할 수 있을 것이다.[47]

4. 이데올로기적 환상의 균열과 혼종적 포스트모던 리얼리즘

〈프린세스 안나〉(배수아)와 《지구영웅전설》(박민규)의 공통점은 이데올로기적 환상의 서사를 반복하며 패러디한다는 점이다. 배수아의 소설이 후기자본주의 동화(스노 화이트)의 이본을 보여준다면 박민규는 그것의 전지구적 판본(슈퍼맨)을 비틀기한다. 그 같은 두 소설의 친연성에는 포스트모던 성장소설의 맥락이 놓여 있다.

---

46 모더니즘은 모나드적 자아의 내면 속에 사랑의 소망을 감추고 있다.

47 박민규의 소설에서 보듯이 진정한 유대와 사랑을 표현하기 위해서는 (균열을 탐색하는) 성찰적 사고와 대서사의 귀환이 필요하다.

동화나 만화 같은 이데올로기적 판타지가 대서사를 대신하는 시대에 성장소설은 어떻게 청년의 형식을 표현할 수 있을까. 〈프린세스 안나〉의 안나는 TV에서 스노 화이트를 보며 자라나고, 《지구영웅전설》의 '나'는 슈퍼맨의 노래를 따라 부르며 성장한다. 그처럼 안나와 '나'에게 TV는 1차적 나르시시즘[48]을 연장시켜주는 상상계적 공간이다. 그런데 그들은 조금 더 성장한 후에도 나르시시즘(2차적 나르시시즘)을 버리지 않고 자신의 공간에서 스노 화이트나 슈퍼맨을 연출하려 한다.

물론 안나와 '나'에게 실제 현실의 조건이 그런 환상의 그림에 접근해 있는 것은 아니다. 안나의 어머니는 집을 나가고 아버지는 미국으로 가버린다. 또한 '나'는 폐지수집하는 아버지와 계모 밑에서 우울하게 살아간다.

성장의 골목을 돌아서면서 환멸의 그림자가 더 짙어지지만 그들은 프린세스와 아메리칸 히어로의 꿈을 버리지 않는다. 안나는 핑크와 거리를 배회하면서도 프린세스처럼 파라다이스로 질주한다. '나'는 열두 살 때 자살을 시도하지만 슈퍼맨에게 구출되어 미국의 영웅들과 함께 생활한다. 이처럼 청년이 되어서도 어린 시절의 환상을 버리지 못하는 것이 예전의 성장소설과 구분되는 **나르시시즘적 주인공**의 특징이다.

그러나 나르시시즘적 주인공이 어린 시절 TV에 매혹되듯이 현실의 이데올로기(판타지)에 끌려들어가기만 하는 것은 아니다. 성장과정에서 환멸을 경험하는 나르시시즘적 주인공의 내면에는 진정한 화해와 사랑의 소망이 숨겨져 있다. 그런 사랑의 소망에 근거해 안나와 '나'는 이데올로기적 판타지를 반복하는 동시에 그로부터 이탈하는 경험을 한다.

이데올로기로부터 이탈한다는 것은 현실(상징계)의 균열과 실재계를 은폐하는 스크린(이데올로기)에 구멍을 내며 실재계의 어둠을 보여준다는 뜻이다. 안나와 '나'는 여전히 유년기 환상의 형식에서 맴도는 청년의 정신

---

48 어린 시절에 경험하는 나르시시즘을 말함.

이 빈약한 나르시시즘적 인물들이다. 하지만 그들은 판타지에 끌려들어가는 동시에 완전히 동화될 수 없는 (타자의) 위치에서 그것에 구멍을 내고 어둠의 공간을 횡단한다. 그처럼 타자의 위치에서 이데올로기에 상처를 냄으로써 안나와 '나'는 우리 성장소설의 **청년의 형식을 계승**한다.

〈프린세스 안나〉와 《지구영웅전설》의 차이점은 후자가 보다 더 이데올로기와 현실의 균열지점을 자세히 보여준다는 점이다. 〈프린세스 안나〉에서는 집 안과 집 밖, 상징계와 그 외부에서 두 가지의 스노 화이트가 공연되고 있다. 그러나 어디에서도 현실의 모순에 대한 서술은 나타나지 않으며, 안나의 판타지가 이데올로기적 환상의 음화로서 세계에 대한 부정적 인식을 드러낼 뿐이다. 반면에 《지구영웅전설》에서는 슈퍼맨의 판타지가 제3세계의 맥락(인물과 상황)에서 패러디되면서 이데올로기(그리고 현실)의 균열 상대를 보여주게 된다.

다양한 환상적 시뮬라크르들(그리고 이데올로기)이 상징계의 모순을 은폐하는 시대에 그처럼 환상의 형식을 패러디해 **현실의 균열**을 드러내는 것이 바로 박민규 소설의 독특한 특징이다. 그것이 가능한 것은 후기자본주의의 환상적 시뮬라크르들 속에 이미 **미시권력**이 작용하고 있음을 은밀히 **성찰**하기 때문일 것이다. 《지구영웅전설》은 DC코믹스[49]의 만화나 영화들 속에 보이지 않는 미시권력이 작동하고 있으며, 그런 판타지들이 실제 현실의 공간에서도 시뮬라크르로서 공연되고 있음을 암시한다. 또한 스크린과 현실에서 연출되는 그 같은 판타지들이 그 이면에 제국주의라는 억압적 **대서사**를 숨기고 있음을 폭로한다.

비록 이데올로기적 환상에 가려져 잘 보이지 않지만 그처럼 후기자본주의 시대에도 대서사가 물밑에서 작동되고 있으며, 그 수면 밑의 거대담론은 비판적 대항 담론(또 다른 대서사)을 억압하고 있는 것이다. 박민규의 소

---

[49] DC코믹스는 미국의 유명 만화업체로 슈퍼맨, 배트맨 등의 인기 캐릭터들을 보유하고 있다.

설들은, **대서사가** 시뮬라크르와 판타지들에 스며들어 **무의식 차원의 미시권력**으로 작용하고 있다는 점, 그리고 그런 은밀한 방식으로 여전히 대서사들의 권력관계[50]가 존재한다는 점을 드러낸다. 그처럼 심층(무의식 차원)으로 이동한 대서사들[51]의 투쟁을 무의식을 미학화한 포스트모던 방식으로 보여주는 것이 박민규의 새로운 소설이다.

《지구영웅전설》에서 보듯이, 그의 소설에서는 무의식과 연관된 포스트모던적 환상미학과 대서사와 관련된 리얼리즘이 혼종적으로 결합되고 있다. 즉《지구영웅전설》에서는 판타지와 성장소설이 혼성되는 가운데 그 틈새로 풍자·해학·현실비판이 끼어드는 잡종성이 연출된다. 이 같은 미학적 혼종성은 대서사 차원의 권력관계가 여전히 중요한 제3세계의 혼성적 포스트모던 문화와 연관된 것이다.

《지구영웅전설》에서 제국주의라는 대서사가 판타지를 통해 미시권력으로 작용한다는 점은 아메리칸 히어로들의 오리엔탈리즘적 시선을 통해 폭로된다. '내'가 열광적으로 매혹되었던 슈퍼맨의 '슈퍼'함 역시 그런 제국주의의 식민주의적 시선을 메커니즘으로 한 것이었다. 아메리칸 히어로의 '숭고'함을 앞세우는 이데올로기적 환상은 '나'에게 상징계 차원의 상상력을 뛰어넘는 향락(즐거움)을 제공한다. '나'는 지진아라는 열등감(상징계 차원)에서 벗어나기 위해 그런 숭고(슈퍼)함과 향락을 선물하는 슈퍼맨을 '모방'하려 한다. 슈퍼맨에게 구출되어 '정의의 본부'로 간 후에도 '나'는 아메리칸 히어로를 '흉내' 내려는 꿈을 버리지 않는다. 그러나 슈퍼맨의 모방은 미국 영웅들의 시선 아래서 '나'를 열등한 잡종인 바나나맨으로 만드는 데 그친다. '나'에게 더없는 향락을 제공한 슈퍼맨의 숭고함은, 그처럼 제3

---

50 예컨대 제국주의와 제3세계 민족주의의 갈등 같은 것을 말한다.

51 프레드릭 제임슨, 《포스트모던의 조건에 관하여》, 리오타르, 〈포스트모던의 조건〉, 앞의 책, 18쪽.

세계인('나')을 열등한 인종으로 바라보는 제국주의 이데올로기의 미학이었던 것이다.

그런데 후기자본주의 시대의 제국주의 이데올로기는 제3세계의 열등함에 초점을 두기보다는 백인 영웅의 숭고한 판타지를 만드는 데 전력한다. 그로 인해 '나'는 잡종(바나나맨)으로 전락한 후에도 슈퍼맨의 엄청난 매혹에서 나르시시즘적으로 벗어나지 못한다. '나'의 상상력을 뛰어넘는 슈퍼맨의 '숭고한' 매력은 자신을 잡종으로 보는 시선에 대한 '응시'[52]를 잠재우는 것이다. 이것이 판타지를 매개로 작용하는 후기자본주의 시대 제국주의 이데올로기의 새로운 메커니즘이다.

그러나 판타지의 매력이 아무리 강력하다 해도 제국주의의 일방적인 시선은 제3세계의 영역에서 필연적으로 분열된다. 이 소설은 그런 나르시시즘적 매혹과 타사(제3세계) 영역에서의 분열이 끊임없이 양가석으로 반복됨을 보여준다. 이 소설의 제국주의 비판은 '나'의 자각을 통해서가 아니라 그 같은 **판타지의 유혹**과 그 **균열**의 양가성을 객관적으로 재현하는 방식으로 제시된다. 따라서 '나'는 침묵하지만 판타지에 예속된 '내'가 경험하는 양가적인 분열의 상황을 통해 은밀히 제국주의의 시선이 비판된다.[53]

미국 영웅들의 제국주의적 시선은 '내'가 슈퍼맨을 모방하는 과정에서만 드러나는 것은 아니다. 본토의 영웅을 모방하려는 제3세계인은 고유성을 부인당하고 잡종(바나나맨)으로 취급되지만, 아예 모방을 통한 예속조차 거부하는 사람들은 '투 페이스'나 '펭귄'처럼 기형적인 악당으로 분류된다. 제국의 시선은 제3세계인의 차이를 기형으로 인식하여, 모방의 노력을 기울이는 사람은 잡종[54]으로, 그리고 그런 노력조차 않는 자들은 악당(펭귄)

---

52 응시란 라캉의 용어로 (일방적인) 시선에 동화되지 않는 이질적 타자에 부딪혀 되돌아오는 것을 말한다.

53 의사소통상의 아이러니적인 상황이 연출된다.

54 제국의 시선으로 본 잡종을 말함. 진정한 자율성을 얻은 제3세계의 혼종성(hybridity)은 그런

의 캐릭터로 만드는 것이다.[55]

　"좋아 펭귄."

　"뭐? 난 바나나야."

　"아, 그럼, 그럼. 미안해. 머리가 아파서 말이야. 바나나도 그 속에 속하는 거라 잠깐 착각을 한 거야."

　"바나나가 펭귄에 속한다고? 잠깐, 그런데 지금 말하는 게 악당 펭귄을 말하는 건 아니겠지?"

　"물론 악당 펭귄이지. 펭귄 역시 DC의 크리에이터들이 만들어낸 인물이니까. 물론 네가 악당이란 얘기는 절대 아니야. 단지 '기형'일 뿐이라는 얘기지."

　"기형이라고? 난 절대로 기형이 아니야."

　"이런 바보. 웨인에게 있어 모든 유색 인종은 기형이야. 종교가 달라도 기형일 수 있고…… 즉, 너희들은 나쁜 놈으로 분류될 가능성이 무지무지 높은 놈들이란 얘기지. 그런 분류를 위해 펭귄도 만들어낸 거고."

　"무지무지?"

　"무지무지!"[56]

　배트맨의 조력자 로빈[57]은 '나'를 잠시 악당 펭귄으로 착각한다. 배트맨(웨인)의 눈에는 바나나맨과 악당 펭귄은 본질적인 차이가 없는데, 왜냐하

시선에 대응하는 응시를 통해 고유성을 회복한 문화적 주체에서 생성된다.

55　이처럼 제국주의 시선을 폭로하는 과정은 풍자적 의미를 형성하는 서사적 맥락이 지속됨으로써 판타지가 알레고리화되는 경향을 드러낸다.

56　박민규, 《지구영웅전설》, 문학동네, 2003, 85~86쪽.

57　로빈은 영웅들 중의 하나이지만 그 역시 웨인(배트맨)에게 '마운틴'이라는 굴욕적 행위를 당하며 살아간다.

면 그 둘은 똑같이 백인이 될 수 없는 '기형적 인종'들이기 때문이다. 바나나맨이 잠시라도 판타지에서 깨어나 이데올로기적 영토에서 벗어난다면 그때는 불구적인 인종뿐만 아니라 악당이 되어버릴 것이다. 그것이 두려워 '나'는 침묵 속에서 대화를 중단하지만, '무지무지'라는 겁에 질린 '나'의 목소리에는 '왠지 모를' 어둠이 깃들어 있다. 이 의문부호(?)로 된 어둠의 목소리는 한순간 판타지가 균열되며 '알 수 없는' 실재계적 암흑으로부터 새로 나온 것일 터이다.

예속을 거부하는 제3세계를 악당으로 캐릭터화(정형화[58])하는 방식은 후기자본주의의 제국이 과거의 파시즘과 비슷한 메커니즘으로 권력을 행사함을 시사한다. 파시즘이 유태인을 희생양으로 했듯이 새로운 제국주의(혹은 제국[59])는 비타협적인 제3세계인을 지구인의 향락을 훔치는 악당으로 정형화한다. 새로운 제국주의가 파시즘과 다른 점은 선생과 폭력보다는 향락의 방식으로 전세계를 예속화한다는 점이다.

이 소설에서 미국 자본의 상징인 부르스 웨인은 배트맨으로 (악당과 싸우는) 행동하기에 앞서 '마운틴'이라는 방식으로 권력을 행사한다. 침팬지 세계에서 일종의 통치행위인 '마운틴'이란 후배위의 섹스 동작[60]을 말한다. 부르스 웨인은 돈의 힘을 이용해 전세계의 통치자들을 미국으로 불러 (혹은 각국을 순회하며) 마운틴한다. 미국의 '제국주의(대서사)'는 그처럼 **향락**인 동시에 **굴욕**인 마운틴의 방식으로 전세계에 '미시권력'의 그물망을 형성하는 것이다. 그런 마운틴을 거부하는 인물들은 향락을 도둑질하는 악당으로 분류되어 슈퍼맨이 정의의 이름으로 (힘[61]으로써) 응징한다.

---

58 정형화란 제국주의가 일방적인 시선으로 이질적인 제3세계인들을 폄하해서 바라보는 것을 말한다.
59 제국은 네그리의 용어로, 이전의 제국주의와 다른 점은 전세계적 네트워크를 통해 권력을 행사한다는 점이다.
60 마운틴은 섹스와는 달리 옷을 입은 채로 한다.

이 같은 돈과 힘에 근거한 전세계의 예속화는 반복적으로 계속된다. 슈퍼맨이 악당(나쁜 악당)을 응징해 '자유세계'의 영토를 넓히면, 부르스 웨인(배트맨[62])이 마운틴으로 체계를 세워 권력의 그물망을 형성한다. 그리고 원더우먼이 성적 욕망의 장치를 통해 전쟁 에너지를 낮추고 섹스 에너지를 높여 '정의'(힘의 체계)를 정착시킨다.[63] 아메리칸 히어로의 판타지[64]는 이 모든 과정을 향락의 유혹을 통해 숭고하게 장식하는 이데올로기일 것이다. 이 소설에서는 그처럼 새로운 제국주의가 향락과 판타지를 매개로 미시권력을 행사하는 방식이 암시된다.

아메리칸 히어로의 판타지는 마치 영화와도 같은 '숭고'[65]의 미학으로 제국주의의 추악한 이면을 감추는 이데올로기이다. 그러나 그런 판타지가 제3세계에서 연출될 때에는 어쩔 수 없이 균열을 드러낸다. 이 소설에서는 아이러니와 풍자의 방식으로 그 같은 균열이 시사된다.

'나'는 부르스 배너(헐크)와 휴가를 떠나던 중 쓰나미를 만나 멕시코 인디언 마을로 떠밀려오게 된다. 인디언 부락 여자는 부상당한 배너와 '나'를 열성적으로 치료해주었고, 그곳에서 만난 사파티스타 반군 마르코스는 '나'에게 좋은 인상을 남긴다. 그러나 '나'는 미국 영웅들이 주입해준 대로 그들이 '정의'를 모르는 '나쁜 무리'라는 인식에서 벗어나지 않으려 강박적으로 애를 쓴다.

---

61 힘은 정의의 다른 이름이다. 박민규, 《지구영웅전설》 앞의 책, 68쪽.

62 이 소설에서 배트맨은 주로 부르스 웨인으로 행동한다.

63 허은영, 〈박민규 소설에 나타난 포스트모던 리얼리즘 연구〉, 교원대 석사논문, 2009, 43쪽. 부르스 웨인(배트맨)과 슈퍼맨이 미국의 자본과 군사력을 상징한다면 아쿠아맨은 자유 무역을, 원더우먼은 섹스와 문화를 표상한다.

64 미국 영웅들에게 도취되게 하는 판타지임.

65 여기서의 숭고는 가짜 숭고이다. 왜냐하면 순화된 향락을 통해 실제로는 사람들을 더 넓혀진 자본주의 영토에 가두기 때문이다.

"이봐요. 날 좀 화나게 해 주세요."

역시나 놀란 소처럼 마르코스가 대답했다.

"왜?"

"하여간에 화나게 해달라고요. 때리거나 총을 쏘거나, 맘대로 말입니다.
제발!"

"싫어, 왜 그래야 하지?"

"오, 제발! 제발이요!"

끔벅끔벅, 트럭이 멈춰설 때까지 생각에 잠겨 있던 마르코스가 차에서
우리를 내려주며 말했다.

이쪽으로 곧장 걸어가면 본토로 갈 수 있어. 군인들을 만나면 캐나다대
사관으로 인계를 부탁해. 그럼 조심해서 가게, 친구들. 딴 생각하지 말고 말
이야! 그리고 한 갑씩의 담배를 주머니에 찔러준 후, 손을 흔들며 놀아샀나.

결국 희뿌연 먼지와 고무나무가 무성한 비포장도로 위에 남은 것은 박사
와 나 둘뿐이었다. 자존심이 상한 박사의 얼굴은 심하게 일그러져 있었고,
나는 이토록 신사적이고, 정중하고, 겸손하고, 간절한 청을 끝끝내 거부하
는 '나쁜 무리'들이 또 얼마나 나쁜 무리인가를 새삼 마음 깊이 되새길 뿐
이었다.[66]

위에서 '나'는 배너가 신사적이며 마르코스는 '나쁜 무리'라고 마음 깊
이 되새기고 있다. 그러나 그런 생각은 표면적인 의식의 차원에서 진행되
고 있을 뿐이다. 실제적으로는 마르코스의 배려 깊은 행동이 그려지고 있
고 신사적으로 말하는 배너는 폭력을 행사하려는 욕망으로 가득 차 있다.
배너(헐크)는 겉으로는 정중하고 겸손하게 말하고 있지만('화나게 해 주세
요') 그 이면에는 마르코스에게 폭력을 행사하겠다는 뜻이 담겨 있다. 이

---

66 박민규,《지구영웅전설》앞의 책, 139쪽.

같은 표면과 이면이 불일치하는 아이러니를 통해 배너와 미국 영웅들의 이중성이 풍자되고 있다.

미국 영웅의 '이상'은 '나쁜 무리'에게 정의의 힘을 행사하는 것인데 실제 '현실'에서는 친구처럼 우정 어린 사람(마르코스)에게 폭력을 쓰지 못해 조바심이 나 있는 것이다.[67] 손을 흔들어준 마르코스에게 얼굴을 일그러뜨린 배너의 모습은, 화나게 하지 않았다는 이유로 화를 내는 이중적인 자기 모순을 보여준다. 여기에서 정의를 표면에 내세운 미국의 이데올로기가 실제로는 폭력을 사용하려는 욕망으로 가득 차 있음이 풍자된다. 아메리칸 히어로의 판타지는 이처럼 제3세계의 실제 현실에서 연출될 때 아이러니하게 전복되며 스스로 균열을 드러낸다.[68]

그처럼 '나'는 미국 영웅들의 추악한 이면을 경험하지만 여전히 슈퍼영웅의 판타지에서 벗어나지는 못한다. '나'는 영웅들의 심부름을 하며 지내다 정신병원을 거쳐 한국으로 추방된 후에도 (DC 코디네이터들이 지정해준) 바나나맨의 포즈를 취하며 다시 판타지 공간으로 호출될 날만 기다린다. 이 점에서 이 소설은 성장소설로서는 아직 미완의 형식을 지니고 있다고 할 수 있다.

'나'는 유년기 TV 속의 환상에서 벗어나 현실에서 판타지의 이면을 경험하는 성장을 한다. 그러나 '나'는 그런 이면의 균열을 경험하면서도 다시 판타지에 도취되는 양가적인 상태를 반복한다. 실상 백인의 환상과 균열이 착종된 바나나맨이라는 '나'의 이중적인 존재 자체가 그 같은 잡종적인 양가성에 상응하는 것일 터이다.

물론 백인과 다른 '바나나맨'의 성장과정에서 판타지의 균열이 드러나

---

67 여기에서처럼 이상과 현실을 직접적으로 대조시키는 것이 풍자의 중요한 방법이다. 나병철, 《소설의 이해》, 문예출판사, 1998, 283~287쪽 참조.
68 이처럼 이상적 시나리오를 제3세계라는 다른 맥락에서 연출하여 풍자하는 점에서 이 소설은 아메리칸 히어로 판타지의 패러디라고 할 수 있다.

듯이, 열등한 혼종성의 이면에는 우월한 백인의 편집증적 환상을 뒤집는 잠재력이 포함되어 있다. 하지만 바나나맨이라는 혼종성에는 분명히 우리의 고유성을 부인하는 식민주의의 계기가 내포되어 있다. 그런 식민주의적 잡종에서 벗어나 **진정한 혼성성**(혼종성, hybridity)의 힘이 발휘되려면 아메리칸 히어로의 환상을 또 한번 뒤집는 모험(그리고 진정한 성장)[69]이 필요할 것이다. 그 같은 모험은 ('나'처럼) 이데올로기의 균열지점에 놓인 사람들(타자들)의 연대 속에서 전개될 수 있다.

즉, 열등한 바나나맨(잡종)이 아니라 **고유성을 되찾은 혼성성**에 근거해 백인의 동일성의 판타지를 전복시키는 사람들의 연대가 모색되어야 한다. 그 사람들은 햄버거 대신 '율무차'를 먹으면서 대립적인 정의의 힘 대신 사랑과 화해에 근거한 또 다른 판타지를 보여줄 것이다. 슈퍼맨처럼 지구를 지키면서도 오히려 슈퍼맨의 판타지를 전복시키는 그런 혼성성의 언내[70]가 그려질 때, 판타지와 리얼리즘을 기묘하게 뒤섞는 박민규 소설의 혼성성[71]은 더욱 빛을 발하게 될 것이다.

5. 이미지 사회와 나르시시즘적 욕망에 대한 비판

〈프린세스 안나〉와《지구영웅전설》은 후기자본주의의 이데올로기 공간에서 환상과 환멸의 양가성을 경험하는 사람들을 그리고 있다. 안나와

---

69 이 소설의 심사평에서도 또 한번의 뒤집기가 필요하다고 논의되고 있다.

70 이 같은 연대는 《아, 하세요 펠리컨》에서 암시된다.

71 새로운 연대의 혼성성과 미학적 혼성성의 공통점은 미국 중심의 제국주의적 세계화에서 타자의 위치에 있다는 점이다.

'나'는 결코 프린세스나 슈퍼 히어로가 될 수 없는 삶을 살면서도 스노 화이트와 슈퍼맨의 판타지에서 완전히 벗어나지는 못한다. 그만큼 이데올로기적 환상은 사람들을 끌어모으는 매력적인 이미지와 강력한 호명의 힘을 지니고 있다.

그런 이데올로기적 환상은 다양한 스펙터클적 장치와 시뮬라크르들로 구성되어 있다. 후기자본주의는 그 같은 이미지와 시뮬라크르들을 매개로 사람들이 인간관계를 맺는 사회이다. 그런데 이 스펙터클적 장치는 이데올로기적 환상서사(스노 화이트, 슈퍼맨)뿐만 아니라 그 환상 공간에서 연출된 물건과 사람의 이미지들로 구성되어 있다. 즉 사람들은 이데올로기적 환상**서사**에 유혹되기도 하지만 일차적으로는 **물건**과 **사람**의 이미지에 의해 이끌린다.

고독한 사람들이 다시 모이도록 그런 스펙터클 장치를 연출하는 것은 (앞서 살폈듯이) 잉여향락을 생산하는 자본주의 운동의 가속도이다. 숭고한 자본주의의 가속도는 유토피아적인 환상서사를 연출하는 동시에 사물들을 향락의 이미지로 포장한다. 자본주의를 한 편의 서사에 비유할 때, 전자가 이데올로기의 플롯의 측면이라면 후자는 인물과 배경(환경)의 측면일 것이다. 그 둘 중 앞의 것은 〈프린세스 안나〉와 《지구영웅전설》을 통해 살펴봤으므로 여기서는 뒤의 것과 연관된 소설들을 고찰해보자.

자본주의 운동은 우리를 유혹하는 잉여향락의 이미지들을 연출한다. 잉여향락이란 상품 이미지에 의해 환기되는 욕망으로서, 이 스펙터클 장치가 사람들을 모이게 하고 인간관계마저 그 이미지에 예속되게 한다. 즉 향락을 채워줄 듯한 상품과 물건의 이미지에 유혹되어 사람들이 모여들고 인간관계를 맺게 된다. 그리고 더 나아가 물건뿐 아니라 사람들마저 멋진 상품 같은 이미지로 연출되고 보여지게 된다. 즉 사람들은 상품처럼 자신의 이미지를 연출하면서 타인의 이미지를 물건처럼 소비하려는 욕망을 갖게 된다. 그것에 의해 생겨나는 것은 **상품화된 욕망**과 **나르시시즘적 환상**이다.

나르시시즘적 환상이란 우리가 상품에 대해 갖는 욕망을 말한다. 우리의 상품에 대한 욕망은 그 상품이 우리의 욕망을 거울에 비추듯이 충족시킨다는 환상에 의해 생겨난다. 사회의 전영역이 교환가치화된 후기자본주의에서 모든 사물들은 그런 상품 이미지에 의해 포장되어 있다. 그처럼 상품 이미지에 둘러싸인 사회는 사람들이 나르시시즘적 환상에 도취될 위험에 직면해 있다. 여기서는 비단 상품뿐만 아니라 문화, 지식, 사랑, 그리고 인간 자신마저도 상품 이미지화된다. 즉 인간관계마저 상품화되어 나르시시즘적 욕망에 의해 지배되는 것이다.

이 같은 이미지 사회에서는 이미지를 연출하는 사람들이 타인(이미지)에게 욕망을 갖고 관계를 맺지만 진정한 소통과 유대는 불가능해진다. 사람들은 자신의 욕망을 충족시켜주는 거울 같은 대상을 찾을 뿐 실제로는 아무도 보지 못하기 때문이다. 즉 사신의 욕망을 비춰주는 거울(대상)을 찾아 전전하며 나와 다른 타인의 고유한 개체성을 보지 못하게 된다.

이런 이미지 사회에서의 나르시시즘적 개인들의 욕망과 인간관계를 그린 소설에는 〈엘리베이터〉(송경아) 〈고압선〉(김영하) 〈깃발〉(하성란)이 있다.[72] 이제 후기자본주의의 나르시시즘적 욕망과 연관된 이 소설들을 차례로 살펴보자.

〈엘리베이터〉에서 고속의 엘리베이터는 자본주의의 가속도에 의한 삶의 현기증과 비슷한 감정이 느껴지는 공간이다. 그처럼 가속도에 의해 움직이는 엘리베이터는 (후기자본주의처럼) 사람들이 **모이는 공간**인 동시에 나르시시즘적 개체들의 **폐쇄된 공간**이기도 하다. 엘리베이터를 타고 있는 동안 우리는 각자의 내면에 몰입해 같이 타고 있는 타인들과 내적 관계를 갖지

---

[72] 〈프린세스 안나〉와 《지구영웅전설》이 이데올로기적 환상 속의 삶의 모습을 보여준다면, 〈엘리베이터〉〈고압선〉〈깃발〉은 이데올로기를 구성하는 이미지와 시뮬라크르 속에서 살아가는 사람들의 인간관계를 그리고 있다.

않는다. 그런 엘리베이터의 폐쇄성은 나르시시즘적 개인들이 다른 사람과 같이 있으면서 자기 자신의 욕망에만 몰두하는 것과 비슷하다. 따라서 엘리베이터에서는 아무런 사건도 벌어지지 않지만 또한 후기자본주의의 욕망과 관련된 모든 일이 일어난다.

인간관계에서마저 소비의 욕망이 작용하는 후기자본주의 사회는 타인을 욕망하는 동시에 자기 자신에 갇히는 나르시시즘적 개인들의 세계이다. 이미 살폈듯이 나르시시스트의 삶이란 자신의 욕망(소비의 욕망)을 타인을 통해 비춰보는 것이며 그로 인해 진정으로 타인을 보지 못한다. 또한 서로 간에 욕망을 비추는 거울이 되어 몰두하는 동안 다른 사람들은 아무도 보지 않는다. 이런 사회에서는 혼자서만, 그리고 자기네들끼리만 욕망의 이미지를 연출하고 타인에게서 그것을 찾을 뿐, 진정한 소통은 이루어지지 않는다. 욕망의 이미지에 빠져들지만 서로 눈도 마주치지 못하는 엘리베이터의 공간은 그런 나르시시스트들의 삶과 비슷하다.

엘리베이터 안에서는 어떤 풍경이 연출되는가. 젊은 회사원은 남의 시선을 의식하지 않고 계속 엘리베이터 걸의 등 뒤에서 집적거린다. 어떤 남자의 탐욕스러운 시선을 받고 있는 그물 스타킹의 여자는 손수건을 줍는 척하며 출렁거리는 가슴을 연출한다. 연인들은 목을 얼싸안고 포옹을 하며 절정으로 치닫는다. …그리고 노인들은 개를 잡아먹고 입을 쩝쩝거리며, 엄마는 어른의 비속어로 아이에게 동화를 읽어준다. 소설가는 여자를 유혹하는 동시에 발기가 되지 않는 무능함을 드러낸다.

이 모든 것은 **환상적인 욕망의 이미지**이자 실제로 벌어지는 **현실적인 일**들이기도 하다. 이처럼 엘리베이터에서는 후기자본주의의 이미지 사회에서 일어나는 모든 일이 연출된다. 그 공간에서 사람들은 타인을 통해 욕망의 이미지를 보고 있지만 그 이미지는 진정한 타인이 아니라 내 욕망의 대상으로서의 환상이다. 사람들이 타인을 통해 보고 있는 것은 실상은 서로 소통될 수 없는 자신과 타인의 나르시시즘적 욕망이며, 그것은 일종의 환상이지만 그런 **환상**으로 이루어진 **현실**을 살아가는 것이 바로 우리 시대이다.

나르시시즘적 환상이 현실이 된 사회에서는 서로 간의 내적 교류가 불가능하다. 엘리베이터 안에서 사람들이 서로 눈을 마주치는 것을 두려워하는 것은 진정한 시선의 교류가 불가능하기 때문이다. 사람들은 타인을 보면서도 자신만의 욕망에 눈이 멀거나 소통될 수 없는 타인의 욕망에 혐오감을 느끼는 것이다. 모든 것을 보는 동시에 보지 않는 이런 상황은, 사람들의 관계가 인간적인 교류가 불가능한 **상품 이미지**와 **욕망**으로 매개되는 탓이다.

등 뒤의 압력이 끝났음에도 자신의 사타구니 사이가 점점 더 축축해지는 것을 느끼며 엘리베이터 걸은 절망적으로 얼굴을 붉힌다. 그러나 크리스마스 선물처럼 차러 입은 옷색깔 사이에서, 붉은 얼굴색은 수지의 표정이 아니라 그 자체로 또 하나의 화장, 상품과 상품에 대한 욕망 사이의 보호색, 선물을 선물답게 하는 리본처럼 보인다. 엘리베이터가 일층에 도착하자마자 그녀는 선물상자에 담겨 어느 유력자의 집에 실려갈지도 모른다. 선물상자를 여는 남자 앞에, 숫처녀처럼, 다소곳이 서서 남자의 욕망을 받아들일 장난감이 되어.

…(중략)…

그녀는 아무도 보지 않는다고 생각하며 빨간 치마 위에 손바닥을 대고 힘주어 문질러 자위를 하기 시작한다. 아무도 보지 않는다. 모두가 자신의 갈망에 눈이 멀어, 이 안에서는 아무도 볼 수 없다.[73]

위에서처럼 수치심의 표정마저 또 하나의 화장, 즉 선물을 선물답게 하는 리본으로 연출된다. 엘리베이터로 은유되는 후기자본주의에서는 삶 자

---

73 송경아, 〈엘리베이터〉, 《엘리베이터》, 문학동네, 1998, 19쪽.

체가 상품 이미지이자 소비의 욕망이며 연출되지 않은 얼굴은 없는 것이다. 이미지 사회는 이처럼 진정한 맨얼굴을 밖으로 꺼내지 않는 상품화된 연출과 화장(가면)의 사회이기도 하다.

상품 이미지와 소비적인 욕망의 차원에서 교류가 이루어지는 사회에서는 타인을 보지 못할 뿐 아니라 타인의 시선을 의식하지도 않는다. 즉 자신의 욕망에 도취되어 모든 욕망의 눈길을 의식하는 동시에 진정한 시선은 아무것도 의식하지 않는 것이다. 엘리베이터걸이 아무도 보지 않는다고 생각하며 손바닥으로 자위를 하는 행위는 그 점을 집약적으로 상징한다. 모든 사람들은 자신과 타인의 이미지를 의식하지만 또한 아무런 시선도 느끼지 않고 자위를 하고 있는 셈이다.

이 같은 후기자본주의의 삶을 움직이고 있는 것은 **잉여향락**을 생산하는 자본주의의 **가속도**이다. 후기자본주의에서는 물건만이 상품이 아니라 사람들 자신이 상품이다. 그래서 잉여향락을 끊임없이 방사하는 상품 같은 이미지를 매개로 사람들은 서로의 이미지를 욕망하며 실상은 눈길도 주고받지 않은 채 모여 있는 것이다. 엘리베이터 안의 풍경 같은 이런 상황은 엘리베이터가 멎지 않는 동안에만 가능하다. 즉 서로를 탐닉하면서 아무도 보지 않는 그런 기묘한 삶은 자본주의와 엘리베이터의 가속도가 계속되어야 작동될 수 있다.

그러나 엘리베이터가 오르내리듯이 자본주의 역시 오르내린다. 욕망으로 과열된 엘리베이터는 바닥에 부딪히기도 하는데, 그 순간은 자본주의가 공황과 파산(IMF사태 등)을 경험하는 때이다. 엘리베이터는 '고철 정글'이 되고 그 곳에 탑승했던 사람들은 부상을 당해 시체가 된다. 상부구조의 영역마저 상품화된 시대에는 그처럼 자본주의(엘리베이터)의 외부는 없는 것이다. 파산자나 노숙자인 시체들은 간신히 계단을 기어 올라간다.

그리고 얼마쯤 시간이 지나면 부서진 엘리베이터는 경쾌하게 자신을 회복하며 다시 사람들을 모으려 움직이기 시작한다. 그처럼 엘리베이터가 움직여야만 사람들이 모여들고 욕망이 펼쳐지며, 엘리베이터 바깥에서는 죽은 듯이 시체처럼 살아가야 한다. 이제 '인간이 할 수 있는 것은 아무것'도 없다. 인간 대신 언제나 반복할 준비가 되어 있는 엘리베이터의 '가속도가 주인공'이 되었기 때문[74]이다.

이처럼 후기자본주의 사회를 엘리베이터로 은유하고 있는 이 소설에는 두 가지 종류의 환상이 그려진다. 하나는 엘리베이터가 움직일 때의 개인들의 나르시시즘적 환상이며, 다른 하나는 엘리베이터가 부서진 후의 시체의 환상이다. 전자가 후기자본주의의 사회적 공간에 모여든 사람들의 환상이라면, 후자는 그 사회에서 탈락한 거세된 사람들에 대한 환상이다.

나르시시즘적 환상은 타인들 앞에서도 상품 이미지처럼 표현될 수 있지만, 진정한 소통을 원하는 사람들에게 드러나면 수치심을 느끼게 하는 환상이다. 즉 엘리베이터 안에 모인 사람들의 성적 환상은 그런 유혹을 원하는 사람에게 뻔뻔스럽게 표현될 수 있으나, 또한 모든 사람에게 소통될 수는 없는 부끄러운 환상이다. 물론 그 이유는 그 같은 환상이 진정한 인간관계를 이루지 못하는 욕망에 지배되기 때문이다. 여기서 이미지 사회의 양면성이 나타난다. 나르시시즘적 개인들이 만연된 이미지 사회는 상품화된 욕망과 이미지(환상)를 매개로 사람들을 끌어모으면서도 진정한 소통은 불가능해진 세계이다.

그러나 이미지 사회에서는 그 욕망과 가속도 자체가 세계를 움직이는 유일한 주인공이 되어버렸다. 가속도란 잉여향락을 생산하는 장치인데, 그처럼 향락[75]의 방식으로 작동되는 이미지 사회에서는 모두가 자본주의의 예속에서 벗어나기 매우 어려운 것이다. 자본주의가 욕망과 상상력마저 지배하는 시대에는 그 가속도 기계(엘리베이터)에서 탈락한 사람들은 거세된

---

74 송경아, 위의 책, 26쪽.
75 나르시시즘적 환상도 그런 향락과 연관된다.

시체처럼 살아가게 된다.

이 후기자본주의 시대의 시체들은 거세공포에 시달리는 모더니즘 주인공들과도 비슷한 위치에 놓여 있다. 나르시시즘적 환상에 사로잡힌 사람들과는 달리 시체들은 사회의 균열과 실재계에 접촉하는 경험을 한다. 그러나 그 대가로 그들은 모더니즘의 악몽과도 같은 낯선 두려움을 수반하는 환상 속에서 살게 된다.

이처럼 후기자본주의 시대에는 두 가지 환상이 사람들을 지배한다. 하나는 향락의 유혹을 포함하면서도 실상은 실재계적 접촉이 은폐되는 나르시시즘적 환상[76]이며, 다른 하나는 실재계와 접촉하는 대가로 거세공포(낯선 두려움)에 시달리는 고독한 환상이다. 전자가 사람들을 모이게 하면서도 진정한 소통은 불가능한 '수치스러운' 환상이라면, 후자는 나르시시즘적 욕망에서 깨어나는 대가로 '낯선 두려움'을 느끼게 하는 고통스러운 환상이다. 뒤의 환상을 경험하는 사람들이 거세공포에서 벗어나려면 사회적 타자의 위치에서 다른 사람들과 유대를 형성해야 한다.

이 같은 이미지 사회의 안과 밖에서의 환상적 경험은 〈고압선〉(김영하)에서도 비슷하게 나타난다. 〈고압선〉의 주인공은 장정일이나 배수아 소설의 인물들처럼 자신의 욕망을 거울처럼 비춰줄 대상을 찾아 전전하는 사람은 아니다. 물론 이 소설의 주인공 역시 포르노 속 여자 같은 성적 대상을 그리워하는 나르시시즘적 환상을 갖고 있다. 그러나 은행원인 그('남자')는 그런 환상과는 달리, 빈약한 몸매의 아내와 살면서 감원의 불안 속에서 메마른 일상을 보낸다. 이처럼 환상과 답답한 일상을 함께 경험하며 살아가는 것이 후기자본주의의 대다수 사람들의 삶일 것이다.

그러던 그는 어느 날 예전에 짝사랑했던 여자를 다시 만난다. 그녀는 아

---

76 후기자본주의 시대 사람들은 개인의 차원에서는 나르시시즘 환상을 경험하며 사회적 차원에서는 이데올로기적 환상을 경험한다.

내와는 달리 가슴이 크고 동그란 여자였다. 그녀는 다시 만난 그와의 정사에서 소리를 질러대고 그의 허리를 조인다. 그녀는 그의 환상이었던 포르노 속의 여자였으며 빈약한 아내에게 경험할 수 없던 잉여향락이었던 셈이다. 그날 이후 그는 '포르노를 처음 본 소년처럼'[77] 그녀의 환상에 빠져 하루 종일 시간을 보낸다.

포르노 속의 여자와 그녀가 다른 점은 그가 예전부터 지금까지 유난히 그녀를 마음에 두고 있었다는 점이다. 만일 그가 그녀를 포르노의 여자처럼 다른 대상으로 대신할 수 있는 존재로 여겼다면 예상치 못한 위험에서 벗어날 수 있었을 것이다. 하지만 그는 그녀의 큰 젖가슴과 엉덩이를 포르노 같은 잉여향락으로 느낀 동시에 그 이상의 의미로 생각하고 있었다. 그녀의 특별한 의미는 그가 자신의 존재를 잃어가고 있으면서도 그녀를 지우지 못하는 데서 드러난다.

그처럼 자신의 존재가 허물어지면서도 자기 안에 들어온 타자를 버리지 못하는 것이 아마 사랑일 것이다. 물론 그는 자신의 위기를 감지한 후 의식적으로 그녀를 사랑하지 않으려고 노력한다. 위기의 징후는 그가 그녀에게 사랑한다고 말했을 때 나타났다. 그가 사랑이라는 말을 꺼내자 갑자기 방 안의 공기가 싸늘해지며 그녀는 섬뜩해했다. 섹스는 가능하지만 사랑은 불가능한 사회에서 그처럼 사랑은 이미지화(상징화)될 수 없는 외부(실재계)로 밀려나 있었던 것이다. 이미지 사회에서 이미지화될 수 없는 것(사랑)에 몰두한 그는 그 사회의 외부로 밀려나는 운명에 처하게 된다. 즉 그는 이미지 사회의 상징계로부터 보이지 않는 실재계로 떠밀려가게 된다.

자신의 이미지가 지워지고 있다는 것을 안 그는 위기에서 벗어나기 위해 그녀를 사랑하지 않으려 애를 쓴다. 그러나 그가 이미지를 되찾기 위해 노력하는 것 자체가 그녀에게 가기 위한 것이었으며, 그처럼 자신이 지워

---

77 김영하, 〈고압선〉, 《엘리베이터에 낀 그 남자는 어떻게 되었나》, 문학과지성사, 1999, 224쪽.

지면서도 자기 안의 타자를 지우지 못하는 것이 바로 사랑이었다. 아이러니하게도 그는 그녀를 사랑하지 않으려 할수록 실상은 (무의식적으로는) 그녀를 사랑하고 있는 셈이었다. 그 때문에 그는 지워진 존재를 되찾으려 할수록 더 존재를 잃어버릴 수밖에 없었다.

어머, 여기 있었는데 왜 안 보였지? 근데 너 좀 이상해, 잘 안 보여. 어두워서 그런가? 불 켤까? 남자는 그러지 말라고 했다. 남은 콜라를 마저 마시고 두 사람은 다시 어두운 침실로 돌아가 누웠다. 모든 게 확실해졌다. 남자는 점점 희미해지고 있었다.[78]

그는 투명인간이 되어서도 그녀의 아파트를 찾아간다. 그러나 그는 그녀가 예전의 남자인 B와 함께 있는 것을 보게 된다. 그녀는 사라진 그의 자리에 B를 채워 넣었고 B와 그녀는 전날 그가 했던 행동을 **거울처럼** 반복한다. 이처럼 나르시시스트의 사회에서는 대상이 바뀌어도 똑같은 욕망이 거울에 비치듯이 반복되는 것이다. 거울처럼 반복될 수 없는 것은 그녀를 사랑한 죄로 나르시시스트 세계에서 추방된 '그' 뿐이다. 그 이유는 **사랑**이란 (상품과는 달리) 동일한 반복이 불가능한 이질적 타자와 관계하는 욕망이며, 그것은 타자의 이질성을 존중하지 않는 **이미지 사회**에서는 가질 수 없는 욕망이기 때문이다.

이 소설에서 역시 이미지 사회의 내부와 외부에서 두 가지 환상이 나타난다. 하나는 포르노 같은 이미지의 성적 환상이며 다른 하나는 이미지가 지워진 거세된 존재의 환상이다. 물론 이 소설에서 앞의 환상은 실제로 현실 자체에서도 경험된다. 그것은 이미지 사회란 **환상**이 **현실**의 한 부분을 구성하는 세계이기 때문이다. 그런 환상은 진정한 소통을 불가능하게 하는

---

78 김영하, 위의 책, 238쪽.

나르시시즘적 환상이며, 그것에 의해 현실의 균열과 실재계적 상처는 은폐된다. 반면에 이미지 세계에서 추방된 지워진 존재는 낯선 두려움 속에서 실재계와 접촉하면서, 진정한 사랑 없이 물화된 욕망만을 거울처럼 반복하는 이미지 사회를 폭로한다.

후기자본주의의 환상적인 이미지와 그 이면의 균열을 함께 보여주는 또 다른 소설은 〈깃발〉(하성란)이다. 이 소설에서는 고층빌딩 광고판과 쇼윈도 유리창, 호텔의 전신거울 등이 상품화된 욕망의 이미지를 연출하는 매개물로 그려진다. 이 매개물들은 자본주의의 환상적인 시뮬라크르들을 만드는 상징적인 장치들이다.

액자 형식인 이 소설 내화[79]의 '나'는 매일 아침 만원 버스에서 고층빌딩 광고탑의 비키니 차림의 여자를 올려다본다. 여자는 목에 꽃목걸이를 걸고 지상의 낙원 하와이로 오라고 유혹하고 있다. 어느새 '나'는 이 광고판의 여자가 자기에게 미소를 보내는 실제 현실의 여자처럼 느껴지기 시작한다.

이 소설에서 환상적인 이미지를 연출하는 또 다른 장치는 자동차 영업소의 쇼윈도이다. 명품 크라이슬러 영업소의 세일즈맨인 '나'는 매일 쇼윈도 유리창을 닦는 데 많은 시간을 보낸다. 그만큼 영업소에서 유리창은 중요한데, 쇼윈도를 통해 지나가던 사람들이 원반 위에서 돌아가는 승용차를 홀린 듯이 들여다보기 때문이다.

그러나 이런 환상적이 이미지들은 그 이면에 어두운 그늘을 감추고 있다. 쇼윈도는 환상을 보여주지만 그것은 유리창 안쪽에서 연출된 효과에 의해 일방적인 시선의 만족을 제공할 뿐이다. 즉 쇼윈도 유리창은 상호소통을 위한 것이 아니라 보는 사람의 욕망을 거울처럼 비춰주는 이미지 연출의 매개체이다. 따라서 사람들은 쇼윈도를 통해 환상에 빠지지만 그것은 자기 자신의 일방적인 시선에 의한 나르시시즘적 만족일 뿐이다. 또한 유

---

[79] 이 소설의 내화는 일기의 내용으로 되어 있다.

리창 안쪽의 사람들은 상품화되고 계산된 이미지를 연출하기 위해 빈틈없는 행동을 보여야 한다. 영업 사원인 '나'는 통유리로 된 쇼윈도 안쪽에서 사소한 '인간적인 행동'도 할 수 없으며 철저히 모든 것을 보여지기 위한 쇼로서 연출해야 한다.[80]

이 같은 자본주의의 환상적 이미지의 이중성은 그 이미지가 상품화되고 물화된 욕망에 근거한 것이기 때문이다. 따라서 환상적인 이미지와 시뮬라크르가 연출되는 모든 곳에서 그 같은 이중성이 발견된다. '나'는 아침마다 위안을 주었던 고층빌딩 광고탑의 여자로부터도 이면에 숨겨진 균열과 어둠을 경험하게 된다.

일요일 당직 날 유리를 닦고 있는데 어떤 여자의 모습이 그곳에 흐릿하게 반사되고 있었다. 안으로 들어온 그 여자는 뜻밖에 하와이 여행광고의 모델이었고, 말하자면 광고판 안의 여자가 '나'의 영업소로 걸어 들어온 셈이었다. 그녀가 크라이슬러에 매혹되어 있는 동안[81] '나'는 그와 비슷하게 그녀의 매력에 빠져들고 있었다.

그녀는 이민재라는 '한창 뜨는 모델'이었는데, 어느 날 '나'는 호텔 복도에서 늙은 중년남자와 함께한 그녀를 목격한다. '나'는 두 사람으로부터 등을 돌리고 있었지만 전신거울을 통해 모든 것을 볼 수 있었다. 전신거울 안쪽은 그들만의 욕망의 세계였고 그 바깥의 '나'는 그들의 추한 모습을 볼 수 있을 뿐이었다. 두 사람은 서로의 욕망을 비춰주는 **거울의 세계**로 걸어 들어갔지만 '나'는 그 바깥에서 어디에도 '나'의 욕망이 비춰지지 않는 균열을 발견한 것이다.

'내'가 그런 균열을 경험한 것은 '나'의 욕망이 이민재나 중년 남자와는

---

80 '나'는 크라이슬러를 위한 부속품으로 행동해야 하는데 여기서 사물과 인간의 관계가 전도되는 아이러니가 나타난다. 문상미, 〈하성란의 이미지 소설 연구〉, 교원대 석사논문, 2010, 33~34쪽 참조.
81 크라이슬러는 구형 르망 GTI를 타고 있는 이민재에게 잉여향락의 대상인 셈이다.

달리 '인간적인 소통'을 원하고 있었음을 암시한다. '나'는 집으로 돌아오는 버스 안에서 꿈을 꾸는데, 꿈속의 광고판에는 칼로 도려낸 듯 여자가 사라진 채 흰 테두리만 남아 있었다. 이민재는 더 이상 '나'의 환상의 대상이 되지 못하며 자본주의 사회가 연출하는 이미지의 균열을 보여줄 뿐이다.

이민재가 다시 영업소에 들렀을 때 '나'는 그녀를 태우고 시승을 했는데, 유리가 없는 줄 착각하고 도로로 질주해 창을 깨뜨린다. 환상을 일으키도록 너무 공들여 닦은 탓에 유리창은 착각을 유발하고 깨져버린 것이다. 여기서 깨진 유리창은 **현실과 환상 사이의 균열**에 다름이 아니다. 자본주의의 환상이란 개인의 내면의 욕망을 거울 같은 유리(쇼윈도)를 매개로 비춰주는 것으로[82], 그런 환상은 마치 유리가 없는 것처럼 느껴질 때 현실적이 된다. 그러나 그것은 현실의 균열을 (쇼윈도 유리를 매개로 연출되는) 환상을 통해 감추는 것이며, 실제 현실에서 (환상의 매개체인) 유리를 무시하면[83] 환상은 깨지고 균열이 경험된다.

이처럼 '나'는 환상과 균열의 이중성을 겪고 있는 문제적 인물임을 알 수 있다. '나'는 여전히 버스 정체 구역에서 광고판의 여자를 올려다보지만, 버스의 혼잡 속에서 깨진 안경을 통해 다섯 명의 여자를 보게 된다. 환상을 현실로 착각하게 하던 여자의 이미지가 분열된 것이다.

외화 부분에 나타난 그 뒤의 '나'(사내)의 행동은 전신주 위에 올라가 옷을 벗어 걸고 사라진 것으로 되어 있다. 그로 인해 정전사고가 일어나지만 전신주 꼭대기에는 사내('나')의 팬티가 깃발처럼 나부끼고 있다. 정전사고는 후기자본주의의 일시적 정지이며 사내의 팬티의 깃발은 탈주의 상징이다. 또한 '전신주'에 깃발을 꽂는 행위는 〈고압선〉의 남자의 사랑처럼 위험

---

82 유리 너머의 대상은 현실에서는 채워지지 않는 (결핍된) 욕망을 충족시켜주는 듯 느껴지는데, 이는 마치 '나'의 욕망이 쇼윈도에 비쳐져 환상적으로 충족되는 듯한 심리이다.

83 나르시시즘적 욕망의 매체인 유리를 무시한 것은 '나'의 무의식 속에 그런 물화된 욕망을 넘어서는 차원이 있음을 암시한다.

한 욕망[84]의 표현이다. 그런 욕망을 표현한 후 〈고압선〉의 남자가 지워진 존재로 떠돌듯이 〈깃발〉의 사내는 알몸으로 사라져버렸다. 그러나 〈깃발〉이 〈고압선〉과 다른 점은 사내의 일기가 외화의 '나'로 하여금 자신도 깃발('내 깃발')을 꽂고 싶은 충동을 불러일으킨 점이다. 여기서는 **탈주의 욕망**이 **유대의 욕망**으로 전이되고 있다. 물화된 욕망에 지배되어 진정한 주체를 잃어버린 시대에 그처럼 '나'의 깃발을 다시 꽂기 위해서는 유대를 통해 타자와의 관계를 되찾아야 할 것이다.

6. 차연과 환상, 그리고 탈주와 유대의 욕망

자본주의는 교환가치(돈)라는 동일성 원리에 근거한 사회체계이다. 교환가치는 모든 고유한 질적 가치를 돈의 가치로 동일화한다. 그러나 자본주의는 공시적으로 정태적인 동일성의 체계는 아니다. 자본주의는 동일성 체계를 부정하는 요소가 계속 나타남으로써 끝없는 자기갱신의 운동 속에서만 유지될 수 있다. 그 점에서 자본주의는 인류 역사상 최초로 등장한 통시적인 사회적 기계[85]라고 할 수 있다.

자본주의의 일상적 국면은 동일성이 아닌 해체의 위기 상태이며 사후적으로만 안정적인 동일성 체계가 된다. 이처럼 통시성으로 끝없이 미끄러지는 자본주의의 운동[86]은 마치 차연과도 비슷하다. 그러나 이 차연의 운동은

---

84 이 욕망은 후기자본주의 사회의 상품화된 욕망을 넘어서는 차원을 지니고 있다.

85 들뢰즈·가타리, 최명관 역, 《앙띠 오이디푸스》, 민음사, 1994, 334~335쪽.

86 마이클 라이언, 나병철·이경훈 역, 《해체론과 변증법》, 평민사, 1994, 187쪽.

능동적인 해체와는 달리 '동일자의 영원 회귀의 운동'이다. 즉 안정된 동일성 체계에서 미끄러지는 자본주의의 운동은 교환가치라는 동일성 원리에 대한 무한한 충동[87]에 의한 것이다. 자본의 운동은 시작과 끝이 모두 화폐(교환가치)이며 그로 인해 잉여가치[88]를 낳으려는 이 운동은 무제한적이 된다.[89]

자본주의의 역설은 교환가치가 사회의 기반이 되려면 가치의 증식이 있어야 하는데, 그 같은 잉여가치의 증식 운동은 원리상 끝없이 계속되어야 한다는 것이다. 또한 매번 자본주의를 부정하는 요소에 부딪히게 되며, 그 때문에 끊임없는 자기갱신이 필요하게 된다. 그러나 그런 자기 혁명은 동일성 체계를 유지하려는 목적으로 자본을 부정하는 요소를 회유하기 위한 것이다. 이 점이 자본주의 운동이 차연과 유사하면서도 해체적이고 혁명적인 **차연**과는 다른 점이다.

자본주의의 운동은 단순히 정치경제적 체계만은 아니며 그 속에 인간관계 자체를 포함하고 있다. 그러나 그런 인간관계를 포함해서 자본의 운동은 사회의 객관적인 측면이다. 반면에 인간 주체의 측면에서 그와 비슷한 또 다른 '동일자의 영원회귀의 운동'이 있다. 프로이트와 라캉이 말한 욕동(Trieb, 충동)의 운동이 바로 그것이다.[90]

자본의 운동이 끝없이 계속되는 것은 상징계(동일성 체계) 안에 포괄될 수 없는 (어떤 대상의) 실재계적 잔여물이 남아 있기 때문이라고 할 수 있다. 그 같은 실재계적 잔여물이 바로 **대상 a**(라캉)이다. 이 점에서 지젝은 마르

---

87 마르크스, 김영민 역, 《자본》 1-1, 이론과실천, 1987, 183쪽

88 잉여가치란 교환가치의 자기증식을 말한다. 돈이 돈을 낳는 것, 즉 잉여가치를 낳는 자기증식 과정을 통해 교환가치(화폐)는 자본이 된다. 이 자기증식 운동이 계속되어야만 자본주의의 동일성 체계가 유지될 수 있다. 마르크스, 위의 책, 180쪽.

89 마르크스, 위의 책, 181~182쪽

90 욕동의 운동을 '동일자의 영원 회귀'로 말한 논의로는 지젝, 김종주 역, 《환상의 돌림병》, 인간사랑, 2002, 65~69쪽.

크스가 말한 자본의 운동이란 대상 a의 위상학이라고 설명한다.[91] 잉여가치를 낳는 끝없는 운동은 대상 a의 주변을 맴도는 것에서 다시 동일성 체계(교환가치, 상징계)로 되돌아가는 일을 반복한다. 한 번의 운동 후에도 대상 a는 여전히 상징계 외부에 남아 있으므로 그것을 둘러싼 자본의 운동은 끝없이 계속된다. **잉여향락**의 운동 역시 그런 **잉여가치**의 운동과 상동적인 관계에 있다. 늘상 충족되지 않는 (결여 상태의) 욕망은 잉여향락의 운동을 발생시키는 데 그런 활동 후에도 잔여물(a)이 계속 남게 되고 a를 둘러싼 운동은 끝없이 반복된다.

잉여가치나 잉여향락의 운동과 비슷하면서도 근본적으로 다른 것이 바로 **욕동의 운동**이다. 잉여가치와 잉여향락의 운동은 결국 동일성의 체계(교환가치체계)로 돌아오며 그 과정에서 교환가치를 지닌 대상(상품)을 만들게 된다. 욕동 역시 실제계적 잔여물(대상 a)을 맴돈 후 다시 상징계로 되돌아오는 운동을 반복한다. 잉여가치의 운동이나 욕동의 운동은 비슷하게 '동일자의 영원회귀'인 것이다. 그러나 잉여가치–향락의 운동이 동일성(교환가치) 체계를 유지하려는 충동이라면, 욕동(또다른 충동)은 대상 a의 응시에 대한 갈망이 추동력이 된다.[92]

그 둘의 차이는 운동이 관계하는 것이 **상품** 같은 것이냐 **인간**이냐의 차이이다. 상품과 관계될 때는 교환가치화되지 않은 요소(대상 a)가 남겨질 때 결여상태나 위기 속에서 그것을 상품화하려는 운동이 계속된다. 반면에 인간과 관계될 때는 동일화될 수 없는 이질성(대상 a)이 있을 때 그것에 부딪혀 되돌아오는 응시를 갈망하는 운동이 계속된다. 즉 전자의 추동력은 **동일화**와 **교환가치**의 충동이며, 후자는 **응시**와 **교섭**(negotiation)[93] 갈망이다.

---

91 지젝, 이수련 역,《이데올로기라는 숭고한 대상》, 인간사랑, 2002, 96~101쪽.

92 라캉, 맹정현·이수련 역,《세미나》11, 새물결, 2008, 297쪽.

93 교섭은 하나로 동일화 될 수 없는 이질적 타자와 접촉하는 것으로 틈새의 공간에서 동일성을 해체하며 이루어진다.

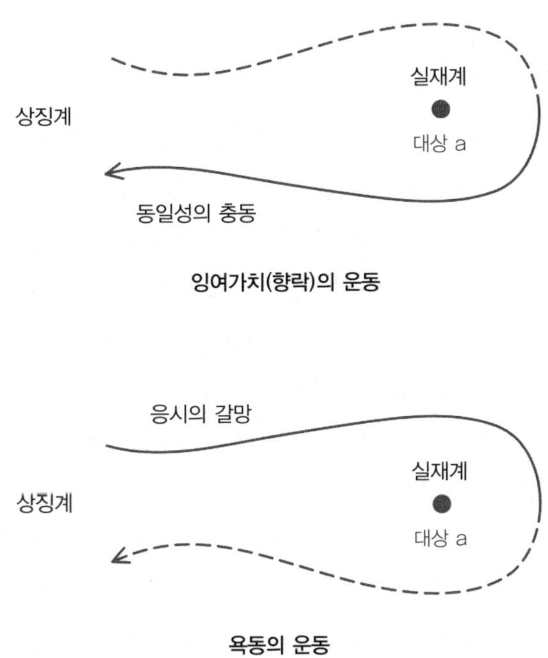

이 같은 차이는 우리가 상품처럼 대상을 대할 때와 (상호관계에 있는) 이질적인 타인을 대면할 때의 차이에 상응한다. 전자의 경우 우리는 자신의 욕망을 거울처럼 비춰주는 대상(물건, 사람)을 원한다. 이것이 바로 동일성의 욕망[94]이다. 반면에 후자에서는 타인의 이질성과 교섭하기를 원한다. 이것이 라캉이 말한 응시의 갈망이다.[95] 동일성의 욕망은 대상을 통해 자신이

---

94 이 동일성의 욕망은 나르시시즘의 욕망과 비슷하다.
95 라캉, 앞의 책, 294~295쪽.

원하는 것을 충족시키려는 일방적인 심리이다. 반면에 응시의 갈망은 관계적인 것이며 타인의 이질성에 의한 틈새가 형성되는 심리이다.

동일성의 욕망의 경우에도 완전한 충족은 불가능하며[96] 그런 결핍에 의해 잉여향락을 위한 운동이 계속된다. 물론 새로 만들거나 발견한 사물(물건, 사람) 역시 대상 a를 포함하지는 못하므로 결핍은 채워지지 않는다. 그러나 새로운 대상은 잉여향락을 담은 듯한 이미지를 갖고 있는데 그것이 바로 환상이다. 따라서 **욕망의 대상**[97]은 여전히 결핍(그리고 균열)이 있으나 마치 채워진 듯이 느껴지게 하는 **환상**인 것이다. 환상은 결핍(균열)을 은폐하며 욕망의 주체가 향락에 빠져드는 것을 막는 스크린이다.

욕망은 환상에 의해 유지되지만 또한 그 스크린에 의해 향락과 실재계적 영역(금지된 영역)으로 넘어가지 못한다.[98] 반면에 **욕동**은 응시에 대한 갈망으로 인해 환상을 넘어서서 알 수 없는 영역으로 들어선다. 물론 욕동 역시 타자(대상 a)의 응답을 구하지 못하고 되돌아오는 순환을 반복한다.

욕동의 기관은 육체의 기관과 구분되는 **리비도**에 위치하며 사회적 신체와 다른 **생명체** 쪽에서 본래의 모습을 드러낸다.[99] 그러나 욕동의 순환은 자본주의 사회에서는 환상의 스크린에 걸려 욕망(동일성의 욕망)으로 분리된다. 또한 리비도의 생명체가 사회적으로 기관화된 신체와 극도의 부조화를 보일 때 욕동은 죽음충동(욕동)이 된다. 모더니즘에 나타나는 죽음충동

---

96 그 점에서 동일성의 욕망은 결핍의 욕망이기도 하며 라캉의 욕망은 그런 차원의 심리이다. 따라서 욕망의 대상은 항상 결핍이 채워진 듯한 환상으로 나타난다. 반면에 들뢰즈의 욕망은 동일성의 세계에서 벗어나려는 탈주의 욕망이다.

97 욕망의 대상은 반드시 물건만은 아니다. 그러나 자본주의 사회에서는 타인에 대한 욕망도 동일성 원리에 의해 구조화된 것으로 작용한다.

98 이 점에서 라캉의 욕망은 들뢰즈의 탈주의 욕망과 구분된다. 라캉의 욕망 역시 대상 a에 의해 추동되지만 환상에 의해 금지의 그물에 걸리는 점에서 그 그물을 넘어서는 욕동이나 들뢰즈의 탈주의 욕망과 다르다. 욕동과 들뢰즈의 욕망과의 차이는 전자가 대상 a를 돌아 순환한다는 점이다.

99 라캉, 앞의 책, 299쪽, 308쪽.

이 바로 그런 경우이다.

그런데 자본주의 사회에서는 상품에 대한 관계는 물론 인간관계마저 동일성의 욕망에 지배되는 경향이 있다. 이는 욕동의 운동이 환상의 스크린에 걸려 향락과 실재계적 영역으로 넘어가지 못하는 경우이다. 따라서 자본주의 사회에서는 욕망이 환상을 그 대상으로 갖는 **나르시시즘의 장**이 형성되기 쉽다. 자본주의 사회에서 나르시시즘의 장이 형성되는 것은 비단 오늘날의 문제만은 아니다. 이미 마르크스는 《자본》에서 자본주의 사회의 인간관계가 상품들 간의 거울 관계와 비슷하다고 말한 바 있다. 즉 인간은 마치 상품과도 같이 타인이라는 거울에 자신을 비춰봄으로써 타인이 인간이듯이 자기 자신과 인간으로서 관계를 맺는다.[100] 이 말은 타인의 동일성의 거울에 자신을 비춤으로써 자아의 동일성을 성취한다는 뜻이다. 그런 과정은 타인의 이질성으로부터 응시를 갈망하는 욕농의 흐름과 대비된다.

자본주의 사회에서는 주체의 욕망 역시 동일성의 거울을 통해 작동된다. 즉 어떤 대상이 자신의 욕망을 거울처럼 비춰줄 때 욕망이 그 쪽으로 움직이는 것이다. 물론 어떤 것도 욕망을 충족시켜줄 수는 없으므로 욕망의 대상은 실제로는 환상이다.

그 같은 동일성의 욕망을 나르시시즘적으로 비춰주는 환상적 대상이 바로 상품이다. 상품은 다른 상품에 대해 정확한 **동일성의 거울**이 되지만 사람에 대해서는 (욕망을 비추는) **환상의 거울**이 되는 것이다.

그런데 후기자본주의에 이르면 물건들뿐만 아니라 인격성의 영역까지 상품화되는 흐름이 나타난다. 그에 따라 인간관계에서마저 상품처럼 동일성의 욕망이 작동되기 시작한다. 이 시기에 자신의 욕망을 환상처럼 비춰줄 거울을 찾는 **나르시시즘적 인격**이 만연되는 것은 그 때문이다.

그처럼 나르시시즘적 인간관계가 성행하는 사회에서는 진정한 인간적

---

100 마르크스, 앞의 책, 68쪽. 이는 상품 B의 물체가 상품 A의 가치의 거울이 되는 것과 비슷하다.

유대가 형성되기 어렵다. 상품과 인간에 대한 나르시시즘적 욕망으로 가득 찬 사회는 이면적으로 균열된 사회인 것이다. 그 같은 균열을 은폐하고 부조화로 인한 공허가 사라진 것처럼 만드는 것이 바로 이데올로기적 환상이다. 나르시시즘적 욕망은 환상과 대면할 뿐 실제로는 향락을 얻지 못하는데, 이데올로기적 환상은 향락을 훔쳐간 자들을 설정해 사회적 적대감을 되돌린다. 예컨대 '악의 축'을 설정해 향락을 빼앗는 자들을 공격함으로써 정의의 이름으로 행복을 되찾는 환상을 연출한다. 이데올로기적 환상은 그처럼 슈퍼맨 영화와도 같은 서사이자 이미지이다.[101]

〈프린세스 안나〉《지구영웅전설》그리고 〈엘리베이터〉〈고압선〉〈깃발〉에서 보듯이, 이데올로기적 환상과 나르시시즘적 환상이 만연된 사회에서는 실재계에 접촉하는 통로가 (환상으로) 차단되어 있다. 그런 환상들과 반대되는 방향의 욕망[102]에 근거해 **실재계**에 접촉하려는 열정을 다양하게 드러내는 것이 바로 후기자본주의의 시대의 소설이다. 예컨대 앞의 소설들은 이데올로기적 환상의 패러디나 풍자를 통해, 그리고 나르시시즘 환상의 외부를 보여주는 방식으로 실재계와의 접촉을 드러낸다.

그러면 이데올로기적 환상이나 나르시시즘적 환상의 외부에서는 무엇이 나타나는가. 앞의 소설들의 경우 〈프린세스 안나〉에서는 핑크의 죽음의 터널이, 〈엘리베이터〉에서는 '뇌수를 머리통 속에 우겨넣는' 시체가, 〈고압선〉에서는 이미지가 지워진 투명인간이 나타난다. 이것들은 상징계에서 해석될 수 없는 환상들이지만, 균열을 은폐하는 환상(이데올로기적 환상, 나르시시즘적 환상)과는 달리 실재계와 접촉하는 이미지들이다. 이 또 다른 환상 이미지는 라캉-지젝이 말하는 향락이 스며있는 기표 형성물, 즉 증환[103]과

---

101 앞서 살폈듯이 이런 이데올로기적 환상서사가 사람들을 매혹시키는 시대에는 상대적으로 비판적 서사인 소설이 위축된다.

102 이 욕망은 라캉의 욕망이 아니라 들뢰즈의 욕망이다.

386

도 유사하다. 그런 측면에서 이 또 다른 환상은 나르시시즘적 욕망의 대상
인 환상을 넘어서서 실재계와 접촉하는 욕동의 운동과 연관된다. 이 환상
들이 죽음충동이나 낯선 두려움(거세공포)을 수반하는 점에서도 그렇다고
할 수 있다. 이 같은 욕동의 에너지와 연관된 환상은 실재계와의 접촉을 차
단하는 환상과 반대되는 힘에 의해 생성되고 있다. 상징계의 균열을 은폐
하는 환상과는 달리, 실재계와 접촉하는 환상들은 타자(대상 a)의 응시를
갈망하면서[104] (동일성 원리로 된) 상징계를 위협하는 힘을 지니기 때문이다.

　따라서 모더니즘 소설이나 예를 든 소설들에 나타나는 그런 환상들은
상징계에서 벗어나려는 '탈주의 욕망'의 표현으로도 볼 수 있다. 욕동의
운동(라캉)과 탈주의 욕망(들뢰즈)은 비슷하게 실재계적 잔여물(대상 a)에 접
촉하려는 힘에 의해 추동된다. 그러나 욕동이 순환 운동인 반면 탈주(욕망)
는 변혁과 생성의 운동이다.

　순환운동인 욕동의 차원에서 보면 실재계의 열망을 지닌 위의 환상들이
낯선 두려움(unhomely, 거세공포)을 수반하는 것은 당연하다고 할 수 있다.
반면에 탈주의 욕망의 차원에서는 낯선 두려움 속에 나타나는 환상은 실제로
는 탈주가 불가능함을 표현하는 것이기도 하다. 따라서 모더니즘이나 위의
소설들의 환상은 현실에서는 불가능한 내면으로의 탈주의 표현인 셈이다.

　그러면 **탈주의 욕망**(들뢰즈)은 **욕동**(라캉)과 구체적으로 어떻게 다른 것
일까. 당연히 탈주의 욕망 역시 동일성의 세계[105]에서 벗어나려는 힘에 근
거한다. 그리고 이 점은 (앞서 살핀) 자본의 운동이나 나르시시즘적 욕망이
동일성 세계를 유지하려는 권력에 연관됨과 대비된다. 그 같은 권력에서
벗어나려는 탈주의 욕망은 개체들을 동일화시키는 원리에서 이탈해 차이

---

103 지젝, 앞의 책, 135쪽.
104 〈엘리베이터〉의 시체의 환상에서는 그런 갈망이 잘 나타나지 않는다. 그 대신 이 소설은 얼마
　　간 풍자적인 어조로 진행된다.
105 동일성의 세계는 도구적 이성이나 교환가치 같은 동일성 원리에 의해 지배된다.

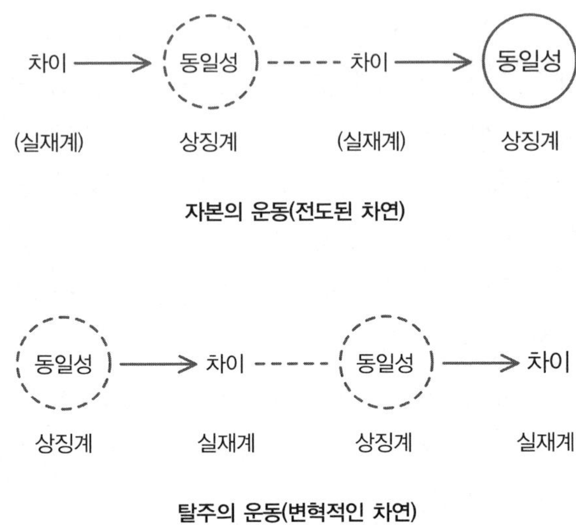

를 회복하려한다. 이 차이(혹은 차연)의 운동은 실상 타자(대상 a)의 응시를 갈망하는 욕동에서와 비슷한 에너지(리비도)에 의해 작동된다. 그러나 욕동과는 달리 단순히 순환하지 않고 차이의 해방을 추구한다.

그림 4에서 동일성의 세계는 자본주의의 교환가치 체계를 말한다. 이 동일성의 세계 역시 대상 a라는 실재계적 잔여물로 인해 끝없이 미끄러진다. 그러나 이 끊임없는 자본의 운동은 점점 더 동일성과 교환가치 체계를 확대시켜 나간다.

반면에 탈주는 그 같은 동일성의 세계에서 벗어나려는 운동이다. 따라서 탈주 역시 끊임없이 반복되는 운동으로 나타나야 할 것이다. 그러나 탈주는 순환운동인 욕동과는 달리 차이를 증폭시켜 동일성의 세계에서 해방되려 한다.

그렇다면 그 같은 탈주의 욕망은 구체적으로 어떻게 표현될 수 있는가. 위의 소설들에서 탈주의 욕망이 낯선 두려움 속에서 나타난 것은 독립된 **개체의 차원**에서만 표현되었기 때문이다. 탈주의 욕망이란 개인의 자율성을 회복하려는 것이지만 그 자율적 주체성은 타자의 이질성(대상 a)[106]과의 교섭을 통해서만 얻어질 수 있다. 따라서 탈주의 욕망은 환상으로든 실제로든 **타인(혹은 타자)과의 관계** 속에서 드러나야 낯선 두려움(거세공포)에서 벗어날 수 있다. 그리고 그처럼 타자와의 유대 속에서 '환상'이나 '실제'로 표현된 탈주의 욕망은 상징계를 위협하는 능동적인 힘을 드러낸다.

여기서 탈주의 욕망이 타자와의 교섭(유대) 속에서만 능동적인 힘으로 전이될 수 있다는 점은 매우 핵심적이다. 왜 라캉은 욕동을 순환적이라고 말하는가. 그리고 왜 들뢰즈는 탈주를 논하면서도 주로 분열적인 모더니즘의 예를 드는 것일까. 그것은 욕동과 탈주가 타자와의 교섭 속에서만 능동적으로 발현됨을 유념하지 못한 때문이다.

들뢰즈가 라캉과는 달리 순환회로에서 벗어난 탈주를 말한 것은 실재계와의 접촉 속에서 상징계가 변화될 수 있음을 전망하는 셈이다.[107] 그러나 그 역시 서구사회를 모델로 함으로써 주로 개체의 차원에서 욕망의 흐름에 대해 논의한다.[108] 그로 인해 오이디푸스적 상징계 외부에서의 개체 차원을 넘어선 **비오이디푸스적 욕망**[109]을 주목하지 못한다. 들뢰즈의 안티오이디

---

106 대상 a란 실재계적 잔여물을 말한다. 개인의 자율성(주체성)은 실재계적 잔여물로 인해 '나'와 동일화될 수 없는 타자와 차이적으로 관계(교섭)할 때 얻어진다.

107 제임슨이 실재계를 역사 그 자체라고 말한 것은 이런 맥락에서이다.

108 탈주의 욕망은 동일성의 개체를 넘어서는 것이지만 '탈주'라는 말이 암시하듯이 논의의 출발점은 (미시적 차원의) 개체인 것이다. 반면에 비오이디푸스적 욕망, 사랑, 화해 등은 논의의 출발점이 '타자와의 관계'이다. 물론 들뢰즈는 탈주의 욕망을 (자본주의의 장치들과는 다른) 변혁적인 기계와 정치적 현실에 접속할 것을 말하지만, 그런 과정도 비오이디푸스적 욕망을 통해 타자와의 유대를 형성해야 가능할 것이다.

109 나병철, 《가족로망스와 성장소설》, 문예출판사, 2007, 73쪽, 124~219쪽 참조.

푸스란 결국 고아적 무의식을 말한다. 고아적 무의식은 아버지의 동일성의 세계에서 벗어나 무의식의 자동생산을 통한 욕망의 흐름을 드러낸다. 하지만 그런 고아로서의 무의식이 분열과 낯선 두려움에서 벗어나려면 비오이디푸스적인 욕망을 통한 고아들의 연대가 필요한 것이다.

비오이디푸스적 욕망이란 서구와 구분되는 동양문화 속에서 이해할 수 있는데, 서구적 근대(상징계)를 수용한 우리는 실재계적 잔여물로서 그것을 갖고 있다고 할 수 있다. 서양 문화의 핵심이 동일성의 권력을 지닌 오이디푸스적 아버지(신, 자본)이라면, 도교·불교 등의 동양문화는 차연으로서의 자연[110]을 원리로 하고 있다. 이런 비오이디푸스적 욕망의 차원에서 보면 대상 a란 라캉이 말한 (개인이 태어나면서 잃어버린) 젖가슴이 아니라 **우리가** 잃어버린 **자연**일 것이다. 그런 대상 a에 대한 갈망은 사랑과 화해의 욕망이다. 즉 탈주의 욕망은 화해의 욕망이기도 한 것이다.

다음에서 우리는 환상을 통한 탈주가 **타자와의 유대**를 통해 긍정적인 힘으로 표현될 수 있음을 살펴볼 것이다. 또한 **복수적으로 코드화된 세계**들의 틈새에서도 탈주의 능동적인 힘이 드러날 수 있을 것이다. 물론 여기서 타자와의 유대나 또 다른 코드의 세계는 동일성의 결합이나 이상적인 동일성의 세계는 아니다. 그와 달리 탈주의 전망은 '나'와 이질적인 타자의 틈새에서, 그리고 합리적 세계와 또 다른 세계(혹은 환상적 세계)의 교섭 지점에서 나타날 수 있다. 환상을 통한 탈주의 표현 역시 그런 타자와의 역동적 관계를 매개로 드러날 수 있을 것이다. 이제 낯선 두려움을 수반하는 (모나드적) 환상과 구분되는 교섭과 유대의 표현으로서의 환상을 살펴보자.

---

110 동양의 신은 실상 '차연으로서의 자연'이다.

7. '낯선 두려움'에서 환상을 통한 '유대'로

앞에서 우리는 모더니즘에서 포스트모더니즘에 이르는 환상적 작품들에는 크게 세 종류가 있음을 논의했다. 즉 모더니즘의 '모나드적 환상'과 이미지 사회의 '나르시시즘적 환상', 그리고 그 둘을 넘어선 '환상을 통한 유대'가 있다. 그런데 〈프린세스 안나〉〈엘리베이터〉〈고압선〉에서 보듯이 두 번째 유형에서도 거세공포를 주는 모나드적 환상(검은 터널, 시체, 지워진 존재)이 나타난다. 따라서 우리는 **낯선 두려움의 환상**에서 **환상을 통한 유대**로 나아가는 과정을 살피는 일이 환상의 능동적인 힘을 밝히는 데 중요함을 알 수 있다.

주체의 낯선 두려움은 주인공의 모나드적인 내면세계[111]를 그리는 과정에서 나타난다. 그런 모나드적 공간을 벗어나 환상을 통한 타자와의 유대를 보여주는 문학이 바로 세 번째 유형이다. 그런데 흥미롭게도 그 두 가지 문학, 즉 '낯선 두려움'과 '환상을 통한 유대'의 사이에서 서성거리는 소설이 있는데 그것이 바로 김승옥의 〈역사〉(1964)이다. 먼저 두 가지 문학 사이에 다리를 놓고 있는 이 흥미로운 소설을 살펴보자.

〈역사〉에는 두 개의 세계가 그려지고 있다. 하나는 창신동의 빈민가이며 다른 하나는 부유한 양옥집의 공간이다. 주인공 '나'[112]는 빈민가의 하숙집에서 양옥집으로 이사를 하지만, 그 두 개의 세계 사이에는 쉽게 적응할 수 없는 간격이 엄존했다.[113]

---

[111] 포스트모더니즘의 나르시시즘적 주인공(두 번째 유형) 역시 (자신을 연출하며) 타인과 만나고 있는 듯하면서도 내면적으로는 여전히 모나드적 상태에 있다.

[112] 이 소설은 액자 형식으로 되어 있는데 여기의 '나'는 내화의 '나'이다.

[113] 그런 두 개의 세계를 그리고 있는 점에서 이 소설은 계층 간의 문제를 암시한다. 그러나 두 계층 간의 갈등을 그리기보다는 근대화 과정에서 계층분화가 이루어지는 상황을 그리고 있다.

양옥집은 아직도 낯설고 서먹서먹한 공간이다. 반면에 창신동 빈민가는 잊을 수 없는 얼굴들이 떠오르는 곳이다. 또한 양옥집에는 어떤 권위를 지닌 규칙에 의해 반복되는 생활이 있지만, 빈민가에는 무질서하고 이질적인 것들이 뒤섞이는 어수선한 삶이 있었다.

양옥집의 권위란 '교양'과 '가풍'에 근거한 것으로서 그 집의 할아버지로 대표된다. 할아버지가 말하는 가풍은 전통적인 대가족이 서구적 오이디푸스 구조로 재편된 것에 다름이 아니다. 즉 할아버지는 자본주의 사회에 평행적으로 포개져 있는 오이디푸스 가족의 가장인 것이다. 규칙적으로 반복되는 생활, 자본주의적 동일성 세계에 적응한 교양을 지닌 가풍, 이 같은 양옥집의 삶은 동일성의 세계를 표상한다.

반면에 창신동의 빈민가는 비합리와 무질서를 지닌 점에서 〈무진기행〉의 무진과도 비슷하다. 그러나 번잡한 빈민가는 음습한 무진과는 달리 자본주의 체계에 기생하는 공간이다. 자본주의의 산물이자 기생적인 공간인 빈민가는 그 체계의 '동일성보다 더 근원적인' 이질적 차이들이 살아 움직이는 곳이다.

양옥집에서는 얼굴 없는 반복(동일성)이 느껴진 반면, 빈민가를 생각하면 사람들의 '얼굴들'이 떠오른 것은 그 때문이다. 양옥집 식구들의 생생한 얼굴은 빈민가 사람들의 얼굴에 덮여서 쉽게 지워져버린다. 양옥집의 반복성과 동일성에 대비되는 빈민가 사람들의 얼굴이란 무엇인가. 얼굴은 동일성(전체성)을 깨뜨리는 타자의 이질성이 나타나는 곳이며[114], 자아의 주

두 세계 사이에는 꽤나 먼 간격이 있지만 아직 지식인인 '나'는 그 둘 사이를 서성거리고 있다. 하지만 1970년대에 이르면 두 세계 사이의 심각한 갈등의 문제가 발생한다.

114 강영안, 《타인의 얼굴》, 문학과지성사, 2005, 177쪽. 그 점에서 얼굴은 실재계와 접촉하는 신체라고 할 수 있다. 사물들은 상징계 내의 맥락에 연결될 때 의미를 지니지만 얼굴은 그 자체로서 스스로를 드러내 보여준다. 들뢰즈가 얼굴을 탈맥락화된 이미지로 설명한 점도 이와 연관이 있다.

체성은 그 **이질적 타자와의 교섭** 속에서 생성된다. 또한 얼굴은 상징계 내에 지시적 맥락을 지니는 사물들과는 달리 그 자체로서 의미를 나타낸다. 양옥집의 얼굴들이 교양이라는 지시적 맥락을 갖고 있는 반면, 빈민가의 얼굴들은 날것 그대로의 표정으로 모습을 드러내고 있다. 규칙적인 동일성(반복되는 삶)의 부품들인 양옥집의 얼굴들은 사물들이나 벽처럼 소외감을 줄 뿐이다. 반면에 (동일성을 깨뜨리는) 이질성과 개성(자기표현)[115]이 살아 있는 빈민가의 얼굴들은 '나'에게 교섭의 욕망을 자극하고 유대감을 제공한다.

그처럼 빈민가는 무질서하지만 그 속에는 어떤 힘이 숨어 있어서 '나'에게 삶의 의욕을 주는 것이다. 물론 무질서 속의 삶의 의욕이란 길들여지지 않은 본능적인 것으로 안정된 것은 아니다. 빈민가는 근대화되어가는 도시 문화의 외곽으로서 본능적인 의욕이 남아 있지만 그것은 또한 그늘진 삶인 것이다. 그 무질서하고 퇴폐적인 삶의 경계선을 넘어서면 죽음충동과도 같은 어둠의 힘이 기다리고 있을 것이다.[116]

그러나 양옥집(동일성의 세계)에서 권태와 무료함을 경험한 '나'는 빈민가의 그늘진 삶이 그리워진다. 그것은 그곳에서 어두운 죽음충동과는 전혀 상관없는 어떤 숨겨진 잠재력에 매료되었던 경험 때문이다. 어둠의 힘을 전복시킬 잠재력이란 바로 민중들의 유대감이다. '나'는 중년 노동자 서씨에게서 그 힘을 발견한다.

그리고 잠시 후에 나는 더욱 놀라운 광경을 보게 되었다. 서씨가 성벽 위에 몸을 나타내고 그리고 성벽을 이루고 있는 커다란 금고만한 돌덩이를 그의 한 손에 하나씩 집어서 번쩍 자기의 머리 위로 치켜올린 것이었다. 지렛

---

115 강영안, 앞의 책, 180쪽. 얼굴의 자기표현은 나에게 말을 걸어오는 것이며 소통관계를 터오는 것이다.

116 죽음충동 같은 어둠의 힘은 상징계를 넘어서는 욕동의 힘('본능적인 의욕')이 근대화의 과정에서 열악한 삶으로 인해 잠재적인 유대관계를 잃어버릴 때 나타난다.

대나 도르레를 사용하지 않고서는 혹은 여러 사람이 달라붙지 않고서는 들어 올릴 수 없는 무게를 가진 돌을 그는 맨손으로 들어올린 것이었다. 그는 나에게 보라는 듯이 자기가 들고 서 있는 돌을 여러 차례 흔들어 보이고 나서 방금 그 돌들이 있던 자리를 서로 바꾸어서 그 돌들을 곱게 내려놓았다.[117]

서씨의 힘은 현실에서 행사되지 않고 상징적으로만 확인되는 점에서 아직 잠재력의 차원에 있다. 그러면 그 힘은 어디에서 온 것일까. 서씨의 힘은 근대적 상징계의 경계선을 넘어서서 실재계에 접촉한 공간에서 발현되고 있다. 서씨가 괴력을 행사하는 모습이 환상적으로 그려지고 있는 것은 그 때문이다.[118]

이 같은 실재계에 접촉하는 미학적 환상은 상징계에서 이탈한 대가로 모더니즘의 경우 흔히 낯선 두려움을 수반한다. 예컨대 〈난장이가 쏘아올린 작은 공〉에서 난쟁이의 달나라행 같은 경우이다. 그러나 서씨의 역사(力士)의 환상은 무서우면서도 감동을 주는 전율적인(숭고한) 것으로 그려진다. 그 이유는 무엇일까. 그것은 개인의 (모나드적) 내면의 표현인 모더니즘적 환상에서와는 달리 서씨의 환상에서는 그것을 통해 '나'와의 **교섭과 유대**가 이루어지고 있기 때문이다. 모나드적 환상이 소외된 개인의 무의식적 소망을 표현한 것이라면 서씨의 환상은 '나에게 보라는 듯이' 유대의 소망[119]을 표현하고 있다. 이처럼 유대의 소망을 내포한 환상은 낯선 두려움을 넘어서서 따뜻함과 감동을 제공한다.

---

117 김승옥, 〈역사〉, 《김승옥 소설전집》 1, 문학동네, 1995, 83쪽.
118 이데올로기적 환상이나 나르시시즘적 환상과는 달리 미학적 환상은 실재계와 접촉하는 경험으로 그려진다.
119 〈난장이가 쏘아올린 작은 공〉의 난쟁이와는 달리 서씨는 '나'에게 보여주기 위해서 힘을 행사하고 있다.

그 같은 서씨의 행동에 내포된 유대의 소망은, 서씨에게 서구적 오이디푸스 문화에서 벗어난 비오이디푸스적 욕망이 잠재된 점과 연관이 있다. 서씨의 환상적 행동에 **비오이디푸스적 욕망**이 포함되어 있음은 환상과 욕망을 충동하는 대상 a(실재계적 잔여물) 자체에서 암시된다. 모더니즘적 환상의 요인은 대개 개인적인 것이지만 서씨의 경우는 그렇지 않다. 서씨의 욕망[120](그리고 환상)의 요인인 대상 a는 바로 동대문이며, 그것은 우리가 근대적 상징계를 수용하는 과정에서 잃어버린 실재계적 잔여물, 비오이디푸스적 문화의 표상[121]인 것이다.

서씨의 괴력은 그 근대화 과정에서 밀려난 비오이디푸스적 문화[122]와 교섭하려는 욕망에서 나오고 있다. 이 욕망은 자신의 힘(그리고 욕망)을 '내'게 보여주려는 유대의 소망과 연관된 것이며, 더 나아가 '내'가 빈민가 식구들의 얼굴을 잊지 못해 떠올리게 되는 그리움과도 농질적인 것이다.

그러나 현실에는 향수어린 공동체적 유대의 상징인 서씨의 힘만 내재하는 것은 아니다. 오히려 서씨의 힘은 아직 발현되지 않은 잠재적인 상태이며, 그 반대편에서는 보다 강력한 다른 힘이 작용하고 있다. '나'는 양옥집의 권태로운 질서에 반항하려 밤늦게 피아노를 치는데, 그때 '나'('그')[123]를 붙잡아 끄는 할아버지 팔 힘은 거역할 수 없는 것이었다. 할아버지는 서씨와는 반대되는 종류의 힘을 지닌 또 다른 '역사'였던 것이다. 서씨가 근대적 상징계의 경계선을 넘어서는 비오이디푸스적 욕망을 갖고 있다면 할아버지는 그 동일성 세계의 경계를 지키려는 오이디푸스적 가장이다. '나'

---

120 이 욕망은 라캉의 욕망 개념을 넘어선 것으로서 욕동이나 탈주의 욕망의 차원에 있다. 서씨의 환상 역시 욕망의 대상의 차원에 있는 라캉의 개념을 넘어서서 실재계와 접촉하는 미학적 환상의 차원에 있다.

121 양옥집이 근대적 문화의 공간인 반면 빈민가는 그것이 부재하는 곳으로 생각되기도 한다. 그러나 빈민가의 서씨에 의해 지금은 실재계로 밀려난 또 다른 문화가 잠재해 있음이 암시된다.

122 여기에는 유대와 공동체에 대한 소망이 포함되어 있다.

123 이 부분은 외화를 통해 '그'의 이야기로 제시된다.

는 동화될 수 없는 동일성 세계의 위반자로서 할아버지의 괴력에 낯선 두려움('고독'[124])을 느낀다. 그렇게 해서 부풀었던 '나'의 환상적인 유대의 욕망과 향수는 다시 낯선 두려움으로 회귀한다.

낯선 두려움은 모더니즘의 비동일성의 위치에서 동일성 세계에 대한 부정적 인식을 나타낼 때 환기되는 감정이다. 자본주의적 근대화가 고도화될수록 개인이 경험하는 소외와 낯선 두려움은 심화되며, 그것을 드러낸 것이 1970년대의 모더니즘(최인호·조세희의 소설)이다. 그러나 다른 한편 근대화와 산업화 과정에서 밀려난 사람들이 그늘진 계층을 형성하면서 〈역사〉에서 잠재적으로 암시되었던 공동체적 유대의 소망이 표면화되기에 이른다. 그처럼 서씨의 환상을 현실 속에서 살아가는 사람들의 소망으로 드러낸 것이 1970~1980년대의 리얼리즘 소설이다.

그런 리얼리즘의 전망은 1990년대 이후 소시민과 민중들이 자본주의적 욕망의 장치에 회유되면서 무력화되기에 이른다. 따라서 1990년대 이후 자본주의는 내적으로 더욱 확장되거니와, 모더니즘의 비동일성의 위치조차 갖기 힘들어진 이 시대의 삶의 문제는 소외가 아니라 허무(존재의 상실)이다. 이 후기자본주의 시대에는 자본주의적 욕망과 환상적 이미지를 비판적으로 그리거나 그 세계에서 배제된 사람들의 거세공포(낯선 두려움)를 드러내는 문학(〈엘리베이터〉〈고압선〉)이 나타난다. 그러나 후기자본주의의 욕망과 이미지의 세계에서 밀려난 사람들이 완전히 거세된 것은 아닌데, 그것은 잃어버린 유대의 소망이 아직 무의식 속에 남아 있기 때문이다. 그런 무의식은 우리가 상실한 실재계적 잔여물들(사랑, 화해, 비오이디푸스적 문화, 동양사상), 즉 대상 a에 접촉하려는 욕망으로 드러나고 있다. 이 무의식적 욕망은 〈역사〉에서 나타났던 서씨의 잠재력과 비슷한 것으로 '역사'(力士)의 숭고한 환상이 다시 부활하고 있는 것이다.

---

[124] 김승옥, 〈역사〉, 앞의 책, 89쪽.

그 같은 환상적인 유대의 소망의 표현은 자본주의적 동일성 세계를 위협하는 '능동적인 힘'을 암시한다. 모더니즘의 낯선 두려움의 환상과 구분되는 이 또 다른 환상은 〈역사〉에서 보듯이 두 가지 측면을 지니고 있다. 하나는 환상이 '잠재된 또 다른 세계'와 연관된다는 점이며, 다른 하나는 타자와의 진정한 교섭의 계기가 된다는 점이다.

먼저 '역사'의 환상은 현실이 복수적인 차원을 갖고 있는데 근거하고 있다. 즉 현실은 자본주의적 문화(상징계)가 확장되는 세계인 동시에 그 과정에서 잃어버린 문화들이 실재계적 잔여물로 남아 있는 곳이기도 하다. 실재계적 잔여물은 동대문 같은 상징적인 대상으로 표상되기도 하지만 또한 또 다른 코드의 공간으로 잠재하기도 한다. 그래서 현실은 표면/이면, 내부/외부, 서구적 근대/동양문화 등의 **복수적 차원**을 지닌 공간으로 감지된다. 미학적 환상은 잃어버린 실재계적 잔여물에 접촉하기 위해 ㄱ 양쪽의 경계선을 가로지르는 무의식적 욕망에 의해 나타난다. 그처럼 복수적 층위의 현실을 횡단하는 환상적 모험을 그린 것이 바로 윤대녕의 소설들이다.[125]

김승옥의 〈역사〉나 윤대녕 소설의 미학적 환상에서 낯선 두려움이 나타나지 않는 것은 실재계적 영역에 또 다른 문화의 세계가 잠재한다는 확신 때문이다. 윤대녕의 소설에서는 그 또 다른 현실 공간이 표면화되기도 하는데, 가령 〈은어낚시통신〉의 밀교적 공간이 그것이다. 〈은어낚시통신〉에서 잃어버린 실재계적 대상은 존재의 시원으로의 회귀를 상징하는 은어이다. 그런데 이 소설에서는 은어를 문장으로 한 밀교적 몰입이 하나의 코드를 지닌 또 다른 세계로 그려지고 있다.

〈은어낚시통신〉에서는 밀교적 공간이 그려지지만, 윤대녕 소설에서는 또한 〈역사〉에서와 비슷하게 동양문화적인 공간이 암시되기도 한다. 예컨

---

125 남진우, 〈존재의 시원으로의 회귀〉, 《은어낚시통신》, 문학동네, 1994, 289쪽.

대 〈불귀〉〈말발굽 소리를 듣는다〉〈소는 여관으로 들어온다, 가끔〉〈천지간〉 등에서는, 이쪽 현실(상징계) 저편에 또 다른 세계가 있다는 생각을 근거로 그 곳에 접촉하는 순간들이 그려진다. 그런 환상적인 경험들은 흔히 비의적이고 운명적인 순간으로 다가온다. 그러나 그것은 결코 신비주의적 경험이 아니며, 무의식의 심층으로부터 **잃어버린 실재계적 대상**을 되찾으려는 욕망이 발현되는 순간이다. 그리고 이 소설들의 경우에는 그런 환상적 경험이 동양문화의 세계와 연관되고 있다.

윤대녕 소설에서 흔히 나타나는 결락된 만남이나 허무감은 후기자본주의적 현실에서 자아의 핵심적 부분을 거세당한 경험에 다름이 아니다. 다만 우리는 이미지 세계인 현실 내부에서 다양한 스펙터클적 장치에 마취되어 그것을 잊고 있을 뿐이다. 반면에 실재계적 영역에 걸쳐져 있는 또 다른 세계는 바로 그 거세된 핵심을 되찾게 해주는 공간[126]이다. 그곳은 '은어낚시통신'처럼 새로운 밀교적 세계이기도 하지만 또한 우리가 잃어버린 무(실재계)의 사상[127]으로서 동양문화의 공간이기도 하다.

모더니즘에서 실재계에 접촉하는 환상적 경험은 거세공포와 함께 나타난다. 그러나 실재계 영역에서 잠재된 또 다른 세계를 감지하는 윤대녕 소설에서는, 환상적인 탈주의 경험이 오히려 존재의 거세를 치유하는 계기로서 나타난다. 물론 그처럼 자아의 거세에서 벗어나는 순간은 타인과의 진정한 만남이 가능해지는 때이기도 하다.

미학적 환상이 거세공포를 넘어서는 또 다른 경우는 환상적 경험이 **타자와의 진정한 교섭**의 계기가 될 때이다. 윤대녕 소설은 〈역사〉처럼 저쪽 세계에 접촉하는 환상을 매개로 타자와의 유대를 회복하는 과정을 그리고

---

126 자아의 존재의 근거를 회복시켜준다고 해서 그 실재계에 걸쳐진 공간이 해방된 공간이나 유토피아적 공간은 아니다. 진정한 자아의 회복은 현실 세계와 또 다른 세계 사이의 틈새에서 나타날 것이다. 이에 대해서는 다음 절들에서 논의할 것이다.

127 무의 사상이란 실재계와 연관된 차원의 논의를 포함하는 도교나 불교의 사상을 말한다.

398

있다. 그러나 윤대녕 소설에서처럼 현실의 복수적 차원이 그려지지 않더라도 환상적 경험 자체가 타자와의 유대의 계기가 될 경우, 현실 외부에서의 상호주체적 관계를 통해 후기자본주의적 현실을 극복하려는 소망이 표현될 수 있다.

모더니즘의 환상이 거세공포를 수반하는 것은 라캉의 욕동의 순환처럼 다시 현실 세계(합리적 현실)로 되돌아올 수밖에 없다는 사유와 연관된다.[128] 그처럼 현실로 되돌아오는 것은 현실을 벗어난 환상이 타자에게 소통되지 못하기 때문일 것이다. 반면에 합리적 현실의 절대성이 하나의 코드일 뿐이라고 여기는(해체하는) 포스트모더니즘에서는, 그 코드를 위반하는 환상을 통해 현실을 넘어서는 새로운 상호주체적 관계[129]의 생성을 암시할 수 있다. 그처럼 새로운 상호주체성이 암시되는 순간은 현실을 벗어난 환상이 타자에게 소통되고 유대감을 형성하는 때이기도 하다. 그런 현실 외부에서의 신정한 유대감은 모나드적 환상에서의 거세공포를 넘어선다. 그 같은 **환상을 통한 유대**를 보여주는 소설로는 〈너에게 나를 보낸다〉(장정일) 〈도마뱀〉(김영하) 〈내 여자의 열매〉(한강) 〈그렇습니까? 기린입니다〉〈고마워, 과연 너구리야〉[130](박민규) 〈달려라 아비〉〈누가 해변에서 함부로 불꽃놀이를 하는가〉(김애란) 〈코끼리가 떴다〉〈외계인 달리다〉(김이은) 등을 들 수 있다.

한편 환상적인 유대의 소망을 표현하는 두 유형 중에, 전자에는 윤대녕의 소설 이외에 《아름다운 나의 귀신》 연작(최인석) 〈아, 하세요 펠리컨〉(박민규) 《손님》(황석영) 〈미소녀 대통령〉(김이환) 〈지구를 지켜라〉(영화, 장준환

---

128 물론 모더니즘이 낯선 두려움(거세공포)만 드러내는 것은 아니며 불화의 현실에서 내면으로 돌아와 화해의 소망을 암시한다.

129 이 타자와의 새로운 관계는 후기자본주의적 현실을 넘어설 뿐만 아니라 하버마스식의 의사소통적 합리성에 의한 상호주체성도 넘어선다. 물론 환상을 통해 그런 상호주체성이 실제로 얻어지는 것은 아니다. 진정한 새로운 유대는 현실과 환상 사이의 틈새에서 나타난다.

130 이 소설은 '환상을 통한 유대'를 보여주는 동시에 너구리의 세계라는 또 다른 세계를 암시하기도 한다.

감독) 〈웰컴 투 동막골〉(영화, 박광현 감독) 등이 있다. 이제 그 두 유형 중 후자에 속하는 소설부터 살펴보자.

8. 환상을 통한 진정한 유대와 소통

미학적 환상은 합리적 현실의 네트워크 내에서 소통되지 않는다. 미학적 환상이 타인에게 소통되는 곳은 현실의 외부, 즉 상징계와 실재계 사이의 틈새에서이다. 그 실재계에 접촉한 공간에는 나와 타인을 동일한 원리로 연결시킬 수 있는 코드가 주어져 있지 않다.[131] 그 때문에 환상을 통한 소통은 결코 나와 타인을 하나로 동일화시키지 않으며 상호주체적 관계는 타인의 이질성을 전제로만 가능하다. 이 동일성 원리에서 벗어난 새로운 유대[132]의 관계는 동일성의 세계인 상징계를 위협하는 능동적인 힘을 지닌다.

그러면 동일한 코드를 공유하지 않은 실재계적 공간에서 어떻게 '나'와 타인의 유대가 가능할 수 있을까. 환상을 공유하는 방식으로 후기자본주의적 현실에 맞서는 서사는 〈너에게 나를 보낸다〉에서 그 단초가 나타난다. 이 소설에서 '나'와 같은 꿈을 꾼 '바지 입은 여자'는 표절작가로 낙인찍힌 '나'를 찾아와 동거를 시작한다. 혼자서 꾼 '나'의 꿈은 표절시비에 휘말려 세상에서 소통되지 않는다. 그러나 버려진 '나'의 꿈은 '바지 입은 여자'의

---

131 〈은어낚시통신〉에서처럼 코드(은어)가 주어져 있는 경우에도 그 또 다른 세계는 열려진 상태에 있으며 그 자체가 실재계적 영역과 교섭하는 환상적 공간이다.

132 이 새로운 유대는 환상을 통해서만 가능한 것은 아니다. 환상을 통한 유대는 실상은 유대의 소망을 능동적으로 표현하는 것이다. 현실 변혁을 위한 새로운 유대는 환상과 현실이 교차되는 영역에서 나타난다.

출현 이후 환상을 공유하는 형식으로 유대와 소통의 계기가 된다. 세상에서 아무도 인정하지 않는 표절작가 '나'를 그녀만은 존중해주는 것이다.

여기서 알 수 있듯이 **환상을 통한 유대**는 상징계 외부에서의 새로운 상호주체적 공간의 근거이며, 그것은 현실의 **균열된 무의미의 영역**에 끼어듦으로써 존재의 의미를 얻는다. 그 같은 환상적 유대가 한발 더 나아가 현실과 환상의 중첩영역에서 의미화될 때 현실의 변혁을 위한 흐름이 시작되는 것이다. 그 점에서 변혁이란 **같이 꾼 꿈**에서 출발한다고 할 수 있다.

이 소설에서 은행원에 대한 '나'의 꿈 역시 '나'와 은행원이 공유함으로써 일상으로부터의 탈주라는 의미를 얻는다. 꿈의 내용은 갑자기 커진 은행원의 성기에 관한 것이다. 어느 날 은행원의 성기에 이상이 생겨 전봇대만하게 커졌는데 정치가들이 미풍양속을 해친다는 이유로 군대를 보내 제거하려 했다. 그러나 은행원은 자신의 성기로 전투기와 장갑차를 격파하고 지구마저 박살낸 후 우주로 뛰어든다. 이 꿈은 거세 위협에 시달리는 은행원이 반격을 통해 오히려 거대한 성기를 휘두른다는 이야기이다.

'나'는 꿈속에서 소설을 쓰는 습관을 갖고 있고, '나'의 꿈은 아직 기록되지 않은 한 편의 환상적인 소설이기도 하다. 그러나 만일 '바지 입은 여자'나 '은행원'이 '나'와 꿈을 공유하지 않았다면 '나'의 꿈은 쓸쓸한 공상에 그쳤을 것이다. '내'가 꾼 꿈은 다른 사람의 꿈을 통해 교감을 얻음으로써 이 소설의 일부인 환상소설의 내용이 된다. 그리고 그 꿈은 같은 꿈을 꾼 사람들 간의 유대를 형성하여 후기자본주의의 거세 위협에 맞서는 잠재력을 갖게 한다.

하지만 이 소설에서는 그런 미학적 환상의 전복적이고 능동적인 힘이 잘 표현되지는 않는다. 그 이유는 첫째로 환상을 경험하는 사람들의 심리적 근거인 상처가 잘 그려져 있지 않기 때문이다. 환상은 **현실의 균열**을 통해 실재계와 접촉하는 지점에서 나타나며 그런 접촉은 **자아의 상처**의 경험이기도 하다. 환상(포스트모더니즘의 환상)이란 상처의 경험을 균열된 현실에 대응하는 능동적인 힘으로 전이시키는 과정이다. 그런데 이 소설에서는 그런 환상의 근거로서 상처의 경험과 그것을 전복적 힘으로 전이시키는 과정이 잘 나타나지 않는다.

또한 꿈을 공유한 '나'와 '바지 입은 여자'의 유대의 표현인 섹스 역시, 후기자본주의의 섹슈얼리티 장치에서는 벗어나 있지만 그로부터 탈주하는 힘은 미흡한 편이다.[133] 마찬가지로 은행원의 성기의 상징 또한 우주적 상상력에도 불구하고 남근중심적 사고에서 완전히 탈피했다고 보기 어렵다. 주인공들의 탈주 욕망을 담은 환상은 그처럼 상징계 내에 설치된 각종 욕망의 장치로부터 충분히 탈주하지는 못하는 것이다. 따라서 환상을 통해 후기자본주의의 거세 위협에 맞서기는 하지만 실재계와의 접촉을 통해 상징계를 위협하는 전복적 힘을 제대로 드러내진 못한다.

현실의 거세 위협에 맞서 존재의 위기를 환상으로 전복시키는 과정은 〈내 여자의 열매〉(한강)에서 잘 나타나고 있다. 이 소설의 주인공(아내)은 단조롭고 답답한 도시에서 점차로 거세와 존재의 상실을 경험하는데, 그 위기의 과정은 환상을 통해 자연적인 식물적 존재로 생성되는 과정으로 전복된다. 바닷가 빈촌 출신인 아내는, 햇빛 속에서 옷을 벗고 싶고 자유로운 공기로 낡은 폐를 씻고 싶은 자연을 향한 욕망을 갖고 있다. 그런 아내는, '나'에겐 좋은 시간이었던 결혼 후 3년을 점점 답답하고 견딜 수 없는 시간으로 느끼게 된다. 이처럼 '나'와 달리 아내가 도시의 환경을 폐쇄되고 오염된 공간으로 느낀 것은, 그녀의 민감한 여성성과 자연의 욕망과의 친화성을 암시한다. 아내는 이유 없이 피멍이 들거나 머리카락이 시래기처럼 마르고 어깨는 시든 배추 잎처럼 변해갔다. 그처럼 아내의 몸이 거세되는 과정

---

133 특히 '바지 입은 여자'의 경우 점차로 성적 욕망의 장치에 걸려든다. 내가 표절 작가로 전락해 자아를 잃고 성적 욕망을 거세당하는 동안 '바지 입은 여자'는 성적 욕망의 장치에 세뇌당한다.

은 낭종처럼 뭉친 피가 낡은 우울질로 변해가는 정신적 거세의 과정에 상응한다.

그러나 여자로서 시들어가던 아내의 몸은 환상을 통해 식물의 몸으로 되살아나는 반전을 보인다. 피부가 망가져가며 생겨난 아내 몸의 진한 초록빛은 다시 식물적 존재로 재생되어가는 신호이기도 했던 것이다. '내'가 변해버린 아내의 가슴에 물을 끼얹자 아내는 '거대한 식물의 잎사귀처럼 파들거리며 살아' 난다.[134]

이처럼 아내의 몸의 거세의 과정이 새로운 자연적 존재의 생성으로 반전되는 점에서, 이 소설에서의 몸의 변신은 모더니즘에서의 변신과 구분된다. 예컨대 〈변신〉에서 그레고르의 벌레로의 변신은 낯선 두려움(거세공포) 속에서 겪는 존재의 거세 과정을 암시한다. 〈내 여자의 열매〉에서 역시 아내의 몸이 망가져가는 과정은 비슷한 혐오감과 거세공포를 불러일으킨다. 그러나 이 소설은 상징계에서 퇴출되는 거세의 과정이 오히려 실재계와의 접촉 속에서 원시적인 자연적 생명을 되찾는 계기가 될 수 있음을 보여준다. 이 과정에서 가장 핵심적인 것은 '나'의 아내에 대한 변함없는 사랑이다. 만일 반들반들한 진초록빛 몸으로 변한 아내에게 '나'의 사랑이 없었다면, 상록 활엽수 잎을 달고 있는 아내의 들풀 줄기는 여전히 낯선 두려움의 대상이었을 것이다. 이 경우 비록 아내의 변신이 조금 덜 혐오스럽더라도 근본적으로는 〈변신〉의 상황과 크게 다르지 않았을 것이다. 그러나 '나'는 〈변신〉의 가족들과는 달리 아내에게 사랑의 물세례를 퍼부어 초록빛 몸이 청신하게 피어나게 만든다.

물론 '내'가 아내의 환상의 세계에 발을 들여놓는 데는 한계를 지니고 있다. 그런 한계는 일상에 부적응해 피멍이 들어가던 아내를 '내'가 충분히 이해하지 못했던 점과 연관이 있다. 하지만 식물로 피어난 아내에게 전

---

134 한강, 〈내 여자의 열매〉, 《내 여자의 열매》, 창작과비평사, 2000, 230쪽.

율하며 아름다움을 느낀 '나'는, 변신 이후의 그녀에게 오히려 더 **진정한 유대와 소통의 욕망**을 갖게 된다. 존재의 이질성으로 인해 아내와 '나' 사이의 교신은 점점 끊어져가지만 '나'는 끝까지 아내의 열매를 통해 그녀와 교감하려는 노력을 멈추지 않는다. 사랑이란 타자의 이질성을 받아들이기 위해 기꺼이 '나'의 경계를 여는 것이라 할 때, 아내가 식물이 된 이후 '나' 는 그전보다 더 진정한 사랑을 보여주고 있는 셈이다. 몸의 환상적 표현을 통해 사랑의 소망을 암시하는 이 작품은 몸 담론 소설이라 할 수 있는데, 이에 대해서는 뒤에서 다시 살펴보자.

9. 타자로서의 아버지와 맺는 환상적 유대

〈내 여자의 열매〉는 환상 속에서의 사랑과 교감의 과정을 시적으로 보여 주고 있지만 변신 이전에 아내에게 상처를 준 현실의 균열에 대해서는 자 세히 제시하지 않고 있다. 그에 반해 〈그렇습니까? 기린입니다〉(박민규)는 환상을 통한 교섭의 과정보다는 그 이전에 인물들이 현실로부터 상처를 받 는 과정을 세밀하게 그리고 있다. 그로 인해 기린이 된 아버지와 소통하려 는 주인공('나')의 시도는 환상적이면서도 매우 현실감 있게 느껴진다.

이 작품은 성장소설이면서도 예전의 소설들과는 달리 **아버지와의 관계** 에 초점이 맞춰져 있는 것이 특징적이다. 우리 성장소설들은 흔히 아버지 부재 속에서 주인공이 방황을 경험하며 청년들의 사랑과 연대로 나아가는 전개를 보여줬었다. 또한 1990년대 이후의 성장소설에서는 사랑과 연대의 열망을 잃어버린 청년들이 나르시시즘에 빠지거나 환멸하는 모습이 그려 졌다. 반면에 〈그렇습니까? 기린입니다〉에서는 주인공이 무력한 아버지와

404

의 관계 속에서 나르시시즘에서 벗어나 현실을 응시하는 과정이 제시된다.

우리 성장소설의 문법인 아버지의 부재란 아버지가 죽었거나 무력하게 존재하는 것을 말한다. 주인공은 아버지의 부재 속에서 분열과 방황을 경험하는데 청년들의 사랑과 연대는 그런 분열을 극복하는 계기가 된다. 이 오이디푸스 구조 외부에서의 청년들의 연대는 모순된 상징계(오이디푸스 구조)에 대해 잠재적으로나 실제적으로 전복적인 힘을 갖고 있다.

그 같은 사랑과 연대가 어려워진 1990년대 이후 청년들은 부재하는 아버지뿐만 아니라 어른들의 세계 전체를 불신하며 나르시시즘에 빠지게 된다. 그들은 다만 무의식 속에 잠재하는 사랑과 연대의 향수를 통해 환멸스러운 현실을 버텨나갈 뿐이다. 그에 반해 **1990년대 후반 이후**의 새로운 성장소설에서는 무력한 아버지와의 관계에 눈을 돌리는 흥미로운 모습이 나타나고 있다.

우리 성장소설에서 제대로 부각되지 못한 '없는 듯한' 무력한 아버지란, 실상 자본주의적 오이디푸스 구조의 권력을 지닌 기표라고 볼 수 없다. 무력한 아버지는 그보다도 오히려 그 구조에서 밀려난 타자의 위치의 존재이다. 그 점에서 사랑과 연대를 모색하는 청년들에게 아버지는 희미하게 지워진 존재일 뿐 적대적인 증오의 대상은 아니었다.[135] 한때는 청년이었을 무력한 아버지는 이제 다만 존재감을 상실한 '죽은 청년'으로서의 모습을 보일 뿐이다.

그렇다면 1990년대 이후의 사회와 문학은 이중적으로 청년의 상실을 경험했던 셈이다.[136] 즉 죽은 청년으로서의 무력한 아버지와 청년의 신념을 잃어버린 나르시시즘적 청년이 그것이다. 박민규의 소설은 1990년대의 청

---

135 부르주아적 가장이 아닌 경우 설령 아버지가 폭력적일 경우에도 궁극적인 적대적 대상이기보다는 오히려 연민의 대상이 되는 수가 많다.

136 이 시기에 성장소설이 많이 쓰여진 것도 그런 상실을 극복하려는 시도로 여겨진다. 우리에게는 아직 청년 정신이 소진되지 않았는데 사회적 조건이 그 신념의 상실을 강요했던 셈이다.

년정신의 상실로서 그런 나르시시즘을 극복하려는 시도로 볼 수 있다. 그 같은 극복의 과정은 아버지에 대한 연민에서부터 시작된다. 청년 주인공('나')은 등을 돌렸던 아버지에게서 무력한 타자의 위치를 공감함으로써 열악한 아버지의 삶('산수'[137])에 대해 연민의 시선을 갖게 된다.

'나'는 1990년대의 나르시시즘적 주인공들처럼 원래 '좀 노는 편이었는데', 아버지의 회사에서 도시락을 건네주며 빈약한 '산수'를 목격한 후 조용한 청년이 되어버린다. 아버지에 대한 연민은 '나'에게도 아버지와 비슷한 '산수'[138]가 생겨나게 했기 때문이다. 그 후 어머니가 쓰러진 뒤 '나'의 산수는 계산기의 꺼진 액정처럼 더욱 우울해졌지만, '나'는 애써 그 잿빛 감정을 억누르고 빈약한 산수를 반복한다.

일상으로부터의 우울을 억누르는 그런 무력한 연민의 관계는 아버지의 실종 이후 반전된다. 실종된 아버지는 내가 푸시맨 아르바이트를 하던 지하철역에 다시 나타난다. 그러나 아버지는 첫눈에 알아볼 수 없는 낯선 얼굴의 기린의 모습을 하고 있었다. 나는 곧 기린이 아버지라는 것을 직감하면서 이상하게 자꾸 눈물이 흘러나오는 것을 느낀다. 기린의 환상은, 그 전에 '내'가 아버지의 잿빛 눈동자에서 감지했던 쓸쓸한 감정을, 이번에는 몸 전체로 전해주고 있는 셈이었다. '나'는 그때 그 감정을 억눌렀듯이 기린이 다시 일상의 아버지로 되돌아오길 빌고 있었다.

그러나 '내'가 아버지를 기린의 환상으로 보는 순간은 이미 무의식으로부터 그 '억압된 감정'이 되돌아오고 있는 중이었다. '내'게 보여준 '산수의 세계'에 무관심한 아버지의 눈빛은 현실과 환상의 경계에 있는 '나'의 조바심을 떨쳐냈을 뿐이다. '나'의 초조함은 아버지가 일상으로 되돌아오길 바라는 마음에 앞서 기린-아버지와의 존재의 유대감 때문이었을 것이

---

137 이 소설에서는 아버지의 '빈약한 산수'의 삶을 목격하는 것이 '나'의 성장의 계기가 된다.
138 산수란 모든 것이 계산으로서만 결정되는 자본주의 사회의 삶을 의미한다.

다. 그런 유대의 소망은 아버지의 귀환에 대한 바람보다 훨씬 더 근원적인 것이다. 그래서 '아버지'의 목소리 대신 '기린'의 잿빛 눈동자(응시)가 되돌아오는 순간, 두 사람 사이에는 억압적인 산수의 세계 외부에서의 상호주체적 공간이 형성된다. 그리고 다음 순간의 '그렇습니까? 기린입니다'라는 응답은 기린이 아버지의 이름을 상실한 아버지로서 '나'와 만나고 있음을 알려준다.

앞발을 '내' 손 위에 포개는 기린의 행위는 예전의 '나'와의 유대가 여전히 지속되고 있다는 신호일 것이다. 그러나 이 환상을 통한 유대는, 오이디푸스적 아버지와의 동일시는 물론, 빈약한 산수를 건네주던 때와도 전혀 다른 의미를 함축한다. 오이디푸스 세계의 타자로서 두 사람의 새로운 상호주체성은 산수의 노예가 되었던 삶으로부터 탈주하고 싶은 소망을 암시하기 때문이다.

흥미로운 것은 그런 **탈주의 욕망**이 두 사람의 **유대의 소망**과 함께 드러나고 있다는 점이다. 마지막 순간에 되돌아온 것은 비단 억압된 감정만은 아니다. 무의식으로부터 귀환하고 있는 것은 잿빛 감정을 넘어선 탈주의 욕망이며, 그 욕망은 오이디푸스 외부에서의 유대의 소망, 즉 비오이디푸스적 욕망과 함께 암시되고 있는 것이다.

여기서도 '나'와 기린이 된 아버지 사이에 유대의 감정이 없었다면 기린의 환상은 거세공포(낯선 두려움)와 함께 나타났을 것이다. 이 경우 산수에 무능한 기린은 아버지와 '나'의 고통스러운 상처일 뿐이다. 그러나 '나'의 존재의 유대를 확인하려는 물음[139]과 '나'를 감싸는 아버지-기린의 감정은, 기린의 잿빛 눈동자를 따뜻한 이미지로 반전시킨다.[140] 두 사람 사이의

---

[139] 기린이 아버지임을 확인하려는 '나'의 마지막 물음은 실상 '나'와의 유대감을 확인하려는 것이라고 할 수 있다.

[140] 이 소설의 마지막 장면이 다소 해학적으로 느껴지는 것도 이와 연관이 있다.

그런 따뜻한 감정에는 거세의 위협을 주는 상징계에 대응하는 능동적인 잠재력이 포함되어 있다. (산수의 세계의) 아버지로 되돌아가지 않으려 하면서도 ‘나’의 유대의 소망에 부응하는 기린의 몸짓은, **유대를 통한 탈주**에 의해서만 그 같은 능동적인 힘이 생성됨을 암시한다. 말할 것도 없이 그 능동적인 잠재력은 실재계에 접촉한 상호주체적 공간으로부터 흘러나오고 있다. 이제 아버지와의 유대의 표시는 색이 같은 ‘잿빛 눈동자’(연민)가 아니라 내 손위에 포개진 이질적이면서도 친근한 ‘기린의 앞발’(탈주)인 것이다.[141]

‘아버지 아닌 아버지’와 유대함으로써 탈주의 소망을 암시하는 환상적 표현은 〈달려라 아비〉(김애란)에서도 나타난다. 이 소설에서 ‘나’와 아버지의 유대를 가능하게 하는 것은 아버지의 ‘달리기’이다. 아버지는 달리는 순간 청년이 되며 그 순간 현실 외부의 환상의 공간에 위치한다. ‘내’가 유대감을 느끼는 것은 현실의 무능한 아버지가 아니라 지구를 횡단해 그 외부 공간을 달리는 아버지이다.

‘나’의 달리기의 환상은 아버지의 부재로 인한 상처를 극복하기 위한 방편이다. 흔히 성장소설에서 아버지의 부재는 주인공에게 탈주의 욕망을 갖게 하며 분열과 방황 속에서 청년들의 연대로 나아가게 하기도 한다. 그러나 이 소설에서는 ‘내’가 탈주하는 대신 아버지를 환상 속에서 탈주시키고 있다. 환상의 공간에서 아버지를 다시 만나는 것은 〈그렇습니까? 기린입니다〉에서도 마찬가지였다. 이처럼 아버지와의 관계에 초점이 맞춰지는 것은 (앞서 살폈듯이) 청년들의 연대가 힘들어진 1990년대 후반 이후 소설들의 특징이다. 그러나 박민규의 소설에서는 환상을 통해 아버지와 ‘나’의 상호주체적 공간이 형성되지만, 이 소설에서 ‘나’의 유대의 소망은 일방적이다. 즉 아버지는 한 번도 ‘나’에게 사랑을 보여준 적이 없으며, 더욱이 미국에

---

141 이는 이질적인 기린과의 상호신체성의 표현이라고 할 수 있다.

서 온 편지에는 아버지의 배신과 죽음이 적혀 있었다.

그 대신 이 소설에는 '나'와 어머니의 여성적인 유대가 중요하게 그려진다. '내'가 세상에 대해 나르시시즘적으로 소통의 문을 닫지 않는 것은 힘든 세상을 '농담'으로 견디는 어머니와의 유대 때문이다. 아버지는 그런 어머니의 이야기 속에서 단 한 번 청년다운 모습으로 등장한다. 느리고 무능한 아버지가 한순간 청년의 모습으로 달리기를 한 것은 어머니와 사랑을 나누기 위해서였다. '달리기'를 하는 아버지는 (실제 아버지이기보다) 어머니를 사랑하는 청년의 상징이며, 유대를 맺고 있는 어머니와 '나'를 험한 세상에서 지탱해주는 존재의 핵심이다. 아버지가 달리는 환상의 공간은 실재계와 접촉한 곳으로서 아버지는 끊임없이 현실의 경계를 넘어서며 내달리고 있다. 달리는 아버지는 우울한 현실에 갇혀 있는 '나'에게 그처럼 끝없이 경계를 열어주고 있는 것이다. 청년다움을 잃기 쉬운 시대에 청년-아버지는 그처럼 '나'를 대신해 달리며 청년으로서의 '나'의 존재를 지탱해주고 있다.

물론 '나'와 어머니에게서 도망친 아버지를 그같이 긍정적 존재로 전이시키는 심리적 기제는 그리 단순하지 않다. '나'는 아버지가 미국에서 다시 결혼하고 이혼을 당한 후 교통사고로 죽었다는 편지를 받는다. 그런데 '나'는 편지를 읽고 배신감을 느낀 후에도 여전히 아버지를 달리게 한다. 이 점은 사랑받지 못한 아이가 아버지에게 상상을 통해 복수를 하는 프로이트의 가족로망스와 상반되는 내용이다. 프로이트의 가족로망스에서 아이의 복수는 자신이 사생아나 업둥이이며 친부모는 영주나 지주라고 상상하는 것이다.[142] 이런 사생아(업둥이)의 상상은 오이디푸스 가족을 부정하는 것 같지만 실제로는 더 큰 권력을 가진 오이디푸스 구조로 되돌아오는 내용이다.

---

142 프로이트, 김정일 역, 〈가족로맨스〉,《프로이트 전집》9, 열린책들, 1996, 55~62쪽.

반면에 이 소설에서 '내'가 아버지에게 복수를 상상하지 않는 것은 아버지가 오이디푸스 가족의 가장이 아닌 점과 연관이 있다. 아버지는 오히려 자본주의적 오이디푸스 구조[143]의 타자이며 단지 무능하고 초라한 존재일 뿐이다. 한때 어머니를 사랑하기 위해 달리기를 했던 청년 아버지는 잠시 오이디푸스 구조[144]의 외곽으로 발을 내딛었던 셈이다. 그러나 아버지는 대부분의 생애를 현실(오이디푸스 구조)의 변두리에서 방황하며 소진해버렸다. 아마도 아버지는 어머니와 '나'처럼 현실의 중심에서 부와 권력을 누리기에는 적합하지 않은 존재였을 것이다.

그런 아버지에 대한 '나'의 '복수'는[145] 변두리에서 서성이는 아버지 대신 어디론가 경계를 넘어서서 달리는 아버지를 상상하는 것이다. 아버지를 증오하고 더 중심에 있는 부유한 아버지를 상상하는 것이 오이디푸스적 가족로망스라면, 그 반대쪽으로 **경계를 넘어** 달리는 청년 아버지를 상상하는 것은 (반대 방향의) **비오이디푸스적 가족로망스**일 것이다. 전자는 오이디푸스 구조 내에서 (오이디푸스 가정에 대한) 증오와 동일시의 양가성을 보여주지만[146], 후자는 그 구조의 경계를 넘어서는 아버지에 대해 **유대의 소망**을 표현한다.

그런데 아버지는 아직도 내 머릿속을 뛰어다니고 있었다. 너무 오랫동안 해왔던 상상이라 잘 지워지지 않는 모양이었다. 그런데 갑자기, '나는 결국

---

143 자본주의적 오이디푸스 구조란 사적 가족이 자본주의 사회로부터 분리된 채 평행적으로 포개져 있는 구조를 말한다. 이 구조에서는 가족이 사회로부터 유리된 상태에서 가족관계가 자본주의적 관계를 반향한다.

144 어머니를 반대했던 외할아버지가 이 구조를 대표하는 셈이지만, 외할아버지 역시 '어머니의 매력'을 알고 있는 점에서 완전한 오이디푸스 구조의 상징은 아니다.

145 이 복수는 복수를 넘어선 복수이다.

146 오이디푸스적 가족 로망스는 그 두 가지 요소 중 반항(사생아적 주인공)에 초점을 맞추지만 사생아나 업둥이적 인물 역시 다시 오이디푸스 내부로 돌아온다.

용서할 수 없어 상상한 것이 아닐까' 하는 생각이 들었다. 내가 아버지를 계속 뛰게 만드는 이유는, 아버지가 달리기를 멈추는 순간, 내가 아버지에게 달려가 죽여버리게 될까봐 그랬던 것은 아닐까. 그러자 갑자기 나는 서러워졌고, 그 서러움이 나를 속이기 전에 빨리 잠들어야겠다고 생각했다.[147]

위에서 아버지의 달리기는 끊임없이 오이디푸스 구조의 경계를 넘어서는 것이다. 만일 달리기를 멈춘다면 아버지는 오이디푸스 구조 내로 회귀할 것이며 아버지를 상상하던 나도 되돌아올 것이다. 그곳은 무능한 아버지에 대한 증오가 폭발하는 공간이다. 결코 부유해질 수 없는 (오이디푸스 구조의 타자인) 아버지에 대한 증오는 '나' 자신에 대한 상처이자 서러움일 뿐이다. '나'는 그런 상처에서 벗어나기 위해서 아버지를 달리게 하고 청년 아버지와 유대를 맺음으로써 오이디푸스 구조(증오와 동일시)에 폐쇄되길 거부하는 것이다. 아버지를 달리게 하는 상상은 비오이디푸스적 공간에 접속하려는 것이며, 증오심과 상처를 주는 현실의 경계를 열어 우울한 나르시시즘에 빠지지 않으려는 소망을 드러내는 것이다.

이처럼 아버지의 달리기는 현실의 오이디푸스 구조에 대응하는 비오이디푸스적 가족로망스라고 할 수 있다. '후꾸오까와 보르네오 섬과 그리니치'를 지나가는 아버지는 지구상의 모든 경계를 넘어서는 것이며, 실제로는 '나'의 탈일상의 소망을 표현하는 것이다. 자본주의적 오이디푸스 구조가 권력에 대한 증오와 동일시의 공간이라면, 달리는 아버지를 통한 '나'의 환상은 그처럼 탈주와 유대의 소망의 표현이다. 오이디푸스적 아버지와의 유대가 권력에 대한 예속인 반면, 달리는 아버지와의 **비오이디푸스적 유대**는 일상의 경계를 넘어서는 즐거운 탈주를 가능하게 한다.

이 같은 비오이디푸스 가족로망스는 1990년대 이후의 현실에 대응하는

---

147 김애란, 〈달려라 아비〉, 《달려라 아비》, 창비, 2005, 23~27쪽.

새로운 성장소설의 방식을 암시한다. 이 소설은 무력한 아버지를 환상으로 된 비오이디푸스적 공간(현실 외부)에서 달리게 함으로써, 아버지의 무능함을 면죄하는 동시에 '나' 역시 나르시시즘에서 벗어나고 있다. 이 점은 아버지 부재가 나타나는 일반적인 우리 성장소설과 다를뿐더러, 나르시시즘적 주인공이 등장하는 1990년대 신세대 성장소설과도 구분된다. 이 소설에서처럼 아버지를 청년으로 부활시켜 그와 유대하는 방식은 1990년대 이후 힘들어진 청년들의 사랑과 연대를 보상한다.

그 같은 청년 아버지와의 유대는 새로운 타자들의 연대로 확장될 때 그 의미가 배가될 것이다. 이 소설이 암시하듯이 타자로서의 아버지는 비오이디푸스적 연대의 일원이 될 수 있으며, '나'와 어머니의 유대 역시 현실에서 실행될 때 새로운 연대의 한 축이 될 수 있다. 그래서 청년들의 연대가 타자들의 연대로 부활하여 '달리기'를 시작할 때 잃어버린 우리 시대의 청년정신을 되찾을 수 있을 것이다.

10. 몸 담론과 환상

〈너에게 나를 보낸다〉〈내 여자의 열매〉〈그렇습니까? 기린입니다〉〈달려라 아비〉에서는 상징계로부터의 거세 위협에 맞서는 환상적 표현이 나타나고 있다. 흥미로운 것은 그런 환상적 표현이 한결같이 몸의 표현으로 나타나고 있다는 점이다. 환상[148]이란 정신적 고통이나 상처에 대한 대응으로서 거세의 상태를 능동적인 자기표현으로 전이시키는 방식이다. 예컨대

---

[148] 특히 소통과 유대의 방식으로서의 환상을 말함.

〈너에게 나를 보낸다〉의 은행원은 유리상자 같은 창구에 갇혀 거세된 삶을 살던 중 '나'의 꿈을 통해 성기가 거대하게 발기되는 환상을 경험한다. 또한 〈내 여자의 열매〉에서 우울 속에서 피멍이 든 아내는 진초록빛 식물로 되살아나며, 〈그렇습니까? 기린입니다〉에서 산수가 불가능해진 아버지는 기린의 몸으로 변신한다. 이들 소설에서는 **정신적인 거세**가 환상을 통해 **몸의 능동적인 자기표현**으로 반전된다.

물론 여기서 몸의 능동적인 표현은 단지 육체만의 문제가 아니라 정신적인 해방의 표현이기도 하다. 이 예들에서 탈주와 유대의 욕망은 정신적 소망인 동시에 또한 몸의 욕망이기도 한 것이다. 이처럼 정신과 몸이 구분될 수 없다는 전제 아래서 정신적 상처에 대한 대응을 몸을 통해 표현한 것이 바로 **몸 담론**이다.

그처럼 몸 담론은 흔히 정신적 내용의 과정과 함께 나타난다. 앞의 예들에서 역시 주인공의 외상에 대한 능동적 대응은 정신적 표현과 몸 담론의 두 가지 차원으로 드러난다. 이들 소설에서 상처의 능동적 극복의 과정은 타자와의 소통과 유대의 관계를 통해 나타난다. 그런데 그 소통과 유대의 관계는 한편으로 정신적 교섭으로서 또 한편으로는 몸의 상호관계로서 표현된다.

예컨대 〈내 여자의 열매〉에서 '나'는 초록빛으로 살아나는 아내의 몸에서 아련한 느낌을 전류처럼 교감한다. 그 같은 시각을 통한 정신적 교섭은 아내의 잎사귀들이 떨어져 내리며 끊어지지만 '나'는 아내의 연두색 열매를 맛보며 몸을 통한 교감을 계속한다. 또한 〈그렇습니까? 기린입니다〉에서 '나'는 아버지-기린을 바라보며 '이탈된 (산수의 세계에) 무관심한 눈빛'이 응시로 되돌아오는 것을 느낀다. 그처럼 시선과 응시가 교차되는 정신적 교감과 함께 '나'는 내 손 위에 포개진 기린의 앞발을 통해 이질적이면서도 친근한 상호신체성[149]을 경험한다.

이처럼 정신적 교섭과 몸의 교감은 주체의 능동적 대응의 과정 속에서

서로 뒤섞여서 나타난다. 물론 그 둘이 완전히 일치되는 것은 아니다. **정신
적 교섭**이 주로 시각적이라면 **몸의 교감**(상호신체성)은 촉각·청각·후각·미
각(시각)[150]을 통해 이루어진다. 전자가 거리를 둔 상태에서의 교감인 반면
후자는 거리를 없애는 과정의 경험이다. 정신적 교섭은 시선과 응시의 교차
처럼 '나'의 시선을 통한 정신적 완결성이 깨뜨려지며 (응시나 대화를 통해)
타자의 이질성이 침투하는 과정이다. 반면에 몸의 교감은 이질적인 몸들이
촉각(청각·후각·미각)[151] 등을 매개로 상호신체적으로 만나는 경험이다.

당연히 이 두 가지 상호주체적 교섭은 서로 배제성을 지니지 않는다. 즉
정신적 교섭은 그 자체로 신체적 교감이기도 하며 몸의 상호신체성은 즉시
로 정신적 교섭을 불러일으킨다. 예컨대 〈아내의 열매〉에서 혀로 아내의
열매를 맛보는 행위는 그녀와의 정신적 교감이기도 한 것이다. 그 이유는
정신을 형성하는 **뇌**와 감각기관이 달린 **몸**은 신경망을 통해 하나로 연결되
어 있기 때문이다.[152]

정신적 교섭과 몸의 교감 중 이제까지는 주로 전자에 많이 관심이 주어
져왔다. 예컨대 라캉의 시선-응시 이론이나 바흐친의 대화이론은 시각이

---

149 몸은 단순한 물체와 달리 만지는 몸 위에 만져지는 몸이 감기는 상호신체성을 통해 지각된다.
여기서의 실재계와 접촉한 영역에서의 상호신체성은 제3자(코드, 약호)의 매개가 없는 만남
인 점에서 상징계 내에서의 접촉과 구분된다. 상호신체성의 개념에 대해서는 메를로-퐁티,
남수인·최의영 역,《보이는 것과 보이지 않는 것》, 동문선, 353쪽과 헤르만 파레트, 김성도
역,〈감성적 소통〉, 한국기호학회 편,《문화와 기호》, 1995, 129~130쪽과 이재복,《한국문학
과 몸의 시학》, 태학사, 2004, 21쪽 참조.

150 시각 역시 상호신체성의 중요한 경험이지만 이때의 시각은 정신적 차원으로 연결되기 이전의
감각이다. 시각을 포함한 이 감각들은 이성적인 '나는 생각한다'가 아닌 몸으로 느껴지는 '나
는 생각한다'를 형성한다. 메들로-퐁티, 앞의 책, 208쪽.

151 시각이 매개가 될 수도 있다. 시각을 매개로 할 경우 몸 담론은 흔히 상호신체적 시각으로 나
타난다. 예컨대 타인의 몸의 지각이란 단순한 물질적 접촉이 아니라 '보는 몸 위로 보이는 몸
이 감기는 것'이다. 메를로-퐁티, 앞의 책, 209쪽.

152 뇌가 신경조직이 밀집된 것이라면 몸은 신경세포의 말단이 과잉되게 증식된 형태이다. 들뢰
즈, 이정하 역,《시간-이미지》, 시각과언어, 2002, 403쪽 참조.

나 말(청각적 울림)을 통한 정신적 교섭에 연관된 것이었다. 반면에 상호신체성을 말하는 몸 담론은 근래에 와서 크게 부각되고 있다.

물론 몸에 대한 관심은 미학의 영역에 국한된 것은 아니다. 자본주의적 상징계에 예속된 일상에서도 몸은 초미의 관심사가 되고 있다. 그러나 일상에서 선망의 대상인 몸과 미학적인 몸 담론은 중요한 차이를 지니고 있다. 자본주의적 상징계의 영역에서 예찬을 받는 몸은 부르주아적 성적 육체나 규율화된 몸이라고 할 수 있다. 그 같은 성적 육체나 규율화된 몸은, 자본주의적 성적 욕망의 장치[153]나 규율성이라는 **제3의 매개항**에 걸려 있는 점에서, 그것이 없이 상호신체성을 통해 교감하는 몸 담론과 구분된다. 자본주의적 상징계의 규약이나 권력의 장치에서 벗어난 후자의 몸 담론은 **실재계**에 접촉한 영역에서 몸과 몸의 교감을 표현한 것이라고 할 수 있다.

그처럼 몸 담론에서 **상호신체성**의 위치는 실재계와 접촉한 위치이다. 융화의 공동체의 기초로서 몸과 몸의 교감[154]은 주체와 타자의 이질성이 용인되는 동시에 서로 포개지는 교섭(악수, 키스, 포옹 등)을 통해 이루어진다. 그 같은 상호주체적 교섭이 가능한 곳은 유아론적인 상상계도 규율에 예속된 상징계도 아닌 실재계에 접촉한 영역이라고 할 수 있다.

그처럼 실재계에 접촉한 영역에서 진정한 몸의 욕망이 드러나는 점에서, 몸의 표현은 흔히 정신적 상처를 입은 신체를 통해 나타난다. 정신적 외상은 실재계와 접촉하는 경험이거니와, 몸 담론은 (환상처럼) 그 상처의 경험을 상징계의 균열에 대응하는 표현으로 전이시킨다. 이 같은 몸 담론에는 신경증과 히스테리의 차원, 분열증과 환상의 차원, 문신과 보디페인팅, 원래의 몸으로 돌아가는 춤 등의 표현이 포함된다.

---

153 푸코가 말한 이 욕망의 장치는 부르주아적 욕망을 증대시키는 방식으로 권력에 예속시키는 방식이다.

154 헤르만 파레트, 김성도 역, 〈감성적 소통〉, 《문화와 기호》, 앞의 책, 130쪽. 여기서 파레트는 상호신체성을 '사회적인 것의 감성화'라고 말하고 있다.

먼저 신경증은 분열증과 달리 꿰맬 수 있는 터진 상처의 상태이다. 즉 신경증이란 상처를 억누르고 터진 네트워크를 꿰맴으로써 간신히 상징계의 소통의 회로를 유지하는 상태를 말한다. 예컨대 〈핍박〉에서의 병적인 신체, 〈슬픈 모순〉에서의 갑갑증, 〈표본실의 청개구리〉〈암야〉〈만세전〉에서의 겹겹증과 우울증 등은 모두 신경증적인 몸의 표현으로 볼 수 있다. 이들 신경증적인 신체는 병적인 고통[155]의 표현을 통해 은연중에 상징계의 균열에 대항한다.

한편 분열증은 다른 천조각(환상 등)으로 덧댈 수밖에 없는 구멍(틈새)의 상태이다. 분열증은 리얼리즘에서는 정신병으로 제시되지만 모더니즘-포스트모더니즘에서는 탈주와 연관된 미적 환상으로 표현된다. 정신 분열증과 미학적 환상의 차이는 전자가 환각적 경험을 (합리성을 위반한) 병적인 것으로 다루는 반면 후자는 현실의 토대가 되는 (무의식적) 핵심 경험으로 여긴다는 점이다.

분열증과 미학적 환상은 실재계에 접촉하는 경험으로서, 무의식적 탈주 욕망과 몸 담론의 두 가지 차원으로 뒤섞여서 나타난다. 예컨대 〈변신〉에서 그레고르의 변신은 탈주 욕망의 표현인 동시에 소외된 몸의 표현이라고 할 수 있다. 즉 그레고르의 벌레로의 변신은 억압적인 상징계에서 탈주하려는 무의식적 욕망을 암시한다. 그와 함께 아무도 접촉하지 않으려는 해충으로의 변신은 상호신체성을 잃어버린 소외된 몸의 표현인 셈이다.

모더니즘의 환상적 몸 담론은 〈변신〉에서처럼 주로 소외된 몸의 표현이며 낯선 두려움(거세 공포)과 함께 나타난다. 반면에 포스트모더니즘의 환상적 몸 담론은 상호신체성을 회복하려는 소망의 표현으로 드러난다. 앞서

---

[155] 이 병적인 고통은 상호신체성을 잃어버린 소외된 몸이 나타내는 증상으로 볼 수 있다. 그 점에서 이 내면고백체 소설(환멸소설)들은 모더니즘과 비슷하지만 아직 계몽 이성에 대한 신뢰를 버리지 않는 점에서 그와 구분된다.

살핀 〈내 여자의 열매〉에서 '나'와 식물-아내의 교감이 그 대표적인 경우일 것이다. 여기서는 아내의 거세와 연관된 낯선 두려움보다는 '나'와 아내의 상호신체성을 통한 사랑과 유대의 소망이 암시된다. '나'와 식물-아내의 교감은 일상에서 벗어난 실재계와 접촉한 영역에서의 만남이며, 진정한 유대가 불가능한 균열된 상징계에 대응하는 사랑의 표현인 셈이다.

이 같은 환상을 통한 상호신체성에 대한 소망은 〈외계인, 달리다〉(김이은)에서도 나타난다. 이 소설의 주인공인 가면가게('뿔 부러진 해골') 여주인은 자신의 본얼굴을 드러내지 못하고 늘 가면을 쓰고 지낸다. 얼굴은 상호신체성이 가장 민감하게 드러나는 몸의 일부이자[156] 보는 사람의 시선에 의해 동일화될 수 없는 이질성의 영역이다. 여자 주인공이 가면을 쓰게 된 것은 자신의 본얼굴의 감정을 드러내지 못하고 연출된 표정으로 세상을 대해야 함을 느끼면서부터이다. 그런데 마지막 상념에서 '여자'는 자신뿐만 아니라 거리의 모든 사람들이 가면을 쓰고 있는 환상을 경험한다.

일반적으로 가면을 쓰고 살아가는 현실은 본얼굴을 통한 진정한 교섭이 불가능한 세계일 것이다. 즉 얼굴이 타인의 일방적인 시선에 노출되어 있어서 본얼굴을 통한 교감 대신 연출된 얼굴로 살아가야 하는 세계이다. 이처럼 가면을 쓴 세계는 진정한 상호신체성인 봄-보임의 이중성이 불가능한 곳이다.

물론 '여자'가 본 가면의 환상은 사람들이 일상에서 보여주는 연출된 표정은 아니다. 사람들이 쓰고 있는 해골과 드라큘라와 외계인의 가면은, 본얼굴의 감정을 빼앗긴 **거세된 피부**의 표현이며, 그것은 평소에 '여자'가 쓰고 있는 가면의 표정이기도 하다.[157] 그 같은 환상 속의 가면은 상호신체

---

156 키스가 몸의 다른 부분의 접촉보다 강렬한 상호신체성의 경험인 것은 그 때문이다.

157 '여자'는 의식적으로 가면을 쓰는 반면 다른 사람들은 자신들이 거세된 얼굴(해골, 드라큘라)임을 느끼지 못하고 있다. 이제 여자는 환상을 통해 다른 사람들도 자신처럼 거세된 상태임을 알게 된다.

성이 상실된 얼굴이자 실재계에 접촉한 사막 같은 표정일 것이다. 해골과 외계인의 가면은 그런 사막화된 표정을 통해 상처와 거세에 대한 **반격을 준비하는 몸**의 표현이다.

'여자'가 실제로 외계인의 가면을 쓰고 달리는 '남자'에게서 자신의 얼굴 가면을 쓴 듯한 환상을 본 것은 그 때문이다. '남자'의 외계인 가면은 실재계와의 접촉을 통해 거세된 상호신체성을 회복하려는 틈새를 표현하고 있다. 그런 빈틈―사막 같은 외계인 가면을 쓰고 여자에게 친밀감을 표현하는 순간, 은연중에 '남자'의 얼굴을 통한 상호신체성이 표현된다. 얼굴을 통한 상호신체성이란 봄―보임의 쌍방성을 회복한 교감의 관계, 즉 보는 얼굴에 보이는 얼굴이 감겨 있는 상태를 말한다. '남자'의 웃는 얼굴은 '여자'에게 혼자서 시선(봄)을 보내는 신체적 표현이 결코 아니다. 그의 웃음은 '여자를 보는 시선 속에 여자의 얼굴이 보여지는' 봄―보임이 회복된 표정이다.

그처럼 여자에게 친밀감을 표현하는 '남자'로부터는, 세상의 거세 위협에 대한 대응으로서 자신의 얼굴에 '여자'의 얼굴이 이질적으로 포개진 상호신체성이 표현된다. 이 순간 보는 얼굴 위에 보이는 얼굴이 감겨 있는 상호신체성을 확인한 '여자'는, 그 봄―보임의 관계를 되찾은 자신의 얼굴을 뒤집어씀으로써 비로소 존재감을 회복한다.

〈외계인, 달리다〉에서의 아이러니는, 유령과 외계인 가면을 쓴 두 주인공이 서로 진정한 교감을 얻는 반면, 가면을 쓰지 않은 다른 사람들은 실제로는 가면으로 얼굴을 가린 채 소통을 하지 못 한다는 점이다. 그와 비슷한 아이러니는 〈코끼리가 떴다〉(김이은)에서도 나타난다. 이 소설은 우리에 갇힌 코끼리가 야생적인 몸의 언어를 간직한 반면, 자유로워 보이는 도시인들은 실상은 우리에 갇힌 듯 살고 있다는 아이러니를 보여준다.

몸과 몸이 교감하지 못하는 우리시대의 삶은 자본주의적 규율이나 욕망의 장치라는 제3의 매개항을 통해 소통하는 세계이다. 그런 세계는 진정한 상호주체적 소통을 잃어버린 채 규율과 욕망의 장치에 갇힌 사회이다. 외견상 자유로워 보이는 〈코끼리가 떴다〉의 도시 역시 그처럼 보이지 않는 우리에 갇힌 곳이다.

이 소설에서 학대받던 코끼리들이 집단 탈출하자 정부는 도시를 방어하기 위해 거대한 보호 펜스를 설치할 것을 결정한다. 아이러니하게도 자유롭던 도시는 우리에 갇히게 되고 우리에 갇혔던 코끼리들은 자유로운 곳을 찾아 떠난다. 유일하게 코끼리들과 소통이 가능한 S는 그들과 춤을 추듯 몸으로 교감하며 원래부터 도시에 우리가 있었다고 생각한다. 진정한 소통을 잃어버린 도시가 쇠창살에 갇히게 된 반면 몸의 언어로 교감하는 S와 코끼리는 그 곳으로부터 탈주의 욕망을 표현하고 있는 것이다. 여기서 S와 코끼리의 대화는 규율이나 거짓욕망에 오염된 도시의 언어가 아니라 원초적인 몸의 떨림과 소리의 울림에 근기힌 교감의 형식일 것이다. 그것은 마치 키스나 악수와도 같이 몸과 몸이 서로 교체되는 듯한 상호신체적인 텔레파시라고 할 수 있다.

그처럼 몸이 서로 교체되는 듯한 경험은 자연을 닮은 교감의 방식에 다름이 아니다. 그런 상호신체성은 상상계(유아론)도 상징계(규율성)도 아닌 실재계에 접촉한 영역에서만 가능하다. 그것은 원래의 화해된 교감의 방식이었는데 합리적인 현실에서 지금은 잃어버린 것이라고 할 수 있다. 이처럼 상호신체성을 통한 타자와의 교감은 실재계적 영역에서 그 대상을 **원래의 것**으로 다시 만나는 경험이라고 할 수 있다. 여기서 잃어버린 원래의 것이 실재계적 영역을 통해 다시 경험되는 것이 바로 **대상 a**(라캉)이다. 그것은 나 자신의 몸인 듯한 것이었는데 이제 실재계적 영역에서 이질적이면서도 서로 교체되는 듯한 대상으로 만나고 있는 것이다. 따라서 상호신체성이란 타자를 대상 a로 만나는 교감의 방식에 다름이 아니다.

〈코끼리가 떴다〉나 〈내 여자의 열매〉에 나타난 환상적인 몸의 교감은 잃어버린 원래의 소통의 방식인 동시에 (규율화된 상징계에서 벗어난) 실재계에 접촉하는 경험이라고 할 수 있다. 그것은 또한 환상을 통해 실재계적 영역의 대상 a에 접촉하는 경험이라고 할 수 있다. 그 같은 대상 a를 향한 욕망은 규율화된 세계(상징계)에서 벗어나려는 탈주의 욕망과 다르지 않다.

탈주 욕망을 불러일으키는 그런 대상 a의 흔적(몽고반점)을 표제로 한 흥미로운 소설이 바로 〈몽고반점〉(한강)이다. 〈몽고반점〉에서는 눈으로 볼 수 없는 대상 a가 몸 자체에 오롯이 나타남으로써 등장인물과 우리들을 현실과 환상의 미로에서 헤매게 만든다. 그로 인해 탈주의 욕망이 환상과 분열증의 경계지점에서 드러나는 점에서도 이 소설은 매우 이색적이다.

〈내 여자의 열매〉에서의 환상이 분열증으로 의심되지 않는 것은 아내의 변신인 식물의 이미지가 합리적 세계를 위협할 정도로 강렬한 미학적 표현을 얻고 있기 때문이다. 더욱이 식물의 환상은 현실에 굳건히 발 딛고 있는 '나'에게 교감을 얻음으로써 (현실로부터의) 거세 공포에서 벗어난 아름다운 이미지로 형상화된다. 환상이 그 같은 심미적 이미지로 나타나는 것은 〈몽고반점〉에서 역시 마찬가지이다.

그러나 이 소설에서 여주인공 영혜(처제)는 〈내 여자의 열매〉의 아내와는 달리 환상으로의 탈주에 성공하지 못한다. 반면에 처제의 몸에 환상적 이미지를 연출하고 교감하는 주인공 '그'는 현실에 위치한 〈내 여자의 열매〉의 '나'에 비해 환상 쪽에 더 다가서 있다. 결국 처제와 '그'는 환상과 현실 어느 한쪽이 아니라 그 사이의 경계지점에서 몸의 심미적 연출에 빠져들고 있다. 그로 인해 두 사람이 연출하는 탐미적 환상은 그들을 바라보는 일상의 시선에 의해 병적인 분열증으로 의심받게 된다.

그 대신 〈몽고반점〉에서의 환상을 통한 교감은 식물의 열매를 음미하는 정도(〈내 여자의 열매〉)를 넘어서 급진적인 탐미적 차원으로 치닫는다. 〈내 여자의 열매〉의 경우 아내의 식물의 환상 자체가 도발적이지만, 〈몽고반점〉에서는 '그'와 처제의 예술적 의례를 통한 환상적 교감이 강렬한 충격을 준다. 환상을 통한 교섭이 다른 사람의 승인을 얻는 일은 일상의 규범의 파괴 없이는 불가능하다. 이 소설에서는 변화되지 않는 견고한 현실에서 전위적인 예술의 형식으로 그 위험한 환상의 모험을 감행하고 있다.

이 소설에서 '그'와 처제의 탈주의 욕망은 〈내 여자의 열매〉에서 아내의 식물의 욕망과 크게 다르지 않다. 두 소설에서 주인공들의 욕망은 잃어버린 태고의 몸을 되찾으려는 것이며, 그것은 상징계적 일상을 넘어서서 실재계적 잔여물(대상 a)에 접촉하려는 욕망으로 나타나고 있다. 다만 〈내 여자의 열매〉에서는 주로 아내의 식물의 욕망이 그려진 반면, 이 소설에서는 '그'와 처제가 식물의 몸으로 회귀하는 동시에 서로 교합하려는 욕망을 표현한다.

〈내 여자의 열매〉는 아내의 거세의 과정이 진초록빛 식물의 환상을 통해 능동적인 대응으로 반전되는 과정이다. 반면에 〈몽고반점〉은 거세되어가던 처제의 몸이 '그'의 예술(환상적 욕망)을 통해 태고의 몸으로 되살아나 '그'와 (성적으로) 교섭하는 과정을 그리고 있다. 이처럼 〈몽고반점〉의 경우 잃어버린 몸(대상 a)에 대한 욕망이 몸과 몸의 성적인 교섭의 차원으로까지 나아가는 점[158]이 문제적이다. 원초적인 대상과 몸을 뒤섞는 교섭을 위해서는 환상이 필요할 뿐만 아니라 일상의 윤리를 넘어서는 일이 요구되기 때문이다.

그 같은 이중적인 불가능성(환상과 탈윤리)을 요구하는 대상 a(욕망의 원인)의 흔적이 표현된 것이 바로 처제 엉덩이의 몽고반점이다. 비디오 아티스트인 '그'는 몽고반점으로 표현된 처제의 몸의 비밀에 접촉하면서 예술과 인생에 중대한 전환점을 맞게 된다. '그'는 자살을 시도한 처제를 병원에 맡기고 피 묻은 자신의 옷을 처리하던 중 이제까지의 그의 작업에 회의

---

158 〈내 여자의 열매〉의 몸의 교섭이 정신적인 것이고 〈코끼리가 떴다〉의 대화가 의사소통의 차원이라면, 〈몽고반점〉의 상호신체적 교섭은 가장 적극적인 성적인 몸의 교섭으로 나타난다. 물론 〈몽고반점〉의 성적인 교섭 역시 단지 육체적인 것만은 아니며 정신적인 차원과 연관되어 있다.

를 느낀다. '그'는 후기자본주의의 고통과 상처의 일상을 다큐화면으로 구성해왔는데, 옷에서 나는 처제의 피비린내를 맡는 순간 더 이상 피폐한 일상을 담는 작업을 계속할 수 없다고 생각한다. 그 대신 '그'는 지금까지 '괴물'처럼 느끼던 관능적인 난교의 비디오에 끌리다가, 처제에게 아직도 몽고반점이 남아 있다는 아내의 말에 충격을 받는다.

채식을 고집하던 처제는 장인이 강제로 고기를 입에 밀어 넣는 순간 갑자기 과도를 치켜들고 손목을 긋는다. 동물적 욕망이 넘치는 후기자본주의 사회에서 채식주의자가 된 처제의 비밀은 몸에 남아 있는 몽고반점이 말해주는 듯했다. 연두색 몽고반점은 오염된 일상에서 벗어난 태곳적 몸의 흔적에 다름이 아니다. 그것은 처제의 몸의 욕망의 표현인 동시에 훼손된 삶에서 탈주하려는 '그'의 욕망을 자극하는 대상이기도 했다. 잃어버린 몸의 실재계적 잔여물(대상 a)인 몽고반점이 남아 있는 점에서, 처제의 몸은 이미 상징계적 일상에서 벗어나 실재계적 영역에 던져져 있는 셈이었다. 그처럼 일상(상징계)과 미지의 세계(실재계) 사이에 드리워져 있는 처제의 몸은 '그'에게 집요하고 고통스러운 유혹이었다.

처제의 몸에 보디 페인팅을 하고 비디오를 찍으려는 그의 예술적 욕망은 실재계적 잔여물로 남은 태고의 몸에 접촉하려는 원초적인 몸의 욕망과 구분되지 않는다. 보디 페인팅은 문신처럼 태곳적 자연을 욕망하는 리비도를 몸에 구현하는 방식[159]이다. **문신**이 상처를 통해 새로운 몸을 만드는 것이라면 **보디 페인팅**은 촉감적 시각을 통해 몸에 감기는 이미지를 입히는 연출이다. 보디 페인팅을 하며 '그'는 처제의 몸에 꽃의 피부를 입히는 동시에 그 꽃을 입은 몸을 만지고 있었다. 붓질을 하는 동안 서로의 몸이 전율을 느낀 것은 그 때문이다. 그 같은 상호신체적 접촉을 통해 두 사람은

---

159 라캉, 맹정현·이수련 역, 《세미나》 11, 새물결, 2008, 311쪽. 여기서 라캉은 리비도를 육체 속에 구현하기 위한 가장 오래된 형식 중의 하나가 문신이라고 말하고 있다.

몽고반점이 손짓하는 원래의 몸의 세계로 들어서고 있었던 것이다.

흥미로운 것은 '그'가 네 시간 가까이 붓질과 촬영을 하는 동안 기적같이 성욕을 느끼지 않았다는 사실이다. 그러나 그것은 식물의 몸을 **입히는** 작업이 오염된 욕망을 **벗기는** 일이기도 했기 때문일 것이다. 몽고반점이 꽃으로 피어나 식물의 몸이 된 처제는 이제 다시 견딜 수 없는 욕망의 대상이 된다. '그'의 작업은 **만질 수 없는** 실재계적 대상(대상 a)을 예술의 힘(그림)으로 **만질 수 있는** 대상으로 바꿔놓은 것이었다. 태고의 몸, 실재계적 잔여물, 끊임없는 접촉의 욕망을 불러일으키는 그것이 이제 만질 수 있는 대상이 되었으므로, '그'는 광적인 교합의 욕망에 사로잡힌다.

성적 욕망은 상호신체적 교감의 방식 중 인간의 공실존(coexistence)을 이루게 하는 가장 근원적인 토대이다.[160] 성적인 교감의 과정은 서로의 실존을 만시는 방식으로 실새계에 접촉하는 순간에 다름이 아니다. 그처럼 성은 우리의 몸 중에서 가장 근원적인 실존에 퍼져 있는 신경망이라고 할 수 있다.[161] 물론 이 공실존으로서의 상호신체적 성은 식물적인 원래의 몸의 것으로서 후기자본주의의 동물적인 성과 구분된다. 꽃으로 뒤범벅된 '그'와 처제가 교합하는 장면은 마치 식물이 인간의 몸을 빌려 움직이는 듯이 느껴진다.

모든 것이 완벽했다. 그려왔던 대로였다. 그녀의 몽고반점 위로 그의 붉은 꽃이 닫혔다 열리는 동작이 반복되었고, 그의 성기는 거대한 꽃술처럼 그녀의 몸속을 드나들었다. 그는 전율했다. 가장 추악하며, 동시에 가장 아름다운 이미지의 끔찍한 결합이었다. 눈을 감을 때마다 그는 자신의 아랫도

---

160 조광제, 《몸의 세계, 세계의 몸》, 이학사, 2004, 222~228쪽. 이 성적 욕망이 부르주아적 성적 욕망과 근본적으로 다름은 물론이다.

161 조광제, 위의 책, 223쪽.

리를 물들이고 배와 허벅지까지 적시는 끈끈한 풀물의 푸른빛을 보았다.[162]

'그'와 처제는 추악한 몸을 벗고 꽃의 피부를 입었지만, 이제는 마치 식물들이 풀물을 흘리며 인간처럼 교합하는 듯한 장면을 연출한다. 이 절대미의 예술적 순간만큼은 일상의 인격적인 인간에서 벗어나 푸른 풀물에 젖은 식물의 몸이 되어 있는 것이다. 그러나 그 환상적인 순간이 지나고 예술 밖으로 나오면 그들은 현실과 환상(예술)의 경계 지점에 불안하게 서 있게 된다.

마모되고 피폐한 일상이 변화되지 않는 한 경계를 서성이는 두 사람의 불안은 끝나지 않을 것이다. '그'의 탐미적 예술의 한계는 그 같은 갈등과 동요를 잠재울 수 없다는 점이다. 후기자본주의의 찢긴 상처를 담은 초기 작품에서 고개를 돌렸듯이, 그의 절대미를 담은 작품은 예술적 욕망의 형식 속에 현실의 변화에 대한 전망을 포함시키지 않고 있다. 그로 인해 원래의 몸에 대한 소망은 격렬하게 표현되지만, 조금도 달라지지 않은 현실에서 두 사람이 서 있을 빈틈은 나타나지 않는다. '그'와 처제가 상식적 윤리에 따르는 일상의 질타로부터 무력한 상태에 있는 것도 그 때문이다. 이 소설은 그 같은 그의 동요되는 실존적 위치, 즉 예술적 탈주와 불안한 분열증의 갈림길을 잘 포착하고 있다.

그녀는 베란다 난간 너머로 번쩍이는 황금빛 젖가슴을 내밀고, 주황빛 꽃잎이 분분히 박힌 가랑이를 활짝 벌렸다. 흡사 햇빛이나 바람과 교접하려는 것 같았다. 가까워진 앰뷸런스의 사이렌, 터져나오는 비명과 탄성, 아이들의 고함, 골목 앞으로 모여드는 웅성거리는 소리들을 그는 들었다. 여러 개의 급한 발소리들이 층계를 울리며 다가오고 있었다.

---

162 한강, 〈몽고반점〉, 《채식주의자》, 창비, 2007, 140쪽.

지금 베란다로 달려가, 그녀가 기대서 있는 난간을 뛰어넘어 날아오를 수 있을 것이다. 삼층 아래로 떨어져 머리를 박살낼 수 있을 것이다. 그렇게 할 수 있을 것이다. 그것만이 깨끗할 것이다. 그러나 그는 그 자리에 못박혀서, 삶의 처음이자 마지막 순간인 듯, 활활 타오르는 꽃 같은 그녀의 육체, 밤사이 그가 찍은 어떤 장면보다 강렬한 이미지로 번쩍이는 육체만을 응시하고 있었다.[163]

처제는 여전히 강렬한 이미지로 황금빛 젖가슴과 꽃잎 박힌 가랑이를 보이지만, 그녀가 지금 서 있는 곳은 예술의 공간이자 환상의 세계이다. '그'는 정신과 구급대의 소란스런 소리를 들으며, '비상인 동시에 추락인 죽음'과 '환상 속의 처제' 사이에서 동요하고 있다. 이제 '그'는 죽음과 환상을 통한 탈수냐 정신병원행이냐의 기로에 있는 것이다. 활활 타오르는 처제의 육체를 향한 구원의 응시와는 상관없이, 끝내 멈춰지지 않을 '그'의 분열과 동요는, 비상구가 잘 보이지 않는 우리시대의 위기의 심리를 격렬하고도 극적인 방식으로 드러내 보인다.

〈몽고반점〉의 마지막 장면에서 처제가 서 있는 난간은 환상의 공간이면서도 실제로 살아 있는 몸의 이미지가 연출되는 곳이기도 하다. 여기서 비현실적인 환상을 현실에 존재하는 몸의 표현으로 연출하는 예술의 형식은 보디 페인팅이다. 그와 비슷하게 환상적 욕망을 살아 있는 몸의 일부로 이미지화하는 형식이 바로 〈바늘〉(천은영)의 문신이다.

〈몽고반점〉의 보디 페인팅이 원래의 몸을 되찾는 예술적 방법이라면 〈바늘〉의 문신은 새로운 몸을 생성하는 제의적 형식이다.[164] 양자의 공통점은 실재계에 접속하는 **리비도의 에너지**를 생생한 **몸의 이미지**로 담아낸다

---

163 한강, 위의 책, 147쪽.
164 문신의 제의적 성격에 대해서는 〈고정혜, 천운영 소설 연구〉(교원대 석사논문, 2010) 25~26쪽 참조.

는 점이다. 실재계와의 접속은 상징계에서 상처받은 몸을 통해 이루어지며, 보디 페인팅과 문신은 그 몸의 상처[165]를 능동적인 힘을 지닌 이미지로 전환시키는 작업이다.

그처럼 몸과 정신의 상처를 균열된 상징계에 대응하는 능동적인 에너지로 전이시키는 점에서 보디 페인팅-문신은 마치 **환상**과도 유사하다. 상처란 실재계에 접촉하는 경험이며, 그 순간에 잃어버린 실재계적 잔여물(대상 a)을 향한 무의식적 에너지(리비도)가 잠재적으로 활성화된다. 이때의 무의식적 욕망은 상처를 치유하고 상처를 준 상징계에 대응하는 에너지로 전이되는데, 그런 능동적인 힘을 표현한 이미지가 미학적 환상이며, 보디 페인팅-문신도 크게 다르지 않다.

보디 페인팅-문신이 미학적 환상과 다른 점은 실제가 아닌 환상과는 달리 현실에 존재하는 몸을 통해 이미지가 구현된다는 점이다. 그러나 상처받은 사람의 무의식적 욕망이 고양되면서 그 리비도적 흐름이 이미지로 전이되는 점에서는 양자가 비슷하다. 특히 **문신**은 실제로 몸에 상처를 냄으로써 실재계와 접속하는 과정을 지닌 점에서, 환상의 정신적-심리적 과정을 몸의 차원에 옮겨 놓은 듯한 제의적 형식을 갖고 있다. 환상이 정신적 상처에 의해 접촉된 실재계 위에 무의식적 욕망의 이미지를 연출하는 반면, 문신은 몸의 상처를 통해 노출된 실재계의 피부 위에 리비도의 이미지를 새겨 넣는다.[166] 환상이 미학적 형식을 통한 **우리 시대의 신화**라면, 문신은 그런 (비합리적인) 신화적 힘(리비도)을 빌려 몸을 재조직하는 **제의적 이미지**이다.

물론 주술적 이미지로서의 문신은 현대의 환상이 그렇듯이 마술적 힘을

---

165 이 몸의 상처는 정신의 상처이기도 하다.

166 라캉은 실재계에 접속하는(현실을 넘어선) 리비도를 육체에 구현하는 형식이 문신이라고 말한다. 라캉, 《세미나》11, 앞의 책, 311쪽.

상실한 채 미학적 차원에 국한된다. 그러면서도 그 자체가 작품인 미학적 환상이나 보디 페인팅과는 달리 문신은 현실 속을 살아가는 사람의 몸의 일부로서 기능한다. 환상의 미학적 기능이란 상징계를 위협하는 전복적인 잠재력을 말하는데, 현실 공간의 몸의 일부인 문신에서는 그 잠재적 힘이 상징계에 노출된 이미지로 표현된다. 예컨대 기린의 몸(〈그렇습니까? 기린입니다〉)이나 파닥이는 식물(〈내 여자의 열매〉), 그리고 활활 타는 꽃의 육체(〈몽고반점〉)에는 상징계의 대상을 겨누는 무기가 없다. 반면에 문신은 원초적인 리비도의 표현이면서 상징계의 권력에 맞서는 무기이기도 하다. 그처럼 문신은 실재계에 접속하는 환상 이미지인 동시에 (균열된) 현실에 대항하는 방식으로 상징계에 걸쳐지는 일상의 몸이기도 하다. 리비도가 실재계적 잔여물을 향한 욕망이라면, 그것의 이미지인 문신은 잃어버린 것(대상 a)의 문양인 동시에 갖고 싶은 것(상징계적 대상)의 그림이기도 한 것이다.

〈바늘〉에서 문신을 원하는 상처 입은 사람들이 한결같이 '강한 것'을 원하는 것은 그래서이다. 물론 강한 것을 원하는 사람도 상징계에 예속된 몸에 상처를 내어 실재계에 접속하는 의례를 치러야 한다. 그 때문에 문신을 해주는 '나'는 여전히 현대의 주술사로서의 면모를 간직하고 있다. 즉 성적 욕망의 장치에 포위된 현실(후기자본주의)의 타자로서 '나'는 추한 광대뼈와 곱추 같은 몸, 탁한 목소리를 갖고 있다. 그런 타자로서의 현대의 주술사는, 실재계에 접속된 위치에서 리비도를 예속된 욕망인 섹슈얼리티의 장치로부터 다른 곳으로 이끄는 역할을 한다. 물론 문신을 한 사람은 몸에 발현된 리비도로 인해 성적 욕망을 느끼지만, 그것은 전과는 다른 새로운 몸에서 나오는 욕망일 것이다.

그러나 그들이 새로운 몸을 통해 강한 것을 원한다고 실제로 문신의 이미지만큼 강해졌는지는 의문이다. 상징계의 강한 기표를 이미지화한다는 것은 그만큼 상징계적 예속의 끈에 다시 묶이는 셈이며 실재계에 접속한 에너지의 흐름이 구현되지 않기 때문이다. 이 경우 강한 이미지로 심리적 위안을 얻는 대가로 상징계를 위협하는 미학적 힘은 약화되는 것이다.

문신을 하는 과정 역시 상호신체성이 발현되는 순간으로서 '나'는 '문신을 끝낼 때마다 격렬한 섹스를 한 듯한 극심한 피로를 느낀다'[167] 그러나 '나'와 손님 사이에 언제나 몸과 몸의 교감이 이루어지는 것은 아니다. '나'의 리비도는 바늘을 통해 타인(손님)의 몸으로 흘러들어가지만 그들의 욕망의 에너지는 자신의 몸의 이미지로 몰리기 때문이다.

그처럼 강한 것을 원하는 거친 남자들은 문신 과정에서 '나'와의 상호신체성이 약화될뿐더러 그들의 미학적 무기 역시 그리 강하지는 않을 것이다. '내'가 거친 남자들과는 달리 여린 여성성을 지닌 801호 남자에게 끌린 것은 그래서이다. 물론 그처럼 아름다운 남자는 문신을 할 사람은 아니다. '그'에 대한 '나'의 호기심과 반감은 그 점과 연관이 있다. 세파에 부딪히지 않았을 '그'는 여성적이지만, 그 때문에 거친 상처를 통해서만 진정한 몸을 얻을 수 있다는 점 역시 알지 못했을 것이다. 그 같은 양가성은 **여성성**을 원하면서도 **야생적인 동물적 감각**에 매료되는 '나'의 이중성에 상응한다.

뜻밖의 일은 그가 다른 남자들처럼 '강한 힘'을 말하면서 '나'에게 문신을 요구한 것이다. 여성적인 그 역시 수많은 상처를 입어왔으며 문신의 주술적 힘을 통해 강한 에너지를 얻고자 하는 것이다. 그러나 여성성의 힘을 알고 있을 듯한 그에게 다른 남자들에게처럼 거미나 칼, 화투패를 새겨줄 수는 없다. '나'는 가장 여성적이면서도 주술적 무기인 바늘을 그의 가슴에 그려 넣음으로써 상호신체적인 화해의 힘을 표현한다.

다른 남자들의 경우 '나'의 리비도의 분출과 그들의 욕망의 흐름은 거의 교감하지 않는다. 그러나 801호 남자의 몸에 상처를 내는 순간, 리비도는 '나'의 바늘을 통해 그의 가슴으로, 그리고 그의 가슴의 바늘을 통해 '나'

---

[167] 천운영, 〈바늘〉, 《바늘》, 창작과비평사, 2001, 15쪽.

의 손끝으로 흐르고 있다. 그 순간 그와 '나'의 몸은 상징계의 예속에서 벗어나 실재계적 공간으로 열리게 된다. 그 같은 몸과 몸의 교감 속에서 탄생한 바늘의 문신은 상징계의 공간에서 실재계에 접속한 에너지를 느낄 수 있는 **틈새**에 다름이 아니다. 이제 바늘은 다른 남자들의 경우처럼 (상처를 준) 험한 세상에 대항하는 무기가 될 것이다. 그러나 바늘은 그들의 문신과는 달리 미학적 힘을 지닌 주술의 무기인 동시에 상호신체적인 교섭의 무기가 될 것이다.

이 여성적인 무기로서의 바늘의 문신은 식물적 환상이나 꽃으로 타오르는 환상과는 달리 '현실의 위기 상황'에 대응하는 미학적 무기이다. 그만큼 바늘의 문신은 미학적 환상이나 보디 페인팅에 비해 싸워야 할 상징계 쪽으로 한걸음 더 발을 들여놓고 있다. 바늘의 싸움은 타인의 몸에 상처를 내어 화해의 주술을 걸고 틈새를 만드는 상호신체적인 과정이나. 이 미학적 주술이 개인적 대상을 넘어서서 사람과 사람의 몸들 사이에서 연대의 문양으로 피어날 때 후기자본주의의 상징계를 횡단하는 보다 강렬한 실재계적 힘이 분출될 수 있을 것이다.

11. 복수 코드화된 현실과 환상

후기자본주의적 존재의 상실감에서 벗어나는 길은 '환상을 통한 유대'와 '상호신체성의 회복' 이외에 현실의 잠재적인 복수성을 발견하는 방법이 있다. 현실의 복수성은 잃어버린 문화적 코드를 되찾거나 현실의 한계 지점에서 새로운 연대가 이루어질 때 나타난다. 상실된 문화(혹은 공동체)의 부활이나 새로운 연대는 현실 속 변혁의 흐름으로 이어지기 어려울 경우 흔히 환상의 방식으로 표현된다. 그 점에서 미학적 환상은 변혁운동이 힘들어진 시대에 **미리 나타난 변혁의 소망**의 표현이라고 할 수 있다.

그 같은 미학적 환상의 전복성은 복수 코드화의 방식으로 또 다른 세계가 암시될 때 증폭된다. 이때의 또 다른 세계는 '환상을 통한 유대'가 하나의 세계나 집단의 차원에서 생성될 때 나타날 수 있다.[168] 그런 복수 코드적 세계의 중요한 근거의 하나는 **탈식민적 유대**이다. 근대화의 시기에 식민화를 경험한 우리의 경우 타자화된 고유문화의 부활에 의해 늘상 복수 코드적 세계를 경험하고 있다. 대립과 갈등의 근대 세계에서 그처럼 억압된 고유문화가 되돌아올 때 사람들 사이의 새로운 유대가 회복될 수 있다. 〈천지간〉에서의 인연의 끈이나 《손님》에서의 살풀이의 소망, 그리고 〈웰컴 투 동막골〉에서의 동막골의 화해의 힘이 바로 그것이다. 이 경우 잃어버린 세계의 귀환과 함께 '환상을 통한 유대'가 생성된다.

물론 그 같은 탈식민적 환상이 아니더라도 후기자본주의의 포스트모던적 상황에서는 빈번히 복수 코드적 세계가 형성된다. 후기자본주의는 변혁운동이 힘들어진 현실에서 환멸과 허무로 인해 잠재적인 탈주의 욕망이 증폭되는 시대이다. 이런 상황에서 사람들은 밀교적 집단을 만들거나(《은어낚시통신》) 현실 저쪽에 또 다른 세계가 있다고 믿게 된다(《옛날 영화를 보러 갔다》). 이 같은 밀교적 유대나 비의적 상상력은 무의미한 현실의 균열이 악화될 때 강렬해진다.

그런 측면에서 현실 저편에 다른 세상이 있다는 생각은 균열된 현실을 그리는 리얼리즘 시대부터 있어 왔다. 그러나 포스트모더니즘에서는 그 또 다른 세계가 실제로 현실세계와 중첩된 채 존재하는 듯 표현된다. 즉 또 다른 세계가 눈에 보이는 세계만큼이나 신빙성을 갖고 있는 것이다. 이 같은

---

[168] 환상을 통한 유대가 확장되어 또 다른 세계가 생성되거나 현실 저편에 다른 세계가 있다는 생각에 의해 환상적 유대가 나타날 때이다.

현실의 복수성은 합리적 세계의 완전한 코드화가 불가능하다는 **인식론적 불확정성**과 연관이 있다. 괴델의 불확정성의 원리에 의하면 어떤 세계의 외부에 초월적 메타 레벨이 없는 한 그 세계는 결코 완결될 수 없다. 신이나 초월적 이념을 상실한 근대 세계에서 합리적 현실은 불확정적이며, 그런 미결정적 영역에 다른 코드의 세계가 끼어들 수 있는 것이다.[169] 자본주의적 근대, 그 합리적 현실의 균열이 심화될수록 또 다른 세계에 대한 상상력은 더 들끓게 된다. 그런 상황에서 다른 세상에 대한 무의식적 욕망이 변혁의 흐름으로 표면화되지 못할 때, 우리 시대의 소설에서처럼 포스트모던적 복수 코드의 세계가 그려지는 것이다.

탈식민지적 혼성성[170]이든 포스트모던적 불확정성이든, 복수 코드적 세계에서 또 다른 세계는 열려진 상태이며 흔히 환상성을 지니고 있다. 이 말은 또 다른 세계가 합리적 현실보다 불확실하지만 그 대신 실재계에 접속되어 있다는 뜻이다. 상징화되기 어려운 실재계적 영역은 우리의 무의식적 욕망에 의해 환상적으로 표현된다. 물론 우리는 여전히 합리적 세계에 지배되고 있으며 환상성을 지닌 또 다른 세계는 잠재적으로 경험된다. 그러나 실재계와 접촉하고 무의식적 욕망과 연관되는 점에서 잠재적인 또 다른 세계는 우리를 지배하는 합리적 세계보다 오히려 더 핵심적이다.

무의식적 욕망이란 합리적 세계에서 억압되거나 잃어버린 것을 향한 충동을 말한다. 그것은 태고의 몸(〈몽고반점〉), 존재의 시원(〈은어낚시통신〉), 식물적 자연(〈내 여자의 열매〉), 인연의 끈(〈천지간〉), 동양적 공동체(〈역사〉), 사랑과 화해(〈아, 하세요 펠리컨〉), 그리고 우리가 태어난 '난 데'라는 화해의 공간(《손님》), 아이들처럼 막 뛰어놀 수 있는 고향(〈웰컴 투 동막골〉) 등을 향

---

169 이 다른 코드의 세계 역시 미결정적이며 합리적 세계와는 달리 흔히 환상적으로 나타난다.
170 혼성성은 서구적 근대의 세계와 잃어버린 고유문화의 세계 사이의 틈새에서, 존재의 핵심인 고유문화에 연관된 무의식을 근거로 나타나는 주체성을 말한다.

한 욕망이다. 그 잃어버린 것들은 실재계적 잔여물로 남아 무의식 속의 욕
망을 자극한다.

그 같은 실재계적 잔여물을 향한 충동은 욕망의 추동력이자 우리의 존
재의 핵심이다. 그러나 그런 잃어버린 것들이 이미지로 구현된 세계가 그
자체로 유토피아나 새로운 세계는 아니다. 〈마리 이야기〉 같은 서정적인
환상서사에서는 유토피아적인 세계('마리의 세계')가 그려지지만, 일반 환상
서사에서는 무의식적 소망과 전의식(합리적 흐름)이 교섭한 혼합 이미지가
나타나기 때문이다. 예컨대 〈아, 하세요 펠리컨〉에서 오리배 세계 시민연
합은 유토피아적 세계이기보다는 여전히 자본주의의 주변부를 살아가는
사람들의 모임이다. 그 환상적 이미지는 해방된 세계가 아니라 화해된 삶
에 대한 무의식적 소망이 현실의 균열부분을 채우며 나타난 것이다.

또한 근대 이후의 삶은 합리적 공간을 완전히 이탈할 수는 없기 때문에,
새로운 세계는 합리적 세계와 또 다른 세계(환상적 세계)가 중첩되는 영역에
서 (현실의) 균열을 넘어서는 삶으로 생성되어야 한다. 예컨대 〈웰컴 투 동
막골〉에서 동막골의 세계는 우리가 소망하는 화해된 삶이긴 하지만 합리적
세계에 대응하기에는 개인의 자의식이 아직 미발달된 상태에 있다. 새로운
세계는 동막골의 화해의 꿈을 지키되 합리적 세계와 대면하는 차원에서 그
균열(분단 모순)을 넘어서는 삶으로 나타나야 한다. 동막골을 구출하기 위해
표현철과 리수화 일행이 '새로운 연합군'을 형성해 폭격을 저지하는 행동
은 그런 해방된 삶을 향한 전망을 암시한다.

이처럼 잃어버린 것(동막골)을 향한 무의식적 소망은 합리적 세계의 균
열(분단모순)에 대응하는 반성적 사고와 결합했을 때 새로운 삶의 전망이
될 수 있다. 그런 전망이 나타나는 곳은 합리적 세계(분단 세계)와 또 다른
세계(동막골)가 중첩되는 영역이며, 그 곳은 대서사와 미시서사가 접합되는
공간이기도 할 것이다. 환상서사란 무의식적 욕망이 그처럼 현실세계의 변
혁적 전망으로 표면화되기 이전에 환상적 이미지의 공간(또 다른 세계)을 떠

도는 형식으로 표현된 것이다.

　따라서 환상서사의 이미지들은 그 자체로 변혁의 전망이기보다는 그것의 토대인 무의식적 소망의 표현이라고 할 수 있다. 그런 무의식적 소망은 상처를 입은 사람들이 밀교적 집단을 형성할 때 이미지화되기도 하고(〈은어낚시통신〉), 현실 자체에서 삶의 이쪽과 구분되는 저쪽의 이미지로 수시로 나타나기도 한다(《옛날 영화를 보러 갔다》). 또한 상처의 고통 속에서 환상을 통해 또 다른 집단이나 세계를 경험하기도 하는데, 〈아, 하세요 펠리컨〉〈미소녀 대통령〉〈지구를 지켜라〉가 그런 경우이다. 다른 한편, 잃어버린 세계나 사유가 무의식으로부터 회귀하는 형식을 갖기도 하거니와, 이 경우에도 일상 속에서 문득 환상을 경험하는 유형과 공간적으로 분리된 곳에서 환상적 세계를 만나는 유형이 있다. 예컨대 〈천지간〉《아름다운 나의 귀신》 연작, 《손님》이 전자라면, 〈웰킴 투 동막골〉은 후자의 예이나.

　어느 경우이든 환상적 세계는 현실에서 상처 입은 사람들이 자신의 실재계적 경험(상처)을 (상징계의) 균열에 대응하는 능동적 힘으로 전이시키는 공간이다. 리얼리티는 **복수적**이라는 생각, 그리고 세계에는 무의식적 욕망을 달래주는 **또 다른 공간**이 있다는 사유가 그 능동적 힘의 원동력이다. 예컨대 〈은어낚시통신〉에서는 은어를 문장으로 한 밀교집단이 그 같은 또 다른 공간이다.

　이 소설에서는 현실 저편의 다른 세계가 상처 입은 사람들이 실제로 모여 형성된 곳인 점이 특징적이다. 그러나 그들이 실행하는 밀교적 의례는 다분히 환상적이고 제의적이다. 보디 페이팅이나 문신이 실재계적 피부에서 연출하는 상호신체적 의례라면, 은어낚시모임은 실재계에 접촉한 사람들 사이에서 집단적으로 치러지는 제의이다. 모임의 참여자들이 현실에서 상처를 받거나 허무를 경험한 사람이란 점은 그들이 실재계적 접촉을 겪었음을 암시한다. 그러나 그들의 상처인 실재계적 경험을 원래적 욕망의 능동적 표현으로 뒤바꾸기 위해서는 존재의 근본적인 전이가 필요하다. 모임에서 수행하는 마약이나 밀교적 의례는 후기자본주의에 오염된 존재를 해체하고 억압된 무의식적 욕망을 표현하기 위한 것이다.

이윽고 그들이 은어처럼 존재의 시원으로 회귀하는 과정은 되살아난 무의식적 욕망이 잃어버린 실재계적 잔여물(대상 a)에 접촉하려는 운동과도 유사하다.[171] 만일 이런 회귀의 운동이 개인적으로 시도되었다면 낯선 두려움이나 죽음충동에 부딪혔을 것이다. 은어를 문장으로 한 밀교적 의례와 집단은 그런 죽음충동에서 벗어나는 공간을 만들어준다.

그처럼 다른 세계에 대한 믿음은 우리의 무의식적 충동(욕망)이 죽음충동으로 이끌리는 것을 막아준다. 그 점에서 은어낚시모임이 개인의 환상공간이 아니고 또 다른 세계라는 점은 매우 의미심장하다. **또 다른 세계에 대한 신뢰**는 우리의 존재의 핵심인 무의식을 삶의 방향으로 해방시켜주는 것이다.

물론 은어낚시모임 역시 또 하나의 세계인 점에서 그 나름대로의 규칙(코드)을 갖고 있다. 그러나 그들의 '헌법'이란 '탈고드화된 코드'이다. 은어라는 문장(일동의 코드)이 암시하듯이, 모임의 사람들은 '코드'라는 제3항이 아니라 시원으로의 실재계적 회유과정에서 만나고 있기 때문이다.

그렇다고 은어낚시모임의 세계가 후기자본주의에 대한 대안적인 세계는 물론 아니다. 그들의 세계에는 훼손된 존재의 해체와 재생 과정은 있지만 새로운 리얼리티의 생성과정은 없기 때문이다. 그 점이 그들의 지하에서의 존재의 회유과정이 지상에서의 존재의 욕망의 표현인 변혁운동과 다른 점이다. 존재의 회유 역시 욕망의 표현이지만 그것은 지상에서 현실의 변화가 없이 은밀히 수행된다. 바로 그렇기 때문에 지상에서도 진정한 존재의 표현이 용인될 때까지 현실 저쪽에서의 은어낚시통신은 계속되어야 하는 것이다.

---

171 앞의 6절의 욕동의 운동 도표(그림 3) 참조.

"…(전략)… 어떻게 보면 두 겹의 삶을 살고 있는 사람들이죠. 현실적인 삶을 더 이상 용납할 수 없으니까, 그렇게는 살아지지 않으니까, 말하자면 지하에다 다른 삶의 부락을 하나 더 세운 거예요. 우리가 은어를 문장으로 한 것도 다른 뜻이 아녜요. 말하자면 우린 여기서 거듭나기 연습을 해요. 어떻게든 우리 방식으로 버티고 사는 법을 배운단 말이죠."[172]

지하의 삶의 부락은 실재계적 접촉을 허용하지만 현실에 발 딛은 곳이 아닌 점에서 환상적인 공간이다. 그러나 그곳은 우리의 시원적인 존재와 삶에 대한 욕망을 해방시켜준다. 지하에서 되찾은 그 (무의식적) 욕망은 지상에서 리얼리티를 변화시킬 수 있는 에너지와 다르지 않다. 그 두 세계를 왕복하는 두 겹의 삶, 그리고 저쪽 세계를 확인하는 은어낚시통신은, 지상에서 우리의 존재의 삶이 해방될 날의 기다림의 표현일 것이다.

현실 저편의 또 다른 세계가 무의식적 욕망이 해방된 곳이라는 점은《옛날영화를 보러갔다》에서도 마찬가지이다. 이 소설에서의 '저쪽 세계'가 〈은어낚시통신〉과 다른 점은 지하의 모임이 아니라 지상의 특정 지점에서 개인이 만나는 세계라는 점이다. 그러나 이 소설에서도 그 '다른 세계'에 대한 믿음은 열일곱 살 때 친구들('나', 유진, 희배)의 모임으로부터 얻어진다. 그때는 이쪽과 저쪽세계의 비밀통로인 벌레구멍을 경험할 수 있었고 삶의 저편 영원으로 빠져나가고 싶어 했다. 그러나 어느 날 유진 어머니와 희배 아버지의 불륜을 목격한 후 유진은 죽음을 통해 영원히 돌아설 수 없는 저쪽으로 가버린다. 그날 이후 '나'는 자아의 일식을 경험하며 죽은 듯이 살아가게 된다.

이 소설에서도 벌레구멍을 통해 드나들 수 있는 저쪽 세계란 무의식적 욕망이 해방된 공간에 다름이 아니다. 열일곱 살 때 그곳을 엿볼 수 있는 놀

---

172 윤대녕, 〈은어낚시통신〉,《은어낚시통신》, 문학동네, 1994, 74쪽.

이를 가능하게 해준 것은 세 사람 사이의 우정이었을 것이다. 그러나 유진은 절망 속에서 죽음충동을 통해 저쪽 세계로 넘어갔고, 무의식에 상처를 입은 '나'는 벌레구멍을 잃어버린 채 이쪽 세계에 감금된 삶을 살게 된다.

'나'에게 그런 무덤 같은 삶에서 벗어나게 해준 것은 E(희배)와의 재회였다. 옛날 영화를 보는 중의 E와의 재회는 벌레구멍으로 되돌아가게 해주는 제의적인 시간을 갖게 했다. 영화가 뇌의 영역에서 명멸하는 이미지의 연출[173]이라 할 때, 옛날 영화는 기억 이미지들을 자극하여 무의식을 고양시키는 제의를 가능하게 해준 셈이다. 그처럼 제의적 시간이란 무의식을 움직여 원래의 시원으로 되돌아가려는 환상적 의례일 것이다. 마치 〈은어낚시통신〉의 주인공이 존재의 시원으로 회유하듯이, '나'는 벌레구멍으로 되돌아가 무의식이 해방된 저쪽에 발을 들여놓을 수 있게 된 것이다.

그러나 벌레구멍을 되찾는 일이 그처럼 과거로의 회귀를 통해서만 가능한 것은 아닐 것이다. '나'는 특별히 뼈아픈 과거를 갖고 있지만, 통상 어른이 된다는 것은 상처를 겪고 벌레구멍을 상실한 채 혼자가 되는 일일 것이다. 물론 벌레구멍을 잊지 못하는 사람은 상처를 경험한 후 (유진처럼) 죽음충동을 통해 혼자서 저편 세계로 가버릴 수도 있다. 그러나 대부분의 사람들은 저쪽 세계와 함께 무의식적 욕망을 억압당한 채 팍팍한 삶을 살아간다. 그런 우리들이 성인이 되어서도 잃어버린 벌레구멍을 잊지 못한다면, 우리에게 상처를 주는 현실 자체의 균열[174]지점에서 저쪽 세계로 가는 통로를 발견할 수도 있을 것이다. 물론 그 통로는 혼자만의 고독이 아니라 사람들을 만나게 하는 공간을 통해서만 찾아질 것이다. 그 점에서 벌레구멍을 발견하는 일은 사람들을 다시 만나게 하는 공간을 찾는 일과 다르지 않다.

---

173 나병철, 《영화와 소설의 시점과 이미지》, 소명출판, 2009, 386~387쪽 참조.
174 이 균열지점은 상처를 주는 곳인 동시에 실재계에 접촉하는 경험을 하게 하는 곳이다.

흥미롭게도 그런 벌레구멍은 인터넷이 발전한 이후 현실에 실제로 존재하는 가상공간을 통해 발견되기도 한다. 예컨대 박민규의 〈고마워, 과연 너구리야〉에서는 무의식을 예속화하는 후기자본주의에서 벗어나는 통로로 너구리 게임이라는 가상공간이 제시된다. 너구리 게임은 더 이상 현실에 적응하지 못하는 사람이 스테이지 23 단계에서 너구리의 저쪽 세계로 들어서는 통로를 제공한다.

너구리에 중독된 사람은 개인적 차원에서는 손팀장처럼 회사에서 쫓겨나 거세된다. 그러나 너구리에 감염된 사람들이 많아지면서 이제 너구리는 자본주의 시스템에 예속된 사람들을 해방시키는 즐거움의 원천이 된다. 물론 그들은 이쪽 세상에서 보면 '너구리 광견병'에 걸린 사람들 일수도 있다. 하지만 현실 저편의 너구리 세계의 존재는 우리에게 따뜻함을 준다. 그리고 거기로 가는 가상공간은 저쪽 세계를 잃은 후기자본주의에서 희망을 여는 또 하나의 벌레구멍일 수 있다. 앞의 벌레구멍이 비의적 세계로의 비밀통로라면 너구리는 따뜻한 인간적 유대로의 비밀 매체인 셈이다.[175]

이제까지 살펴본 '은어낚시통신', '벌레구멍', '너구리'(가상공간)는 이쪽에서 저쪽 세계를 경험하게 하는 **현실 자체**에서의 환상적인 통로였다. 그와 달리 현실에서 상처를 입은 사람이 자신의 **환상을 통로**로 해서 다른 세계로 진입하는 경우도 있다. 예컨대 〈아, 하세요 펠리컨〉〈미소녀 대통령〉〈지구를 지켜라〉 등이 그런 작품이다.

〈아, 하세요 펠리컨〉에서 '나'의 환상은 사업에 실패하고 자살한 사람이 탔던 라-47호 오리배의 이미지에서 비롯된다. 전문대를 졸업하고 일흔세 번 구직에 실패한 '나'는 유원지에 오는 심야전기 같은 '저렴한 인생들'에

---

175 인터넷 같은 가상공간의 일반화는 윤대녕 소설 같은 신비적 분위기가 없이도 환상과 현실이 뒤섞이는 것을 가능하게 했으며 박민규 소설 같은 포스트모던 리얼리즘을 생성시키게 했다. 더욱이 현실에서의 환상의 실제화라고 할 수 있는 변혁운동(촛불시위 등)을 위해서도 인터넷은 매우 중요한 역할을 할 것이다.

게 연민을 느끼고 있었다. 그런 '나'에게 죽은 남자가 탔던 라-47호는 일종의 트라우마와도 같은 것이었다. 태풍이 불던 밤 오리배들이 떠내려가지 않게 묶던 '나'는 라-47호가 주둥이를 끄덕이며 자신을 쳐다보는 것을 느낀다.

그날 밤 '나'는 유원지 사장과 함께 '오리배 세계시민연합'의 환상을 경험한다. 수많은 오리배들이 오페라 같은 합창을 들려주며 저수지를 날아오르는 풍경은, '나'의 상처인 라-47호가 (상징계에서 해방되어) 환상으로 전이되며 아름다운 소망을 표현하는 장면에 다름이 아니다.[176] 강풍을 견디는 오리배들의 연대는 '나'를 쳐다보던 라-47호에 대한 환상적인 응답이었을 것이다. 즉 '오리배 시민연합'이란 상처받은 '나'의 무의식이 실재계와 교섭하며 소망을 표현하는 이미지들의 연출이다. 그런 환상은 '나'의 무의식적 소망으로서 **타자들**('저렴한 인생들')의 **사랑과 화해**를 실현하려는 사람들이 어딘가에 있다는 생각을 암시한다.

그밖에 오리배 시민연합의 사람들이 후기자본주의 사회를 살아가는 생활의 모습은 '파생적인' 이미지일 뿐이다. 파생적인 이미지란 '나'의 무의식적 소망인 '사랑과 화해'의 꿈이 현실이 반영된 (합리적 흐름인) 전의식과 혼합되어 만들어진 이미지이다. 환상은 마치 꿈과도 같이 그처럼 무의식과 전의식이 뒤섞이며 형성된다. 그러나 우리는 그런 혼합물에서 원래의 무의식적 소망을 읽게 되며 파생적인 이미지는 부수물로 여기게 된다. 마치 백인(의식)과 원주민(무의식)의 혼혈인(환상, 꿈)을 백인이 아닌 원주민으로 보듯이[177], 우리는 혼합적인 환상 이미지를 원래의 무의식적 소망의 표현으로 생각하는 것이다.

---

176 이 순간 날아오른 것은 라-47호이며, 태풍에 맞서 오리배를 묶던 일의 연장선상에서 오리배들의 연대의 환상이 나타난 것이다.
177 프로이트, 윤희기 역, 《무의식에 관하여》, 열린책들, 1997, 198쪽.

마찬가지로 〈아, 하세요 펠리컨〉에서 오리배를 타고 날아오른 사람들은 후기자본주의 사회에서 결코 주변부의 삶을 벗어나지 못한다. 그러나 우리는 그들이 들려준 오페라의 하모니를 잊지 못하며, 그처럼 화해의 꿈을 연출하는 사람들이 어딘가에 있다는 생각으로 위안을 받는다. 환상으로 표현된 그 같은 생각은 아직 상실하지 않은 우리의 무의식적 소망에 대한 믿음에 다름이 아니다.

실제 현실에서는 우울한 삶에서 벗어나지 못하면서도 환상에서 위로를 받는 것은 그런 환상이 우리의 심리적 리얼리티의 표현이기 때문이다. 심리적 현실이란 무의식을 통해 객관현실과 상호작용하는 수면 밑의 심층을 말한다. 무의식이 고양되면 심리적 현실이 활성화되고 구체적인 환상 이미지가 생성된다. 그런 환상적 표현이 절망적인 현실을 감싸며 넘어설 때, 우리는 '보이는 세계'에서는 보이지 않는 희망을 발견한다. 반면에 무의식을 욕망의 장치에 예속화하고 이데올로기로 순화시키는 것은 그 희망의 싹을 자르는 일과도 같다. 부르주아적 욕망의 이미지·환상과 미학적 환상(진정한 욕망의 이미지)의 대결이 벌어지는 후기자본주의 사회는 실상 그런 **무의식을 둘러싼 전쟁**이 일어나고 있는 세계이다.

그 같은 무의식 영역에서의 싸움은 그리고 있는 소설이 바로 〈미소녀 대통령〉이다. 이 소설에서 '소녀들의 세계'의 환상은 주인공('나')이 어떤 소녀가 성폭행 당하는 스너프 필름을 본 후에 나타난다. '나'는 포르노그래피 속의 소녀가 마치 온몸으로 전쟁을 하는 것과 같다고 생각하는데, 그 후 실제로 소녀들이 괴물과 전쟁을 하는 환상세계로 들어가게 된다.

포르노그래피 속의 소녀를 보며 마치 온몸으로 전쟁을 하는 것 같다고 생각했다. 소녀를 착취하려는 어른들에 맞서 전쟁을 하는 것 같다고. 소녀는 포르노 배우가 되고 싶지 않았을 것이다. 하지만 세상이 그를 포르노에서 섹스를 하도록 만들었고 그는 몸으로 세상을 향해 저항하고 있었다.

　내가 수학 시간에 했던 생각도 그것이었다. 소녀는 세상과 전쟁을 하고 있는 것이 아닐까. 그것이 내가 했던 생각이었다. 그리고 이런 말이 들려왔다.
　'나를 도와줘.'
　나는 창밖으로 고개를 돌렸다가 괴물을 보았다.[178]

　위에서 소녀의 어른들에 맞선 '온몸의 전쟁'은 실상은 그녀의 무의식 속의 전쟁일 것이다. 또한 '나를 도와줘'라는 목소리를 들은 것은 소녀의 심리를 읽고 있는 '나'의 무의식이다. '나'는 어른들의 성적 욕망이 담긴 필름(이미지)을 보며 그와 반대되는 욕망을 지닌 소녀와 자신의 심리(무의식)를 읽고 있었던 것이다. 그 같은 소녀와 '나'의 무의식적 욕망이 소녀들과 괴물의 환상의 일차적인 원인이라고 할 수 있다. '나'의 무의식에 상처를 낸 어른들의 세계(실재계 차원)가 괴물의 환상이며, 괴물에 쫓기다가 들어선 소녀들의 세계는 필름 속 소녀의 무의식의 공간일 것이다.

　그처럼 소녀들의 세계의 환상은 '나'와 소녀의 무의식적 교감에서 의해 형성된 셈이다. '나를 도와줘'라는 소녀의 목소리는 그 같은 소녀와 '나'의 **연대감**의 표현이다. '나'는 바로 그 연대감을 바탕으로 환상세계를 경험했다고 할 수 있다. '도와줘'라는 목소리를 듣고 소녀들의 환상세계를 꿈꾼 것은 '나'의 무의식이리지만, 그 환상세계의 내용은 '내'가 읽은 '어른들과 전쟁을 하는 소녀'의 무의식인 것이다.

　또한 환상 속에서의 괴물과의 전쟁 역시 '나'와 소녀의 심리적 연대에 의해 가능해지고 있다. '나'와 소녀는 혼자서는 괴물을 당해낼 수 없지만, 소녀-롤리타의 로봇과 '나'의 **합체**에 의해 보다 강해진 힘으로 괴물과 싸울 수 있었던 것이다. 그 점에서 '소녀들의 세계'의 환상은 '나'와 소녀들의 연대의 환상이라고도 할 수 있다.

<hr>

178 김이환, 〈미소녀 대통령〉, 《한국 환상문학 단편선》, 황금가지, 2008, 25쪽.

그 같은 환상세계에 나타난 괴물과의 전쟁은 실제로는 **무의식 차원에서의 싸움**이다. 내가 본 스너프 필름은 불법이지만 거기에는 어른들의 (부르주아적) 성적 욕망의 무의식이 표현되어 있다. 반면에 소녀의 몸짓에서는 그런 성적 욕망의 권력에서 탈출하려는 욕망이 암시되고 있다. 이처럼 남성중심적 후기자본주의 사회에는 두 가지 무의식이 존재하는 것이다. 하나는 포르노그래피 같은 성적 욕망의 이미지를 만들어내는 부르주아적 욕망의 무의식이며, 다른 하나는 그로부터 탈주하려는 또 다른 욕망의 무의식이다. 세계는 전자의 무의식에 의해 지배되고 있거니와 탈주의 욕망–무의식은 그에 대항할 힘을 갖고 있지 못하다. 그러나 후자의 무의식적 욕망을 지닌 사람들이 '나'와 소녀처럼 연대를 할 경우 보다 강해진 힘으로 부르주아적 욕망의 세계에 대항할 수 있다. 물론 그 싸움은 아직 무의식의 차원에서 진행되는 것이며 '나'와 소녀의 연대는 환상을 동해만 이미지로 표현될 수 있다.

무의식 차원의 싸움은 **이미지들의 전쟁**이라고 할 수 있다. 아직 가시적인 세계에서는 포르노그래피 같은 부르주아적 성적 욕망의 이미지가 넘쳐흐르고 있다. 그러나 그에 맞서는 또 다른 무의식적 욕망이 있는데 그것은 '나'와 소녀의 연대의 무의식이다. 이 '보이는 세계에서는 보이지 않는' 또 다른 무의식은 '연대'의 힘을 통해 미학적 환상으로 이미지화된다. 그런 환상 이미지는 아직 현실화되지는 않았지만 실상은 그 속에 진정한 욕망을 간직하고 있는 또 다른 세계라고 할 수 있다.

따라서 이 세상에는 두 개의 세계가 존재하는 셈이다. 하나는 부르주아적 성적 욕망의 세계이며 다른 하나는 그에 맞서 싸우는 사람들의 세계이다. 이 소설에서는 후자의 세계를 포르노그래피 속 소녀의 무의식의 표현[179]으로

---

179 이 소녀의 무의식의 표현은 그런 심리를 읽고 있는 '나'와 소녀의 연대의 무의식적 표현이기도 하다.

그리고 있다. 무의식은 우리의 존재의 핵심이자 세계를 움직이는 추동력[180]인데, 현실에서는 억압된 소녀의 무의식이 환상세계에서는 모든 것을 움직이는 힘으로 나타난다. 현실세계의 희생자인 스너프 필름 속의 소녀가 '소녀들의 세계'의 신인 롤리타로 나타나고 있는 것은 그 때문이다.

그러나 환상세계의 신인 롤리타에 의해 필름 속 소녀의 무의식적 소망이 모두 실현되는 것은 아니다. 부르주아적 욕망이 지배하는 현실세계에서 그에 대항하는 무의식이 읽혀지듯이, 롤리타가 지배하는 환상세계에도 싸워야할 괴물이 존재하는 것이다. 다만 두 개의 세계에서는 힘을 행사하는 주도권이 각기 다른 쪽에 있을 뿐이다. 소녀들의 환상세계의 대통령이 문근영[181]이라는 사실은 그 점을 시사한다. 부르주아적 권력이 통치하는 세계가 성적 이미지로 가득 찬 현실세계[182]라면, 문근영이 대통령인 세계는 필름 속 소녀의 무의식[183]이 주도권을 갖고 있는 환상세계이다. 이 후자의 환상세계는, 실상 소녀의 무의식의 움직임인 전쟁을 하는 듯한 '심리적 현실'과 다르지 않다.

그림 5에서처럼, 이 소설에서 현실세계(부르주아적 현실)와 환상세계(소녀의 심리적 현실)의 관계는 평행우주라는 공상과학적 이론으로 설명되고 있다. 그러나 실상 그런 설명에는 심리학적 관계들이 빈틈없이 조응한다. 어렸을 때부터 성적 착취를 당해온 소녀는 평행우주를 조정하는 능력이 생기는데, 이는 정신적 상처로 인해 수면 밑 심리적 현실이 일상 현실만큼 활성화된 상태를 뜻한다. 또한 소녀가 현실세계를 환상세계로 대체해 그 세계의 신 롤리타로 강림한 것은, 상징계의 균열부분에서 실재계에 접촉해 환

---

180 특히 이미지와 욕망의 장치에 의해 운행되는 후기자본주의 사회에서는 그렇다고 할 수 있다.
181 롤리타가 환상세계의 존재적 차원에 관여한다면 문근영은 그 세계의 사회적 차원과 연관되어 있다.
182 이 현실세계는 무의식을 예속화하는 욕망의 장치로 포위되어 있다.
183 이는 부르주아적 욕망에 대항하는 무의식이다.

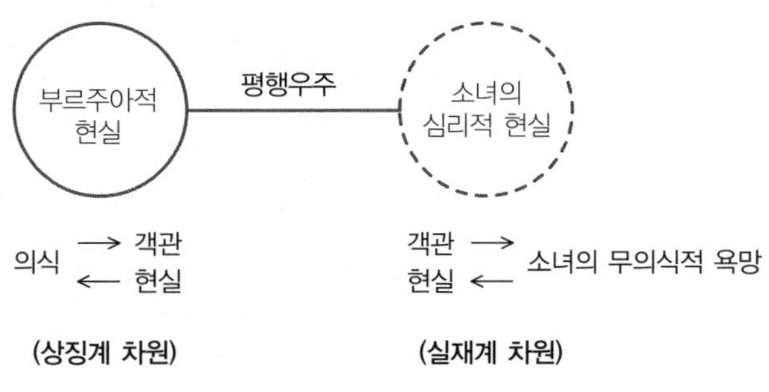

상으로 현실을 대체하는 과정이다.

물론 환상세계가 또 다른 세계로 나타날 수 있었던 것은 '내'가 롤리타-소녀와 **연대하며** 환상세계로 들어섰기 때문이다. 만일 그런 연대가 없었다면 롤리타-소녀의 환상세계는 낯선 두려움이나 죽음충동 속에서 나타났을 것이다. 반면에 '나'와 롤리타(소녀), 혹은 '나'와 문근영 대통령의 연대는, 저편의 또 다른 세계(소녀들의 세계)에 대한 믿음을 주며 세계를 복수 코드화된 현실로 만들고 있다(그림 6).

롤리타에 의해 코드화된 세계[184]는 일상세계(후기자본주의)와는 달리 자연적 대상과 교감하는 세계이다. 자연의 기준에 의해 동물들에게도 인격이 부여되며 자연에 반해 성적 폭력을 행사하는 남성들은 괴물로 인식된다. 또한 성적 착취의 주범인 괴물-남성은 도시(서울)에서 추방되었고 그 대상인 소녀들은 미성년 상태에서 성장이 멈춘다.

---

[184] 이 세계는 탈코드화된 코드의 세계이다. 한편 소녀의 심리적 현실과 연관된 이 또 다른 세계는 톨킨이 말한 2차 세계와는 구분된다. 1차-2차 세계와 복수 코드적 세계의 차이에 대해서는 앞의 1장 9절을 참조할 것.

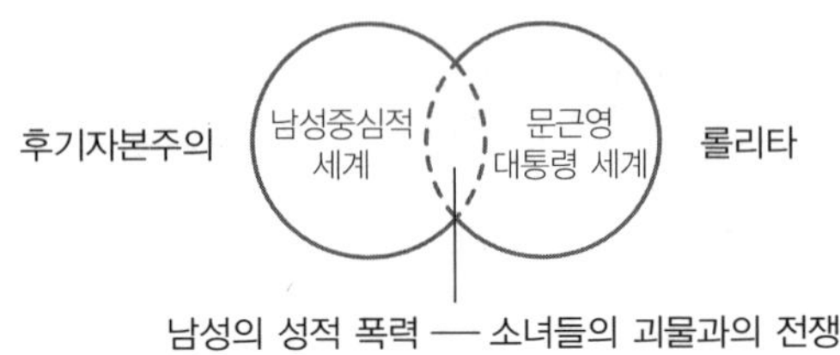

물론 이런 상황은 이상적인 세계가 아닌 불구적인 사회적 상태를 암시한다. 그러나 그런 불구성은 그 세계가 남성의 폭력에 무력한 필름 속 소녀의 심리적 현실의 반영이기 때문이다. 롤리타의 세계에 미성년 소녀들만 살고 있는 것은 필름 속 소녀가 어른에 대항해 성장을 거부하고 있음을 암시한다. 만일 현실세계에서 남성의 폭력이 사라진다면 문근영 대통령 세계(소녀들의 세계)의 소녀들 역시 다시 성장을 시작한 것이다. 그리고 '나'(철수)와 같은 타자로서의 남성들이 재차 출현하게 될 것이다. 이 소설은 그때까지 계속될 서로 충돌하는 복수코드적 현실의 상황을 실감나게 그리고 있다.

한쪽 세상에는 노예처럼 착취되는 아동이 1,000만 명이 넘고, 인터넷에는 패도파일(소아성애) 포르노그래퍼들이 넘쳐나고, 한해에 전 세계적으로 120만 명의 아동이 인신매매된다고 한다. 다른 한쪽에서는 소녀가 세상을 지배하고 있다. 그곳의 아이들은 미친 하늘 밑에서 점점 부서져 가는 서울을 지키려 노력하고 있다. 어떤 어린아이들도 어른에게 착취 당하지 않으며, 소녀들은 세상을 지키기 위해 목숨을 걸고 싸운다. 그곳의 대통령은 문근영이다.[185]

흥미로운 것은 이런 복수 코드적 세계와 환상세계의 설정이 오히려 우리의 삶에 대한 리얼리티를 심화시킨다는 점이다. 그것은 우리가 일상현실과 심리적 현실이라는 **복수적 세계**를 살고 있으며 둘 중 후자가 더 현실의 최종토대이기 때문이다. 폭력으로 얼룩진 더러운 세상을 생각하는 순간 우리는 ('내'가 귀환할 때처럼) 일상세계의 표층에 위치한다. 그러나 성폭행당하는 소녀를 도와줘야 한다고 생각할 때 불현듯 문근영 대통령의 세계로 이동한다. 우리가 살고 있는 현실은 그 두 세계가 복수적으로 중첩되어 있는 세상인 것이다.

한편 이 소설에 그려진 환상세계는 성적으로 착취당한 한 소녀의 **심리적 현실**에 근거하는 점이 특징적이다. 그 때문에 환상세계의 상상력은 그런 소녀의 상처에 연관된 부분(실재계)에 제한되어 있다. 세상에는 소녀와는 다른 측면에서 착취를 당하는 수많은 사람들이 있으며 그들은 저마다의 심리적 현실을 숨기고 있다. 이런 상황을 SF적 상상력으로 표현하면 이 세계에는 무수한 평행우주들이 존재한다고 할 수 있다. 예컨대 착취당하는 노동자들이 주도권을 되찾은 우주가 있을 수 있으며, 그 밖에 실직자, 철거민, 유색인종, 아줌마들의 우주가 존재할 수 있다. 그 우주들에서는 저마다 노동자 대통령, 실직자 대통령, 아줌마 대통령들이 통치를 담당하고 있을 것이다.

그러나 그런 우주들은 결코 현실의 대안이 아니며 새로운 세계는 현실과 환상이 중첩되는 틈새로부터 생성된다. 또한 수많은 우주들에서 벌어지고 있는 전쟁의 대상은 모두 똑같이 후기자본주의 사회의 균열이다. 따라서 우리의 전쟁터는 수많은 우주들이지만 그것은 또한 하나로 수렴된다고 할 수 있다. 그처럼 복수적인 동시에 하나인 전쟁터에서 서로 손잡고 만나는 사람들이 바로 **다중**(multitude)[186]이다.

---

185 김이환, 〈미소녀 대통령〉, 《한국 환상문학 단편선》, 앞의 책, 28쪽.

복수적인 무의식과 심리적 현실을 지닌 사람들, 그 다중들의 우주의 전쟁[187]에서는 로봇만큼이나 필요한 것이 연대와 화해의 아름다움이다. 그것은 〈아, 하세요 펠리컨〉에 나타난 오페라의 화음이나 〈웰컴 투 동막골〉에 그려진 팝콘비 내리는 마을풍경 같은 것이다. 기계(로봇)와의 합체와 화해의 아름다움, 환상소설들이 보여주는 이 두 장면은, 후기자본주의에 대항하기 위해 우리에게 필요한 두 가지 연대의 무기를 암시한다.[188]

12. 잃어버린 세계의 귀환과 탈식민주의적 환상

이제까지 환상을 통해 진정한 유대를 되찾고 후기자본주의의 균열에서 벗어나는 두 유형의 소설들을 살펴보았다. 이 소설들에서의 환상은 상징계의 균열을 통해 드러난 실재계 위치에서 연출된 것이었다. 실재계는 진정한 유대에 대한 우리의 무의식적 소망이 되돌아올 수 있는 공간이다.

그런데 단순히 무의식적 소망이 되돌아오는 것이 아니라 우리가 잃어버린 세계와 사유들이 귀환하는 또 다른 유형이 있다. 이 유형은 복수 코드적 세계의 경우(11절)에 해당되지만 되돌아온 세계 자체에 진정한 유대의 근거가 포함된 점이 특징적이다. 원래는 우리 것이었으나 잃어버린 그 세계에는 서구적 근대와는 근본적으로 다른 사유방식이 내포되어 있다.

서구적 근대는 나를 중심으로 한 사유체계를 갖고 있으며 근대소설은

---

186 네그리, 조정환·정남영·서창현 역, 《다중》, 세종서적, 2008 참조.
187 이 우주의 전쟁은 무의식의 전쟁이기도 하다.
188 그 두 가지 연대의 무기가 실제 현실에서 우리에게 보여진 것이 촛불시위라고 할 수 있다. 즉 인터넷(기계)과 촛불의 연대의 아름다움이 그것이다.

개인의 내면을 중심으로 전개된다. 반면에 우리가 잃어버린 동양적 세계는 나와 타인의 관계를 중심으로 사유가 펼쳐진다. 그런 타자성을 지닌 동양적 사유의 회귀는 벽에 부딪힌 서구적 세계를 넘어서는 또 다른 길을 암시한다. 어쩌면 서구적 근대의 딜레마는 **모든 문제를 혼자서** 극복해야 하는 사회(서구적 근대)의 구조에서 비롯된 것일 수도 있다. 그러나 만일 우리의 삶의 근본 토대 자체가 **나와 타인의 관계**에 있는 것(동양적 사유)이라면 상황은 사뭇 달라진다.

물론 이런 방식의 극복의 전망 역시 근대적 세계와 동양적 사유가 **복수적으로 중첩된 틈새**의 공간에서 생성된다. 그 같은 복수적 세계의 틈새를 횡단하고 있는 소설이 바로 〈천지간〉이다. 이 소설은 서구적 근대의 아포리아(막다른 길)에서 잠재된 동양적 사유의 세계를 발견하는 전개로 되어 있다. 그러나 그런 소설의 전개가 단순히 동양적 사유로 회귀함을 뜻하지는 않는다. 그보다는 이쪽과 저쪽을 넘나드는 (동양적) 사유를 빌려 현실의 이편(근대세계)과 저편(또 다른 세계)의 틈새를 드러내려는 것이다.

이 소설이 근대적 삶의 막다른 길에서 출발하고 있다는 점은 매우 상징적이다. '나'는 죽은 외숙모를 문상하러 가는 길이며 여자는 자살을 하려는 죽음의 길을 가고 있다. 그녀의 자살은 존재의 상실을 의미하거니와 '나'의 문상 길 역시 범상치는 않다. 나를 중심으로 한 근대적 삶에서 외숙모와 '나'의 긴밀한 관계를 생각할 때, '나'의 문상은 하나의 작은 막다른 길에 들어선 셈이다.

그런 문상 길에서 '나'와 여자의 만남은 두 사람을 삶의 특별한 길목에 위치하게 만든다. '나'는 죽음 앞에 잠시 엎드리러 가다가 '산 죽음(여자)과 어깨를 부딪치게 된'[189] 것이다. 더욱이 '나'는 과거에 '내' 자신이 죽음 앞에서 누군가에 의해 구출된 기억이 있다. 이런 우연찮은 상황에서, '나'는

---

189 윤대녕, 〈은어낚시통신〉, 《은어낚시통신》, 문학동네, 1994, 28쪽.

근대적 합리성과 필연성의 삶으로부터 한발 물러서서 그녀와의 '인연의 끈'을 감지한다. 인연이란 우연이면서 우연이 아닌 관계로서, '나'는 그 순간 불현듯 잠재된 동양적 사유에 접속하게 된 것이다.

이 소설의 첫 번째 사건은 두 사람이 개인주의와 필연성에 묶인 삶에서 풀려나 그처럼 인연의 공간에 놓이게 된 상황이다. 나(개인)를 중심으로 한 삶은 합리성과 필연성을 중요시한다. 근대소설의 전개는 대부분 그런 개인주의와 합리주의를 원리로 하고 있다. 예컨대 나와 타인이 우연히 만났다 하더라도 일단 관계를 맺은 후의 사건의 전개는 원인과 결과의 필연성으로 전개된다. 그 같은 합리적 필연성에 근거한 인과적 전개가 소설의 플롯의 선을 이루는 것이다. 그러나 〈천지간〉의 사건의 전개는 그와 매우 상이하다. 우연한 만남으로 출발한 이 소설에서 '나'와 그녀는 아무런 관계도 갖지 않은 채 동행을 계속한다. 말하자면 이 소설의 전개는 기묘하게 우연의 지연인 것이다(그림 7).

물론 〈천지간〉의 '우연의 지속'은 우연보다는 인연이라는 말이 적절할 것이다. 인연은 단순한 우연과는 달리 '나'와 타인 사이에 교감이 생겨난

그림 7

나와 타인 —— 이제 타인이 아님 —— 사건 ——
우연한 만남 A　　A의 결과 B　　B의 결과 C

일반적인 소설

'나'와 타인(그녀) —— '나'와 타인 —— '나'와 타인 ——
우연한 만남 A　　A의 연속 B　　B의 연속 C

〈천지간〉

사건이다. 그러나 인연의 교감은 일반소설에서의 관계의 진전과는 구분된
다. 일반소설의 경우 개인들은 아무런 관계도 갖지 않다가 사건이 진행되
면서 관계가 진전된다. 이 경우 나의 관심은 대상에게 있으며 관계의 발전
은 그 점에서 필연적이다.

　그러나 〈천지간〉의 '나'의 관심은 '여자'라는 대상에게 있는 것이 아니
다. '내'가 여자를 따라간 것은 (다른 소설에서와는 달리) 결코 그녀와 친분을
만들려는 것이 아니었다. '나'의 관심은 그녀와 '나' 사이의 **관계의 끈**에
있으며, 그것이 아무런 친분도 만들지 않은 채 타인으로 동행한 이유일 것
이다. 타인과의 관계의 끈이란 실상 모든 사람 사이에 있지만 드러나지 않
아 모르고 있는 것인데, 그것이 문득 보이게 된 것이 바로 인연이다. 인연
의 드러남은 어떤 목적성을 갖지 않기에[190] 우연에 가깝다고 할 수 있다. 그
러나 그것은 보이지 않던 것이 보이게 된 것이므로 삶의 중요한 사건의 하
나이다.

　모든 사람들 사이에 있는 관계(인연)의 끈은 우리의 삶의 토대라고 할 수
있는데, 개인과 합리성을 중시하는 사회에서는 그것이 잊힌다. 하지만 개
인의 목적에 따라 관계를 맺는 사회에서, 그런 관계에 절망한 사람에겐 인
연의 끈이란 생명의 끈과도 같다. 이 소설은 후기자본주의 사회에서 모든
인간관계에 절망한 한 여인이, 그 같은 인연의 끈을 확인함으로써 생명을
구원하게 된 사건을 그린 작품이다. 앞서 살폈듯이 **죽음의 충동**은 **혼자서**
모든 것을 감당해야 한다는 생각과 연관이 있다. 그러나 이 소설은 모든 사
람은 혼자가 아니며 절망의 순간 오히려 그런 **인연의 끈**이 더 잘 보이게 됨
을 알려준다.

　아이러니한 것은 '나'와 여자는 끝까지 이름도 모르는 타인이면서 합리

---

[190] 특정한 목적을 갖고 관계를 발전시킨 것이 아니라 모든 사람에게 있는 것이 문득 드러난 일이
　　기 때문이다.

주의 사회에서의 어떤 인간관계에서보다 진정한 유대를 확인한다는 점이다. 이는 개체와 대상에 대한 관심보다는 사람 사이의 **관계 자체**에 관심을 갖는 사유의 부활에 의한 것이다. 그처럼 나와 타인의 경계를 넘어서는 사유는 또한 삶의 수많은 이쪽 저쪽을 넘나드는 사고이기도 한다. 이 소설에서는 그 같은 경계를 넘어서는 사유가 아이러니와 해체, 그리고 환상을 통해 나타난다.

예컨대 여자와 '나'는 일행이기도 하고 아니기도 하며[191] 모르는 사람인 동시에 아는 사람이기도 하다.[192] 또한 중요한 고비마다 떠오르는 백색은 삶과 죽음의 경계를 넘어선 경지를 암시한다. 범피중류[193]를 떠올리며 '내'가 여자와 관계를 갖는 마지막 순간에도 바로 그 백색이 스쳐간다. 그때는 물 한가운데로 떠가는 듯한 환상 속에서 죽음을 통해 삶이 재생되는 순간이었다. 그 같은 재생은 '어둠 속의 보름달', '손바닥 안에 뜬 달'[194]의 환상을 통해서도 표현된다.

이처럼 이 소설에서 환상적인 순간은 경계를 만드는 합리주의와는 매우 다른 사유의 부활에 의한 것이다. 그렇다고 이 소설이 신비주의적으로 동양적(불교적) 사유에 함몰되는 것은 아니다. 아이러니와 해체, 그리고 환상적인 순간은, 합리주의와 동양적 사유가 중첩되는 틈새의 공간에서 생성되고 있다. 이 소설이 (일반소설의 의미에서) 아무 사건도 없는 듯하면서도 긴장감을 느끼게 하는 것은 그런 틈새의 공간을 포착하기 때문이다.

예컨대 '나'는 여자를 쫓아가면서도 언제라도 되돌아가려는 마음으로 머뭇거린다. 또한 (여자의 행선지인) 구계동 횟집의 주인은 인연을 말하지만[195]

---

191 윤대녕, 〈천지간〉, 《이상문학상 수상 작품집》, 문학사상사, 1996, 33~34쪽.
192 윤대녕, 위의 책, 50쪽.
193 판소리 《수궁가》 중에서 심청이가 인당수에 빠져 가라앉지 않은 채 떠내려가며 주위의 경치를 읊은 대목임.
194 윤대녕, 〈천지간〉, 앞의 책, 57쪽.

'나'는 짐짓 '어짜피 모르는 사람'이라고 내뱉는다.[196] '나'의 초조함과 긴
장감은 여자와의 인연의 끈을 확신하지 못하기 때문이다. 그녀나 나나 지
나온 생애와 주어진 상황이 그런 것이지 원래 불교적 사유에 따라 행동하
는 사람들은 아니다. 광주 터미널에서 불현듯 그녀와의 인연을 생각하게
된 일은 마치 이쪽 세계에서 저쪽에 발을 들여놓는 것처럼 모험적인 일이
아닐 수 없었다. 구계동에 도착해서도 여전히 타인인 그녀 앞에서 '나'의
모든 생각은 '서먹하면서도 팽팽한' 그녀와의 관계의 끈에 쏠려 있었다.

> 벤치에서 돌밭으로 자리를 옮기다 이렇게 넘어진 것도 다 내 시선을 붙
> 잡아 두기 위함이 아니었을까. 그게 나와의 거리를 좁히고자 한 짓은 아니
> 었다 하더라도 내가 제 둘레를 떠나지 못하게 느슨해진 줄을 슬쩍 끌어당겨
> 놓은 것은 이니었을까. 그렇다면 이 서먹할 리밖에 없는 우연 혹은 인연의
> 끈을 여자는 왜 이토록 질기게 틀어쥐고 있는 것일까.
> …(중략)…
> 슬며시 여자가 나를 돌아보았다. 그러나 나는 얼굴을 옆으로 돌리지 않
> 았다. 여자와 내가 잡고 있는 긴장의 끈이 사뭇 팽팽하게 떨리고 있었다.[197]

이 내적 긴장감에서 중요한 것은 두 사람이 결코 인연설에 따라 수동적
으로 움직이는 것이 아니라는 점이다. '나'는 여자가 쥐고 있는 줄을 확인
하며 이쪽 저쪽의 틈새에 들어선 것이며, 절망에 빠진 그녀는 후기자본주의
의 허무의 늪에서 마지막으로 인연의 끈을 틀어쥐고 있는 것이다. 이처럼
두 사람 사이에서 인연의 사유가 작동하기 시작한 것은 실상 그들의 삶에

---

195 윤대녕, 위의 책, 34쪽.
196 윤대녕, 위의 책, 50쪽.
197 윤대녕, 위의 책, 47~48쪽.

대한 의지와 소망에 의해서이다. 이 소설에서는 끝에 가서야 여자와 '내'가 인연에 따라 관계를 맺는데, 이윽고 그녀는 불교적 언어로 암호 같은 말을 늘어놓는다. '그녀는 자신의 전생을 지우기 위해 나와의 관계를 원했고, 그래서 아이[198]는 살리되 아비에게서는 놓여날 수 있었다'는 것이다. 그러나 이 마지막의 환상적인 말 역시 인연의 끈을 통해 생명을 되찾으려는 의지와 소망의 표현인 것이다. 그 같은 의지와 소망은 허무로 가득 찬 후기자본주의 현실과 불교적 인연설의 세계 사이의 틈새에서 발현되고 있다.

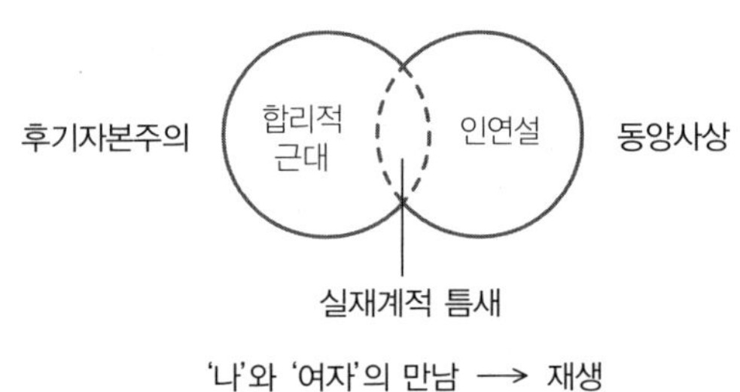

틈새의 공간에서 재발견된 인연설은 잃어버린 사유가 되돌아온 것인 동시에 후기자본주의적 현실에서 재해석된 내용이다. '손바닥의 달'이나 '전생의 지움' 같은 표현은 합리적인 논리로 보면 환상적으로 느껴질 뿐이다. 그러나 그 비현실적 환상은 우리에게 상처를 주는 후기자본주의의 균열(점선부분)에 틈입해 허무와 절망을 치유하는 능동적인 힘을 발현시킨다. 그런 능동적인 힘은 인연설에 잠재되어 있는 것이지만, 잃어버린 그것을 되찾아 현실에서 재생시키는 것은 여자와 '나'의 생명에 대한 욕망인 것이다.

---

198 그녀는 헤어진 남자의 아이를 임신하고 있었다.

복수 코드적 세계에서 잠재된 전통사유는 우리의 무의식적 욕망이 분열과 죽음에 부딪히지 않고 긍정적 힘이 되도록 도와준다. 이 과정에서 전통사유에 의거한 표현은 외견상 비현실적인 환상처럼 보이기도 하지만, 그것이 현실세계와의 틈새에서 발현될 경우 합리적 현실의 균열을 넘어서는 전망을 제공한다. 더욱이 현실의 균열이 근대화 과정에서의 식민화와 연관이 있고, 또 그런 식민화된 근대화 과정에서 전통세계를 부인당했다면, 전통사유의 귀환과 틈새의 공간에서의 부활은 **탈식민적 전망**을 암시한다. 예컨대 《손님》이나 〈웰컴 투 동막골〉이 그 대표적인 작품들일 것이다.

탈식민적 전망 역시 복수 코드화된 세계에서 근대세계와 전통세계의 틈새로부터 발현된다. 그러나 문제의 핵심이 식민화와 연관된 것이므로 여기서의 잃어버린 세계의 귀환은 〈천지간〉에서보다 한결 더 적극적으로 나타난다. 또한 그런 잃어버린 것의 귀환을 위해 〈천지간〉과는 딜리 전통직 사유의 코드가 잠재한 인물들이 등장하기도 한다. 가령 《손님》에서의 류요섭과 류요한 등이 그런 인물들이다.

《손님》이 리얼리즘이면서도 〈천지간〉보다 훨씬 더 환상적인 것은 잠재적으로 전통사유의 코드를 지닌 인물들이 등장하기 때문이다. 〈천지간〉에는 외견상 전통적 사유와 직접적으로 연관이 없는 두 남녀가 등장한다. 그래서 이 소설에서는 불교적 인연설이 그들 자신도 모르게 현대적으로 발현되는 것 자체가 유일하면서도 획기적인 **사건**이다. 반면에 〈손님〉은 **분단문제**라는 리얼리즘적 주제를 다루고 있으며 그 문제의 해결을 위해 보다 적극적으로 무속적 사유를 끌어들인다.

무속적 사유에 의존하는 것은 합리적 문법을 지닌 리얼리즘에 적합하지 않은 것 같지만, 《손님》에서는 리얼리즘과 무속적 사유가 환상적으로 결합되는 것이 특징적이다. 이 소설에서는 분단갈등의 상처인 신천사건이 손님으로서의 식민화된 이데올로기인 기독교와 공산주의의 대립에 의한 것으로 밝혀지고 있다. 그 같은 분단의 상처를 치유하는 데는 식민주의적으로

부인되었던 무속적 사유의 부활이 매우 긴요한 역할을 하고 있다. 이처럼 분단문제와 식민주의의 얽힘을 보여주고 그것을 해결하는 데 전통사유의 부활에 의존하는 점에서 이 소설은 탈식민주의적 전망을 지니고 있다.

그러나 이 소설이 부인되었던 무속적 사유를 끌어들여 반대로 기독교와 공산주의를 모두 부인하는 것은 아니다. 이 소설이 비판하는 것은 '손님'으로서의 기독교와 공산주의일 뿐이며 무속적 사유를 통해 해소하려는 것은 기독교와 공산주의의 대립이다. 대립이 해소된 기독교와 공산주의는 더 이상 손님이 아닐뿐더러 무속적 사유와 배치되지도 않을 것이다.

예컨대 이 소설의 주인공 류요섭은 목사이면서도 헛것들과의 만남을 통해 대화의 장을 주도한다. 그가 기도를 하거나 성경을 외우는 순간은 또한 무의식 속에서 굿을 올리는 순간이기도 하다. 그는 의식적으로는 기도의 의례에 따르면서도 환상적인 방식으로 무속적 사유에 접하고 있는 것이다. 이 같은 **혼성성**은 무속적 사유와 합리적 근대세계를 중첩시켜 그 틈새에서 분단대립을 해소하는 이 소설의 탈식민주의적 전망에 상응한다(그림 9).

이런 탈식민주의적 혼성화 과정에서 무속적 사유는 주로 환상적인 방식으로 부활한다. 그러나 그 탈합리적 방식에 의해 대립이 해소되고 있거니

그림 9

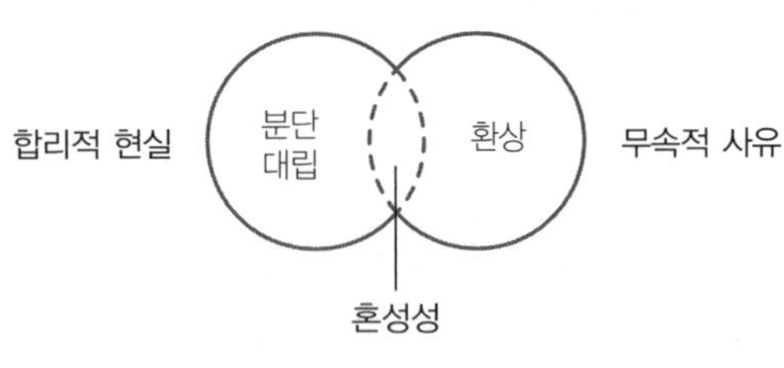

혼성성에 근거한 리얼리티

와 여기서 환상은 합리적 현실보다 오히려 **리얼리티의 근본토대**로 작용한다. 그것은 환상이 존재의 핵심인 무의식적 욕망의 표현인 동시에 실재계에 접촉하는 경험이기 때문이다.

따라서 **혼성성**이란 단순히 두 개의 세계를 뒤섞는 과정이 아니다. 합리적으로 보면 무속 같은 전통사유는 여전히 현실의 주변부로 밀려나 있다. 그러나 그 주변부는 무의식과 실재계의 차원이며 그것에 의해 현실의 균열과 상처가 치유되고 있는 것이다.

마찬가지로 표면적으로 보면 현실은 여전히 서구적인 근대세계에 의해 지배되고 있다. 그러나 무의식과 실재계 차원에서 발현되는 전통사유는 근대세계의 균열을 치유하는 힘을 발휘한다. 이처럼 **탈식민주의적 혼성성**이란, 근대세계를 끊임없이 치유하고 넘어서는 원천으로서, 전통사상 같은 수체적 사유[199]에 **리얼리티의 최종토대**를 두고 있는 세계이다.

근대세계에서 부인되었던 전통사유가 되돌아오는 방식은 주로 환상적이지만, 그 탈식민주의적 귀환이 비단 환상에만 머무는 것은 아니다. 앞서 살폈듯이 환상이란 변혁적 행동이 힘든 시기에 그에 대한 무의식적 욕망을 표현하는 방식이다. 그런 무의식적 욕망의 표현은 그것을 억압하고 있는 현실에 대해 전복적인 힘을 지닌다. 그렇다고 잠재적인 전복성을 지닌 환상적 표현만으로 실제현실이 변화되는 것은 물론 아니다. 실제로 현실이 전복되고 변화되는 것은, 현실세계와 환상세계가 겹쳐지는 틈새에서 실현 가능한 움직임이 출현할 때이다. 그처럼 틈새의 공간에서 행동을 통해 리얼리즘적 전망의 단초를 보여주는 작품이 〈웰컴 투 동막골〉이다.

이 영화의 서사는 현실 저편에 다른 세계가 있을 수 있다는 생각에 근거한 것이며 그 점에서 《손님》보다 포스트모던적 상상력이 더 발휘된 작품이

---

[199] 탈식민주의에서 주체적 사유가 반드시 전통사상으로만 나타나는 것은 아니다. 그러나 그 사유는 무의식적 욕망과 연관을 지닌 사고로 나타난다.

다. 〈천지간〉도 포스트모던적 작품이지만 이 소설에서 저쪽 세계란 부단히 출몰하는 불교적 사유를 뜻한다. 〈천지간〉《손님》은 현실 자체에서 인물들이 수시로 전통사유에 근거한 환상적 경험을 하는 소설들이다. 그들의 환상적 경험은 현실세계와 전통적 세계(사유)의 틈새에서 혼성성으로서 생성된 것이라고 할 수 있다. 물론 그들의 틈새에서의 경험은 비단 환상만은 아니고 불교나 무속에 근거한 탈합리적 사유로까지 나아간다. 그러나 환상이든 탈합리적 사유든 두 소설에서 전통사유가 되돌아오는 방식은 이미 현실과 교섭하는 혼성성의 요소를 포함한다.[200]

반면에 〈웰컴 투 동막골〉에서는 무의식으로부터 귀환한 환상세계가 현실세계와 분리된 공간으로 나타난다. 물론 동막골이라는 환상세계 역시 우리의 무의식적 소망과 합리적 현실의 흐름이 뒤섞인 일종의 '파생물'(프로이트)이다. 그러면서도 마치 꿈과도 같이 결코 현실의 맥락에서 해석될 수 없는 원래의 무의식적인 소망이 되돌아온 공간으로 나타난다. 그처럼 현실과 분리된 환상세계가 나타나는 점에서 현실과 교섭하는 중에 환상이 나타나는 〈천지간〉《손님》의 경우와 구분된다.

동막골은 잃어버린 실재계적 잔여물인 우리의 이상적 공동체가 무의식으로부터 회귀한 가상세계이다. 실재계적 잔여물의 회귀인 점에서는 〈천지간〉《손님》과 비슷하지만 여기서 되돌아온 것은 단지 옛 사유가 아니라 집단적인 세계이다. 그 점이 두 소설에서와는 달리 환상공간이 현실과 분리되어 나타나는 이유일 것이다.[201] 두 소설에서는 환상 자체가 혼성화 과정에서 발현되지만 〈웰컴 투 동막골〉에서는 분리된 현실세계와 환상세계가 다시 혼성화되는 과정을 거친다.

---

200 이 점에서 이 소설들의 환상적 사유는 단순히 억압된 것이 귀환하는 꿈과는 구분된다.
201 《백년동안의 고독》 역시 집단적인 환상세계를 그리지만 이 경우에는 환상세계가 과거로부터 회귀한 것이 아니라 역사적으로 어느 시기의 풍경이므로 환상과 현실이 구분되지 않고 나타난다.

다른 한편, 이 영화는 집단적인 환상세계가 나타나는 점에서는 〈은어낚시통신〉〈미소녀 대통령〉〈고마워, 과연 너구리야〉와 비슷하면서도, 환상세계가 과거로부터의 회귀인 점에서 후자의 소설들과 구분된다. 〈은어낚시통신〉의 집단적인 환상공간은 현실과 분리되었으면서도 지하세계로서 여전히 (현재의) 현실의 한 부분으로 나타난다. 또한 〈아, 하세요 펠리컨〉이나 〈미소녀 대통령〉의 환상공간은 현실의 인물들이 잠시 환각을 통해 경험하는 세계로서 인물들은 현실로 되돌아오지 않을 수 없다. 가상공간이라는 점에서 동막골과 비슷한 점을 지닌 〈고마워, 과연 너구리야〉의 너구리 세계 역시 환상세계의 인물들이 현실에 출몰하는 점에서 그렇지 않은(제한을 지닌) 동막골과 상이하다.

은어낚시모임이나 오리배 시민연합, 그리고 너구리 세계의 경우, 환상세계를 경험하는 인물들은 어쩔 수 없이 현실과 다시 접촉하게 되어 있다. 반면에 동막골은 한번 빠져들면 다시는 돌아오고 싶지 않은 자기충족적인 세계이다. 가끔씩 외부인들이 드나들지만 마을 사람들은 좀처럼 바깥세상과 교류하지 않는다. 이 같은 격리성은 동막골이 지금은 불가능한 **잃어버린 과거의 소망**이 회귀한 세계이기 때문이다. 또한 그 세계가 어떤 개인의 환상공간이 아니라 **우리 모두**가 꿈꾸던 이상적 공동체의 귀환인 탓이다.

물론 동막골 역시 '지금' 우리가 겪고 있는 모든 문제들이 해결된 대안적인 유토피아는 아니다. 동막골은 근대화되기 이전에 우리가 한때 꿈꾸던 이상세계일 것이다. 그 세계는 여전히 우리의 무의식 속에 (실재계적 잔여물로) 잔존하지만 자기 자신 속에 현재 문제를 해결할 수 있는 힘을 포함하고 있는 것은 아니다. 동막골의 매력은 적대적인 사람들의 총부리마저도 무용지물로 만드는 순수한 화해의 힘일 것이다. 그런 순수성의 힘에 동화되면 서로 총을 겨누는 사람들의 모습은 터무니없는 웃음거리로 보일 뿐이다.[202]

---

202 이 영화의 해학적인 특징은 그처럼 대립적인 현실세계를 터무니없이 무의미한 것으로 만드는

그러나 동막골 사람들은 천진스럽기는 하지만 전쟁 중인 외부세계에 대해 너무나도 무기력하다. 또한 그들의 공동체는 성숙되어 있는 반면 개개인의 자아의식은 어린 아이와도 같이 미발달된 상태에 있다.[203]

그럼에도 불구하고 우리가 동막골에 열광하는 것은 그 순수한 마을이 단순히 퇴행적인 도피공간만은 아니기 때문이다. 동막골 사람들에 동화될 때 느끼는 행복감은 우리가 원초적 자연으로 회귀하거나 존재의 시원으로 돌아갈 때 느끼는 전율과 다르지 않다. 다만 그 세계는 '원래부터' 우리가 꿈꾸던 것이기에, 그리고 모든 사람이 '함께' 꾼 꿈이었기에 더 벅찬 감동이 느껴지는 것이다. 여기서는 잃어버린 실재계적 잔여물에 접촉하려는 열망이 **원래의 우리**로 되돌아가려는 탈식민주의적 소망의 한 부분으로 나타나고 있다. 더욱이 그 상실된 낙원에 대한 동경은 현재의 분단현실과 전쟁에서 벗어나려는 소망과 결코 무관하지 않다. 우리는 누구도 다시는 동막골로 되돌아갈 수 없을 것이다. 그러나 그 동막골의 꿈을 지키기 위해 전쟁의 세계에 맞설 때 분단현실을 극복한 미래의 전망이 나타날 수 있는 것이다. 표현철과 리수화 일행이 동막골의 폭격을 막기 위해 보여준 '새로운 연합군'의 작전은 그처럼 미래로 도약하는 과정에 다름이 아니다. 여기서는 **과거의 낙원(동막골)에 대한 동경**이 계급과 이념의 대립이 없는 **미래의 이상**으로 나아가게 하는 열정이 되고 있다.[204] 또한 원래 우리가 꿈꾸던 낙원을 지키려는 탈식민적 열망이 분단현실을 해소하려는 소망과 긴밀하게 연관된 것으로 나타나고 있다.

그림 10에서 혼성성은 현실세계와 환상세계가 겹쳐진 틈새에서 실재계에 접촉하는 공간이다. 이 실재계적 틈새야말로 과거의 꿈에 대한 동경이

마을 사람들의 순수성으로부터 나타난다.

203 나병철, 《영화와 소설의 시점과 이미지》, 소명출판, 2009, 437쪽.

204 과거의 낙원에 대한 동경이 미래로 나아가게 하는 힘이 된다는 논의에 대해서는 임철규, 《왜 유토피아인가》, 민음사, 1994, 390~407쪽과 임철규, 《귀환》, 한길사, 2009, 17쪽 참조.

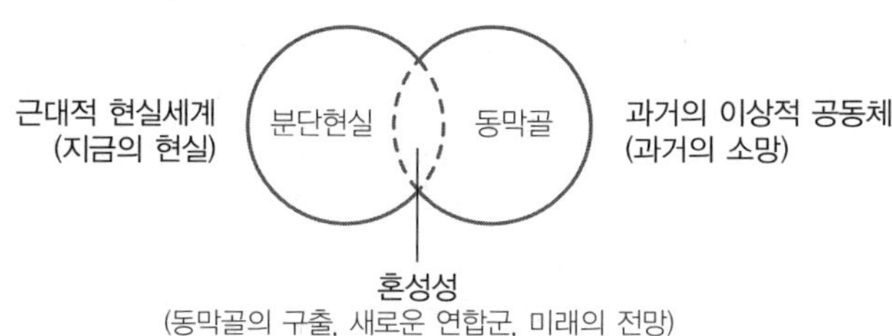

그림 10

분단현실을 넘어서서 미래로 도약하는 장소이다. 그처럼 **과거에서 미래로** 도약하는 과정은 탈식민주의적 혼성성의 전망이 생성되는 전개로 설명될 수 있다. 표현철과 리수화 일행의 작전에 우리가 공감한 것은 동막골이 그들이 우연히 경험한 곳이 아니라 우리 모두의 무의식에 잔존하는 마을이기 때문이다. 분단현실의 대립의 논리를 역전시킬 수 있는 것은 바로 그 갈 수 없는 마을에 대한 우리의 동경이다. 그런 불가능한 그리움의 열정을 우리가 발 딛고 있는 현실에 쏟아낼 때 분단 갈등을 극복하는 길이 가능해질 것이다. 이 과정은 균열된 상징계가 열리며 열정을 불러일으키는 근원(실재계적 잔여물)인 실재계에 접속하는 전개이다. 그 실재계적 틈새에서 과거의 꿈과 근대적 현실세계가 혼성되면서 현실의 균열(분단모순, 점선)을 넘어 미래로 나아가는 전망이 나타난다.

이처럼 탈식민주의적 전망은 잃어버린 세계로 되돌아가는 것이 아니라 그 세계에 대한 무의식적 열망을 현실의 균열을 극복하는 힘으로 전이시키는 것이다. 표현철과 리수화 같은 **상처 입은 사람**들이 다시 **현실**에 발을 내딛을 때 그 일이 시작될 수 있다. 왜냐하면 상처입은 사람들만이 무의식을 눈으로 볼 수 있으며[205], 무의식의 신호를 알아챈 사람들이 현실을 직시할 때 극복의 전망이 투시되기 때문이다. 잃어버린 세계의 환상적 귀환은 그

처럼 상처로부터 능동적인 힘을 생성시켜야 한다는 무의식으로부터 보내
진 신호일 것이다.

205 상처 입은 사람들이 무의식을 눈으로 보는 것이 바로 환상이라고 할 수 있다.

제 8 장

대서사의 귀환과 포스트모던 리얼리즘

1. 무의식 차원의 대서사의 귀환

프레드릭 제임슨은 후기자본주의 시대에 대서사가 사라진 것이 아니라 무의식 차원으로 이동한 것이라고 말한다.[1] 대서사란 우리의 삶을 총체화하려는 기획을 말하는데 여기에는 지배담론과 대항담론이 있다. 오늘날 지배담론으로의 대서사는 자연과 무의식을 완전하게 식민화하려는 기획을 전개한다.[2] 이 무의식 차원에서 작용하는 후기자본주의의 대서사[3]는 아이러니하게도 자기 자신이 사라진 듯이 보이게 함으로써 효과를 증폭시키고 있다.

후기자본주의 대서사의 또 다른 전략은 욕망의 담론을 이용한다는 점이다. 흔히 대서사란 목적론적이고 금욕주의적이라고 생각되고 있다. 후기자본주의 담론들은 그런 대서사를 불신하고 억압된 욕망을 해방시켜야 한다고 주장한다. 그처럼 권력담론으로서의 자기 자신을 숨기면서 욕망의 귀환을 말함으로써 후기자본주의는 **비판적 대서사**를 **무력화**한다.

그런 방식으로 욕망의 담론을 통해 무의식에 침투하는 대표적인 권력장치가 바로 후기자본주의의 이데올로기이다. 후기자본주의적 이데올로기의 중요한 특징은 스노 화이트나 슈퍼맨 같은 환상서사를 이용한다는 점이다. 이데올로기적 환상은 (진정한) 욕망의 원인인 실재계적 잔여물에 대한 충동을 가리는 스크린으로 작용한다. 이데올로기적 스크린[4]은 실재계 쪽으로의

---

1   프레드릭 제임슨, 《《포스트모던의 조건》에 관하여》, 리오타르, 《포스트모던의 조건》, 민음사, 18쪽.
2   프레드릭 제임슨, 위의 책, 22쪽.
3   지식, 욕망, 문화의 영역까지 상품화함으로써 부를 창조하려는 서사적 기획을 말한다.
4   여기서 '스크린'은 '막으면서' '이미지를 연출'한다는 두 가지 의미를 지닌다.

충동을 **막는** 한편 사회(상징계)가 허용하는 욕망의 이미지를 **연출하는** 두 가지 기능을 한다.[5] 그렇게 함으로써 실재계와 접촉하는 통로인 현실의 균열과 상처를 은폐하고 사회가 안정된 듯이 보이게 만드는 것이다.

실재계란 진정한 욕망의 원인(대상 a)이 존재하는 곳이다. 상처를 입거나 균열을 경험한 사람은 실재계에 접촉하면서 무의식적 욕망을 확인한다. 이런 차원에서 실재계에 대한 충동은 잃어버린 것에 대한 동경과 다르지 않다. 즉 그것은 젖가슴(라캉), 기관 없는 신체(들뢰즈), 자연, 사랑과 화해, 잃어버린 공동체에 접속하려는 욕망이다.

그러나 실재계는 역사적 변화가 가능하게 하는 영역이기도 하다. 상징화할 수 없는 실재계적 요소가 출현했을 때 상징계는 전복의 위협에 처한다. 혁명이란 실재계가 '불안정한 현실' 그 자체에 나타난 상황에 다름이 아니다. 이런 차원에서 실재계란 역사 그 자체이다.[6]

그런데 상징계의 균열을 통해 실재계에 접촉하려는 욕망은 잃어버린 것에 대한 충동으로써 상징계를 위협한다. 그런 방식으로 진정한 욕망(충동)은 균열된 사회에서 실재계 쪽으로 역사의 빗장을 열 것이다. 따라서 **실재계적 욕망**과 **역사적 소망**은 동전의 앞뒷면과도 같다. 바로 그 욕망과 역사가 조우하는 지점이 미시정치학과 거시정치학이 만나는 영역일 것이다.

후기자본주의 이데올로기의 스크린이 쳐지는 곳은 다름 아닌 그 같은 실재계적 통로이다. 후기자본주의의 대서사와 그 부속장치(이데올로기)는 욕망의 귀환을 말하면서 실제로는 그처럼 진정한 욕망을 차단한다. 그것은 역사적 전망을 차단하는 것이기도 하다.

지금 우리가 그에 대항해, 실재계적 욕망과 그것을 통해 역사적 전망을 여는 대서사의 귀환을 말하려는 것은 그 때문이다. 진정한 욕망으로 추동

---

5 이데올로기는 각종 욕망의 장치들과 함께 그런 역할을 수행한다.
6 Fredric Jameson, *The Ideologies of Theory*, University of Minnesota, 1988, 104쪽.

되는 대서사와 함께 우리는 또한 미시-거시 정치학의 접합을 말해야 할 것
이다. **무의식 차원의 대서사의 귀환**이란 그런 역사적 전망, 실재계적 욕망
의 귀환이다. 그 같은 욕망의 되돌아옴은 후기자본주의의 이데올로기에 의
해 은폐된 **역사로서의 실재계**에 접촉하는 통로를 개방한다.

이제 비판적인 거시담론(대서사)의 필요성을 **욕망의 귀환**의 방식으로 말
하는 이유가 조금 분명해졌을 것이다. 예전에는 대서사의 중요성을 굳이
입에 올릴 필요도 없었다. 눈에 보이는 권력에 의한 사회적 모순이 뚜렷했
으며 그에 대항하는 역사의 위대한 주체 역시 자명했기 때문이다. 그러나
지금은 보이지 않는 권력에 의해 무의식이 식민화되고 존재의 핵심이 거세
되고 있다. 사회적 모순을 둘러싼 전투의 **시나리오**는 여전히 대서사에 있
지만 그것의 실제적인 **전쟁터**는 무의식인 것이다. 그 때문에 우리는 무의
식 속의 진정한 욕망의 귀환을 말하는 방식으로 비판적인 대서사의 시나리
오를 다시 써야 하는 것이다.

무의식이 눈에 보이는 차원으로 드러나는 경우는 모두 세 가지이다. 첫
째는 실제적 현실과 심리적 현실을 혼동하는 원시인의 경우이다. 둘째는
현대의 정신분열자의 환상이나 심리적 상처를 입은 사람을 매개로 한 미학
적 환상이다. 마지막으로는 무의식 속의 욕망의 실재(실재계적 욕망)가 현실
자체에서 거리로 흘러넘치는 변혁운동의 경우이다.

무의식 차원의 이미지와 욕망의 전쟁이란 상징계(현실)의 구멍(균열)을
통해 실재계에 접속하려는 사람들과 그것을 막으려는 권력장치들의 싸움이
다. 만일 균열과 구멍을 방치한다면 무의식으로부터 물 흐르듯이 혁명의 흐
름이 새어 나올 것이다(세 번째 경우). 그 균열을 차단하는 것이 이데올로기
와 욕망의 장치들이며 그런 권력장치들을 횡단하려는 것이 포스트모던 미
학이다. 이제까지 우리가 살펴봤듯이 포스트모던 미학은 상처입은 사람들
의 내면을 통해 권력장치들을 가로지르거나 실재계적 욕망을 환상으로 표
현한다(두 번째 경우). 포스트모던적 환상을 통해 실재계에 접촉하려는 무의

식이 고양된다면 불원간 그것이 거리로 흘러넘치는 변혁의 흐름이 생겨날 것이다. 그것이 두려운 후기자본주의의 권력은 다양한 이데올로기 장치들을 통해 제 정신을 못 차리게 으리으리한 스크린을 드리우는 것이다.

포스트모던의 시대는 자명하던 대서사가 보이지 않게 되고 보이지 않던 무의식이 권력과 미학의 전쟁으로 드러나는 시대이다. 그러나 이 수면 밑의 **무의식**의 전쟁은, 비록 한 걸음 물러났지만 여전히 **대서사의 시나리오**에 의해 지휘되고 있다.[7] 따라서 무의식적 욕망을 예속화하는 것은 실제로는 그에 근거한 비판담론의 서사를 백지화하려는 것이다. 비판담론의 무력화는 지금 우리가 경험하듯이 다시 미학을 위축시킨다. 이런 악순환을 역전시키는 길은 포스트모던적 욕망의 미학에 근거해 다시 비판담론을 부각시키는 것이다. 다시 돌아온 비판담론은 미시서사와 접합된 형식이 될 것이다. 그 같은 미시-거시서사의 접합에 상응하는 미학이 바로 **포스트모던 리얼리즘**[8]이다.

포스트모던 리얼리즘이 필요한 또 다른 이유는 서구와 달리 우리에게는 아직 제3세계적인 문제들이 잔존하기 때문이다. 즉 탈식민이나 탈분단의 문제와 함께 여전히 사회적 폭력에 대응하는 과제가 남아 있다. 그 점에서 포스트모던 리얼리즘은 탈식민적 사유와 연관성이 있거니와, 무의식을 점령하려는 파시즘적 식민주의나 후기자본주의에 대한 가장 적극적인 대응이다.

파시즘과 후기자본주의는 무의식과 향락에 호소하는 듯하면서도 실상은 실재계를 차단해 역사의 문을 걸어 닫는다. 포스트모던 리얼리즘은 그런 정치학의 메커니즘을 고스란히 역전시킨다. 즉 역사와 욕망을 접합시키

---

7 이미지와 욕망의 장치로 연주되는 후기자본주의의 교향악에서는 지휘자가 뒤쪽에 서 있는 셈이다.

8 이제까지의 '포스트모던 리얼리즘'이라는 용어의 사용에 대해서는 오승한, 〈최인석 · 박민규 소설에 나타난 포스트모던 리얼리즘 연구〉(교원대 석사논문, 2008) 참조.

는 이 혼성의 미학은 비판적 힘의 벡터를 통해 실재계 쪽을 향한 욕망을 고양시켜 역사의 통로를 열어젖힌다. 그처럼 욕망의 미학이 비판담론과 함께 귀환할 때 '문학의 종언'을 알리는 후기자본주의의 무덤으로부터 새로운 '미학의 정치화'가 되돌아올 것이다.

2. 탈식민주의적 상상력과 환상적 리얼리즘

포스트모던 미학은 파시즘(근대의 초극)이나 후기자본주의의 이데올로기와 유사한 듯하면서도 실상은 정반대의 메커니즘을 갖고 있다. 그늘 셋의 공통점은 향락이나 실재계와의 교섭 같은 미학적 요소를 핵심으로 한다는 점이다. 그러나 파시즘과 후기자본주의의 미학화된 이데올로기('정치의 미학화')는 실재계와 교섭하는 향락을 미끼로 더 넓혀진 상징계의 영토를 구축하는 기능을 한다. 반면에 포스트모던 미학은 현실의 균열을 통해 드러난 실재계와 교섭하며 상징계를 넘어서는 탈주의 욕망을 드러낸다.

전자의 향락이 광기와 허무로 귀결된다면, 후자의 탈주는 그것을 넘어서는 근원적 회귀 욕망으로 나타난다. 예컨대 존재의 시원으로의 회귀, 태곳적 자연의 동경, 잃어버린 사유의 귀환 등이다. 이처럼 포스트모더니즘의 탈주의 욕망은 허무를 역전시키는 **회귀의 욕망**이기도 하다.[9]

그런데 포스트모던 미학의 이 역전의 전략은 미시서사의 차원에 국한되어 있다. 포스트모더니즘에서는 흔히 허무의 근원인 후기자본주의의 사회

9　이 욕망은 심리적·육체적 회귀로 발현되기도 하고 환상을 통해 회귀한 이미지로 경험되기도 한다.

현실을 반영하는 인식론적 차원이 생략된다. 그 때문에 포스트모더니즘은 파시즘이나 후기자본주의의 정치학을 역전시키는 과정에서 미시서사의 영역에 축소된다.

그와 달리 포스트모던 리얼리즘은 후기자본주의의 현실을 비판적으로 재현하면서 그 권력의 메커니즘을 뒤집는다. 그처럼 포스트모던 리얼리즘에서는 거시서사와 미시서사, 인식론과 존재론이 결합되어 있다. 물론 파시즘과 후기자본주의 역시 거시-미시서사의 접합으로 작동되지만 욕망과 권력의 방향은 정반대이다. 그 점에서 포스트모던 리얼리즘은 파시즘·후기자본주의의 교묘한 정치의 미학화를 **뒤집어** 미학의 정치화를 보여주는 셈이다.

그 같은 새로운 '미학의 정치화'는 포스트모더니즘의 근원회귀 욕망에서 한 걸음 더 나아간다. 즉 이 리얼리즘과 포스트모던이 혼성된 미학에서, 욕망의 탈주는 **시원으로의 회귀**일 뿐만 아니라 **역사의 장으로의 귀환**이기도 하다. 포스트모던 리얼리즘이 우리 시대의 가장 적극적인 미학으로 생각되는 것은 그 때문이다.

포스트모던 리얼리즘 중에서 탈식민적 상상력이나 전통사유의 귀환에 연관된 작품에는 〈천사〉(김사량) 〈웰컴 투 동막골〉(박광현) 《아름다운 나의 귀신》 연작(최인석) 《지구영웅전설》(박민규) 등이 있다. 이 중 〈천사〉는 파시즘 시대의 작품이지만 넓은 범위에서 이 계열에 포함시킬 수 있는 소설이다. 이제 다음에서 우리는 김사량의 소설이 파시즘의 정치학을 정반대로 **역전시키는** 것을 볼 수 있을 것이다. 또한 박민규와 최인석의 소설이 후기자본주의의 이데올로기를 **패러디하고 뒤집는** 양상을 보게 될 것이다.

김사량의 〈천사〉는 식민주의를 극복한 탈식민주의 소설인 동시에 파시즘의 (전도된) **근대의 초극**을 뒤집은 **탈근대적** 작품이다. 일제의 식민주의는 1930년대 말엽부터 초기와는 그 권력의 형식이 달라졌다고 할 수 있다. 식민지 초기에는 주로 강압과 경제적 수탈에 의존했지만 말기에 와서는 파시즘의 방식을 사용하게 된다. 두 시기 중에서 파시즘의 시기에 탄압과 간섭이 비교할 수 없을 만큼 강화되었음은 물론이다. 그러나 양자의 차이는 비단 정치적 억압의 강도에 있는 것은 아니다. 식민지 말엽의 파시즘의 핵심은 전 시대와는 달리 **무의식**과 **실재계적 영역**에 작용하는 권력이었다는 점이다. 초기의 정치적 탄압은 민족의식을 억압하는 방식이었지만 억눌린 민족성은 무의식에 남아 문학을 통해 표현되었다. 반면에 파시즘적 식민주의는 바로 그 무의식에 잔존하는 민족의식을 회유하는 것을 목표로 했다.

파시즘의 권력이 민족적 무의식을 회유하는 방식은 근대적 상징계를 넘어설 때 향락과 특권이 제공된다는 유혹을 통해서였다. 식민지 말엽에 사람들이 경험한 자학적인 모멸감은 현실적인 무력감 속에서도 무의식 속에 잔존하는 민족의식을 버릴 수 없기 때문이었다. 파시즘은 그런 딜레마에서 벗어나는 길이 (근대적) 단일 민속 이념을 넘어선 공간(내선일체, 대동아공영)에서 새로운 주체(국민)의 지위를 얻는 데 있다고 말한다. 그처럼 근대적 상징계를 초극할 때 향락이 얻어지는데 그것을 불가능하게 하는 것은 심리적 잔여물인 민족의식이다. 내선일체와 대동아공영의 파시즘은, 향락을 훔치고 있는 그 민족적 잔여물을 끊어낼 때 새로운 주체(국민)의 '특별입장권'[10]이 얻어진다고 선전한다.

이처럼 무의식에 호소하는 파시즘은 '자발적으로' 민족적 짐을 버릴 것을 말하지만 실제로는 '광기와 폭력'을 수반하지 않을 수 없었다. 왜냐하면 민족적 잔여물이란 마치 존재의 시원이나 태곳적 자연과도 같이 무의식으로부터 끝없이 되돌아오는 근원적인 욕망이기 때문이다. 실재계적 잔여물로서 민족성이란 배타적인 민족주의를 넘어선 자연과도 같은 화해된 공동체에 다름이 아니다. 반면에 그것을 버릴 때 얻어지는 특별입장권이란

---

10 소영현, 〈1940년 전후 동양담론 분석〉,《1930년대 후반 문학의 근대성과 자기성찰》, 깊은샘, 1998, 173쪽.

불화와 전쟁이 은폐된 공간(내선일체, 대동아공영)으로 가는 식민주의적 예속화일 뿐이다. 그 공간을 지향하는 내선일체와 대동아공영은 향락(그리고 특별입장권)을 미끼로 자발성을 유도하지만, 실상은 끝없이 회귀하는 민족적 잔여물을 끊기 위해 폭력에 의존했다.

그 같은 파시즘적 식민주의의 모순은 조선인 추종자의 경우에 더 잘 드러난다. 예컨대 내선일체의 추종자였던 〈빛 속으로〉(김사량)의 한베에나 〈천마〉(김사량)의 현룡이 광기와 폭력을 버릴 수 없었던 것은 그 때문이다. 한베에가 조선인 아내에게 폭행하는 것은 실상은 자신 내부의 끊어내지 못한 조선적인 것에 대해 폭력을 행사하는 것이다.[11] 또한 현룡은 광기와 환각 속에서 자기 자신이 버린 민족적 잔여물이 끝없이 되돌아오는 것을 경험한다.

물론 두 사람은 일본인의 시선으로 보면 내선일체를 위한 근대의 초극에 이르지 못한 경우일 수도 있다. 그렇다면 민족적 얼룩을 청산하고 향락을 되찾기 위해 두 사람에게 필요했던 것은 당시의 동양문화론의 용어로 해탈이었을지도 모른다.[12] 〈천마〉에서 시국잡지 책임자 오므라가 현룡에게 절에 가 있을 것을 말한 것도 그런 뜻을 내포한다고 볼 수 있다. 해탈이란 상징계를 넘어서는 향락의 심화된 형식에 다름이 아니다. 그 시기에 '해탈지'를 말하는 동양문화론이 성행했던 것은 파시즘의 향락의 계기를 반증하는 셈이다.

그런데 해탈은 유(근대적 현실)를 버린 무(동양사상)가 아니라 유와 무의

---

11 나병철, 〈탈식민주의와 환상〉, 《현대문학이론연구》, 2009. 12, 192쪽.

12 이 점이 일본어로 쓰여진 김사량의 소설이 일본인들에게조차 쉽게 부인될 수 없었던 이유일 것이다. 왜냐하면 김사량은 외견상 사이비 내선일체와 근대의 초극을 비판하고 있으며, 일본이 근대를 넘어서는 진정한 '초극'을 이념으로 내세우는 한 감사량의 비판을 부정할 수 없기 때문이다. 그런데 실제로는 김사량이 그린 사이비 내선일체가 파시즘적 근대의 초극의 실상이었던 것이다.

경계를 넘어선 무의 경지이다. 당연히 해탈을 통한 근대의 초극 역시 근대를 버리는 것이 아니라 그것의 경계를 넘어서고 극복하는 일일 것이다. 그러나 파시즘은 해탈(향락)과 근대의 초극을 통해 서구적 근대와 민족이념을 무화시키고 사람들을 일본 중심의 동양문화로 유인하려 했다. 이는 경계를 넘어서는 것이 아니라 한쪽을 버리고 (그것을 병합한) 다른 쪽에 식민화되는 것일 뿐이다.

그 같은 파시즘적 '근대의 초극' 대신 또 다른 '해탈'과 '탈-근대'를 보여준 작품이 〈천사〉이다. 〈천사〉에도 근대세계에서의 사상과 민족의식, 그리고 해탈의 문제가 그려지고 있다. 이 소설의 청년 주인공들은 파시즘의 시기에 '사상적 유대'를 잃어버리고 제각기 고통스러운 삶을 살아간다. 여기서 사상이란 사회주의를 말하는 것으로 그 사상을 버리기 어려웠던 홍군은 절에서 요양 중에 죽음을 맞는다. 홍군의 친구 양군과 조군은 칠 년 후에 다시 절을 찾는데, 양군은 홍군이 죽음의 순간 해탈에 이르렀을 것이라고 생각한다.

만일 홍군이 해탈에 이르렀다면 그는 라캉이 말한 향락을 통한 죽음충동에 사로잡혔을 것이다. 홍군이 죽음에 이른 것은 그의 향락의 충동과 해탈이 고독한 개인의 사유를 통해서만 진행되었기 때문이다. 향락이나 해탈처럼 상징계를 넘어서는 심리나 사유가 죽음충동에서 벗어나려면 상징계 **바깥에서의 유대**가 이루어져야 한다.[13] 이 무의식과 실재계 차원의 유대는 사상적 연대를 대신하는 또 다른 연대일 것이다.

〈천사〉에서처럼 1930년대 중반 이후에는 사회주의나 민족주의 같은 사상적 연대가 불가능했다. 그처럼 사상적 연대가 불가능한 시기에 그 대신 두 가지 흐름이 나타났는데, 하나는 파시즘이며 다른 하나는 〈천사〉에 그려진 '무의식 차원의 연대'[14]이다. 파시즘은 과거의 대서사 차원의 사상적

---

13 그렇지 않으면 불교의 승려처럼 수행과 종교의 형식을 지녀야 한다.

연대를 근대적인 것으로 보고 그것을 초극한 트랜스내셔널한 세계(내선일체, 대동아공영)를 주장했다. 그 경계를 초극한 세계에 이르기 위해서는 사상적 연대 대신 해탈, 무의 사상(니시다 키타로, 코야마 이와오)[15], 동양문화론이 필요했다. 그러나 여기서의 해탈은 더 넓혀진 식민주의 영토를 만들기 위해 사회주의나 민족주의를 무장해제하는 전도된 해체의 사상이다.

〈천사〉에서는 사상적 연대를 대신하는 또 다른 해탈과 해체의 사유가 그려진다. 이 경계를 넘어서는 해체의 사유는 (파시즘과는 달리) 과거의 민족주의나 사회주의를 '초극'하되 그에 포함된 민족적 열망을 버리지 않는 사고이다. 또한 홍군의 고독한 해탈과는 달리 양군-조군과 무의식 차원의 연대를 이루게 함으로써 죽음충동에서 벗어나는 사유이다.

파시즘과 구분되는 이 또 다른 탈근대적 '초극'은 홍군의 동생 이쁜이의 그네를 통해 상징적으로 제시된다. 홍군이 죽은 후 이쁜이는 오빠의 영혼과 만나기 위해 매년 석왕사에 그네를 타러 온다. 이쁜이의 그네는 하늘과 지상을 연결하려는 욕망의 표현이며, 그것은 무의 세계와 유의 세계, 실재계와 상징계를 접속시키는 소망의 상징이기도 하다. 그 같은 소망은 향락의 욕동이기도 하거니와 해탈을 통해서만 이루어질 수 있을 것이다.

그처럼 해탈을 필요로 하는 점에서 이쁜이의 그네는 〈천마〉의 현룡의 복숭아가지와 비교할 수 있다. 현룡 역시 복숭아가지를 타고 하늘로 오르려 하지만 결국은 실패하고 만다. 그 대신 그는 무의식으로부터 끝없이 회귀하는 민족적 잔여물에 붙들려 미로에 갇혀버린다. 이것이 바로 내선일체와 파시즘의 필연적인 운명일 것이다. 내선일체에서 해탈이란 존재의 핵심인 민족적 잔여물을 제거하는 것이며 그것은 광기와 폭력을 통해서만 가능할 수 있었다. 현룡뿐만 아니라 일제의 파시즘 역시 그 점에서는 다르

14　이 '무의식 차원의 연대'는 무의식의 수준에서의 저항이라고 할 수 있다.
15　서인식, 〈동양문화의 이념과 형태〉, 《서인식 전집》II, 역락, 2005, 161쪽.

지 않다. 내선일체와 대동아공영을 통해 근대를 초극하고 해탈하려 한 일
제의 파시즘은 하늘로 오르기 위해 강압과 전쟁이라는 광기어린 폭력을
필요로 했다.

반면에 이쁜이의 그네는 현룡이 버려야만 했던 바로 그 민족적 무의식
에 근거해 하늘에 닿으려는 것이며, 그것을 통해 지상(유)과 하늘(무)의 경
계를 넘으려는 끝없는 시도이다. 여기서 경계를 초극하는 해탈이란 대립의
세계(지상)에 갇힌 민족의식을 탈주시켜 무의식적 욕망으로서 해방시키는
것이다. 그 같은 무의식적 욕망의 표현인 그네가 제등에 닿자 하늘로부터
홍군이 내려와 양군-조군(시인)과의 청년들의 연대를 회복한다.

그 순간이었다. 팽팽하게 당겨진 끈이 아름다운 천사를 태우고 밤 하늘
속을 가로지르는 것 같아 눈을 부릅뜨고 있을 때, 그녀는 하늘로 날아올라
점점 제등 쪽으로 접근해갔다. 더욱더 가까워져가고 그곳에서 삼 사척밖에
떨어져 있지 않은 곳에서, 갑자기 발을 차올려 몸이 풍선처럼 둥글게 됐다.
그때 멋지게 제등을 두 개 발로 차서 제등이 확 타올랐다.

"이야" 하고 환성이 오르고 군중은 파도처럼 출렁거렸다. 어두운 밤 하늘
에 제등은 한층 불을 뿜으면서 타올랐다. 그때 그중 한 개가 타오르면서 공
중에서 내려오기 시작했다.

"저기 보게, 홍군이 하늘로부터 내려온다네."

양은 갑자기 홍군과 껴안았다.

"천사가 불러서, 천사가 불러서……."

시인은 목이 메어있는 목소리로 말했다.[16]

여기서 환상을 통한 연대는 지상과 하늘의 경계를 넘어서는 해탈의 순

---

16 김사량, 〈천사〉, 《김사량 작품과 연구》 1, 역락, 2008, 203~204쪽.

간에 이루어지고 있다. 이 점은 그 순간의 교류가 실재계에 접촉한 **무의식 차원의 연대**임을 암시한다. 따라서 다시 복구된 청년들의 연대는 예전의 사상적인 연대와는 구분된다. 과거의 사상적 연대는 무의식 차원까지 파괴하려는 파시즘의 광기를 견디기 어려운 것이었다. 반면에 환상을 매개로 다시 회복된 청년들의 연대는 무의식의 수준에서 파시즘의 전도된 전략을 뒤집는 싸움을 하고 있다. 이쁜이나 양군, 조군은 일상적 현실의 공간에서는 여전히 무력할 뿐이다. 그러나 무의식의 차원에서는 광기를 수반한 파시즘의 해탈의 논리를 뒤집어 실재계적 잔여물로서의 민족의식을 해방시키고 있다. 끝없이 계속될 '이쁜이의 그네'는 그런 무의식적 해방의 욕망의 표현일 것이다.

실재계 차원의 민족의식을 심리적 얼룩으로 보고 제거하려 한 (그것을 해탈로 생각한) 파시즘은 실상 '근대의 초극'에 실패한 셈이다. 반면에 그 무의식적 잔여물을 근거로 **해탈된 민족의식**을 얻고 있는 '청년들의 연대'는 '경계의 초극'에 성공하고 있다. 군중의 환호와 함께 제등의 불길로부터 내려온 이 연대의 표현은 이 순간의 민족의식이 배타적 경계를 넘어선 화해의 소망의 표현일 뿐임을 암시한다.[17] 파시즘이 내선일체(대동아공영)를 말하면서도 트랜스내셔널에 실패한 반면 무의식 수준의 청년들의 연대는 심리적 트랜스내셔널에 성공하고 있는 것이다. 후자의 무의식 차원의 탈근대적인 민족의식은 예전의 대서사로서의 '사상적 연대'에 접속될 때 더 강력한 변혁의 힘을 얻을 수 있을 것이다.

김사량의 〈천사〉는 파시즘의 '근대의 초극'의 논리를 역전시킴으로써 '탈근대적인' 방식으로 탈식민주의적인 전망을 얻고 있다. 그와 비슷하게 박민규의 《지구영웅전설》과 최인석의 《아름다운 나의 귀신》 연작은 후기자본주의의 전도된 탈근대의 논리를 역전시키고 있다. 후기자본주의 이데올

---

17 이 소설이 일본 독자들에게도 받아들여진 것은 이 때문이다.

로기와 파시즘의 차이는 전자가 훨씬 매혹적인 이미지와 환상의 방식으로 사람들의 무의식을 예속화한다는 점이다. 후기자본주의 이데올로기의 최대의 무기는 연출이자 현실인 시뮬라크르라는 스펙터클 장치이다. 환상과 현실의 구별이 불가능하게 만드는 후기자본주의의 이데올로기는 더 이상 이데올로기로 생각되지도 않는다. 광기와 폭력에 의존하지 않을 수 없었던 파시즘과는 달리, 후기자본주의의 스펙터클적 장치들은 무의식을 예속화하는 데 비교할 수 없을 만큼 더 효과적이다.

후기자본주의 역시 파시즘처럼 향락을 미끼로 사용하는데, 근대이념(민족이념 등)을 강제적으로 초극하려 했던 파시즘과는 달리 가속화된 잉여향락 갱신을 통한 '경제의 숭고'를 앞세운다. 경제의 미학(숭고)이 문학의 미학(소설)을 대체한 이 시대에는, 상부구조까지 예속화한 **경제의 신화화**가 파시즘의 정치의 미학화를 대신한다. 물론 후기자본수의 역시 파시즘처럼 실제로는 자본주의의 모순을 극복하지 못하는데, 그 때문에 책임을 떠넘기기 위해 '향락을 훔치는 자들'이라는 희생물을 내세운다. 파시즘의 경우 모순이 전가되는 향락의 탈취자가 유대인·열등한 피식민자라면, 후기자본주의의 경우는 악의 축·사회주의자·불법시위자이다. 후기자본주의는 그 같은 악의 세력에 대한 공격을 통해 환상이 깨지는 데서 오는 환멸과 허무의 위기를 방어하는 것이다.

후기자본주의에서도 파시즘처럼 **트랜스내셔널한** 차원이 전개되는데 그 것이 바로 세계화이다. 파시즘의 트랜스내셔널(내선일체, 대동아공영)처럼 후기자본주의의 세계화 역시 결국 자본의 권력을 앞세운 식민주의로 귀결된다. 미국을 중심으로 트랜스내셔널하게 전개되는 새로운 식민주의는 과거의 제국주의와는 달리 '제국'[18]이라고 불리기도 한다.[19] 여기서는 향락을

---

18 과거 일본의 근대 초극의 논자들은 파시즘 시기의 일본이 더 이상 제국주의가 아닌 새로운 형식이라고 말한 바 있다. 김도경, 〈근대 초극으로서의 파시즘과 리얼리즘〉, 《파시즘 미학의 본

훔치는 세력으로 공격대상이 되는 것이 트랜스내셔널한 네트워크를 거부하는 이슬람 국가나 멕시코 사파티스타이다. 후기자본주의는 그런 세력들에 맞서서 지구를 지키는 영웅서사를 작동시키는데, 그것의 할리우드 판본이 바로 '아메리칸 히어로'(슈퍼맨 등)이다. 박민규의 《지구영웅전설》은 그 같은 아메리칸 히어로라는 이데올로기적 서사를 풍자적으로 비틀기하고 있다.

《지구영웅전설》은 패러디를 통해, 새로운 트랜스내셔널한 기획에서는 희생양인 사파티스타 외에도 제3세계 일반이 문화적 '기형'이나 '악당'으로 분류될 수 있음을 폭로한다. 그런데 이 소설의 주인공 '나'는 그런 범지구적 영웅서사의 식민주의적 시선에도 불구하고 여전히 아메리칸 히어로의 판타지에서 벗어나지 못한다. 그것은 슈퍼맨의 말할 수 없는 '슈퍼'함이 향락의 유혹으로 '나'의 무의식을 사로잡기 때문이다. 그러나 그런 향락의 유혹은 일종의 환상(이데올로기적 환상)으로서 제3세계 출신 '나'는 결코 그것을 누릴 수 없다.

이 소설의 성장서사는 주인공 '내'가 그런 환상과 균열의 양가성을 경험하는 내용으로 전개된다. 그런데 '나'는 어느 날 악당으로 분류된 사파티스타(마르코스)와의 만남 속에서 일시적으로 심리적 전복의 위기를 느낀다. 즉 '나'는 '나쁜 무리'로 불리는 사파티스타의 마르코스를 하마터면 좋은 친구로 여길 뻔한 것이다. '나'는 그런 마음을 억눌러 의식적으로 마르코스를 '나쁜 무리'라고 되새기지만, 실제적으로 묘사되는 그의 언행은 더없이 우정 어린 모습이다.

마르코스에 대한 적대감은 슈퍼 히어로의 슈퍼함(향락)과 동전의 앞뒷면

질》, 예옥, 2009, 316쪽.

19 실제로는 한 국가(미국)를 중심으로 한 제국주의와 트랜스내셔널한 네트워크를 형성한 제국의 중간단계라고 할 수 있다.

을 이루는 감정이다. 만일 마르코스에 대한 적의가 빈껍데기라면 그와 싸우는 영웅들이 주는 슈퍼한 향락 역시 피상적인 것일 수밖에 없다. 따라서 마르코스와의 대면에서 '나쁜 무리'라는 말이 무색해지는 순간, '나'의 무의식을 점령했던 아메리칸 히어로에 대한 향락의 도취는 의식 차원으로 축소된다. 반면에 한순간 그 무의식의 빈자리에는 은밀히 마르코스의 우정이 스며들고 있다. **의식의 차원**에서는 여전히 아메리칸 히어로가 승리하고 있지만 **무의식의 차원**에서는 마르코스가 이기고 있는 것이다.

자본과 권력을 앞세운 슈퍼히어로의 트랜스내셔널한 기획은 결코 제3세계 및 사파티스타와의 경계를 넘지 못한다. 반면에 한순간이지만 사파티스타와의 우정은 '나'의 무의식을 채우며 심리적 트랜스내셔널에 성공하고 있다. 아메리칸 히어로의 전략은 원래 무의식을 유혹해 트랜스내셔널한 예속화를 이루는 것인데, 이 소설에서는 오히려 적대자 사파티스타가 은밀히 무의식에 스며들며 경계를 넘고 있는 것이다.

결국 이 소설의 미학은 **무의식의 은밀한 전쟁**을 드러내는 데 있다. 한쪽에서는 제국의 이데올로기가 유혹하고 있으며, 다른 한쪽에는 피식민자들의 사랑과 우정이 숨겨져 있다. 흥미롭게도 이 소설은 무의식을 사로잡는 이데올로기의 기제를 보여주면서, 이면에서는 억압된 우정[20]에 의해 그 기제가 고스란히 뒤집히고 있음을 드러내고 있다. 즉 표면으로는 마르코스를 부정하면서도 심층(무의식)에서는 그와 교감하는 아이러니적인 소통을 통해, 무의식을 빼앗는 전략을 지닌 아메리칸 히어로의 이데올로기가 역전되는 양상을 보여준다.

이처럼 백인중심의 식민주의적 시선을 전복시키는 서사는 판타지 영화에서도 찾아볼 수 있다. 범우주적 상상력이 동원된 SF영화이지만, 외계 행성의 나비족의 위치에서 백인의 폭력적인 식민주의를 비판하는 〈아바타〉

---

20 그런 사랑과 우정을 더 적극적으로 드러내지 못한 것이 이 소설의 한계일 것이다.

가 대표적인 예이다. 이 영화에서 판도라 행성의 나비족은 식민주의의 희생양으로서 과거의 인디언이나 최근의 이라크 사람들일 수도 있다. 이 영화 역시 권력과 무력을 앞세운 식민주의가 이질적 문화의 경계를 부수는데 실패한 반면, 자연과 화해의 무의식은 사랑을 통해 문화적 이질성을 넘어설 수 있음을 보여준다.

하반신이 마비된 전직 해병 제이크와 나비족 족장의 딸 네이티리의 사랑은 판도라가 연출하는 아름다운 자연과의 교감의 일부이다. 물론 제이크와 네이티리의 사랑은 제이크가 나비족의 아바타를 매개로 그녀를 만남으로써 가능해진다. 그러나 네이티리는 나중에 제이크가 '하늘에서 온 사람'(지구인)임을 알면서도 사랑을 멈추지 않는다.[21] 이처럼 자연적 교감의 표현인 사랑은 폭력으로는 결코 무너뜨릴 수 없는 이질적 문화의 경계를 넘어선다.[22]

그와 같이 포스트모던적 탈식민주의 미학은, 서구적 근대화의 과정에서 배제된 제3세계의 원시적인 사유가, 사랑과 우정, 그리고 자연과 교감하는 화해의 힘을 통해 후기자본주의의 권력의 기제를 전복시키는 과정을 보여준다. 탈식민적 주제를 지닌 작품은 아니지만, 무속적 상상력을 통해 자본의 폭력에 대항하는 과정을 그린 《아름다운 나의 귀신》 연작도 여기에 속한다. 이 소설 역시 후기자본주의를 배경으로 하고 있으나 다른 소설들과는 달리 달동네를 강제로 철거하는 사건을 그리고 있다. 이 점은 여전히 폭력이 횡행하는 제3세계적인 풍경이 반영된 것이라고 할 수 있다. 따라서

---

21 네이티리는 제이크가 신분을 속인 것에 배신감을 느끼지만 나비족을 아끼는 제이크의 마음을 확인하고 다시 사랑을 나눈다.

22 다만 판도라를 공격하는 미군과 제이크의 대립이 (식민주의와 연관되기보다) 선악의 대립으로 느껴지는 점이나 판도라의 구출이 미국인 제이크에게 크게 의존하는 점이 이 영화의 한계이다. 자연과 교감하는 판도라의 모습은 아름답게 표현되었지만 그 아름다움을 지키려는 싸움의 과정은 다소 장르영화의 공식으로 환원되는 느낌을 준다.

이 소설은 탈근대적인 환상의 미학과 리얼리즘이 결합된 **포스트모던 리얼리즘**으로 불릴 수 있다.

다른 한편, 환상의 미학과 리얼리즘이 혼합된 점에서 이 소설은《난장이가 쏘아올린 작은 공》연작과 비교할 수 있다. 그러나《난장이가 쏘아올린 작은 공》의 환상이 동화적이면서도 낯선 두려움을 수반하는 반면, 이 소설의 환상은 무속적 상상력을 부활시켜 두려움 없는 능동적인 힘을 표현하고 있다. 그 점이 바로 모더니즘과 포스트모더니즘의 차이일 것이다.

《아름다운 나의 귀신》연작이 무속적 상상력을 통해 자본의 폭력에 저항할 수 있는 것은 그 상상력에 포함된 원시적 자연과 교감하는 생명력 때문이다. 이 점은 일종의 성장소설인 〈내 사랑 나의 귀신〉을 통해 잘 드러난다. 이 소설에서 '나'와 같은 어린이를 주인공으로 하고 있는 것은 어른들은 이미 '돈이 인간의 운명이 된'[23] 후기자본주의에 예속되있기 때문이나.

그러나 후기자본주의의 타자인 무당이나 어린이는 권력에 예속되진 않았지만 현실에 맞서기에는 너무나 무력한 인물들이다. 이들이 현실에 대응하며 서로 교감할 수 있는 유일한 방법은 사랑이다. 하지만 소년(소녀)들의 사랑은 서로 엇나가고, '나'의 당골네(무당)에 대한 사랑 역시 터무니없이 비현실적이다. 현실적으로 보면 주인공들의 삶은 열악하며 사랑도 이루어지지 않는다.

하지만 서로의 주위를 맴돌며 공전하는 이들의 **사랑의 우주**는 부재하는 아름다운 것에 대한 동경[24]을 통해 **무의식**을 고양시킨다. 달동네 소년들의 우주란 그처럼 고양된 무의식의 세계에 다름이 아니다. 그런 무의식의 우주의 유영을 통해 당골네를 사랑하는 '나'와 그녀의 딸인 귀연이는 무속적 상상력에 접속하게 된다. 예컨대 귀연이는 자신을 통해 몸주인 김정호가

---

23 최인석, 〈내 사랑 나의 암놈〉,《아름다운 나의 귀신》, 문학동네, 1999, 225쪽
24 이 동경은 라캉이 말한 욕동과도 비슷한 것이라고 할 수 있다.

되돌아오는 것을 경험한다. 여기서 김정호가 회귀하는 것은 실제로는 그가
소망하던 세계가 되돌아오는 것을 뜻한다.

"나의 몸주님이, 불쌍하게도 망나니의 칼에 목숨을 잃은 나의 몸주님이.
학교에서 그분에 대해 배운 건 다 엉터리야. 그분의 목적은 단순히 이 땅의
생김생김을 지도로 만드는 게 아니었어. 단순히 이 땅의 생김생김을 알기
위해 평생을 다 바친 것이 아니야. 그 분은 그 지도를 통해 우리 눈에 보이
지 않는 곳, 어떤 지도에도 표기될 수 없는 곳을 확인하고, 그곳으로 넘어가
려 한 거야. 이 땅을 넘어, 이 세상을 넘어. 양 같은 범이 살고 범 같은 양이
사는 곳, 금 같은 돌이 나고 돌 같은 금이 나는 곳, 꽃 같은 비가 내리고 비
같은 꽃이 피어나는 곳, 별 같은 노래가 있고 노래 같은 별이 빛나는 곳, 곰
과 사람이 혼례를 치르고, 물고기와 새가 나란히 하늘을 나는 곳, 담장 같은
뜰이 있고 뜰 같은 담장이 있는 곳, 자기를 사랑해주지 않는 사람을 사랑하
게 되는 곳이 아니라 모든 사랑이 고스란히 성취되는 곳, 친구와 친구 어미
가 사랑을 아루고, 서로가 서로를 향하여 별이 되고 달이 되는 곳… 자기를
사랑해주지 않는 사람을 사랑해야 하는 일이나 이룰 수 없는 것을 바라는
일 같은 것은 절대로 벌어지는 법이 없는 곳.…(하략)"[25]

위에서 김정호의 지도는 현실을 넘어선 세계를 동경하는 **무의식의 지
도**이다. 자연과 교감하는 낙원에 대한 동경이 좌절되면서 김정호는 죽음을
맞는다. 김정호가 죽음에 이른 것은 아무도 볼 수 없는 곳을 지도로 그린
후 '혼자서' 그리로 가려 했기 때문이다. 그러나 마치 〈천사〉에서 홍군이
이쁜이의 그네를 통해 되돌아오듯이 김정호는 귀연이와 소년들의 우주의
유영을 통해 회귀한다. 이때 실제로 되돌아온 것은 김정호의 환상의 지도

---

25 최인석, 〈내 사랑 나의 귀신〉, 《아름다운 나의 귀신》, 앞의 책, 34~35쪽.

480

이며 그것을 통해 귀연이와 소년들의 '서로에게 별이 되는 세계'에 대한 욕망이 고양되는 것이다. 소년들의 우주를 통해 귀환하는 무속적 상상력의 현대적 의미는 이점에 있을 것이다.

당골네가 철거반에 저항하다 죽은 후 '나'의 '우주의 유영'은 현실에 대한 대응으로 전환된다. 귀연이가 그랬듯이, 당골네가 '나'를 통해 되돌아오는 것은 실상은 그녀가 그리워하던 세계가 회귀하는 것일 터이다. 그리고 이번에는 그녀의 저항과 잃어버린 '나'의 사랑이 같이 돌아오는 것이다. '나'는 귀연이·승규와 함께 철거반에 저항하는데 이 장면은 당골네가 회귀하는 모습과 더불어 환상적으로 제시된다.

지게차가 짐승처럼 덤벼들어 지붕을 베어물자 당골네의 집이 무너져내렸고, 칠답이 번찍번찍 불꽃을 토하며 무너져내렸고, 민둥산이 무너저내렸고, 하늘과 땅이 뒤엉켜 쏟아져내렸고, 우리의 우주가 한꺼번에 붕괴하였고… 나는 귀연이가 네 손 네 발을 다 치켜들고 하늘 높이 나비처럼 날아가는 것을 보았고, 승규가 그녀의 손에 매달린 것을 보았으며, 나의 방울과 삼신부채는 저 혼자 절경절경 팔랑팔랑 흔들리고 펄럭거렸고, 나는 당골네의 음성으로 부르짖고 있었다. 독사지옥을 여우고 칼산지옥을 여우고 철산지옥을 여웠으니 인자는 왕들을 여우리라 인자는 왕들을 여우리라…[26]

예문에서 '나'와 귀연이, 승규의 저항은 현실적으로 여전히 무력하다. 그러나 날아오르는 귀연이는 나비처럼 아름답고 '나'의 음성은 당골네의 부르짖음처럼 절절하다. 이 같은 환상적 표현은 소년들의 연대를 통해 무의식 속에서 탈주의 욕망이 고양되는 성장의 한 단계를 보여주는 것이다. '내'가 사랑하던 당골네의 죽음과 회귀는 그 같은 성장의 중요한 계기가

---

26 최인석, 위의 책, 41쪽.

되고 있다.

이 소설의 소년(소녀)들은 아버지의 부재[27] 속에서 그 대신 귀신에 접속하고 우주를 유영하며 성장해간다. 아버지가 상징계의 표상이라면 달동네의 소년들에겐 상징계를 탈주하려는 무의식의 고양이 성장과정인 셈이다. 그런데 달동네가 파괴되자 소년들은 그들의 우주를 지키기 위해 하늘로 날아오르는 또 한 번의 성장의 단계를 보여주고 있는 것이다.

이 같은 달동네의 성장서사는 후기자본주의의 이데올로기 영토 내의 성장서사와는 매우 상이하다. 후기자본주의의 성장서사(이데올로기)란 지구를 지키려는 TV 속의 슈퍼맨을 흉내내며 자라나는 것이다. 반면에 달동네의 성장서사에서는 소년들이 자신들의 우주(무의식의 영토)를 지키기 위해 나비처럼 날아오르고 무당처럼 부르짖으며 성장한다.

슈퍼맨이 지키는 지구는 (《지구영웅전설》이 보여주듯이) 실상 후기자본주의의 이데올로기로 된 트랜스내셔널한 **권력의 영토**이다. 슈퍼맨의 '슈퍼한' 향락이란 그 같은 이데올로기적 영토로 끌어들이기 위한 유인책에 불과하다. 그에 반해 **소년들의 우주**란 그런 이데올로기적 영토에서 탈주한 무의식의 공간이다. 또한 우주를 지키려는 소년들의 비상과 부르짖음은 무의식 속의 탈주의 욕망의 표현이다.

슈퍼맨이 지키는 권력의 영토는 '돈이 인간의 운명'이 된 경제의 숭고라는 후기자본주의의 세계이기도 하다. 따라서 슈퍼맨의 판타지는 결국 자본과 권력에 의해 질서가 유지되는 세계를 지키기 위한 이데올로기적 환상이다. 반면에 달동네 소년들의 환상은 그 이데올로기의 균열지점(달동네)에서 '서로에게 달이 되는 세계'[28]로 가기 위한 지도를 찾는 환상이다. 이처럼

---

27 '나'의 아버지는 지방 공사장을 전전하고 가족에게 무관심해 실제로는 '나'에게 부재하는 듯이 여겨진다.

28 최인석, 〈내 사랑 나의 귀신〉, 앞의 책, 35쪽.

소년들의 환상은 자본과 권력에 의해 물신화되어가는 지구를 위해 다른 세계로 가는 지도를 암시함으로써 지금의 세계를 지키려는 이데올로기적 환상을 역전시킨다.

물론 소년들의 연대와 환상은 아직 무의식 속의 탈주의 욕망을 암시하는 단계에 있다. 즉 그들의 연대는 달동네의 균열을 통해 들어선 무의식의 공간, '서로를 향해 별이 되어' 나비처럼 날아오르는 그 우주의 공간에서 이루어지고 있다. 여기서 되돌아오는 것은 '내'가 사랑하는 당골네이다. 이제 소년들이 더 성장하고 탈주의 무의식이 밖으로 흘러넘쳐 **청년들의 연대**가 되돌아올 때[29], 후기자본주의 이데올로기를 뒤집는 진정한 반전이 시작될 것이다.

3. 포스트모던적 환상과 리얼리즘의 결합

후기자본주의 시대에 리얼리즘 문학이 부각되지 않는 것은 현실의 균열을 은폐하는 이데올로기의 유혹에 대응하기 어렵기 때문이다. 리얼리즘은 아이러니, 풍자, 해학 등을 통해 상징계의 균열을 드러내는 미학이다. 그런데 일종의 환상구조물인 후기자본주의 이데올로기는 다양한 스펙터클 장치를 통해 현실 자체에서 균열이 사라진 듯 보이게 만든다. 이 유혹적인 스펙터클의 강렬함이 예전의 리얼리즘이 대응하기 어려운 점이다. 이런 상황에서 포스트모던 리얼리즘은 (앞서 살폈듯이) 스펙터클적 장치들을 비틀기하거나(《지구영웅전설》) 그 환상구조를 반전시킨 미학적 환상을 보여준다

---

29 이는 '억압 없는 비판적 대서사'의 귀환이기도 하다.

(〈내 사랑 나의 귀신〉).

그 같은 포스트모던 리얼리즘의 미학적 환상의 의미는 다음의 두 가지이다. 첫째는 그런 미학적 환상을 연출하는 과정에서 이데올로기에 의해 은폐된 현실의 균열을 드러내게 된다. 둘째는 잃어버린 것이 회귀하는 환상을 통해 사랑과 화해의 욕망을 확인하며 변혁의 요구를 암시한다.[30]

미학적 환상이 연출되는 지점에서 **현실의 균열**이 암시되는 점은 포스트모던 리얼리즘의 핵심적 특징의 하나이다. 현실의 균열은 리얼리즘에서처럼 아이러니·풍자·해학을 통해 드러나는데, 포스트모던 리얼리즘에서는 그 지점에서 환상이 나타나는 것이다. 그로 인한 흥미로운 현상은 아이러니·풍자·해학과 환상이 **혼성되는** 미학이 연출된다는 점이다.

'정크예술가'로 불리[31]는 박민규의 소설들은 이런 포스트모던 리얼리즘의 특징을 매우 잘 보여준다. 예컨대 〈그렇습니까? 기린입니다〉에서 아버지의 마지막 대답은 아이러니적이며, 〈고마워, 과연 너구리야〉에서 너구리와의 포옹, 〈아, 하세요 펠리컨〉에서 펠리컨이 된 오리배는 해학적이다. 흥미로운 것은 이 아이러니와 해학은 또한 포스트모던적 환상이기도 하다는 점이다. 즉 현실에 발 딛고 선 사람의 입장에서는 기린, 너구리, 펠리컨이 아이러니·해학이지만, 그 이미지들은 (현실-환상을 뒤섞는) 포스트모던 미학의 측면에선 현실만큼 생생한 환상이다.

풍자·해학은 현실을 재현하는 중에 무의식이 끼어들어 이미지를 변형시키는 미학이다. 반면에 환상은 무의식이 표면화되는 가운데 현실이 반영된 전의식이 혼합되는 이미지이다. 둘 다 변형의 이미지이지만 전자는 현실의 네트워크에 연결되어 있고 후자는 무의식(실재계 차원)에 접속되어 있

---

30 여기서 되돌아오는 것은 일차적으로는 사랑과 화해의 욕망이며 다음으로는 '무의식 차원의 대서사'이다.

31 신수정, 〈뒤죽박죽, 얼렁뚱땅, 장애물 넘어서기〉, 박민규, 《카스테라》, 문학동네, 2005, 329쪽.

다. 박민규는 그 양자 사이에 다리를 놓는 기묘한 혼성의 미학을 연출하고 있는 셈이다.[32]

이처럼 리얼리즘과 포스트모던, 현실의 균열과 환상이 중첩되는 미학의 또 다른 특징은, 그런 환상을 통해 **변혁의 전망의 예비단계**가 암시된다는 점이다. 포스트모던 환상의 경우에는 환상 그 자체로부터 전망이 암시되지는 않는다. 예컨대, 은어의 회귀(〈은어낚시통신〉)나 식물로의 부활(〈내 여자의 열매〉), 코끼리의 야생의 귀환(〈코끼리가 떴다〉)에서는 잃어버린 것이 되돌아온 이미지로부터 직접 미래의 전망을 감지할 수는 없다. 반면에 되돌아온 청년들의 연대(〈천사〉), 현실로 귀환한 김정호의 환상의 지도(〈내 사랑 나의 귀신〉), 그리고 아버지의 기린으로의 귀환(〈그렇습니까? 기린입니다〉)과 죽은 사람의 오리배의 비상(〈아, 하세요 펠리컨〉)은, 새로운 세계에 대한 소망을 은밀히 암시한다. 그것은 이 소설늘에서 '현실의 균열지점'과 (그에 대한) '환상을 통한 능동적인 반전'이 연결되어 있기 때문이다. 그 양자의 접합을 통해, 포스트모던 리얼리즘은 한편으로는 현실의 네트워크에, 다른 한편으로는 환상의 영역에 접속되어 있다.

환상이란 균열(구멍)을 통해 실재계에 접촉하는 곳에서 무의식적 욕망이 되돌아온 것을 말한다. 그런 억압된 욕망의 표현인 환상이 현실의 균열지점에 끼어듦으로써, 포스트모던 리얼리즘은 균열된 현실을 위협하면서 '실재계를 핵심으로 한 새로운 리얼리티'를 암시한다. 이 과정은 현실의 균열(그리고 실재계)을 은폐하는 이데올로기가 뒤집히면서 그에 대한 반전이 시사되는 순간이기도 하다.

박민규의 소설이 그런 현실의 균열지점을 포착할 수 있는 것은 1990년

---

32 앞에서 우리는 포스트모던적 환상의 경우 환상과 현실이 교차되는 틈새에서 전망이 나타난다고 논의했다. 그런데 포스트모던 리얼리즘에서는 환상이 표현되는 중에 이미 그 틈새가 암시되고 있는 셈이다.

대 작가들과는 달리 나르시시즘에서 벗어난 주인공을 등장시키기 때문이다. 1990년대 신세대 작가들은 환멸로 가득 찬 현실에서 성장소설을 통해 어른들의 세계를 부인하는 나르시시즘적 주인공을 그릴 수밖에 없었다. 환멸의 시대에 (환멸소설이 아니라) 성장소설이 시도된 것은[33] 잃어버린 '청년들의 사랑과 연대'에 대한 향수를 버릴 수 없었기 때문일 것이다. 그러나 섹스는 얼마든지 가능하지만 사랑은 불가능해진 시대에, 진정한 사랑과 청년의 신념에 대한 향수는 세상과 소통하지 않는 나르시시즘적 주인공을 낳게 된다.

일종의 성장소설인 박민규의 소설이 그와 다른 점은, 현실의 외곽에서 살아가는 사람들에 대한 정서적 연대감을 통해 나르시시즘에서 벗어나고 있는 점이다. 1990년대 성장소설에서는 부재하거나 무력한 아버지와의 소통이 단절되어 있는데, 이는 우리 성장소설의 일반적인 문법의 하나이기도 하다. 다만 1990년대 소설들에서는 그런 소통의 단절이 사회적 인간관계 전반에 대한 환멸[34]로 확산되고 있다. 반면에 박민규의 소설에서는 무력한 아버지를 마이너리티로서 연민의 대상으로 여기는 시선이 나타난다. 그리고 더 나아가 실직자, 비정규직 노동자, 외국인 노동자, 실패한 사업가 등에 대한 정서적 연대감을 표시한다.

이 같은 변화는 1990년대 후반 이후 **사회적 양극화**와 함께[35] 현실의 주변부에서 살아가는 사람들이 증대된 것과 연관이 있다. 사회적 양극화는

---

33 성장소설과 환멸소설의 차이는 다음의 두 가지이다. 첫째, 성장소설 주인공의 내면은 미결정적인 반면 환멸소설의 주인공은 이미 완결된 이상을 가지고 있다. 둘째, 후자는 환멸을 느끼며 현실에 등을 돌리지만, 전자는 (환멸의 현실에서도) 여전히 현실에 남아 사랑과 화해의 소망이 실현되길 기다린다.

34 이 같은 환멸은 중산층 신화에 대한 환멸과 연관이 있다. 1990년대가 그와 연관된 환멸의 시대라면, 1990년대 후반 이후는 사회적 양극화 속에서 외곽으로 밀려난 사람들에 대한 연민이 나타나는 시대이다.

35 사회적 양극화는 IMF 구제금융 사태와 긴밀한 연관이 있다.

대중문화에서 **신데렐라 서사**를 확산시킨 반면 본격문학에서는 **포스트모던 리얼리즘**을 낳은 셈이다. 신데렐라 서사가 사회적 균열(양극화)을 감추는 환상을 만든다면 포스트모던 리얼리즘은 숨겨진 균열을 드러내며 그 지점에서 (환상 등을 통해) 새로운 연대를 암시한다. **새로운 연대**의 구성원은 예전의 계급적 연대와는 달리 학생, 여성, 실업자, 비정규직 노동자, 외국인 노동자, 파산자[36] 등이다. 예전의 성장소설에서 무관심했던 '무력한 아버지'에게 다시 시선이 주어진 것은, 그런 아버지란 필경 실직자이거나 파산자이기 때문이다.

포스트모던 리얼리즘으로서 박민규의 성장소설은 그 같은 마이너리티로서의 무력한 아버지에게 연대의 시선을 보냄으로써 '아버지의 부재'라는 기왕의 성장소설 문법을 변형시킨다. 예컨대 〈그렇습니까? 기린입니다〉에서 기린으로 귀환한 아버지가 그 대표적인 경우이다. 이 소설의 주인공 '나' 역시 아버지와 가족에게 무관심한 신세대였는데 중학교 때 어느 날 아버지의 비참한 '산수'를 목격한 후 자신도 모르게 같은 편이 되어버린다. 후기자본주의란 이미 산수의 외부가 없어진 세계이거니와, 그런 세상에서 '나'는 결국 아버지와 같은 산수를 할 수밖에 없음을 깨달은 것이다. 이 경우 아버지에 대한 연민은 가족적 유대라기보다는 마이너리티로서의 연대감에 더 가깝다.

후기자본주의는 '경제의 숭고'[37]를 말하지만 '나'와 아버지의 산수는 결코 숭고하지 않으며 다만 삶이 산수를 벗어날 수 없는 세상이 되었음을 알려줄 뿐이다. 상고생인 '나'는 이미 그것을 깨닫고 아르바이트를 전전하다 지하철 푸시맨이 된다. 열차 안에 '무언가 물컹하거나 딱딱한 것들을'[38] 밀

---

36 이들은 중심을 지닌 계급의 개념보다는 복수성을 지닌 다중의 개념으로 파악될 수 있다.

37 리오타르, 이삼출 역, 〈숭엄과 아방가르드〉, 《포스트모던의 조건》, 민음사, 1992, 226쪽.

38 박민규, 〈그렇습니까? 기린입니다〉, 《카스테라》, 앞의 책, 73쪽.

어 넣으며 '나'는 화물처럼 채워지고 쏟아져 나오는 '전인류의 물결'[39]을 감당해야 했다. 어느 날 그 '화물' 중의 하나로 아버지가 나타나고 아버지는 종종 '전인류의 물결' 속에서 '부유하는 미역줄기'[40] 같은 모습을 보여준다. 이런 장면들은 화물-인류의 산수의 세계에서 간신히 존재하고 있는 아버지의 모습을 암시한다.

불경기인데다 마침내 엄마까지 쓰러진 후 아버지와 '나'의 산수는 더욱 악화된다. 그날 병실에 들어선 아버지는 '계산기의 꺼진 액정'[41] 같은 눈동자를 하고 있었다. '나'는 코치 형으로부터 이런저런 알바 자리를 물려받았지만 거울을 보며 아버지와 색이 같은 잿빛 두 개의 동심원을 발견한다. 이처럼 '나'의 아버지에 대한 연민의 감정은 산수의 세계 외곽에서 겨우 깜빡거리는 연산을 하고 있는 삶과 무관하지 않다.

'내'가 흔들리는 세상을 겨우 버티던 중 회사가 어렵다던 아버지가 갑자기 사라진다. '나'는 잿빛의 우울한 감정을 억누르며 견디고 있었지만 아버지는 더 이상 '꺼진 액정' 같은 감정을 감당할 수 없었던 것이다. 그 후 어머니의 의식이 돌아오고 '무사하진 않지만' 봄빛이 완연히 돌아온 날, '나'는 지하철 역사 플랫폼 지붕 위에 떠 있는 이상한 얼굴을 발견한다.

기린이 아닌가. 그것은 정말 한 마리의 기린이었다. …(중략)… 기린의 무릎 위에 내 손을 올려놓았다. 떨리는 손바닥을 통해 손으로 밀어본 사람만이 기억하는 양복의 질감이 그대로 느껴져왔다. 구름의 그림자가 빠르게 지나갔다. 기린은 여전히 아무 반응이 없었다. …(중략)…

경제도 차차 좋아질 거라고 한다. 무디슨가 어디서 우리의 신용등급이

---

39 박민규, 위의 책, 85쪽.
40 박민규, 위의 책, 85쪽.
41 박민규, 위의 책, 84쪽.

또 한 계단 올라섰대요, 좋아졌어요. 그러니 돌아오세요. 이제 걱정 안 하셔
도 된다니까요. 구름의 그림자가 또 빠르게 지나갔다. 아버지, 그럼 한마디
만 해주세요. 네? 아버지 맞죠? 그것만 얘기해줘요.

　무관심한 그러나 잿빛의 눈동자가 이윽고 물끄러미 나를 바라보았다. 기
린은 자신의 앞발을 내 손 위에 포개더니, 천천히 이렇게 얘기했다. 그렇습
니까? 기린입니다.[42]

　기린의 잿빛 눈동자는 더 이상 아버지의 산수가 불가능해졌음을 뜻한
다. 산수를 할 수 없는 아버지는 이제 경제가 물신화된 세계에서 자신의 자
리를 잃은 채 세상 밖으로 밀려날 수밖에 없다. '나'의 기린의 환상은 그
같은 산수의 세계의 비정함을 암시한다. '나'의 알 수 없는 울음을 그처럼
세상에서 자신의 자리를 상실한 아버지에 대한 슬픔일 것이다.

　그러나 '내'가 기린의 무릎에 손을 얹는 순간 서로 몸을 접촉하는 상호
신체성을 통해 슬픈 기린의 의미는 서서히 반전되기 시작한다. 떨리는 손
바닥으로 느낀 '양복의 질감'은 사실은 신체의 접촉을 통한 몸의 질감일
것이다. 상호신체성이란 물건에서는 느껴질 수 없는 교감, 즉 만지는 몸 위
에 만져지는 몸이 감기는 직접적인 교섭이다. 산수의 세계에서 '화물'이었
던 아버지는 지하철에서 내 손에 등이 닿는 순간 잠시 따뜻한 몸으로 느껴
졌었다. 그러나 기린으로 변한 지금은 몸 전체가 산수의 세계 바깥에서
'나'와 상호신체적인 관계를 형성하고 있는 것이다.

　물론 '나'는 아직 아버지의 이름을 잃어버린 슬픔을 감당하기 어렵다.
억압된 잿빛 눈동자를 통해 아버지에 대한 연민을 느꼈던 '나'에게, 아버
지가 억압에서 이탈하는 것은 '나' 자신의 흔들림을 의미할 것이다. 그 점
은 이미 '내'가 기린을 목격한 순간부터 암시된다. 즉 '나'의 환상은 실상

42　박민규, 위의 책, 92~93쪽.

아버지가 기린으로 변한 것인 동시에 '내'가 아버지를 기린으로 보고 있는 것이기도 하다. 그처럼 '내'가 잿빛 눈의 기린을 본 순간은 아버지의 이탈인 동시에 '나'의 이탈의 조짐이기도 한 것이다.

아버지의 이름을 듣기 위해 '내'가 그토록 필사적이었던 것은 그런 이탈의 느낌에 대한 불안감 때문이다. 기린의 환상으로 인해 환한 봄빛 속으로 억압된 잿빛 감정이 (무의식에서) 귀환하는 것을 방어하기 위해, '나'는 아버지의 이름으로 (세상의 공간에) 실상은 '나' 자신을 호명하고 싶었던 것이다.[43]

그러나 억압된 것의 회귀는 이미 돌이킬 수 없는 상태이다. 세상에 무관심한 기린의 눈빛은 아버지 자신의 것인 동시에 '나'의 응시에 의해 되돌아온 것이기도 하다. '나'는 의식적으로는 아버지의 이름을 부르면서도 무의식 속에서는 무언가가 뒤집히고 있음을 느끼고 있는 것이다.

억압된 것이 되돌아오는 이 순간 실제로 반전되고 있는 것은 '경제의 숭고'라는 이데올로기일 것이다.[44] '숭고'는 아니라도 '유사한 산수'만으로도 축복이라는 느낌[45], 그리고 부동산, 일자리, 신용등급이라는 이데올로기가 뒤집히고 있는 것이다. '그렇습니까? 기린입니다'라는 아버지의 마지막 말은 무의식으로 감지되던 초조한 반전에 대한 확인의 마침표이다.

여기서의 **아이러니**는 이데올로기의 축복(환상)을 잃어버린 그 상처의 순간이 새로운 상호주체적 공간이 생성되는 때이기도 하다는 점이다. 아버지의 말은 산수의 세계의 아버지에 대한 부인인 동시에 억압된 것의 회귀에 의한 '나'의 환상의 긍정이기도 하다. 이 순간 후기자본주의의 이데올로기가 무의미해진 대신, (그 바깥에서) 기린의 환상을 매개로 '나'와 기린-아버

---

43 나병철, 〈환상소설의 전개와 성장소설의 새로운 양상〉, 《현대소설연구》, 2006. 9, 309쪽.
44 그 점에서 이 순간 억압된 감정의 회귀를 넘어선 그 이상의 반전이 일어나고 있는 셈이다.
45 박민규, 〈그렇습니까? 기린입니다〉, 앞의 책, 91쪽.

지 사이의 새로운 공동의 공간이 형성되는 것이다. '내' 손 위에 포개진 기
린의 앞발은 산수라는 제3의 매개(규율)가 필요 없는 직접적인 교감의 표현
이다. 이 상호신체적인 교감은 산수의 세계에서 잃어버린 것이 되돌아온
것이며, 그 이전에 간간이 연민의 눈빛으로 감지되던 것이 이제는 존재(기
린) 자체로서 느껴지고 있는 것이다. 그 진정한 교감과 사랑의 소망 속에는
또 다른 삶에 대한 기다림이 숨겨져 있다.[46]

이처럼 이 소설의 결말에서는 아버지가 이데올로기의 세계로 되돌아오
는 대신 그 세계에서 잃어버린 것이 '나'와 아버지 사이로 회귀하고 있다.
이 과정은 가족 해체의 상처와 상실된 것의 귀환이라는 아이러니로 표현되
고 있다. 낯선 동시에 친근한 기린의 이미지[47]는 **상처**[48]이자 **사랑**을 암시한
다. 이 같은 **아이러니와 환상의 결합**을 통해 이 포스트모던 리얼리즘 소설
은 상처를 주는 균열된 현실과 새로운 삶의 소망[49]을 은밀히 말하고 있나.

〈그렇습니까? 기린입니다〉에서 '나'의 진정한 성장은 '산수의 세계'의
균열지점에서 그 외부를 경험하는 과정이다. 후기자본주의는 산수의 외부
를 허용하지 않으므로 '나'는 환상을 통해 세상의 바깥을 경험한다. 흥미
로운 것은 그런 성장의 과정에서 예전의 성장소설과는 달리 가출한 아버지
를 통해 세상 밖으로 나오게 된다는 점이다. 이는 새로운 성장소설이 청년
들의 연대 대신[50] 실직자나 파산자와의 연대를 그리고 있는 점과 연관이 있

---

46 기린의 긴 목은 산수의 세계에서의 무용함의 표현인 동시에 새로운 삶의 기다림의 암시이기
   도 하다.
47 기린의 이미지는 응축, 전이, 중복결정의 결과로 볼 수 있다. 기린의 잿빛 눈동자는 '꺼진 액
   정'이며, 긴 목은 무용함과 기다림의 표현이다.
48 기린의 이미지는 실재계적 균열과 상처 위에 연출되는 환상이지만 그 자체 속에 상처와 사랑
   의 소망을 포함하고 있다.
49 이 소망은 산수의 억압이 없는 세계에 대한 바람이면서, 또한 그런 세계에 대해 말하는 '억압
   없는 대서사'의 귀환에 대한 소망이기도 하다.
50 청년들의 연대가 잘 형성되지 않는 이유는 청년실업의 시대에 안정을 원하는 청년들이 얼마
   간 보수화되는 경향이 있기 때문이다.

다. 이 소설 역시 산수가 불가능해진 파산자, '아버지의 이름을 잃은 아버지'와의 유대를 그리고 있는 것이다.

이처럼 후기자본주의 외부로 밀려난 기성세대와의 유대를 통해 성장하는 과정은 〈고마워, 과연 너구리야〉에서도 나타난다. 이 소설의 '나'는 대학 오리엔테이션 때 청년다운 반항심으로 연단의 사람에게 소리를 질렀다가 로커로 발탁된 적이 있다. 그러나 군대를 갔다 온 후 왠지 순종적이 되고 취업준비를 하는 성실한 학생으로 변질된다. '나'는 월 커뮤니케이션이라는 회사에 인턴사원으로 들어가 일곱 명의 경쟁자와 함께 정식사원을 꿈꾸며 일한다.

'나'는 그 회사에서 손 팀장을 만나는데 그는 중요한 경쟁 프레젠테이션에서 탈락한 후 너구리 게임에만 열중한다. 게임에 몰두한 손 팀장은 어느덧 외모까지 너구리를 닮아가고 2주 후 결국 회사를 그만두게 된다. 인사부장은 '나'를 불러 손 팀장에 대해 물어보며 은밀히 허벅지를 만지는데, 남색가인 그는 손 팀장을 너구리 광견병으로 진단하고 있었다.

손 팀장은 스테이지 23에서 막히면서도 너구리 게임을 계속하다 스스로 너구리가 되어간다. 그런데 스테이지 23은 게임에만 있는 것이 아니라 현실에도 존재한다. 현실의 스테이지 23이란 손 팀장처럼 인간적인 사람은 절대로 통과할 수 없는 곳이다. 그래서 현실에서 스테이지 23(경쟁 프레젠테이션)에 막힌 사람은 너구리 게임에 몰두하게 되고, 손 팀장처럼 게임의 스테이지 23의 실패를 반복하다 점점 너구리가 되어가는 것이다.

스테이지 23이란 후기자본주의 사회의 균열지점을 의미한다.[51] 균열지점이란 정상적인 방법으로는 통과할 수 없는 곳으로, 현실과 게임의 상징계적 모순이 드러난 지점이다. 그런데 게임에서와는 달리 현실에서는 그 균열과 모순이 잘 보이지 않는다. 왜냐하면 현실에서는 변칙으로라도 그

---

51 '내'가 만난 노숙자는 스테이지 23이 이 세상의 실제 이름이라고 말한다.

지점(스테이지 23)을 통과한 축복받은 사람의 눈으로만 세상이 보여지기 때문이다. 그런 사람들은 스테이지 23(균열)에서 탈락한 후 너구리가 된 사람들을 너구리 광견병에 걸린 '인간의 적'으로 간주한다. 즉 사회의 혼란은 너구리 때문이며 너구리를 없애면 모든 문제가 없어진다고 말하는 것이다.

그처럼 상징계의 균열을 너구리(인류의 적) 탓으로 돌리며 너구리가 향락을 훔치고 있다고 말하는 것이 바로 후기자본주의적 이데올로기이다. 반면에 너구리 게임은 불가피한 균열을 그대로 드러내며 스테이지 23에서 탈락할 수밖에 없음을 보여준다. 현실의 스테이지 23에서 탈락한 사람들이 너구리 게임에 몰두하는 것은 그 때문이다. 즉 그들은 스테이지 23의 균열과 모순을 너구리 게임을 통해 보고 있는 것이다.

따라서 너구리 게임은 **이데올로기가 제거된 후기자본주의**이며, 현실은 이네올로기로 **균열이 은폐된 너구리 게임**이다. 니구리 게임올 통해 이데올로기의 허위성과 현실의 균열을 자각한 사람들은 점점 너구리가 되어가는데, 너구리란 균열의 지점에 드러난 실재계의 영역에 자유롭게 접촉하는 사람들이다.[52] 반면에 인사부장처럼 균열을 은폐하는 사람들은 너구리가 이데올로기의 스크린에 구멍을 내고 있다고 생각한다.

인사부장이 왜 너구리 게임과 너구리를 인간의 적으로 규정했는지는 매우 분명하다. 성장소설의 주인공 '나'는 인사부장과 손 팀장, 현실의 승자와 패자 사이에 놓여 있다. 한쪽에는 변칙으로라도 현실의 균열지점을 통과한 사람(인사부장)이 있으며, 다른 쪽에는 너구리 게임을 통해 불가능한 균열을 인식하고 그 외부에 접촉하는 사람(손 팀장)이 있다. 그런데 '나'는 인사부장을 통해 스테이지 23을 통과하는 축복의 과정에 숨겨진 비참한 균열을 알게 된다. 또한 반대로 그런 균열(스테이지 23)을 실재계적 현실[53]로

---

52 너구리의 경우 스테이지 23의 통과는 실재계 영역으로의 자유로운 유목의 삶을 의미한다.

53 노숙자가 '나'에게 말해준 이 세상의 실제 이름 스테이지 23에서 경험하는 것은 실재계 차원의 현실이다.

경험한 사람들에겐 '너구리 세계'가 실상 즐거움의 원천임을 간파한다.[54]

'나'는 인사부장으로부터 '축하하네'라는 제목의 이메일을 받는다. 내일 중 정식사원 임용자가 결정나는데 이 문제로 좀 상의를 하자는 것이다. 그 후 '내'가 경험한 무교동 '클라이막스'와 사우나에서의 일은 스테이지 23을 통과하는 현실에서의 점프 방법이었다. 남색가인 인사부장은 '나'의 섹스와 정식사원의 '교환'을 제안했고 '나'는 사우나에서 등 뒤의 부장에게 몸을 내준다. 즉 '나'는 인사부장에게 성적인 '물건'이 되어주는 대가로 정식사원의 향락을 약속받은 것이다. 그러나 여기서의 향락은 얼핏 균열지점으로부터의 점프인 것 같지만, 실제로는 후기자본주의의 교환원리의 연장인 점에서 그 세계에 갇힌 물화된 욕망일 뿐이다.

'나'는 점프에 성공한 듯하면서도 심리적으로는 균열지점에서 비참하게 상처를 받고 있었던 것이다. 그때 '내'게 다가와 '나'의 등을 밀어준 것은 마치 친구처럼 느껴지는 너구리였다. 너구리가 등을 미는 동안 '나'는 등에 감기는 손질을 느끼며 그런 상호신체성을 통해 물화된 세계에서 받은 상처를 치유할 수 있었다. 그처럼 물화된 욕망(교환가치)의 매개 없이 직접적인 교감이 가능한 것이 바로 너구리 세계의 즐거움의 근원이었다. '정식사원'이 정신적인 상처를 대가로 한 가짜 향락이라면, 그 상처를 치유해주는 너구리는 탈주와 유목의 진정한 향락이었다. 즉 너구리 세계란 스테이지 23, 그 후기자본주의의 균열에서 탈주해 자유로운 유목이 가능해진 가상공간(환상)인 것이다. 여기서 향락의 방해물이었던 너구리는 후기자본주

---

54 점프가 불가능한 스테이지 23에서 점프를 하는 방법은 두 가지이다. 하나는 '나'와 인사부장 간에 있었던 교환의 방식으로 승진을 하는 것이다. 다른 하나는 점프 도중 떨어져 (압정에 찔려) 상처를 받은 후 그 실재계적 상처를 통해 자유로운(유목적인) 너구리 세계로 들어가는 것이다. 두 경우 모두 다른 세계로 가는 도약을 포함하는 점에서 라캉이 말한 향락의 요소를 내포한다. 전자가 현실세계에서 축복과 향락을 경험하는 것이라면 후자는 실재계 위에 연출된 가상세계(게임이나 환상)에서 즐거운 유목을 하는 것이다.

의의 '점프의 이데올로기'에 숨겨진 상처를 치유해주는 즐거움(향락)의 원천으로 **반전**된다.

상처의 희생자인 너구리가 오히려 상처를 치유해주는 아이러니를 통해, 결말부에서 너구리는 해학적인 이미지로 비쳐지기도 한다. 해학은 사회적 모순의 희생자가 도리어 인간적 따뜻함을 간직함으로써 모순된 사회의 규범을 무의미하게 만드는 희화화 방식이다. 너구리는 '나'에게 그런 전복적 힘을 지닌 해학인 동시에 현실을 넘어서는 자신들의 공간을 갖고 있는 환상세계이기도 하다. 그 같은 **해학과 환상의 결합**을 통해 이 소설은 포스트모던 리얼리즘의 전망을 암시한다.

이 소설에서 포스트모던 리얼리즘을 통한 '나'의 성장은 결국 스테이지 23에서의 점프에 관한 것이었다. '나'는 '정식사원'의 축하(향락) 속에 숨겨진 균열을 빌견하며, 오히려 점프의 과정에서 탈락한 너구리에게 신정한 점프의 향락이 숨겨져 있음을 알게 된다. 그런데 그 같은 성장의 계기가 된 것은, 너구리가 즐거움임을 귀뜸해준 노숙자나 스스로 너구리가 된 손 팀장, 그리고 내 등을 밀어준 너구리였다. 이런 비정규직, 실직자, 노숙자들의 유대, 그리고 '아버지 이름을 잃은 아버지', 기린, 너구리와의 환상적인 연대는, 예전의 계급적인 연대를 대신하는 새로운 결속을 암시한다. 자유로운 유목과도 같은 그런 새로운 연대를 더욱 생생하게 보여주는 환상소설이 바로 〈아, 하세요 펠리컨〉이다.

4. 포스트모던 리얼리즘과 새로운 연대

2000년대의 새로운 성장소설은 주인공이 후기자본주의의 외곽에서 살

아가는 사람들과 유대를 맺으며 성장하는 과정을 보여준다. 후기자본주의
는 전사회가 디즈니랜드화되어 일종의 유원지처럼 되어버린 사회이다. 그
러나 이 화려한 스펙터클의 사회에서도 에버랜드 같은 곳에 가지 못하고
초라하고 외진 오리배 유원지를 찾는 사람들이 있다. 〈아, 하세요 펠리컨〉
의 '나'는 그런 '불쌍한 유원지'에 오는 심야전기 같은 저렴한 인생들에 연
민을 느끼며 성장해간다.

전문대를 나오고 구직에 일흔세 번 실패한 '나'는 9급 공무원 시험을 준
비하며 '서울에서 32킬로' 떨어진 한적한 유원지에 취직을 한다. 이 쓸쓸
한 유원지는 사회 전체가 놀이터처럼 되어버린 후기자본주의의 외곽을 상
징한다. 그곳에서 오리배를 타는 사람들은 '즐거워서가 아니라 즐겁지 않
아서'[55] 배를 타는 사람들이다. 파산한 남자, 외국인 노동자, 한가한 주부,
값싼 러브호텔을 찾는 중년의 커플들, 이들은 후기자본주의의 스펙터클의
축제에서 소외된 타자들이다. 물론 그 이전에도 자본주의 사회에서 낙오되
고 소외된 계층의 사람들이 있었다. 그러나 문화·예술·성의 영역까지 공
장화되고 자본주의화된 후가자본주의에서는 **일상의 영역** 자체에서 다양한
타자들이 생겨난다.[56]

그들이 고통을 받고 상처를 입는 것은 외부영역보다는 내부 심층의 무
의식이다. 그래서 공장인 동시에 유원지인 후기자본주의에서, 그런 타자들
의 슬픔이 절실하게 드러나는 곳은 특정한 산업현장보다는 오히려 일상과
유원지이다. 일상이나 유원지는 존재의 핵심인 무의식이 자주 밖으로 드러
나는 곳이기 때문이다. '나'는 오리배를 타는 일상의 타자들에게서 저렴한
인생들 사이에 흐르는 심야전기와도 같은 연민을 느낀다.

---

55 박민규, 〈아, 하세요 펠리컨〉, 《카스테라》, 앞의 책, 135쪽.
56 문화, 예술, 교육, 의식주 등 일상의 영역에까지 자본주의의 논리가 침투한 후기자본주의에서
    는 비단 공장뿐만 아니라 일상 자체에서 소외된 타자들이 나타난다.

호화 유람선 대신 오리배를 타는 사람들은 '세상의 외곽'에서 보트를 타는 '보트피플'들이다. 오리배를 타는 사람들이 '내' 눈에 슬퍼 보이는 것은 그들의 인생 자체가 외진 곳을 흘러 다니는 보트피플이기 때문이다. '나'는 오리배를 타면서 울고 있는 한 쌍의 외국인 노동자에게서 그런 삶의 한 계영역을 감지한다. 그리고 마침내 사업에 실패한 중년남자가 오리배를 타러 와서 자살을 한다. 그는 세계가 고요해진 순간에 이상한 미소를 지으며 삶의 한계선을 넘어선 것이다.

중년남자가 자살한 이후 그와 비슷한 처지인 유원지 사장은 심리적으로 타격을 받는다. 보트피플을 손님으로 한 유원지의 사장 역시 또 한 명의 보트피플이었던 것이다. 사장이 유원지에 상주한 이후 그와 '나'는 더욱 가까워진다. 그리고 '나'는 태풍이 불던 날 밤 오리배들을 묶으며 죽은 남자가 탔던 라-47호가 쳐다보는 듯한 느낌을 받는다. 그 꿈같은 밤, '나'는 새벽에 잠이 깨어 사장과 함께 유원지에 찾아온 수많은 오리배의 군락을 목격한다.

오리배의 환상은 '나'를 응시하던 라-47호에 탔던 죽은 남자가 되돌아온 것일 수도 있다. 그는 라-47호라는 '나'의 트라우마에 생긴 구멍을 통해 저쪽 세계로부터 귀환한 것이다.[57] 그러나 그의 귀환은 단지 파산한 중소기업 사장으로서 되돌아온 것이 아니다. 그는 삶의 한계선을 넘어선 사람으로서, 비단 사업에 대한 욕망뿐 아니라 상징계의 삶 속에서 **잃어버린 것에 대한 욕망**으로서 돌아온 것이다. 그 잃어버린 것이란 사랑과 화해에 관한 것으로 그에 대한 욕망은 오리배를 탔던 다른 사람들의 욕망이기도 했을 것이다.[58] 그리고 그것은 남자의 자살 이후 서로 인간적인 정을 나누

---

[57] 좀 더 자세히 말하면 '내'가 본 환상은 죽은 남자로 인해 촉발된 '나'의 무의식적 욕망이 구멍을 통해 드러난 실재계와의 교섭 속에서 회귀한 것이다.

[58] 죽은 남자의 귀환이 그의 이미지가 아니라 수많은 오리배를 탄 사람들로 되돌아온 것은 그 때문이다. 그것은 실상 '나'의 무의식적 욕망의 귀환이기도 하다.

었던 사장과 '나'의 무의식적 욕망이기도 했다.

자살한 남자처럼 '혼자서' 삶의 한계선을 넘어선 사람은 죽음충동에 이를 수밖에 없었다. 그러나 '나'는 비슷한 상처를 지닌 사장과의 **유대** 속에서 경계(삶의 한계선)를 넘어 무의식적 욕망이 환상으로 회귀하는 것을 경험한다. 이 실재계적 환상은 또한 오리배를 탔던 중년커플, 주부, 외국인 노동자들과 **함께** 경험하는 것이기도 했다. 현실에서는 세상의 외곽을 사는 그들에게 연민을 느꼈었지만, (경계를 넘어선) 환상을 통해서는 그 보트피플들과의 **연대의 소망**을 경험하는 것이다.[59] 죽은 남자의 귀환이 수많은 오리배들의 군락으로 나타난 것은 그 때문이다.

'나'와 사장이 경험한 환상의 또 다른 특징은 국가 간의 경계를 넘어서는 오리배 세계시민연합의 이미지로 드러난 점이다. 이는 이른바 '보트피플'의 삶이 세계화나 전지구적 자본주의와 연관되어 있음을 암시한다. 오리배 연합의 일원인 호세 일행은 미국기업 '그린 빅 풋'의 아르헨티나 노동자였는데 실직과 경제환란을 겪은 후 오리배를 타게 된다. 그와 비슷하게 라-47호의 남자 역시 경제환란 속에서 파산을 경험했을 것이다. 자살한 중년남자뿐만 아니라 보트피플들은 모두 전지구적 자본주의와 연관된 후기자본주의 및 신자유주의의 타자들이다. 오리배 연합이 다양한 국적의 다양한 사람들로 **트랜스내셔널한** 네트워크를 이루고 있는 것은 그래서이다. 이들은 권력과 자본의 네트워크인 세계화와는 상이한 **또 다른 세계화**를 보여주고 있는 것이다. '보트피플'은 삶의 한계지점을 떠도는 사람들이지만 또한 바로 그 때문에 경계를 넘어 자유롭게 유목할 수 있는 셈이다.

물론 오리배 세계시민연합의 네트워크는 전지구적 자본주의가 계속되

---

[59] 그날 밤 태풍에 맞서서 오리배들을 묶었던 일이 환상을 통해 연대의 소망으로 전이되어 나타난 것으로 볼 수 있다. 환상 속의 오리배들 역시 태풍으로 인해 유원지에 오게 된 것으로 밝혀진다. 여기서 태풍은 전지구적 자본주의 권력의 상징이다.

는 한 여전히 '보트피플'에서 벗어나지 못한다. 따라서 국경을 넘어 삶의 한계지점에서 벗어나려는 이들의 노력이 궁극적인 목표나 소망의 표현일 수는 없다. 그들의 소망은 아직 생활의 차원에서는 드러날 수 없으며 그 연기된 미래의 소망은 아름다운 환상적 이미지로 암시될 뿐이다.

이렇게 사는 건 어떻습니까? 환하게 웃으며 호세는 — 아, 그래요… 그렇게 물으니 뭐… 저로선 어떻다고는 하겠지만, 그게 그러면… 그래서 또… 그건 아닌지 어떤지… 그렇잖아요 — 정도의 표정으로 〈아무 말도〉 하지 않았다. 세계는 하나, 난데없이 후안이 손가락을 세우며 윙크를 했다. 호세가 신호를 보내자 일제히 사람들이 페달을 밟기 시작했다. 순간 저수지는 잘 설계된 오페라 하우스처럼 그 소리를 반사하고, 가두고, 다시 분산시켜 아름다운 합창처럼 그것을 우리에게 되돌려주었다. 그것은 하나의 오페라였다. …(중략)…

그리고 오리배들은 날아올랐다. 호세와 후안이 손을 흔들었다. 손을 안 흔들기도 뭣해서 손을 흔들긴 했지만, 우리는 망연자실한 기분이었다. 이윽고 오리배들은 기러기 정도의 작은 점이 되어 하나의 편대를 형성하기 시작했다. 중국을 향해, V자형의 편대가 서서히 움직이며 작아지고 있었다. 나는 말없이 세븐 스트라이크를 꺼내 물었다.[60]

호세의 응답에서 알 수 있듯이, 오리배를 타고 국경을 넘나드는 삶은 아직은 조화롭고 행복한 생활은 아니다. 그러나 오리배 연합 사람들은 자신들의 트랜스내셔널한 네트워크를 통해 오페라의 합창 같은 화해된 삶이 이뤄지길 소망하고 있는 것이다. 이 점에서 오리배의 판타지는 자본과 권력에 지배되는 전지구적 자본주의의 기제를 **역전시킨** 네트워크를 보여준다.

---

60 박민규, 앞의 책, 144~145쪽.

후안의 '세계는 하나'라는 구호는 미국식 세계화를 반전시킨 보트피플(타자)의 위치에서의 전지구적 네크워크를 암시하는 것이다.

전자에 대응하는 환상서사가 아메리칸 히어로의 판타지라면 후자의 대응물은 오리배의 합창과 비상을 통해 연출되는 화해의 환상이다. 아메리칸 히어로의 판타지는 변방에 있는 사람들의 상처를 숨기고 지구의 중심에 놓인 영웅의 '힘'(그리고 자본)으로 모든 것을 통합하려 한다. 반면에 오리배의 판타지는 '세계의 외곽'에 있는 사람들의 탈주와 유목의 상상력을 통해 외상을 치유하는 사랑과 화해의 합창을 들려준다.[61] 전자의 트랜스내셔널한 기획이 국경을 넘어서는 동시에 자본과 권력의 힘으로 더 넓혀진 영토를 예속화한다면, 후자는 그로부터 탈주하려는 사랑과 화해의 소망을 통해 **진정으로 경계를 넘어선 연대**를 생성시킨다.

이 소설은 그런 새로운 연대의 소망을 드러내는 동시에 또한 그것의 성취가 아직은 지난한 일임을 암시한다. 화해의 무의식적 소망이 환상을 통해 강렬하고 아름답게 표현되고 있지만, 그처럼 심층의 소망이 환상의 형식을 빌린다는 사실은 그 소망이 현실의 공간에 흘러넘칠 단계(변혁의 흐름)는 '아직 아님'을 뜻하는 것이다. 그래서 이 소설은 미래로 **비상하는** 오리배의 환상과 함께 현실 속에서 간신히 버티고 있는 **늘어진** 오리-펠리컨의 환상을 보여주고 있다.

펠리컨의 환상은 '나'와 보다 가까운 유원지의 사장을 통해 제시된다. 오리배를 타고 날아오르고 싶은 심정은 자살한 남자처럼 현실에 남아 있기가 더 이상 힘들어질 때 간절해진다. 사장이 라-47호를 탄 것은 그의 삶이 난파되었음을 알리는 동시에 새로운 네트워크를 소망함을 암시하는 셈이다. 사장이 라-47호에 오르면서도 과거의 남자처럼 죽음충동에 이끌리지 않는 것은 '나'를 비롯한 다른 타자들과의 유대감 속에서 상징계의 경계를

---

61 나병철, 〈환상소설의 전개와 성장소설의 새로운 양상〉, 《현대소설연구》, 앞의 책, 308쪽.

넘어섰기 때문이다. 그러나 오리배를 타고 날아올랐던 사장은 펠리컨이 되어 돌아온다.

여기서 펠리컨의 환상은 오리배의 우스꽝스러운 변모이며, 그 점에서 희화화된 해학적인 이미지로 비쳐지기도 한다. 해학이란 모순된 세계의 희생자의 위치에서 모순으로 인한 터무니없는 상황을 희화화하는 웃음이다. 주둥이가 늘어진 펠리컨의 모습은, 오리배가 기존의 모순된 (자본주의적) 네크워크에서 완전히 벗어나지 못함으로써 생긴 우스꽝스런 상황의 희화화이다. 그러나 이 해학적 이미지에는, 펠리컨이 되면서까지 새로운 비상의 네크워크를 포기하지 않는 (사랑의) 오리배-펠리컨에 대한 연민이 포함되어 있다. 그처럼 해학이란 터무니없는 상황의 희화화인 동시에 그 희생자에 대한 연민 어린 웃음이다.

비상하는 빙향과 반대로 늘어진 펠리컨은 오리배의 비상과 유목의 어려움의 측면이다. 새로운 네크워크로 비상하려는 파산자들은 아직 기존의 네트워크와 권력의 형식을 파산시키지는 못하고 있는 것이다. 그러나 펠리컨의 해학적인 이미지에는 오리배로 비상하려는 사람들에 대한 연민이 포함되어 있으며, 그것을 통해 새로운 네크워크에 대한 소망이 여전히 남아 있음이 암시된다.

펠리컨이 다시 오리배로 날아오르면 사람들의 연대가 더 공고해져서 무의식적 소망이 환상을 넘어 현실에까지 흘러넘쳐야 할 것이다.[62] 현실 자체에서 경계를 열어젖히는 그런 연대는 과거와는 다른 새로운 연대이다. 전지구적 자본주의에 대응하는 과정에서 그에서 탈락한 사람들(타자들)의 연대 역시 트랜스내셔널한 네크워크를 갖게 되기 때문이다. 또한 전사회적 자본주의를 넘어서기 위해서는 일상의 영역에서의 타자들의 연대가 필요하다. 과거의 변혁적 연대가 주로 계급적 경계를 넘어서는 것이었다면, 새

---

62 이 현실에까지 흘러넘친 것이 바로 잉여의 욕망이다.

로운 연대는 그와 함께 일상 속의 경계, 그리고 국가·인종·성의 경계를 돌파해야 한다. 그래서 오리배 유원지에 오는 보트피플들처럼, 비정규직 노동자, 실직자, 파산자, 학생, 여성, 이주노동자의 연대가 필요한 것이다.

새로운 연대가 과거와 다른 것은 하나의 구심점으로 환원되지 않는다는 점이다. 사람들이 하나의 중심으로 통합될 수 없는 것은 의식적으로 연합되더라도 각자의 **물질적 삶에 근거한 무의식**[63]은 일치될 수 없기 때문이다. 무의식의 공간에서 우리들은 저마다의 우주, 저마다의 심연을 갖고 있다.

그러나 각각의 우주로서의 무의식들의 교섭은 우리들 사이의 경계선을 부단히 해체한다. 무의식 차원의 연대란 타자가 내 안에 들어오는 것이며, 그런 교섭과 연대의 순간 우리는 상징계를 열어젖힌 실재계 차원, 그 역사의 장에 서게 된다. 그 같은 실재계와의 접촉은 이미 환상소설에서도 나타났거니와, 그것을 한 번 더 넘어서서 현실의 공간에 발을 딛을 때 우리는 역사의 흐름을 만나게 된다. 이 지점이 바로 **미시적 연대**와 **거시적 대서사**가 만나는 공간이다.

따라서 우리의 무의식의 우주는 다양하지만 그것들이 서로의 경계를 넘어서며 (타자성의 교섭에서) 생성시키는 욕망의 벡터는 일치한다. 그것은 상징계의 경계를 탈주해서 실재계와 접촉하는 역사의 방향이다. 그처럼 무의식적 주체들이 연대하며 경계를 넘어설 때 자본주의의 잉여향락을 역전시킨 진정한 잉여욕망[64]이 생성된다. 경계를 열어젖히는 힘의 벡터, 그 잉여욕망이 잉여지성과 만나는 틈새에서, 새로운 네트워크와 공동의 삶이 창시

---

63 무의식이 물질적 삶에 근거하는 것은 일종의 '물 자체' 인 실재계의 차원에서 작동되기 때문이다.

64 이 잉여의 욕망은 자본주의적 잉여향락과는 구분된다. 자본주의적 잉여향락은 여전히 교환가치와 상품형식에 예속된 반면, 여기서의 잉여의 욕망은 그것에서 벗어난 사랑과 화해의 욕망이다. 잉여의 욕망, 경험, 지성에 대해서는 네그리, 조정환·정남영·서창현 역, 《다중》, 세종서적, 2008, 261~269쪽 참조.

된다. 바로 그런 공동의 틈새 공간[65]에서 펠리컨은 다시 오리배로 날아오를 것이며, 오리배의 화음은 광장의 촛불들로 피어날 수 있을 것이다. 그처럼 환상 속의 오페라의 합창이 촛불들의 불꽃으로 타오를 때, 저마다의 선율을 지닌 하나의 합창, 환상을 넘어선 현실의 집단적 지성을 통해, 전지구적 자본주의를 반전시키는 새로운 역사의 네트워크가 생성될 것이다.

---

65 이 틈새적인 잉여적 공간이 바로 광장이라고 할 수 있다.

제 9 장

환상의 지도

1. 잃어버린 것의 귀환과 환상

환상은 우리의 존재의 핵심인 무의식이 활성화되는 경험이다. 무의식이 고양되며 환상세계에 들어설 때 우리는 잃어버린 것의 귀환 속에서 자연에 다가선 상태를 느끼게 된다. 그 때문에 자연에서 멀어진 사회세계의 권력에게 환상은 늘상 전복적인 위험이 된다. 지배권력이 자연을 닮으려는 욕망을 억압하고 환상의 지도를 금기시하는 것은 그래서이다.

예컨대 〈내 사랑 나의 귀신〉에서 김정호는 '서로에게 별이 되는' 보이지 않는 세계의 지도를 그리고 그곳으로 가려 했다. 그가 지도에 그려 넣은 것은 **자연의 꿈**인 동시에 다른 세상을 향한 **역사의 꿈**이었다. 그처럼 역사를 움직이는 힘은 잃어버린 자연을 향한 충동으로부터 흘러나온다. 그 때문에 김정호는 역사를 멈추게 하려는 지배권력으로부터 죽음을 당한다.

김정호가 그린 자연과 교감하는 세계의 지도는 무의식의 지도이자 환상의 지도였다. 김정호의 죽음과 함께 그 지도는 사라졌다. 환상서사를 통해 되돌아온 환상의 지도는 또 다시 지워진 것이다. 이제 그 지워진 지도 위에 우리 시대의 환상의 지도를 다시 그려야 할 차례이다.

김정호의 지도 위에 다시 그린 우리의 지도는, 오페라의 합창을 들려주는 오리배 세계의 지도인 동시에 점프의 향락을 알려주는 너구리 세계의 지도이기도 할 것이다. 그것은 우리를 팝콘비 오는 동막골로 안내하거나 영혼의 나무가 있는 판도라 행성으로 이끌 수도 있다. 또한 그것은 지금은 잃어버린 어린 시절의 우주의 지도이기도 할 것이다.

사람들의 오페라의 합창이나 자연과 어우러진 동막골, 그리고 어린 시절의 우주는, 우리가 잃어버린 고향과도 같은 이미지이다. 우리는 모두 그 잃어버린 세계로 가고 싶어 한다. 그러나 지금 다시 돌아간다 하더라도 잃어버린 고향은 어디에도 존재하지 않는다.[1] 그 같은 어디에도 없는 잃어버린 것들은 우리의 마음속 심연에 욕망으로 존재한다. 고향처럼 잃어버린 것들, 그 상실된 낙원에 대한 동경은 심연의 저편으로부터 불현듯 되돌아오는데, 그것이 바로 환상이다. 그처럼 우리가 **귀환할 수 없는** 대신 무의식 속의 욕망이 이미지로 **귀환하는** 것이다.

우리가 자연과 고향을 그리워하는 것은 지금의 사회현실이 그로부터 멀어져 있기 때문이다. 그런 사회에서는 자연과 낙원을 동경하는 우리의 욕망 역시 억압되고 있다. 그 점에서 억압된 욕망의 귀환인 환상은 우리의 사회세계가 자연과 고향에 가까워지기를, 그처럼 사랑과 화해로 넘쳐나길 바라는 심리적 표현이다. **환상의 지도**가 더 좋은 사회로 가는 **역사의 지도**이기도 한 것은 그 때문이다.

억압된 욕망이 위치하는 곳이 무의식이라면 **잃어버린 것**(대상 a)이 존재하는 곳은 **실재계**[2]이다. 환상은 실재계와 무의식적 욕망의 상호작용으로서 무의식이 고양될 때[3] 이미지로 떠오른다. 그처럼 환상의 이미지가 생성되는 곳은 상징계의 균열을 통해 드러난 실재계의 영역이다.

이 잃어버린 것이 귀환하는 영역은, 우리가 갈 수 없는 실재계에 접촉하게 하는 '상징계와 실재계 사이'의 공간이다. 그 같은 틈새, 상징계와 실재계 사이의 공간에서는, 환상뿐만 아니라 욕망, 욕동(충동), 증환, 향락, 탈주, 사랑 등이 무의식의 운동 속에서 나타난다. 이제 그것들이 상징계-실재계 사이의 어느 곳에서 출현하는지, 그 보이지 않는 공간의 무의식의 지도, 욕망과 환상의 지도를 그려보자.

---

1 고향으로 돌아간다 하더라도 우리가 그리워하는 그 고향은 아니기 때문이다.
2 실재계는 상징화가 불가능한 영역이다. 상징화가 불가능한 것은 아직 미지의 영역(UFO 등)인 경우와 상징계에서 잃어버린 것이기 때문인 경우가 있다.
3 무의식이 고양되는 순간은 의식의 통제가 느슨해지는 순간이다.

2. 욕망의 그래프와 환상

우리의 무의식의 지도와 환상의 지도를 그리는 데 있어 라캉의 욕망의 그래프는 많은 시사점을 제공한다. 그것은 라캉이 향락·욕동·증환 등 상징계와 실재계 사이의 공간에서 일어나는 다양한 무의식의 작용을 잘 설명하고 있기 때문이다. 또한 라캉은 상징계 내부와 외부에서의 의식적·무의식적 작용들을 그래프 속에 정확한 위치로 표시해 보여주고 있다.

그러나 라캉의 욕망과 환상의 개념은 명확한 한계를 지니고 있다. 라캉의 결핍의 욕망은 상징계 내부로 되돌아오는 점에서 그 경계를 넘어서는 들뢰즈의 창조적인 탈주의 욕망과는 구분된다. 또한 라캉-지젝의 환상 개념 역시 상징계의 균열(베일관성)을 은폐하는 스크린으로서 우리가 살펴본 이데올로기적 환상에 제한된다. 우리는 보다 적극적으로 실재계와 작용하는 또 다른 환상(미학적 환상)이 있으며 그 환상은 균열된 상징계에 대해 전복적인 잠재력을 지님을 논의했다.

물론 라캉 역시 상징계를 넘어서는 향락·욕동·증환에 대해 설명한다.[4] 그러나 그는 프로이트처럼 상징계를 넘어서는 욕동(충동)이 거세와 죽음충동으로 귀결됨을 말하고 있다. 이는 라캉이 개인 주체의 욕동에 대해 생각할 뿐 타자와의 대화(바흐친)와 유대 속에서의 욕동-욕망의 흐름을 유념하지 않기 때문이다. 또한 라캉은 단일한 상징계(자본주의 사회)를 전제로 함으로써 탈식민적 공간에서의 복수적 상징계들과 그 사이의 틈새 및 혼성을 생각하지 않는다.

따라서 우리는 라캉의 평면적인 욕망의 그래프를 입체적으로 만들어야 할 것이며, 복수적인 개인들과 상징계들 사이에서 나타나는 환상과 무의식

---

4   이런 논의들은 후기 라캉의 입장이다.

의 작용을 주목해야 한다. 그래서 라캉의 용어를 사용하면서 그의 욕망의 그래프를 넘어서는 한편, 들뢰즈의 탈주의 욕망에 따르면서 그의 '고아적 무의식'조차 넘어선 '유대와 대화'의 무의식적 주체로 나아가야 한다. 그 같은 작업을 위해 먼저 라캉의 욕망의 그래프를 살펴보자.

라캉의 욕망의 그래프는 인간이 생물학적 존재에서 사회적 주체로 생성되는 과정에서 나타나는 이중적 운동을 보여준다. 즉 주체가 생성되는 운동은 상상계적·상징계적 차원과 상징계-실재계 사이의 차원의 이중적 작용으로 진행된다. 욕망의 그래프가 다음에서처럼 두 개의 층으로 되어 있는 것은 그 때문이다.

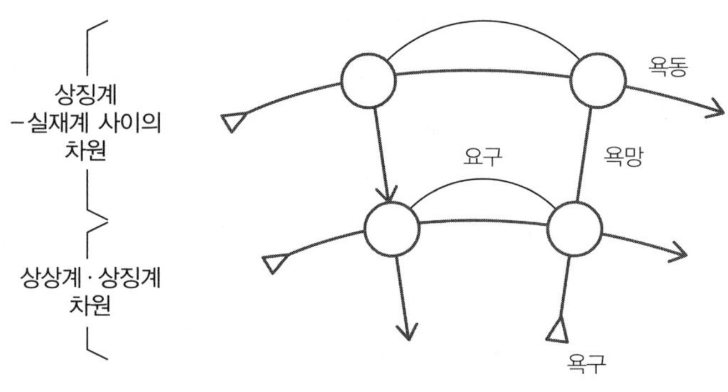

그림 1에서처럼 인간존재나 주체의 벡터는 욕구·요구·욕망·욕동 등으로 나타난다. 욕구는 인간이 생물학적 존재(욕구의 △)로서 갖고 있는 생명력이다. 인간은 상징계의 언어를 경험하면서 사회적 주체로 생성되는데, 이때 욕구는 상징계(큰타자)와의 교섭 속에서 요구로 변형된다. 그러나 욕

구는 요구를 통해 완전히 드러나지 못하며, 생물학적 존재는 상징계적 주체로 생성되는 대가로 소외와 분열을 경험한다. 이 과정에서 욕구에서 요구를 뺀 나머지 잔여물이 바로 욕망이다.[5] 또한 생물학적 존재는 상징계에 진입하는 과정에서 존재의 상당부분을 잃어버리는데, 그 상실된 존재가 실재계적 잔여물인 대상 a이다.

그 같은 잃어버린 자기 자신이자 실재계에 남은 대상 a에 대한 갈망이 곧 욕망과 욕동이다. 욕망과 욕동(충동)의 차이는 욕망이 환상(이데올로기적 환상)에 의해 상징계로 되돌아오는 반면 욕동은 상징계를 넘어서서 대상 a를 향한다는 점이다. 그 점에서 **욕동**이란 들뢰즈가 말한 **탈주의 욕망**과 같은 차원에 있다.

이처럼 생물학적 존재가 상징계적 주체로 전이되는 과정에서는 주체의 분열(소외)과 함께 내상 a를 향한 욕망과 욕동의 작용이 나타난다. 즉 위의 도표의 두 번째 층이 움직이기 시작하는 것이다. 우리가 언어를 통해 상징계에서 의도적 주체로 활동(아래층의 ▷➔)하는 중에도 무의식 속에서는 윗층의 운동이 진행되는 셈이다. 상징계에 진입하는 순간 주체의 분열이 나타난다는 것은 그런 뜻에서이다. 이제 두 층의 운동 중에서 먼저 아래층에 대해 좀 더 자세히 살펴보자.

그림 2에서 △(욕구의 △)는 생물학적 존재이며 $는 상징계에 진입한 후의 분열된 주체이다. $를 욕구와 함께 출발점에 놓은 것은 상상계적 충족이나 상징계적 동일시 I(A)와는 달리 소외된 위치에 있기 때문이다. 생물학적 존재의 욕구는 상상계적 과정을 통해 충족되거나 상징계의 코드를 거쳐 요구로 변형된다. 요구란 큰타자(상징계)에게 요청된 욕구인데[6], 큰타자

---

5   요구를 존재가 요청한 욕구라고 할 때 상징계 내에서 표현되거나 결정된 요구—욕구는 원래의 요청한 욕구(요구)를 충족시키지 못한다. 그 차이가 바로 욕망이다.

6   브루스 핑크, 김서영 역, 《에크리 읽기》, 도서출판 b, 2007, 216쪽.

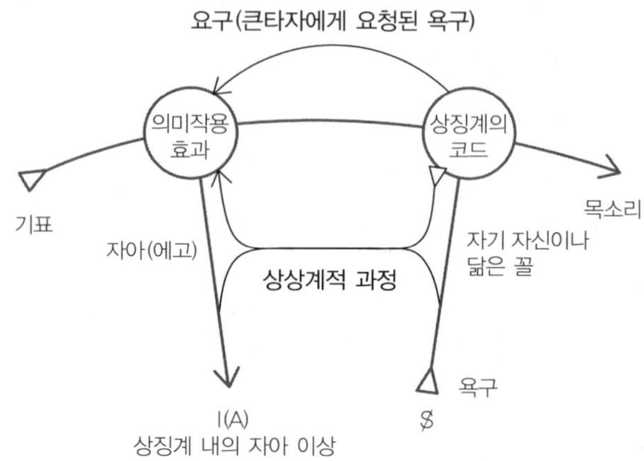

에 의해 결정된 주체의 요구는 의미(의미작용)를 발생시킨다.[7] 그래서 기표 → 의미작용(상징계의 코드) → 목소리의 주체의 담론이 가능해진다. 이 과정은 상징계 내에서 의도적 주체에 의해 (교의적) 담론이 실행되는 벡터일 것이다. 그러나 여기서 의도적 주체는 욕구에서 요구를 뺀 나머지, 즉 욕망의 잔여물과 실재계적 대상 a를 억압한 결과이다.

그림 2에서 상징계적 의미작용이 상상계적 과정의 도움을 통해 가능해지고 있는 것은 그 점을 시사한다. 즉 상징계에 예속된 의도적 주체의 담론 (교의적 대서사 등)은 실제로는 끊임없이 욕망의 잔여물과 대상 a를 상상계적으로 배제해야만 실행될 수 있다. 그 때문에 의도적 주체의 담론이라 할

---

7   이 과정은 욕구가 상징계와의 교섭 속에서 요구로 전이되는 과정이다. 이는 또한 생물학적 주체가 사회적 주체로 생성되는 과정이기도 하다.

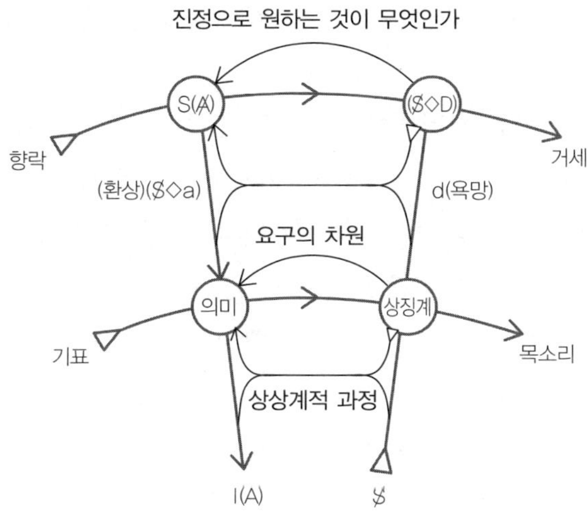

지라도 물질적 현실에서 '수행되는' 과정에서는 끝없이 분열이 나타난다.[8] 욕망의 이론에서 분열된 무의식적 주체를 진정한 주체로 보는 것은 그 때문이다. 같은 이유에서 욕망, 향락, 욕동 등이 나타나는 윗층의 도표가 필요해지고 있다(그림 3).

상징계적 요구의 차원이 드러난 담론에서는 욕망이 충분히 표현되지 않고 남게 되므로 '당신(주체)이 진정으로 원하는 것이 무엇인가'[9]라는 질문이 계속된다. 물론 욕망의 대상-원인은 잃어버린 자기 자신이자 실재계적 잔여물인 **대상 a**이다. 그러나 그 욕망의 원인에 대한 질문은 상징계(A)와

---

8 이 점이 담론의 '교의적' 차원과 '수행적' 차원의 차이이며, 그것은 흔히 말하는 대서사의 경우에도 마찬가지이다.

9 이는 무의식적 주체에 대한 분석가의 물음이다. 브루스 핑크, 앞의 책, 218~219쪽.

의 교섭 속에서 해답이 주어질 수 없으며 오히려 상징계(큰타자)의 결핍과 균열, 비일관성(A̸)을 드러내게 된다. 그처럼 상징계 내에서는 욕망의 원인이 밝혀질 수 없음이 드러날 때, 즉 주체가 상징계의 균열과 대면할 때, 주체는 소외에서 벗어난다(S(A̸)).[10]

이 지점에서 주체는 상징계에 위치하는 동시에 (큰타자의 욕망에서 분리되어) 그 결핍과 비일관성을 알게 된다.[11] 여기서 다시 상징계적 요구(D)와의 간극(◇)을 발견하고 상징계를 넘어선 차원의 무의식적 주체($)로서 대상 a에 대한 갈망을 느끼는 것이 **욕동**($◇D)이다. 이 과정(S(A̸) → $◇D)은 상징계의 균열과 구멍을 발견하고 그 곳을 통해 (대상 a가 있는) 실재계적 영역으로 들어서는 진행으로 볼 수 있다. 여기서 큰타자(상징계)의 구멍과 분열된 주체를 관통하는 흐름이 바로 **향락**(jouissance)이다.[12] 향락이란 상징화할 수 없는 그 무엇이며 상징계의 구멍과 그 구멍을 통과한 분열된 주체를 관통해 흐른다.[13]

따라서 상징계를 넘어선 욕동의 차원에서 욕망의 주체는 향락의 주체가 된다. 욕망과 욕동의 차이는 욕망이 큰타자에게 결핍된 것(대상 a)을 갈망하면서도 그 경계를 넘어서지 못하는 반면 욕동은 상징계를 넘어선 충동이라는 점이다. 욕망 역시 실재계적 잔여물인 대상 a에 대한 갈망이라고 할 수 있다. 그러나 욕망은 상징계의 균열을 감추고 대상 a를 대신하는 이미

---

10 이 지점은 소외에서 큰타자로부터의 분리로의 이동이다. 브루스 핑크, 위의 책, 221쪽.

11 예컨대 〈날개〉에서 '나'는, '너는 인생에 무슨 욕심이 있느냐'고 질문한 후에, 아내와 '내'가 숙명적인 절름발이이며 끝없이 절뚝거리면서 세상을 걸어가야 함을 알게 된다.

12 욕망의 주체($)를 관통하고 거세시키는 빗금이 큰타자(/)라면, 그로부터 벗어난 욕동의 주체($)를 관통하는 것은 향락이다. 따라서 전자를 관통하는 것이 큰타자의 욕망이라면 후자를 꿰뚫는 것은 그것에서 분리된 향락이다. 큰타자의 욕망으로부터 분리는 S(A̸)에서부터 이루어진다. 브루스 핑크, 앞의 책, 218~221쪽.

13 지젝, 이수련 역, 《이데올로기라는 숭고한 대상》, 인간사랑, 2002, 213쪽. 그 점에서 향락을 표시하는 유일한 기표는 큰타자의 결여와 비일관성에 대한 기표이다.

지를 연출하는 환상($◇a)에 의해 상징계로 되돌아온다(d → ($◇a) → 의미, d → S($A) → ($◇a)→의미). 욕망의 주체는 상징계의 어떤 대상을 통해서도 불가능한 것을 소망하면서도 그 불가능성을 해소시키는 듯한 환상에 의해 상징계 내에 머무는 것이다. 환상은 욕망의 원인(a)과 주체의 간격을 채우는 동시에 실제로는 대상 a로부터 주체($)를 분리시킨다.[14]

따라서 욕망의 대상은 환상인 셈이지만[15], 환상은 곧 결핍으로 바뀌고 욕망의 주체는 다시 또 다른 대상-환상을 찾아 나선다. 이처럼 욕망의 주체가 환상의 유혹에 걸려드는 한 그는 상징계 내에서 결핍의 욕망의 순환으로부터 벗어나지 못한다. 물론 욕망의 주체를 상징계 내에 붙잡아두는 이 환상은 미학적 환상과 구분되는 나르시시즘적 환상이나 이데올로기적 환상이다.

여기서 환상(균열을 가리는 스크린)을 대상으로 한 **결핍의 욕망**(라캉)은 낭연히 들뢰즈의 **탈주의 욕망**과 구분된다. 들뢰즈의 탈주의 욕망은 상징계를 넘어서는 점에서 오히려 라캉의 **욕동**(충동, drive)과 비슷하다. 탈주의 욕망과 욕동은 환상의 스크린에 걸려들지 않고 균열과 구멍을 통해 상징계를 넘어선다. 그림 3의 도표에서 향락 → 균열(S($A)) → 욕동($◇D)의 축이 주목되는 것은 그 때문이다.

그러나 욕동은 대상 a에 대한 갈망과 향락을 포기하지 않는 한 거세와 **죽음충동**으로 향한다. 그렇지 않으면 상징계의 결핍-균열과 대면하는 지점(S($A))으로 되돌아온다. 즉 도표에서 S($A) ⤸ ($◇D)로 표시된 순환운동이다.

이는 욕동이 **단일한 상징계**를 전제[16]로 상징계를 넘어서는 충동임을 암

---

14 그 두 가지 작용, 즉 접속과 매듭을 표시하는 부호가 ◇이다. 라캉, 맹정현·이수련 역, 《세미나》11, 새물결, 2008, 316쪽.

15 라캉, 위의 책, 281쪽.

시한다. 환상(균열을 가리는 스크린)을 횡단해[17] 상징계를 넘어섬으로써 대상 a를 갈망하는 향락이 가능해지지만 또한 바로 그 때문에 (되돌아오지 않는 한) 상징화가 불가능한 거세에 직면하는 것이다.

이에 반해 들뢰즈는 상징계가 오이디푸스적 권력의 구조이며 그 균열의 틈새를 통해 탈주가 가능하다고 생각한다. 탈주의 욕망의 주체는 거세에 직면하는 욕동의 주체와는 달리 창조적인 또 다른 세계로 향한다. **탈주**의 과정에서 주체는 분열증적 상태가 되지만 그 분열증은 창조적인 원동력이기도 한 것이다.

이런 차이를 지니지만 라캉의 도표에서 가장 흥미로운 부분은 향락 → 균열과 대면 → 욕동의 축이다. 상징계로 되돌아오는 순환 회로를 가로지르는 이 축은 아래층을 횡단하는 의도적 주체의 축과 대비된다. 아래층의 축이 대상 a에 대한 갈망을 억압하는 상징계에 예속된 담론이라면, 윗층의 것은 상징계를 넘어선 향락의 주체가 대상 a에 대한 갈망을 드러내는 운동이다(그림 4).

양자의 차이는 의도적 주체(가)와 무의식적 주체(나), 의미작용과 향락, 큰타자(A)의 욕망(요구의 차원)과 대상 a에 대한 갈망으로 표시될 수 있다. 물론 (가)에서도 대상 a를 갈망하는 욕망이 무의식에 (억압된 채) 남아 있지만 그 욕망은 환상에 포획되어 상징계로 되돌아온다. 그렇다고 (가)의 담론이 무의식적 주체와 욕망-향락을 매번 성공적으로 억제할 수 있는 것은 아니다. (가)의 '교의적' 담론 역시 문학과 현실의 물질적 문맥에서 '수행될' 때 양가적으로 분열되면서 (나)에 접근한 흐름이 나타날 수 있다.[18]

또한 두 가지 흐름을 문학작품에 연관시키면, (가)는 리얼리즘에, (나)

---

16 라캉 역시 결핍된 큰타자도 욕망을 지님을 말함으로써 큰타자-상징계 자신이 변화될 가능성을 암시하고 있기는 하다. 그러나 그런 차원의 논의는 더 이상 진행되지 않는다.

17 환상을 횡단할 때 욕망은 상징계를 넘어서는 욕동이 된다. 이 욕동은 들뢰즈의 욕망의 개념과 비슷한 차원을 지닌다.

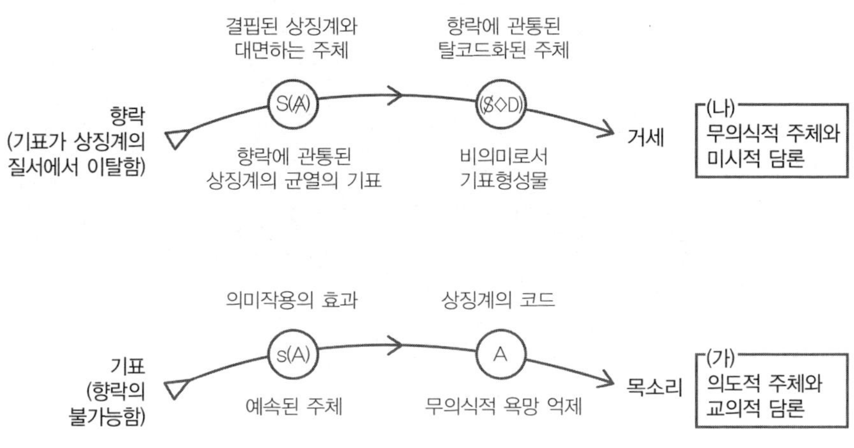

는 모더니즘에 상응한다고 할 수 있다. 리얼리즘에는 저항적인 인물이 등장하더라도 상징계의 장에 접속된 위치에서 그려진다. 그 대신 **리얼리즘에**서는 **아이러니**를 통해 무의식적 욕망(d)이 욕동($◇D)으로 향하는 흐름이 암시된다.[19] 반면에 모더니즘에는 균열된 상징계나 소외된 주체가 향락에 의해 관통당하는 흐름이 그려진다. 모더니즘 역시 언어-기표로 표현되지만 상징계의 질서(A)에서 이탈한 낯설게 하기가 나타난다. 알레고리(파편화된 현실), 의식의 흐름, 환상 등의 **모더니즘**의 **낯설게 하기**는 균열된 상징계(Ⱥ)와 소외된 주체($)를 관통하는 향락의 흐름에 다름이 아니다.

특히 모더니즘의 환상은 분열된 주체($)가 상징계(요구, D)와 화해하려

---

18 1910년대에 양건식은 실력양성론(가)을 주장했지만 문학작품 〈슬픈 모순〉에서는 상징계의 모순과 비일관성을 발견하게 된다.

19 예컨대 〈운수 좋은 날〉에서 김첨지가 무의식적으로 '이 원수엣 돈' 하고 돈을 내동댕이치는 것은 상징계적 요구(D)에서 분리된 무의식적 주체를 드러내는 것으로 볼 수 있다.

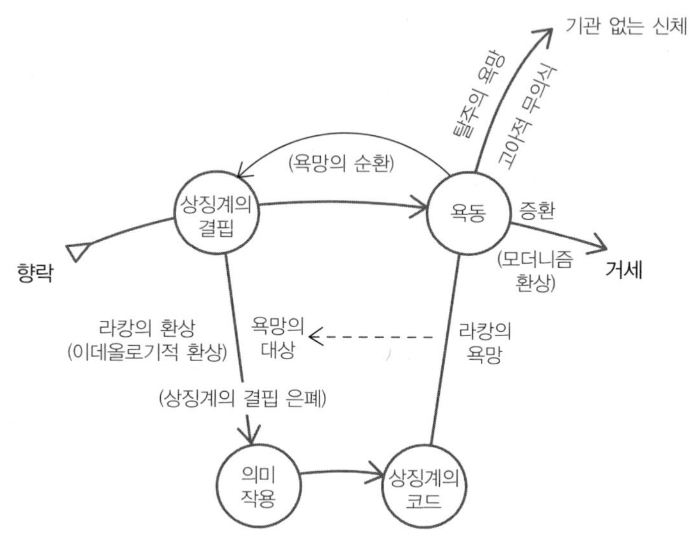

하지만 화해가 불가능함을 드러내는 기표형성물이다.[20] 모더니즘의 분열된 주체는 상징계의 질서에서 유리된 향락의 주체이다. 이 향락의 주체가 상징계와 화해하려 할 때 나타나는 기표형성물($\$\diamond D$)은, 대상 a를 소망하는 주체와 그것이 결핍된 상징계가 화해 불가능함을 나타낸다. 이때 원래 상징계에 속했던 기표들은 그에서 유리된 주체에 의해 향락이 스며들면서 상징계의 질서에서 풀려난 환상구조물이 된다. 이 **향락이 스며든 기표형성물**로서의 환상구조물이 바로 라캉–지젝이 말하는 **증환**(sinthome)이다.[21] 증환은 대상 a에 대한 갈망(향락)을 순화시키는 환상($\$\diamond a$)과는 달리 그 갈망

---

20 예컨대 〈변신〉에서 벌레가 된 그레고르는 가족이나 사회와 화해하려 하지만 화해가 불가능함을 드러내는 기표형성물로서의 환상이다.

에 의해 움직이는 **욕동**($◇D)의 위치에서 나타나는 환상이다.

욕동의 위치에서의 증환이 모더니즘의 환상에 상응한다는 점은 그 위치에서의 주체가 거세공포(낯선 두려움)나 죽음충동에 사로잡히는 점에서도 알 수 있다. 앞서 살폈듯이 거세공포나 죽음충동은 상징계에서 유리된 모나드적 주체의 환상에 수반된다. 그러나 들뢰즈처럼 상징계를 오이디푸스적 권력구조로 해체할 때 (욕동에 상응하는) 탈주의 욕망과 그 환상적 표현은 죽음충동에서 벗어난다. 라캉의 욕동과 들뢰즈의 탈주의 욕망의 차이는 거세나 죽음충동에 붙잡히느냐 상징계적 질서를 넘어선 창조적인 다른 것으로 향하느냐에 있다. 따라서 라캉의 욕망, 욕동, 들뢰즈의 탈주의 욕망, 그리고 라캉의 환상, 증환(모더니즘 환상) 등은 그림 5와 같이 표시될 수 있다.

3. 라캉과 들뢰즈를 넘어선 환상의 지도

들뢰즈의 탈주의 욕망이 상징계의 오이디푸스 권력구조를 넘어설 수 있다면 그 방법은 과연 무엇일까. 또한 탈주의 욕망은 상징계를 넘어서서 어느 곳으로 향하는 것일까. 들뢰즈의 욕망의 흐름 역시 상징계의 결핍과 균열, 비일관성이 드러나는 곳에서 탈주의 선을 만날 것이다. 그러나 거세와 죽음충동[22]으로 향하는 라캉의 욕동과는 달리 들뢰즈의 탈주의 욕망은 '기관 없는 신체'로 나아간다.

---

21 지젝, 앞의 책, 135~137쪽.
22 들뢰즈와 가타리는 죽음충동 같은 본능은 없다고 말한다. 이진경, 《노마디즘》 1, 휴머니스트, 2002, 450~453쪽.

기관 없는 신체란 '욕망의 내재성의 장'으로 어떤 외재적인 원리나 규범으로부터도 벗어난 신체이다. 그 점에서 그것은 원래의 신체, 원래의 욕망으로 되돌아간 상태일 것이다. 즉 '기관 없는 신체'는 상징계에 진입하는 과정에서 잃어버린 자기 자신을 되찾은 몸(삶)이다. 그렇다면 '기관 없는 신체' 역시 실재계 영역에서의 잃어버린 존재로의 귀환이며, 그것을 향한 탈주의 욕망은 실재계적 대상 a를 향한 라캉의 욕동과 다르지 않다. 탈주의 욕망을 통해 기관 없는 신체에 이를 때 우리는 또한 대상 a에 접촉하게 되는데, 이 경우의 대상 a란 잃어버린 자연일 것이다.

그런데 라캉의 욕동의 주체는 대상 a의 주변을 맴돌다 되돌아오거나 죽음충동으로 빠져버린다. 실상 모든 개인은 일상적 삶에서 상징계를 넘어서려 할 때 그 같은 경험을 하게 된다. 그러면 들뢰즈의 탈주의 욕망은 어떻게 대상 a와 접촉하며 죽음의 선을 넘어서서 기관 없는 신체로 향할 수 있는 것일까. 탈주의 욕망이 반복강박이나 죽음충동에서 벗어나는 것은 실상 특별한 방법에 의해서만 가능하다. 즉 잃어버린 본래의 존재를 되찾거나 기관 없는 신체에 이르는 것은 창조적인 일이나 수행의 방법을 통해서이다.

그 밖에 우리는 탈주를 욕망하더라도 일상에서는 라캉의 욕동의 주체처럼 분열과 죽음에 부딪히거나 일상으로 되돌아온다. 그것에서 벗어나 들뢰즈가 말한 기관 없는 신체에 이르려면 수행을 통해 도(道)를 깨닫든지 창조적인 예술가나 지하혁명가가 되어야 한다. 그렇지 않으면 일상의 삶 자체에서 기관 없는 신체에 도달하는 일은 좀처럼 쉽지 않을 것이다.

들뢰즈가 탈주의 욕망을 **분열증적** 과정[23]을 통해 설명하는 것도 그 때문일 것이다. 분열증적 탈주자가 분열의 고통에서 벗어나려면 수행을 하거나 창조적인 예술과 사상, 혁명을 꿈꾸어야 한다. 물론 이런 일들은 세속적 일상의 차원을 뛰어넘는 순간에 가능하다.[24] 그렇다면 일상의 삶에서는 탈주

---

23 물론 이 흐름에 있는 분열자는 임상적인 정신분열증 환자와는 구분된다.

를 욕망하며 분열을 넘어서는 일이 불가능할 것인가. 이에 대한 대답이 바로 이제까지 우리가 살펴본 (이데올로기적 환상과 구분되는) 미학적 환상에 연관된 영역이다.

미학적 환상에는 여전히 분열과 거세공포의 차원에 있는 모더니즘적 환상과 그것을 넘어서서 상호주체적 공간을 만드는 환상이 있다. 라캉의 욕동의 주체가 전자의 차원에 있음은 이미 살펴본 바 있다. 환상이란 대상 a를 갈망하는 무의식적 욕망의 표현인 동시에 실재계 차원의 현실과의 교섭이기도 하다. 환상이 분열과 거세공포를 수반한다는 것은 무의식적 주체가 분리해낸 현실이 아직 완전히 해체되지 못했음을 뜻한다. 즉 욕동-욕망의 흐름에 따라 상징계의 경계를 넘어서기는 했지만, 현실-상징계의 질서는 여전히 견고하며 그 바깥(실재계)에서의 '배치'[25]를 지탱하기가 어렵다고 느끼는 것이다.

이 같은 새로운 배치의 어려움은 욕동을 넘어선 들뢰즈의 탈주의 욕망의 경우 역시 마찬가지이다. 들뢰즈의 탈주의 욕망 또한 빈번히 기관 없는 신체에 이르기보다는 분열증과 거세공포에 직면하게 된다. 들뢰즈가 탈주의 욕망과 연관해 설명한 예들이 주로 모더니즘 소설인 것은 그 점을 암시한다.

예컨대 카프카의 소설들은 동물-되기나 어린이-되기 등을 통해 오이디푸스 구조에서 이탈하는 강렬한 탈주선을 그린다. 그와 함께 소수적인 문학의 위치에서 상징계(표상체계)의 질서에서 벗어난 언어의 탈영토화를 드러낸다. 들뢰즈가 말하는 '-되기'(생성)는 오이디푸스 구조 외부에 욕망을

---

24 세속적인 일상에서도 요가나 명상 등을 통해 일시적으로는 가능하다.
25 배치란 어떤 항목을 특정한 방식(그런 '기계')으로 작동하게 하는 사회적 관계를 말한다. 이진경, 앞의 책, 61쪽. 욕망은 항상 배치에 의해 존재하며 탈주는 배치의 변환(탈영토화)에 의해 가능하다. 그 같은 배치의 변환에는 미학적 환상, '-되기', 혁명 등의 단계가 있다고 할 수 있다.

배치하는 것으로, 무의식적 욕망과 실재계의 교섭에 의해 가능하다. 그처럼 무의식과 실재계의 교섭인 점에서 '-되기'는 미학적 환상과 같은 차원에 있다.[26] 실제로 '-되기'는 물리적인 생성보다는 존재의 핵심인 무의식의 고양과 연관이 있다.

또한 언어의 탈영토화는 의미작용을 이탈한 '향락에 관통된 기표형성물'과 비슷한 위치에 있다. 탈영토화된 언어는 상징계적 의미작용에서 이탈한 대신 향락이 관통해 흐르는 경험을 하게 한다. 이는 앞 절에서 살핀 상징계 내의 의미작용과 대비되는 (나)의 흐름의 경우와도 같다.

이처럼 들뢰즈가 카프카에 대해 말한 '-되기'와 '언어의 탈영토화'는 '미학적 환상'과 '향락이 스며든 언어'에 대응된다, 그런데 그 두 가지 요소는 실상 모더니즘 미학의 핵심적 특징들이다. 들뢰즈는 죽음충동을 넘어선 탈주를 말하고 있지만, 그가 예를 든 탈주의 문학은 거세공포에 시달리는 모더니즘과 같은 계열인 것이다.

실제로 들뢰즈는 카프카의 〈변신〉에서의 동물-되기가 분열적인 출구와 오이디푸스적인 막다른 골목 사이에서 동요하고 있다고 말한다.[27] 이 탈주와 거세 사이의 운동은, 향락에 관통된 주체가 거세에 이르는 라캉의 욕동의 흐름과 크게 다르지 않다. 물론 여성-되기와 어린이-되기는 그런 탈주의 위험에서 얼마간 벗어나지만[28], 카프카의 문학 전체가 불안과 낯선 두려움의 세계임은 주지의 사실이다. 이 점은 라캉의 향락-욕동을 넘어선 들뢰즈의 탈주 역시 현실적으로 많은 어려움에 직면함을 암시한다.

그런데 이 같은 욕망의 탈주의 어려움은 개인의 행위자(agent)를 전제로

26　카프카 소설의 경우에는 모더니즘의 미학적 환상과 같은 차원에 있다. 그러나 일반적으로 들뢰즈의 '-되기'(생성)는 모더니즘뿐만 아니라 그것을 넘어선 미학적 환상과 비슷한 차원에 위치한다. 물론 '-되기'가 환상을 통해서만 나타나는 것은 아니다.

27　들뢰즈·가타리, 이진경 역, 《카프카》, 동문선, 2001, 41쪽.

28　들뢰즈·가타리, 위의 책, 199~200쪽.

한 때문일 수도 있다. 앞서 살폈듯이 개인으로서 기관 없는 신체에 이르는 것은 창조적 예술, 사상, 수행(道) 등에서이다. 그러나 그런 행위들은 일상을 넘어선 공간에서 이루어진다. 그와 달리 일상 속에서 거세 공포에서 벗어난 탈주[29]에 성공하려면 **타자와의 교섭과 유대**를 통해 상호주체성의 공간을 형성해야 할 것이다.

탈주란 오이디푸스 구조(상징계) 외부에 새롭게 욕망을 배치하는 것이다. 상징계 외부에서의 욕망의 배치는 일상적인 표상화에서 이탈함으로써 흔히 환상(미학적 환상)으로 나타난다. 물론 오이디푸스 구조 외부에 또 다른 상징계(동양사상 등)가 잠재할 경우 환상이 아닌 방식의 배치도 가능하다. 환상이든 아니든, 상징계 외부에서의 욕망의 배치는 개인의 차원을 넘어서서 상호주체적 공간을 형성할 때에만 현실의 절대성을 와해시키며 탈영토화에 성공할 것이다. **현실 외부**에서의 **교섭과 유대**를 통한 상호주체성[30]의 형성[31]은 현실-상징계를 뒤흔들 수 있는 강력한 근거를 마련하기 때문이다.

그처럼 오이디푸스 외부에서 어떤 식으로든 교섭과 유대의 관계를 모색하는 것이 일상에서 탈주를 실천할 수 있는 유력한 방법이다. 바로 이 지점이 **라캉-지젝과 들뢰즈를 넘어서는 곳**이라고 할 수 있다. 타자와의 교섭과 유대는 죽음충동은 물론 분열증적 탈주를 넘어 새로운 공동의 공간의 생성을 암시한다.

이처럼 우리가 들뢰즈를 넘어선 논의를 펼칠 수 있는 것은 우리의 위치가 들뢰즈의 개인주의적인 서구세계와는 이질적이기 때문이다. 잃어버린 또 다른 상징계가 현실 외부에 잠재하는 우리의 경우, 그 내부와 외부 사이의 틈새에서, 라캉은 물론 들뢰즈도 넘어서는 사유, 즉 비오이디푸스적 상

---

29 거세공포에서 벗어날 때 현실-상징계가 해체되며 자유로운 유목이 가능해질 것이다.
30 여기서의 상호주체성은 상징계 외부에서 접촉하는 주체와 타자의 교섭인 점에서 의사소통적인 주체-주체 관계나 현상학적인 상호주관성과는 구분된다.
31 바흐친의 다성적인 대화나 카니발리즘도 이와 비슷한 방식으로 볼 수 있다.

상력을 보다 용이하게 펼칠 수 있는 것이다. 우리의 잠재적인 또 다른 세계 자체가 오이디푸스적인 서구에 비해 비오이디푸스적 특성을 내포한다고 할 수 있다. 물론 오이디푸스 **외부에서의 새로운 유대**를 암시하는 비오이디푸스적 상상력은 비단 잃어버린 동양적 세계에 접속하는 경우만이 아니라 다양한 미학적 환상을 통해 나타난다.

앞에서 우리는 그 같은 '새로운 욕망의 배치'-'상호주체성의 생성'을 여러 가지 미학적 환상을 통해 살펴보았다. 예컨대 카프카의 곤충-되기와는 달리 〈내 여자의 열매〉의 식물-되기와 〈고마워, 과연 너구리야〉의 너구리-되기, 그리고 〈아, 하세요 펠리컨〉의 오리배-되기 등은, 유대와 교섭을 통해 상호주체성의 공간을 형성하고 있다. 식물-아내나 너구리-친구와의 상호신체성은 오이디푸스적 상징계의 매개가 필요 없는 직접적인 교섭을 가능하게 한다. 또한 오리배들의 '다중적인' 연대는 타자와 주체의 경계가 해체된 상호주체적 오페라의 합창을 들려준다. 이런 새로운 욕망의 배치와 상호주체성의 생성은, 잃어버린 대상 a, 그 자연을 회복한 아름다움에 접촉하게 한다. 그리고 그런 대상 a에 대한 갈망을 (이데올로기를 통해) 회유하고 차단하는 균열된 상징계에 대해 전복의 위협을 준다.

말할 것도 없이 이 같은 미학적 환상의 다음 단계는 탈주의 욕망이 균열된 상징계와 현실 속에서 교섭하는 **변혁의 흐름**이다. 대상 a와 접촉하는 환상은 우리의 무의식적 욕망의 귀환이지 실제로 우리가 귀환한 것은 아니다. 다시 돌아갈 수 없는 세계에 가까이 가기 위해서는 욕망이 귀환하는 힘으로 현실과 대면해 그 사회를 변화시켜야 한다. 이미 반복했듯이, 변혁의 전망은 무의식적 욕망(탈주의 욕망)이 표현된 환상과 균열된 상징계의 틈새에서 생성되는 것이다(그림 6).

잃어버린 자연을 회복하기 위해 수행을 통해 자기 자신을 자연의 상태로 되돌리는 것이 바로 동양사상의 도(道)이다. 물론 그 원래의 상태의 회복이 현존하는 자연 속으로 귀환하는 것은 아니다. 현대에는 수행을 통해

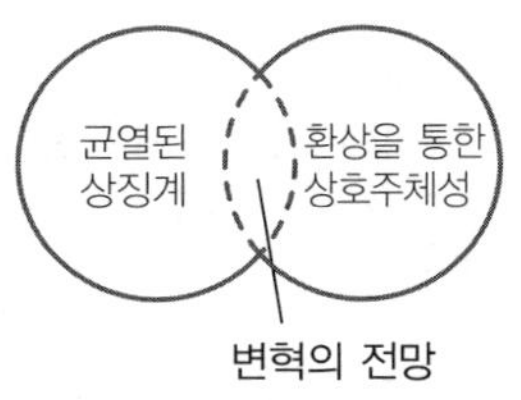

자연과 가까워졌다 하더라도 자신을 둘러싼 세계가 자연이 되는 것은 아니기 때문이다.

　우리의 일상은 자연으로 회귀하지노 (道를 통해) 자기 자신이 자연이 되지도 못하는 삶의 상태이다. 이 같은 삶의 상태에서 그 잃어버린 것(자연, 대상 a)에 대한 욕망이 되돌아오는 것이 바로 미학적 환상이다. 조화된 자연을 닮으려는 미학적 환상은 화해할 수 없는 세계와 화해를 시도한 대가로 그 세계에서 버려지기도 한다(모더니즘의 환상). 그러나 환상을 통해서라도 타자와 교감하는 상호주체성의 공간을 이룰 때, 그 회복된 화해상태의 힘으로 불화의 세계(상징계)에 변혁의 필요성을 알리게 된다. 여기서 한발 더 나아가, 실제로 상징계를 변혁하고 탈주의 욕망이 규범의 위반이 아닌 더 나은 세계를 향한 운동의 벡터임을 입증하는 것이 변혁운동이다.

　변혁운동은 상처나 환상이 아닌 방식으로 실재계에 접속하는 흐름이다. 그것은 죽은 기억을 매장함으로써 미래를 해방시키는 운동이지만 실재계에서 '잃어버린 과거의 기억'과 접속하는 일이기도 하다. 즉 변혁의 흐름은 큰타자(상징계)의 각인에 대한 **반기억**인 동시에 잃어버린 화해된 대상에 대한 (무의식적) **기억의 욕망**에 근거하고 있다. 여기서 잃어버린 대상이란 젖가슴, 사랑, 동양적(비오이디푸스적) 공동체, 자연 등을 말한다. 실재계에

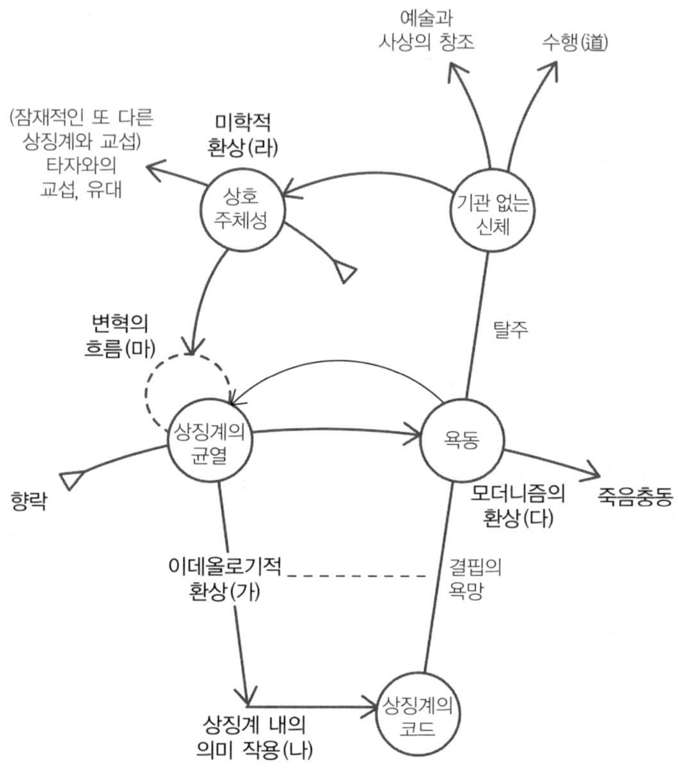

남겨진 그 잔여물에 대한 기억으로 인해, 화해된 세계를 향한 욕망으로 모
순된 규범의 '각인(재영토화)을 지우려는 정치적 운동'[32]이 시작된다. 변혁
운동이란 그처럼 기억-욕망과 망각-탈영토화에 근거한 정치적 행동으로

---

32 이진경, 《노마디즘》 2, 휴머니스트, 2002, 44~53쪽. 들뢰즈는 -되기의 반기억의 측면을 이렇
게 설명하고 있다. 우리는 변혁의 흐름에서도 이런 설명이 가능하다고 생각할 수 있다.

나타난다. 따라서 변혁의 흐름은 **기억의 정치화**[33]인 동시에 **망각의 정치화**이기도 하다. 그리고 그 같은 실재계적 대상에 대한 충동에서 변혁의 흐름에 이르는 사이에서, 결핍의 욕망, 이데올로기적 환상, 향락, 욕동, 탈주의 욕망, 미학적 환상 등이 나타난다(그림 7).

이제까지 우리는 그림 7의 지도에 따라 시계 반대 방향으로 도는 여행을 해온 셈이다. 먼저 결핍의 욕망은 이데올로기적 환상(가)에 회유되어 상징계 내부(나)로 되돌아온다. 그와 달리 모더니즘의 환상[34](다)은 상징계의 균열과 대면하지만 그 대신 죽음충동과 거세공포에 부딪힌다. 반면에 타자와의 교섭과 유대를 통해 상호주체성의 공간을 생성하는 또 다른 환상(라)은 두려움 없는 탈주를 통해 변혁의 흐름(마)을 예고한다.

우리의 여행의 마지막 단계, 즉 **환상을 통한 상호주체성**에서 **변혁의 흐름** 사이에는, 바흐친의 다성성[35], 탈식민주의적 혼성성, 들뢰즈의 '-되기'(생성) 등이 위치한다. 또한 그곳에는 상징계와 실재계 사이를 떠도는 새로운 인간관계의 단초들, 대화들, 사유들, 이미지들, 이야기들의 조각이 있다. 일종의 사건으로서의 이 단편들은 가변적인 흐름 속에서 어느 순간 상징계의 균열에 대해 사유하고 저항하는 담론-행동과 만날 것이다. 아마도 데리다가 해체론의 채무를 갚기 위해 불러낸 마르크스의 유령들 역시 그 순간에 그곳에서 출몰할 것이다. 따라서 이 지점이야말로 **미시 정치학**과 **거시 정치학**이 결합되는 다양한 흐름들이 발견되는 곳이다.[36]

무의식의 정치학으로서 우리의 환상에 대한 논의 역시 그와 같은 방향

---

33 임철규, 《귀환》, 한길사, 2009, 17쪽.

34 모더니즘적 환상 역시 (상징계의 균열과 실재계를 가리는) 이데올로기적 환상과 구분되는 미학적 환상이다.

35 바흐친의 다성성은 다중의 운동의 단초가 된다. 네그리, 조정환·정남영·서창현 역, 《다중》, 세종서적, 2008, 257~260쪽.

36 이 지점에서 타자와의 관계(혹은 문화적 혼성성)를 통해 새로운 세계로 나아가는 근거가 생성되는 점에서 존재론적 문제(타자와의 관계)와 (새로운 세계에 대한) 인식론적 문제가 통합되

의 흐름으로 귀결된다. 즉 이제까지 우리의 모든 논의들은, 그런 귀결점으로 향하는 이데올로기적 환상(가), 리얼리즘(나)[37], 모더니즘의 환상(다), 그리고 환상을 통한 상호주체성(라)과 변혁적 흐름(마)에 관한 것이었다. 이 욕망의 흐름의 매듭과 접합점들은, '기억의 정치화'[38]와 '망각의 정치화'[39]로 길항하고 조우하는 표상 불가능한 환상의 지도를 표현한다.

어 나타난다. 그것은 욕망의 주체와 변혁적 실천의 주체가 결합되는 점에서도 확인된다.

37 리얼리즘은 (나)를 기초로 아이러니를 통해 이데올로기를 파편화하거나 탈주의 욕망을 드러낸다. 리얼리즘에서는 상대적으로 상징계에 예속된 담론이 나타나지만 그 대신 반성적 사고를 통해 상징계의 모순에 대한 인식을 드러낸다.

38 '기억의 정치화'와 '망각의 정치화'는 무의식의 정치학이기도 하다.

39 망각의 정치화는 탈영토화뿐만 아니라 재영토화로 나타날 수도 있다. 예컨대 이데올로기적 환상은 잃어버린 실재계적 대상에 대한 기억을 잊게 만드는 환상적 정치학이다. 물론 이 또 다른 '망각의 정치화'는 니체적 망각의 '전도된 형식'이다.

찾아보기

옮긴이 **나병철**

연세대학교 국문과를 졸업하고 동 대학원에서 문학박사 학위를 받았다. 수원대학교 국문과 교수를 거쳐 현재 한국교원대학교 국어교육과 교수로 있다.

지은 책으로 《소설이란 무엇인가》《문학의 이해》《전환기의 근대문학》《근대성과 근대문학》《한국문학의 근대성과 탈근대성》《소설의 이해》《모더니즘과 포스트모더니즘을 넘어서》《근대서사와 탈식민주의》《탈식민주의와 근대문학》《소설과 서사문화》《가족로망스와 성장소설》《영화와 소설의 시점과 이미지》등이 있다.

옮긴 책으로는 《문학교육론》(제임스 그리블)《문화의 위치》(호미 바바)《포스트모더니즘 이후의 정치와 문화》(마이클 라이언)《해체론과 변증법》(마이클 라이언)《중국문화 중국정신》(C. A. S. 윌리엄스) 등이 있다.

주요 논문으로는 〈환상소설의 전개와 성장소설의 새로운 양상〉〈탈식민주의 시각에서의 정전 재구성〉〈탈식민주의와 환상〉〈청소년 환상소설의 문학교육적 의미와 '가치의 세계'〉등이 있다.

환상과 리얼리티

지은이   나병철
펴낸이   전병석 · 전준배
펴낸곳   (주)문예출판사
신고일   2004. 2. 12. 제 312-2004-000005호
         (1966. 12. 2. 제 1-134호)
주   소   서울특별시 서대문구 충정로 2가 184-4
전   화   393-5681   팩 스   393-5685
이메일   info@moonye.com

제1판 1쇄 펴낸날 2010년 12월 16일
제1판 3쇄 펴낸날 2012년 7월 15일

ⓒ 나병철

ISBN   978-89-310-0688-9 93800
책값은 뒤표지에 표시되어 있습니다.

이 도서의 국립중앙도서관 출판시 도서목록(CIP)은 e-CIP 홈페이지
(http://www.nl.go.kr/ecip)에서 이용하실 수 있습니다.
(CIP제어번호 : CIP2010004395)

* 이 책은 2010년도 한국교원대학교의 학술연구비 지원에 의한 것임.